NELSON DEMILLE

Américain, Nelson DeMille est né à New York en 1943 et passé son enfance à Long Island. En 1962 il entame des études de sciences politiques et d'histoire, qu'il reprendra après avoir servi trois années dans l'armée de terre, dont un an en tant que lieutenant au Viêt-nam, entre 1967 et 1968. Démobilisé, il achève ses études et décide de devenir écrivain.

Il commence par écrire des romans policiers, dont une trilogie dans laquelle il dénonce certaines dérives racistes de la police new-yorkaise. Il abandonne le genre en 1975, enchaîne plusieurs livres sous divers pseudonymes, et écrit en 1978 son premier best-seller. Il a publié depuis lors une douzaine de romans à succès.

Le déshonneur d'Ann Campbell (1994) a fait l'objet d'une adaptation au cinéma en 1999.

Il vit actuellement à Long Island avec son épouse.

UNE HISTOIRE ANCIENNE

DU MÊME AUTEUR
CHEZ POCKET

LA VENGEANCE DU LION

NELSON DEMILLE

UNE HISTOIRE ANCIENNE

Traduction d'Hubert Tézenas

PRESSES DE LA CITÉ

Titre original :
UP COUNTRY

ISBN 978-2-266-13994-6

À ceux qui ont répondu à l'appel

Note de l'auteur

Le Vietnam contemporain, tel qu'il apparaît dans ce livre, est en partie inspiré par mon expérience de janvier et de février 1997, lorsque j'ai retrouvé ce pays après une absence de vingt-neuf ans. Les restaurants, les hôtels, l'ancienne ambassade des États-Unis, et autres lieux existaient sous la forme décrite en 1997, qui est l'année du déroulement de l'intrigue.

La vérité existe, on n'invente que le mensonge.

Georges Braque

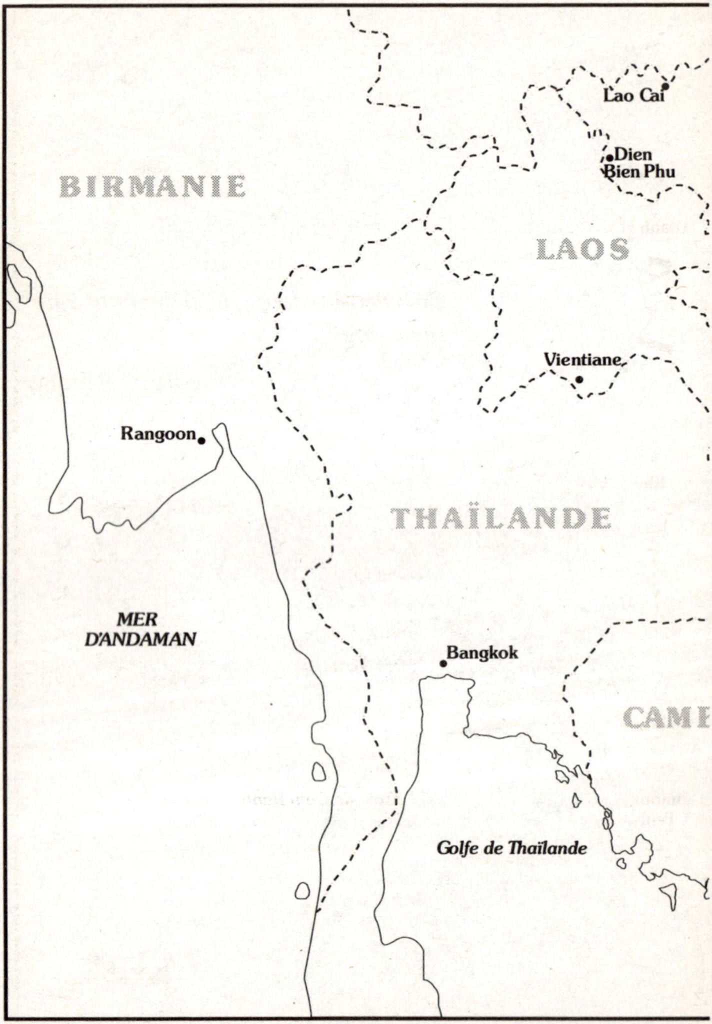
Lao Cai
Dien
Bien Phu
BIRMANIE
LAOS
Vientiane
Rangoon
THAÏLANDE
MER
D'ANDAMAN
Bangkok
CAMI
Golfe de Thaïlande

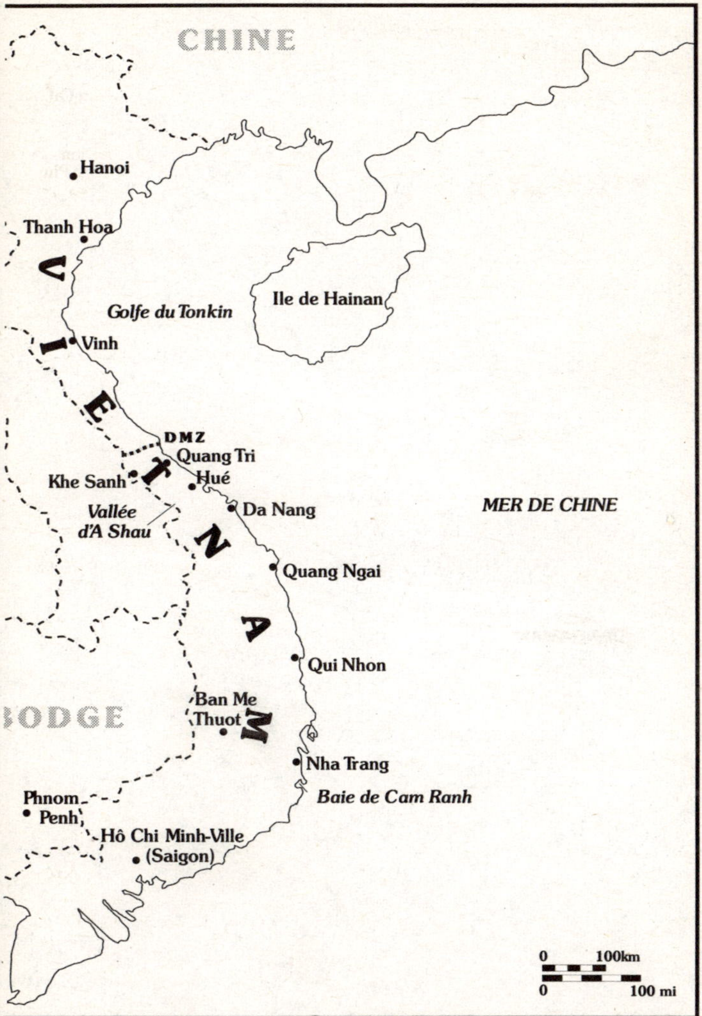
CHINE
Hanoi
Thanh Hoa
VIETNAM
Golfe du Tonkin
Ile de Hainan
Vinh
DMZ
Quang Tri
Khe Sanh
Hué
Vallée
d'A Shau
Da Nang
MER DE CHINE
Quang Ngai
Qui Nhon
Ban Me
Thuot
ODGE
Nha Trang
Baie de Cam Ranh
Phnom
Penh
Hô Chi Minh-Ville
(Saigon)
0
100km
0
100 mi

Livre I

WASHINGTON

1

Les mauvaises nouvelles arrivent par trois.

La première prit la forme d'un message vocal de Cynthia Sunhill, mon ex-consœur de la CID, c'est-à-dire la division des enquêtes criminelles de l'armée de terre des États-Unis. Cynthia, qui contrairement à votre serviteur émarge toujours à la CID, était aussi l'élue de mon cœur, en dépit des difficultés que nous éprouvions à définir cette fonction.

« Paul, il faut que je te parle. Rappelle-moi ce soir, quelle que soit l'heure. On vient de me confier une enquête, et je pars demain matin. J'ai quelque chose à te dire. »

Soit.

Je jetai un coup d'œil à la pendule installée sur la cheminée de la petite pièce dont j'avais fait mon bureau. Il était à peine dix heures du soir – vingt-deux heures, comme on disait dans l'armée.

Je vivais dans une ancienne ferme en pierre de taille sise à la sortie de Falls Church, en Virginie, à moins d'une demi-heure de voiture du quartier général de la CID, ce qui en réalité n'avait aucune importance, vu que je ne travaillais plus pour eux. De fait, je ne travaillais plus pour personne. J'étais à la retraite – ou au rancart.

Six mois s'étaient écoulés depuis mon départ de l'armée. Je commençais à trouver le temps long, et il me restait probablement encore vingt ou trente ans à tirer.

Quant à Mlle Sunhill, elle était basée à Fort Benning, en Géorgie, à quatorze heures de route de Falls Church – douze quand j'étais vraiment très excité. Sa charge de travail était lourde, et les week-ends, dans l'armée, sont souvent des jours de service comme les autres. Les six derniers mois n'avaient pas facilité l'épanouissement d'une relation aussi récente que la nôtre et, entre l'intérêt qu'elle portait à sa carrière et ma dépendance croissante vis-à-vis des programmes télévisés de l'après-midi, il me semblait parfois que nous n'avions plus grand-chose en commun.

Passons plutôt à la deuxième mauvaise nouvelle. Cinq minutes plus tard, en consultant mon courrier électronique, je trouvai un message lapidaire : *16 heures, demain, le Mur*. C'était signé *K*.

Ce K désignait le colonel Karl Hellmann, mon ex-patron au QG de la CID, et donc toujours celui de Cynthia. Jusqu'à une date récente, j'avais effectivement exercé les fonctions d'enquêteur criminel, avec le grade d'adjudant-chef, au sein de l'armée de mon pays.

D'emblée, mon instinct me souffla de classer ce rendez-vous dans la catégorie « mauvais plans ».

J'envisageai plusieurs réponses, toutes négatives et à peu près aussi laconiques. Bien entendu, je n'étais absolument pas tenu de réagir : j'étais à la retraite, oui ou non ? Mais, à la différence de ce qui se passe dans le civil, les carrières militaires ne s'achèvent jamais tout à fait. Selon la formule consacrée, « militaire un jour, militaire toujours ». Le fait est que les gradés semblent détenir à vie sur leurs subalternes – par-delà toutes les mesquines considérations du style « temps de service effectué » ou « retraite bien méritée » – une sorte de pouvoir quasi officiel et parfaitement non négociable.

La troisième (et dernière, espérai-je) mauvaise nouvelle m'attendait dans ma boîte aux lettres : j'avais de toute évidence oublié de renvoyer à mon club de lecture mon bulletin de sélection mensuel, et le résultat de cette négligence se trouvait maintenant devant moi, sous la forme d'un énorme pavé de Danielle Steel déposé là par le facteur. Devais-je le renvoyer ? Ou attendre le prochain Noël pour l'offrir à ma mère ? Je pouvais aussi me renseigner sur sa date d'anniversaire.

À court d'idées pour repousser plus longtemps mon coup de fil à Cynthia, je me rassis derrière mon bureau et composai son numéro. Mon regard s'échappa au-delà de la vitre pendant que la première sonnerie se faisait entendre au bout du fil. C'était une nuit glaciale de janvier, et une neige légère saupoudrait la Virginie.

— Allô ? fit Cynthia.

— Salut.

Une demi-seconde de silence, puis :

— Bonsoir, Paul. Comment ça va ?

Nous étions déjà sur un mauvais pied.

— Allons droit au but, Cynthia.

Elle hésita un instant, puis :

— Puis-je te demander d'abord comment s'est passée ta journée ?

— Magnifiquement. Un ancien sergent du mess m'a donné sa recette de chili con carne – mais je n'avais pas réalisé qu'elle était prévue pour deux cents personnes, et j'ai suivi ses dosages. J'ai tout congelé dans des sachets étanches, je t'en enverrai quelques-uns. Ensuite, je suis allé au gymnase. J'ai joué un match de basket contre une équipe de paraplégiques – on les a battus à plate couture. Et j'ai échoué avec les autres dans un bistrot du coin, pour boire des bières et manger des hamburgers. Et toi ?

— Ma foi… ça y est, je viens de boucler ce dossier de viol dont je t'ai parlé l'autre jour. Mais au lieu de m'accorder un congé bien mérité, on m'envoie à Fort Rucker pour une affaire de harcèlement sexuel qui semble plutôt compliquée. Je resterai sur place jusqu'à ce que ce soit fini. Cela risque de prendre quelques semaines. Au cas où tu voudrais me joindre, je logerai à la caserne.

Je m'abstins de répondre.

— Tu sais, ajouta-t-elle, je repense souvent à Noël.

— Moi aussi. (Cela faisait un mois, et nous ne nous étions pas revus depuis.) Vivement Pâques.

— Tu pourrais t'installer ici.

— Tu risques d'être mutée à n'importe quel moment. Je me retrouverais obligé de te suivre au gré de tes affectations. On en a déjà discuté, non ?

— Oui, mais…

— Je suis bien en Virginie. Si tu te faisais muter ici, toi ?

— Serait-ce une proposition ?

Ho-ho…

— Ce serait excellent pour ta carrière, éludai-je. Au quartier général, tu te ferais rapidement remarquer…

— Laisse-moi m'occuper moi-même de ma carrière. Et je n'ai aucune envie d'un travail d'état-major. Je suis enquêtrice. Comme tu l'as été. Je préfère bosser sur le terrain, là où je sais pouvoir être utile.

— Et de mon côté, je ne peux ni te suivre comme un chiot, ni errer dans ton appartement chaque fois que tu seras en mission quelque part. Ce ne serait pas bon pour mon moral.

— Tu pourrais trouver un poste dans la police.

— Je cherche. Ici, en Virginie.

Et ainsi de suite. Ce n'est jamais facile lorsque l'homme ne travaille pas et que la femme a un métier qui l'oblige à se déplacer constamment. En outre, l'armée semble prendre un malin plaisir à vous muter dès que vous commencez à vous sentir à l'aise quelque part, ce qui jette un sérieux doute sur la notion militaire de l'affectation permanente. Et pour couronner le tout, ces temps-ci, les missions temporaires – en Bosnie, en Somalie ou en Amérique du Sud – ont tendance à se prolonger au-delà d'un an, ce qui remet aussi en question la définition militaire de l'affectation temporaire. Bref, Cynthia et moi formions ce qu'on appelle aujourd'hui un « couple GI » – géographiquement incompatible.

La carrière militaire, c'est bien connu, pèse lourd sur les relations entre individus ; l'armée n'offre pas de métier, elle impose une vocation, un engagement qui rend tout autre engagement extrêmement délicat, souvent même impossible.

— Tu es là, Paul ?

— Je suis là.

— On ne peut pas continuer comme ça. C'est trop dur.

— Je sais.

— Qu'est-ce qu'il faut qu'on fasse ?

Je sentis qu'elle était prête à démissionner et à faire une croix sur sa retraite, pour peu que je prononce le mot fatidique, celui qui commence par un M. Il ne nous resterait plus ensuite qu'à choisir l'endroit où nous voulions vivre ensemble, trouver un travail, et vivre heureux jusqu'à la fin de nos jours. Pourquoi pas ? Nous nous aimions.

— Paul ?

— Oui. Je réfléchis.

— Tu aurais déjà dû y réfléchir.

— Exact. Je crois qu'on devrait plutôt en parler de vive voix. En tête à tête.

— Chaque fois qu'on se retrouve en tête à tête, dit-elle, on n'arrive à faire qu'une seule chose : baiser.

— Ce n'est pas… On pourrait peut-être en discuter autour d'un repas. Au restaurant.

— Entendu. Je te rappelle à mon retour de Fort Rucker. Soit j'irai chez toi, soit tu viendras chez moi.

— D'accord. Comment se présente ton divorce ?

— C'est quasiment réglé.

— Parfait. (Et j'ajoutai, avec une pensée pour son charmant mari :) Comment va le commandant Maboul ? Vous vous revoyez ?

— Le moins possible. On se croise quelquefois au club des officiers. Dans certaines situations que je ne peux pas éviter.

— Il espère toujours te remettre le grappin dessus ?

— Et toi, tu ne vas pas remettre ça sur le tapis ?

— Ce n'est pas du tout mon intention. J'ai simplement peur qu'il n'essaie encore de me tuer.

— Il n'a jamais essayé de te tuer, Paul.

— J'ai dû mal interpréter l'épisode où il a pointé sur moi un pistolet chargé…

— Si on changeait de sujet ?

— Avec plaisir. Tu aimes Danielle Steel ?

— Non. Pourquoi ?

— J'ai son dernier livre. Je te l'enverrai.

— Ta mère appréciera sûrement plus que moi. Son anniversaire approche, c'est le 10 février. Surtout, ne laisse pas passer la date.

— Elle est gravée dans le marbre. Au fait, j'ai reçu un message de Karl. Il veut me voir demain.

— Pourquoi ?

— Je comptais sur toi pour me le dire.

— Je ne suis pas au courant. Peut-être veut-il juste boire un verre avec toi. Pour évoquer le bon vieux temps.

— Il m'a donné rendez-vous au Mur.

— Tiens, c'est bizarre.

— Tu l'as dit. Il ne t'a vraiment parlé de rien ?

— Non. Pourquoi m'aurait-il parlé de quoi que ce soit ?

— Je ne sais pas. Je n'arrive pas à imaginer ce qu'il a derrière la tête.

— Pourquoi veux-tu qu'il ait quelque chose derrière la tête ? Vous avez travaillé ensemble pendant des années. Il t'aime bien.

— Il me déteste.

— Il ne te déteste pas. Mais tu n'es pas facile à commander. Et je me permettrais d'ajouter que tu n'es pas facile à aimer.

— Ma mère m'aime, elle.

— Tu ferais bien de vérifier. En ce qui concerne Karl, sache qu'il te respecte et qu'il admire ton intelligence. Il doit avoir besoin soit d'un conseil, soit de renseignements sur une de tes enquêtes.

— Mais pourquoi le Mur ?

— Aucune idée. Tu le sauras demain.

— Il fait froid. Et chez toi ?

— Dans les quinze degrés.

— Ici, il neige.

— Sois prudent sur la route.

— Oui.

Le silence retomba. Nous nous étions connus au quartier général de l'OTAN à Bruxelles. Cynthia était la fiancée d'un commandant des forces spéciales. Nous avions eu une aventure. Il avait pris la mouche et effectivement braqué son pistolet sur moi. J'avais battu en retraite, ils s'étaient mariés, et un an plus tard le destin avait remis Cynthia sur mon chemin.

Cela se passait au club des officiers de Fort Hadley, en Géorgie. Elle et moi étions en mission au même endroit. J'enquêtais discrètement sur le vol et la revente de matériel militaire tandis qu'elle élucidait une affaire de viol. C'était sa spécialité. Les crimes sexuels. J'aurais préféré retourner au front plutôt que de faire ce genre de boulot, mais il fallait bien que quelqu'un s'en charge, et Cynthia était douée. Sans doute parce qu'elle était capable de cloisonner ses sentiments et ne semblait jamais affectée par la nature un peu particulière de son travail. Quoique.

Mais revenons à Fort Hadley, l'été précédent. Alors que nous étions tous deux sur place, la fille du commandant d'armes, Ann Campbell, avait été retrouvée morte sur un champ de tir, nue, étranglée, empalée et apparemment violée. Du coup, on m'avait prié de laisser tomber illico ma petite histoire de trafic d'armes, et Cynthia avait reçu l'ordre de m'assister. Après avoir résolu l'énigme, nous nous étions efforcés de démêler les nœuds de notre relation, ce qui s'était révélé nettement plus ardu. À ceci près qu'elle avait tout de même eu la lucidité de se débarrasser du commandant Maboul.

— Paul, je crois qu'on devrait laisser ces questions en suspens jusqu'à ce qu'on se voie. Tu es d'accord ?

— Ça me paraît raisonnable.

C'était même mon idée. Mais à quoi bon le lui faire remarquer ?

— Je crois, soupira-t-elle, que nous avons tous les deux besoin de savoir ce à quoi nous sommes prêts à renoncer et ce que nous cherchons à préserver.

— C'est de toi, cette phrase ?

— Eh bien… Mais c'est la vérité. Je t'aime, et…

— Je t'aime aussi.

— Je sais. C'est même pour ça que c'est dur.

Personne ne pipa mot pendant un temps relativement long. Cynthia fut la première à craquer :

— Je suis plus jeune que toi, et…

— Mais je suis plus immature.

— S'il te plaît, tais-toi un peu. J'aime ce que je fais, j'aime ma vie, ma carrière, mon indépendance. Mais… j'y renoncerais si… si je croyais vraiment…

— J'entends bien. C'est une grosse responsabilité pour moi.

— Je ne te mets pas la pression, Paul. Je ne suis même pas sûre de vouloir ce que je crois vouloir.

J'ai beau être un type relativement intelligent, j'ai tendance à m'embrouiller dès que je parle à une femme.

— Je comprends, me contentai-je de lâcher.

— Tu es sûr ?

— Tout à fait, confirmai-je malgré mon sentiment d'être carrément largué.

— Je te manque ?

— Chaque jour, répondis-je.

— Toi aussi. Vraiment, Paul. J'ai hâte de te revoir. Je vais tâcher de prendre quelques jours de congé. Promis.

— Moi aussi, je prendrai quelques jours de congé.

— Tu ne travailles pas.

— C'est vrai. Mais si je travaillais, j'exigerais un congé pour pouvoir te rejoindre. Tiens, la prochaine fois, c'est moi qui viendrai. Il fait meilleur dans ta région.

— D'accord. Ça serait bien.

— Tu aimes le chili ?

— Non.

— Je croyais que tu l'aimais. Tant pis. Bonne chance pour ton enquête. Fais-moi signe, et je t'aurai rejointe dès le lendemain.

— À mon avis, j'en ai pour deux semaines. Peut-être trois. Je t'appellerai quand j'aurai avancé sur le dossier.

— Entendu.

— Passe le bonjour à Karl. Tu me raconteras ce qu'il te voulait.

— Peut-être qu'il va me raconter qu'il a été enlevé pendant une semaine par des extraterrestres.

Cynthia pouffa au bout du fil.

Et elle ajouta, alors que nous nous apprêtions à conclure sur une note enjouée :

— Tu sais, Paul, tu n'étais pas obligé de démissionner.

L'affaire de la fille du général avait senti les égouts dès la première minute – un véritable champ de mines politique, à la fois professionnel et affectif, dans lequel je m'étais rué tête baissée. Je m'en serais sans doute mieux tiré en n'élucidant pas le mystère, mon enquête ayant révélé des vérités que personne ne souhaitait connaître.

— Quand un sous-officier reçoit un blâme, répondis-je, il ne lui reste plus guère qu'à prendre sa retraite. C'est plutôt nul, mais…

— Je crois que tu as mal évalué la situation. Tu t'es braqué, tu es monté sur tes grands chevaux, et si tu as eu une réaction impulsive, c'est surtout parce que ton orgueil était blessé.

— Vraiment ? Je te remercie de m'expliquer que j'ai fait une croix sur trente ans de carrière à cause d'une bouffée de vanité.

— Tu devrais l'admettre. Et permets-moi de te dire une seconde chose : si tu ne retrouves pas rapidement une occupation digne de toi, je te garantis que tu vas sombrer dans la déprime, et que…

— J'y suis déjà. Grâce à toi. Merci.

— Excuse-moi, Paul, mais je te connais. Tu n'étais pas sur un siège éjectable. L'affaire Campbell t'a poussé à bout, voilà tout. Normal. Elle a poussé tout le monde à bout. Moi aussi. C'était vraiment le dossier le plus glauque, le plus déprimant…

— Je ne veux plus parler de ça.

— D'accord. Mais franchement, tu aurais dû prendre un congé de trente jours au lieu de leur balancer ta démission. Tu es encore jeune, tu as de l'énergie à revendre. Il te reste beaucoup à donner. Il faut absolument que tu t'accordes un second acte, Paul.

— Merci. Je suis en train de sonder mes possibilités.

— Tu m'en veux ?

— Pas du tout. Si tu étais ici, tu verrais que j'ai le sourire aux lèvres.

— Tu sais, Paul, si je ne t'aimais pas, je ne te tiendrais pas ce langage.

— Je souris toujours.

— Allez, soupira-t-elle, on en reparle dans quelques semaines. Prends soin de toi.

— Toi aussi.

Un silence, puis :

— Bonne nuit, Paul.

— Bonsoir.

Après avoir raccroché, je me levai, m'approchai du bar et me servis un whisky. Arrosé de soda, avec des glaçons.

Je restai longtemps là, dans ma tanière, les pieds sur la table, à regarder la neige. Le whisky avait un poids agréable au creux de ma main.

En résumé, un roman de Danielle Steel trônait sur mon bureau, les propos de Cynthia résonnaient encore dans mes oreilles, et un message inquiétant de Karl Hellmann scintillait sur mon écran d'ordinateur.

Il arrive que certains incidents sans lien apparent s'inscrivent en réalité dans le cadre d'un plan plus vaste. Pas le vôtre, évidemment. Celui de quelqu'un d'autre. Et j'étais censé avaler que Karl et Cynthia ne s'étaient pas parlé à mon sujet ?

Mme Brenner n'avait pas mis au monde un demeuré. J'aurais dû trouver vexant qu'on puisse sous-estimer mon intelligence – même si, en vérité, j'avais parfois tendance à adopter une certaine forme d'attitude machiste qui incitait les gens à se méprendre sur mes capacités. Il faut dire que ce comportement m'avait été bien utile pour envoyer un certain nombre de personnes en prison.

Je relus le message de Karl. *16 heures, demain, le Mur*. Le colonel Karl Gustav Hellmann savait se montrer un tantinet arrogant. Il était d'origine allemande, comme son nom le suggérait, alors que Paul Xavier Brenner, lui, était un descendant d'Irlandais des quartiers sud de Boston, à la fois insouciant et délicieusement roublard. *Herr* Hellmann était tout le contraire. Et pourtant, sur un certain plan, nous nous entendions bien. C'était un bon chef, strict mais juste, toujours animé par de hautes motivations. Seul hic, je ne les avais jamais partagées.

Je me redressai d'un coup de reins et tapai ma réponse à Karl : *À demain*. Et après avoir signé *Paul Brenner*, en toute simplicité, je cliquai sur la touche « envoi ».

2

Le lendemain à quinze heures, je débouchai sur le National Mall de Washington, une esplanade rectangulaire, plantée de gazon et d'arbres, qui s'étire sur plus de trois kilomètres du Capitole à l'est au Lincoln Memorial à l'ouest.

Avec ses jolis points de vue, le Mall est un endroit rêvé pour s'offrir un petit décrassage. Afin de rentabiliser mon incursion dans la capitale, j'avais donc décidé de venir en survêtement, baskets et bonnet de laine.

J'entamai mon parcours devant le Capitole, au bord du bassin, en réglant ma foulée de manière à atteindre le mémorial de la guerre du Vietnam juste avant l'heure prévue pour notre rendez-vous – c'est-à-dire seize heures.

Malgré l'absence de vent et le soleil toujours en suspens au-dessus de l'horizon, il faisait froid. Des arbres nus bordaient les pelouses tapissées de neige.

Je commençai par longer la rive sud du bassin, passant devant le musée national de l'Air et de l'Espace, la Smithsonian Institution et les autres musées installés au bord du Mall.

Si le Mall est officiellement un parc, c'est aussi un lieu qui suscite apparemment chez les humains un désir effréné d'ériger des édifices chargés d'importance : monuments, statues, mémoriaux, musées… À ce train-là, le Mall ressemblera bientôt au Forum romain, avec sa multitude de temples voués à ceci ou à cela. Ce n'est pas que je condamne cette tendance ; certains personnages et événements considérables méritent un monument. Personnellement, j'ai le mien : le mémorial de la guerre du Vietnam, un ouvrage d'autant plus appréciable que mon nom n'est pas gravé dessus.

Le soleil déclinait, les ombres s'allongeaient, tout était calme et silencieux, à l'exception de la neige qui crissait sous mes semelles.

Un coup d'œil à ma montre me permit de constater que je n'étais plus qu'à dix minutes de l'heure du rendez-vous. *Herr* Hellmann, comme de nombreux représentants de son groupe ethnique, est un fanatique de la ponctualité. Je n'aime pas trop les généralités en ce qui concerne les races, les religions, ou le reste, mais force m'est de reconnaître que les Irlandais et les Allemands ne partagent pas la même notion du temps.

Forçant l'allure, je contournai le bassin pour remonter vers le nord. Mes muscles fessiers commençaient à protester, l'air glacé me brûlait les poumons.

En traversant les jardins de la Constitution, je vis grandir devant moi la statue de groupe en hommage aux femmes du Vietnam : trois infirmières en treillis de jungle, penchées sur un blessé que je ne distinguais pas à cette distance.

Une centaine de mètres plus loin se dressait la statue de trois jeunes soldats du contingent – trois hommes de bronze, eux aussi en tenue de jungle, autour d'une hampe de drapeau.

Au-delà des deux groupes sculptés, je voyais à présent la silhouette en forme de V du Mur, dont le granit noir contrastait puissamment avec la blancheur de la neige.

Le mémorial de la guerre du Vietnam est sans doute le monument le plus visité de Washington, mais il n'y avait pas grand monde en ce froid après-midi de semaine. Au fur et à mesure de mon approche, je sentis grandir en moi l'impression que tous ces gens immobiles devant le Mur étaient là parce qu'ils en avaient besoin.

Un homme isolé se tenait à l'écart du reste des visiteurs : le colonel Karl Hellmann, reconnaissable à son trench-coat et à son chapeau mou. Comme de bien entendu, il était en train de regarder sa montre, et je n'eus aucune peine à me l'imaginer marmonnant dans sa barbe, avec son léger accent germanique : « Mais qu'est-ce qu'il fiche, bon Dieu ? »

Je ralentis, de manière à ne pas effaroucher mon ex-patron en lui tombant dessus par-derrière. Au moment où j'atteignais l'extrémité de l'allée qui longe le Mur, à une vingtaine de mètres de *Herr* Hellmann, un carillon d'église sonna quelque part, puis un deuxième, puis un troisième. À force de ralentir, je finis par me retrouver au pas, et je rejoignis *Herr* Hellmann à l'instant où un quatrième et dernier son de cloche indiquait l'heure pile.

Il sentit ma présence – à moins qu'il n'ait saisi mon reflet dans le granit noir.

— Bonjour, Paul, lâcha-t-il sans se retourner.

Le ton était enjoué. J'étais arrivé à l'heure, et ce genre de détail le met généralement de bonne humeur.

Je ne répondis pas à son salut, et nous attendîmes tous les deux côte à côte, face aux milliers de noms gravés sur le Mur. J'aurais préféré marcher pour détendre mes muscles, mais je restai immobile, cherchant mon souffle, exhalant des nuages de vapeur comme un cheval en hiver, gêné par le voile de sueur qui commençait à se figer sur mon visage.

L'un à côté de l'autre, nous nous livrâmes silencieusement à un processus de reconnaissance mutuelle après une séparation de six mois, un peu comme des chiens qui se reniflent afin de déterminer qui est le boss.

Je remarquai que la partie du Mur devant laquelle nous nous tenions correspondait à l'année 1968. C'est celle qui prend le plus de place, 1968 ayant eu le triste privilège d'être l'année de tous les records en matière de pertes américaines : il y avait eu l'offensive du Têt, le siège de Khe Sanh, la bataille de la vallée d'A Shau, ainsi que plusieurs autres carnages moins célèbres mais tout aussi terribles. Comme moi, Karl s'était trouvé là-bas en 1968, et nous possédions donc l'un et l'autre une connaissance directe de certains lieux et événements que je viens de citer.

Cette année-là, la situation sur le front intérieur n'était guère plus brillante : assassinats de Martin Luther King et de Robert Kennedy, émeutes universitaires, émeutes urbaines, et j'en passe. Bref, 1968 avait été une mauvaise année, sur tous les plans. Si je ne savais pas ce que nous faisions là, je comprenais pourquoi Karl s'était arrêté devant l'année 1968. Mais, comme tout bon militaire, je ne parlais jamais à un supérieur tant qu'il ne s'était pas adressé à moi. Et mon mutisme se prolongeait parfois même après. En l'occurrence, je ne voyais aucun inconvénient à ce que nous restions ici dans le silence le plus absolu jusqu'à minuit.

— Merci d'être venu, finit-il par lâcher.

— Ça sonnait comme un ordre.

— Vous êtes à la retraite.

— Pour être exact, j'ai démissionné.

— Peu importe. J'ai transformé votre démission en départ à la retraite. C'était beaucoup plus agréable pour tout le monde.

— J'avais vraiment l'intention de démissionner.

— Oui, mais dans ce cas nous n'aurions pas pu organiser cette charmante petite cérémonie d'adieux – vous savez, celle où vous avez lu publiquement votre lettre de blâme.

— Vous m'aviez demandé de dire quelques mots…

Karl éluda ma remarque.

— Vous semblez en forme, se contenta-t-il de dire.

— Un peu. Je viens de traverser tout Washington au pas de gymnastique. J'avais rendez-vous au pied du Mur. J'en suis à mon troisième monument.

Karl alluma une cigarette.

— Vous n'avez perdu ni votre tendance au sarcasme, ni votre déplorable sens de l'humour.

— Soit. Et maintenant, si je puis me permettre, quel est le problème ?

— Les convenances veulent qu'on échange d'abord quelques amabilités. Que devenez-vous ?

— Tout va bien. Je rattrape un énorme retard de lecture. Au fait, vous lisez Danielle Steel ?

— Qui ?

— Je vous enverrai un de ses romans. Vous aimez le chili ?

Karl tira sur sa cigarette, probablement en se maudissant de m'avoir fait signe.

— Permettez-moi de vous poser une question, Paul. Pensez-vous avoir été injustement traité par l'armée ?

— Pas plus que quelques millions d'autres, mon colonel.

— Je crois que les amabilités sont terminées.

— Parfait.

— D'abord, sur le plan administratif, deux informations : primo, votre lettre de blâme. Elle pourrait être retirée de votre dossier. Secundo, votre retraite. Nous pourrions la recalculer, ce qui, au vu de votre espérance de vie, représenterait un gain énorme.

— À vrai dire, mon espérance de vie s'est nettement accrue depuis que j'ai quitté l'armée. Donc, même avec une pension modeste, je reste gagnant.

— Souhaitez-vous avoir plus de détails sur ces deux informations ?

— Non. Elles puent l'embrouille à plein nez.

Nous attendîmes, immobiles dans le froid, à humer l'air tout en cherchant à anticiper les cinq ou six prochains coups de l'adversaire. Je suis assez doué à ce jeu-là, mais Karl est encore meilleur. Il n'a bien sûr ni mon intelligence ni mon bagout, mais sa pensée est pénétrante et porte loin.

C'était quelqu'un que j'appréciais. Sincèrement. Pour être honnête, j'avais même été un peu froissé de son silence pendant ces six mois. Peut-être avait-il été vexé par mon stupide numéro de la cérémonie d'adieux. J'avais quelques verres dans le nez, et je ne me souvenais que très confusément d'avoir imité un maréchal prussien que j'avais baptisé, je crois, Von Hellmann.

— Ce mur porte le nom d'un homme qui n'a pas été tué au combat, se décida-t-il enfin à dire. D'un homme qui, en réalité, a été victime d'un meurtre.

Je me gardai de réagir.

— Combien d'hommes connaissiez-vous dont le nom est aujourd'hui inscrit sur ce mur ? reprit-il.

Après quelque secondes de silence, je répondis :

— Beaucoup trop. Et vous ?

— Même chose. Vous avez fait deux séjours au Vietnam, n'est-ce pas ?

— Oui. En 1968, et j'en ai remis une couche en 1972 – mais à cette époque-là j'étais dans la police militaire, et je me suis surtout battu contre des GI's ivres autour de la base aérienne de Bien Hoa.

— Mais la première fois, vous étiez fantassin… et vous avez connu le feu. Ça vous a plu ?

C'était typiquement le genre de question que seuls les anciens combattants pouvaient comprendre. L'idée m'effleura que depuis le temps que je connaissais Karl nous n'avions presque jamais échangé de souvenirs de la guerre, ce qui, d'ailleurs, n'était pas un phénomène inhabituel.

— La folie totale, répondis-je en me tournant vers lui. En tout cas au début. Ensuite… je me suis habitué, c'était le quotidien… et pour finir, je suis devenu complètement parano, comme si quelqu'un essayait de me liquider personnellement, comme si on ne voulait pas me laisser rentrer au pays. Les deux derniers mois, je crois que je n'ai pas fermé l'œil…

— J'ai connu à peu près la même expérience, opina Karl en me fixant. (Il s'approcha du Mur, le regard fixé sur une colonne de noms.) Nous étions jeunes, Paul. Tous ceux-là resteront jeunes à jamais. (Du bout des doigts, il effleura un nom.) Je le connaissais.

Le colonel Hellmann me paraissait étonnamment pensif, presque renfrogné. Sans doute le lieu, la saison, le crépuscule pesaient-ils sur son humeur. Moi-même, je ne me sentais pas particulièrement fringant.

Il sortit son étui à cigarettes doré et le briquet assorti.

— Vous en voulez une ?

— Non merci. Vous venez juste de finir une clope.

Il m'ignora, comme tous les fumeurs, et alluma une cigarette.

Karl Gustav Hellmann. Je ne savais pas grand-chose de sa vie, juste qu'il avait grandi dans les ruines de l'Allemagne post-nazie. J'ai croisé plusieurs autres soldats germano-américains au fil de ma carrière, presque tous officiers, presque tous à la retraite aujourd'hui. La biographie classique de ces hommes montrait un enfant sans père, qui avait commencé par rendre – pour survivre – de menus services à l'armée d'occupation américaine. À dix-huit ans, cet enfant s'engageait dans l'une ou l'autre des bases installées en Allemagne, une façon d'échapper à la misère de sa nation vaincue. Notre armée avait accueilli un grand nombre d'entre eux, et Karl était probablement un des derniers.

Je ne savais pas à quel point son parcours individuel collait à cette biographie modèle, mais Karl Hellmann devait en tout cas être tout près de la retraite obligatoire, à moins qu'une étoile de général ne vienne illuminer son horizon à très court terme, ce qui lui permettrait peut-être de repousser l'échéance. L'idée m'effleura que notre rencontre n'était peut-être pas sans rapport avec cette perspective.

— Les années passent, me dit-il (ou peut-être s'adressait-il à lui-même). Et pourtant, en un sens, c'est comme si c'était hier. Vous ne trouvez pas ?

— Si. 1968 reste à peu près aussi clair dans ma tête qu'une projection de diapositives : une succession d'images précises et muettes, comme figées pour l'éternité…

Nous échangeâmes un regard, et il finit par hocher la tête.

Où voulait-il en venir ?

Savoir où tout a commencé est parfois utile. Comme je l'ai déjà mentionné, je suis un Irlandais de Boston

– ou plutôt des quartiers sud de Boston, synonymes de classe ouvrière. Mon père était un vétéran de la Seconde Guerre mondiale, comme à peu près tous les pères de cette époque et de cet endroit-là. Après s'être battu trois ans dans l'infanterie, il était rentré au pays, s'était marié, avait eu trois fils et avait travaillé trente ans pour la ville de Boston, à la réparation des autobus municipaux. Il m'avait confié un jour que si son boulot n'était pas aussi exaltant que le débarquement en Normandie, les horaires étaient nettement plus avantageux.

Peu de temps après mon dix-huitième anniversaire, j'avais reçu ma convocation militaire. J'avais immédiatement téléphoné à Harvard pour essayer d'obtenir une place en première année de fac – et l'ajournement d'incorporation qui allait avec –, mais on m'avait objecté, à juste titre, que je n'avais jamais déposé de dossier de candidature. J'avais eu droit au même son de cloche à la Boston University, et aussi au Boston College, où un tas de mes coreligionnaires avaient pourtant trouvé asile pour échapper au Vietnam.

Donc, j'avais fait mon sac, mon père m'avait serré la main, mes frères cadets avaient trouvé que j'avais de l'allure, ma mère avait pleuré, et j'étais monté dans un train militaire à destination de Fort Hadley, en Géorgie, pour faire mes classes et suivre un entraînement avancé de fantassin. Pour Dieu sait quel stupide motif, je me portai candidat et fus reçu à l'école des troupes aéroportées – c'est-à-dire les parachutistes – de Fort Benning, toujours en Géorgie. Histoire de peaufiner ma formation dans l'art de tuer des hommes, je sollicitai un entraînement complémentaire au sein des forces spéciales, espérant que la guerre serait peut-être finie avant ma sortie de ces écoles absurdes, mais l'armée se contenta de me répondre : « Ça suffit, mon gars, te voilà bon pour le service. » C'est ainsi qu'après l'école des paras je me retrouvai dans une compagnie d'infanterie de combat dans un bled qui s'appelait Bong Son, qui n'avait rien à voir avec la Californie.

Je jetai un coup d'œil oblique à Karl. Malgré des parcours très différents, nous avions échoué là-bas, au Vietnam, à peu près en même temps. Mais peut-être, dans le fond, n'étaient-ils pas si différents que ça.

— J'ai pensé que ce serait une bonne idée de se retrouver ici, dit Karl.

Je gardai le silence.

Après le Vietnam, nous étions tous les deux restés dans l'armée – à mon avis parce que l'armée voulait bien de nous, ce qui n'était probablement pas le cas de pas mal d'autres. Je fus admis au sein de la police militaire et effectuai un second séjour au Vietnam. Ensuite, je profitai du programme d'aide aux études universitaires de l'armée pour obtenir une licence en droit criminel, ce qui me permit de postuler à la CID, qui m'intéressait surtout parce qu'on y travaillait en civil.

On m'accorda le grade d'adjudant-chef : un quasi-officier dépourvu de tout pouvoir de commandement mais occupant une fonction importante, dans mon cas celle d'enquêteur criminel.

Karl emprunta une voie légèrement différente et un peu plus distinguée : il suivit des études universitaires à temps complet aux frais de la Grande Muette, décrocha je ne sais quel diplôme de philosophie après avoir réussi à obtenir quatre ans de formation en tant qu'officier de réserve, puis réintégra l'armée d'active avec le grade de lieutenant.

Nos chemins, qui avaient failli se croiser au Vietnam, finirent par converger pour de bon à Falls Church. Et voilà que nous nous retrouvions au propre comme au figuré au crépuscule – deux anciens combattants, deux messieurs d'âge mûr face aux morts de notre génération, cinquante-huit mille noms gravés dans la pierre noire, et j'eus soudain la vision de ces hommes dans leur enfance, s'amusant à graver leur nom sur un tronc d'arbre, sur un pupitre d'écolier, sur une palissade. Je me rendis compte que pour chacun de ces noms inscrits là, dans le granit, il y en avait sans doute un autre ailleurs, quelque part en Amérique. Sans compter que ces noms étaient aussi gravés dans le cœur de leurs proches.

Nous nous mîmes en marche. Au pied du Mur reposaient des bouquets de fleurs, déposés par des amis, des parents, et je me rappelai qu'à mon dernier passage ici, bien des années plus tôt, quelqu'un avait laissé un gant de base-ball, et qu'en le voyant faire, avant même d'avoir eu le temps de comprendre ce qui se passait en moi, j'avais senti des larmes rouler sur mes joues.

Les premières années, toutes sortes d'objets avaient été placés au pied de ce mur noir : des photos, des chapeaux, des jouets, voire des aliments, comme cette boîte de biscuits Nabisco vue à mon premier passage. Aujourd'hui, il n'y avait pratiquement plus d'objets personnels, seulement des fleurs, et aussi quelques lettres soigneusement pliées et glissées dans les interstices du granit.

Les années passent, les parents meurent, les veuves refont leur vie, les frères et les sœurs n'oublient pas mais sont déjà venus ici et n'ont pas besoin d'y revenir. Les morts, si jeunes pour la plupart, n'ont guère laissé d'enfants, et pourtant, la précédente fois où j'étais venu, j'avais croisé une orpheline, une femme proche de la trentaine, qui n'avait jamais connu son père. De mon côté, je n'avais jamais eu d'enfants, et pendant une dizaine de minutes, avant de passer son chemin, chacun de nous s'était efforcé de combler une part infime du vide de l'autre.

Pour une raison quelconque, ce souvenir me conduisit à penser à Cynthia, au mariage, aux enfants, à l'idée de foyer, à la terre, à toutes sortes de notions aussi douces que vagues. Si Cynthia avait été là, j'aurais pu lui demander sa main à cet instant. Elle n'était pas là, et je savais que dès le lendemain je serais redevenu moi-même.

Sans doute traversé par des pensées similaires sur la guerre et la paix, la mort et le souvenir, Karl se décida à rompre le silence :

— Je tâche de venir ici tous les ans, le 17 août. C'est l'anniversaire d'une de mes batailles. (Et, après une hésitation :) La bataille de la route 13. La 11e division de cavalerie blindée, dans la plantation de caoutchouc Michelin. Vous avez dû en entendre parler. J'ai vu les gars tomber comme des mouches autour de moi. Donc, je viens le 17 août, je dis une petite prière pour eux, et j'y ajoute un mot de remerciement pour moi-même. C'est le seul moment de l'année où je prie.

— Je croyais que vous alliez à l'église tous les dimanches.

— On va à l'église avec sa femme et ses enfants.

Il ne développa pas, et je ne posai pas de question. Nous fîmes demi-tour et revînmes sur nos pas.

— Alors ? fit-il, changeant de ton. Êtes-vous curieux d'en savoir plus sur ce meurtre ?

— Peut-être. Mais franchement, je préférerais ne rien savoir.

— Si c'était vrai, vous seriez déjà parti.

— Je suis un garçon poli, mon colonel.

— J'ai eu l'occasion d'apprécier cette politesse quand vous étiez sous mes ordres. Quoi qu'il en soit, puisque vous êtes poli, vous allez m'écouter jusqu'au bout.

— Si je vous écoute, je risque d'être convoqué comme témoin dans le cadre d'une procédure judiciaire. C'est écrit dans le code.

— Croyez-moi, Paul, ce rendez-vous et cette conversation n'ont jamais eu lieu. C'est même pour cela que je vous ai fait venir ici plutôt qu'à Falls Church.

— Je m'en serais douté.

Je me sentais encore en terrain stable ; le pas suivant risquait de me mener sur une pente glissante. Mon ange gardien me souffla qu'il n'existait pas dans le monde entier une seule raison valable pour que j'écoute ce que cet homme voulait me dire. Mais il ne parla pas assez fort. *Cynthia*. Retrouver une occupation digne de moi, m'accorder un second acte, quels mots avait-elle employés encore ?

— Puis-je commencer ?

— Je pourrai vous interrompre à tout moment ?

— Non. Si je commence, vous m'écoutez jusqu'à la fin.

— C'est une affaire criminelle ?

— Il me semble que le meurtre est un crime, oui. Vous avez d'autres questions aussi stupides ?

Sentant que je commençais à l'agacer, je souris.

— Vous savez quoi ? fis-je. Pour vous prouver à quel point je suis stupide, je vais vous écouter.

— Merci.

Karl avait bifurqué vers le monument à la mémoire des femmes. Je le suivis.

— Selon une information communiquée à la CID, un jeune lieutenant, officiellement tué ou disparu au combat, aurait en réalité été victime d'un meurtre dans la ville de Quang Tri, le 7 février 1968, en pleine offensive du Têt. Si mes souvenirs sont exacts, vous vous trouviez à l'époque dans la province de Quang Tri.

— Exact, mais j'ai un alibi en béton pour ce jour-là.

— Je ne fais que souligner une coïncidence. Je sais que, ce jour-là, votre unité était stationnée à quelques kilomètres de la ville. Mais vous êtes certainement bien placé pour visualiser le contexte.

— Et comment ! J'apprécie de constater que vous vous êtes replongé dans mes états de service.

Karl ignora ma remarque.

— Comme je vous l'ai dit, poursuivit-il, j'appartenais à la 11e division de cavalerie blindée, stationnée à Xuan Loc mais déployée à ce moment-là autour de Cu Chi. Je n'ai aucun souvenir de ce jour particulier, mais je peux vous assurer que dans l'ensemble le mois de février nous a paru assez désagréable…

— Moi, je dirais que ce fut un mois à chier.

— Voilà. À chier. (Karl cessa de marcher et se tourna vers moi.) Pour ce qui est de ce lieutenant, certains indices montrent qu'il a été tué par un capitaine de l'armée des États-Unis.

Karl laissa à sa phrase le temps de faire son effet, mais je ne montrai aucune réaction. Je venais d'entendre quelque chose que je n'aurais pas dû entendre, ce qui faisait de moi le détenteur d'un secret. Les détails n'allaient pas tarder.

Nous étions face aux trois infirmières sculptées – l'une en train de panser le blessé gisant sur des sacs de sable, la deuxième agenouillée à son côté, la troisième scrutant le ciel dans l'attente d'un hélicoptère. Les quatre personnages étaient en tenue d'été, et cette vision me fit frissonner.

— Ils auraient dû placer cette statue plus près du Mur, confiai-je à Karl. La dernière personne vue avant de mourir par une bonne partie des gars mentionnés ici était une infirmière militaire.

— Peut-être que la juxtaposition serait un peu trop morbide. Ce blessé… on dirait qu'il va survivre.

— Oui. Il va s'en tirer.

Nous nous repliâmes un instant dans le silence.

— Nous n'avons ni le nom du meurtrier présumé, reprit Karl, ni celui de la victime présumée. Nous savons seulement que le capitaine a abattu le lieutenant de sang-froid. Nous n'avons pas de cadavre – ou plutôt, devrais-je dire, nous avons énormément de cadavres, tous tués par l'ennemi, mais pas celui qui nous intéresse. Nous savons que la victime a été tuée d'une balle dans le front, ce qui pourrait nous aider à réduire le champ des recherches en consultant les certificats de décès publiés à l'époque. À moins, bien sûr, que le corps du lieutenant n'ait jamais été retrouvé et qu'il ne soit classé dans la catégorie des disparus au combat. Vous me suivez ?

— Je crois. Un capitaine de l'armée des États-Unis sort son flingue et colle une bastos dans le front d'un lieutenant de l'armée des États-Unis. *A priori*, une blessure mortelle. Ça s'est passé en pleine bataille, il y a près de trente ans. Permettez-moi de jouer un instant l'avocat de la défense : il ne s'agit peut-être pas d'un meurtre, mais d'une de ces tristes circonstances où un officier se voit contraint d'abattre un subalterne en raison de sa lâcheté face à l'ennemi. Ces choses-là arrivent, et ce ne sont pas forcément des actes criminels, ni même illégaux. Il y a aussi l'hypothèse de la légitime défense et celle de l'accident. Vous ne devriez pas vous précipiter sur une conclusion. Sauf que, de toute évidence, il y a un témoin. J'ai donc tort de spéculer.

Nous revînmes ensemble vers le Mur. La lumière déclinait, des gens allaient et venaient, un homme de mon âge déposa une couronne mortuaire au pied du granit avant de se tamponner le coin des yeux avec son mouchoir.

Hellmann l'observa quelques instants, puis :

— Effectivement, il y a un témoin. Et ce témoin a décrit un meurtre de sang-froid.

— C'est un témoin fiable ?

— Je n'en ai aucune idée.

— Qui est ce témoin ? Où est-il ?

— Nous ne savons pas où il est, mais nous avons son nom.

— Et vous voulez que je le retrouve.

— Exact.

— Dans quelles circonstances avez-vous entendu parler de lui pour la première fois ?

— Il a écrit une lettre.

— Je vois… Donc, ce meurtre vieux de trente ans a été vu par un témoin, mais il a disparu. Vous n'avez pas de suspect, pas de cadavre, pas d'arme du crime, pas de mobile, pas l'ombre d'un indice matériel. Pour couronner le tout, ce meurtre s'est produit dans un bled paumé du bout du monde. Et vous me demandez d'élucider cette affaire…

— C'est exact.

— Ça paraît simple comme bonjour. J'ai envie de vous poser une question. Pourquoi ? Trente ans après, qui cela peut-il intéresser ?

— Moi. L'armée. Un meurtre a été commis. Il n'y a pas de prescription pour les meurtres.

— En effet. Vous vous rendez compte que la famille de ce lieutenant qui s'est fait tuer, ou qui a disparu, est certainement persuadée qu'il est tombé au champ d'honneur ? Quel intérêt de prouver qu'il a été assassiné ? Vous ne croyez pas que ses proches ont suffisamment souffert ?

D'un bref coup de menton, j'indiquai l'homme qui venait de déposer sa couronne au pied du mur.

— Ces considérations n'entrent pas en ligne de compte, rétorqua Karl Hellmann, fidèle à lui-même.

— Pour moi, si.

— Je n'irai pas jusqu'à dire que vous réfléchissez trop, Paul, mais vos réflexions empruntent de mauvaises voies.

— Absolument pas. J'estime qu'il y a sur ce mur un nom qu'il vaut mieux laisser en paix.

— Le meurtrier court toujours.

— Peut-être, mais peut-être pas. Si ça se trouve, il est tombé au combat par la suite. C'était une sale époque. Ce capitaine a de bonnes chances de s'être fait zigouiller sur le champ de bataille.

— Dans ce cas, son nom n'a pas sa place sur ce mur au milieu de tous ceux qui sont morts honorablement.

— Je savais que vous diriez quelque chose de ce genre.

— Je savais que vous me comprendriez.

— Je crois surtout que nous avons travaillé ensemble trop longtemps.

— Nous avons bien travaillé. Ensemble.

Voilà qui était pour moi une nouveauté. Peut-être Karl voulait-il dire que nous avions réussi à accomplir notre travail ensemble, ce qui était incontestable, en dépit de profondes différences de personnalité, et aussi en dépit du fait que l'un de nous était extrêmement tatillon, quant aux règles, et l'autre beaucoup moins.

Après nous être éloignés de la statue des femmes, nous fîmes halte devant le groupe masculin : deux Blancs et un Noir, censés représenter un marine, un fantassin et un matelot – mais comme ils portaient tous une tenue de jungle, la distinction n'était pas aisée. Ils regardaient le Mur, comme pour lire la liste des morts, mais vu qu'eux aussi semblaient morts, ce spectacle avait quelque chose de sinistre.

— Au début, dit Karl, je n'aimais pas ce mur. Je préférais ces trois héros de bronze. Parce que ce mur, malgré son abstraction et ses nuances métaphoriques, n'est en fin de compte rien d'autre qu'une pierre tombale géante, la stèle d'une fosse commune avec tous les noms gravés dessus. Voilà ce qui me dérangeait. Par la suite… j'ai fini par l'accepter. Et vous ? Qu'en pensez-vous ?

— J'en pense qu'on doit l'accepter pour ce qu'il est. Une pierre tombale, effectivement.

— Vous avez déjà éprouvé la culpabilité du survivant ?

— J'aurais pu. Si je n'avais pas été là-bas. On pourrait changer de sujet ?

— Non. Vous m'avez dit un jour que vous n'en vouliez pas à ceux qui n'y sont pas allés. Ça tient toujours ?

— Toujours. Pourquoi ?

— Vous affirmiez ressentir davantage de colère contre les hommes qui sont allés au Vietnam mais qui n'ont pas servi honorablement – ceux qui ont laissé tomber des camarades, ceux qui se sont livrés à des actes honteux, comme le viol et le pillage. Ceux qui ont froidement massacré des civils. C'est toujours vrai ?

— Finissez-en avec votre histoire.

— Bien. Donc, nous avons un capitaine qui s'est probablement rendu coupable de meurtre sur la personne d'un officier subalterne. Je veux connaître le nom de ce capitaine et celui du lieutenant assassiné.

Je remarquai que la question pourtant évidente du pourquoi – celle du mobile – n'avait pas explicitement émergé. Peut-être, comme dans beaucoup d'affaires de meurtre en temps de guerre, ce mobile était-il mesquin, absurde, et dénué d'importance. Mais peut-être était-ce justement pour cette raison que Karl tenait tant à exhumer un crime trentenaire. En tout cas, s'il n'avait pas l'intention d'en parler, je ne le ferais pas non plus.

— Avant de vous lancer dans des vérifications concrètes, dis-je, vous allez devoir tenir compte de la possibilité pour ce capitaine – pour ce meurtrier présumé – d'avoir succombé à une mort naturelle s'il n'est pas tombé au combat. N'oubliez pas que près de trente ans ont passé.

— Je suis vivant. Vous êtes vivant. Je veux savoir s'il l'est aussi.

— Soit. Et le témoin ? Savons-nous s'il est en vie ?

— Non. Mais s'il est mort, nous tenons à le savoir.

— Quand ce témoin a-t-il donné signe de vie pour la dernière fois ?

— Le 8 février 1968. C'est la date de sa lettre.

— Je sais que le courrier militaire est lent, mais à ce point-là, c'est un record.

— Permettez-moi de préciser que le témoin n'est pas américain. Il s'agit d'un soldat de l'armée nord-vietnamienne dont le nom est Tran Van Vinh. Après avoir été blessé pendant la bataille de Quang Tri, il s'est caché dans les ruines de la ville. C'est dans ces circonstances qu'il a vu deux Américains se quereller. Sous ses yeux, le capitaine a sorti son arme et a tiré sur le lieutenant. Dans une lettre adressée à son frère, il décrivait le meurtrier comme un *dai-uy* – un capitaine – et la victime comme un *trung-uy* – un lieutenant.

— Il y avait aussi pas mal de marines dans la région de Quang Tri à l'époque. Cette affaire ne relève peut-être pas de l'armée de terre.

— Tran Van Vinh, dans sa lettre, affirme que les deux hommes étaient *ky-binh* – c'est-à-dire officiers de cavalerie. Il précise même qu'ils portaient l'écusson de la 1re division de cavalerie de l'armée des États-Unis.

— La First Cav ? J'en faisais partie. Elle totalisait plus de vingt mille hommes !

— Exact. Mais cette information permet néanmoins de limiter le champ des recherches.

— Vous avez cette lettre ? demandai-je après un instant de réflexion.

— Bien entendu. Sinon, nous ne serions pas ici.

— Vous dites qu'elle était adressée au frère de ce soldat. Comment l'avez-vous retrouvée ?

— D'une façon tout à fait intéressante. Le frère, Tran Quan Lee, combattait également dans les rangs de l'armée nord-vietnamienne. Cette lettre a été récupérée sur son cadavre dans la vallée d'A Shau, à la mi-mai de la même année, par un soldat américain, Victor Ort, qui l'a emportée en guise de trophée. Elle a dormi près de trente ans au fond d'une malle remplie de souvenirs de guerre. Très récemment, Ort l'a transmise à la VVA, l'association des vétérans du Vietnam, dont le siège est ici, à Washington. La VVA encourage ses membres à renvoyer tous les objets et documents ennemis trouvés ou saisis au Vietnam, et aussi à fournir toutes les informations qu'ils pourraient détenir sur les morts d'en face. Ces informations sont ensuite transmises au gouvernement de Hanoi afin d'aider les Vietnamiens à connaître le sort de leurs disparus.

— Pourquoi ?

— Parce que les Vietnamiens ne sont plus nos ennemis. Parce qu'il y a des McDo et des Kentucky Fried Chicken à Saigon. Et parce que nous tenons à ce qu'ils nous aident à retrouver *nos* disparus. Il en reste environ deux mille dont on est encore sans aucune nouvelle. De l'autre côté, le chiffre est tout bonnement hallucinant : autour de trois cent mille disparus au combat.

— Si vous voulez mon avis, ils sont tous à San Diego…

— Non. Ils sont tous morts. Y compris Tran Quan Lee, tué dans la vallée d'A Shau, peut-être par ce M. Ort, qui reste très évasif pour tout ce qui touche à ce qui s'est passé ce jour-là. En tout cas, Ort a envoyé la lettre ramassée sur le cadavre de Tran Quan Lee à la VVA, avec un petit mot pour expliquer comment, où et quand il a trouvé la lettre et le corps. La VVA a fait traduire la lettre – c'est une façon de remercier les gens qui lui confient ce genre de document –, et au moment d'envoyer la traduction à M. Ort, quelqu'un de leur bureau – un officier de l'armée de terre à la retraite – s'est aperçu qu'il avait sous les yeux le récit d'un meurtre. Cet homme nous a contactés. Un civil se serait adressé au FBI.

— À croire que c'était votre jour de chance. Et qu'est devenue la traduction ? Elle a été envoyée à M. Ort ?

— M. Ort a reçu la traduction d'une lettre d'amour, accompagnée d'un message de remerciements.

— Je vois. Vous avez l'original de cette lettre ?

— Oui. Nous avons fait analyser le papier et l'encre, et nous l'avons confiée à trois traducteurs différents, qui nous ont tous remis un texte quasi identique. Il n'y a aucun doute possible : ce que Tran Van Vinh a décrit à son frère Tran Quan Lee est bien un meurtre. C'est un récit minutieux et profondément troublant. Je vous fournirai bien entendu une copie de la traduction.

— En aurai-je vraiment besoin ?

— En matière d'indices, elle ne contient pas grand-chose d'autre que ce que je viens de vous exposer, mais peut-être que sa lecture vous motivera.

— À faire quoi ?

— À retrouver son auteur. Tran Van Vinh.

— Et quelles sont les chances pour que ce Tran Van Vinh soit encore en vie ? Je veux dire, Karl, vous savez comme moi que la quasi-totalité de cette génération de Vietnamiens a été rayée de la carte.

— Quasi est le mot clé.

— Sans parler d'une espérance de vie naturelle plutôt courte dans ce pays.

— Nous *devons* essayer de retrouver le sergent Tran Van Vinh. Malheureusement, il n'y a guère plus de trois cents noms de famille au Vietnam pour une population d'environ quatre-vingts millions d'habitants.

— Bref, l'annuaire téléphonique ne nous sera pas d'une grande utilité…

— Il n'y a pas d'annuaire téléphonique. Mais, par chance, le patronyme de notre homme n'est pas Nguyen : la moitié des Vietnamiens s'appellent Nguyen. Tran n'est pas un nom aussi répandu, et la connaissance des deux prénoms – Van Vinh et Quan Lee – devrait nous aider à rétrécir le champ des recherches.

— Vous avez une date, un lieu de naissance ?

— Pas de date, juste un âge approximatif – le nôtre. L'enveloppe au nom du frère porte une adresse d'unité militaire, et une adresse militaire d'expédition figure également au verso. Nous savons d'après ces adresses que les deux hommes se battaient dans l'armée nord-vietnamienne, ce sont donc des gens du Nord. Il y a même dans la lettre une allusion à leur village ou hameau d'origine, Tam Ki, mais on n'a retrouvé aucun village de ce nom sur aucune de nos cartes du Viet-nam, que ce soit au nord ou au sud. Ce n'est pas inhabituel, comme vous vous en souvenez peut-être : les locaux désignent souvent leur village sous un nom qui n'est pas celui des cartes officielles. Mais nous travaillons encore là-dessus. Ce village sera un des éléments cruciaux de la recherche du sergent Tran Van Vinh.

— Et si vous lui remettez la main dessus ? Qu'est-ce qu'il vous racontera de plus que ce qu'il y a dans sa lettre ?

— Il pourra peut-être reconnaître le meurtrier si on lui présente des photos d'identité militaires.

— Trente ans après ?

— C'est possible.

— Donc, vous avez des suspects ?

— Pas encore. Mais nous sommes en train d'éplucher les dossiers militaires, en relevant les noms de tous les capitaines de la 1re division de cavalerie qui se sont trouvés dans la ville de Quang Tri ou dans ses parages immédiats autour du 7 février 1968. Et, cela va sans dire, nous cherchons également tous les lieutenants de la même division qui ont été tués ou portés disparus au même endroit et à la même période. Voilà ce que nous avons pour le moment : deux gradés – un capitaine et un lieutenant –, une division, la First Cav, un lieu, la ville de Quang Tri, et une date, le 7 février 1968, si l'on veut bien considérer que le meurtre s'est produit la veille de la date de la lettre…

Karl et moi nous éloignâmes des soldats de bronze. J'étais perplexe. Je commençais à voir où tout cela risquait de mener, et je n'avais aucune envie d'y aller.

— Nous devrions pouvoir resserrer encore le champ des recherches et dresser une liste de suspects potentiels grâce à l'examen des dossiers militaires, reprit Karl. Ensuite, nous demanderons au FBI d'interroger ces anciens capitaines s'ils sont redevenus civils, et nous nous occuperons nous-mêmes de tous ceux qui sont restés dans l'armée. Parallèlement, nous devons rechercher l'unique témoin de cet homicide. Les chances peuvent vous paraître minces, Paul, mais vous n'êtes pas sans savoir qu'une multitude de crimes ont été élucidés avec une base de départ encore plus faible.

— Qu'attendez-vous de moi ?

— Je veux que vous alliez au Vietnam, Paul.

— Sans façon. J'y suis déjà allé deux fois, j'ai fait ma part de boulot. Mes médailles le prouvent.

— Sur le plan climatique, le Vietnam en janvier est tout à fait agréable.

— Aruba aussi. D'ailleurs, je m'envole la semaine prochaine, mentis-je.

— Un retour aux sources pourrait vous faire le plus grand bien.

— J'en doute. Ce pays était à chier à l'époque, il doit l'être encore maintenant.

— Tous les vétérans qui y sont retournés parlent d'une expérience cathartique.

— C'est un État communiste totalitaire. Les deux cent mille tonnes de mines et de bombes encore enterrées un peu partout n'attendent qu'une occasion de me sauter à la figure…

— Vous serez prudent.

— Vous venez avec moi ?

— Bien sûr que non. Ce pays est à chier.

J'éclatai de rire.

— Mon colonel, avec tout le respect que je vous dois, vous pouvez carrer cette enquête dans le cul de quelqu'un d'autre.

— Écoutez-moi, Paul. Nous ne pouvons pas nous permettre d'envoyer un officier d'active au Vietnam. Il s'agit… disons qu'il s'agit d'une enquête officieuse. Vous irez au Vietnam en tant que touriste. Vous serez un vétéran sur les traces de son passé, comme des milliers d'autres…

— Vous voulez dire que je n'aurai aucun statut officiel ? Pas d'immunité diplomatique ?

— Nous vous aiderons si vous avez des ennuis.

— Quel genre d'aide ? Vous feriez le nécessaire pour me faire parvenir une capsule de cyanure dans ma cellule ?

— Non. Si vous vous retrouviez en prison, vous auriez droit à la visite d'un représentant de l'ambassade, avec à la clé, bien sûr, une protestation officielle.

— C'est très rassurant, mais je ne crois pas avoir envie d'aller croupir dans une taule communiste, Karl. J'ai des amis qui ont passé des années enfermés au Hilton de Hanoi. Ils n'ont pas du tout apprécié.

— En cas de problème avec les autorités, vous seriez expulsé avec un bon coup de pied au derrière…

— Dites ça aux flics locaux !

Il ne répondit pas.

Après un instant de réflexion, je repris la parole :

— Je suppose que la VVA a renvoyé l'original de cette lettre à Hanoi dans le cadre de son programme humanitaire d'aide aux familles nord-vietnamiennes. Par conséquent, Hanoi devrait être en mesure de localiser la famille de feu Tran Quan Lee et de savoir si son frère, le dénommé Tran Van Vinh, est vivant et où il se trouve aujourd'hui. Exact ? Donc, pourquoi ne vous contentez-vous pas de passer par la voie diplomatique habituelle ? Laissez donc le gouvernement de Hanoi faire ce qu'il sait le mieux faire : contrôler les faits et gestes de ses malheureux citoyens.

— Pour être honnête, nous avons prié la VVA de ne pas renvoyer cette lettre à Hanoi.

Je m'attendais à cette réponse.

— Pourquoi ?

— Pour un certain nombre de raisons, nous estimons préférable que Hanoi ne voie pas cette lettre dans l'immédiat.

— Donnez-m'en une seule.

— Moins les autorités en sauront, et mieux cela vaudra. Cela s'applique également à vous.

Nos regards s'affrontèrent, et je compris qu'il y avait autre chose en jeu dans cette histoire que l'élucidation d'un crime vieux de trente ans. Faute de quoi, cette conversation n'aurait eu aucune raison d'être.

— J'en ai assez entendu, soupirai-je. Je vous remercie de la confiance que vous me témoignez, mais la réponse est non.

— De quoi avez-vous peur, Paul ?

— Ne jouez pas à ce jeu-là avec moi. J'ai plus d'une fois risqué ma vie pour ce pays. Mais cette affaire ne mérite pas que je risque ma vie, ni d'ailleurs que quiconque risque la sienne. Elle appartient à l'Histoire. Ainsi soit-il.

— C'est une question de justice.

— Ça n'a rien à voir avec la justice. Il y a autre chose, et comme vous ne voulez pas me dire ce que c'est, ne comptez pas sur moi pour aller me crever le cul au Vietnam. Les deux fois où je suis allé là-bas, au moins, je savais pourquoi.

— Vous *pensiez* le savoir. On nous a menti. Cette fois, personne ne vous ment. Simplement, on ne vous dit pas tout. Mais croyez-moi, c'est d'une extrême importance.

— C'est ce qu'ils disaient aussi, à l'époque.

— Je ne polémiquerai pas là-dessus.

Le soleil avait quasiment disparu, et un vent froid s'était levé. Nous étions presque seuls, immobiles et absorbés dans nos réflexions.

— Le crépuscule arrive, lâcha finalement *Herr* Hellmann à mi-voix. Les ombres se sont allongées. (Il se tourna vers moi.) Les ombres de là-bas portent jusqu'ici, Paul. Voilà tout ce que je peux vous dire.

Je restai muet.

Un homme apparut, portant une vieille veste de treillis et un chapeau de brousse. Il avait à peu près notre âge, mais son épaisse barbe grise le vieillissait. Il porta un clairon à ses lèvres et joua la sonnerie de la soupe. Tandis qu'une dernière note mélancolique était emportée par le vent, l'homme se planta face au mur, salua et s'en fut.

— En un sens, dit Karl, je vous comprends. Cette mission comporte une dose de risque, et les hommes d'âge mûr ne risquent pas leur vie pour un motif qui leur paraît absurde ou futile. Pour vous dire mon sentiment, ce Tran Van Vinh est très vraisemblablement mort, et quand bien même il vivrait encore, il se pourrait qu'il n'ait pas grand-chose à nous apporter. Venez, je vous paie un verre. Dans ce bistrot que vous aimez bien, celui de la 23e Rue.

Nous traversâmes le Mall en silence.

— Puis-je au moins vous montrer cette lettre ? me demanda Karl après un long silence.

— Laquelle ? La lettre d'amour, ou la vraie ?

— La traduction de la lettre de Tran Van Vinh.

— Une traduction intégrale et véridique ?

Karl s'abstint de répondre.

— Donnez-moi l'original vietnamien, proposai-je. Je me le ferai traduire.

— Ce ne sera pas nécessaire.

Je souris.

— Donc, dis-je, il y a quelque chose dans cette lettre que mes yeux ne doivent pas voir. Vous me demandez mon aide et vous ne jouez pas franc-jeu.

— Pour votre bien. Ce que je m'abstiens de vous dire n'a aucun rapport direct avec votre mission, qui consiste à retrouver le sergent Tran Van Vinh.

— Mais il y a *quelque chose*, sans quoi vous ne joueriez pas à ce point les mystérieux.

Karl ne dit mot.

— Il y a combien de temps que vous avez reçu cette lettre de la VVA ? demandai-je.

— Deux jours.

— Et je suppose que vous avez déjà commencé à éplucher les dossiers militaires ?

— Oui, mais cela risque de nous prendre une semaine ou deux. Sans compter qu'il y a eu cet incendie des archives…

— Karl… Cet incendie de 1973 a été invoqué pour escamoter un nombre incroyable de documents compromettants.

— Possible, mais des dossiers ont bel et bien disparu. Cela dit, dans quelques semaines, nous devrions être en mesure de dresser une liste des capitaines de la First Cav présents à Quang Tri à la date qui nous intéresse.

La liste des lieutenants tués au combat à Quang Tri autour du 7 février devrait être nettement plus courte et plus précise. Je n'imagine pas qu'elle puisse comporter plus de deux ou trois noms. Et l'information selon laquelle le capitaine et le lieutenant appartenaient à la même unité devrait nous aider à réduire encore le nombre de suspects potentiels. C'est pourquoi je pense que nos chances ne sont pas si faibles.

— Vous arriverez peut-être à identifier un suspect numéro un, mais vous n'obtiendrez jamais sa condamnation.

— Retrouvons d'abord le témoin et le suspect. Pour les conséquences, on verra plus tard.

Après une minute de réflexion, je repris la parole :

— Comme vous l'avez dit, j'étais sur place à l'époque. Et au cas où vous ne le sauriez pas, la ville proprement dite était contrôlée par l'armée sud-vietnamienne, pas par nous. Nos unités étaient stationnées autour. Êtes-vous sûr que le meurtre s'est produit *dans* la ville ?

— La lettre le suggère fortement. Pourquoi ?

— Peut-être que ces deux Américains étaient des conseillers militaires attachés à l'armée sud-vietnamienne – des hommes du MACV[1]. Qu'en pensez-vous ?

— C'est une possibilité.

— Qui réduirait encore le champ des recherches. Je vous conseille d'abattre un maximum de travail bureaucratique ici avant d'envoyer quelqu'un au Vietnam.

— Nous souhaitons mener des investigations parallèles et concurrentes.

— C'est vous qui décidez.

Je soupçonnais la CID de travailler sur ce dossier depuis bien plus longtemps que Karl ne me l'indiquait.

1. Commandement de l'assistance militaire au Vietnam. *(N.d.T.)*

Je soupçonnais aussi la CID d'avoir déjà élagué sa liste de suspects possibles, et peut-être même de tenir déjà son suspect numéro un. Mais ces messieurs ne tenaient pas à en parler à Paul Brenner. Ils voulaient seulement que je retrouve l'unique témoin oculaire du meurtre.

— C'est une affaire intéressante, dis-je, et j'avoue que mon instinct de chasseur ne reste pas indifférent. Mais un billet gratuit pour l'Asie du Sud-Est ne m'intéresse pas. Cela dit, je devrais pouvoir vous procurer deux ou trois noms de gars qui adoreraient y aller…

— Vous fréquentez toujours Mlle Sunhill ? demanda Karl, changeant abruptement de sujet.

J'adore qu'on me pose des questions en connaissant déjà la réponse.

— Si vous le lui demandiez ?

— Pour être honnête, c'est déjà fait. Il semblerait qu'il y ait une certaine tension dans vos relations actuelles, et c'est la raison pour laquelle je pensais que vous pourriez être ouvert à une mission à l'étranger.

— C'est exact. Je pars pour Aruba. Et veuillez rester en dehors de ma vie privée, s'il vous plaît.

— Mlle Sunhill appartient toujours à la CID, et dans la mesure où je suis son supérieur hiérarchique, j'ai le droit de lui poser certaines questions personnelles.

— C'est cet aspect-là de l'armée qui me manque le plus.

— Au fait, reprit Karl, ignorant ma remarque, vous cherchez un travail d'enquêteur dans le civil ?

— Ça se pourrait.

— J'ai du mal à vous imaginer passant votre retraite à vous tourner les pouces.

— Ce ne sont pas les occupations qui me manquent.

— Je devrais pouvoir vous aider à trouver un poste pour le gouvernement. Le FBI recrute beaucoup parmi les anciens de la CID. Cette mission à l'étranger serait d'un bel effet sur votre CV.

— Un certificat de décès aussi.

— Ai-je déjà dit que le ministère va vous promouvoir à titre rétroactif au grade d'adjudant-chef de niveau cinq et que votre retraite sera par conséquent recalculée ?

— Remerciez-le de ma part.

— En échange de deux ou trois semaines de votre précieux temps, ça va de soi.

— Il y a toujours un astérisque quelque part.

Hellmann s'arrêta pour allumer une autre cigarette. Nous étions sous un réverbère, face à face. Il exhala un filet de fumée, puis :

— Nous pouvons trouver quelqu'un d'autre, mais votre nom a été le premier cité, et aussi le deuxième, et le troisième. Écoutez, je ne vous ai jamais demandé aucune faveur…

— Bien sûr que si.

— Je vous ai tiré de situations extrêmement confuses, Paul.

— Dans lesquelles vous m'aviez mis, Karl.

— Le plus souvent, vous vous y étiez mis tout seul. Soyez honnête.

— Il fait froid. J'ai besoin de boire un verre. Vous fumez trop.

Je tournai les talons et m'en allai.

Fini le conciliabule. Adieu Karl. Je poursuivis ma marche en me l'imaginant figé sous son réverbère, sa cigarette au bord des lèvres, le regard dardé sur mon dos. Une bonne chose de faite.

Pour Dieu sait quelle raison, je me surpris à ralentir le pas. Toutes sortes de pensées envahissaient mon cerveau frigorifié. Cynthia en faisait partie, bien sûr. *Écris ton second acte, Paul.* On me tendait un piège, ou quoi ?

Certes, j'avais besoin de relancer la machine. Mais je ne pouvais pas croire que Cynthia puisse souhaiter que je risque ma vie à seule fin de requinquer notre relation. Il était plus probable qu'elle ne savait pas exactement ce que Karl avait en tête.

Pendant que je marchais, mes pensées revinrent sur leur sujet favori – c'est-à-dire moi-même. Qu'est-ce qui valait le mieux pour Paul Brenner ? Tout à coup, j'eus une vision de moi partant pour le Vietnam et revenant en héros ; ce qui ne s'était pas produit les deux fois précédentes fonctionnerait peut-être cette fois-ci. Et dans la foulée, j'eus une seconde vision de moi – rapatrié aux États-Unis entre quatre planches de sapin.

J'étais à présent dans le halo d'un autre réverbère, et je ne marchais plus. Je pivotai et fis face à Karl Hellmann. Nous nous dévisageâmes à travers l'obscurité, chacun dans sa flaque de lumière blafarde.

— J'aurai des contacts ? lançai-je. Au Vietnam ?

— Bien sûr ! cria-t-il. Vous en auriez un à Saigon, et un autre à Hanoi. Il y aura peut-être aussi quelqu'un à Huê pour vous aider. La mission est organisée. Il ne manque plus qu'un agent pour l'effectuer.

— Et cet agent devrait être occupé combien de temps ?

— Vous aurez un visa touristique de vingt et un jours. Toute prorogation éveillerait fatalement les soupçons. Avec un peu de chance, vous aurez fini avant.

— Avec un peu de malchance, je serai rentré encore plus tôt.

— Soyez positif. Il faut toujours visualiser le succès.

Je visualisais plutôt une foule de personnes réunies en mon honneur, un verre de whisky à la main ; soit pour une soirée de bienvenue, soit pour une veillée funèbre irlandaise.

Les missions dangereuses ne m'impressionnent pas. Elles m'ont même excité à une certaine époque. Mais le Vietnam… Cette idée que j'avais échappé à mon destin et qu'il continuait malgré tout de me poursuivre… j'en avais la chair de poule.

— Si je ne reviens pas, lançai-je à Karl, mon nom sera inscrit sur le mur ?

— J'y réfléchirai. Soyez positif.

— Vous êtes sûr de ne pas vouloir venir avec moi ?

— Totalement.

Nous partîmes tous deux d'un rire bref.

— Je pars quand ?

— Demain matin. Présentez-vous à l'aéroport Dulles à huit heures. Je vous enverrai des instructions détaillées par e-mail pour que vous y retrouviez votre contact.

— Je prends mon vrai passeport ?

— Oui. Votre contact de l'aéroport vous apportera un visa, votre billet d'avion, des réservations d'hôtel, de l'argent, et un certain nombre d'informations que vous devrez mémoriser. Il ne faudra pas éveiller le moindre soupçon.

— C'est tout ?

— C'est tout. Je vous paie un verre ?

— À mon retour. On verra à ce moment-là.

— Oh, fit Karl, une dernière chose, je suppose que vous comptez avertir Cynthia. Ne soyez pas trop précis dans vos explications. Vous aimeriez peut-être que je lui en parle une fois que vous serez parti ?

— Comment ça, « parti » ? Pour l'Asie, vous voulez dire ? Ou bien mort ?

— Je lui parlerai après votre départ.

Je ne répondis pas.

— Voilà, dit Karl. Bonne chance. Et merci.

Si nous avions été plus proches l'un de l'autre, nous nous serions serré la main, mais nous nous contentâmes d'un vague salut militaire en effleurant chacun notre tempe du bout des doigts. Sur ce, nous nous tournâmes le dos.

3

Après mon entretien avec Karl, je rentrai chez moi, bus seul quelques verres, puis envoyai un courrier électronique à Cynthia. On ne devrait jamais boire avant d'utiliser un moyen de communication – que ce soit l'internet, le fax, le téléphone fixe ou le portable. J'imprimai ce message et le glissai dans mon sac de voyage en me promettant de le relire le lendemain matin pour mesurer mon état d'ébriété au moment où je l'avais écrit. Cela étant fait, je l'effaçai de la mémoire de mon ordinateur, au cas où un agent de la sécurité interne de la CID aurait l'idée de visiter mes fichiers informatiques.

Comme convenu, un message de Karl m'attendait dans ma boîte de réception, avec des instructions pour mon rendez-vous du lendemain à l'aéroport. À peine quelques lignes, qui s'achevaient ainsi : *Merci encore. Bonne chance. À plus tard.*

Karl ne m'invitait ni à le rappeler ni à répondre. Il n'y avait manifestement rien à ajouter. J'effaçai aussi ce message.

Je laissai un mot à ma femme de ménage, pour la prévenir que je serais absent environ trois semaines et lui donner quelques instructions. Ensuite, je remis un peu d'ordre dans mes affaires, au cas où la CID arriverait avant ma femme de ménage dans le but de récupérer d'éventuels documents sensibles chez le défunt. Je fais toujours du rangement avant de partir en mission : pas question de laisser le souvenir d'un type qui abandonne ses slips sales par terre.

À sept heures du matin, je jetai un coup d'œil à mon courrier électronique, mais Cynthia n'avait pas répondu à mon message de la veille. Peut-être ne l'avait-elle pas encore lu.

Un coup de klaxon retentit dehors. Après avoir empoigné ma petite valise et le sac à bandoulière qui me servirait de bagage à main, je sortis dans le matin blême et glacé – sans manteau, pour respecter les consignes de Karl. Le diligent *Herr* Hellmann m'avait averti dans son message qu'il faisait actuellement vingt-sept degrés à Saigon et que le soleil y brillait de tous ses feux.

Je montai dans le taxi, saluai le chauffeur, et nous partîmes vers l'aéroport Dulles, un trajet d'une trentaine de minutes à cette heure de la matinée. En d'autres circonstances, je m'y serais rendu par mes propres moyens, mais le parking longue durée de l'aéroport risquait d'être plein.

Le ciel était sinistre, ce qui influa peut-être sur l'évolution de mes pensées.

Je me souvins d'avoir effectué un trajet semblable, également à l'aube, bien des années plus tôt. Vers l'aéroport Logan, de Boston. Ce jour-là, le chauffeur était mon père, au volant de sa Chevrolet 1956 – un modèle qui par la suite est devenu une sorte de nec plus ultra, mais qui à l'époque était considéré comme la poubelle de base.

Ma permission de trente jours avant le grand départ pour le Vietnam venait de s'achever, et le moment était venu pour moi de décoller vers San Francisco, d'où je serais catapulté sur l'autre rive du Pacifique.

Nous avions laissé maman à la maison, en pleurs, tellement bouleversée qu'elle en était incapable de réussir ses œufs brouillés. Mes petits frères dormaient encore.

Papa ne desserra pas les dents pendant le trajet, et ce ne fut que des années plus tard que je commençai à réfléchir sur ce qui avait pu lui passer par la tête dans ces minutes-là. Alors seulement, je me demandai comment son propre père l'avait conduit vers sa guerre.

Nous étions arrivés à l'aéroport, nous avions trouvé une place de stationnement, et nous étions entrés ensemble dans l'aérogare. Il y avait là une foule de jeunes en uniforme, grand sac de toile et petit bagage à main, une foule de mères et de pères, de femmes ou peut-être de fiancées, et même des enfants, sans doute des frères et sœurs.

Des policiers militaires en uniforme impeccable arpentaient l'aérogare par deux, un ballet qui aurait paru tout à fait insolite ne fût-ce qu'un an plus tôt. La situation intérieure d'un pays en temps de guerre fournit tout un éventail de violents contrastes : chagrin et joie, adieux et retrouvailles, patriotisme et cynisme, parades et funérailles.

Censé m'embarquer à bord d'un vol d'American Airlines pour San Francisco, je pris place dans la file idoine, majoritairement constituée de fantassins, de marins, de marines et d'aviateurs. Les quelques civils qui s'apprêtaient à faire le voyage avec nous semblaient gênés aux entournures.

Mon père aurait bien voulu faire la queue avec moi, mais je l'en dissuadai, ayant l'impression que la plupart des familles s'étaient retirées.

« Reviens, fiston », dit-il en me serrant les mains.

L'espace d'une seconde, j'eus l'impression qu'il m'exhortait à repartir avec lui en envoyant paître ce cirque absurde. Puis je compris ce qu'il avait voulu dire : « Reviens en vie. »

« Je reviendrai, répondis-je en le regardant dans le blanc des yeux. Prends bien soin de maman.

— Oui. Bonne chance, Paul. »

Et il s'en alla. Quelques minutes plus tard, je l'entr'aperçus derrière une porte vitrée, à m'observer. Nos regards se croisèrent. Il se détourna et partit pour de bon.

Après avoir enregistré mes bagages au comptoir, je me dirigeai vers la porte d'embarquement, où je me rendis compte que s'étaient déplacées la plupart des familles. À l'époque, on pouvait aller jusqu'à l'embarquement pour accompagner ses proches. Je me dis que mon père allait réapparaître, et peut-être même ma petite amie, Peggy, que j'avais priée avec insistance de ne pas venir. Je sentis à cet instant que j'aurais bien voulu la revoir une dernière fois.

Malgré le nombre de jeunes gens de mon âge, je ne repérai aucune connaissance. Ce moment devait marquer le début d'une année passée à rechercher en vain des visages connus.

Je restai donc seul, entouré de personnes qui soit attendaient en silence, soit parlaient ou pleuraient à mi-voix. Je n'avais jamais vu autant de gens faire aussi peu de bruit.

Quelques policiers militaires se tenaient à la lisière de la foule, à l'affût du moindre signe de trouble parmi cette masse de jeunes gens sur le point de partir vers leur base d'embarquement – et surtout vers la guerre.

Rétrospectivement, cette scène m'avait mis mal à l'aise : les PM, les soldats pour la plupart mobilisés malgré eux, les familles silencieuses ; mis bout à bout, tout cela donnait une impression très peu américaine de coercition et de contrôle gouvernemental. Il est vrai que nous étions en temps de guerre – même si cette guerre ne pouvait se comparer à celle de mon père, aussi largement approuvée par la population qu'une guerre peut l'être –, et que, dans ces périodes-là, même les gouvernements les plus tolérants deviennent un peu nerveux.

Nous étions en novembre 1967, le mouvement pacifiste n'était pas encore à son apogée, et il n'y avait pas l'ombre d'une manifestation de protestation à Logan, contrairement à ce que je devais voir à mon atterrissage à San Francisco, et plus encore quelques jours plus tard, aux portes de la base militaire d'Oakland, où les pacifistes nous incitaient à ne pas y aller et, mieux encore, à faire l'amour, pas la guerre.

Parlant d'amour, ma petite amie du lycée, Peggy Walsh, était une fille jolie mais chaste, qui allait à confesse le samedi et communiait le dimanche. Je me souvins d'une fête paroissiale organisée dans le gymnase du lycée St. Brigid, où on nous avait tous fait lever la main droite pendant que le père Bennett nous exhortait à renoncer à Satan, à la tentation, et au péché de chair.

Nos chances d'avoir des relations sexuelles en temps de paix étaient à peu près aussi élevées que celles de mon père de gagner à la loterie irlandaise.

L'idée me fit sourire, et je revins au présent. Ce chauffeur de taxi roulait bon train, comme mon père trente ans plus tôt. Je me souvins d'avoir pensé à l'époque : « À quoi bon se presser quand on part pour la guerre ? »

Fermant les yeux, je laissai de nouveau mes pensées dériver vers les mois qui avaient précédé mon embarquement à Logan.

J'étais puceau, à mon entrée dans l'armée. Pendant mon entraînement avancé de fantassin à Fort Hadley, quelques camarades et moi-même avions lié connaissance avec les ouvrières des filatures – les « têtes d'ouate », ainsi que nous les surnommions, parce qu'elles avaient des fibres de coton plein les cheveux à force de trimer dans ces usines infernales. La paye était mauvaise, mais à cause de la guerre le travail ne manquait pas. Il existait cependant pour elles une meilleure façon de gagner de l'argent en travaillant moins dur. Ces filles n'avaient rien à voir avec des prostituées et tenaient à nous le faire comprendre ; c'étaient des ouvrières, des patriotes, sauf qu'elles prenaient vingt dollars. Pour un type comme moi, qui touchait quelque chose comme quatre-vingt-cinq dollars par mois, l'affaire n'était donc pas aussi bonne qu'on aurait pu le croire.

En tout cas, je passais tous mes dimanches après-midi de liberté dans un motel à deux balles, à boire du vin à deux balles et à chercher des fibres de coton dans les cheveux d'une certaine Jenny, qui racontait à ses parents qu'elle faisait des heures sup à la filature. Jenny avait également un petit ami officiel, un type du coin, qui dans mon esprit avait tout du parfait tocard.

De manière prévisible, je tombai amoureux d'elle, mais plusieurs circonstances jouaient en notre défaveur, comme mes quatre-vingts heures hebdomadaires de manœuvres, la semaine de soixante heures de Jenny, mon insolvabilité chronique (je la payais tout de même vingt dollars le coup), ses autres amants, qui suscitaient chez moi une indéniable jalousie, l'imminence de mon départ pour le Vietnam et, pour couronner le tout, son mépris des Nordistes et l'amour indéfectible qu'elle portait à son tocard de fiancé.

Sans tout cela, je crois que nous aurions pu faire un bout de chemin ensemble.

Il y avait aussi Peggy, qui tenait absolument à ce que notre amour restât pur. En d'autres termes, pas question de la sauter. Et pourtant, ayant récemment découvert les plaisirs interdits de la chair, j'étais hanté par l'idée de montrer à Peggy tout ce que Jenny m'avait enseigné.

Au terme de mon entraînement avancé de fantassin et de ma formation de parachutiste, revenu à Boston pour une ultime permission de trente jours avant le Vietnam, je fis jour et nuit le siège de la pauvre Peggy.

Si j'avais appris pendant mes classes l'art de prendre une colline fortifiée, venir à bout de la virginité de Peggy Walsh se révéla autrement délicat.

Dans un stupide moment d'honnêteté, je lui parlai de Jenny. Peggy entra dans une rage folle, mais mon aveu provoqua aussi chez elle une flambée d'hormones et, au lieu de me flanquer à la porte, elle me donna un coup de poing dans la figure et son absolution.

Elle déclara qu'elle comprenait l'incapacité des hommes à combattre leurs pulsions animales et que mon départ imminent pour le Vietnam constituait une circonstance atténuante, vu qu'il était possible que je n'en revienne pas – ou que j'en revienne amputé d'un membre, quel qu'il soit.

Ainsi passai-je mes sept dernières journées de permission dans la chambre de Peggy, dans la plus stricte intimité, pendant que ses parents travaillaient. Je fus surpris – et même choqué – de découvrir que Peggy Walsh était dix fois plus chaude que Jenny, dont je ne connaîtrais jamais le nom de famille. Autre avantage, elle n'avait pas de coton dans les cheveux.

Revenant tout à coup au présent, je constatai que le chauffeur me scrutait dans le rétroviseur.

— Quelle compagnie ? me demanda-t-il.

Un coup d'œil par la vitre me permit de constater que nous étions à l'aéroport.

— Asiana Airlines, répondis-je.

— Vous allez où ?

— Au Vietnam.

— Ah bon. J'aurais cru que vous partiez dans un pays de rêve. Vu votre sourire.

— Le pays de rêve, je viens juste de le quitter.

Suivant les instructions de *Herr* Hellmann, je me rendis directement au salon VIP d'Asiana Airlines, également connu sous l'appellation « club du Matin calme ».

Je montrai mon passeport à la jolie Asiatique installée derrière le comptoir et qui, d'après son badge, s'appelait Rita Chang. En principe, il faut soit être membre du club, soit posséder un billet de première classe pour accéder à un salon VIP, mais, après un bref coup d'œil à mon passeport, Mlle Chang leva les yeux sur moi en souriant.

— Oui, monsieur Brenner… Salle de réunion B, s'il vous plaît.

Je fis un détour par le vestiaire, confiai ma valise à un employé, m'examinai de haut en bas dans un grand miroir en pied et me donnai un coup de peigne. Je portais un pantalon kaki, une chemise bleue sans cravate, un blazer bleu marine et une paire de mocassins – une tenue de voyage adaptée au standing de la classe affaires, et aussi, selon Karl, à celui de l'hôtel Rex à Saigon.

Je repris mon petit sac de voyage, revins dans le salon et me servis un café. Le buffet du petit déjeuner proposait du riz, du poulpe, des algues, du poisson salé – pas de chili. Je fourrai trois sachets de cacahuètes au fond de ma poche.

Puis je passai dans la salle de réunion B, une petite pièce lambrissée et dont le mobilier se réduisait à une table ronde entourée de chaises. Personne.

Je posai mon sac, m'assis à la table, bus une gorgée de café noir. J'ouvris un sachet de cacahuètes, en jetai quelques-unes dans ma bouche et attendis.

Malgré tous les progrès que j'estimais avoir faits depuis mon dernier départ pour le Vietnam, ce que j'éprouvais en cet instant au fond de mes tripes n'était pas fondamentalement différent.

Je repensai à Peggy Walsh.

Elle avait insisté pour que nous allions à confesse avant mon départ pour le Vietnam. J'aurais préféré recevoir d'elle un second coup de poing plutôt que d'affronter le courroux du père Bennett au moment où il m'entendrait avouer que j'avais sauté sa deuxième vierge favorite.

Mais au diable mes hésitations : j'avais besoin d'être absous, et j'accompagnai Peggy à la confession du samedi à St. Brigid. Dieu merci, le père Bennett n'était pas au nombre des prêtres chargés de recevoir la confession ce jour-là. Peggy choisit un confessionnal, moi un autre. Je ne me souviens pas du nom du prêtre, que je n'avais jamais vu, mais derrière le claustra sa voix était celle d'un homme jeune. J'attaquai en douceur, avouant quelques menus péchés, du type mensonges ou jurons, avant d'en venir au nœud de l'affaire. Le prêtre n'explosa pas de fureur, mais il n'était pas emballé non plus. Il me demanda qui était la jeune fille, et je répondis Sheila O'Connor, que j'avais toujours rêvé de sauter sans jamais y parvenir. De toute façon, Sheila avait déjà une sale réputation, et cela ne me gêna donc pas outre mesure de lui faire porter le chapeau de Peggy. Je suis un authentique gentleman.

Il allait sûrement me donner un million de « Je Vous salue, Marie » et de « Notre Père » à réciter.

« Mon père, fis-je, je pars pour le Vietnam dans deux jours. »

Il y eut un long silence, puis il répondit :

« En guise de pénitence, vous direz un "Je Vous salue, Marie" et un "Notre Père". Bonne chance, mon fils, et Dieu vous bénisse. Je prierai pour vous. »

Je me dirigeai vers le chœur, ravi de m'en être tiré à si bon compte, mais, arrivé à la moitié de mon « Je Vous salue, Marie », je m'aperçus qu'en disant à ce prêtre que je partais pour le Vietnam, c'était à peu près comme si je lui avais dit « Mon père, ayez pitié de moi » – et un frisson glacé me parcourut l'échine.

La malheureuse Peggy passa une bonne demi-heure à genoux à égrener son rosaire pendant que je l'attendais en jouant au football avec d'autres élèves de St. Brigid sur le stade du lycée.

Ensuite, nous nous jurâmes mutuellement fidélité sur le plan sexuel pour toute l'année de mon séjour au Vietnam. Un demi-million de serments du même ordre durent être prononcés cette année-là, il se peut même que certains d'entre eux aient été respectés.

Peggy et moi envisageâmes aussi de nous marier avant mon départ, mais elle avait si longtemps défendu sa vertu avant que je découvre sa véritable nature de bombe sexuelle qu'il était trop tard pour obtenir la licence.

Nous dûmes nous contenter de fiançailles officieuses, et il ne nous restait plus qu'à prier pour que Peggy ne tombe pas enceinte.

Cette histoire aurait pu connaître un dénouement heureux, je crois, parce que nous correspondîmes très régulièrement tout au long de mon séjour au Vietnam, et que Peggy continua à vivre chez ses parents et à travailler comme sa mère dans la petite quincaillerie paternelle. Elle s'abstint en outre de sombrer dans la frénésie pacifiste qui saisit les trois quarts du pays en 1968, et ses lettres restèrent d'un bout à l'autre émaillées d'opinions patriotiques et tout à fait positives concernant la guerre que, de mon côté, je n'étais pas certain de ressentir.

Je finis par revenir, en un seul morceau et prêt à reprendre la besogne là où nous l'avions laissée. J'avais droit à une permission de trente jours dont je comptais bien déguster chaque minute.

Mais quelque chose s'était modifié en mon absence. Le pays avait changé, mes amis étaient soit sous les drapeaux, soit à l'université, soit pleins de froideur à l'égard des soldats revenus du Vietnam. Les quartiers sud de Boston, bastions du patriotisme ouvrier, étaient divisés comme le reste du pays.

Pour être sincère, le plus grand changement s'était produit en moi, et je fus incapable de remettre de l'ordre dans mon esprit pendant ces trente jours de permission.

Peggy avait en quelque sorte reconquis sa virginité et refusait dorénavant d'envisager des relations sexuelles avant notre mariage. Ceci à une époque où à peu près toute l'Amérique baisait à couilles rabattues sans se poser la moindre question.

Peggy Walsh était plus jolie et plus douce que jamais, mais Paul Brenner était devenu froid, lointain, absent. J'en étais conscient. Elle aussi. Un jour, elle me lança une phrase que je n'ai jamais oubliée : « Tu ressembles maintenant à tous ceux qui sont rentrés de là-bas. » Traduction : « Tu es mort. Comment se fait-il que tu marches encore ? »

Je lui expliquai que j'avais besoin de temps, et nous décidâmes de nous accorder six mois de délai, jusqu'à ce que j'aie quitté l'armée. Elle m'écrivit à Fort Hadley, sans que je lui réponde jamais, et ses lettres cessèrent.

Quand arriva le moment de ma démobilisation, je pris la décision fatidique de rempiler pour trois ans, qui au final allaient devenir presque trois décennies. Je n'ai pas l'ombre d'un regret, mais je me demande souvent à quoi ma vie aurait ressemblé s'il n'y avait pas eu la guerre et si j'avais épousé Peggy Walsh.

Peggy et moi ne nous revîmes jamais. J'appris par des amis qu'elle avait épousé un type du coin, qui avait ensuite été admis à l'université de l'Iowa grâce à une bourse de football. Ils allèrent s'installer là-bas pour Dieu sait quelle raison, deux gamins de Boston au milieu des plaines, et j'espère que la vie leur a souri. Bien sûr, je repensais parfois à elle. Surtout en cet instant, alors que je m'apprêtais à repartir vers le pays qui, en nous séparant, avait transformé notre destin.

J'avais vidé ma tasse de café et deux sachets de cacahuètes, et mon contact ne donnait toujours pas signe de vie. La pendule murale indiquait huit heures dix. L'idée m'effleura de faire là, maintenant, ce que j'aurais peut-être dû faire la première fois : quitter ce putain d'aéroport et rentrer chez moi.

Je continuai pourtant d'attendre en laissant mes pensées vagabonder librement : du Vietnam à Peggy, au Vietnam, à Cynthia…

Je sortis de mon sac le message électronique que j'avais imprimé la veille au soir et le relus :

Ma chère Cynthia,

Comme Karl te l'a sûrement dit, j'ai accepté une mission en Asie du Sud-Est. Je devrais être de retour d'ici deux ou trois semaines. Bien sûr, il est possible que je rencontre quelques difficultés. Si c'est le cas, je tiens à ce que tu saches que c'est moi seul qui ai pris la décision d'accepter cette mission et que tu n'as rien à te reprocher.

Quant à nous deux, depuis le premier jour, à Bruxelles, nous vivons ce qu'il est convenu d'appeler une relation orageuse. Le destin, le travail, la vie ont conspiré jusqu'ici pour nous maintenir séparés et nous empêcher de nous connaître vraiment.

C'est pourquoi je propose, pour avoir une chance de nous retrouver, que nous fassions chacun la moitié du chemin, au propre comme au figuré. Pendant la guerre, les soldats célibataires passaient leurs semaines de permission dans des lieux assez baroques où ils pouvaient se lâcher. Ceux qui avaient la bague au doigt, ou qui vivaient avec quelqu'un une relation stable, retrouvaient leur belle à Honolulu. Retrouvons-nous à Honolulu dans vingt et un jours, au Royal Hawaiian Hotel. Prévois un congé de deux semaines.

Si tu décides de ne pas venir, je comprendrai – et je saurai que ta décision est prise. S'il te plaît, ne réponds pas à ce message. Il suffira que tu y sois ou que tu n'y sois pas.

Je t'embrasse,

Paul

Ma foi, mon laïus n'était ni trop pleurnichard ni trop à l'eau de rose, et je n'avais pas à regretter d'avoir envoyé ce message. D'autant qu'il ne comportait aucune faute d'orthographe, chose rare dans un e-mail.

À cet instant, la porte s'ouvrit sur un homme bien vêtu, ayant à peu près mon âge, qui tenait deux tasses de café et un sac en plastique à l'emblème d'une marque de luxe. Après avoir déposé son sac et les deux cafés sur la table, il me tendit la main et dit :

— Bonjour. Je m'appelle Doug Conway. Excusez mon retard.

— Je vous aurais plus facilement excusé si vous n'étiez pas venu.

Il s'assit en face de moi en souriant et poussa une des tasses dans ma direction.

— Tenez, ce café est pour vous. Noir, c'est bien ça ?

— Merci. Vous voulez des cacahuètes ?

— J'ai déjà déjeuné. Avant toute chose, je suis chargé de vous remercier d'avoir accepté cette mission.

— Qui me remercie ?

— Tout le monde. Ne vous faites aucun souci de ce côté-là.

J'avalai une gorgée de café tout en observant ce M. Conway. Son regard était intelligent et sa façon de parler posée. Il portait un costume bleu nuit, une cravate assortie, et je lui trouvai l'air honnête, ce qui signifiait qu'il n'était pas de la CIA. Par ailleurs, je suis capable de repérer un agent de la CID à des kilomètres, et il n'en était pas non plus.

— FBI ? demandai-je.

— Oui. Ce dossier, s'il débouche sur quelque chose, restera dans la catégorie des affaires intérieures. Ni la CIA, ni le renseignement militaire, ni le Département d'État n'y seront mêlés. Cela ne regarde que le FBI et la CID.

Ce lascar avait l'air honnête, mais il ne l'était pas.

— Quelqu'un de l'ambassade à Hanoi sera-t-il informé de ma présence ? m'enquis-je.

— Nous avons décidé de limiter cette information.

— À qui ?

— À ceux qui ont besoin de la connaître, c'est-à-dire presque personne. Les gens de l'ambassade et du consulat sont à peu près aussi utiles que des tétons sur un taureau. Oubliez tout de suite ce que je viens de dire. Heureusement, nous avons un agent du FBI à l'ambassade de Hanoi, en mission pour former la police vietnamienne à la lutte contre le trafic de drogue. Il s'appelle John Eagan et a été averti de votre arrivée. C'est lui que vous irez trouver si vous éprouvez le besoin de prévenir l'ambassade américaine.

— Pourquoi ce John Eagan ne se charge-t-il pas de retrouver lui-même la personne qui vous intéresse ?

— Ses entraînements lui prennent beaucoup de temps. Et il a nettement moins de facilité à circuler dans le pays qu'un touriste.

— Et vous ne voulez surtout pas que le gouvernement des États-Unis soit directement impliqué dans cette affaire. Je me trompe ?

Naturellement, Conway éluda ma remarque.

— Avez-vous des questions à me poser avant que je commence mon briefing ? demanda-t-il.

— Il me semble que je viens d'en poser une.

— Donc, je commence. Premièrement, si votre mission paraît assez claire, elle n'est pas simple. Vous allez devoir localiser un citoyen vietnamien nommé Tran Van Vinh – mais cela, vous le savez déjà. Il se peut qu'il ait été le seul témoin d'un meurtre.

Toujours sur le même ton, Conway me servit ensuite un parfait petit numéro d'agent du FBI – comme s'il ne s'agissait en l'occurrence que d'un meurtre ordinaire à élucider pour le compte du département de la Justice. Tout en sirotant mon café, j'ouvris le dernier sachet de cacahuètes.

— Je crois avoir pigé, fis-je, coupant court à son galimatias juridique. Si je retrouve ce Tran Van Vinh, je lui annonce qu'il vient de gagner un aller-retour gratuit pour Washington. C'est ça ?

— Je n'en sais rien.

— Donc, on est deux. Et qu'est-ce que j'en fais si je le retrouve vivant ?

— Nous n'avons aucune certitude. Nous en sommes encore à tenter d'identifier une victime et un suspect potentiel. Si nous y parvenons, nous vous enverrons des photos d'époque des officiers concernés. Dans ce cas, et si vous retrouvez Tran, vous lui présenterez ces photos – comme dans n'importe quelle enquête criminelle –, et vous verrez s'il est en mesure d'identifier soit la victime, soit le meurtrier présumés, soit les deux.

— J'ai déjà fait ça cent fois. Cela dit, mon vietnamien doit être un peu rouillé.

— Où que vous soyez, vous n'aurez aucun mal à recruter un interprète.

— Je pourrais peut-être emporter une caméra vidéo ? Ou un magnétophone ?

— Nous y avons pensé. Mais ce type de matériel pose parfois des problèmes à la douane. Nous verrons si votre contact à Saigon peut vous aider sur ce plan. Vous avez un appareil photo ?

— Oui, comme on me l'a demandé. Je suis un brave touriste. Mais pourquoi pas de téléphone portable ?

— C'est le même problème. Ils sont terriblement paranos à l'aéroport, et s'ils découvrent ce genre d'objet en fouillant vos bagages, ils deviennent vite nerveux. Visa ou non, ils ont tôt fait de vous expulser sans motif. Et nous avons absolument besoin de vous sur place.

— Compris.

— Nous devrions pouvoir vous fournir un portable à Saigon. Sachez cependant que leur réseau ne couvre que très partiellement le territoire vietnamien.

— D'accord. Au cas où vous décideriez que vous avez besoin de ce type à Washington, qu'est-ce qu'on fait ?

— Dans ce cas, nous expliquerons peut-être la situation au gouvernement vietnamien. Il devrait se montrer coopératif.

— Si vous ne voulez pas de la coopération des Vietnamiens pour retrouver Tran Van Vinh, qu'est-ce qui vous fait croire qu'ils coopéreront une fois que vous leur aurez expliqué qu'un de vos agents est passé au nez et à la barbe de leur police pour retrouver un de leurs concitoyens, dont vous avez besoin pour témoigner dans un procès criminel ?

Doug Conway me dévisagea quelques secondes, puis, hochant la tête :

— Karl avait raison en ce qui vous concerne.

— Karl a raison sur tout. Veuillez répondre à ma question, s'il vous plaît.

Il fit interminablement tourner sa cuiller dans sa tasse.

— Entendu, monsieur Brenner. Voici la réponse à toutes vos questions – passées, présentes et futures. On vous raconte des bobards. Vous le savez, nous aussi. Chaque fois qu'on vous sert un bobard, vous découvrez de petites incohérences, et vous nous posez d'autres questions. Du coup, nous sommes obligés de vous raconter un bobard supplémentaire, qui appelle de votre part de nouvelles questions. Non seulement c'est agaçant, mais cela fait perdre à tout le monde un temps précieux. Donc, permettez-moi de vous expliquer deux ou trois petites choses qui n'ont rien à voir avec des bobards. Ça vous va ?

J'acquiesçai. Il poursuivit :

— Primo, il ne s'agit pas seulement d'un vieux meurtre, mais cela, vous le savez déjà. Secundo, il est dans votre intérêt de ne pas savoir de quoi il s'agit vraiment. Tertio, cette affaire est de la plus haute importance pour notre pays. Quarto, si nous avons besoin de vous, c'est parce que vous êtes le meilleur, mais aussi parce que, au cas où il vous arriverait quelque chose, vous ne travaillez pas officiellement pour l'État. Si vous êtes interrogé, vous ne savez rien – et vous l'affirmerez d'autant plus facilement que ce sera la vérité. Contentez-vous de coller à votre histoire :

vous avez décidé de vous offrir un petit pèlerinage au Vietnam. Nous sommes d'accord ? Vous avez toujours envie d'y retourner ?

— Je n'ai jamais eu envie d'y retourner.

— Je ne vous le reproche pas. Mais vous savez comme moi que vous allez le faire. Vous vous ennuyez dans votre quotidien de retraité, vous avez le sens du devoir chevillé au corps, et vous aimez le risque. Vous avez été fantassin, vous avez été décoré pour actes de bravoure, vous avez fait votre chemin dans la police militaire, et vous êtes devenu enquêteur criminel. Jamais un homme comme vous ne serait devenu comptable ou coiffeur pour dames. Et vous vous retrouvez ici, en face de moi. Nous savons l'un et l'autre que vous ne rentrerez pas chez vous tout à l'heure.

— Vous vous y entendez, en baratin…

— Bien sûr. J'ai ici votre billet. Vous volerez sur Asiana Airlines jusqu'à Séoul, puis sur Vietnam Airlines jusqu'à Hô Chi Minh-Ville, que nous connaissons mieux sous son ancien nom de Saigon. Vous avez une chambre réservée à l'hôtel Rex – le fin du fin, mais comme la vie n'est pas chère à Saigon, ce genre d'établissement peut correspondre au budget de M. Paul Brenner, adjudant-chef à la retraite. (Il sortit une feuille de papier volante de son sac en plastique et me la tendit. Le texte était imprimé à l'encre rouge.) Voici votre visa, que nous avons obtenu à l'ambassade vietnamienne grâce à une copie authentifiée de votre passeport, aimablement fournie par le Département d'État. Et voici un nouveau passeport – la copie exacte du vôtre, que vous allez me remettre. Sur ce passeport figure le tampon de l'ambassade du Vietnam pour votre prochaine entrée dans le pays. Quant aux autres pages, elles sont vierges, car les Vietnamiens se méfient des gens dont le passeport comporte trop de tampons d'entrée et de sortie, comme c'est le cas du vôtre.

Conway me tendit mon nouveau passeport, et je lui remis l'ancien. En feuilletant celui qu'il venait de me donner, je remarquai que la photo était identique à celle de l'original. Et qu'un spécialiste en falsification du FBI avait eu l'amabilité de le signer à ma place.

— Je trouve surprenant que vous ayez réussi à faire une copie de mon passeport, à m'obtenir un visa auprès de l'ambassade vietnamienne et à organiser entièrement mon départ moins de douze heures après que j'ai été consulté sur cette mission.

— Ça l'est, en effet, admit Conway en me tendant un stylo. Veuillez inscrire le nom et les coordonnées de la personne à prévenir en cas d'urgence, exactement comme sur votre ancien passeport. Il me semble que c'était votre avocat.

— Exact.

C'était même un avocat de la CID, mais à quoi bon le signaler ? Après avoir fait ce qu'il me demandait, je lui rendis son stylo et glissai mon passeport tout neuf dans une poche intérieure de ma veste.

— Faites plusieurs photocopies de ce passeport et de votre visa lors de l'escale à Séoul, me conseilla Conway. Au Vietnam, on a tendance à vous demander votre passeport et votre visa à tout bout de champ – les hôteliers, les loueurs de scooters, et parfois la police. En général, une photocopie suffit à les calmer.

— Si vous envoyiez une photocopie de moi au Vietnam ?

— Vous organiserez vous-même vos déplacements terrestres à l'intérieur du Vietnam. Vous resterez trois nuits à Saigon, c'est la durée de votre réservation au Rex – vendredi, soir de votre arrivée, samedi, et dimanche.

Vous quitterez Saigon lundi matin. Faites-y ce qu'il vous plaît, mais évitez de vous faire expulser pour avoir fumé des cigarettes qui font rire ou introduit une prostituée dans votre chambre d'hôtel, ce genre de bêtise.

— Je n'ai pas besoin d'un cours de morale. Surtout venant d'un agent du FBI.

— Je vous comprends, mais on m'a chargé de vous briefer, et je suis les instructions. Ayant moi-même été briefé par Karl, je sais que vous êtes un pro. Vous serez contacté à Saigon par une personne de nationalité américaine résidant au Vietnam. Elle n'a aucun lien avec le gouvernement des États-Unis – c'est juste quelqu'un qui est dans les affaires et qui se contente de donner un petit coup de main à l'Oncle Sam. Le rendez-vous aura lieu au restaurant du Rex, dernier étage, à dix-neuf heures samedi, c'est-à-dire le lendemain de votre arrivée. C'est tout ce que vous avez besoin de savoir pour le moment. Moins cette prise de contact sera planifiée, moins elle paraîtra l'avoir été. Vous me suivez ?

— Jusqu'ici, oui.

— Cette personne vous communiquera un numéro. Il correspond à celui d'un site indiqué sur un des plans de votre guide touristique. (Conway plongea de nouveau la main dans son sac en plastique et en sortit un livre, qu'il posa sur la table.) Ceci est le guide *Lonely Planet* du Vietnam, troisième édition. C'est le plus couramment utilisé là-bas, et si pour une raison ou pour une autre il vous était confisqué par les douaniers de l'aéroport Tan Son Nhat, ou si vous le perdiez, vous n'auriez pas trop de mal à en racheter un à un touriste. Sinon, votre contact à Saigon se débrouillera pour vous en procurer un. Vous aurez plus d'une fois l'usage de ce guide. Compris ?

— Compris.

— Je reviendrai sur le numéro dont je viens de parler dans quelques instants. Après votre départ de Saigon, le lundi, vous aurez jusqu'au samedi pour jouer au touriste. Faites ce que vous voulez, mais je vous conseille vivement de retourner sur quelques-uns de vos anciens sites de bataille. Je crois savoir que vous avez servi un certain temps dans la région de Bong Son.

— Si cela ne fait pas spécifiquement partie de la mission, je préfère éviter…

— Ce n'est pas un ordre, répondit Conway en me fixant avec insistance. Plutôt une suggestion appuyée.

Je ne répondis pas.

— Pour votre gouverne, ajouta-t-il en se penchant au-dessus de la table, j'ai moi aussi fait un séjour là-bas dans les années soixante-dix. La 4e division d'infanterie, les hauts plateaux du centre, l'invasion du Cambodge… J'y suis retourné l'année dernière pour exorciser quelques vieux démons. C'est pour cette raison qu'on m'a chargé de vous briefer. Il paraît que ce genre d'expérience crée des liens. Vous me suivez ?

— Pas vraiment, mais continuez.

— Pendant ces cinq jours de temps libre, vous devrez absolument déterminer si vous êtes surveillé ou suivi. Si c'est le cas, n'en tirez pas de conclusion hâtive. Il arrive souvent à la police vietnamienne de suivre des Occidentaux sans raison valable.

— Surtout les Américains.

— Exact. Au terme de ces cinq jours de voyage, le samedi, c'est-à-dire la veille du Têt, le Nouvel An lunaire, vous arriverez à Hué. Une chambre aura été réservée pour vous à l'hôtel Century Riverside. À ce moment-là, vous devrez regarder le plan de Hué de votre *Lonely Planet*, repérer l'emplacement du numéro communiqué par votre contact à Saigon, et le lendemain, le dimanche – un jour d'intenses festivités, avec une foule énorme et un nombre de policiers extrêmement réduit –, vous vous rendrez à cet endroit. Compris ?

— Compris.

— En cas d'empêchement, il vous sera fourni plusieurs points de rendez-vous de remplacement.

Après m'avoir exposé tous les détails techniques de ce rendez-vous à Hué, Conway conclut en disant :

— La personne que vous rencontrerez à Hué est de nationalité vietnamienne. Elle vous abordera en disant ces mots : « Je suis un excellent guide », vous demanderez : « Quel est votre prix ? » Et il faudra que cette personne réponde : « Votre prix sera le mien. »

— J'ai l'impression d'avoir déjà entendu ça dans un film…

— Je sais que vous n'êtes pas habitué à ce genre de manœuvre, fit Conway avec un sourire, et pour être franc, moi non plus. Nous sommes tous les deux flics, monsieur Brenner, et il s'agit ici d'autre chose. Mais vous êtes intelligent, vous avez grandi pendant la guerre froide, vous avez vu comme moi des James Bond et autres films d'espionnage.

— Admettons. Dites-moi pourquoi je dois voir quelqu'un à Saigon si c'est juste pour me communiquer le numéro d'un site touristique. Vous pourriez me le faxer.

— Il nous semble que vous pourriez avoir besoin d'un soutien à Saigon, et nous tenons à avoir quelqu'un à contacter au cas où vous échapperiez à notre écran radar.

— Je vois. Avons-nous un consulat à Saigon ?

— J'allais y venir. Comme vous le savez, nous venons de rétablir les relations diplomatiques avec le

Vietnam, et nous avons une ambassade à Hanoi. L'ambassade n'aura aucun contact direct avec vous, ni à Hanoi ni ailleurs. Mais en tant que citoyen américain, vous êtes autorisé à solliciter son aide si nécessaire, et dans ce cas vous vous adresserez à John Eagan. Personne d'autre. En ce qui concerne Saigon, c'est-à-dire Hô Chi Minh-Ville, nous y avons récemment implanté une mission consulaire, qui occupe un local temporaire et non sécurisé. Vous n'aurez aucun contact avec le consulat de Saigon – sauf peut-être par l'intermédiaire de votre contact sur place.

— Donc, je ne pourrai pas me précipiter au consulat américain à Saigon pour réclamer l'asile ?

Conway se força à sourire.

— Notre personnel diplomatique est à l'étroit. Je crois que votre présence les encombrerait. (Et, après un bref silence :) Le Vietnam est en train de redevenir important pour nous.

Je m'abstins de lui demander pourquoi, mais l'adjectif « important », dans le jargon du gouvernement américain, a toujours indiqué la présence de pétrole, de drogue, ou d'un site militaire stratégique. Au choix.

Conway m'observait, s'attendant vraisemblablement à être questionné sur sa dernière phrase.

— Continuez, me contentai-je de dire.

— Un autre élément à garder en tête, comme je vous l'ai dit, c'est que vous arriverez en pleine période de Nouvel An lunaire. Vous vous souvenez sûrement de la fête du Têt, celle de 1968, par exemple ? C'est le moment de l'année où tous les Vietnamiens retournent dans leur village natal pour rendre hommage à leurs morts. Les transports, les communications, l'hôtellerie, tout est paralysé. La moitié de la population déserte son poste de travail, et l'inefficacité coutumière des services publics se trouve multipliée par dix. Vous allez devoir faire preuve d'imagination et de patience. Surtout, ne soyez pas en retard.

— Parlez-moi de mon contact à Hué.

— Votre contact à Hué vous dira où vous devrez aller ensuite – à condition qu'il le sache. Tran Van Vinh, s'il est encore vivant, habite très probablement dans le Nord du pays, et vous devrez donc vous attendre à mettre le cap au nord à partir de Hué. Les étrangers, surtout les Américains, ne sont pas particulièrement les bienvenus dans les zones rurales de l'ex-Nord-Vietnam. Vous serez confronté à diverses restrictions, sans parler de moyens de transport quasi inexistants. Mais si votre destination est en zone rurale, vous devrez surmonter ces obstacles. Compris ?

— Aucun problème.

— Détrompez-vous. D'abord, il est interdit aux étrangers de conduire un véhicule particulier, mais on peut louer une voiture avec chauffeur par le biais de Vidotour, l'agence touristique d'État. Le problème, c'est que vous ne tiendrez vraisemblablement pas à passer par une agence d'État pour accomplir une mission secrète, n'est-ce pas ?

— Cela paraît logique.

— Il existe aussi des agences privées, qui peuvent fournir des véhicules avec chauffeur, mais le gouvernement ne les reconnaît pas officiellement. Et dans certaines villes, vous n'en trouverez pas.

— Ai-je le droit de louer une bicyclette ?

— Bien sûr. L'intérieur du pays est contrôlé par les chefs locaux du Parti, qui sont des sortes de seigneurs de la guerre. Ce sont eux qui décident de tout – n'en déplaise au gouvernement central de Hanoi, qui passe son temps à changer la législation sur les étrangers. Bref, le chaos règne, mais on peut contourner la plupart des restrictions en faisant des petits cadeaux à certains personnages-clés. Lors de mon dernier séjour, en général, cinq dollars suffisaient à débloquer une situation inextricablement embrouillée. D'accord ?

— D'accord.

— Il y a aussi des autobus interurbains – les bus de la torture, comme on les appelle là-bas. Vous comprendrez pourquoi si vous avez besoin d'en prendre un. Et encore l'ancienne ligne de chemin de fer française, le long de la côte, qui a été rouverte. Vous ne trouverez aucun billet disponible sur quelque moyen de transport public que ce soit pendant toute la période du Têt, mais cinq dollars devraient vous permettre de monter à bord de tout ce qui roule, excepté les avions. Dans tous les cas de figure, vous éviterez les aéroports. Trop de personnel de sécurité.

— Je vous ai dit que j'avais prévu de m'offrir un petit séjour à Aruba ?

— Cette mission est nettement plus importante. Et vous trouverez le climat tout aussi agréable.

— Admettons. Continuez.

— Merci. Pour ce qui est des déplacements, des dessous-de-table et autres, vous n'aurez qu'à demander conseil à votre contact de Saigon. Cette personne connaît théoriquement les ficelles. Mais gardez-vous de lui fournir des informations trop précises.

— Je comprends.

— Quand vous serez à Hué, avec un peu de chance nous serons en mesure de vous indiquer la situation géographique de Tam Ki, le village natal de Tran Van Vinh. À cause du Têt, vos chances d'y retrouver plusieurs membres de la famille de Tran sont maximales.

— Mon petit doigt me dit, monsieur Conway, que l'existence de ce meurtre ne vous a pas été révélée il y a quelques jours, mais plutôt il y a plusieurs semaines, voire des mois, mais que vous avez préféré attendre le Têt pour m'envoyer au charbon. Parce que c'est l'époque où, comme vous venez de le rappeler, les Vietnamiens retournent dans leur village natal – et aussi le moment où le dispositif de surveillance intérieure est le plus relâché.

Il sourit.

— Je ne sais pas du tout quand cette information nous est parvenue, ni ce que votre supérieur sait de plus que vous – ou que moi. Mais il est effectivement opportun que vous arriviez au Vietnam à cette époque de l'année. En lançant leur grande offensive pendant le Têt de 1968, les communistes nous sont tombés dessus alors que nous avions le pantalon sur les chevilles. Ce sera peut-être pour vous une occasion de leur rendre la monnaie de leur pièce.

— Idée intéressante. Un juste retour de balancier, vous voulez dire ? Sauf que je me fous de la vengeance comme de ma première chemise. Cette putain de guerre est finie. Je n'ai nul besoin ni envie d'avoir une motivation personnelle pour accepter cette mission. Je me contente de faire un boulot parce que j'ai dit que je le ferais. C'est clair ?

— Une motivation personnelle pourrait vous être utile une fois que vous serez sur place.

Je ne répondis pas.

— Donc, reprit Conway, vous avez rendez-vous à Hué le dimanche, mais si pour une raison quelconque vous ne pouvez pas y être, vous aurez une seconde chance le lundi. Vous serez contacté à votre hôtel. Sinon, ce sera le signe qu'il est temps de quitter le pays. Sans perdre un instant.

J'opinai.

— Supposons que tout se passe bien, continua-t-il. Vous quittez Hué le mardi. C'est là que commence la partie délicate du voyage. Vous devrez avoir atteint Tam Ki par n'importe quel moyen dans les deux jours – trois tout au plus. Pourquoi ? Parce que le Têt se prolonge quatre jours après le Nouvel An, et que tous ceux qui seront retournés au pays de leurs ancêtres devraient encore s'y trouver à ce moment-là. Tran Van Vinh vit peut-être à plein temps à Tam Ki, mais nous n'en savons rien. Il faut donc que vous soyez sur place au moment où vos chances de l'y rencontrer seront les plus fortes. Vous comprenez ?

— Oui.

— Dans un cas comme dans l'autre – succès ou échec –, vous devrez être à Hanoi au plus tard le samedi suivant, c'est-à-dire au quinzième jour de votre voyage. Vous aurez une chambre réservée pour une nuit au Métropole. (Il tapota son sac en plastique et ajouta :) Peut-être serez-vous contacté à Hanoi, peut-être pas. Ce qui compte, c'est que vous soyez reparti le lendemain, un dimanche, seizième jour de votre voyage, c'est-à-dire assez largement avant l'expiration de votre visa touristique de vingt et un jours. D'accord ?

— J'aurais bien aimé faire un peu de tourisme à Hanoi…

— Croyez-moi, vous aurez surtout envie de quitter le Vietnam le plus vite possible.

— Peut-être.

— Vous aurez une place réservée sur le Hanoi-Bangkok de la Cathay Pacific. Quelqu'un vous attendra à Bangkok pour votre débriefing.

— Et s'ils me mettent en prison ? Vous croyez que j'aurai droit à une prorogation de visa ?

Conway sourit.

— Voyons maintenant la question financière, dit-il. Vous trouverez dans ce sac une enveloppe contenant mille dollars américains, en coupures de un, de cinq et de dix, que vous n'aurez pas besoin de déclarer. Vous avez légalement le droit de dépenser vos billets verts dans la république socialiste du Vietnam. Je dirais même que c'est la couleur qu'ils préfèrent. Il y a aussi là-dedans un million de dongs, ce qui représente à peu près un dollar et demi – non, je plaisante. À peu près cent dollars, juste de quoi vous mettre le pied à l'étrier. Étant donné que le Vietnamien moyen gagne trois ou quatre cents dollars par an, vous êtes riche. Et vous avez en plus mille dollars en chèques de voyage American Express, acceptés par les meilleurs hôtels et restaurants, et que certaines banques vous échangeront contre des dongs ou non, selon l'humeur du jour. L'American Express a des correspondants à Saigon, Hué et Hanoi. Vous trouverez les adresses dans votre guide. Utilisez votre carte de crédit chaque fois que ce sera possible. Vous serez remboursé. L'armée a décidé de vous allouer une indemnisation forfaitaire de cinq cents dollars par journée de service temporaire, ce qui devrait vous permettre d'encaisser un joli petit chèque à votre retour. (Et, après une pause :) Le temps d'emprisonnement sera compté double.

Je dévisageai Conway. Il ne plaisantait pas.

— Sur combien de jours ? demandai-je.

— Je n'en sais rien. Je n'ai pas posé la question. Vous voulez que je me renseigne ?

— Non. Quoi d'autre ?

— Deux ou trois explications – notamment sur les façons de quitter le pays. Comme je vous l'ai dit, vous êtes censé prendre un vol de la Cathay Pacific au départ de Hanoi, mais il se peut que vous deviez vous éloigner plus tôt et dans l'urgence. Nous avons un certain nombre de plans de secours en cas d'imprévu. Vous voulez que je vous en parle ?

— Sur ce sujet, vous avez mon attention absolue.

Conway m'exposa plusieurs méthodes pour quitter le Vietnam par voie terrestre en passant par le Laos, le Cambodge ou la Chine, par bateau et même par avion-cargo au départ de Da Nang. Aucune de ces solutions ne me paraissait très tentante ni très crédible, mais je m'abstins de tout commentaire.

— Et maintenant, poursuivit-il, venons-en à Tam Ki. C'est votre dernière destination avant Hanoi. D'une façon ou d'une autre, nous allons localiser ce village, et l'information vous parviendra au plus tard à Hué. Une fois à Tam Ki, vous trouverez sans doute de nombreuses personnes dont le nom de famille est Tran. Vous aurez peut-être besoin d'arriver avec un interprète parce qu'il se peut que personne ne parle anglais sur place.

— D'accord.

— Vous parlez un peu le français, je crois ?

— Vraiment trois fois rien.

— Il arrive que les personnes âgées et les membres du clergé catholique comprennent plus ou moins le français. Mais tâchez de vous procurer un guide anglophone. Je n'ai pas besoin de vous dire qu'un Américain débarquant dans un hameau et demandant à tout le monde où il pourrait trouver un certain Tran Van Vinh risque d'attirer l'attention. Alors, faites attention à la manière. Vous êtes flic. Vous avez déjà effectué ce genre de travail. Tâchez de vous adapter à la situation, aux gens à qui vous…

— Je sais. Continuez.

— Ma conviction personnelle est que ce Tran Van Vinh est mort. Ce serait logique. Vous ne pensez pas ? La guerre, sa classe d'âge, etc. S'il a été tué pendant la guerre, il y a des chances pour que son corps soit inhumé ailleurs, comme celui de son frère, qui a été retrouvé dans la vallée d'A Shau. Mais il y aura sûrement quelque part dans le village un autel familial à sa mémoire. Nous avons besoin que vous nous rapportiez la preuve absolue de son décès. Sergent Tran Van Vinh, entre cinquante et soixante ans, mobilisé dans l'armée du Peuple, ayant combattu à Quang Tri, ayant un frère du nom de Tran Quan Lee mort les armes à la main dans la vallée d'A Shau…

— J'ai compris.

— Bien. Il se peut aussi qu'il soit encore vivant – à Tam Ki ou ailleurs.

— Et c'est sur ce point que ma mission et mon objectif me paraissent assez flous. Que suis-je supposé faire au cas où je le retrouverais vivant ?

— Si je vous demandais de le tuer ? lâcha Conway en me fixant au fond des yeux.

Je soutins son regard sans ciller.

— Je vais vous dire ma façon de voir, répondis-je. *Je* le retrouve, et *vous* le tuez. Mais j'espère que vous aurez une bonne raison.

— À mon avis, la raison vous apparaîtra quand vous lui parlerez.

— Là-dessus, quelqu'un me colle une balle dans le dos, et la boucle est bouclée.

— Votre vision est un peu trop dramatique.

— Désolé, mais j'ai l'impression de nager en plein roman d'espionnage.

— Pas du tout. Nous sommes en pleine réalité. Voici votre mission résumée en langage clair : vous déterminez d'abord si cet homme est vivant ou mort. S'il est mort, nous aimerions en avoir la preuve. S'il est vivant, tâchez d'établir s'il vit à Tam Ki ou ailleurs, parlez-lui de cet épisode de février 1968 et voyez ce dont il se souvient. Voyez s'il peut identifier le meurtrier d'après la série de photos que nous nous efforcerons de vous faire parvenir d'ici là. Par ailleurs, comme vous le lirez dans sa lettre, Tran Van Vinh a, semble-t-il, récupéré quelques effets personnels de la victime du meurtre auquel il venait d'assister. Nous avions l'habitude de prélever des objets sur les morts ennemis, ils faisaient la même chose en face. Il les a probablement gardés, ou bien, s'il est mort, sa famille les aura conservés – une plaque d'identité militaire, un portefeuille, ce genre de choses. Un objet de ce type nous permettrait d'identifier la victime, de replacer Tran Van Vinh sur le lieu du crime, et, s'il est vivant, d'établir sa crédibilité en tant que témoin.

— Et nous ne voulons pas de témoin crédible vivant.

Conway se garda de répondre.

Je bus une dernière gorgée de café avant d'ajouter :

— Donc, si je retrouve Tran Van Vinh vivant, je tâche de voir s'il est en mesure d'identifier la victime ou le meurtrier sur les photos qu'on m'aura éventuellement remises en cours de voyage, et j'essaie de jeter un coup d'œil à ses souvenirs de guerre, voire de les lui racheter, ou bien de les racheter à sa famille s'il est mort. Autre solution, j'essaie de sortir cet homme du pays, ou de le filmer en vidéo en le laissant là où il est, ou je communique son adresse à M. John Eagan, de l'ambassade américaine à Hanoi, et il arrive à Tran Van Vinh ce qu'il doit arriver… Et s'il est mort, vous voulez que je vous en apporte la preuve.

— C'est à peu près ça. Pour l'instant, nous naviguons à vue. Nous vous contacterons sur place, soit à Saigon, soit à Hué au plus tard. Les débats ne sont pas encore tout à fait clos en ce qui concerne le meilleur mode d'action.

— N'oubliez pas de me faire part de votre décision.

— Comptez sur nous. D'autres questions ?

— Non.

Conway reprit un ton officiel pour me demander :

— Monsieur Brenner, avez-vous bien compris tout ce que je vous ai expliqué jusqu'ici ?

— J'ai même compris aussi certaines choses que vous ne m'avez pas expliquées.

— Vous souviendrez-vous de toutes les instructions verbales que je viens de vous transmettre ? poursuivit-il, ignorant ma remarque.

— Oui.

— Avez-vous des questions à ajouter ?

— Puis-je vous demander pourquoi vous voulez la peau de cet homme ?

— Je ne comprends pas votre question. Autre chose ?

— *Niet.*

Conway se leva. Moi aussi.

— Votre avion décolle dans une heure, vous voyagez en classe affaires, ce qui n'a rien d'extravagant au vu de votre position sociale. La profession inscrite sur votre visa est « retraité », et le but de votre visite est le tourisme. Vous devez savoir qu'il est tout à fait possible qu'un homme de votre âge voyageant seul soit intercepté et interrogé à Tan Son Nhat. Quand je suis retourné là-bas, j'ai passé une demi-heure avec un petit bonhomme complètement parano dans une salle d'interrogatoire. Restez calme, ne soyez pas hostile, accrochez-vous à votre histoire, et si la guerre est évoquée, servez-leur un boniment quelconque sur les conséquences terribles qu'elle a eues pour leur pays. Montrez des remords, ce genre de choses. Ils adorent. Compris ?

— Je devrai donc éviter de faire allusion au fait que j'ai tué un certain nombre de soldats nord-vietnamiens…

— À votre place, oui, je m'abstiendrais. L'entretien pourrait prendre une mauvaise tournure. Mais ne leur cachez pas que vous êtes un vétéran du Vietnam et que vous souhaitez revoir certains théâtres d'opérations que vous avez connus dans votre jeunesse. Racontez-leur que vous étiez cuistot ou intendant, quelque chose de ce goût-là. Mais pas soldat d'une unité combattante. Ils n'aiment pas trop ça, comme je m'en suis aperçu à mes dépens. Compris ?

— Oui.

— Quand vous arriverez à votre hôtel, ne cherchez pas à nous contacter. Les hôtels conservent souvent une copie des fax envoyés par leurs clients, et il arrive que la police demande à les voir. Pareil pour le téléphone. Tous les numéros composés sont enregistrés à des fins de facturation, comme partout ailleurs, et la police y a facilement accès. Sans compter que les lignes peuvent être mises sur écoute.

Je savais tout cela, mais Conway avait visiblement reçu une liste de consignes qu'il tenait à respecter jusqu'au bout.

— En ce qui concerne votre arrivée, ajouta-t-il, votre contact à Saigon vous appellera pour vérifier que vous avez bien pris possession de votre chambre au Rex. Les soupçons ne seront pas éveillés dans la mesure où il s'agira d'un appel local. Le contact nous préviendra ensuite en nous envoyant un fax ou un e-mail sécurisé à partir du siège d'une entreprise américaine. Donc, si pour une raison ou pour une autre vous n'arrivez pas au Rex, nous en serons très vite informés.

— Et vous ferez quoi ?

— Une enquête.

— Merci.

— Vous trouverez aussi dans ce sac un stock de comprimés antipaludéens pour vingt et un jours. Vous auriez dû commencer à les prendre il y a quatre jours, mais il ne faut pas vous inquiéter : vous resterez trois jours à Saigon, où les anophèles sont rarissimes. Prenez-en un dès maintenant. Il y a aussi un antibiotique, dont j'espère que vous n'aurez pas l'usage. Pour ce qui est des précautions de base, évitez de boire l'eau du robinet et méfiez-vous des aliments crus. Vous pourriez contracter une hépatite A, mais de toute façon les symptômes ne se feraient sentir qu'après votre retour. Si nous avions été avertis plus tôt de votre départ, nous vous aurions fait vacciner contre l'hépatite…

— Vous étiez avertis depuis un certain temps.

— Peu importe. Profitez du vol pour potasser votre guide. Vous trouverez aussi dans ce sac une traduction de la lettre de Tran Van Vinh. Lisez-la attentivement, mais n'oubliez pas de vous en débarrasser pendant l'escale à Séoul.

— Ah bon ? Et moi qui comptais la montrer aux douaniers de Tan Son Nhat…

— Je vous prie de m'excuser si, à un moment quelconque de ce briefing, j'ai donné l'impression de mettre en doute votre intelligence ou vos compétences professionnelles, monsieur Brenner. Je ne fais qu'obéir aux ordres. (Puis, après un court silence :) Karl m'a prévenu que vous étiez difficile à vivre, mais je vous trouve sympathique. Voici donc un conseil amical : il y a des chances pour que vous appreniez au cours de cette mission des choses que vous n'avez pas besoin de savoir. Votre façon de traiter ces informations déterminera la façon dont vous serez traité.

Conway et moi échangeâmes un regard interminable. Un homme doté d'un minimum de bon sens aurait battu en retraite sur-le-champ. Mais Conway avait calculé, à juste titre, que Paul Brenner ne serait pas effrayé par sa menace ; au contraire, Paul Brenner était plus intrigué que jamais – et bien décidé à découvrir ce qui se tramait. Paul Brenner était décidément un parfait imbécile.

Conway s'éclaircit la gorge, puis :

— Vous aurez une longue escale à Séoul. Passez-la dans le salon VIP d'Asiana. Vous y trouverez peut-être une personne ou un message pour vous. Si votre mission devait être annulée, c'est probablement là qu'on vous demanderait de faire demi-tour. Compris ?

— Compris.

— Y a-t-il quoi que ce soit que je puisse faire pour vous ? Un message à délivrer, une consigne de dernière minute, un problème personnel que je pourrais vous aider à résoudre ?

— Ma foi, oui, répondis-je en sortant une enveloppe de ma poche. Il me faudrait un billet d'avion Bangkok-Honolulu, ainsi qu'une réservation d'hôtel de quelques nuits, et une autre à Maui. Voici mon itinéraire, mes dates, et mon numéro de carte American Express.

Conway prit l'enveloppe à contrecœur.

— Je crois que vos supérieurs tiendront à vous voir rentrer à Washington…

— Je m'en tamponne. J'exige d'avoir deux semaines au paradis. Le débriefing se fera à Bangkok ou ne se fera pas.

— Entendu, fit Conway en empochant l'enveloppe. Autre chose ?

— Non.

— Dans ce cas, bonne chance. Et soyez prudent.

Je ne répondis pas.

— Croyez-en mon expérience, ajouta-t-il. Votre mission mise à part, ce voyage vous fera plus de bien que de mal.

— J'en suis sûr. La guerre mise à part, mes deux premiers voyages au Vietnam ont été formidables.

Il ne daigna pas sourire.

— J'espère avoir correctement fait mon briefing. Sans rien oublier.

— Vous avez fait un excellent travail, monsieur Conway. Vous pourrez dormir sur vos deux oreilles ce soir.

— Merci.

Il me tendit la main.

— Un instant, dis-je. J'allais oublier…

J'ouvris mon bagage à main et lui tendis le pavé de Danielle Steel.

— Je ne veux surtout pas que ceci soit retrouvé chez moi si je ne reviens pas, expliquai-je. Vous comprenez ? Vous n'aurez qu'à l'offrir à quelqu'un. Vous n'êtes pas obligé de le lire vous-même.

M'ayant dévisagé avec une sorte d'inquiétude, Conway me tendit de nouveau la main – que je serrai sans hésiter. Il s'en alla sans me remercier pour le livre.

J'ouvris le sac en plastique resté sur la table et entrepris de transférer l'argent liquide, les chèques de voyage, les réservations d'hôtel, la lettre traduite et mon visa vietnamien dans mes poches. Puis je glissai les médicaments et le guide *Lonely Planet* dans mon sac de voyage.

Je m'aperçus alors qu'il restait, au fond du sac en plastique, un petit objet de forme arrondie enveloppé dans un mouchoir en papier. C'était une de ces stupides boules à neige. Elle contenait une réplique en miniature du mémorial de la guerre du Vietnam, et le mur en forme de V, sous les flocons tourbillonnants, était d'un noir absolu.

4

Le 747 d'Asiana Airlines venait d'entamer sa descente sur l'aéroport international Kimpo de Séoul. Après quinze heures de vol, j'avais plus ou moins perdu la notion du temps. Dans la mesure où le soleil brillait environ à quarante-cinq degrés au-dessus de l'horizon, on pouvait être soit en milieu de matinée, soit en milieu d'après-midi. Tout dépendait de la position respective de l'est et de l'ouest. Mais quand on fait le tour du globe, cela n'a plus vraiment d'importance, sauf pour le pilote.

Je remarquai tout de même que le paysage en dessous de moi était couvert de neige. Le fauteuil voisin était vide, et j'espérai avoir autant de chance pour la seconde et dernière étape de mon voyage aérien.

Il se pouvait naturellement que celle-ci n'ait pas lieu, si je recevais la consigne de rebrousser chemin à Séoul. Bien entendu, les chances pour que cela se produise étaient quasiment nulles, mais ces messieurs de Washington prennent toujours soin de vous insuffler dans le crâne ce genre d'heureuse perspective. J'avais connu une expérience du même ordre lors de mes deux premiers départs pour le Vietnam. La destination inscrite sur ma feuille de route était *Asie du Sud-Est*

– comme si j'avais la moindre chance d'être affecté à Bangkok ou à Bali. Ils sont très malins.

Le temps était venu pour moi de lire la fameuse lettre, celle qui avait tout déclenché. Je sortis de ma poche une enveloppe vierge, d'où je retirai plusieurs feuilles de papier pliées. La première était une photocopie de l'enveloppe originelle. Elle était adressée à Tran Quan Lee, dont le nom était suivi d'une abréviation correspondant vraisemblablement à son grade, puis d'une succession de chiffres et de lettres qui désignait très certainement son unité dans l'armée nord-vietnamienne.

Le nom de l'expéditeur, Tran Van Vinh, était suivi de son grade et d'un code d'unité. Aucune indication géographique : les armées se déplacent, le courrier suit.

Ayant mis l'enveloppe de côté, je m'intéressai à la lettre proprement dite. Elle se présentait sous la forme d'une traduction dactylographiée de trois pages, et on n'avait pas daigné y joindre une photocopie de l'original vietnamien, ce qui me poussa sur-le-champ à me demander ce qui avait pu être supprimé ou altéré.

Je tentai d'abord de me représenter le système de courrier de l'armée nord-vietnamienne pendant la guerre. Sans doute était-il à peu près aussi primitif que les services postaux du dix-neuvième siècle, avec des missives passant de main en main, portées par des courriers, cheminant avec une telle lenteur du monde civil à celui des soldats, ou l'inverse – ou encore, comme ici, d'une unité à l'autre –, que bien souvent le destinataire ou l'expéditeur – voire les deux – était mort avant sa livraison.

Ces lettres, quand elles arrivaient, mettaient des mois à atteindre leur but. Je repensai aux trois cent mille soldats nord-vietnamiens portés disparus, et aussi au million de morts officiellement recensés, dont beaucoup avaient été pulvérisés par les bombes de cinq cents kilos lâchées par nos B-52 le long des routes d'infiltration.

En soi, il était déjà miraculeux que cette lettre ait pu sortir de la ville assiégée de Quang Tri – et tout aussi miraculeux qu'elle soit parvenue à son destinataire dans la vallée d'A Shau, à près de cent kilomètres de distance, puis récupérée sur le cadavre de celui-ci par un soldat américain. Peut-être le miracle ultime résidait-il dans le fait que le soldat américain en question, Victor Ort, avait lui-même survécu à la guerre, conservé cette lettre chez lui pendant trente ans et finalement décidé de la renvoyer à Hanoi par le truchement de la VVA.

Elle avait été ensuite aiguillée vers le quartier général de la CID à Falls Church, Virginie, grâce à l'intervention avisée d'un membre de l'association, poussé par son instinct à s'adresser à un organe militaire plutôt qu'au FBI. Si le FBI avait été le premier à mettre la main sur cette lettre, la CID n'en aurait jamais entendu parler, et moi non plus. Dans l'état actuel des choses, ce dossier relevait en premier lieu de la CID, avec le soutien du FBI : un petit arrangement qui ne convenait à personne, moi compris.

Mon regard tomba de nouveau sur la traduction dactylographiée. Je ne me sentais pas encore tout à fait prêt à la lire – et je ne le serais pas tant que je n'aurais pas compris comment ces quelques feuilles avaient atterri sur mes genoux.

Je me posai ensuite la question du *pourquoi* de ma présence ici. Cynthia mise à part, j'aurais pu invoquer le devoir, l'honneur, la patrie, sans parler de l'ennui, de la curiosité, et d'un zeste de fierté machiste. En vérité, mon départ de l'armée ne s'était pas déroulé sur une note très agréable, et cette mission représentait pour moi une occasion d'effacer une déplorable dissonance.

La lettre était datée du 8 février 1968. Je lus les premiers mots adressés par Tran Van Vinh à un frère qu'il ne savait pas sur le point de mourir :

Mon très cher frère,

Au moment où je t'écris cette lettre, qui j'espère te trouvera en bonne forme physique et mentale, j'attends avec d'autres camarades blessés d'être évacué de la ville de Quang Tri. Ne t'inquiète pas pour moi, mes blessures ne sont pas graves : j'ai reçu plusieurs éclats d'obus dans le dos et les jambes et je ne doute pas de survivre. Nous sommes soignés par un médecin prisonnier de l'hôpital catholique, et aussi par des infirmiers de notre armée du Peuple.

La bataille pour le contrôle de la ville fait rage autour de nous. Les bombardiers américains passent jour et nuit, et leur artillerie nous pilonne sans répit. Nous sommes heureusement à l'abri dans une cave du lycée bouddhiste, à l'extérieur de la citadelle. Nous disposons de vivres et d'eau, et j'espère reprendre bientôt du service.

Je détournai le regard et repensai aux jours que j'avais vécus autour de Quang Tri. À l'époque, mon bataillon était déployé à l'ouest de la ville. Même si nous n'avions pas tiré un coup de feu en zone urbaine, nous avions vu beaucoup de soldats nord-vietnamiens s'échapper de Quang Tri, une ville qu'ils n'avaient tenue qu'une semaine avant d'en être délogés par l'armée sud-vietnamienne. Ils s'étaient exfiltrés par petits groupes, tentant d'atteindre les collines et la jungle, à l'ouest, et mon bataillon avait justement pour mission de les intercepter. Nous avions réussi à en retrouver, à en tuer ou à en capturer un certain nombre, mais pas tous. Statistiquement, les chances de Tran Van Vinh d'avoir quitté Quang Tri en vie étaient plutôt minces, et celles d'avoir survécu aux sept dernières années de guerre l'étaient encore davantage. Et quand bien même il aurait survécu ? Était-il encore en vie, près de trente ans plus tard ? Cela semblait assez peu probable, mais dans l'équation de cette affaire figuraient déjà plusieurs miracles.

Je repris ma lecture :

Je dois te parler d'un incident étrange et intéressant dont j'ai été le témoin hier. Je gisais au premier étage d'un bâtiment administratif de la citadelle, blessé par l'explosion d'un obus d'artillerie qui avait tué net les deux camarades avec lesquels je me trouvais. Il y avait un trou béant dans le plancher, et je surveillais le rez-de-chaussée par cet orifice, espérant voir arriver des camarades. Soudain, deux militaires américains ont fait irruption dans le bâtiment. Mon premier réflexe fut de prendre mon fusil pour les abattre, mais, n'ayant aucun moyen de savoir s'il y en avait d'autres dans les parages, je préférai m'abstenir.

Ces deux Américains ne se donnèrent pas la peine de fouiller le bâtiment, qui était à moitié détruit. Au lieu de cela, ils se mirent à parler. Je vis à leur casque que l'un d'eux était capitaine, et l'autre lieutenant. Deux officiers ! Joli carton en perspective ! Mais je ne bougeai pas. Je constatai aussi que ces deux hommes portaient sur l'épaule l'écusson de la cavalerie héliportée, une arme très présente dans la région, même si je n'avais encore vu aucun de ses membres à l'intérieur de la ville.

Tandis que je les observais, prêt à faire feu s'ils me découvraient, ils commencèrent à se quereller. Le lieutenant se montra très irrespectueux avec son supérieur, et le capitaine entra dans une grande colère. Leur dispute se poursuivit deux ou trois minutes, puis le lieutenant tourna le dos au capitaine et rebroussa chemin vers la brèche par laquelle ils étaient entrés.

Je vis alors le capitaine sortir son arme et crier quelque chose au lieutenant, qui se retourna. Plus aucun mot ne fut prononcé. Le capitaine tua le lieutenant d'une balle en pleine tête. Le casque de ce dernier vola en l'air, et l'homme, après avoir basculé en arrière, retomba mort sur les gravats.

J'étais tellement surpris que je ne réagis pas quand le capitaine quitta le bâtiment en courant. J'attendis de voir si le coup de feu attirerait d'autres soldats ennemis, mais des détonations et des explosions retentissaient partout dans la ville, et celle-la passa naturellement inaperçue au milieu de toutes les autres.

Je restai couché où j'étais, surveillant le rez-de-chaussée jusqu'au crépuscule. Alors seulement, je descendis par l'escalier et m'approchai de l'Américain mort. Je le délestai de sa gourde, de quelques boîtes de conserve, de son fusil, de son pistolet, et de quelques effets personnels qu'il portait sur lui. Il avait une très belle montre, que je pris, mais tu sais comme moi que si je suis capturé par les Américains en possession de cette montre, ou de tout autre objet américain, je serai exécuté sur-le-champ. Je vais donc devoir décider rapidement ce qu'il convient de faire des affaires récupérées sur cet homme.

J'ai pensé que cet incident pourrait t'intéresser, même si je n'arrive pas encore à lui donner un sens.

Sais-tu ce que deviennent nos parents et notre sœur ? Depuis deux mois, je n'ai plus aucune nouvelle de Tam Ki. Notre cousin Liem m'a écrit qu'on voit passer là-bas, chaque semaine, des camions emplis de camarades blessés, et aussi de longues colonnes de camarades valides qui marchent vers le sud pour libérer notre pays des envahisseurs américains et de leurs pantins de Saigon. Liem me dit aussi que les bombardiers américains ont augmenté leurs frappes dans la région, et je me fais naturellement du souci pour notre famille. Il ajoute qu'il y a encore de quoi manger à Tam Ki, mais pas en abondance. Et m'assure que la récolte d'avril devrait fournir à notre village d'amples provisions de riz.

Je n'ai pas de nouvelles de Mai, mais je sais qu'elle est partie pour Hanoi afin de soigner nos malades et nos blessés. J'espère qu'elle est à l'abri des bombes américaines. J'aurais préféré qu'elle reste à Tam Ki, mais en bonne patriote elle est allée où son devoir l'appelait.

Mon frère, j'espère que tu es sauf et que cette lettre arrivera entre tes mains, puis entre celles de notre famille. Au cas où nos parents et notre sœur liraient ces lignes, je les salue avec tout mon amour.

J'espère avoir quitté Quang Tri d'ici un jour ou deux, me réfugier en lieu sûr afin de me rétablir au plus vite, et reprendre rapidement les armes pour libérer notre pays. Écris-moi pour me raconter ta situation et celle de tes camarades.

Ton frère qui t'aime,

Vinh

Je repliai la lettre, songeur. Ce texte, adressé à un frère qui n'allait pas tarder à mourir, m'offrait une vision de la guerre différente de celle que je connaissais. Et pourtant, si l'on faisait abstraction de sa traduction ampoulée et des formules patriotiques qui la truffaient du début à la fin, un GI américain aurait pu écrire grosso modo la même chose : on y lisait entre les lignes la même solitude, le même mal du pays, la même peur, et la même inquiétude pour le sort de la famille, sans parler d'une angoisse à peine voilée en ce qui concernait Mai, sûrement la fiancée de l'auteur. Dans le monde entier, les fiancées en poste dans les hôpitaux militaires des grandes villes en temps de guerre étaient soumises à toutes sortes de pressions et de tentations. Un sourire effleura mes lèvres.

J'avais l'impression d'avoir un petit quelque chose en commun avec Tran Van Vinh, et je me rendis compte que nous avions vécu la guerre au même endroit et au même moment. Si je le rencontrais un jour prochain, je pourrais peut-être sympathiser avec lui. Mais si je l'avais rencontré en 1968, je l'aurais tué.

Quant à son frère, je m'étonnai de constater que nos chemins auraient également pu se croiser. Après la bataille de Quang Tri, qui s'était déroulée en février, mon bataillon de la First Cav avait été transféré sur

Khe Sanh courant avril, puis dans la vallée d'A Shau en mai. Notre unité était aéroportée, ce qui signifiait concrètement que chaque fois que la situation commençait à dégénérer quelque part, on nous y expédiait par hélicoptère. Un vrai bonheur.

Mais le temps n'était pas aux rêveries. Je relus la lettre en tâchant, cette fois, de me concentrer sur les détails et sur les circonstances du meurtre présumé. Primo, les faits ressemblaient effectivement beaucoup à un meurtre, même si cette qualification dépendait du motif de la querelle. Secundo, comme l'avait fort justement écrit le sergent Tran Van Vinh, l'incident était « étrange et intéressant ».

Je revins au début du texte – là où il était question d'un bâtiment administratif situé à l'intérieur de la citadelle. Beaucoup de villes vietnamiennes disposent d'une citadelle, bâtie par les Français dans la majorité des cas. La citadelle était un quartier de la ville, central et fortifié, qui renfermait les bâtiments gouvernementaux, les écoles, les hôpitaux, le quartier général militaire, et aussi des habitations. Je connaissais celle de Quang Tri pour avoir participé là-bas à une cérémonie de remise de médailles en juillet 1968, sur le champ de manœuvre. Elle était organisée par le gouvernement vietnamien, qui souhaitait récompenser des soldats américains pour leur participation à un certain nombre de batailles. La citadelle en question était en ruine, et je me rendis compte que je devais m'être trouvé ce jour-là tout près de l'endroit où l'incident relaté par Tran Van Vinh s'était produit, six mois plus tôt. J'avais eu droit à une croix de la Valeur militaire vietnamienne, et le colonel qui me l'avait épinglée sur la poitrine, formé à l'école française, m'avait aussi collé un gros baiser mouillé sur chaque joue. Je l'aurais bien envoyé paître, mais après tout, ce n'était pas sa faute si j'étais là.

Bref, j'étais vaguement en mesure de visualiser l'endroit où l'incident avait eu lieu. Je tentai d'imaginer ces deux officiers américains pénétrant dans un bâtiment bombardé de la citadelle pendant que la bataille faisait rage, avec Tran Van Vinh gisant à l'étage supérieur, le doigt sur la détente de son AK-47, en train de se vider de son sang après avoir été touché par un obus américain.

Ces officiers n'étaient sûrement pas des combattants : sinon, ils auraient forcément eu leurs hommes avec eux ; il s'agissait donc de types de l'arrière, probablement des conseillers du MACV. Si je m'en souvenais bien, le MACV avait son QG quelque part dans la citadelle de Quang Tri. Pour une raison quelconque, ils avaient dû se retrouver coupés de l'unité sud-vietnamienne à laquelle ils étaient rattachés – à moins que les Sud-Vietnamiens n'aient pris la poudre d'escampette, ce qui leur arrivait parfois. Certes, ce n'était là que simple spéculation de ma part, mais je ne voyais pas d'explication plus logique au fait que deux officiers américains se soient retrouvés sans la moindre escorte au cœur d'une ville tenue par la seule armée sud-vietnamienne.

Donc, voilà ces deux militaires coincés en pleine baston entre Vietnamiens du Nord et du Sud, ça pète de partout dans la citadelle, et ils trouvent néanmoins le temps de s'éloigner tous les deux et de se chamailler à propos de quelque chose, jusqu'au moment où l'un des deux militaires descend l'autre. Étrange, en effet. Et j'étais également d'accord avec Tran Van Vinh quand il écrivait qu'il n'arrivait pas à donner un sens à ce qu'il avait vu. J'avais néanmoins le pressentiment très net que, quel qu'ait été le motif de la dispute, c'était le nœud de toute l'affaire.

Mon regard revint sur la lettre : *Le capitaine quitta le bâtiment en courant*. Tran Van Vinh, expert de la survie, ne bouge pas d'un millimètre avant le crépuscule. Ensuite, il s'approche du corps du lieutenant, lui pique sa gourde, ses rations, son fusil, son automatique – sans doute un Colt 45 –, et « quelques effets personnels qu'il portait sur lui ». Lesquels ? Sa plaque d'identité militaire, sûr et certain. C'était un trophée de choix pour l'ennemi, la preuve que vous aviez tué un Américain, le genre de truc qui vous donnait droit à un rab de poisson. Mais, comme le soulignait le sagace sergent Tran Van Vinh, mieux valait ne pas se faire capturer avec ce genre de butin au fond des poches : Convention de Genève ou non, vous auriez été abattu sur-le-champ. Donc, il allait devoir décider de ce qu'il ferait de son trésor de guerre.

Peut-être avait-il tout gardé. Que Vinh soit vivant ou mort, peut-être ces effets personnels étaient-ils encore fièrement exposés dans la petite hutte familiale. Peut-être.

Que manquait-il à la traduction de cette lettre ? L'expression « quelques effets personnels qu'il portait sur lui » avait peut-être été substituée aux termes véritablement employés par Tran Van Vinh.

Mais il se pouvait aussi qu'à force de vouloir lire entre les lignes je sois devenu un tant soit peu trop soupçonneux. Un brin de méfiance et de spéculation ne fait pas de mal ; mais si on pousse le bouchon trop loin, on risque de se perdre en route.

Je me rendis compte que nous étions presque au sol. Quelques secondes plus tard, le 747 toucha le tarmac, freina en puissance, puis roula au ralenti jusqu'à l'aérogare.

Descendu au terminal numéro deux de l'aéroport de Séoul, je franchis rapidement les comptoirs du contrôle des passeports et de la douane.

J'avais servi en Corée plus de vingt ans plus tôt : six mois dans la zone démilitarisée, six autres mois à Séoul. Une année plutôt agréable. Les Coréens semblaient apprécier leurs alliés, et les soldats américains, en retour, se comportaient raisonnablement bien. En tout et pour tout, je n'avais eu à élucider qu'un seul homicide, commis par un civil coréen, trois viols et quelques vagues affaires de violence en état d'ivresse. Pas trop mal, sincèrement, s'agissant de cinquante mille gaillards entassés dans un endroit où ils n'avaient absolument aucune envie d'être.

Je me retrouvai ensuite dans l'aérogare principale, énorme et caverneuse, surmontée d'une mezzanine qui faisait tout le tour du hall.

Mon escale devait durer quatre heures, et on m'avait dit à Dulles que mon bagage de soute suivrait directement jusqu'à Hô Chi Minh-Ville.

Le hall était envahi de snack-bars et de restaurants de nouilles, et il flottait dans l'air une odeur de poisson et de chou qui ressuscita une flopée de souvenirs vieux de vingt ans.

Sur une énorme pendule numérique murale, je vis qu'il était 15 h 26. Elle affichait aussi le jour en anglais : vendredi. D'ailleurs, presque tout était sous-titré en anglais, et je me contentai de suivre les panneaux qui indiquaient le chemin des salons VIP.

Le club du Matin calme était situé sur la mezzanine. À l'entrée, je tendis mon billet à la demoiselle postée derrière le comptoir.

— Bienvenue, me dit-elle en souriant. Si vous voulez bien signer le registre.

Je m'exécutai et remarquai en levant les yeux qu'elle fixait mon billet avec intérêt. Comme je m'y attendais, elle ajouta :

— Ah, monsieur Brenner, il y a un message pour vous.

Elle farfouilla un instant sous son comptoir et me tendit une enveloppe scellée à mon nom.

— Merci.

Je repris mon bagage à main et pénétrai dans un vaste salon élégamment meublé. Je me servis un café au buffet, m'installai dans un fauteuil de cuir, et lus mon message. C'était un télex de Karl, qui disait : *Feu vert – Instructions de C. confirmées – Travaillons à réduire la liste des noms – Vous verrai peut-être à Bangkok – Honolulu envisageable – Bon voyage – K.*

Je le rangeai dans ma poche et repris mon café. *Feu vert.* La belle affaire. « Honolulu envisageable »… Qu'est-ce qu'il entendait par là, bon sang ?

Je me rendis au centre de communications du club et utilisai le destructeur de papiers pour réduire en confettis le télex de Karl, mon e-mail à Cynthia et la traduction de la lettre de Tran Van Vinh. Ensuite, je fis deux photocopies de mon passeport et de mon visa, les rangeai dans mon sac de voyage et retournai au salon, où je me mis à feuilleter un exemplaire de la veille du *Washington Post*.

J'étais exaspéré par le « Honolulu envisageable » de Karl, et surtout par le flou de l'expression. En avait-il parlé à Cynthia ? Cherchait-il à me dire que si mon escapade à Honolulu ne lui posait aucun problème, Cynthia, de son côté, restait indécise ? Ou voulait-il dire que la virée à Honolulu serait envisageable en fonction de ce que je lui rapporterais à Bangkok ? Où en étais-je avec Cynthia ? Ce maudit Allemand était tellement insensible qu'il ne daignait même pas me dire s'il lui avait parlé ou non !

La moutarde commençait à me monter au nez, ce qui n'est certes pas la meilleure façon d'attaquer une mission.

Je somnolai par vagues successives et, pendant ce laps de temps, des images inattendues me traversèrent le cerveau : Peggy, Jenny, le père Bennett, mes parents, l'ombre du prêtre derrière le rideau du confessionnal, St. Brigid, des amis d'enfance et d'adolescence, la cuisine de ma mère, une odeur de choux en train de bouillir dans une grande casserole… Et allez savoir pourquoi, tout cela était d'une tristesse infinie.

5

Le vol Séoul-Saigon se déroula sans histoire, sauf à comptabiliser les souvenirs qui se bousculèrent dans mon esprit.

La nourriture, le service et les boissons étaient de bonne qualité, même s'il y avait pour moi quelque chose d'un peu bizarre à me retrouver en classe affaires à bord d'un Boeing 767 dernier cri de Vietnam Airlines. Plusieurs types de ma connaissance, retournés au Vietnam dans les années soixante-dix et quatre-vingt, m'avaient raconté que la flotte de la compagnie nationale se composait exclusivement d'Iliouchine et de Tupolev, des zincs à vous donner le frisson, et que les pilotes étaient pour la plupart russes. Sans parler d'un service et d'une nourriture carrément en dessous de tout. Les Vietnamiens avaient fait des progrès, même si nous n'étions pas encore au sol. D'autant que nous étions apparemment confrontés à un petit problème d'ordre climatique, plus précisément un de ces violents orages tropicaux typiques de l'Asie du Sud-Est.

Il était à peu près vingt-trois heures à ma montre, et nous avions déjà une heure de retard.

Par le hublot, j'apercevais de temps en temps les milliers de lumières de Saigon à travers une brèche dans les nuages.

Je repensai au premier de mes voyages au Vietnam. C'était en novembre 1967, sur Braniff Airlines. J'avais décollé de la base d'Oakland à bord d'un Boeing 707 jaune psychédélique affrété par l'armée mais tenu par un équipage complet de jolies hôtesses en tenue un peu fofolle façon Barbie. Les hôtesses aussi étaient un peu fofolles, surtout une certaine Elizabeth, une jeune patriote que j'avais rencontrée dans un bal militaire à San Francisco quelques jours avant le grand saut.

Le vœu de chasteté que j'avais échangé avec Peggy en avait pris un sérieux coup. Mais l'avenir à cette époque me paraissait tellement incertain que j'aurais été capable de justifier à peu près n'importe quel comportement. D'ailleurs, avec un recul de trois décennies, peut-être n'y a-t-il plus rien à justifier. Il faut avoir vécu ces moments-là pour comprendre.

Quel autre pays que les États-Unis aurait envoyé ses soldats au casse-pipe dans des avions de ligne aussi luxueux que ceux de Braniff Airlines ? C'était une idée bizarre et, en définitive, plutôt cruelle. Je crois que j'aurais préféré faire le voyage à bord d'un transport de troupes, car ces engins avaient au moins le mérite d'offrir une transition moins brutale de la paix à la guerre, et de vous habituer d'emblée à une condition misérable.

J'ignorais ce qu'étaient devenues Elizabeth et la compagnie Braniff, mais j'étais en train de m'apercevoir qu'une foule de souvenirs depuis longtemps enfouis commençait à me revenir et que beaucoup d'autres risquaient de suivre, pour la plupart nettement moins agréables que celui d'Elizabeth.

Mon voisin, un Français qui m'ignorait sciemment depuis notre départ, ce qui d'ailleurs m'allait très bien, se décida tout à coup à briser la glace et me déclara, dans un anglais acceptable :

— Vous croyez qu'il y a un problème ?

Je pris tout mon temps avant de lui répondre :

— Je pencherais pour un problème humain. Soit le pilote, soit la tour de contrôle.

— Vous avez sans doute raison. Nous allons peut-être devoir atterrir ailleurs.

Je doutais qu'il existe au Vietnam un autre aéroport équipé pour recevoir un 767. Trente ans plus tôt, il y avait ici toutes sortes de terrains d'aviation militaires, dont les pistes s'étiraient à l'infini, et les pilotes de l'époque n'avaient pas froid aux yeux. Disons qu'ils avaient tout intérêt à descendre dare-dare pour éviter les petits bonshommes aux yeux bridés qui, accroupis derrière leurs mitrailleuses, cherchaient à se gagner un rab de riz en faisant pleuvoir sur le paysage un maximum d'Américains pulvérisés.

Malgré la turbulence, la proximité de l'aéroport et les directives de la FAA[1], qui de toute façon n'avaient pas cours ici, deux hôtesses s'approchèrent, l'une portant une bouteille de champagne, l'autre tenant deux flûtes entre ses jolis doigts.

— Champagne ? proposa la première avec un louable effort de prononciation à la française.

— Oui, répondis-je en français.

— S'il vous plaît, dit mon voisin.

Ces hôtesses étaient incroyablement jeunes et jolies. Leurs cheveux lisses, d'un noir de jais, leur effleuraient

1. Équivalent étasunien de la Direction générale de l'aviation civile. *(N.d.T.)*

les épaules. Toutes deux portaient l'*ao dai* traditionnel : une longue tunique de soie jaune à col haut de mandarin, fendue sur le côté jusqu'à la taille, mais – hélas – ces demoiselles portaient dessous un pantalon blanc qui les distinguait des hôtesses de bar qu'on trouvait habituellement sur le plancher des vaches.

Le Français et moi-même prîmes chacun une flûte, que l'hôtesse remplit à demi de champagne pétillant entre deux soubresauts de l'appareil.

— Merci, déclarâmes-nous en chœur.

À l'improviste, le Français fit tinter sa flûte contre la mienne.

— Santé, me dit-il en français.

— À la vôtre, répondis-je en anglais.

— Vous êtes ici pour affaires ?

— Non. En touriste.

— Ah oui ? Je dirige une société à Saigon. J'achète du teck et autres bois rares. Je ne suis pas le seul. Il y a aussi Michelin qui est revenu – pour le caoutchouc. Et des prospections pétrolières au large des côtes. L'Occident est en train de recommencer à piller ce pays.

— Il faut bien que quelqu'un s'y colle.

Mon voisin pouffa.

— À vrai dire, les Japonais et les Coréens font la même chose. Il existe au Vietnam toutes sortes de ressources naturelles qui n'ont jamais été exploitées, et la main-d'œuvre est véritablement très bon marché.

— Tant mieux. J'ai un budget serré.

— Les communistes posent parfois des problèmes. Ils ne comprennent pas le capitalisme.

— Ou peut-être le comprennent-ils trop bien.

Il rit de plus belle.

— Oui, je crois que vous avez raison. En tout cas, soyez prudent. La police et les officiels du Parti peuvent parfois vous compliquer la vie.

— Je suis en vacances, vous savez…

— Bien. Vous préférez les filles ou les garçons ?

— Pardon ?

Il sortit un petit carnet de sa poche intérieure de veste et griffonna quelques lignes dessus.

— Voici plusieurs noms, adresses et numéros de téléphone, me dit-il en déchirant la feuille. Un bar, un bordel, une exquise demoiselle, et le nom d'un excellent restaurant franco-indochinois.

Il me la tendit.

— Merci. Par où dois-je commencer ?

— On devrait toujours commencer par un bon repas, mais comme il est très tard, allez directement au bar. Désintéressez-vous des prostituées, choisissez plutôt une serveuse. Cela dénote un certain degré de savoir-faire.

— « Savoir-faire » est mon deuxième prénom.

— Ne leur donnez pas plus de cinq dollars américains au bar. Vous leur en donnerez cinq de plus au bordel, et vingt à Mlle Dieu-Kiem, la patronne ; elle est à moitié française et parle plusieurs langues. Elle sait parfaitement se tenir à table et vous aidera à visiter la ville et à faire vos emplettes.

— Pas mal, pour vingt dollars.

C'était la somme que Jenny me soutirait chaque dimanche vingt ans plus tôt en Géorgie – et elle ne parlait que sa langue natale.

— Mais attention, la prostitution est officiellement illégale dans la république socialiste du Vietnam.

— C'est la même chose en Virginie.

— Le Vietnam est un pays de contradictions. Le gouvernement est communiste, totalitaire, athée et xénophobe, alors que le peuple est capitaliste, libéral, bouddhiste, catholique… et très accueillant envers les étrangers. Je parle du Sud ; dans le Nord, tout est radicalement différent. Là-haut, le peuple et le gouvernement ne font qu'un. Vous devrez être plus prudent si vous vous y rendez.

— Je compte me restreindre à la région de Saigon. Visiter quelques musées, voir quelques spectacles, acheter deux ou trois bibelots à rapporter à mes proches…

Après m'avoir dévisagé quelques secondes, le Français coupa court à la conversation en attrapant un journal.

L'approche se poursuivit, interminable, et le pilote finit par annoncer quelque chose en vietnamien, puis en français, que son copilote, un Occidental, traduisit en anglais de la façon suivante :

— Veuillez regagner vos sièges et attacher vos ceintures. L'atterrissage est imminent.

Les hôtesses récupérèrent les flûtes de champagne.

Dans mon hublot, je vis des fusées éclairantes rouges et vertes entrecroiser leurs arcs lumineux dans le ciel nocturne au-dessus de Saigon. Je vis des éclairs incandescents de DCA et de roquettes, des explosions rouge orangé s'épanouir là où les bombes et les missiles pleuvaient sur les rizières. Je vis tout cela les yeux fermés – des images vieilles de trente ans, mais encore à vif dans ma mémoire.

En rouvrant les yeux, je découvris Hô Chi Minh-Ville, deux fois plus vaste que l'ancienne Saigon et nettement mieux éclairée que la vieille capitale assiégée.

Je sentis le regard du Français dardé sur moi.

— Vous êtes déjà venu, me dit-il.
C'était plus un constat qu'une question.
— Oui.
— Pendant la guerre. N'est-ce pas ?
— Oui.
À croire que cela se voyait sur ma figure.
— Le pays va vous paraître changé.
— J'espère bien.
Il s'esclaffa avant d'ajouter en français :
— Plus ça change, plus c'est la même chose.
Je concentrai mon attention sur les bruits de l'appareil en train de descendre à toute allure vers le tarmac de l'aéroport Tan Son Nhat. J'étais sur le point d'entamer, je le savais, un drôle de voyage dans l'espace et dans le temps.

Livre II

SAIGON

6

L'appareil creva le plafond nuageux et, pour la troisième fois de mon existence, je vis se déployer sous mes yeux l'aéroport Tan Son Nhat.

Il me parut curieusement identique à ce qu'il était trente ans auparavant. Les empilements de sacs de sable n'avaient pas été retirés après la guerre, et une partie militaire existait toujours. J'y repérai des chasseurs Mig de fabrication russe autour des anciens hangars américains. J'entrevis aussi un avion cargo C-130 et me demandai s'il était opérationnel, ou si on l'avait laissé là comme une sorte de trophée de guerre.

Je me rappelais que le MACV avait établi son quartier général à Tan Son Nhat, ce qui s'était révélé bien commode quand, en avril 1975, les troupes communistes victorieuses avaient resserré leur cercle alentour. Les hommes du MACV, qui comptaient parmi les derniers soldats américains au Vietnam, avaient fait sauter leur QG avant de s'envoler dans des avions d'Air America. J'avais vu les images à la télévision – et je découvrais à présent des décombres qui étaient peut-être ceux de l'ancien QG du MACV, aussi connu à l'époque sous le nom de Pentagone Est.

Pendant que nous descendions vers le sol, je constatai que le terminal civil, lui aussi, était toujours la vieille carcasse de mes souvenirs. J'eus alors l'étrange impression que je venais de rempiler pour un troisième séjour de guerre au Vietnam. Ce qui était d'ailleurs un peu le cas.

Nous touchâmes la piste détrempée presque sans rebondir. Le tarmac devait être encore criblé de trous d'obus, car nous eûmes droit dans la foulée à une succession de cahots divers et variés sur plus d'un kilomètre.

L'avion emprunta une piste de roulement puis, pour une raison inconnue, il stoppa. Pendant notre approche, je n'avais vu aucun autre appareil. Il ne pouvait donc pas s'agir d'un problème de saturation. Au temps de la domination américaine, Tan Son Nhat était le troisième aéroport du monde sur le plan du trafic, et tout se passait bien. Mais c'était une autre histoire. J'avais besoin de maintenir mes pensées dans la réalité de ce temps et de ce lieu. Cependant, alors que nous patientions, elles me ramenaient obstinément à 1972 et à la succession d'événements qui avaient déclenché mon second séjour dans ce pays.

J'étais basé à Fort Hadley. Je m'étais rengagé au terme de ma première année au Vietnam, après que Peggy et moi eûmes cessé de nous écrire – ou, pour être honnête, que j'eus cessé de lui écrire.

Après six mois à Fort Hadley, pour une raison que seuls Dieu et Sigmund Freud sauraient expliciter, j'avais épousé une fille du coin prénommée Patty.

Patty était charmante, s'exprimait avec un adorable accent géorgien, n'avait rien contre les Yankees, adorait le sexe et le bourbon, était plus pauvre que moi et rêvait depuis toujours d'épouser un soldat, même si je n'ai jamais bien compris pourquoi. Nous n'avions strictement rien en commun, mais se marier jeune et sans raison valable faisait apparemment partie de la culture locale. Quant à moi, je ne sais pas du tout ce qui m'avait pris.

Les logements militaires pour jeunes mariés étaient rares pendant la guerre. Comme il n'y avait rien de disponible à la base, nous allâmes nous installer dans un parc de mobile homes sordide, du nom de Whispering Pines, parmi des centaines d'autres soldats, leurs femmes et leurs gosses.

On voyait les gars partir pour la guerre, et certains d'entre eux en revenir. D'autres y restaient, ou, pire encore, se retrouvaient à l'hôpital militaire de la base, avec des morceaux en moins. Ça picolait sec, ça serrait d'un peu trop près les femmes des autres, et la guerre traînait en longueur sans que quiconque en voie le bout.

J'en étais là : un gamin de Boston échoué dans un parc de mobile homes, avec une femme dont l'accent et la vision des choses m'étaient incompréhensibles cinquante pour cent du temps. Il me restait quelques années à tirer dans l'armée, et je voyais des types autour de moi recevoir leur deux ou troisième convocation pour le Vietnam. N'allez pas croire que Peggy et Boston ne me manquaient pas. Je pensais aussi beaucoup à mes amis et à ma famille.

Maman et papa n'avaient pas encore eu l'honneur de rencontrer la nouvelle Mme Brenner ; je faisais tout mon possible pour repousser un voyage dans le Nord et leur venue dans le Sud.

Jamais je n'aurais cru revoir Whispering Pines, et j'y étais pourtant revenu, l'été précédent, dans le cadre d'une mission à Fort Hadley : on m'avait chargé d'enquêter sur ce qui allait devenir connu sous le nom de « l'affaire de la fille du général ». J'aurais pu m'installer n'importe où pendant le déroulement de cette mission, mais j'avais choisi Whispering Pines, qui à cette époque n'était pratiquement plus peuplé que de fantômes.

En vieillissant, je n'ai pas perdu cette habitude de prendre des décisions bizarres, et on dirait que, consciemment ou non, je cherche à revisiter certains lieux évocateurs d'un passé lointain. C'était encore une fois le cas ici, sur cette piste de Tan Son Nhat. Il faudrait peut-être que j'en parle un jour à un professionnel de la santé mentale.

Mais revenons à 1971, et à Fort Hadley. J'étais alors un sergent à quadruple galon – on montait vite en grade à l'époque – et, en ma qualité d'ancien combattant, j'avais été affecté à l'école d'entraînement de l'infanterie, où j'apprenais à de jeunes soldats à rester en vie en tuant ceux d'en face. À tout prendre, mieux valait former de nouveaux fantassins que se retrouver soi-même en première ligne au Vietnam.

Le pays était en rébellion ouverte, et la qualité des recrues plutôt médiocre. Pour ce qui était du moral et de la discipline, on touchait le fond.

Malheureusement, toutes les bonnes choses ayant une fin, je savais que je serais un jour ou l'autre réexpédié au Vietnam pour l'acte deux.

Ce n'était pas l'envie d'échapper à cette excitante perspective qui me manquait, mais il fallait que je m'extirpe de ce maudit trou à rats où je me trouvais coincé, et aussi, force m'est de l'admettre, de mon mariage. Je ne fus certainement pas le premier soldat à préférer la guerre à la routine de la garnison et de la vie de couple – ni le dernier à regretter ce choix.

D'autres considérations entrèrent également en ligne de compte : mon frère Benny était désormais en âge d'être appelé sous les drapeaux. Il était – et reste à ce jour – un garçon formidable, intelligent et sympathique. Malheureusement, il passe beaucoup trop de temps dans la lune, et ses chances de survivre à un séjour au front étaient plus que minces.

La politique semi-officielle de l'armée consistait à ne pas envoyer en même temps deux frères – ou un père et un fils – au Vietnam, et je savais donc que si je retournais là-bas, Benny n'y partirait probablement pas avant mon retour, voire pas du tout dans le cas où je serais tué. Le dénouement semblait approcher, il s'agissait donc de gagner du temps.

J'avais un plan. Comme je suis un type intelligent et responsable, je réussis à me faire admettre à l'école de la police militaire de Fort Gordon, toujours en Géorgie. C'était une affectation temporaire, et Patty resta donc à m'attendre dans notre mobile home de Whispering Pines.

Dans le climat qui régnait à l'époque, quand un soldat délaissait son épouse plus de vingt-quatre heures aux abords d'une base militaire, quelqu'un d'autre se présentait aussitôt pour aider la jeune personne à surmonter sa solitude. Je ne suis pas sûr que cela se produisit avec Patty, mais en tout cas quelque chose se passa.

Je revins de Fort Gordon au bout de trois mois, détenteur d'une nouvelle qualification militaire. Jusqu'à ce moment-là, j'avais été onze-bravo, c'est-à-dire fantassin, c'est-à-dire bon pour un second séjour au Vietnam d'où je n'avais aucune raison valable d'espérer revenir vivant. J'appartenais désormais à la police militaire, et si le Vietnam restait une possibilité, ce n'était plus une certitude. Et même si j'y retournais en tant que PM, je risquais moins d'être tué ou blessé par l'ennemi que lors d'une rixe entre GI's.

Pendant mon séjour à l'école de police militaire, Benny reçut sa feuille de route, fit ses classes et eut droit ensuite à un entraînement avancé de fantassin, avec une forte probabilité de départ pour le Vietnam malgré les réductions d'effectifs. Nous étions tous conscients que, dans l'année à venir, les États-Unis se retireraient et que l'un d'entre nous aurait le triste privilège d'être le dernier soldat américain tué au Vietnam. Personne ne savait exactement quand cela se produirait, mais il n'y en avait pas un seul dans nos rangs qui eût envie d'être celui-là.

Mon mariage tournait au vinaigre. Je décidai de me porter volontaire.

En moins de temps qu'il n'en faut pour se dire adieu, et sans même bénéficier d'une permission préliminaire, j'atterris à Tan Son Nhat en janvier 1972 et fus affecté à Bien Hoa, le grand centre de transit militaire de la région de Saigon. C'était là que l'essentiel de la chair fraîche arrivée des États-Unis attendait des instructions complémentaires pour rejoindre les unités stationnées dans le pays. Et aussi que des centaines de soldats sur le point de rentrer au pays attendaient le vol libérateur. C'était un endroit insensé, dont la folie était encore accentuée par la promiscuité des damnés et des sauvés. Ils avaient beau ne pas partager les mêmes baraquements, ils se côtoyaient. Ils n'avaient que deux choses en commun : ceux qui rentraient ne pensaient qu'à se saouler et à baiser, et ceux qui s'apprêtaient à monter au front avaient exactement les mêmes priorités. Quant à moi, en ma qualité de sergent de la police militaire, j'étais pris entre les deux groupes.

Comme je l'ai déjà dit, le moral et la discipline étaient au plus bas, et j'eus quelque peine à reconnaître l'armée au sein de laquelle j'avais combattu quatre ans plus tôt. En vérité, je ne reconnaissais presque plus mon pays. Du coup, le Vietnam ne me paraissait plus si terrible.

La guerre approchait de son terme, du moins pour les Américains en plein repli, mais elle devait se prolonger trois épouvantables années de plus pour les pauvres bougres qui avaient eu le malheur de naître vietnamiens.

Mon second séjour au Vietnam ne devait durer que six mois ; il s'acheva le jour où ma compagnie reçut l'ordre de plier bagages.

Pendant ces six mois, je n'eus guère de nouvelles de Patty, et ce que je devinais à la lecture de ses lettres brèves mais écrites avec soin ne me semblait pas particulièrement positif.

Certains soldats qui rentrent d'un temps de service à l'étranger prennent la précaution de passer un petit coup de fil, histoire de laisser à leur chère et tendre épouse le temps de s'occuper des préparatifs – et éventuellement de vider les cendriers pleins de mégots de cigare. Je téléphonai à Patty de San Francisco en juin 1972, en lui annonçant que je serais à la maison dans les trois jours. La nouvelle fut accueillie avec une sorte d'ambivalence.

Quand je descendis du taxi qui venait de me ramener à Whispering Pines, j'éprouvais moi aussi des sentiments incertains quant à ce que je souhaitais retrouver.

Je laissai mon sac de toile à terre et m'approchai les mains vides de la porte du mobile home. Rentrer chez soi après un long séjour en zone de guerre est une expérience insolite. C'était un peu comme si j'avais retrouvé l'atmosphère terrestre après un voyage intersidéral en sachant que la situation de la planète avait subi de profonds changements en mon absence.

J'actionnai la poignée. La porte n'était pas fermée à clé. J'entrai et restai un instant figé dans le minuscule coin séjour. Je sus aussitôt qu'elle n'était plus là. Je ne me donnai pas la peine d'appeler.

Je me dirigeai vers le réfrigérateur pour prendre une bière, et c'est alors que je vis son mot d'adieu :

Paul, je suis désolée, mais c'est fini entre nous. J'ai demandé le divorce. Il n'y a personne d'autre, mais je veux vivre ma vie. Je suppose que je dois te souhaiter quand même la bienvenue au pays. Bonne chance pour la suite,

Patty

P.-S. : J'ai pris Pal.

Pal était notre chien.

Je jetai le mot de Patty à la poubelle et pris une bouteille de bière solitaire dans le réfrigérateur. Ce n'était pas ma marque préférée, mais elle avait le mérite d'être fraîche.

J'arpentai ce mobile home qui avait été mon foyer pendant quelques années et constatai que Patty avait emporté toutes ses affaires – mais pas les meubles, qui appartenaient au propriétaire du parc et étaient pour la plupart vissés au plancher. Elle avait notamment pris les draps, ce qui m'obligeait à faire un saut à la coopérative militaire le soir même. Sauf que je n'avais plus de véhicule, Patty étant partie au volant de notre Mustang 1968 – qui, comme Pal, me manque encore. J'avais anticipé qu'il se jetterait sur moi, me ferait tomber à la renverse et me couvrirait de lèchements, ce qu'il avait appris, je crois, en nous regardant faire, Patty et moi, dans les débuts de notre couple.

Le retour au pays du guerrier n'était pas censé se passer tout à fait ainsi.

Je m'attardai quelques jours à Whispering Pines et à Fort Hadley, le temps de remettre de l'ordre dans mes affaires, puis montai passer ma permission à Boston, où je fus accueilli avec un peu plus de chaleur. Mon frère Benny faisait toujours son service et n'était pas là – on l'avait expédié en Allemagne, pour défendre la ligne de front contre les hordes rouges de l'Est. Il me plaît de penser que mon second séjour au Vietnam l'a maintenu loin de l'Asie.

Le benjamin, Davey, avait tout juste dix-huit ans. Il avait reçu son numéro pour le nouveau système de mobilisation par tirage au sort et mourait d'impatience d'être appelé. Mon uniforme lui plaisait beaucoup. La guerre étant à deux doigts de finir, je m'abstins de le dissuader de rallier l'armée pour s'inscrire à la fac. En fin de compte, lui aussi allait servir son pays, essentiellement à Fort Hadley. Quand il fit son paquetage, je le mis au parfum pour les têtes de coton et lui demandai de prendre des nouvelles d'une rouquine prénommée Jenny, mais il n'eut jamais l'occasion de la croiser.

Au terme de ma permission, je revins à Fort Hadley et à Whispering Pines, et ce fut alors que j'appris de la bouche d'un voisin que Patty m'avait menti en prétendant qu'il n'y avait personne d'autre. C'était – quelle surprise ! – un soldat. Sans doute en est-elle aujourd'hui à son quatrième ou cinquième troufion. Le fameux prestige de l'uniforme.

Quelques mois plus tard, j'avais repris mon train-train à la base et j'avais racheté une mignonne Coccinelle jaune citron à un gars en partance pour le Vietnam. L'armée ne vous laisse pas le temps de ruminer, de méditer sur le sens de la vie, ou de larmoyer sur vos problèmes personnels. C'est ce qui fait de vous un homme. On apprend à garder sa merde pour soi. C'est la seule solution quand on a choisi cette vie.

Je fus soudain ramené au présent par la vision d'un camion à plateau découvert qui s'approchait de l'appareil. Notre véhicule d'escorte – la version locale de ces drôles de petits engins à gyrophare qu'on voit dans la plupart des aéroports.

Nous le suivîmes un moment en direction de l'aérogare, puis l'avion stoppa de nouveau en pleine piste avant d'atteindre la zone de débarquement. Les turbines furent coupées. Il n'irait pas plus loin.

Il pleuvait toujours et je vis se déployer un certain nombre de demoiselles munies de parapluies, ce qui est sûrement un système moins onéreux qu'un tunnel couvert amovible. Je remarquai aussi une poignée de soldats armés d'AK-47 dans l'ombre d'un abri d'acier rouillé. Deux hommes entreprirent de pousser vers l'avion une passerelle à l'ancienne.

Mes pensées me ramenèrent à Tan Son Nhat en novembre 1967, c'est-à-dire au tout début de mon premier séjour.

Nous avions touché le sol juste avant l'aube, et, au moment où j'émergeai de la cabine climatisée du 707 de Braniff Airlines, une bouffée d'air brûlant et moite m'assaillit, totalement inattendue au mois de novembre. Je me souviens d'avoir pensé que cette année risquait d'être longue pour un Bostonien comme moi, dont les saisons favorites étaient l'automne et l'hiver.

Quelques centaines de soldats américains attendaient debout sur le tarmac derrière un cordon. Ils étaient vêtus de treillis à manches courtes, portaient un sac à dos et regardaient l'appareil avec fascination. Le 707 qui venait de me déposer au Vietnam allait être ravitaillé en kérosène le plus vite possible et, sans même changer d'équipage, il reprendrait son vol pour ramener ces petits veinards au pays.

À ma descente de la passerelle, dans les premières lueurs de l'aube, j'avais dû passer devant les soldats alignés derrière le cordon. Je me souvenais clairement de leur mine ; la plupart semblaient anxieux, comme s'ils redoutaient encore que quelque chose ne se déroule pas comme prévu, mais on voyait aussi quelques optimistes particulièrement heureux ou excités.

Quelques-uns de ces gars lancèrent des mots d'encouragement à la chair fraîche en train de débarquer, tandis que d'autres criaient :

« Vous allez en baaaaaver, les mecs ! »

Ou bien :

« L'année sera longue, les mecs ! »

À les examiner plus attentivement, je remarquai que certains d'entre eux – il s'agissait, je devais le comprendre plus tard, de ceux qui en avaient trop vu – avaient ce regard étrangement lointain et fixe dont j'ignorais alors l'existence, mais auquel je m'habituerais par la suite. L'idée me vint que cet endroit était peut-être pire que tout ce que je m'étais imaginé à travers les histoires qu'on m'avait racontées ou les images vues à la télévision.

Mon voisin français me ramena à la réalité :

— Qu'y a-t-il de si intéressant à voir dehors ?

— Rien, répondis-je en détournant la tête du hublot, j'étais simplement en train de me rappeler ma première arrivée ici.

— Ah oui ? Rassurez-vous, ça devrait mieux se passer cette fois-ci. Personne n'essaiera de vous tuer.

Je me forçai à sourire.

Une sonnerie fut déclenchée, et tout le monde se leva. Je récupérai mon bagage à main dans le compartiment supérieur et, quelques minutes plus tard, j'atteignis la passerelle d'aluminium sur laquelle les jeunes hôtesses, souriantes, tendaient leurs parapluies au-dessus des têtes des voyageurs. Au pied de l'escalier, on me remit un parapluie ouvert, et je suivis la longue file de passagers qui marchaient devant moi vers l'aérogare, sous l'œil indifférent des soldats.

Ma première sensation physique fut le parfum depuis longtemps oublié de la pluie vietnamienne, si différent de celui de la pluie de Virginie. La brise molle transportait une odeur de charbon ardent, associée à celle, riche et âcre, des rizières environnantes, mélange de fumier, de boue et de végétation pourrissante.

J'étais de retour dans le Sud-Est asiatique. Ce n'était ni un rêve ni un cauchemar, mais la simple réalité.

À l'entrée du hall, une demoiselle récupéra mon parapluie et me fit signe de suivre les autres – comme si j'avais eu l'intention de leur fausser compagnie !

Je franchis un portail pour déboucher dans le hall des arrivées internationales, sorte d'immense caverne qui dégageait une impression d'abandon. La salle était presque totalement vide, à l'exception de mes compagnons de voyage. La moitié des éclairages étaient éteints, et on ne voyait pas le moindre écran de signalisation électronique ni le moindre panneau. Je fus également frappé par le silence ambiant – personne ne parlait, aucun haut-parleur. Par rapport à la cabine de l'avion, l'aéroport était extrêmement humide, et je m'aperçus qu'il n'y avait pas de climatisation, ce qui ne posait pas trop de problème en cette période de l'année, mais devait avoir des conséquences étonnantes en août.

J'eus bientôt devant moi les guichets de contrôle des passeports, et, au-delà, j'aperçus un tapis roulant à bagages, solitaire, paralysé et vide. Aucun porteur en vue, aucun chariot, et curieusement, pas de poste de douane. Plus curieux encore, il n'y avait personne pour accueillir les passagers, dont la plupart étaient pourtant vietnamiens et auraient dû être attendus avec impatience par leurs proches. Je remarquai alors des soldats postés à hauteur des portes vitrées de la sortie. Au-delà de ces portes, une foule compacte tâchait de voir quelque chose à travers les vitres. Apparemment, le public n'était pas admis dans le hall des arrivées, ce qui me parut bizarre. À vrai dire, tout ici me semblait bizarre.

Je me présentai à un des guichets de contrôle et tendis mon passeport et mon visa au factionnaire. Je tentai de capter son regard, qu'il ne consentit à m'accorder à aucun moment. En revanche, il semblait fasciné par mon passeport et par mon visa.

Je contemplai de nouveau le hall sinistre qui s'ouvrait au-delà des guichets et vis, flottant sous le plafond à l'extrémité opposée de la salle, un immense drapeau rouge frappé en son centre d'une étoile jaune – le drapeau des Nord-Vietnamiens victorieux. Ce ne fut qu'à cet instant que je pris pleinement conscience de la réalité de la victoire communiste, avec un quart de siècle de retard, peut-être, mais aussi avec une acuité totale.

Lors de mes précédents atterrissages à Tan Son Nhat, en 1967 et en 1972, les soldats ne transitaient pas par l'aérogare civile, mais je me souvenais parfaitement de la bannière étoilée qui ondulait à côté de l'ancien drapeau sud-vietnamien, rouge, vert et jaune. Depuis vingt-cinq ans, plus personne ici n'avait eu l'occasion de revoir l'un ou l'autre de ces drapeaux.

Je fus pris de chair de poule, et la présence du policier, qui continuait à examiner mon passeport et mon visa, ne fit qu'augmenter mon malaise. Je finis par me rendre compte que cela durait trop longtemps, et que les passagers des autres guichets passaient plus vite que moi. Je mis d'abord cela sur le compte de ma malchance proverbiale qui, au supermarché, me fait régulièrement opter pour la caisse qui va tomber en panne.

Le policier décrocha son téléphone et parla à quelqu'un. J'avais presque tout oublié de mes rudiments de vietnamien, mais je reconnus distinctement le mot *My* – qui signifie « Américain ». Ce n'était pas un terme négatif en soi, mais il fallait tenir compte du contexte. J'affectai un petit air agacé qui n'eut aucun effet sur mon vis-à-vis.

Un autre Vietnamien en uniforme, petit et trapu, arriva, qui prit mon passeport et mon visa des mains du policier du guichet et me fit signe de le suivre. Je ramassai mon bagage à main et lui emboîtai le pas.

De l'autre côté des guichets, mon voisin français, qui avait franchi le contrôle des passeports sans encombre cinq minutes plus tôt, semblait m'attendre. Haussant les sourcils, il glissa quelques mots en vietnamien à mon accompagnateur. Le flic en uniforme répondit d'un ton sec. Le Français haussa le ton à son tour, et j'eus l'impression d'assister à un début de prise de bec. Le Français, qui ne paraissait pas du tout intimidé, finit par me dire, en anglais :

— Je pense que ce n'est qu'un interrogatoire de routine. Soyez poli, mais ferme. Si vous n'avez rien à cacher, tout se passera bien.

Le hic étant, naturellement, que j'avais quelque chose à cacher.

— On se reverra chez Mlle Dieu-Kiem ! lançai-je à mon nouvel ami.

Le Vietnamien trapu me poussa, et je me retins à grand-peine de me rebiffer. Ma mission avant tout.

Au moment où je me retournais pour suivre mon cerbère, j'entendis le Français lancer :

— Tout a changé depuis que mon pays puis le vôtre ont perdu le pouvoir ici ! Aujourd'hui, ce sont *eux* les patrons !

Je suivis donc le petit homme en uniforme dont la visière de casquette s'ornait d'une grosse étoile rouge. La dernière fois que je m'étais trouvé ici, j'avais un M-16 entre les mains – et donc le pouvoir. Et si j'avais eu affaire à ce type en ce temps-là, il se serait vite retrouvé criblé de trous aussi rouges que son étoile.

Selon moi, trois possibilités m'attendaient au terme de cette petite promenade. Un, on me fichait à la porte du pays. Deux, on me déclarait libre de visiter la république socialiste du Vietnam. Et trois, je me retrouvais à l'ombre.

Je disposais encore d'un certain degré de contrôle sur mon avenir immédiat. Tout allait dépendre de mes réponses. Et en matière de bobards, j'en connaissais un rayon.

Nous atteignîmes le bout du hall et arrivâmes devant une porte close, que le camarade ouvrit. Elle donnait sur un long couloir flanqué d'une batterie de portes. Celui-ci étant étroit, le camarade se positionna derrière moi et me poussa de nouveau pour m'inviter à avancer. J'aurais pu lui briser la nuque dans la seconde, mais ensuite, j'aurais été bien en peine de savoir quoi faire.

À mi-parcours, il me saisit le bras et frappa à une porte.

— *Di Vao !* aboya une voix à l'intérieur.

Mon sourcilleux camarade ouvrit la porte, me plaqua une main sur l'épaule et j'entrai. La porte se referma sèchement dans mon dos.

7

Je me retrouvai dans une petite pièce aveugle, brûlante et mal éclairée, aux murs de stuc couleur nicotine. L'air empestait le tabac. Le ventilateur au plafond était en panne.

Lorsque mes yeux se furent accoutumés à la pénombre, je distinguai sur le mur opposé un portrait d'Hô Chi Minh, ainsi qu'un petit drapeau rouge à étoile jaune. Il y avait aussi la photographie d'un bonhomme en uniforme qui pouvait être le général Giap, et plusieurs autres de civils à la mine austère, sûrement des gros bonnets du gouvernement ou du Parti. J'en tirai la conclusion que ceci n'était pas une officine d'assistance aux voyageurs.

Il y avait un bureau sur ma droite, derrière lequel siégeait un homme d'âge moyen en uniforme.

— Asseyez-vous, me dit-il.

Je posai mes fesses sur une chaise pliante vert olive dont je reconnus sur-le-champ l'origine militaire et américaine : la couleur de l'acier n'avait pas changé d'un iota depuis la Seconde Guerre mondiale. Sur le mur, au-dessus du bureau, une grosse bouche d'aération permettait d'entendre la pluie tambouriner à l'extérieur.

Le camarade qui m'avait mené en ce charmant lieu, et que j'avais mentalement surnommé Pousse-Pousse, déposa mon passeport et mon visa sur la table, puis, sans un mot, ramassa mon sac de voyage et se retira. L'homme d'âge moyen se mit à scruter mes papiers à la lumière de sa lampe à pied flexible.

Il portait une chemise à manches courtes vert olive, dont les épaulettes indiquaient un grade de commandant ou de colonel – je n'ai jamais été à l'aise avec les galons étrangers. Il arborait aussi trois rangs de rubans bariolés sur la poitrine, côté gauche, et le soupçon m'effleura que certaines de ces décorations remontaient à « la guerre américaine », comme on disait ici. Son visage était de ceux qui inspirent d'emblée l'antipathie – un petit air pincé, des sourcils perpétuellement froncés, des pommettes hautes et saillantes. Ses yeux étroits semblaient tapis au fond de leurs orbites. Il faisait plus âgé que moi, mais ce n'était sans doute qu'une impression. Il avait en tout cas l'âge d'être un vétéran de la guerre américaine, et si c'était le cas, ses sentiments envers mon pays ne devaient pas être particulièrement amènes. Je supposai aussi que j'avais affaire à un Nord-Vietnamien parce qu'il me paraissait un peu plus grand et un peu plus costaud que les gens du Sud, généralement de constitution assez légère. Et aussi parce que la plupart des postes de pouvoir dans le Sud vaincu étaient occupés par des gens du Nord. Mon instinct me souffla que cet entretien n'allait pas être extraordinairement agréable.

— Je suis le colonel Mang.

Je restai muet. Le fait qu'on m'ait conduit à un officier de grade aussi élevé m'incitait à croire qu'il ne s'agissait pas d'un simple contrôle de visa.

— Quel est le motif de votre visite en République socialiste du Vietnam ? me demanda-t-il dans un excellent anglais.

Sa voix aiguë et saccadée me parut d'emblée irritante.

— Le tourisme.

De ce mensonge allaient découler tous ceux à venir. Et si cet homme savait que je mentais, il me laisserait m'enfoncer jusqu'à ce qu'il ait accumulé des histoires en quantité suffisante pour me passer la corde au cou.

— Le tourisme, répéta le colonel en me fixant. Pourquoi ?

— J'ai été soldat ici.

Son attitude changea. D'hostile, elle devint profondément intriguée. J'aurais peut-être dû ignorer mes instructions et mentir aussi sur ce point, mais il est parfois important de serrer la vérité d'aussi près que possible.

— Quand ?

— En 1968, puis en 1972.

— Deux séjours. Vous étiez donc militaire de carrière.

— Je le suis devenu.

Il pianota sur mon passeport.

— Et vous êtes aujourd'hui à la retraite.

— Exact.

Le colonel Mang réfléchit quelques secondes, puis :

— Et quelles ont été vos fonctions au Vietnam ?

J'hésitai une demi-seconde de trop avant de répondre :

— J'étais cuisinier. Cuisinier militaire.

Nouveau temps de réflexion de sa part, puis :

— Et où étiez-vous stationné ?

— En 1968, à An Khe. Et en 1972, à Bien Hoa.

— Oui ? An Khe… 1re division de cavalerie ?

— Exact.

— Et la deuxième fois à Bien Hoa. Quelle division ?

— J'étais cuistot au mess du centre de tri.

— Oui ?

Le colonel Mang alluma une cigarette, tira dessus d'un air pensif.

— Moi, dit-il, j'étais lieutenant. Dans la 325e division de l'armée du Peuple du Vietnam.

Je m'abstins de répondre.

— Je commandais un peloton d'infanterie, poursuivit-il. En 1968, mon régiment était déployé autour de Hué et de Quang Tri. Certaines unités de votre division opéraient également dans ce secteur. Vous y avez été stationné ?

Toujours désireux de coller à la réalité, je répondis :

— Je suis effectivement passé près de Hué et de Quang Tri.

— Vraiment ? Pour faire la cuisine ?

— C'est exact.

Pour la première fois, le colonel Mang esquissa un sourire.

— Puisque les dates correspondent, remarqua-t-il, nous nous sommes peut-être croisés.

Ce à quoi je répondis, de manière assez intempestive :

— Si nous nous étions croisés, colonel, un seul de nous deux serait présent aujourd'hui.

Le colonel Mang sourit de plus belle, mais son sourire n'avait rien d'engageant.

— Exact, fit-il en me fixant. Je trouve que vous n'avez pas l'air d'un cuisinier.

Après avoir envisagé un instant de lui dicter ma recette de chili pour deux cents personnes, je me contentai de lâcher :

— Je ne suis pas sûr de saisir le sens de votre remarque, colonel.

Mang tira sur sa cigarette, le regard apparemment perdu dans les ombres du passé.

— Beaucoup de soldats américains reviennent, finit-il par dire.

— Je sais.

Le silence retomba pendant que le colonel Mang tétait son bout-filtre avec gourmandise. Je ne me sentais pas franchement mal à l'aise. Jusqu'à présent, notre entretien avait ressemblé à un interrogatoire de routine, mais je n'avais jamais aimé occuper le mauvais fauteuil d'une salle d'interrogatoire.

— Pourquoi cet engouement pour le retour au Vietnam ? finit-il par me demander.

— J'imagine que chacun a ses raisons.

— Et vous ? Quelles sont les vôtres ?

C'était d'une simplicité biblique : j'étais en mission secrète pour le compte du gouvernement américain, qui m'avait chargé de tirer au clair une vieille affaire de meurtre. Mais cela, naturellement, le colonel Mang n'avait aucun besoin de le savoir. Ayant perçu dans sa question une petite connotation philosophique, je me permis de déclarer :

— Je crois qu'après ma visite j'aurai la réponse à cette question.

Il acquiesça, comme si j'avais mis dans le mille, puis réattaqua avec une question beaucoup plus précise, qui n'avait rien à voir avec la philosophie :

— Vous comptez séjourner à Hô Chi Minh-Ville ?

— Non, à Saigon.

J'avais apparemment appuyé sur le mauvais bouton.

— Saigon n'existe plus, lâcha-t-il.

— Il m'a pourtant semblé voir la ville de l'avion.

Pourquoi faut-il toujours que je cherche la petite bête ? Le colonel vrilla sur moi un regard glacé.

— Hô Chi Minh-Ville, dit-il.

Les conseils de Doug Conway et du passager français me revinrent en mémoire. Rester toujours poli et ferme. Mais comment s'y prenaient-ils pour être les deux à la fois ? Je jugeai préférable de battre en retraite :

— D'accord. Hô Chi Minh-Ville.

— Combien de temps comptez-vous y séjourner ?

— Trois jours.

— Où allez-vous descendre ?

— Au Rex.

— Oui ? C'est l'hôtel des généraux américains.

— J'ai toujours rêvé de savoir comment vivaient ces gens-là.

Mang se fendit d'un vague rictus.

— Ils vivaient dans le luxe pendant que leurs soldats crevaient dans la jungle et les rizières.

Je m'abstins de tout commentaire.

Il compléta son cours d'instruction politique en ajoutant :

— Nos généraux vivaient avec nous et partageaient nos peines au jour le jour. Mon général n'avait pas droit à une ration de riz plus importante que la mienne. Il dormait dans une simple hutte de paysan. Les vôtres, au camp de base d'An Khe, étaient installés dans des caravanes avec climatisation spécialement importées d'Amérique. Je les ai vues de mes yeux quand nous avons libéré le Sud. Et vous ? Vous n'avez jamais eu l'occasion d'en voir à An Khe ?

— Si.

— Il y avait même un terrain de golf pour les officiers.

— Neuf trous, seulement. Et vos tireurs embusqués rendaient le parcours très difficile.

Il laissa échapper un petit rire.

— Je suis sûr que vous prépariez des repas meilleurs pour les gradés.

— Non, tout le monde avait droit à la même tambouille.

— Je n'y crois pas.

— C'est la vérité. Vous n'aurez qu'à poser la question au prochain vétéran que vous recevrez.

Ne tenant vraisemblablement pas à se laisser ébranler dans ses certitudes, le colonel Mang changea de sujet :

— Avec quel grade avez-vous pris votre retraite ?

— Adjudant-chef.

— Oui ? Et on vous payait combien ?

Je me souvins que Conway m'avait dit que le Vietnamien moyen gagnait entre trois cents et quatre cents dollars par an.

— À peu près quatre mille cinq cents dollars, répondis-je, non sans une certaine gêne.

— Par mois. C'est cela ?

— Oui. Mais si vous le savez, pourquoi me le demander ? Et quel est le but de toutes ces questions ?

Le colonel Mang n'apprécia pas ma repartie, mais, comme la plupart des Vietnamiens, il réussit à conserver son sang-froid. Il pressa un bouton d'interphone et Pousse-Pousse refit son apparition. Après que les deux hommes eurent échangé quelques mots, Pousse-Pousse tendit la grotesque boule à neige de Karl au colonel, apparemment le seul objet de mon sac de voyage à avoir suscité sa perplexité.

Mang fit tourner la boule entre ses mains. Pousse-Pousse lui dit quelque chose. Mang agita la boule et regarda les flocons saupoudrer le mémorial du Vietnam. Puis, levant la tête, il me demanda :

— Qu'est-ce que c'est ?

— Le mémorial de la guerre du Vietnam. Un souvenir.

— Pourquoi avez-vous ceci avec vous ?

— C'est un cadeau qu'on m'a fait à l'aéroport.

— Oui ?

Il observa la boule, l'agita encore. J'avais envie de rire, mais Mang l'aurait mal pris.

— En effet, dit-il, je le reconnais. Les noms de tous vos morts sont gravés sur ce mur. Cinquante-huit mille. Exact ?

— Exact.

— Nous en avons eu un million.

— Le Nord et le Sud ont eu chacun un million de morts, remarquai-je. Ce qui donne un total de deux millions.

— Je ne compte pas l'ennemi.

— Pourquoi pas ? N'étaient-ils pas vietnamiens, eux aussi ?

— Des pantins contrôlés par les Américains, lâcha Mang en reposant la boule sur son bureau. Veuillez déposer le contenu de vos poches sur la table. Sans rien oublier.

Je n'avais pas le choix. Je posai mon portefeuille sur le bureau, ainsi que les enveloppes de ma poche intérieure de veste, mon stylo, mon peigne, mon mouchoir et mes bonbons à la menthe. Je m'abstins seulement d'exhiber la liste d'adresses remise par le Français.

Le colonel Mang examina d'abord mon portefeuille, qui contenait un peu d'argent américain, des cartes de crédit, ma carte d'identité de militaire en retraite, avec mon grade mais sans la fonction, ma carte d'assurance médicale et mon permis de conduire émis en Virginie.

Il accorda ensuite un intérêt de pure forme aux menus objets de ma veste – mon stylo, mon peigne, mon mouchoir et mes bonbons –, puis ouvrit une à une les enveloppes contenant respectivement les dollars, les billets vietnamiens et les chèques de voyage remis par Conway. Pour finir, il ouvrit l'enveloppe de mes billets d'avion, et celle de mes réservations d'hôtel. Il étudia le tout attentivement, en prenant des notes sur une feuille. Sans cesser d'écrire, il aboya une phrase en vietnamien, et Pousse-Pousse lui répondit. Tous deux semblaient fascinés par la somme d'argent dont je disposais – et qui devait représenter quelques années de salaire pour l'un comme pour l'autre. Il n'y a décidément aucune justice dans un monde où l'ennemi vaincu peut se permettre de revenir plein aux as sur les lieux de sa déroute.

D'un ton cassant, Pousse-Pousse me dit quelque chose en vietnamien, à deux reprises, ce qui le fit rire. Les Vietnamiens sont encore pires que les Américains pour ce qui est de l'impatience face aux gens qui ne parlent pas leur langue. J'aurais bien voulu lui balancer une expression locale du type « Va te faire foutre », mais j'étais lessivé, et rien ne me revint en mémoire.

Pousse-Pousse quitta finalement la pièce en oubliant de reprendre ma boule à neige. Mang continua un moment à prendre des notes, puis leva les yeux sur moi :

— Vous avez aussi réservé une chambre à l'hôtel Century Riverside à Hué, et à l'hôtel Métropole à Hanoi.

Je ne répondis pas, ce qui parut le satisfaire. Il alluma une nouvelle cigarette.

— Je vous prie de retirer vos affaires de mon bureau, dit-il sans lâcher mon passeport et mon visa.

Je récupérai mon portefeuille et mes enveloppes.

— Si nous en avons fini, colonel, j'aimerais rejoindre mon hôtel.

— C'est à moi seul de décider si nous en avons fini, monsieur Brenner.

Il m'appelait par mon nom pour la première fois, et ce n'était pas une marque de courtoisie ; plutôt une manière de me signifier qu'il connaissait mon identité, mes futures adresses au Vietnam, ma date de départ, le contenu de mon portefeuille, et peut-être plus encore.

— Il y a un intervalle de plusieurs jours entre votre dernière nuit d'hôtel à Hô Chi Minh-Ville et votre première nuit à Hué.

— En effet.

— Où comptez-vous aller entre les deux ?

— Rien n'est encore décidé.

— Vous irez sûrement à An Khe.

J'aurais pu me laisser tenter, effectivement, mais pas dans ces conditions.

— Si c'est possible, répondis-je.

— Cela ne pose aucun problème. En revanche, une partie du site se situe en zone d'accès restreint, car elle est aujourd'hui sous le contrôle de l'armée du Peuple.

— Les caravanes climatisées aussi ?

Mang ne daigna pas relever.

— La ville d'An Khe est librement accessible. Mais les bordels et les salons de massage ont fermé, de même que les bars et les fumeries d'opium.

— C’est plutôt une bonne nouvelle.

— Vraiment ? Vous appréciez que Dodge City ait disparu ? C’est bien ainsi que vous appeliez ce quartier, n’est-ce pas ? Construit par vos ingénieurs ?

— Jamais entendu parler.

— La pollution morale ! lâcha-t-il, soudain hargneux. La dégénérescence ! C’est ce qui vous a fait perdre la guerre !

Pas question de mordre à l’hameçon : je restai coi.

Mang se lança dans une diatribe contre l’impérialisme américain, l’agent Orange, le massacre de My Lai et le bombardement d’Hanoi, en y ajoutant quelques autres atrocités dont je n’avais moi-même jamais entendu parler.

J’avais face à moi un homme en colère, mais celle-ci n’était pas dirigée contre moi ; il me haïssait déjà avant que j’aie franchi le seuil de son bureau.

— La guerre a été terrible pour nos deux peuples, dis-je, m’étant souvenu d’un des conseils de Conway. Surtout pour le peuple vietnamien, qui a atrocement souffert. Je regrette le rôle qu’a tenu mon pays dans ce conflit, et aussi celui que j’y ai tenu moi-même. Si je suis revenu, c’est pour voir comment les Vietnamiens vivent aujourd’hui en paix. Je crois que c’est une bonne chose que les vétérans américains reviennent, et je sais que beaucoup ont consacré du temps et de l’argent à aider votre peuple à panser ses plaies. J’espère être capable d’en faire autant.

Le colonel Mang parut apprécier mon petit laïus, qu’il ponctua d’une série de hochements de tête.

— Et ensuite, entre Hué et Hanoi ? Où comptez-vous faire étape ?

— Je ne sais pas encore. Vous avez des suggestions ?

— Vous aurez certainement envie de revoir certains de vos champs de bataille ?

— J'étais cuisinier.

Il m'adressa un sourire complice, comme si nous savions l'un comme l'autre que c'était un énorme bobard.

— Vous ne m'avez pas l'air d'un homme capable de se satisfaire en remuant le contenu d'une casserole.

— Figurez-vous que j'étais un jeune homme très sensible. La seule vision d'un peu de sang sur les côtes de porc me donnait des haut-le-cœur.

Le colonel Mang se pencha au-dessus de la table.

— J'ai tué beaucoup d'Américains. Et vous, combien de Vietnamiens avez-vous tués ?

C'est à ce stade que je perdis plus ou moins les pédales :

— Cette conversation est en train de virer au harcèlement, lâchai-je. Je vais signaler l'incident à mon consulat à Saigon et à mon ambassade à Hanoi. (Et, après un coup d'œil à ma montre, j'ajoutai :) Je suis ici depuis une demi-heure, et si vous me retenez ne serait-ce qu'une minute de plus, j'exigerai que vous me laissiez prévenir le consulat.

Le colonel Mang prit la mouche à son tour. Il se leva et abattit une paume sur le bureau.

— Vous n'êtes pas en situation d'exiger quoi que ce soit de moi ! Je vous donne l'ordre de me fournir un itinéraire complet de vos futurs déplacements sur le territoire de la République socialiste !

— Je viens de vous expliquer que je n'ai pas encore de projet défini. On m'a dit que j'avais le droit de voyager en toute liberté.

— Et moi, je vous dis que vous devez me donner votre itinéraire !

— Je tâcherai d'y penser. S'il vous plaît, colonel, rendez-moi mon passeport et mon visa.

Le colonel Mang se rassit.

— Asseyez-vous, s'il vous plaît, monsieur Brenner, suggéra-t-il d'un ton presque détaché.

Je restai debout quelques secondes de plus, histoire de l'énerver, avant de reprendre ma chaise.

— Je vais garder votre passeport, dit-il. Je vous le rendrai avant votre départ d'Hô Chi Minh-Ville. En échange, vous me fournirez un itinéraire exact et précis de vos déplacements entre Hô Chi Minh-Ville et Hué, puis entre Hué et Hanoi.

— Je préférerais récupérer mon passeport tout de suite.

— Peu m'importe ce que vous préféreriez. (Il consulta sa montre.) Vous venez de passer dix minutes dans ce bureau, pour un contrôle de routine de votre passeport et de votre visa. Vous êtes maintenant libre de le quitter. (Il poussa mon visa en travers de la table.) Vous pouvez reprendre ceci.

Je me levai une nouvelle fois, rempochai mon visa et, laissant volontairement la boule à neige sur le bureau de Mang, fis demi-tour vers la porte. Le colonel ne résista pas à l'envie de décocher une dernière flèche :

— Vous êtes dans *mon* pays, monsieur Brenner. N'oubliez pas que les armes ont changé de camp.

Je n'avais aucune intention de riposter. Je pensai à la colère de cet homme, aux années de guerre sûrement terribles qu'il avait dû vivre en tant que chef de peloton.

— Vous ne pensez pas qu'il serait temps de faire une croix sur le passé ? lui demandai-je sur le pas de la porte.

Le colonel me fixa, se leva lentement.

— Monsieur Brenner, répondit-il à mi-voix, j'ai perdu les trois quarts de ma famille et de mes amis sous les balles et sous les bombes américaines. Mes camarades de classe sont presque tous morts. Je n'ai plus un seul cousin de sexe masculin, et le seul de mes quatre frères à avoir survécu à la guerre a perdu une jambe. Si vous aviez enduré tout cela, seriez-vous capable de pardonner et d'oublier ?

— Peut-être pas. Mais l'Histoire et la mémoire servent à apprendre aux générations futures à ne pas perpétuer la haine.

Il médita là-dessus quelques secondes, puis :

— Faites ce que vous voulez dans votre pays. J'espère que le mien vous apprendra quelque chose. Je vous suggère d'ajouter à votre programme une visite au musée des Crimes de guerre américains.

J'ouvris la porte et sortis.

Pousse-Pousse, qui m'attendait dans le couloir, m'invita à sa façon à le précéder vers la sortie. Nous revînmes sur nos pas jusqu'au hall des arrivées. Il me gratifia d'une dernière petite bourrade pour m'orienter vers le tapis à bagages. En traversant le hall désert, je vis ma valise et mon sac de voyage aux pieds d'un soldat armé.

Au moment où je tendais le bras vers ma valise, Pousse-Pousse me prit par le poignet et me montra brusquement une feuille de papier. Je la pris et lus, gribouillé en anglais : *$ 20 – Taxe d'arrivée.*

Dans mon guide, il était seulement question d'une taxe de départ, et j'eus aussitôt le sentiment que Pousse-Pousse venait d'instituer la taxe d'arrivée. Je n'aime pas être pris pour un pigeon, et le moment était venu de lancer la contre-attaque. Je froissai sa feuille, en fis une boule et la jetai au sol.

— Non, dis-je.

Ce qui eut le don de provoquer chez Pousse-Pousse une sorte de frénésie. Il se mit à hurler en vietnamien et à mouliner des bras. Le soldat resta de marbre.

Je ramassai mes bagages et, au lieu de m'en empêcher, Pousse-Pousse cria :

— *Di di ! Di di mau !*

Ce qui, je crois, signifie : « Débarrassez le plancher ! »

Au moment de m'éloigner, j'eus une idée susceptible de calmer tout le monde. Je reposai mes bagages, plongeai une main dans ma poche intérieure de veste et tirai d'une des enveloppes un billet de vingt dollars, que j'agitai en direction de Pousse-Pousse en lui montrant mes bagages. Il lutta contre la tentation pendant plusieurs secondes, cherchant sans doute à évaluer les prix respectifs de sa dignité et de trois semaines de paie. Après avoir regardé tout autour de lui, il souleva mes bagages en me criant d'avancer vers la sortie. S'il avait été un tantinet plus aimable, je lui aurais probablement indiqué la poignée rétractable et les roulettes de ma valise.

J'émergeai enfin dans l'air moite, brûlant et saturé de gaz d'échappement. La pluie s'était muée en crachin, et un trottoir couvert menait à la file de taxis. Deux ou trois autochtones firent un bond en voyant un soldat en uniforme porter mes bagages. Ils me prirent sans doute pour un ministre débarqué d'Amérique.

Nous accostâmes le taxi de tête. Le chauffeur voulut charger mes bagages dans la malle arrière, mais Pousse-Pousse avait pris le pli et préféra s'en occuper lui-même.

Je lui donnai son billet de vingt, qu'il rafla avec une totale inélégance. Il me dit quelque chose d'un ton hargneux, hurla un ordre au chauffeur et s'éloigna en faisant claquer ses bottes.

Le chauffeur referma le coffre, m'ouvrit la portière droite. Je pris place dans sa Honda minuscule. L'habitacle empestait la cigarette et la rouille.

Il se rassit derrière son volant, mit le contact et démarra en trombe. Quelques minutes plus tard, alors que l'aéroport diminuait dans la lunette arrière, le chauffeur me demanda dans un anglais approximatif :

— Vous américain ?

— Oui.

— Arrivé Séoul ?

— Exact.

— Pourquoi pris si longtemps ?

— Le tapis roulant. Il était en panne.

— Eux poser questions ?

— Oui.

— Communistes fouteurs de merde.

Surpris, je laissai échapper un rire.

Le chauffeur tira de sa poche de chemise un paquet de cigarettes qu'il me tendit par-dessus l'épaule.

— Vous fumer ?

— Non merci.

Il alluma sa cigarette avec une allumette en contrôlant son volant avec les genoux. Par la fenêtre, je constatai que la ville avait rattrapé l'aéroport. Des bâtiments de stuc s'étaient substitués aux misérables huttes de bambou et aux étals qui bordaient autrefois la route. Je remarquai un fouillis de lignes électriques, des antennes de télévision, et même quelques paraboles. Des milliers de camionnettes et de scooters avaient remplacé les chars à bœufs de ma mémoire. En revanche, les bicyclettes étaient toujours aussi nombreuses. Autre nouveauté, toutes sortes de détritus en plastique et en papier jonchaient la chaussée.

Je ne m'attendais certes pas à retrouver le Vietnam de l'époque, qui par bien des aspects était un pays primitif, mais ce concert de klaxons et ces antennes de télévision m'étonnèrent quelque peu.

Je repensai au colonel Mang et décidai que l'incident de l'aéroport n'était que le fruit du hasard. Malheureusement, cette anicroche avec les autorités risquait de compromettre la suite de ma mission. J'allais devoir faire un choix.

— Quel hôtel ? demanda le chauffeur.

— Le Rex.

— L'hôtel des généraux américains.

— Vraiment ?

— Vous combattre au Vietnam. Exact ?

— Oui.

— Je sais. Je conduire beaucoup soldats.

— Ils ont tous droit à un interrogatoire ?

— Non. Pas tous. Mais eux sortir aéroport… enfin, vous savez ? Eux sortir… comment dire ?

— Seuls ? En retard ?

— Oui. En retard. Communistes fouteurs de merde. (Il partit d'un rire bruyant.) Fouteurs de merde de chien.

— Merci. Je vois le tableau.

— Pourquoi soldat porter vos bagages, monsieur ?

— Je ne sais pas. Qu'est-ce qu'il vous a dit ?

— Il dit vous personnalité importante, mais chien impérialiste quand même.

— Ce n'est pas très gentil.

— Vous personnalité importante ?

— Je suis le premier secrétaire du parti communiste américain.

Dans un silence de plomb, mon chauffeur m'envoya quelques coups d'œil par le rétroviseur, puis se décida :

— Vous plaisanter ? Hein ? Plaisanter ?

— Oui. Je blague.

— Pas de communistes en Amérique.

Cette conversation aurait pu être divertissante si je n'avais pas tant souffert du décalage horaire. En outre, j'étais de mauvais poil. Je me détournai vers la portière. Nous avions atteint le vieux Saigon et nous roulions à présent sur un large boulevard, bien éclairé, qui d'après les panneaux indicateurs s'appelait Phan Dinh Phung. D'après mes souvenirs, ce boulevard passait devant la cathédrale catholique – et en effet, je ne tardai pas à apercevoir sa double flèche au-dessus des vieux immeubles de style colonial français.

— Père moi soldat, dit le chauffeur. Ami des Américains, vous comprendre ?

— *Biet*, répondis-je, retrouvant soudain un des rares mots rescapés de mon vietnamien. Je comprends.

Il chercha mon regard dans le rétroviseur, et nous nous observâmes longuement. Puis il reporta son attention sur la route avec un hochement de tête.

— Fait prisonnier, ajouta-t-il. Moi plus jamais revoir lui.

— Désolé.

— Oui. Communistes fouteurs de merde. Hein ?

Je ne répondis pas.

Nous prîmes la rue Le Loi, une des principales artères de Saigon, où se trouvait l'hôtel Rex.

Je n'avais presque rien vu de Saigon, du temps où j'étais fantassin. Le troufion de base n'avait aucune affaire officielle à régler à Saigon. En revanche, mon bref séjour en tant que policier militaire m'avait permis de découvrir un peu la ville. C'était, à l'époque, un lieu très animé – mais aussi et surtout une capitale assiégée, à l'éclairage tamisé en permanence, où le trafic se composait essentiellement de véhicules militaires. Des sacs de sable empilés à divers points stratégiques permettaient à la police et aux soldats vietnamiens de contrôler la situation. Les vitrines de tous les restaurants, de tous les cafés, étaient munies de grilles pour dissuader les Vietcongs en scooter de balancer une grenade ou une bombe artisanale sur la clientèle. Pourtant, malgré la guerre, la ville rayonnait d'une énergie frénétique, d'une sorte de joie de vivre qu'on ne voit jaillir, comme un pied de nez au destin, que lorsque la mort rôde et que la fin est proche.

Ce Saigon-ci, ou plutôt cette Hô Chi Minh-Ville, paraissait tout aussi frénétique, mais sans la psychose guerrière qui à l'époque saisissait la ville chaque soir. Curieusement, on voyait partout des enseignes lumineuses – Sony, Mitsubishi, Coca-Cola, Peugeot, Hyundai –, essentiellement pour des marques japonaises, coréennes, américaines ou françaises. Les cocos foutaient peut-être la merde, mais ils buvaient du Coca.

Mon taxi stoppa devant le Rex, et mon nouvel ami descendit après avoir déclenché l'ouverture du coffre.

Pendant que le portier m'ouvrait la portière, un chasseur se chargea de mes bagages.

— Bienvenue au Rex, monsieur, déclara le portier en bon anglais.

— Ça être ma carte, dit le chauffeur en me tendant une carte de visite. M. Yen. Vous appeler moi. Je montre la ville à vous. Bon guide touristique, très bon. M. Yen.

La course coûtait quatre dollars, et j'en ajoutai un cinquième à titre de pourboire.

Après avoir jeté un coup d'œil circulaire pour s'assurer que personne ne pouvait l'entendre, Yen me glissa :

— Cet homme, à l'aéroport, lui police de sécurité. Lui dire œil sur vous.

Et il remonta dans son taxi. Je tournai les talons et fis mon entrée au Rex.

Le hall était une immense salle de marbre luisant, d'architecture vaguement française, éclairée par des lustres de cristal. Des plantes en pot s'épanouissaient un peu partout, et la climatisation fonctionnait. Un lieu nettement plus accueillant que le bureau du colonel Mang.

Il était décoré en vue du Têt, mais à cette heure – plus de minuit – rien ne bougeait.

Je m'approchai du comptoir de la réception, où une jeune et avenante Vietnamienne, qui d'après son badge se prénommait Lan, me salua, s'empara de mon bon de réservation et me demanda mon passeport. Je lui tendis mon visa. Avec un sourire, elle réclama de nouveau mon passeport.

— La police me l'a pris.

Son joli sourire s'estompa.

— Je suis navrée, dit-elle, mais j'ai besoin de votre passeport pour vous enregistrer.

— Si vous ne m'enregistrez pas, comment feront les policiers pour me retrouver ? Je leur ai donné votre adresse.

Impressionnée par la logique de mon raisonnement, elle décrocha son téléphone et parlementa un moment avec un mystérieux interlocuteur, puis, s'adressant de nouveau à moi :

— Nous allons devoir garder votre visa jusqu'à votre départ de l'hôtel.

— Parfait. Ne le perdez pas.

Lan se mit à pianoter sur son ordinateur nippon.

— La saison est chargée, me dit-elle. Le Têt approche, et le climat est idéal pour les touristes.

— L'air m'a paru chaud et humide.

— Vous arrivez certainement d'un pays froid. Vous vous habituerez vite. C'est votre premier séjour ici ?

— Je suis passé deux ou trois fois devant cet hôtel en 1972.

Elle me jeta un rapide coup d'œil, mais n'insista pas. Elle me choisit une suite luxueuse à cent cinquante dollars la nuit et remit les clés au chasseur.

— Je vous souhaite un agréable séjour, monsieur Brenner. N'hésitez pas à nous prévenir si vous avez besoin de quoi que ce soit. *Chuc Mung Nam Moi.*

Mon vietnamien était passé à la trappe, mais comme ma prononciation, dans le temps, était plutôt bonne, je réussis à répéter la formule de bonne année sans trop bafouiller :

— *Chuc Mung Nam Moi.*

— Très bien, dit-elle en souriant.

Je partis donc vers les ascenseurs avec mon chasseur. Les Vietnamiens sont fondamentalement des gens charmants, polis, bienveillants, toujours prêts à vous aider. Mais cette apparence très zen, souriante et placide, cache un tempérament de feu.

Nous quittâmes l'ascenseur au cinquième étage et longeâmes un ample couloir jusqu'à arriver devant une porte imposante. Le chasseur m'introduisit dans une belle suite dotée d'un salon, d'une vue intéressante sur la rue Le Loi et, grâce au ciel, d'un minibar. Je lui remis un dollar et il s'éclipsa.

Je commençai par me jeter sur le minibar, et je me confectionnai un whisky-soda avec des glaçons. N'eût été l'incident de l'aéroport et le fait que je risquais d'être arrêté à n'importe quel moment sans raison valable – enfin, presque –, j'aurais pu me croire en vacances.

La chambre était décorée dans ce que j'appelle le style « bordel français », mais elle était spacieuse, et la salle de bains était équipée d'une cabine de douche. En ouvrant ma valise sur le support prévu à cet effet, je constatai que son contenu était totalement sens dessus dessous. Il en allait de même pour mon sac de voyage.

Ces enfoirés avaient aussi fait main basse sur les photocopies de mon passeport et de mon visa. Rien d'autre n'avait disparu, et je ne pouvais que saluer l'honnêteté et le professionnalisme du colonel Mang et de son gorille – même si Pousse-Pousse avait ensuite essayé de m'extorquer vingt dollars. À vrai dire, je me serais presque senti plus à l'aise si Mang n'avait été qu'un flic véreux quelconque ; mais force m'était de reconnaître que ce n'était pas le cas.

J'accrochai mes vêtements dans la penderie, fis un brin de rangement, me déshabillai et passai sous la douche. Une chanson idiote, *Secret Agent Man*, trottait obstinément dans mes circonvolutions perturbées par le décalage horaire, et la mélodie du générique de James Bond venait par instants s'y mêler.

Je ressortis de la douche et me séchai. J'avais prévu de faire un tour en ville, mais je tenais à peine debout. Je m'écroulai sur mon lit, et l'écran de mes pensées devint noir avant même que j'aie eu le temps d'éteindre la lampe de chevet.

Pour la première fois depuis de nombreuses années, je fis un rêve de guerre – un rêve de combattant, où ne manquaient ni les rafales de M-16 et d'AK-47, ni l'affreux crépitement des mitrailleuses.

Je me réveillai en pleine nuit, baigné de sueur froide. Je me servis un double scotch et m'assis dans un fauteuil, nu et grelottant, pour assister au lever du soleil sur la rivière Saigon.

8

Quand je descendis prendre un petit déjeuner tardif dans la salle à manger de l'hôtel, une hôtesse d'accueil me remit un exemplaire du *Viet Nam News*, un journal local en langue anglaise. Je m'assis, commandai un café et parcourus le gros titre de la une, qui évoquait *Un coup sévère pour la confiance américaine*.

L'article en question portait la signature d'un certain colonel Nguyen Van Minh, historien militaire. On y lisait ce qui suit : *En ce jour de 1968, notre armée et notre peuple ont lancé une offensive contre les bastions ennemis de Khe Sanh, dont la violence allait ébranler les États-Unis et obliger le président Lyndon Johnson et le Pentagone à concentrer leurs efforts sur Khe Sanh.*

Je n'avais pas oublié l'épisode : j'y étais. Poursuivant ma lecture, j'appris que les forces américaines avaient *subi une défaite sévère et humiliante*. Ce détail m'avait échappé – mais ceux qui contrôlent le présent contrôlent aussi le passé. Pourquoi se gêner ?

Malgré mes difficultés à suivre tant la mauvaise traduction que la logique de cet article, mon intérêt fut éveillé par une mention de ma division, la First Cav, 1re division de cavalerie aéroportée, désignée par le traducteur sous l'appellation *division de cavalerie volante numéro un*. La guerre restait ici d'actualité, comme je m'en étais déjà rendu compte dans le bureau du colonel Mang.

Je jetai un regard circulaire sur la salle à manger. Si les clients étaient en majorité japonais ou coréens, il y avait aussi un certain nombre d'Occidentaux, et on entendait parler français et anglais. Un peu de l'ancien Saigon semblait être en train de renaître.

Je consultai le menu, rédigé dans une foule de langues et accompagné de photos pour plus de sûreté. Je n'en remarquai aucune de chien, de chat, ou de fœtus de poulet à peine formé. Prudemment, je choisis la formule « petit déjeuner américain ».

Après avoir fini mon repas, je me rendis à la réception pour m'enquérir de mon passeport. Aucune nouvelle de lui.

Je n'avais pas non plus de message. Je crois que j'espérais inconsciemment un fax de Cynthia. Je franchis le seuil et me retrouvai rue Le Loi.

Ce passage sans transition de la fraîche pénombre du hall au plein soleil fut pour moi un choc, accentué par le grondement des scooters, les coups de klaxon, la pollution, le grouillement des piétons, des bicyclettes et des véhicules à moteur. En temps de guerre, si l'on exceptait les déflagrations occasionnelles, Saigon était plus calme.

Je partis à pied, mon appareil photo en bandoulière, et, dix minutes plus tard, je suais comme un porc. J'avais raflé un plan de la ville sur le comptoir de la réception. Je portais un pantalon de coton kaki, une chemise de golf verte et une paire de baskets. Bref, je ressemblais au touriste américain de base, à ceci près que la plupart des touristes américains se promènent en short quels que soient le lieu et le climat.

Saigon ne me parut ni excessivement sale ni vraiment propre. Les bâtiments comportaient généralement entre deux et cinq étages, mais je remarquai tout de même quelques gratte-ciel. Une partie de l'architecture du centre de l'agglomération relevait du style colonial français, conformément à l'image que j'en avais gardé, mais la majorité des immeubles récents n'étaient que des cubes de stuc à la peinture écaillée. La ville avait un certain charme de jour, mais je me souvenais du danger de ses nuits glauques.

La circulation était dense, mais à peu près fluide – comme une sorte de chaos chorégraphié. Seuls les véhicules militaires et les jeeps jaunes de la police transgressaient ouvertement les règles de la circulation. Ils déboulaient à toute allure dans les rues, chassant ce qui se trouvait sur leur passage. Sigles mis à part, pas grand-chose n'avait changé sur ce plan-là depuis mon précédent séjour. On reconnaît sans peine un État policier, ou un pays en guerre, à la façon dont les véhicules gouvernementaux s'imposent dans les rues.

Aujourd'hui comme à l'époque, le mode de transport prédominant était le scooter. Les pilotes, hommes et femmes, étaient presque tous jeunes et conduisaient, comme on aurait pu s'y attendre, en prenant des risques insensés. La principale différence était qu'ils le faisaient maintenant en parlant dans leur téléphone portable.

Je n'avais pas oublié le temps où n'importe lequel de ces hommes ou femmes à scooter était susceptible de sortir tout à coup une grenade ou une bombe artisanale, pour la lancer sur la devanture d'un bar dépourvue de grille, un camion militaire, un poste de police, ou une bande de soldats ivres, américains ou vietnamiens. Avec leur portable, ces nouveaux cyclomotoristes représentaient surtout un danger pour eux-mêmes.

La ville était en ébullition en raison de l'imminence du Têt, qui pour les Vietnamiens est à peu près aussi important que notre Noël, notre Jour de l'an et notre fête nationale réunis, d'autant que tout le monde en profite pour célébrer aussi son anniversaire à cette date-là. Comme les pur-sang, quelle que soit leur date de naissance, tous les Vietnamiens prennent un chiffre au compteur au Premier de l'an.

Les rues étaient envahies de marchands ambulants qui vendaient des bouquets, des branches de pêcher et d'abricotier en fleurs, et des kumquats nains. La plupart d'entre eux semblaient intimement persuadés que j'avais besoin de leurs produits pour me promener en ville et faisaient des pieds et des mains pour que je les leur achète.

Nombre de stands vendaient des cartes de vœux déclinant la formule *Chuc Mung Nam Moi* à toutes les sauces, et je faillis en acheter une pour l'envoyer à Karl, agrémentée d'une mention de mon cru : *Vat Pher Phoutr*.

Il y avait aussi des hordes de cyclopousses, ce mode de transport exclusivement vietnamien : une bicyclette équipée à l'avant d'un compartiment passager à siège unique. Les pédales et le guidon sont derrière, ce qui procure des sensations excitantes. Un certain nombre de propriétaires d'un engin de ce genre, manifestement avides de facturer une course au tarif occidental, me poursuivirent à travers la foule en m'offrant leurs services.

Des myriades d'enfants m'encerclèrent comme des petits piranhas, en me tirant les bras et la chemise, et en me suppliant de leur donner mille dongs. J'essayai de m'en débarrasser en m'exclamant :

— *Di di ! di di mau ! Mau len !*

Ma prononciation ne devait pas être terrible, car ils réagissaient comme si j'avais dit : « Approchez-vous encore plus près, les enfants. Continuez d'embêter le grand *My*, et il vous donnera des wagons de dongs. »

Je finis par retrouver une rue, ou plutôt une ruelle, proche du quartier de Cholan, le Chinatown local, et dont j'avais gardé le souvenir. En 1972, ce n'était qu'une enfilade de bars, de bordels et de salons de massage. Tout était calme aujourd'hui, et j'en fus réduit à supposer que les braves filles avaient fait un séjour en camp de rééducation, histoire d'expier leurs péchés, et qu'ensuite elles s'étaient reconverties dans l'immobilier. Je précise que j'avais fréquenté cette rue en tant que policier militaire, non en tant que client.

Je pris quelques photos en marchant, mais comme j'avais d'ores et déjà la conviction que je n'étais pas filé, ces simagrées de touriste ne servaient pas à grand-chose, sauf peut-être pour le cas où je déciderais de me venger de Karl en lui imposant une séance de cinq heures de diapositives à mon retour en Virginie.

Ayant retrouvé quelques-uns de mes anciens repères, je me dirigeai vers le musée des Crimes de guerre américains, que le colonel Mang m'avait suggéré de visiter.

Il était installé entre les murs d'une grande villa coloniale française qui pendant la guerre avait abrité, ironie du sort, le service d'information des États-Unis. J'acquittai le droit d'entrée et pénétrai dans la propriété. Un gros char M-48 pourrissait tranquillement sur le gazon. Tout était beaucoup plus calme qu'à l'extérieur, on ne voyait ni mendiant ni colporteur, et je me sentis presque heureux de me trouver là.

Je fis le tour des salles pour jeter un coup d'œil aux objets exposés – essentiellement des photographies. Le spectacle était déprimant, presque écœurant : une interminable succession d'images du massacre de My Lai, de femmes et d'enfants atrocement mutilés, de bébés nés difformes à cause de l'agent Orange, la célébrissime photo de la petite fille nue courant sur la route, le dos enflammé par le napalm, celle de cet officier sud-vietnamien qui fait sauter la cervelle d'un Vietcong capturé à Saigon pendant l'offensive de 1968, celle d'un enfant au sein de sa mère morte, et ainsi de suite…

Une galerie de malfaisants était également présentée : Lyndon Johnson, Richard Nixon, plusieurs généraux américains – dont le chef suprême de ma division, John Tolson –, des politiciens bellicistes. Je vis aussi des photos de policiers et de soldats en train de molester des étudiants, de la fusillade de Kent State University, et j'en passe. Les légendes en anglais ne m'apprirent pas grand-chose, mais dans le fond, c'était inutile.

Je retrouvai les visages de la plupart des principales figures pacifistes américaines de l'époque : le sénateur John Kerry, élu de mon État, qui avait servi au Vietnam en même temps que moi en 1968, Jane Fonda maniant une mitrailleuse anti-aérienne nord-vietnamienne, et bien d'autres.

Le musée présentait aussi une collection de médailles militaires américaines envoyées à Hanoi par leur titulaire en signe de protestation contre la guerre.

Je tombai ensuite sur une série de photos particulièrement troublantes, avec un texte d'accompagnement. Elles montraient des centaines d'hommes alignés, puis abattus par un peloton d'exécution, et recevant enfin le coup de grâce d'une balle de pistolet. Mais il ne s'agissait pas d'un énième crime de guerre américain ou sud-vietnamien. D'après le texte, les victimes étaient des soldats sud-vietnamiens et des membres de minorités ethniques pro-américaines, les Montagnards, qui avaient poursuivi le combat contre les communistes victorieux après la capitulation de Saigon.

Le texte expliquait que ces Montagnards appartenaient au FULRO, le Front unifié de lutte des races opprimées – une organisation criminelle soi-disant financée par la CIA. Ces images d'exécution massive étaient censées servir d'avertissement pour quiconque aurait l'idée de se dresser contre le gouvernement en place. En réalité, elles n'étaient pas différentes des autres, celles qui dénonçaient les atrocités américaines. Le gouvernement de Hanoi ne se souciait visiblement pas de l'impact que ces clichés pouvaient avoir sur un public occidental. J'avais à côté de moi une Américaine blême et muette, presque en état de choc.

Quant à moi, je n'étais pas sûr de mes sentiments. Il s'agissait de toute évidence d'une représentation partiale de la réalité, qui omettait, par exemple, les massacres communistes perpétrés à Hué et à Quang Tri, dont j'avais vu le résultat de mes yeux.

J'en avais assez. Je ressortis sous le soleil.

Les gens qui se promenaient dans le jardin du musée étaient pour la plupart américains ; les plus âgés, manifestement des vétérans, semblaient indignés, et plusieurs pestaient contre cette « propagande à la con », pour reprendre une de leurs périphrases. Ceux d'entre eux qui étaient venus avec femme et enfants faisaient un peu moins de tapage.

En me dirigeant vers la sortie, je passai devant des étals de souvenirs : munitions, douilles d'obus transformées en vases, vieilles plaques d'identité militaire américaines… Je remarquai aussi des maquettes d'hélicoptères Huey, réalisées à partir de fragments d'aluminium, et qui me firent penser à des pliages origami, des briquets Zippo avec le nom gravé d'un GI, des épaulettes, des écussons, et ainsi de suite. Je repérai même un briquet portant la même inscription que le mien : « La mort est mon métier – les affaires marchent bien. » Je l'avais toujours, mais il était resté au pays.

Je repassai le portail, émergeai rue Vo Van Tan et revins vers le centre de la ville.

De temps à autre, à l'orée de mon champ de vision et de ma conscience, surgissaient des vestiges de ce qui avait jadis été l'orgueilleuse ARVN – l'armée de la république du Vietnam : des hommes de mon âge qui ressemblaient à des vieillards, des unijambistes, des manchots, des aveugles, des boiteux, des couturés, des gueules cassées. Certains avaient apparemment leur emplacement fixe, à l'ombre, pour mendier. D'autres restaient assis en silence sans se donner la peine de quémander quoi que ce soit.

Des hommes de ma génération, mes anciens alliés. Et je me sentais presque coupable de les ignorer.

Je n'avais qu'une courte marche à effectuer pour revenir au Rex. Quand j'entrai dans le hall, la climatisation me tomba dessus comme un front froid canadien.

Je demandai de nouveau des nouvelles de mon passeport à la réception, mais sans succès ; il n'y avait pas non plus de message. Après avoir récupéré ma clé de chambre, je montai au centre de remise en forme du cinquième étage et m'inscrivis pour un massage. Dans le vestiaire des hommes, je me déshabillai, m'équipai d'une serviette, d'un peignoir et de sandales, et passai à la douche. J'avais l'impression de suer Saigon par tous les pores de ma peau sans réussir à me l'extirper de la tête.

Je m'installai sur un tatami dans une pièce calme, dont les haut-parleurs susurraient doucement une musique d'ambiance. Une serveuse m'apporta une tasse de saké.

À la troisième, j'étais un peu gris. La version instrumentale de *Nights in White Satin* qui ruisselait des haut-parleurs me ramena en 1972 : je tirais sur un énorme joint dans l'appartement d'une demoiselle de la rue Tu Do, pas très loin d'ici. La fille était étendue à côté de moi, tout juste vêtue de son sourire cannabique, le joint passait de ses lèvres aux miennes, ses longs cheveux de soie noire ondoyaient sur mon épaule.

L'idée m'effleura qu'une partie de ce que je ressentais relevait de la nostalgie d'un temps révolu ; je n'étais plus un jeune homme, mais je l'avais été ici, dans ce pays qui pour moi était resté figé dans le temps. Ma jeunesse aussi, en quelque sorte.

Sans doute avais-je piqué du nez, car je me rendis soudain compte qu'un type me secouait doucement l'épaule en me parlant en anglais d'un message, non, plutôt d'un massage.

La réceptionniste du club de remise en forme m'orienta vers le salon C, à l'intérieur duquel je trouvai une table recouverte d'un drap blanc immaculé. J'accrochai mon peignoir, ôtai mes sandales et m'assis en bâillant sur la table, ma serviette autour des hanches.

La porte s'ouvrit, et une charmante jeune femme vêtue d'une jupe blanche courte et d'un corsage sans manches entra en souriant.

— Bonjour, dit-elle.

Sans autre effort de conversation, elle me fit signe de me mettre à plat ventre, dénoua ma serviette et monta sur la table avec moi.

Avec une vigueur remarquable pour une personne aussi menue, elle entreprit de faire craquer tous les os et toutes les jointures de mon corps. Elle s'accrocha à une barre d'appui et, pieds nus, me marcha consciencieusement sur le dos et les fesses en prenant soin d'enfoncer les talons dans mes muscles.

Des miroirs étaient fixés sur chaque mur, ce qui ne m'intrigua pas outre mesure. En revanche, j'eus tôt fait de remarquer que la demoiselle me regardait dans la glace, et qu'elle souriait à profusion.

Elle finit par me retourner sur le dos. J'avais perdu ma serviette dans le feu de l'action. Agenouillée entre mes jambes, elle indiqua du doigt la seule partie de mon corps qu'elle n'avait pas encore massée. J'eus le sentiment très net que si le massage shiatsu était terminé je n'en avais pas pour autant fini avec elle.

— Dix dollars, murmura-t-elle. D'accord ?

— Euh…

Elle sourit de plus belle, m'encourageant d'un signe de tête.

— Oui ?

Indépendamment de toute considération morale, l'idée d'un traquenard sexuel me traversa l'esprit. Je ne voulais pas risquer qu'une cassette vidéo de moi en train de me faire tailler une pipe dans un salon de massage de l'hôtel Rex tombe entre les mains du colonel Mang.

Je me redressai sur mon séant.

— Désolé, soupirai-je, c'est impossible.

— Oh, si si… fit-elle avec une lippe boudeuse.

— Non. Il faut que j'y aille.

Je descendis de la table et récupérai mes sandales. Miss Massage, toujours assise sur la table, me suivit des yeux en faisant la moue.

— C'était très agréable, ajoutai-je en décrochant mon peignoir de la patère. Vous aurez un bon pourboire. *Biet ?*

Toujours cette moue.

Je remis mon peignoir, quittai la salle et m'arrêtai au comptoir pour signer une note de dix dollars, auxquels j'ajoutai dix autres dollars à titre de pourboire. La réceptionniste me demanda en souriant :

— Vous vous sentez mieux, maintenant ?

— Beaucoup mieux, merci.

Après ce petit intermède, je regagnai le vestiaire, me rhabillai et quittai le centre de remise en forme persuadé que le colonel Mang n'avait rien à voir dans cette affaire. Je me rappelai que dans les films de James Bond, M ordonnait toujours à l'agent 007 de prendre garde aux traquenards sexuels. Les Américains, et notamment le FBI, sont extrêmement puritains sur tout ce qui touche au sexe pendant le service. Dans ma prochaine vie, je ferais peut-être mieux de me faire embaucher par un service de renseignements étranger.

Je regagnai ma chambre, décapsulai une bouteille de soda glacé et m'affalai dans un fauteuil. Pendant que je sirotais les yeux fermés, l'image de Cynthia s'imposa à moi. Elle semblait me tancer du regard, comme si j'avais fait quelque chose de mal. Je suis fondamentalement monogame, mais dans certaines situations les hommes sont soumis à rude épreuve.

J'étais toujours assis là, à me demander ce que j'allais mettre pour mon rendez-vous de sept heures au restaurant en terrasse du dernier étage, quand un détail attira mon attention. À la tête de mon lit, près de l'oreiller. La boule à neige.

9

Je pris l'ascenseur pour rejoindre le restaurant en terrasse et émergeai dans une salle couverte qui accueillait un bar. Doug Conway n'avait pas jugé bon de spécifier l'endroit exact où je devais retrouver mon contact (« Moins les choses sont planifiées, moins elles paraissent l'être... »). Soit. Mais la salle de ce bar était vaste, et la terrasse proprement dite, par-delà la baie vitrée, accueillait une foule de tables.

Après avoir jeté un coup d'œil circulaire, je sortis sur la terrasse, où un maître d'hôtel me demanda aussitôt en anglais si j'étais seul. Je répondis par l'affirmative et il me mena à une petite table. Dans le monde entier, le personnel de service m'interpelle en anglais avant même que j'aie ouvert la bouche. Peut-être est-ce dû à ma façon de m'habiller. Je portais ce soir-là un blazer bleu marine, un polo jaune, un pantalon de toile et des mocassins sans chaussettes.

J'inspectai du regard la terrasse arborée. Les plantes en pot étaient suffisamment nombreuses pour donner l'illusion d'une petite jungle, et je me demandai comment mon contact allait pouvoir me retrouver dans ce fouillis végétal. L'endroit, pavé de dalles de marbre, était bordé sur trois côtés d'une balustrade de fer forgé, le quatrième étant fermé par la baie vitrée du bar dont je venais de sortir. La moitié des tables environ étaient occupées, la population du lieu semblant à peu près équitablement répartie entre Orient et Occident. Les hommes étaient plutôt élégants, même si je n'en vis qu'un seul cravaté, mais je trouvai un peu excessives les robes du soir de certaines dames. Je n'avais presque pas vu de jambes nues depuis mon arrivée, à l'exception bien sûr de celles de Miss Massage. Il y avait aussi un inévitable couple d'Américains entre deux âges en bermuda, tee-shirt et baskets. Le Département d'État devrait décidément promulguer un code vestimentaire à l'usage des touristes.

Une lampe-tempête ornait chacune des tables, entre deux chandelles, et des lanternes de papier coloré oscillaient un peu partout dans les branches du jardin.

Au fond de la terrasse se dressait une énorme structure métallique en forme de couronne royale, décorée du mot Rex en lettres lumineuses. Comme symbole socialiste, on aurait pu trouver mieux. Sous la couronne, soutenue par deux éléphants sculptés debout sur leurs pattes arrière, un groupe de quatre musiciens préparait son entrée en scène.

Voyant un serveur s'approcher avec la carte, je l'informai que je ne voulais qu'une bière.

— Vous avez de la 333 ? demandai-je.

— Oui, monsieur.

Et il repartit.

J'étais heureux d'apprendre que les communistes fabriquaient encore la 333 – *Bababa* en vietnamien. C'est pour eux un chiffre porte-bonheur, comme pourrait l'être en Occident le 777. Et j'avais justement besoin d'un peu de chance.

Ma boisson arriva peu après, dans la même bouteille qu'autrefois. Je la transvasai dans un verre, chose que je n'avais encore jamais faite et qui me permit de remarquer pour la première fois sa coloration jaunâtre. C'était peut-être à cause de cela que certains de nos gars l'appelaient « pisse de tigre ». J'en bus une gorgée, mais son goût ne suscita aucune réminiscence.

J'embrassai la ville du regard. Le soleil se couchait au sud-ouest, et une brise molle venait de se lever. Les lumières de Saigon s'allumaient les unes après les autres, et je constatai qu'elles brillaient quasiment jusqu'à l'horizon. Au-delà de ces lumières, à l'époque, la guerre grondait, parfois très proche de la ville, parfois un peu plus éloignée, mais toujours présente.

Les musiciens se mirent à jouer, et je reconnus la suave mélodie de *Stardust*. Sur la petite scène aménagée devant le podium, quelques couples se levèrent et tentèrent de danser au son de ce rythme indolent.

Je ne savais pas au juste ce que je m'attendais à trouver ici. Je suppose que j'étais prêt à tout ou presque, mais peut-être pas à entendre *Stardust* sur la terrasse de l'hôtel Rex. Je tentai d'imaginer les généraux et colonels américains qui s'étaient assis là chaque soir. Dînaient-ils en scrutant l'horizon ? De cette hauteur, à partir du crépuscule, même quand la guerre était loin, les tirs de roquettes, les salves d'artillerie, sans doute aussi les balles traçantes et les fusées éclairantes devaient se repérer à des kilomètres. Quant aux frappes au napalm, dont le halo incandescent embrasait tout, on ne pouvait les ignorer. Et les généraux avaient forcément entendu le fracas des bombes de cinq cents kilos – sauf si l'orchestre jouait vraiment fort.

Je bus ma bière à petites gorgées en savourant la caresse de la brise sur mes joues et en écoutant les musiciens qui venaient d'enchaîner sur *Moonlight Serenade*. D'un seul coup, je me sentis totalement incongru, comme si je n'avais aucun droit de me trouver là, comme si ma seule présence était un affront pour tous ceux qui étaient morts là-bas, dans la nuit, par-delà les lumières de la ville. Mais personne sur cette terrasse ne savait ce que je ressentais, et je me pris à regretter de ne pas avoir Conway, ou même Karl, face à moi en cet instant. Mes yeux s'arrêtèrent sur un type de mon âge, assis avec une femme, et je sentis sur-le-champ, à sa façon de parler et de regarder, qu'il était déjà venu ici.

J'avais vidé la moitié de ma deuxième bière, et le groupe jouait maintenant *Old Cape Cod* (mais où donc allait-il chercher ces chansons ?). L'heure du rendez-vous était dépassée depuis vingt minutes, et toujours rien. Je me surpris à imaginer que le serveur m'apportait un fax disant : « Le meurtrier a avoué. Votre billet pour Honolulu vous attend à la réception. »

Alors que j'étais perdu dans ma rêverie, une jeune femme blanche s'approcha de ma table. Elle était vêtue d'un chemisier de soie beige, d'une jupe noire et de sandales, et portait un attaché-case – mais pas de sac à main. Elle semblait chercher quelqu'un.

— Monsieur Ellis ? me demanda-t-elle.

— Non, désolé.

— Je vous prie de m'excuser. Je suis censée retrouver ici un certain M. Earl E. Ellis.

— Vous êtes la bienvenue si vous voulez vous joindre à moi en attendant son arrivée.

— Ma foi… Ça ne vous dérange pas ?

— Pas du tout.

Je me levai et lui avançai une chaise. Elle s'assit.

Elle avait une trentaine d'années. Ses cheveux bruns, longs et lisses, étaient coiffés avec une raie au milieu, à la vietnamienne. Ses yeux étaient bruns, eux aussi, et grands. Elle avait la peau légèrement hâlée, comme on pouvait s'y attendre sous ce climat. Elle ne portait aucun bijou, juste une montre ordinaire, et presque pas de maquillage, à part une touche de rouge à lèvres rose. Pas de vernis à ongles. Malgré sa coiffure de style oriental, elle me fit plutôt penser à une femme d'affaires de Washington – le genre avocate, banquière, ou agent de change. L'attaché-case renforçait cette impression. Ai-je mentionné qu'elle était très bien faite de sa personne ? Cela n'a rien à voir, bien sûr, mais j'aurais eu du mal à ne pas le remarquer.

Après avoir déposé son attaché-case sur une chaise vide, elle me tendit la main par-dessus la table.

— Bonsoir. Je m'appelle Susan Weber.

Je pris sa main et, saisi d'une soudaine inspiration à la James Bond, je rétorquai en la fixant dans le blanc des yeux :

— Brenner. Paul Brenner.

J'aurais presque cru entendre les musiciens jouer *Goldfinger*.

— Merci de m'autoriser à vous déranger, reprit-elle. Vous attendez quelqu'un ?

— J'attendais quelqu'un. Permettez-moi de vous offrir un verre pour tuer le temps.

— Volontiers. Je prendrai un gin tonic.

Je hélai le serveur, commandai un gin tonic et une autre bière. Mlle Weber ajouta quelque chose en vietnamien. Le serveur sourit, s'inclina et repartit.

— Vous parlez vietnamien ? demandai-je.

— Un peu. (Elle sourit.) Et vous ?

— Deux ou trois phrases, comme « Montrez-moi vos papiers » et « Les mains en l'air ».

Elle se contenta de sourire.

Les boissons arrivèrent, et elle déclara :

— Je crois qu'ils mettent de la vraie quinine dedans. À cause du palu. Je déteste les antipaludéens. Ils me donnent… la courante.

— Vous vivez ici ?

— Oui. Depuis près de trois ans. Je travaille pour une compagnie d'investissements américaine. Vous êtes à Saigon pour affaires ?

— En touriste.

— Vous venez d'arriver ?

— Hier soir. Je suis descendu ici.

Elle leva son verre.

— Bienvenue à Saigon, monsieur Brenner.

Nous trinquâmes.

— D'où êtes-vous ? demandai-je.

Son accent avait un petit côté Nouvelle-Angleterre.

— Je suis née à Lenox. Dans l'ouest du Massachusetts.

— Je connais.

Lenox était un village de carte postale du Berkshire.

— J'y suis passé une fois, ajoutai-je. Beaucoup de belles villas.

— C'est aussi la résidence d'été de l'orchestre symphonique de Boston, dit-elle. Tanglewood. Vous êtes déjà allé au festival de Tanglewood ?

— L'été, je suis plutôt à Monte-Carlo.

Elle me décocha un petit coup d'œil oblique, comme si elle se demandait si je la faisais marcher.

— Et vous ? Il me semble reconnaître un accent bostonien.

— Bravo. Je croyais pourtant l'avoir perdu.

— Chassez le naturel, il revient au galop. Donc, nous venons tous les deux du Massachusetts. Le monde est petit. (Elle balaya la terrasse du regard.) J'aime beaucoup cet endroit, sauf en plein été, il y fait vraiment trop chaud. L'hôtel vous plaît ?

— Jusqu'à présent, oui. J'ai eu droit à un massage délicieux tout à l'heure.

— Vraiment ? Quel genre de massage ?

— Shiatsu.

— J'adore les massages, mais l'hôtel ne reverse aux filles qu'un dollar par client ; du coup, elles arrondissent leurs fins de mois en proposant de petits extras, ce qui explique qu'elles ne courent pas après la clientèle féminine.

— Vous pourriez leur offrir un pourboire.

— C'est ce que je fais. Un dollar. Elles préfèrent quand même les hommes.

— Sachez que je me suis contenté du massage classique. Mais c'est vraiment un lieu de débauche.

— Il faut faire attention.

— Sur ce plan-là, je suis extrêmement prudent, croyez-moi.

— Cela vaut mieux. Comment en sommes-nous arrivés à ce sujet ?

— Je crois que c'est moi.

Elle sourit.

— À propos de l'hôtel… Il appartenait autrefois à un riche couple vietnamien, qui l'avait racheté à une société française. Pendant l'intervention des États-Unis, il a hébergé des officiers américains.

— C'est ce que j'ai entendu dire.

— Ensuite, quand les communistes sont arrivés au pouvoir, en 1975, il a été nationalisé. Il a gardé son statut d'hôtel, mais il s'est mis à accueillir surtout des officiels du Parti vietnamien, des Russes, et des communistes venus d'autres pays.

— Rien n'est assez bon pour les vainqueurs.

— D'après ce que j'en sais, son état s'était alors sérieusement dégradé. Vers le milieu des années quatre-vingt, le gouvernement a cédé des parts à une société étrangère, qui a réussi à éjecter les hôtes communistes. Elle a entièrement rénové l'hôtel pour retrouver une clientèle internationale. Je réserve toujours une chambre ici pour les hommes d'affaires américains et européens qui viennent nous voir. Je suis contente que l'endroit vous plaise.

Elle me regardait. Sans détourner les yeux, je hochai la tête. Elle jeta un coup d'œil à sa montre.

— Je me demande où a bien pu passer M. Ellis.

— Vous devriez essayer le salon de massage.

Elle pouffa.

— Prenez un autre verre avec moi, proposai-je.

— Bah… pourquoi pas ?

Elle lança quelques mots à un serveur, plongea une main dans son attaché-case et en sortit un paquet de Marlboro, qu'elle me tendit.

— Non, merci. Mais ne vous gênez pas.

Elle alluma sa cigarette sans me quitter des yeux.

— J'ai quelque chose pour vous.

Je ne répondis pas. Je ne m'attendais pas à ce que mon contact soit une femme, mais après tout, c'était peut-être plus discret ainsi.

— J'ai reçu un fax de vos employeurs, reprit-elle. J'ai marqué ce dont vous aurez besoin dans le journal qui se trouve dans mon attaché-case. Les mots croisés. Il paraît que vous comprendrez.

— Vous n'aurez qu'à me laisser ce journal au moment de vous en aller, dis-je.

Elle hocha la tête.

— Je leur ai renvoyé un fax hier soir pour les prévenir de votre arrivée. En précisant que votre vol avait été retardé par un problème d'ordre climatique et que vous vous étiez présenté à la réception de l'hôtel une heure et demie après l'atterrissage. Vous avez eu un problème à l'aéroport ?

— Mes bagages avaient été déposés sur le mauvais tapis.

— Vraiment ? Les vols internationaux sont pourtant rares, et il n'y a qu'un seul tapis à bagages. Comment ont-ils pu se tromper dans ces conditions ?

— Aucune idée.

Son gin tonic fut servi, ainsi que ma bière. Les musiciens jouaient à présent *Stella by Starlight*. À croire qu'ils avaient choisi de consacrer leur soirée à la thématique du ciel.

— Vous travaillez vraiment pour une société américaine ? demandai-je à Mlle Weber.

— Bien sûr. Pourquoi ?

— Vous avez déjà fait ce genre de chose ?

— Je ne sais pas. Qu'est-ce que je suis en train de faire, d'après vous ?

C'était bien envoyé. Mais il me fallait une réponse, et je répétai ma question.

— On m'a demandé de rendre un petit service, soupira-t-elle. C'est la première fois.

— Qui vous l'a demandé ?

— Quelqu'un que je connais. Un Américain d'ici.

— Comment ce monsieur gagne-t-il sa vie ?

— Il travaille pour la Bank of America.

— Vous le connaissez bien ?

— Assez, oui. C'est mon ami. Depuis six mois. Pourquoi ces questions ?

— J'aimerais m'assurer que vous n'êtes pas dans le collimateur du KGB local.

Elle acquiesça.

— Tout le monde ici est sous la surveillance de la police de sécurité, dit-elle. Surtout les Américains. Mais dans ce domaine, les Vietnamiens ne sont pas particulièrement efficaces.

Je ne répondis pas.

— Les trois quarts de la police vietnamienne sont en civil, enchaîna-t-elle. Ces types à la table voisine pourraient en être, mais tant que je n'allume pas un joint pour leur en souffler la fumée à la figure, ils resteront plus intéressés par leur bière que par moi. Le système est tout ce qu'il y a de plus aléatoire. À peu près une fois par mois, je me fais arrêter et je prends une amende de deux dollars pour allez savoir quelle infraction au code de la route.

Là encore, je restai muet.

— C'est toujours une question d'argent. La ville regorge de biens de consommation importés qui coûtent la peau des fesses, et le Vietnamien moyen touche environ trois cents dollars par an. Mais il a envie de toutes ces jolies choses qu'il voit dans les vitrines, et du coup, s'il est civil, il essaie de travailler au plus près des touristes occidentaux pour toucher des pourboires, pendant que son petit frère mendie dans les rues, que sa sœur fait des passes, et que le grand frère, qui est flic, extorque de l'argent aux étrangers et aux expatriés.

— J'ai l'impression que vous venez de me présenter toute la famille.

— C'est un pays corrompu, dit-elle en souriant, mais les pots-de-vin restent tout à fait modiques. Les gens sont très gentils, les crimes violents sont rares, et l'électricité fonctionne à Saigon, bien que la plomberie soit quelquefois déficiente. Je ne me fais pas trop de souci quant à l'efficacité de la police d'État.

On nage dans la gabegie, dans la paranoïa gouvernementale vis-à-vis des Occidentaux. Mais les gens ne demandent qu'à se laisser convaincre que vous n'êtes ici que pour gagner quelques dollars, prendre des photos de pagodes, ou vous envoyer en l'air sans dépenser des fortunes. Vous savez, monsieur Brenner, je ne suis ni héroïque ni patriote, alors, si j'avais pensé un seul instant que je prenais un risque en rendant ce petit service à vos employeurs, j'aurais répondu non sans hésiter.

Après un instant de réflexion, j'arrivai à la conclusion que cette Susan Weber était un brin cynique, bien que ce trait ne m'ait pas sauté aux yeux d'emblée.

— Pourquoi avoir accepté de rendre ce service ? demandai-je.

— Je vous ai déjà répondu. C'est mon petit ami, cet idiot de Bill. Depuis que nous avons une représentation consulaire à Saigon, il croit dur comme fer que les diplomates vont l'aider dans ses affaires. Alors que le gouvernement est aussi doué pour les affaires que moi pour la politique.

— Donc, quelqu'un du consulat a demandé à Bill de… de quoi, au juste ?

— De faire en sorte que je vous rencontre. Le consulat tenait à ce que ce soit une femme. La police vietnamienne s'intéresse très peu aux femmes. Je dirais que c'est avant tout une question de visibilité.

— J'aimerais avoir quelques informations sur ce Bill.

— Je pourrais vous donner sa carte de visite, fit-elle en haussant les épaules. J'en ai toute une pile.

— Vous êtes une compagne très loyale.

Elle éclata de rire.

— Et vous, vous êtes très soupçonneux.

— Et même parano. Il se peut que je sois surveillé, aussi ne soyez pas trop surprise si quelqu'un vous interroge dans les heures qui viennent.

Nouveau haussement d'épaules.

— Je ne sais strictement rien.

— Je suis un vétéran. Je suis ici en pèlerinage, et notamment pour revoir certains sites où j'ai servi.

— C'est ce qu'on m'a expliqué.

— Et c'est tout ce que vous savez. Votre rendez-vous ne s'est pas présenté, et vous êtes sur le point de repartir.

Elle hocha la tête.

— À part ce journal, repris-je, y a-t-il autre chose que vous êtes censée me remettre ?

— Vous pensez à quelque chose en particulier ?

— À un téléphone portable.

— Non. Mais, si vous le souhaitez, je peux vous prêter le mien. Il fonctionne mal en interurbain, mais pour Saigon, c'est parfait. Vous le voulez ?

— Pas s'il peut permettre à la police de remonter jusqu'à vous.

— À vous de voir. Y a-t-il autre chose que je puisse faire pour vous ?

— Que vous a-t-on dit ?

— Que je devais faire suivre vos messages.

— Comment dois-je m'y prendre pour faxer un message ?

— À partir de l'hôtel ? Vous demandez à utiliser le fax, voilà tout.

— Est-ce qu'ils gardent une copie des messages envoyés ?

— Oui, répondit-elle après une brève hésitation. Ils ne vous restituent pas l'original avant d'en avoir fait une photocopie. Moi, en revanche, je peux tout à fait envoyer un fax ou un e-mail sécurisé de mon bureau. C'est ce que j'ai fait hier soir.

— Vous êtes censée envoyer un rapport de notre entrevue à quelqu'un ?

Elle acquiesça.

— Oui. En Virginie.

— Dites-lui que j'ai été intercepté à l'aéroport, que la police a gardé mon passeport, mais qu'à mon avis c'était un simple contrôle de routine, et que je pense quitter Saigon à la date prévue si on me le rend. C'est compris ?

Sans me quitter des yeux, elle répéta le message.

— Je ne suis pas censée vous poser de questions, mais…

— N'en posez pas. Si quelqu'un répond à votre fax, apprenez le texte par cœur. Ne me l'apportez surtout pas ici. Téléphonez-moi, et nous nous donnerons rendez-vous quelque part. D'accord ?

— Comme vous voudrez.

— Merci.

— Donc, vous avez été interrogé à l'aéroport ? C'est ce qui explique votre retard ?

— Oui.

— Ça ne m'étonne qu'à moitié. Je vous trouve l'air un peu sournois. (Elle pouffa.) Ils vous ont réclamé une taxe d'arrivée ?

— Vingt dollars.

— Vous avez payé ?

— Oui.

— Vous n'auriez pas dû. Ils savent ce qu'un non veut dire quand on se montre assez ferme.

— Le petit bonhomme de la sécurité a dû porter mes bagages jusqu'au taxi.

Elle éclata de rire.

— Excellent ! Vous savez, le préposé au contrôle des passeports partage le butin avec les autres. C'est une combine bien connue ici.

— Donc, vous croyez vous aussi à un contrôle de routine ?

— Bien sûr… Sauf qu'ils gardent rarement les passeports. (Elle réfléchit une seconde.) Vous devriez avoir bientôt de leurs nouvelles.

— J'espère bien. Je veux récupérer mon passeport.

Elle alluma une nouvelle cigarette, ce qui me donna l'impression qu'elle n'était pas pressée de s'en aller.

— Proposez-moi de me laisser votre journal, murmurai-je, et vous pourrez partir. Ah, j'aurai aussi besoin de votre carte de visite et de celle de Bill.

Elle affronta mon regard, retira la cigarette de ses lèvres et dit :

— Vous trouverez ma carte de visite dans le journal. Je ne suis pas sûre d'avoir le droit de vous donner des informations sur Bill. Téléphonez-moi, et je vous dirai ce que je peux faire.

— Entendu.

Elle se leva, reprit son attaché-case sur la chaise vide.

— Merci pour le gin tonic.

— Tout le plaisir a été pour moi, dis-je en me levant.

— Au fait, j'ai ici un journal en anglais que j'ai fini de lire. Vous êtes intéressé ?

— Bien sûr. Je n'ai rien pour ce soir.

Elle sortit l'*International Herald Tribune* de son attaché-case et le posa sur la table.

— Il est daté d'hier, mais c'est l'édition du week-end. Le prochain ne sort que lundi soir.

— Merci.

Nous échangeâmes une poignée de main.

— Bonne chance, dit-elle.

— *Chuc Mung Nam Moi.*

— *Chuc Mung Nam Moi*, répéta-t-elle en souriant.

Elle tourna les talons et s'éloigna.

Je me rassis, sans toucher au journal, et recommençai à siroter ma bière en attendant qu'un événement désagréable se produise.

J'attendis une minute complète. Rien. Je pris le journal et le dépliai. Je couvris de ma paume la carte de visite de Mlle Weber et la glissai discrètement dans ma poche intérieure de veste, dont je sortis ensuite mon mouchoir pour m'éponger le front. Je fis pivoter ma chaise d'un quart de tour et lus la une à la clarté des chandelles.

Jusqu'à présent, tout allait bien. Je n'avais jamais enquêté dans un pays hostile – même si, pour être tout à fait exact, il m'était arrivé de rendre hostiles certains pays amis dans lesquels j'avais enquêté. En tout cas, pour un flic, j'avais l'impression de me débrouiller joliment en tant qu'espion. Conway avait raison – notre génération avait été gavée de films et de romans d'espionnage. Dans quelle branche James Bond se serait-il retrouvé, de nos jours ?

Pour commencer, James n'aurait pas laissé filer Mlle Weber comme je venais de le faire. Mais quand on travaille pour la CID ou pour le FBI, on laisse sa braguette fermée. Sans compter qu'il y avait Cynthia. Et ce brave Bill. Et que Mlle Weber prenait déjà suffisamment de risques.

Levant les yeux, je m'aperçus que Susan Weber était revenue à ma table. Elle s'assit de nouveau.

— M. Ellis vient d'annuler notre rendez-vous, m'annonça-t-elle. Et aussi, j'avais oublié de vous dire qu'il ne fallait pas hésiter à m'appeler en cas de besoin et que vous devrez me prévenir au moment de quitter Saigon, lundi matin. Les lignes de téléphone des entreprises étrangères sont en général sur écoute – pas forcément pour des raisons de sécurité, mais les Vietnamiens espèrent toujours pouvoir entendre un petit quelque chose qui leur permettra d'obtenir un avantage commercial. Vous devrez aussi faire attention à tout ce que vous dites en appelant d'une ligne fixe. Mon numéro de portable figure sur ma carte de visite, mais vous devrez me téléphoner d'un portable si vous ne voulez pas que notre conversation soit écoutée. Si vous m'appelez d'un fixe, et si vous avez besoin de me dire quelque chose d'important, je suis prête à vous rencontrer. On m'a demandé de rester à Saigon ce week-end.

— Vous aviez oublié de me dire tout ça ?

— Ma foi… je vous ai dit que vous pouviez me contacter si vous aviez besoin de quoi que ce soit. J'aurais dû développer.

— Je comprends. Merci.

— C'est samedi soir, et je n'ai rien de prévu.

— Où est Bill ?

— Je lui ai dit que je risquais d'être prise. En fonction des événements de ce soir.

— Je crains de ne pas comprendre.

— Je voulais voir si vous étiez quelqu'un d'intéressant ou non.

— Je crois que le moment des adieux est arrivé.

Elle sourit.

— Voyons… Ne me compliquez pas la tâche.

— Écoutez, Susan… Mes instructions…

— J'en ai de nouvelles. Ils veulent que je vous donne des informations sur le Vietnam afin que vous ne soyez pas totalement perdu quand vous quitterez Saigon.

— C'est la vérité ?

— Me permettrais-je de mentir à un ressortissant de mon État natal ?

— Euh...

— Je ne suis pas habituée à ce qu'on me dise non.

— Je n'en doute pas. Voulez-vous dîner avec moi ?

— Avec plaisir. Vous êtes bien aimable de me le proposer.

Je fis signe au serveur de nous apporter la carte.

— Comment est la cuisine ? demandai-je à ma nouvelle amie.

— Pas mauvaise du tout. Ils ont des recettes japonaises, françaises, chinoises, et bien entendu vietnamiennes. Et comme c'est le Têt, il devrait y avoir aussi un certain nombre de plats de fête.

— Comment dit-on « chien » en vietnamien ? demandai-je dès que j'eus le menu en main.

— *Thit cho*, répondit-elle en souriant. Voulez-vous manger chinois, vietnamien, ou français ?

— Je prendrai un hamburger et des frites.

— Je vois. Je vais choisir pour nous deux. Dans les spécialités.

Le maître d'hôtel arriva, et Susan eut avec lui une brève conversation autour du menu, ponctuée de rires et de petits coups d'œil dans ma direction.

— Pas de *thit cho*, lâchai-je.

Le maître d'hôtel s'esclaffa et dit quelque chose à Susan. Pour bien montrer que je comprenais sa langue, je lui intimai l'ordre en vietnamien de mettre les mains en l'air.

Quand il fut reparti, Susan me regarda et dit :

— J'ai commandé un assortiment de petites spécialités à déguster afin que vous puissiez toucher à tout et choisir ce qui vous plaira. Pourquoi lui avez-vous demandé de mettre les mains en l'air ?

— Je m'entraînais.

— Il y a une multitude de restaurants vietnamiens à Washington, n'est-ce pas ?

— Qu'est-ce qui vous fait croire que je vis à Washington ?

— Si je ne m'abuse, vous travaillez *pour* Washington.

— Je vis en Virginie. Et je suis à la retraite.

— Vous mangiez de la nourriture vietnamienne quand vous étiez soldat ici ?

— Je mangeais des rations C. On n'avait pas le droit de toucher à la bouffe locale. Consigne militaire. Elle rendait certains de nos gars malades comme des chiens.

— Je vous conseille de rester prudent. Buvez des gin tonic, de l'eau minérale, de la bière, des sodas. Moi aussi, j'ai été très malade dans les premières semaines. On dit que c'est la revanche d'Hô Chi Minh. Mais ça va beaucoup mieux. L'organisme apprend à se défendre.

— Je ne resterai pas assez longtemps.

Le repas fut servi, plat après plat. Susan Weber mangeait à la vietnamienne, en levant son bol à hauteur de son visage et en utilisant ses baguettes pour pousser la nourriture jusque dans sa bouche. Quant à moi, j'utilisai ma fourchette et mon couteau.

Nous discutâmes de choses et d'autres, notamment de Saigon et de son travail. Elle tenta de m'expliquer en quoi il consistait, mais le militaire totalement nul en affaires que je suis n'y comprit pas grand-chose. Il s'agissait grosso modo de fournir des conseils et d'obtenir des prêts aux investisseurs en majorité américains qui souhaitaient faire des affaires au Vietnam. Elle semblait maîtriser parfaitement son sujet, et j'en conclus qu'elle était vraiment conseillère en investissements. Je suis en général capable de sentir si quelqu'un ment : mes missions m'obligent souvent à me faire passer pour un autre afin d'approcher le suspect.

Au fil des minutes, l'atmosphère se détendit.

— Je ne suis pas censée vous poser de questions, finit-elle par me dire. Du coup, je ne sais plus trop quoi vous demander pour alimenter la conversation.

— Demandez-moi ce que vous voudrez.

— D'accord. Où avez-vous fait vos études ?

— Je ne peux pas vous répondre.

Elle sourit.

— Vous vous croyez drôle.

— Je *suis* drôle. Et vous, où avez-vous fait vos études ?

— À Amherst. Puis à Harvard, pour mon MBA.

— Et ensuite ?

— J'ai travaillé à New York. Dans une banque d'affaires.

— Pendant combien de temps ?

— Au cas où vous essaieriez de deviner mon âge, j'ai trente et un ans.

— Et vous êtes ici depuis trois ans.

— Cela fera trois ans le mois prochain.

— Pourquoi ?

— Et pourquoi pas ? C'est excellent pour mon CV, et ici, au moins, on est tranquille.

— Vous vous plaisez au Vietnam ?

— Oui.

— Pourquoi ?

Elle haussa les épaules, réfléchit un instant et dit :

— Je crois… je crois que je suis une expatriée dans l'âme. Vous comprenez ce que je veux dire ?

— Non.

— Disons qu'en quelque sorte, cela fait partie de mon identité. À New York, je n'étais personne. Juste une jolie diplômée en affaires parmi tant d'autres. Ici, on me remarque. Je suis exotique pour les Vietnamiens et intéressante pour les Occidentaux.

— Je crois saisir. Quand comptez-vous rentrer aux États-Unis ?

— Je n'en sais rien. Je n'y pense même pas.

— Pourquoi ? Vous n'avez pas le mal du pays ? La famille ne vous manque pas ? Les amis ? Les festivités du 4 juillet ? Noël ?

— Mes parents, ma sœur et mon frère me rendent visite au moins une fois par an, répondit-elle après avoir joué un instant avec ses baguettes. Tant que je suis ici et eux là-bas, nous nous entendons très bien. Ils ont réussi dans la vie. Ils sont performants, compétitifs. Ici, j'ai le droit d'être moi-même. Des amis viennent aussi quelquefois me voir. Et quand la communauté américaine de Saigon se réunit pour fêter quelque chose qui a trait au pays, c'est quelque chose de beaucoup plus fort. Vous comprenez ?

— Je pense.

— Le Vietnam n'est pas seulement un pays du tiers-monde. C'est aussi un État semi-totalitaire où les Occidentaux ont l'impression de vivre sur le fil du rasoir. Du coup, chaque jour paraît intéressant, surtout quand on arrive à battre ces idiots à leur propre jeu. Est-ce que j'ai trop bu, ou ce que je dis vous paraît avoir un sens ?

— Les deux. Mais je comprends.

— J'espère. Vous êtes un espion.

— Je suis un militaire à la retraite. J'ai servi à deux reprises au Vietnam, en 1968 et en 1972, et je reviens en touriste.

— Comme vous voudrez. Est-ce que ce pays vous débecte ?

— Non.

— Vous avez connu de sales moments ici ?

— Disons que j'en ai connu de meilleurs ailleurs.

— Vous avez été blessé ?

— Non.

— Vous avez souffert de stress post-traumatique ?

— Le stress quotidien me suffit largement.

— Où étiez-vous pendant la guerre ?

— Essentiellement dans le Nord.

— À Hanoi ?

— Hanoi, c'était le Nord-Vietnam. Nous n'avons jamais combattu là-haut.

— Vous avez dit « dans le Nord ».

— Le nord de l'ex-Sud-Vietnam. La zone démilitarisée. On ne vous a pas appris ces choses-là à la fac ?

— Au lycée. À la fac, je n'ai pas choisi l'option histoire. Où étiez-vous stationné ?

— En 1972, à Bien Hoa. En 1968, j'ai surtout opéré dans la province de Quang Tri.

— Je ne suis jamais allée à Hué. Il paraît que c'est une ville splendide. Vous devriez essayer d'y aller. Je ne connais pas non plus les hauts plateaux du centre. J'ai juste fait un petit passage à Hanoi, en avion. Les gens du Nord nous détestent.

— Je me demande bien pourquoi.

— Je ne sais pas ce que vous leur avez fait, mais ils nous détestent… Oh, pardon. Je n'aurais pas dû dire ça.

— Aucun problème.

— Vous comptez aller dans ces villes ?

— Peut-être.

— Vous devriez. Sinon, à quoi bon venir de si loin ? Oh… J'oubliais que vous êtes… (Elle se mit un doigt en travers des lèvres.) Chut !

Et elle éclata de rire.

— Vous habitez dans le centre de Saigon ? demandai-je, préférant changer de sujet.

— Oui. Comme la plupart des Occidentaux. Les quartiers périphériques sont un peu trop… indigènes. Quelles étaient vos fonctions, ici, au Vietnam ?

— Je préférerais ne pas parler de la guerre.

— Vous y pensez ?

— Cela m'arrive.

— Alors, vous devriez en parler.

— Pourquoi ? Parce que j'y pense ?

— Oui. Les hommes gardent trop de choses pour eux.

— Et les femmes parlent à tort et à travers.

— C'est plus sain. Mieux vaut parler de ses problèmes.

— Je préfère me parler à moi-même. Au moins, je sais que je m'adresse à une personne intelligente.

— Vous êtes un dur. Un gars de la vieille école.

Je regardai ostensiblement ma montre. Entre Mlle Weber et moi, le ton était devenu un peu trop familier, sans doute le résultat d'un taux d'alcoolémie excessif.

— La journée a été longue, dis-je.

— Laissez-moi au moins prendre mon dessert et mon café. Ne vous débinez pas.

— Je suis encore en plein décalage horaire.

Ignorant ma remarque, elle alluma une cigarette.

— Je n'avais jamais fumé avant d'arriver au Vietnam. Les gens d'ici fument comme des pompiers, et je me suis retrouvée accro. Mais attention, je ne consomme ni herbe ni opium. Je ne suis pas encore totalement indigène.

Je l'observai à la lueur vacillante des chandelles. J'avais affaire à une personnalité complexe, mais qui semblait jouer franc-jeu. Je n'ai pas l'habitude de comparer la femme A à la femme B, mais Susan me rappelait vaguement Cynthia. Par son côté direct, sans doute. Mais alors que Cynthia avait été formée dans le giron de la Grande Muette, Susan venait d'un tout autre monde : Lenox, Amherst, Harvard... Je percevais chez elle les intonations et les attitudes de l'élite – de cet autre Massachusetts, que les gars des quartiers sud de Boston comme moi avaient tendance à caricaturer, mais aussi à envier.

Elle fit signe à un serveur.

— Café ou thé ? me demanda-t-elle.

— Café.

Elle traduisit au serveur, qui s'en fut.

— Le café local est excellent, reprit-elle. Il vient des hauts plateaux. Vous prendrez un dessert ?

— Je suis gavé.

— J'ai commandé des fruits. Les fruits d'ici sont délicieux.

Susan Weber paraissait apprécier ma compagnie. Quant à moi, je la trouvais amusante, sauf qu'elle avait bu un coup de trop et commençait à dire n'importe quoi.

La température avait fraîchi. Le ciel, orné d'un croissant de lune et criblé d'étoiles, était magnifique.

— Le Nouvel An tombe samedi prochain, n'est-ce pas ? demandai-je.

— Oui. Je vous conseille d'être dans une grande ville ce soir-là. Ce sera formidable.

— Cela ressemble au Nouvel An chez nous ?

— Plutôt à celui de Chinatown à New York. Avec des feux d'artifice et des pétards, des danses du dragon, des spectacles de marionnettes, et ainsi de suite. Mais c'est aussi un événement solennel. Une foule de gens se rendent dans les pagodes pour prier et honorer leurs ancêtres. Les festivités se terminent suffisamment tôt pour que tout le monde ait rejoint sa famille à minuit. À l'exception des catholiques, qui vont à la messe de minuit. Vous êtes catholique ?

— Quelquefois.

Elle sourit.

— Alors, essayez d'assister à la messe de minuit si vous vous trouvez dans les parages d'une église. Quelqu'un vous invitera sûrement à partager le réveillon familial. Mais sachez que le premier visiteur à franchir le seuil d'un foyer vietnamien après minuit le Jour de l'an doit être une bonne âme, sans quoi la famille qui l'accueille connaîtra toutes sortes de malheurs. Êtes-vous une bonne âme ?

— Non.

— Vous n'aurez qu'à mentir, pouffa-t-elle.

— J'ai cru comprendre que les festivités se prolongent une semaine après le Jour de l'an, dis-je.

— Officiellement quatre jours, mais en réalité, oui, cela dure une semaine, pendant laquelle on ne peut pas faire grand-chose, vu que quasiment tout est paralysé. La bonne nouvelle, c'est que les embouteillages habituels n'existent plus. Les quartiers d'affaires se transforment en ville fantôme. La plupart des restaurants et cafés n'ouvrent que le soir, et les gens font la fête toute la nuit. Mais chaque ville, chaque région a sa manière de fêter le Têt. Où pensez-vous être cette semaine-là ?

Peut-être en prison, pensai-je.

— Mon itinéraire n'est pas encore tout à fait fixé.

— Je vois. (Et, après une seconde de réflexion :) Vous avez fait deux séjours au Vietnam, et vous ne connaissez pas le Têt ?

— J'ai connu le Têt de 1968 et celui de 1972.

Elle hocha la tête.

— Je sais ce qui s'est passé pendant le Têt de 1968. Je ne suis pas très forte en histoire, mais tout de même. Où étiez-vous ?

— Près de Quang Tri.

— J'ai cru comprendre que les combats avaient été terribles à Quang Tri et à Hué. Vous devriez peut-être essayer d'être à Hué pour le Têt. Là-bas, la fête est gigantesque.

— Je ne sais pas encore où je serai.

— Savez-vous au moins ce que vous ferez demain ?

— J'ai l'intention de visiter la ville.

— Parfait. Vous avcz bcsoin d'un guide, et il se trouve que je suis libre.

— Bill risque de ne pas apprécier.

— Il surmontera. (Elle pouffa de nouveau, alluma une nouvelle cigarette.) Si vous avez l'intention de vous aventurer par vos propres moyens dans l'intérieur, vous aurez besoin de conseils. Je vous en donnerai quelques-uns.

— Vous m'avez déjà bien aidé. Vous utilisez souvent ce mot ? « L'intérieur » ?

— Oui. C'est ce qu'on dit ici. Pourquoi ?

— C'est aussi ce qu'on disait dans l'armée, à l'époque. Je pensais que c'était un terme militaire.

— Les Occidentaux l'utilisent tout le temps. L'intérieur. Il désigne n'importe quel lieu, pour peu qu'il soit situé en dehors de Saigon ou de toute autre grande ville – avec en général une connotation plutôt déplaisante. Pour vous aussi ?

— Oui.

— Si vous voulez, demain, je vous montrerai le vrai visage de Saigon.

— Vous allez largement au-delà de vos obligations.

Elle me dévisagea quelques secondes à travers le rideau de fumée de sa cigarette.

— Écoutez, Paul, je ne suis pas… Je veux dire, je ne suis pas en train de vous draguer.

— L'idée ne m'a pas effleuré.

— D'accord. Êtes-vous marié ? Ai-je le droit de vous poser cette question ?

— Je ne suis pas marié, mais je suis… comment dit-on ?

— Engagé dans une relation sérieuse.

— C'est cela.

— Moi aussi. Avec un imbécile, mais c'est une autre histoire. Diplômé de Princeton. Ai-je besoin d'en dire plus ?

— Non.

— J'espère au moins que vous n'avez pas fait Princeton.

— Dieu m'en préserve. Je n'ai réussi à décrocher un vague diplôme que grâce au programme militaire d'aide aux études supérieures. Avec mention.

Les fruits et les cafés furent servis. L'orchestre, qui s'était rabattu depuis quelque temps sur des morceaux des années soixante, jouait maintenant *For Once in My Life*. Stevie Wonder, 1968.

Après avoir grignoté quelques fruits, Susan se tamponna les lèvres avec sa serviette. Au moment où je la croyais sur le point de partir, elle me demanda :

— Vous aimeriez danser ?

Sa question me prit au dépourvu.

— D'accord.

Nous nous dirigeâmes côte à côte vers la piste de danse noire de monde. Je la pris dans mes bras. Je ne voyais pas trop où tout cela allait nous mener, mais il se pouvait que ma lecture de la situation soit erronée. Si cela se trouvait, Susan s'ennuyait avec Bill et rêvait juste de s'offrir un petit frisson dans les bras d'un super-espion.

L'orchestre attaqua *Can't Take My Eyes Off You*. Le corps de Susan était doux. Elle dansait bien, et je sentais la chaleur de ses seins fermes contre mon torse. Son menton était posé sur mon épaule. Nos visages ne se touchaient pas.

— C'est agréable, murmura-t-elle.

— Oui.

Nous dansions sur le toit de l'hôtel Rex, dominés par la gigantesque couronne rotative, avec les étoiles qui brillaient au-dessus de nos têtes, caressés par une douce brise tropicale, et l'orchestre enchaîna les slows. Susan était dans mes bras, mais je pensais à Cynthia. À nos moments d'intimité, trop rares et trop courts. Je me rendis compte que nous n'avions jamais partagé un instant tel que celui-ci. Vivement Hawaii.

Après quelques minutes de danse silencieuse, Susan leva les yeux sur moi.

— Alors ? Voulez-vous que je vous accompagne demain ?

— Oui, mais…

— Vous savez qui je suis. Je ne connais rien à la politique, je me contente de faire des affaires. Cela dit, les imbéciles qui dirigent ce pays m'horripilent. Ce sont des brutes épaisses. Le peuple est adorable. Je l'aime.

Ce que j'essaie de vous dire, c'est que je n'ai jamais rien fait pour mon pays, alors, si c'est pour lui que vous…

— Ce n'est pas pour lui.

— D'accord, mais j'aimerais quand même faire quelque chose pour vous, parce que j'ai le sentiment que vous allez avoir besoin de renseignements sur le Vietnam pour mener à bien votre mission. Je souhaite que vous réussissiez. Et je n'ai pas envie que vous ayez des ennuis quand vous aurez quitté Saigon. Le reste du pays n'a pas grand-chose à voir avec cette ville. Les choses peuvent vite dégénérer. Je sais que vous êtes un dur et que vous êtes capable de vous débrouiller : vous êtes déjà ressorti deux fois vivant du Vietnam. Mais je me sentirais beaucoup mieux si vous me laissiez vous accorder une journée de mon temps pour vous faire partager un peu de la connaissance approfondie que j'ai de ce pays. Qu'en dites-vous ?

— C'est bien parlé. Mais vous faites cela pour moi, parce que vous aimez vivre dangereusement, ou pour le plaisir de braver le gouvernement d'ici ?

— Un peu de chaque. Et aussi pour mon pays, quelle que soit votre opinion là-dessus.

Je réfléchis à ce qu'elle venait de me dire sans cesser de danser. Même si je ne voyais aucune bonne raison de ne pas passer la journée du lendemain avec cette femme, une petite voix me soufflait que ce choix risquait de m'attirer des ennuis.

— Je peux être convoqué à tout moment dans un bureau de la police, dis-je. Il vaudrait mieux pour vous que vous ne soyez pas dans les parages.

— Ces gens-là ne me font pas peur. Croyez-moi, je suis capable de leur tenir tête. Je dirais même que si nous sommes ensemble, vous aurez l'air moins suspect.

— Je n'ai pas l'air suspect.

— Si. Et vous avez besoin d'être accompagné demain. Je suis candidate.

— D'accord. N'oubliez pas que je suis un simple touriste, mais un touriste qui a attiré l'attention des autorités pour une raison qui le dépasse.

— Compris.

L'orchestre fit une pause. Susan me prit la main et me ramena à notre table. Elle sortit un stylo de son attaché-case et inscrivit quelque chose sur une serviette en papier.

— Voici mon numéro de téléphone personnel au cas où vous en auriez besoin. Je vous attendrai demain matin dans le hall à huit heures.

— C'est un peu tôt.

— Pas tant que ça. La messe à la cathédrale commence à huit heures et demie.

— Je ne vais pas à l'église.

— Je m'y rends chaque dimanche, et je ne suis même pas catholique. Encore un truc d'expatriés. (Elle se leva.) Si vous n'êtes pas dans le hall, j'irai vous chercher à la salle à manger. Si vous n'y êtes pas, je vous ferai appeler dans votre chambre. Et si vous n'y êtes pas non plus, je saurai à qui m'adresser.

— Merci, dis-je en me levant à mon tour. J'ai passé une très agréable soirée.

— Moi aussi, répondit-elle en ramassant son attaché-case. Et merci pour le dîner. Demain soir, c'est moi qui vous invite.

— D'accord.

Après un instant d'hésitation, elle me regarda dans le blanc des yeux.

— Je connais plusieurs hommes de votre génération qui sont venus travailler ici. Certains d'entre eux essayaient de retrouver quelque chose, ou peut-être de le fuir. Je sais que c'est dur, je peux comprendre. Mais pour les gens de mon âge, le Vietnam est avant tout un pays. Pas une guerre.

Je restai muet.

— Bonsoir, Paul.

— Bonsoir, Susan.

Je la suivis des yeux jusqu'à ce qu'elle ait disparu dans les profondeurs du bar, puis je regardai la serviette en papier. Après avoir mémorisé son numéro de téléphone, j'en fis une boule serrée que j'enfonçai dans ma tasse de café.

C'était, comme je l'ai dit, une soirée superbe, avec une brise tiède qui faisait frémir les plantes. L'orchestre venait d'entamer *MacArthur Park.* Je fermai les yeux.

Des années plus tôt – quand le Vietnam était une guerre avant d'être un pays –, j'avais vécu des nuits comme celle-ci, sous les étoiles, caressé par une brise tropicale qui faisait onduler la végétation. J'avais aussi connu des nuits sans brise, mais les végétaux bougeaient quand même, et on entendait aussi le discret cliquetis des bambous dont les Vietnamiens se servaient pour communiquer entre eux. Les grenouilles arboricoles cessaient de coasser, les insectes se taisaient, les oiseaux de nuit s'envolaient à tire-d'aile. Et l'on attendait dans un silence de mort, en cessant de respirer, mais le cœur cognait si fort que l'on aurait juré que le monde entier l'entendait. Et le bruit des bambous se rapprochait, et la végétation ondulait de plus belle dans la nuit sans brise.

Je rouvris les yeux. Susan avait laissé une demi-bouteille de bière, que je bus au goulot pour humecter mes lèvres sèches.

J'inspirai profondément. La guerre s'évanouit, aspirée dans les profondeurs de ma mémoire. Vivement demain.

Je regagnai ma chambre, le journal de Susan à la main. Je ne trouvai aucun message sur le répondeur, ni aucune enveloppe laissée nulle part. La boule à neige avait changé d'endroit, probablement déplacée par la femme de chambre qui avait fait mon lit. Elle trônait à présent sur le bureau, derrière lequel je m'assis pour feuilleter l'*International Herald Tribune*. Je l'ouvris à la page des mots croisés, une reprise de ceux du *New York Times*. La grille était à moitié complétée. Je l'étudiai un moment sans comprendre, puis remarquai une coche discrète au stylo à côté de la ligne 32.

J'ouvris mon guide au début du chapitre consacré à Hué. Il y avait là un plan de la ville avec une liste de points numérotés renvoyant aux principaux centres d'intérêt. Le numéro 32 désignait le palais des mandarins, sis à l'intérieur des murs de la Cité impériale, elle-même protégée par les remparts de la citadelle.

C'était donc là que j'étais censé rencontrer mon contact, un Vietnamien ou une Vietnamienne, à midi, dimanche en huit.

En cas d'empêchement, ou si je ne trouvais personne sur place, un rendez-vous de remplacement était prévu à quatorze heures le même jour. Selon les explications de Doug Conway, il fallait inverser le nombre initial pour connaître le lieu de ce deuxième rendez-vous. Je me penchai de nouveau sur le plan de Hué et constatai que le numéro 23 désignait la bibliothèque royale, dans la partie la plus sacrée de la Cité impériale, qu'on appelait la Cité pourpre interdite.

Le lieu du troisième rendez-vous alternatif, fixé à seize heures, correspondrait à la somme des chiffres du nombre initial, soit 3 plus 2. Sur le plan, le numéro 5 correspondait à un temple historique du nom de Chua Ba, à l'extérieur de la citadelle.

Si mon contact ne se présentait à aucun de ces rendez-vous, je devais regagner mon hôtel et attendre un message en me tenant prêt à partir.

Un tel luxe de précautions me paraissait un tantinet romanesque, mais sans doute était-il nécessaire. L'idée de devoir faire confiance à un Vietnamien ne me plaisait guère *a priori*, mais il ne me restait plus qu'à supposer que les gens de Washington savaient ce qu'ils faisaient – il n'y avait qu'à voir à quel point ils avaient été efficaces au Vietnam dans le passé.

Je rajoutai quelques coches au crayon autour de la grille de mots croisés à moitié remplie et ajoutai deux ou trois mots, non sans remarquer au passage que Mlle Weber avait trouvé certaines définitions pourtant difficiles. J'avais manifestement affaire à une jeune personne brillante. Ne me restait plus qu'à comprendre quels étaient ses objectifs – à moins qu'ils ne soient ceux de quelqu'un d'autre.

La journée du lendemain promettait décidément beaucoup.

10

À huit heures dix, le lendemain matin, l'ascenseur me déposa dans le hall de l'hôtel.

Susan Weber m'attendait dans un fauteuil, sous un palmier en pot, les jambes croisées, un magazine entre les mains. Elle portait un pantalon noir et des chaussures de marche. En m'approchant, je vis l'intitulé de son magazine : *Vietnam Economic Times*.

Elle se leva. Je constatai qu'elle portait aussi un corsage de soie rouge assez près du corps, à manches mi-longues et col mandarin. Ses lunettes de soleil reposaient sur sa poitrine, au bout d'un cordon qui lui passait derrière le cou. Une banane en nylon était fixée à sa ceinture.

— Bonjour, me lança-t-elle. J'étais sur le point de vous faire appeler.

— Je suis vivant et en parfaite santé.

— J'ai peut-être un tout petit peu trop bu hier soir. Si vous estimez que c'est le cas, je vous présente mes excuses.

— Je ne suis pas en position d'en juger. J'espère avoir été un compagnon de table correct.

— C'est toujours un plaisir de rencontrer un compatriote.

Mlle Weber se montrait plus réservée que la veille au soir, ce que je n'avais aucune peine à comprendre. Quand on retire l'alcool, la musique, les chandelles et le ciel étoilé, les gens ont tendance à retrouver leur calme, même s'ils ont fini la nuit dans le même lit.

J'avais remis mon pantalon de toile kaki, mais troqué mon polo contre une chemise à manches courtes.

— Suis-je assez habillé pour aller à la messe ? demandai-je.

— C'est parfait. Prêt à décoller ?

— Laissez-moi juste me débarrasser de ma clé de chambre.

Je m'approchai du comptoir et remis ma clé à l'employé.

— Quelque chose pour moi ?

Le réceptionniste regarda dans mon casier.

— Non, monsieur. Aucun message.

Je rebroussai chemin vers l'entrée, où m'attendait Susan. Cette histoire de passeport commençait à me porter sur les nerfs. Mang savait pourtant que j'avais prévu de partir le lendemain.

— Je vois que vous n'avez toujours pas récupéré vos papiers, dit Susan quand je l'eus rejointe. Mais si vous leur avez dit que vous partiez demain, je suis à peu près sûre qu'ils vous les rendront aujourd'hui.

— Je crois que je ferais mieux de passer au siège de la Gestapo.

— En général, ils renvoient les passeports à l'hôtel. À moins qu'on ne vous demande de revenir chercher le vôtre à l'aéroport. Mais je ne vous le souhaite pas. Cela tendrait à indiquer que vous risquez de rentrer au pays plus tôt que prévu. Avez-vous au moins votre visa ?

— Disons plutôt que c'est l'hôtel qui l'a.

— Vous devriez toujours avoir sur vous une photocopie de votre passeport et de votre visa.

— J'en avais. Mais les flics de l'aéroport ont tout piqué dans mon sac de voyage.

— Oh… Dans ce cas, je vais demander une copie de votre visa.

Elle marcha vers le comptoir et dit quelque chose au réceptionniste, qui ouvrit un dossier. Il en retira une feuille de papier, la lut et dit quelque chose à Susan. Elle revint vers moi.

— La police a aussi pris votre visa, m'annonça-t-elle.

Je ne répondis rien.

— Bah, tant pis, fit-elle.

— Comment ça, tant pis ?

— Personne ne nous arrêtera. On y va ?

Nous sortîmes. Il faisait plus chaud que la veille. Le trafic de véhicules à moteur me parut un peu plus fluide, mais les vélos et les cyclopousses grouillaient toujours autant.

Susan ayant fourré un dollar dans la main du portier, nous nous approchâmes d'un scooter rouge stationné sur le trottoir. Elle s'arrêta devant et sortit un paquet de cigarettes de sa banane.

— J'ai besoin d'une petite clope avant de me lancer dans le trafic, m'expliqua-t-elle, souriante, en allumant sa cigarette.

— Si on prenait un taxi ?

— Soporifique, répondit-elle en tapotant la selle de son scooter. C'est un Minsk. Cent soixante-quinze centimètres cubes. De fabrication soviétique. Excellente machine pour circuler en ville. J'ai aussi une moto, une Oural 750. Un vrai monstre. Idéale pour la route et pour le tout-terrain, surtout dans la gadoue.

(Elle tira une bouffée.) Les motos russes sont très correctes, et je ne sais pas pourquoi, mais dans ce pays on trouve toujours des pièces de rechange.

— Les casques aussi ?

— Pas besoin de casque au Vietnam. Vous êtes motard ?

— Je l'ai été. Quand j'avais votre âge.

— Quand vous aviez mon âge, le port du casque n'était pas obligatoire aux États-Unis. Vous en mettiez un ?

— Je suppose que non.

Elle tira une bouffée.

— Au fait, vous avez trouvé votre numéro dans le journal ?

— Non.

— Comment ça ? Vous n'avez pas remarqué que j'avais coché la ligne 32 de la grille de mots croisés ?

— Je ne suis pas très futé. Quand j'avais ma moto, je me suis pris quelques gamelles.

Elle s'esclaffa.

— Trente-deux, répéta-t-elle. Je vous le rappellerai en cas de besoin. Qu'est-ce que ça veut dire ?

— La définition de la ligne 32 ? Il me semble que le mot à trouver était « rôtisserie ».

Elle ne parut pas juger ma réponse particulièrement drôle, mais n'insista pas. Je l'observai pendant qu'elle terminait sa cigarette. Elle était encore plus jolie à la lumière du jour, avec son hâle doré, et ses yeux qui semblaient plus grands et plus pétillants qu'à la lueur des chandelles. Sans compter que son pantalon et son corsage lui allaient à merveille.

— Bon, lâcha-t-elle en exhalant une ultime bouffée. Il faudrait vraiment que j'arrête de fumer. (Elle jeta son mégot dans le caniveau.) Je suis passée à mon bureau ce matin, et j'ai envoyé ce fax.

— Merci.

— Il était dix-neuf heures en Virginie, un samedi soir, et pourtant, quelqu'un m'a répondu aussitôt. On dirait que vos chefs font des heures sup.

— Et que contenait la réponse ?

— C'était une sorte d'accusé de réception. Ceux de là-bas me remerciaient en me priant de les tenir informés de la suite des événements. Ils me demandaient aussi de fixer une heure à laquelle vous et moi pourrions être à mon bureau pour recevoir un fax confidentiel. J'ai répondu que nous y serions ce soir à vingt heures. Ça vous va ?

— Vu que vous n'êtes pas payée pour travailler le dimanche, j'aurais du mal à refuser.

— J'ai pensé que ce qu'ils ont à vous dire pouvait bien attendre une demi-journée. D'autant que d'ici là, vous aurez peut-être récupéré votre passeport. On y va ?

Elle mit ses lunettes noires, enfourcha le scooter, démarra, tourna plusieurs fois la manette des gaz.

— Montez.

Elle sortit un élastique de sa poche et rassembla ses longs cheveux en queue de cheval pour m'éviter de les prendre en pleine figure.

Je pris place sur la selle, qui était minuscule, et agrippai le porte-bagages. Susan retira la béquille. Nous descendîmes du trottoir et prîmes la rue Le Loi. À peine eus-je trouvé les cale-pieds que le scooter effectua un demi-tour en épingle.

Au terme de cinq minutes de trajet absolument terrifiantes, nous stoppâmes devant la cathédrale Notre-Dame, un majestueux édifice de brique à flèches jumelles, franchement incongru dans ce décor. Nous mîmes pied à terre sur la petite place du parvis. Susan enchaîna son engin à un porte-vélos, au bord d'une pelouse. J'avais connu cette place en 1972. Elle n'avait guère changé. La grande statue de la Vierge Marie avait survécu à la guerre et à la prise de pouvoir communiste.

— Quelle est la position des cocos sur le plan religieux ? demandai-je.

— Tout dépend de la doctrine du moment. Ils ont l'air de plutôt bien s'entendre avec les bouddhistes, mais ils ne sont pas emballés par les catholiques, qu'ils croient subversifs.

— Du coup, vous allez à la messe, remarquai-je tandis que nous approchions à pied de la cathédrale.

— Ils mènent la vie encore plus dure aux protestants. Ils harcèlent leurs missionnaires, les expulsent, ferment leurs lieux de culte et leurs écoles. Il n'y a plus aucun temple protestant à Saigon. Le culte ne se pratique qu'en privé. Vous avez eu l'occasion d'entrer ici pendant la guerre ? me demanda-t-elle au moment où nous atteignions les marches du perron.

— Deux fois. Les deux seules fois où je suis passé par Saigon un dimanche.

— Donc, à l'époque, vous étiez un bon catholique.

— Il y en a des mauvais ?

Pendant que nous gravissions les marches, Susan salua deux ou trois Américains, et aussi d'autres Blancs chez qui je crus déceler un accent australien. Je lui fis remarquer que les Vietnamiens étaient plutôt rares.

— Le père Tuan dit cette messe en anglais, m'expliqua-t-elle. La prochaine sera en français, les suivantes en vietnamien.

— Et vous comptez les écouter toutes ?

Elle m'ignora. Nous entrâmes dans le vestibule. Là aussi, elle adressa la parole à plusieurs personnes, me présenta à quelques-unes d'entre elles. Une dame demanda des nouvelles de Bill en me dévisageant avec insistance. Classique.

Nous nous enfonçâmes dans les profondeurs de ce gros monstre gothique qui, à l'exception des rameaux fleuris et des kumquats qui décoraient la nef en vue du Têt, aurait fort bien pu se trouver en France.

En me voyant lever la tête vers les voûtes, Susan lâcha :

— Vous avez peur que le plafond s'écroule ?

— J'accepterais volontiers un casque.

Nous remontâmes l'allée centrale. Il faisait frais et sombre dans la nef à demi pleine. Nous nous assîmes sur un banc à proximité du premier rang.

— Il se peut que Bill nous rejoigne, me murmura Susan en s'asseyant. Je lui ai parlé hier soir.

— Il a apprécié de vous voir rentrer après minuit ?

— Bill n'est pas du genre jaloux, et d'ailleurs, il n'aurait aucune raison de l'être. S'il vous paraît un peu froid, ne vous inquiétez pas, c'est sa manière d'être.

— Je vois. Je ferais peut-être mieux de rentrer à l'hôtel après la messe.

— Chut… Ça va commencer.

L'orgue se mit à mugir en même temps qu'une procession faisait son apparition au bout de l'allée. Le prêtre, les enfants de chœur et tous les autres membres de cette procession étaient vietnamiens – sauf l'homme cloué sur la croix qui, lui, était juif.

La messe commença. L'anglais du père Tuan était à couper au couteau. Je crois que je l'aurais mieux compris s'il avait parlé en allemand. Les chants, eux aussi en anglais, me donnèrent l'occasion de découvrir que Susan avait une voix superbe. Quant à moi, qui étais tout à fait capable de beugler des chants irlandais quand j'avais un coup dans le nez, je me contentai de faire semblant.

Le sermon traita du péché de chair et des innombrables tentations de la métropole. Il fut suivi d'un laïus sur l'âme des malheureuses qui vendaient leur corps à des inconnus. Le prêtre insista énergiquement sur le fait que, sans pécheurs, le péché n'existerait pas – ni l'opium, ni la prostitution, ni les tripots, ni la pornographie, ni les salons de massage.

J'eus plusieurs fois l'impression qu'il me regardait. Je n'étais pas loin de me sentir dans la peau d'un personnage de Graham Greene, ruisselant de sueur dans un bled perdu au fin fond des tropiques et écrasé d'une culpabilité toute catholique à la suite d'une transgression sexuelle probablement pas si terrible.

Après une heure et cinq minutes de cérémonie, les officiants repartirent en procession vers la sortie. Je suivis le mouvement de repli général et, à un moment donné, je perdis la trace de Susan.

Je décidai d'aller l'attendre près de son scooter, en plein soleil. Pour être tout à fait sincère, je me sentais ragaillardi par ce passage à l'église.

Je finis par repérer mon amie au pied des marches du parvis, au milieu d'une petite foule bavarde rassemblée autour du père Tuan.

Peut-être y avait-il du vrai, après tout, dans ce qu'elle m'avait dit sur les expatriés. Certes, quand on s'exile à Londres, à Berlin ou à Rome, il n'y a pas de quoi fouetter un chat. Mais c'est une autre histoire quand on doit s'installer dans un pays aussi dingue que celui-ci, où l'on mesure dix centimètres de plus que tout le monde et où les visages pâles se repèrent à un kilomètre, sans compter que le gouvernement vous a dans le collimateur. Par voie de conséquence, tous les visages pâles deviennent amis et se retrouvent pour boire des pots et critiquer le pays qui les accueille. On a tendance à susciter l'admiration et l'envie des compatriotes, et on célèbre avec une vraie liesse les fêtes américaines qui, au pays, ne représentent pas grand-chose d'autre qu'un pont parmi tant d'autres et une énième virée au centre commercial. Et, contrairement aux vieilles habitudes, on va même voter, au consulat, les jours de scrutin.

Il existe aussi, bien sûr, d'autres types d'expatriés : ceux qui détestent leur pays, et aussi ceux qui fuient quelque chose ou quelqu'un – quand ils ne se fuient pas eux-mêmes.

Susan, de son propre aveu, tombait dans la catégorie des expatriés qui étaient fiers d'être américains dans un pays où ce statut avait, aux yeux de leur famille et de leurs pairs, quelque chose de gratifiant.

Mais je n'avais aucune envie de me laisser aller au cynisme ni à l'analyse sauvage, d'autant que Susan m'était sympathique – et qu'elle était sûrement capable de s'analyser toute seule.

Elle revint enfin vers moi, accompagnée d'un homme qui semblait avoir à peu près son âge. Il portait une veste légère de type colonial et était plutôt beau gosse, grand, très mince, avec des cheveux couleur sable. Dans la mesure où tout dans sa personne respirait l'ancien élève de Princeton, il ne pouvait s'agir que de Bill.

— Paul, dit Susan en s'arrêtant face à moi, permettez-moi de vous présenter mon ami Bill Stanley. Bill, Paul Brenner.

Nous échangeâmes une poignée de main muette.

— Paul a servi ici en 1968, poursuivit Susan en regardant Bill. Et aussi en… quelle année, déjà ?

— 1972.

— Ah, oui. J'imagine que tout a bien changé, fit Bill.

— Oui, c'est le moins qu'on puisse dire.

— J'étais justement en train de raconter à Bill que vous aviez eu quelques soucis à l'aéroport. (Face à mon absence de réaction, Susan se tourna vers Bill.) Jim Chapman doit être en ville ce week-end, lui dit-elle. Je vais l'appeler chez lui. (Puis, s'adressant à moi :) Jim travaille à la délégation consulaire. C'est un ami de Bill.

Bill n'avait visiblement aucun commentaire à faire. Moi non plus. La conversation n'avait aucune chance de décoller.

— Je crois que je vais rentrer à l'hôtel et tâcher de me renseigner pour mes papiers, dis-je. Susan, merci encore de m'avoir amené à l'église. Je n'aime pas manquer la messe en voyage. Ravi d'avoir fait votre connaissance, Bill.

Je tournai les talons et m'en fus.

Mon sens de l'orientation me permit de retrouver la rue Le Loi en moins d'un quart d'heure. Arrivé à la porte de l'hôtel, je remarquai que je transpirais beaucoup moins que la veille. Le processus d'acclimatation était en bonne voie.

Soudain, j'entendis gronder un moteur de scooter dans mon dos, sur le trottoir. Je fis un pas sur la droite. Elle stoppa à ma hauteur.

— Montez.

— Susan…

— Montez.

J'obéis.

Elle mit les gaz, et nous nous élançâmes sur l'asphalte. Sans un mot, elle remonta plusieurs rues à grande vitesse, avec des zigzags aussi brusques qu'inattendus.

— J'adore rouler le dimanche, quand les rues sont désertes ! me cria-t-elle par-dessus l'épaule.

Les rues en question, si vous voulez mon avis, étaient plus encombrées que désertes.

Elle sortit son téléphone portable de sa banane et me le tendit.

— Passez-le-moi si vous l'entendez sonner ! cria-t-elle. Ou vibrer. Il a un vibreur !

Je le glissai dans ma poche de chemise.

Peu après, il sonna et vibra en même temps. Je le donnai à Susan. De la main gauche, elle le plaqua contre son oreille tout en maniant le guidon et la poignée d'accélération de la droite. Elle n'avait aucune chance d'actionner le frein au cas où un arrêt brutal s'imposerait, mais cela ne semblait pas la perturber davantage que les autres cyclomotoristes qui roulaient tout en jacassant au téléphone.

Elle parlait manifestement à Bill – ou plutôt elle l'écoutait, car elle ne disait pas grand-chose.

— Je ne t'entends pas ! finit-elle par crier. Je te rappelle ce soir !

Puis, après une brève pause :

— Non, je ne sais pas à quelle heure !

Elle coupa le portable et me le rendit.

— Si ça recommence, précisa-t-elle, c'est vous qui répondez.

Je rangeai l'appareil dans ma poche de chemise.

Susan poursuivit sa course frénétique à travers la ville. On aurait pu croire qu'elle jouait les trompe-la-mort, mais à mon avis elle cherchait surtout à se défouler de la petite colère que Bill venait de déclencher.

Sauf qu'en ce qui me concernait, je n'étais pas du tout en colère contre Bill, et je ne voyais donc aucune raison de me faire écrabouiller en plein Saigon.

— Susan… Ralentissez !

— C'est moi qui conduis.

Un agent de police planté au centre d'un carrefour leva le bras à notre approche. Susan contourna l'obstacle sans ralentir et, d'un coup d'œil par-dessus mon épaule, je vis l'agent vociférer en moulinant des bras.

— Vous avez failli lui passer sur le corps, dis-je.

— Si je m'arrête, je suis bonne pour une amende, ils inventent toujours une raison, et ça me coûtera deux dollars. Peut-être plus, vu que vous n'avez pas vos papiers.

— Et s'il a relevé votre numéro de plaque ?

— Impossible. Je roulais trop vite. Mais la prochaine fois, mettez votre main sur la plaque.

— Quelle prochaine fois ?

— J'ai une plaque NN. *Nguoi nuoc ngoia*, ce qui veut dire « résident étranger ». Résident, pas touriste. Le touriste, lui, a droit d'autorité à une amende de dix dollars : non seulement il trouve que ce n'est pas cher payé, mais en plus, il a peur d'avoir des ennuis. Ce n'est pas une question d'argent, mais de principe.

— J'ai l'impression que vous vivez ici depuis un peu trop longtemps.

— Peut-être.

Nous arrivâmes en vue des jardins du palais de la Réunification, qui s'appelait autrefois palais de l'Indépendance et était la résidence officielle des présidents sud-vietnamiens. Je le connaissais pour l'avoir vu en 1972, puis à la télévision en 1975, dans le cadre d'une célèbre séquence filmée montrant un char communiste en train d'enfoncer le portail massif de fer forgé.

Nous empruntâmes une rue latérale et, après avoir franchi un portail secondaire, nous nous retrouvâmes dans l'enceinte du palais présidentiel. Arrivés sur un petit parking, nous mîmes pied à terre. Susan attacha son scooter et ôta ses lunettes noires.

— J'ai pensé que vous apprécieriez de visiter l'ancien palais présidentiel, me dit-elle.

— Serions-nous attendus ?

— Pas du tout. Cet endroit est ouvert au public.

Elle ouvrit une des sacoches arrière de son scooter et en sortit un appareil photo qu'elle mit en bandoulière.

— Je peux vous garantir que nous n'avons pas été suivis, ajouta-t-elle, mais au cas où ils communiqueraient par radio et où ils sauraient que vous êtes ici, vous êtes tout bonnement en train de faire un brin de tourisme avec une fille rencontrée au bar de l'hôtel. D'accord ?

— Je suis assez grand pour savoir comment m'y prendre.

— On m'a chargéc dc vous aidcr. Et j'adore montrer la ville aux gens de passage.

Nous empruntâmes une allée pour contourner le palais et finîmes par déboucher à l'angle de la façade avant du bâtiment principal, qui ne ressemblait absolument pas à un palais traditionnel, mais plutôt à un blockhaus tropical. Le fameux portail de fer forgé se dressait à une centaine de mètres de nous, à l'autre extrémité d'une vaste pelouse, et il semblait en bien meilleur état que le jour où ce char nord-vietnamien lui était rentré dedans. Je remarquai, sur sa gauche, un gros char russe T-59 immobile sur une plate-forme de béton.

— Cet endroit vous évoque quelque chose ? me demanda Susan.

— Oui. Ce char, là. C'est *le* char ?

— Oui. J'étais toute petite au moment des événements, mais j'ai vu les images à la télévision. Si ça vous intéresse, on peut monter dedans pour un dollar.

— Ça ira, j'ai suivi la scène en direct.

Je remarquai plusieurs Occidentaux en train de prendre des photos à proximité du char. À la différence de celui du musée des Crimes de guerre américains, cet engin russe était entouré d'une chaîne pour tenir les badauds à distance, et des drapeaux flottaient tout autour. Un char éminent.

— J'ai déjà amené un certain nombre d'Américains ici, y compris mes parents, et je connais par cœur le baratin des guides. Vous voulez l'entendre ?

— Bien sûr.

— Suivez-moi.

Nous gravîmes les marches du palais. Arrivée en haut, Susan s'immobilisa.

— Donc, récita-t-elle, nous sommes le 30 avril 1975, et les communistes viennent d'entrer dans Saigon. Ce char, arrivé à grande vitesse de la rue Le Duan, enfonce les grilles. Il poursuit sa course sur la pelouse et stoppe ici, face au palais. C'est ce que vous avez vu sur les images, filmées par un journaliste qui a eu la chance de se trouver au bon endroit au bon moment. Une minute plus tard, continua-t-elle, un camion franchit à son tour le portail, traverse la pelouse et s'immobilise à côté du char. Un officier nord-vietnamien en descend. Il gravit ces marches. Le général Minh, devenu président du Sud-Vietnam quarante-huit heures auparavant, après la fuite du président Thieu, se tient à l'endroit même où nous sommes. Minh est entouré des membres de son nouveau gouvernement, tous très nerveux, car ils craignent d'être exécutés sans autre forme de procès. L'officier communiste monte les marches, et Minh lui dit :

« J'attendais depuis le début de la matinée le moment de vous remettre le pouvoir. » Et l'officier répond : « On ne peut pas renoncer à ce qu'on ne possède pas. » Fin de la discussion, fin de la guerre, et fin du Sud-Vietnam.

Et fin du cauchemar, complétai-je en mon for intérieur. En découvrant ces images, à l'époque, j'avais été submergé par le sentiment que tous les Américains tombés au Sud-Vietnam étaient morts pour rien.

Je fis un effort pour me rappeler ce qu'était devenu le général Minh, mais, comme à peu près tout le monde en Amérique, je m'étais brutalement détourné du spectacle vietnamien ce 30 avril 1975.

— Vous voulez que je vous prenne en photo devant le char ? me proposa Susan.

— Non.

J'aperçus un guichet devant les portes du palais. L'écriteau en anglais disait : *Étrangers : $ 4. Vietnamiens : entrée libre.*

Susan polémiqua brièvement avec le guichetier, et il ne me resta plus qu'à supposer que c'était là encore une question de principe et non d'argent.

— Dites-lui que j'ai droit à la réduction troisième âge, finis-je par suggérer.

— Aujourd'hui, c'est moi qui paie.

Ils finirent par se mettre d'accord sur un tarif couple de six dollars, et nous entrâmes.

— Coupez le portable, me dit-elle. À la moindre sonnerie dans leur sanctuaire, ils pètent les plombs.

Le palais n'était pas climatisé, mais il y faisait nettement plus frais qu'au soleil. Après avoir traversé un luxueux vestibule, nous visitâmes les quatre étages. Ce bâtiment avait plus d'allure vu de l'intérieur, et son architecture moderne dégageait une impression de légèreté quasi aérienne. Le mobilier était pour l'essentiel contemporain, dans le style des années soixante, avec çà et là des touches de décoration traditionnelle vietnamienne, notamment une très jolie collection de pieds d'éléphants.

Une petite foule circulait à travers les salles – surtout des Américains, à en juger par le nombre de shorts et de bermudas. Chaque partie de l'édifice était placée sous la responsabilité d'un guide local, qui passait en général son temps à houspiller Susan en lui ordonnant de suivre le groupe. Susan ripostait en vietnamien, et il s'ensuivait chaque fois une prise de bec dont elle sortait régulièrement vainqueur.

Elle poussait un peu loin le bouchon, et sans doute cela faisait-il partie intégrante de son caractère ; elle avait beau tenir à être reconnue en tant qu'Américaine, elle ne voulait pas être confondue avec une touriste. Pour être sincère, j'ajouterai qu'elle était aussi un peu chipie. À mon avis, Bill aurait été d'accord avec moi sur ce point.

Nous montâmes ensuite sur le toit en terrasse, où des dizaines de touristes allaient et venaient, mitraillant la ville. Le panorama était joli, si l'on faisait abstraction du voile de pollution qui planait sur Saigon. Debout à côté d'un vieil hélicoptère Huey américain, une guide vietnamienne disait en anglais :

— C'est ici que le pantin des Américains et ennemi numéro un du peuple, le président Thieu, est monté avec sa famille et ses amis à bord d'un hélicoptère pour se réfugier sur un navire de guerre américain au moment où l'armée du Peuple victorieuse approchait de Saigon.

Susan profita de ce passage en plein air pour allumer une cigarette.

— J'ai fait beaucoup de progrès en histoire depuis mon arrivée ici, me dit-elle. Je trouve vraiment passionnant de montrer la ville à quelqu'un qui a vécu une partie de ces événements.

— On dirait que vous me considérez comme une relique.

Pour une fois, elle sembla vaguement embarrassée.

— Non, je veux dire… Enfin, vous étiez sans doute très jeune quand vous êtes venu ici. (Et, avec un sourire :) Vous l'êtes encore.

Cynthia et Susan ayant à peu près le même âge, j'étais en droit de supposer que j'étais encore dans la course. Sans doute était-ce le côté immature de ma personnalité qui attirait les femmes.

Susan ayant fini sa cigarette, nous réintégrâmes le palais. Au premier étage, on nous montra le bureau présidentiel. Susan glissa un dollar au gardien et se tourna vers moi :

— Vous pouvez vous asseoir dans le fauteuil du président. Je vais vous photographier.

Je n'aime pas, mais pas du tout me faire tirer le portrait quand je suis en mission.

— Non merci, je…

— J'ai déjà payé. Asseyez-vous.

Je m'assis donc dans l'absurde fauteuil de l'ex-président du Sud-Vietnam, et Susan me prit en photo.

— Est-ce qu'on a fait le tour ? demandai-je, commençant à trouver que le jeu avait assez duré.

— Pas tout à fait. J'ai gardé le meilleur pour la fin. Suivez-moi.

Nous descendîmes au sous-sol, dans un long couloir faiblement éclairé sur lequel donnaient de nombreuses portes.

— L'abri anti-aérien, m'expliqua Susan. C'est là que se réunissait l'état-major.

Elle me mena dans une grande salle éclairée par des tubes fluorescents hors d'âge. Apparemment, nous étions seuls. Les murs étaient revêtus de contre-plaqué couleur acajou – le genre de matériau bon marché que les Américains moyens utilisaient autrefois pour décorer les salles de jeu aménagées dans les caves.

Sur les murs étaient étalées des dizaines de cartes du Sud-Vietnam et de plans de villes. Chaque carte était constellée de symboles colorés indiquant la localisation des unités américaines, sud-vietnamiennes et nord-vietnamiennes déployées à travers le pays.

Elles étaient datées. Certaines remontaient à l'époque de l'offensive du Têt, en janvier et février 1968. Je vis sur l'une d'elles la position de mon bataillon d'infanterie, marquée par une épingle ornée d'un petit fanion, aux abords de Quang Tri, ce qui me fit une drôle d'impression. D'autres étaient d'avril 1972, date de l'offensive de Pâques, à laquelle j'avais participé.

— Cela vous intéresse ? s'enquit Susan.

— Oui.

— Montrez-moi où vous étiez stationné.

Je lui indiquai mon fanion, tout près de Quang Tri.

— Mon camp de base en 1968, soupirai-je. Nom de code : « LZ Sharon ».

— LZ signifie *Landing Zone* en jargon parachutiste, enchaîna Susan. « Zone d'atterrissage. » C'est un autre vétéran qui me l'a dit. Il m'a aussi expliqué que tous les camps de base portaient un prénom féminin.

— Presque tous. (Je lui montrai un autre fanion.) Celui-ci, c'était LZ Betty, une ancienne place fortifiée française, elle aussi proche de Quang Tri. Et là, le quartier général de la brigade, où était installé le colonel.

— Vous comptez visiter ces sites ?

— Peut-être.

— À mon avis, vous devriez. Et où étiez-vous en 1972 ?

— Bien Hoa. À deux pas de Saigon. Vous devez connaître.

— Bien sûr. Mais je ne savais pas qu'il y avait eu une base américaine de ce côté-là.

Mon regard s'arrêta sur une carte d'avril 1975. Je suis encore capable de déchiffrer des symboles militaires, et je reconnus à la fois les positions sud-vietnamiennes et l'avancée de l'armée nord vietnamienne, représentée par des flèches rouges, qui déferlait sur le pays. À un moment donné, apparemment, plus personne ne s'était donné la peine de déplacer les fanions. Celui qui en était chargé avait dû se rendre compte que la fin était venue.

Il suffisait de tendre l'oreille pour entendre les fantômes et, avec un brin d'imagination, il était facile de se représenter les militaires et les politiciens qui allaient et venaient dans cette salle tout au long des jours et des nuits du mois d'avril 1975, de plus en plus conscients que les flèches rouges de la carte n'étaient pas abstraites, mais qu'elles représentaient bien au contraire des centaines de milliers de soldats et de chars ennemis en train de converger vers Saigon.

Nous visitâmes les diverses salles d'état-major : une salle de réunion, une salle de communications toujours équipée des radios et des téléphones de l'époque, une chambre à coucher et un petit salon élégamment meublés pour le président, et ainsi de suite. Tout cela semblait s'être figé dans le temps.

Nous quittâmes les sous-sols et retrouvâmes le soleil à l'arrière du palais, où la vieille Mercedes du président Thieu attendait à jamais son propriétaire dans une atmosphère quasi irréelle.

Susan m'entraîna à travers les beaux jardins de l'ancien palais présidentiel.

— La visite vous a plu ? me demanda-t-elle.

— Très intéressant. Merci.

— Je ne suis jamais sûre de ce que les gens ont envie de voir, mais je me suis dit qu'un vétéran comme vous apprécierait cette petite promenade historique. Il y a encore quelques sites que je veux vous montrer. Ensuite, vous choisirez.

— Vous n'êtes absolument pas obligée de me montrer tout Saigon.

— J'adore. Du temps où j'habitais à New York, c'était seulement quand des gens de l'extérieur venaient me voir que je montais à la statue de la Liberté et à l'Empire State Building.

— Même chose pour moi à Washington.

— Je ne connais pas Washington.

— Parfois, je préférerais ne jamais y être allé.

— Si je m'y rends un jour, dit-elle en m'observant de biais, vous me devrez une visite guidée.

— Promis.

Nous poursuivîmes notre flânerie. L'air était chargé de fragrances d'arbres fruitiers en fleurs, chose tout à fait surprenante et délicieuse en janvier. Nous fîmes halte devant un stand de boissons fraîches pour acheter deux bouteilles d'un demi-litre d'eau minérale, que nous ouvrîmes en reprenant notre marche.

— Comment vos parents ont-ils réagi à leur première visite ? demandai-je après un moment de silence.

— Ils étaient consternés. Ils voulaient que je fasse mes bagages illico. (Elle pouffa.) Ils n'arrivaient pas à se représenter leur fille habitant dans une ville du tiers-monde. Ils ont été écœurés par les prostituées, les communistes, les mendiants, la nourriture, la chaleur, la maladie, mes cigarettes et ma fréquentation assidue de l'église catholique. La liste est longue, conclut-elle en riant.

— Vous leur avez fait faire un tour en scooter ?

— Dieux du ciel, non ! Ils n'ont même pas voulu essayer le cyclopousse. On ne prenait que le taxi. Cela dit, mon frère et ma sœur sont venus une fois tout seuls, et ils ont adoré. Mon frère a disparu un soir. Quand il est revenu, il avait un grand sourire aux lèvres.

— Il est sûrement allé voir un spectacle de marionnettes. Quel âge avait-il ?

— À l'époque, il étudiait encore à la fac.

— Que font vos parents ?

— Mon père est chirurgien, et ma mère enseigne dans un lycée. Un couple parfait, n'est-ce pas ?

— Mon père était mécanicien, ma mère femme au foyer. J'ai grandi à Boston, dans les quartiers sud.

Susan ne répondit pas, mais le message était passé.

Elle semblait savoir où elle allait. Nous empruntâmes une allée qui se faufilait entre des buissons en fleurs. Devant nous se dressait une petite butte recouverte de gazon. À mi-hauteur, Susan s'assit. Elle retira ses souliers et ses chaussettes, s'assouplit les orteils, déboutonna les boutons du haut de son corsage de soie.

Je m'assis à quelques pas. Elle détacha sa banane, y prit une cigarette, l'alluma. Je sortis son portable de ma poche de chemise.

— Je devrais peut-être appeler l'hôtel, fis-je.

Elle me prit l'appareil et le rangea dans sa banane.

— Rien ne presse, j'appellerai pour vous un peu plus tard. Ils réagissent beaucoup mieux quand on leur parle en vietnamien.

Après avoir fini sa cigarette, elle releva ses manches, s'étendit sur l'herbe, ferma les paupières.

— C'est si bon… Vous devriez tomber la chemise et prendre un peu le soleil.

Je l'écoutai et m'allongeai à côté d'elle, à distance respectable, en calant ma chemise et ma bouteille d'eau vide sous ma nuque.

La caresse du soleil était d'autant plus douce sur ma peau qu'une petite brise s'était levée.

— Vous êtes pâle, me dit-elle.

— Je viens de l'hiver.

— L'hiver me manque. Et l'automne du Berkshire encore plus.

Nous discutâmes de tout et de rien pendant quelques minutes.

— Cela ne me regarde peut-être pas, dis-je, mais je me sens un peu coupable de votre dispute avec Bill.

Il n'en était rien. Je cherchais juste à la tester.

Elle mit du temps à répondre, comme si elle tenait à peser chaque mot.

— Je lui ai expliqué que vous alliez dans l'intérieur dès demain matin et que vous aviez besoin d'être renseigné – que c'était la conséquence naturelle du stupide service qu'il m'a demandé de rendre à vos supérieurs. Il aurait voulu venir avec nous. J'ai dit non.

— Pourquoi ?

— Au Vietnam, trois est un mauvais chiffre. Trois personnes ensemble, ça ne donne rien de bon.

— Je croyais au contraire que trois était un nombre porte-bonheur. La *Bababa*… c'est bien la bière de la chance, non ?

— J'ai peut-être mal compris, répondit-elle après un instant d'hésitation.

Il commençait à faire de nouveau chaud au soleil, et je transpirais de plus en plus, mais Susan semblait toujours aussi fraîche qu'une rose.

— Eh bien, dis-je, renseignez-moi.

— Où irez-vous, juste après Saigon ?

— Je ne sais pas encore.

— Comment voulez-vous que je vous renseigne ? Et comment se fait-il que vous ne sachiez pas où vous allez ?

— Je suis censé me promener là où je veux quelques jours, éventuellement visiter quelques-uns de mes champs de bataille. Mon prochain rendez-vous est prévu d'ici une semaine.

— Où ?

— Je ne peux pas vous le dire.

— Vous ne m'aidez pas beaucoup.

— J'aimerais que vous me dressiez un panorama général des moyens de transport et de communication. Parlez-moi du fonctionnement des hôtels, de la douane, de la monnaie, ce genre de choses.

— D'accord. Vous n'êtes pas sans savoir que le Têt approche. Dès la semaine prochaine, il risque d'être assez compliqué de trouver un moyen de transport. Ensuite, à partir du Nouvel An, tout ou presque s'arrêtera – les trains cessent carrément de rouler pendant quatre jours. Les routes, les avions, les cars seront vides parce que tout le monde restera chez soi, à manger et à dormir. Dans neuf mois, il y aura une explosion des naissances… mais ce n'est pas votre problème.

— La plupart des gens retournent dans leur ville ou leur village natal ?

— Exact. Je dirais que quatre-vingt-dix pour cent de la population effectue ce retour aux sources. Les villes se vident, et les villageois et paysans sont ravis de recevoir des visiteurs pendant une semaine.

Je n'avais pas oublié les semaines qui avaient précédé le Têt de 1968, et la vision de ces milliers de gens marchant, pédalant ou cahotant dans des chars à bœufs sur les routes de campagne. L'armée avait distribué des bulletins d'information pour expliquer aux soldats ce dont il s'agissait, et nous avions ordre de ne pas nous mêler de ce mouvement de masse, tout en gardant un œil sur les Vietcongs qui pourraient éventuellement s'être infiltrés dans les colonnes de civils. Et pour nous, tout Vietnamien de sexe masculin valide et en âge de combattre qui ne portait pas l'uniforme sud-vietnamien et n'avait pas de papiers d'identité à présenter était un Vietcong en puissance.

Je n'avais pas le souvenir d'avoir découvert le moindre Vietcong lors de mes contrôles, mais, rétrospectivement, je me disais que ces files interminables devaient forcément grouiller de combattants infiltrés, en train de se déployer pour l'offensive imminente. Pour ne rien arranger, une proportion considérable de l'armée sud-vietnamienne avait soit pris une permission, soit déserté son poste pour retrouver les siens. Le général Giap, qui de Hanoi avait planifié cette attaque surprise pour le soir du Têt, le jour le plus sacré de l'année, était assurément une fine mouche. Il ne me restait plus qu'à espérer que le colonel Hellmann, de Washington, qui quelques décennies plus tard venait de programmer ma petite offensive du Têt personnelle, était tout aussi malin.

Susan m'exposa ensuite dans les grandes lignes le comportement des Vietnamiens ruraux, confirmant sur plus d'un point ce que Conway m'avait déjà dit.

— Les gens sont généralement amicaux. Ils ne vous dénonceront pas à la police. Ils n'aiment pas leur gouvernement, mais ils adorent leur pays. Tâchez d'être respectueux de leurs coutumes et de leurs traditions, montrez de l'intérêt pour leur mode de vie.

— Je ne connais rien à leurs coutumes.

— Moi non plus. Je connais Saigon, mais c'est très différent à la campagne. Surtout, ne touchez jamais la tête de personne. Elle est sacrée. Les pieds sont la partie du corps la plus vile. Ne mettez pas les vôtres au-dessus de la tête de quelqu'un. C'est un grave manque de respect.

— Comment voudriez-vous que je mette mes pieds au-dessus de la tête de quelqu'un ?

— Je connais deux ou trois façons d'y arriver.

Toujours allongée sur la pelouse, Susan évoqua ensuite les traditions, les pièges à éviter, la police, les questions de santé, la nourriture, les pensions où l'on ne déclarait pas la présence des clients aux autorités, et ainsi de suite.

— Le risque de marcher sur une mine existe toujours ?

— Je crois, oui. On entend régulièrement parler d'enfants à qui c'est arrivé. Si vous vous enfoncez dans le Vietnam profond, ne vous écartez pas des sentiers battus. Il serait regrettable que vous subissiez ce à quoi vous avez échappé les deux autres fois.

— Je ne vous le fais pas dire.

— Vous comptez vous rendre dans l'ancien Nord-Vietnam ?

— Peut-être.

— Là-haut, la situation est différente. Les communistes, qui détiennent le pouvoir depuis les années cinquante, sont très bien organisés. À en croire la brochure d'information de mon entreprise, qu'on m'a obligée à lire, la police secrète dispose d'un important réseau d'informateurs. Les gens du Nord ne sont pas particulièrement bien disposés envers les Américains, comme j'ai eu l'occasion de le découvrir lors de mon voyage d'affaires à Hanoi. Il paraît que nous en avons tué à peu près un million. C'est bien ça ? Les gens du Nord n'hésiteront pas à vous dénoncer à la police. (Elle se tourna vers moi.) Si vous y allez, soyez préparé à affronter une police d'État nettement plus performante.

— Il paraît.

— Faites-vous passer pour un Australien. Ils se montreront un peu plus amicaux. C'est un truc qui ne marche évidemment pas avec les flics, puisqu'ils ont le droit de vous demander votre passeport.

— Comment se comporte un Australien ?

— Ayez toujours une canette de bière à la main.

— C'est faisable.

— Vous risquez d'entendre souvent les mots *Lien Xo*. Les enfants des régions rurales, qui n'ont pas l'occasion de voir beaucoup de Blancs, vous crieront *Lien Xo*, *Lien Xo !* Pour eux, cela signifie « étranger », ou « Occidental », même si la traduction exacte de l'expression est « Union soviétique ».

— Expliquez-moi ça…

— Quand les Russes sont venus, entre 1975 et les années quatre-vingt, ils étaient les seuls Occidentaux présents au Vietnam, et du coup, le terme *Lien Xo* a fini par désigner tous les Occidentaux. Il n'a rien de péjoratif – les Soviétiques étaient les alliés des Vietnamiens –, en tout cas dans le Nord. Dans le Sud, c'est un peu différent. Les gens du Sud détestaient les Russes, qu'ils soient militaires ou conseillers civils. En tout cas, aujourd'hui, l'expression veut juste dire « Occidental ». Vous me suivez ?

— Plus ou moins. Dans le Sud je suis américain, et dans le Nord je suis australien. Sauf que les gens de là-haut me traiteront de Soviétique.

— Ce qui veut juste dire « Occidental ». Ne vous méprenez pas.

— Pourquoi ne pourrais-je pas dire que je suis néo-zélandais, britannique, ou canadien ?

— Je n'en sais rien. Vous n'avez qu'à essayer. Bon, sachez aussi que dans le Nord les gens ne sont pas aussi matérialistes que dans le Sud.

— C'est une bonne chose.

— Non, c'est une mauvaise chose. Ce sont de vrais communistes, nettement moins faciles à soudoyer qu'ici. Il y a peut-être à cela des raisons philosophiques ou politiques, mais c'est aussi parce que les biens de consommation sont rares dans le Nord, ce qui fait qu'ils n'ont pas comme ici le culte du dieu dollar. Bref, vous ne vous en tirerez pas en glissant un billet de dix dans la patte d'un flic. Vous saisissez ?

— Et un billet de vingt ?

Elle se rassit brusquement.

— Vous savez... Dans une semaine, mon bureau ferme pour huit jours. Et la semaine prochaine s'annonce plus que calme. Vous aimeriez avoir de la compagnie ?

Ce fut mon tour de me rasseoir.

— J'adorerais voyager à travers le pays, reprit-elle. Depuis un an, c'est à peine si je suis sortie de Saigon. Ce serait formidable pour moi de visiter des vestiges de la guerre avec un vétéran comme vous.

— Merci, mais...

— Vous aurez besoin d'un interprète. On ne parle presque pas l'anglais hors des grandes villes. Et moi, je ne dirais pas non à des petites vacances.

— Je suis sûr qu'il y a un tas d'autres endroits où vous pourriez en passer d'excellentes. L'hiver dans le Berkshire, par exemple...

— Je quitte régulièrement le Vietnam pour mes congés. Ça me changerait.

— Bill sera sûrement ravi de se joindre à vous.

— Il n'aime pas le Vietnam. Impossible de l'entraîner hors de Saigon.

— Je suis sûr qu'il ferait une exception si c'était pour nous séparer.

Elle éclata de rire.

— Nous voyagerons en amis, dit-elle. En tout bien tout honneur. Ce sont des choses qui se font. Je sais que je peux vous faire confiance. Vous travaillez pour le gouvernement.

— Je doute que mes employeurs apprécient de savoir que j'ai décidé de voyager accompagné.

— Ils apprécieraient s'ils connaissaient un peu mieux le Vietnam. Outre le problème de la langue, les hommes qui voyagent seuls sont constamment harcelés par les maquereaux et les prostituées. Cela ne se produit pas quand ils ont une femme à leur côté. En plus, la police aura nettement moins tendance à vous embêter. Un type seul est toujours louche. Franchement, je ne comprends même pas qu'ils vous aient envoyé ici comme ça.

À la réflexion, moi non plus. Sans doute était-ce pour limiter au maximum le nombre de personnes informées de l'existence de cette enquête criminelle – qui n'en était pas vraiment une, semblait-il.

— Qu'est-ce qui me prouve que vous n'êtes pas un agent double ? demandai-je en souriant.

Elle me rendit mon sourire.

— Je ne suis qu'une banale conseillère en investissements. J'ai besoin d'une touche d'excitation.

— Enfourchez votre scooter.

— Déjà fait. Réfléchissez à mon offre. Je peux laisser dès ce soir un message sur le répondeur de mon bureau pour prévenir mes collègues, rentrer préparer mes bagages et vous rejoindre au Rex à dix heures demain matin.

— Et Bill ?

— Pourquoi êtes-vous obsédé par Bill ?

— Un truc de mec. Il est armé ?

— Non, pouffa-t-elle. Bien sûr que non. Être armé, ici, est un crime capital.

— Tant mieux.

— Je lui enverrai un télégramme dès notre première étape. Où que nous soyons.

— Laissez-moi y réfléchir.

— D'accord. Mais si vous acceptez, j'aimerais que vous compreniez que nos relations resteront strictement platoniques. Je suis sérieuse. Je paierai ma chambre, et vous serez libre de fréquenter les demoiselles locales si le cœur vous en dit. Seule restriction : j'exige que vous me teniez compagnie à table pour les repas.

— Qui paiera les dîners ?

— Vous, bien sûr. Je choisis les plats, et vous payez. Et chaque fois que vous aurez un rendez-vous secret, je m'éclipserai.

Je réfléchis un moment à la proposition de Susan, face au palais présidentiel, assailli par le parfum des fleurs et par la brûlure du soleil sur mon visage. Puis je me tournai vers elle. Nos regards se rencontrèrent.

Elle alluma une cigarette sans mot dire.

J'ai l'habitude de travailler seul, et pour être franc, c'est ce que je préfère. Si je me plantais, mes amis de Washington en éprouveraient de la déception – avec peut-être une touche de compassion, selon les circonstances. Si cela se produisait en compagnie d'une femme, en revanche, j'étais à peu près sûr qu'ils me pendraient par les roubignolles. James Bond ne s'est jamais heurté à ce genre de problème.

Je ne voyais pas où Susan voulait en venir. Elle donnait assez bien l'impression d'avoir vraiment envie de prendre des vacances dans l'intérieur du pays, avec une petite touche d'aventure à la clé. C'était peut-être même sa motivation première. Sans compter que je suis un type charmant. Mais tout de même pas à ce point.

Ses raisons, quelles qu'elles soient, n'avaient aucun rapport avec la mission qui m'attendait. Quand je travaille sur une enquête, je suis tellement concentré que je ne pense pas aux femmes. Enfin, presque. Cela m'arrive de temps en temps, mais ça n'interfère pas sur le service.

Et puis, évidemment, il y avait Cynthia. Mais elle était une vraie professionnelle, travaillait elle-même avec un tas de bonshommes, et j'étais sûr qu'elle comprendrait. Plus ou moins.

— Vous réfléchissez ?

— Non. J'observe cette libellule.

— Prévenez-moi avant six heures demain matin, lâcha-t-elle. Ensuite, comme on dit dans le business, cette offre ne sera plus valable.

Susan enfila ses chaussettes et ses souliers, referma le haut de son corsage, se leva.

Je l'imitai et reboutonnai ma chemise pendant qu'elle attachait sa banane.

— Prêt à reprendre la route ? lança-t-elle en chaussant ses lunettes noires.

Nous redescendîmes la butte et marchâmes jusqu'au parking. Après avoir détaché son scooter, elle sortit son portable et composa un numéro.

— J'appelle le Rex, m'informa-t-elle.

Elle dit quelque chose en vietnamien au téléphone, et je ne reconnus que mon nom. Visiblement insatisfaite de la réponse, elle devint vite un peu cassante. Chipie. Après une interminable succession de monosyllabes, elle coupa la communication et se tourna vers moi.

— Toujours rien pour vous, me dit-elle. Je leur ai donné mon numéro de portable en demandant qu'ils rappellent dès que votre passeport sera arrivé.

Elle me tendit le téléphone et démarra le scooter. Je repris ma place derrière elle.

— Excusez-moi, dit-elle. J'aurais dû vous demander si vous aviez envie de conduire.

— Plus tard, peut-être.

Nous repartîmes à travers Saigon. Cette fois, Susan roulait prudemment.

— Vous vous souvenez du nom de ce flic de l'aéroport ? finit-elle par me demander.

— Pourquoi ? Vous les connaissez ?

— Certains. Il y a des noms qui circulent.

— Il s'appelle Mang. C'est un colonel en uniforme.

— Mang est un prénom. Vous avez son nom complet ?

— C'est comme cela qu'il s'est présenté. Colonel Mang. Comment voulez-vous que ce soit son prénom ?

— Je croyais que vous aviez passé du temps ici, Paul. Les Vietnamiens se servent de leur prénom – qui d'ailleurs vient après le nom – pour accompagner leur titre. Vous, par exemple, vous êtes M. Paul, et moi Mlle Susan.

— Pourquoi ?

— Aucune idée. C'est leur pays. Ils font ce qu'ils veulent. On ne vous a pas appris ça, dans l'armée ?

— Pour être honnête, les Américains ne savaient pas grand-chose des Vietnamiens. C'est d'ailleurs peut-être de là qu'ont découlé nos problèmes.

— Les Vietnamiens sont très attentifs aux titres. Ils en utilisent toujours un – monsieur, mademoiselle, madame, colonel, professeur – et le font suivre de leur prénom. Ils sont carrément fous de joie quand vous connaissez leur titre en vietnamien. *Dai-Ta* Mang. Colonel Mang. *Ong* Paul. Grand-Papa Paul.

En la voyant éclater de rire, je ne pus m'empêcher de me demander comment on disait « chipie » en vietnamien.

— Je vais tenter de me renseigner sur ce colonel Mang, ajouta-t-elle. Mais si vous le revoyez, tâchez de découvrir son nom de famille.

— Je pense être amené à le revoir.

— Vous lui avez dit où vous comptiez aller ?

— Il connaît déjà une partie de mon itinéraire grâce à mes réservations d'hôtel. Il veut que je le lui donne en totalité, en échange de mon passeport.

— Et vous avez envie qu'il sache où vous allez ?

— Pas particulièrement.

— Inventez. Leur police n'est pas efficace. Vous voulez visiter un autre site célèbre ?

— Bien sûr.

— La balade vous plaît ?

— Quand vous roulez à cette vitesse, oui.

Elle tendit un bras vers l'arrière et me tapota le genou.

— Tout à l'heure, j'irai chercher mon gros cube, et nous sortirons de la ville pour aller visiter la plantation Michelin. J'ai envie de m'aérer les bronches. Ça vous tente ?

— Je ferais peut-être mieux de rester à proximité de l'hôtel, au cas où ce colonel communiste voudrait me revoir…

— C'est dimanche, Paul. Ce brave Mang est chez lui, en train de lire la biographie d'Hô Chi Minh pendant que sa femme fait rôtir le chien de la famille.

Elle éclata de rire.

Moi aussi. Que pouvais-je faire d'autre ?

Aux yeux de certains hommes, Susan Weber incarnait probablement un fantasme à l'état pur. Personnellement, je la trouvais à l'image du pays dans lequel elle évoluait : belle, exotique, attrayante comme une brise tropicale par une nuit étoilée. Mais, quelque part dans les profondeurs de mon esprit, j'avais l'impression d'entendre de plus en plus nettement le cliquetis des bâtons de bambou.

11

Nous nous engageâmes dans la rue Le Duan, une large artère bordée d'arbres. Brusquement, Susan monta sur le trottoir avec son scooter et m'indiqua le trottoir opposé.

— Vous reconnaissez cet endroit ?

Défendu par un haut mur de béton flanqué de tourelles se dressait sur cinq ou six niveaux un bâtiment massif de béton armé, uniformément blanc, construit dans le style blockhaus des années soixante. Il me fallut quelques secondes pour reconnaître l'ancienne ambassade des États-Unis.

— J'ai vu les images filmées le jour où les Vietcongs l'ont envahie, poursuivit Susan. Pendant l'offensive du Têt.

J'opinai. Le drame s'était produit en février 1968 – le commencement de la fin. La fin proprement dite était survenue sept ans plus tard, en 1975, laissant à l'ambassade le rôle de la cantatrice obèse qui chante la dernière aria d'un opéra tragique beaucoup, beaucoup trop long.

Je levai les yeux vers le toit en terrasse, là où les derniers Américains s'étaient réfugiés pour fuir Saigon en hélicoptère le 30 avril 1975, pendant l'approche des troupes communistes. L'épisode avait produit des images navrantes et emblématiques de l'immense gâchis qu'avait été cette guerre : les marines se battant pour repousser les civils et les soldats vietnamiens qui avaient envahi l'ambassade et cherchaient désespérément à fuir les communistes, le personnel diplomatique qui tentait de garder un air calme en se dirigeant vers les hélicoptères, les archives de l'ambassade en train de brûler dans la cour, la ville de Saigon en plein chaos, l'ambassadeur tenant le drapeau national replié pour le rapporter au pays.

J'avais vu cette séquence au journal télévisé en compagnie d'un groupe de militaires, si ma mémoire était bonne, sur un écran du club des sous-officiers de Fort Hadley, où j'étais cantonné à l'époque. Je crois me rappeler que les gars réunis autour de moi n'avaient pas fait beaucoup de commentaires, hormis un « Merde » ou un « Bon Dieu » grommelé de temps en temps. L'un d'eux avait pleuré. J'aurais voulu quitter la pièce, mais j'étais fasciné par le spectacle de ce drame incroyable, d'autant que j'étais entré dans l'ambassade plusieurs fois, ce qui rendait la scène encore plus insensée à mes yeux.

Susan fit irruption dans ma rêverie :

— Le bâtiment est actuellement occupé par la compagnie pétrolière d'État, me dit-elle, mais le gouvernement américain négocie ferme pour le récupérer.

— Pourquoi ?

— Pour le raser. Question d'image.

Je restai silencieux.

— Le terrain est américain, ajouta-t-elle. Nos diplomates aimeraient y construire un nouveau consulat. Mais je crois que les Vietnamiens ont très envie d'en faire une attraction touristique supplémentaire. Six dollars minimum. Accès libre pour les Vietnamiens.

De nouveau, je préférai me taire.

— Les Américains sont en train de revenir, reprit Susan, le peuple ne demande pas mieux, et le gouvernement cherche un moyen de profiter de leurs dollars sans avoir à subir leur présence. Dans mon métier, je suis confrontée à cette réalité tous les jours.

Je réfléchis aux raisons de mon retour dans ce pays, mais il me restait d'énormes brèches à combler pour les comprendre – ce qui n'est pas forcément le meilleur moyen d'accomplir une mission dangereuse. Le mystère ne semblait avoir un sens que si j'incluais Susan Weber dans l'équation.

— Voulez-vous que je vous prenne en photo devant l'ambassade ? proposa-t-elle.

— Non merci. Continuons.

Après avoir traversé le centre de Saigon, nous empruntâmes un pont étroit pour atteindre l'autre rive d'une rivière boueuse.

— Nous voici sur l'île de Khanh Hoi, m'annonça Susan. Un quartier très populeux.

L'île en question était basse, marécageuse à certains endroits. Des taudis de bois s'entassaient à la lisière des zones inondables, tandis que des groupes d'immeubles un peu plus présentables occupaient les parties élevées.

— Où allons-nous ? interrogeai-je.

— Il faut que je récupère ma moto.

Nous longeâmes une enfilade de maisons de bois avec jardinet, puis un ensemble d'immeubles de stuc à plusieurs étages. Susan s'engagea dans l'allée menant à l'un d'eux et stoppa son scooter entre les piliers d'un bâtiment sur pilotis. L'espace couvert était encombré de bicyclettes, de motos et autres.

Nous mîmes pied à terre. Elle enchaîna son scooter et s'approcha d'une grosse moto noire.

— Voilà la bête, m'annonça-t-elle en posant la main sur une selle. Une Oural 750. Comme il est interdit aux étrangers de posséder un engin de plus de cent soixante-quinze centimètres cubes, je suis obligée de la laisser ici.

— Pour venir l'admirer de temps en temps ?

— Pour rouler avec. La police se contente de vérifier ce que les étrangers ont chez eux. J'ai la chance d'avoir des amis, les Nguyen, qui vivent dans cet immeuble.

— Et en cas de contrôle sur la route ?

— Mieux vaut les mettre dans le vent. Sur route, ce n'est pas un énorme problème. D'ici, en prenant un petit pont au sud de l'île, je peux avoir quitté la ville en un quart d'heure. Ma moto a une plaque d'immatriculation vietnamienne, elle est enregistrée au nom d'un citoyen vietnamien – encore un de mes amis. Quand les flics vous arrêtent, ils n'ont aucun moyen de vérifier l'identité du propriétaire du véhicule. Sans compter qu'il suffit de leur refiler cinq dollars pour qu'ils se désintéressent de la question.

— Vous êtes ici depuis trop longtemps, vraiment.

Elle sortit une clé de sa poche et détacha la moto.

— Alors ? Prêt pour l'aventure ?

— Je préférerais garder profil bas. Il faut vraiment que nous montions sur cette moto illégale ?

— On aura besoin de sa puissance dans les collines. Vous pesez votre poids…

Et elle me tapota l'estomac, ce qui me prit au dépourvu.

— Vous devriez au moins porter un casque sur la route, remarquai-je.

Elle alluma une cigarette.

— Vous parlez comme mon père.

— Nous sommes loin de Lenox, vous ne trouvez pas ?

— Veuillez me pardonner mes petites bouffées de rébellion, répondit-elle après un instant d'hésitation. J'ai beaucoup changé en trois ans.

— Tâchez au moins de ne pas vous faire tuer.

— Vous non plus.

— C'est mon troisième séjour ici. Je suis un pro.

— Un nourrisson perdu dans la forêt, voilà ce que vous êtes.

Elle sortit son portable et, sa cigarette toujours au coin des lèvres, composa un numéro, posa une question en vietnamien, écouta la réponse, lâcha quelques mots d'un ton sec et coupa la communication.

— Ils n'ont pas daigné me rappeler, mais il y a un message pour vous. Ces gens sont…

— Ça vous dérangerait de me faire profiter de mon message ? Si vous avez fini de râler sur le réceptionniste, bien sûr…

— C'est un message du colonel Mang. Vous devez vous présenter au quartier général de la police de l'immigration demain matin à huit heures et demander à être reçu par lui. Je vais vous aider à concocter votre itinéraire.

— Je suis capable d'étudier une carte tout seul. Si ça se trouve, je rentrerai en Amérique dès demain, et croyez-moi, je connais le chemin.

— Avez-vous fait ou dit quelque chose qui soit susceptible de l'avoir vexé ?

— J'ai été poli, mais ferme. Cela étant, oui, il se peut que j'aie dit quelque chose qu'il n'a pas digéré.

Elle hocha la tête.

— Vous croyez qu'il sait quelque chose ?

— Il n'y a rien à savoir. Je vous remercie de l'intérêt que vous me portez, mais ce n'est pas votre problème.

— Bien sûr que si. Vous êtes originaire du Massachusetts. Et je vous aime bien.

— Moi aussi. C'est justement pour cela que je préférerais vous laisser en dehors de cette histoire.

— C'est vous qui décidez.

Elle enfourcha sa grosse Oural, et je m'installai à l'arrière de la selle, nettement plus spacieuse et confortable que celle du scooter. Elle disposait même d'un dossier, équipé de poignées auxquelles je pouvais m'accrocher. Susan démarra d'un coup de pied rageur, et le feulement du moteur résonna contre le plafond bas.

Nous mîmes le cap au sud et quittâmes l'île par un autre pont. La rivière Saigon coulait sur notre gauche, envahie de bateaux de plaisance en ce dimanche après-midi.

Sans préavis, Susan se gara sur le bas-côté et se tourna vers moi.

— S'ils vous soupçonnent de préparer un mauvais coup, me dit-elle, ils ne vous expulseront pas. Ils préféreront vous surveiller.

Je restai muet.

— S'ils vous arrêtent, cela se passera à la campagne ou dans une petite ville, où ils pourront faire de vous ce qu'ils veulent. Il vaudrait donc mieux que vous soyez accompagné.

— Qu'est-ce qui les empêcherait de vous arrêter aussi ?

— Je suis un membre éminent du milieu américain des affaires, et croyez-moi, ça ferait du bruit si on m'arrêtait sans motif valable.

— Si j'ai besoin d'une nounou, je vous le ferai savoir.

— Vous êtes un drôle de client, monsieur Brenner.

— J'ai connu des situations pires que celle-ci.

— Vous ne la connaissez pas encore.

Elle donna un coup d'accélérateur, et l'Oural repartit en trombe.

12

Nous roulions vers l'ouest à travers un paysage mixte, mi-urbain, mi-rural : un curieux mélange de rizières, de zones industrielles, de villages primitifs et de hauts immeubles résidentiels.

Vingt minutes nous suffirent pour laisser derrière nous l'agglomération de Saigon et nous retrouver en rase campagne. Si le trafic de véhicules motorisés était peu important en ce dimanche après-midi, il y avait sur la chaussée une multitude de chars à bœufs, de bicyclettes et de piétons, entre lesquels Susan zigzaguait sans freiner, klaxonnant presque continuellement.

Les rizières finirent par céder la place à un moutonnement de collines recouvertes de vergers, de pâturages et de bosquets.

De temps à autre, j'apercevais une mare ayant la forme caractéristique d'un cratère de bombe. Nous dépassâmes quatre carcasses de chars américains M-48, portant tous les sigles à demi effacés de l'armée sud-vietnamienne. Sans doute avaient-ils été détruits en avril 1975 par les Nord-Vietnamiens en route pour la bataille finale de Saigon, qui fort heureusement n'avait jamais eu lieu.

À la sortie d'un virage, un gigantesque cimetière se déploya sous nos yeux.

— Arrêtez-vous, ordonnai-je.

Susan se rangea sur le bas-côté et nous descendîmes de la moto. Je passai par une brèche dans le muret et m'immobilisai parmi ces milliers de pierres tombales noircies de lichen. Des drapeaux rouges frappés de l'étoile jaune étaient plantés dans la terre à côté de certaines d'entre elles. Sur chaque stèle était posée une urne de céramique contenant des bâtons d'encens, dont certains fumaient.

Un vieil homme vint à notre rencontre. Susan et lui eurent une brève conversation.

— Cette partie du cimetière accueille surtout des combattants du Vietcong local et leurs familles, m'expliqua-t-elle. Cette autre, là-bas, est consacrée aux Nord-Vietnamiens morts pour libérer le Sud – c'est le mot qu'il a employé. Je suppose que vous auriez dit « envahir ».

— Demandez-lui s'il y a un cimetière militaire sud-vietnamien quelque part dans la région.

Elle traduisit ma question.

— Ces cimetières sont interdits. Il dit que les Nord-Vietnamiens ont éventré au bulldozer tous les cimetières sud-vietnamiens. Il dit que ça l'attriste et que ça le met en colère parce qu'il ne peut pas honorer la tombe d'un de ses fils, qui a été tué alors qu'il combattait dans l'armée sud-vietnamienne. Son autre fils, qui appartenait au Vietcong, est enterré ici.

Je ne pus m'empêcher de penser aux cimetières de la guerre de Sécession, qui rendent hommage à la fois aux Nordistes et aux Sudistes. Ici, toute trace de la nation vaincue était soit effacée, soit exhibée de manière déshonorante, à l'image de ces chars aperçus auparavant, laissés là pour rappeler la victoire communiste.

Une vieille femme assise sur le muret vendait des bâtons d'encens. Je lui en achetai un, m'approchai de la première tombe venue et lus l'épitaphe : *Hoang Van Ngoc, trung-uy, 1949-1975.* Ce type et moi étions nés la même année, mais heureusement pour moi, sur le plan de l'état civil la ressemblance s'arrêtait là. Susan arriva dans mon dos et embrasa mon bâton d'encens avec son briquet. La fumée odorante s'éleva dans l'air brûlant.

Je ne suis pas du genre à prier, sauf peut-être quand on me tire dessus, mais je plaçai le bâton d'encens dans l'urne en pensant aux trois cent mille Nord-Vietnamiens disparus qui n'avaient pas eu droit à une pierre tombale, à nos deux mille disparus, et aux centaines de milliers de soldats sud-vietnamiens dont je venais de découvrir qu'ils gisaient quelque part dans des champs labourés au bulldozer. Je pensai au mur du mémorial, à Karl, et à Tran Van Vinh.

Une partie de moi était persuadée que Tran Van Vinh n'avait aucune chance d'être encore en vie, alors qu'une autre était convaincue qu'il l'était. Cette conviction-là trouvait pour une bonne part sa source dans mon orgueil : Paul Brenner ne pouvait avoir parcouru tant de kilomètres pour retrouver un cadavre. Elle était aussi due à la succession de circonstances quasi miraculeuses qui m'avait mené jusqu'ici, et, pour finir, elle me venait bien sûr du soupçon qui ne me quittait pas : Karl et ses amis savaient quelque chose que j'ignorais.

Je tournai le dos à la pierre tombale et nous repartîmes vers la moto.

Nous poursuivîmes notre route. Je me souvenais de cette région de l'ouest de Saigon pour avoir plusieurs fois, et bien malgré moi, escorté des convois jusqu'à Tay Ninh, près de la frontière cambodgienne. À l'époque, l'essentiel de la population rurale vivait dans ce qu'on appelait des villages stratégiques, c'est-à-dire défendus. Les Vietcongs, eux, dans les tunnels de Cu Chi. Il y avait aussi des Vietcongs à temps partiel – favorables à Saigon le jour, dînant en famille, et s'éclipsant ensuite pour un service de nuit chez les Vietcongs, un AK-47 en bandoulière.

Cette région, comprise entre la frontière cambodgienne et la périphérie de Saigon, avait été âprement disputée pendant la guerre, et je me rappelais avoir lu quelque part qu'on y trouvait les terrains les plus bombardés de l'histoire humaine. Si j'en jugeais par mes souvenirs, il y avait de fortes chances pour que ce soit vrai.

Je me rappelais aussi qu'on y avait fait un usage intensif des défoliants. Une fois que la végétation était morte, les bombardiers américains lâchaient du napalm pour mettre le feu à ce qui restait de la campagne. Le nuage de fumée restait plusieurs jours en suspens, jusqu'à ce qu'une averse tropicale recouvre le sol de suie noirâtre.

C'était à ce genre de feu d'artifice qu'avaient sans doute assisté les généraux du Rex en regardant vers l'ouest pendant leur dîner.

Même si la végétation était revenue, elle ne semblait pas tout à fait normale : elle était rachitique et clairsemée, sans doute une conséquence des résidus de l'agent Orange présents dans le sol.

L'Oural 750, nettement plus bruyante qu'une moto américaine ou japonaise de même cylindrée, ne nous laissa guère l'occasion de discuter en roulant. Nous nous dirigions à présent vers Cu Chi et Tay Ninh, deux villes desservies par la route 22. C'est drôle. Il m'arrive encore de me perdre dans le nord de la Virginie, mais j'avais l'impression de connaître cette route-ci sur le bout des doigts.

Nous entrâmes dans Cu Chi. J'avais gardé le souvenir d'une bourgade puissamment fortifiée, je découvris à la place un foisonnement d'immeubles neufs, de rues goudronnées et de bars à karaoké. Difficile, dans ces conditions, d'imaginer les combats intenses livrés ici pendant trente ans, à l'intérieur et autour de cette ville, commencés en 1946 pendant la guerre d'Indochine, poursuivis tout au long de la guerre du Vietnam, jusqu'à l'explication finale entre le Nord et le Sud.

Des drapeaux rouges flottaient un peu partout et, au centre d'un carrefour, un char nord-vietnamien trônait sur une plate-forme de béton encerclée de bannières et de fleurs.

Susan longea un moment ce qui me parut être la principale rue commerçante, monta sur le trottoir, stoppa. J'enchaînai la moto à un poteau pendant qu'elle sortait son appareil photo d'une des sacoches de selle.

Après m'être étiré, je tentai en vain de chasser la poussière rouge qui s'était déposée sur mes vêtements.

— Vous êtes déjà venu ici ? me demanda Susan.

— Plusieurs fois. En allant à Tay Ninh.

— Vraiment ? Et qu'alliez-vous faire à Tay Ninh ?

— Rien de bien folichon. J'escortais des convois, si je m'en souviens bien. De Bien Hoa à Cu Chi, puis de Cu Chi à Tay Ninh. On ne traînait pas en route. Il fallait être rentrés à Saigon avant la nuit.

— C'est dingue.

Je ne voyais pas au juste ce qu'elle trouvait dingue, mais je m'abstins de poser la question. J'avais le cul en compote, mes jambes me faisaient mal, et cette maudite poussière s'était insinuée dans tous mes orifices.

En arpentant la rue principale, je fus surpris d'apercevoir des groupes d'Occidentaux.

— Ces gens se seraient-ils perdus ?

— Les Américains, vous voulez dire ? Ils sont ici pour visiter les tunnels de Cu Chi. Un must touristique.

— Vous plaisantez ?

— Non. Vous avez envie de les voir ?

— La seule que j'aie envie de voir, c'est une bière bien fraîche.

Nous nous installâmes à la terrasse d'un café.

Un jeune serveur fondit sur nous. Susan lui commanda deux bières, qui se matérialisèrent quelques secondes plus tard, sans verres. Toujours couverts de poussière, nous attaquâmes au goulot nos bouteilles dépourvues d'étiquette. Susan alluma une cigarette. Elle n'avait pas retiré ses lunettes noires.

Les rayons du soleil déclinant s'insinuaient sous l'auvent, et j'avais terriblement chaud.

— J'avais oublié qu'il pouvait faire une chaleur pareille en février, dis-je.

— Il fait nettement plus frais dans le Nord. Dès qu'on franchit le col des Nuages, le climat change. Là-haut, c'est la saison des pluies.

— Exact. J'ai connu ça en 1968.

— Le dernier coup de feu a beau avoir été tiré il y a des années, soupira Susan, le regard perdu dans le vague, comme si elle se parlait à elle-même, on dirait que l'ombre de la guerre continue de planer sur ce pays… Tenez, regardez ce type, sur le trottoir d'en face.

Je suivis la direction indiquée et aperçus un vieil homme qui marchait en se balançant sur ses béquilles. Il lui manquait une jambe et un morceau de bras.

— Et tous ces chars au bord de la route… reprit-elle. Et les tunnels de Cu Chi, les cimetières militaires omniprésents, les monuments, les musées consacrés à la guerre dans toutes les villes, ces jeunes privés de parents… À mon arrivée ici, j'avais tendance à ignorer cette réalité, mais honnêtement, c'est impossible. Elle est partout, et encore, je n'en connais qu'une infime partie.

Je ne répondis pas.

— La guerre est aussi une partie intégrante de l'économie, enchaîna Susan. Une des sources importantes du tourisme. Vous savez, les jeunes expatriés d'ici se moquent plus ou moins de cette nostalgie de la guerre – tous ces vétérans américains qui reviennent en pèlerinage sur tel ou tel site… Les touristes de VietcongLand, voilà comment ils… comment *nous* en parlons. C'est ignoble. Et très cruel. Cela doit vous mettre en rage.

Je restai muet.

— C'était un joli geste de votre part, reprit-elle. Le bâton d'encens.

— Ça fait bizarre de revenir ici, finis-je par lâcher. Je vois des choses qui vous échappent… Je me souviens d'événements que vous n'avez pas vécus… Et… je ne voudrais pas jouer les rabat-joie… mais de temps en temps…

— Aucun problème. Vraiment. J'aimerais que vous puissiez en parler.

— Je doute d'avoir les mots qu'il faut pour exprimer ce que je ressens.

— Vous préférez qu'on retourne à Saigon ?

— Non, au bout du compte, je trouve que c'est plus agréable que désagréable. Ce doit être votre compagnie.

— Sans doute. En tout cas, ce n'est ni la chaleur ni la poussière.

— Ni votre pilotage.

Elle rappela le garçon, lui tendit un dollar en disant quelque chose, et il se précipita dans la rue. Quelques minutes plus tard, il revint avec une paire de lunettes de soleil et une liasse de dongs, que Susan me pria de garder pour elle. Elle déplia les lunettes, me les mit sur le nez.

— Voilà, fit-elle. On dirait Dennis Hopper dans *Easy Rider*.

Je souris.

— Faites-moi une gueule de dur, dit-elle en levant son appareil.

— Je *suis* un dur.

Elle me tira le portrait. Ensuite, elle tendit l'appareil au jeune serveur, approcha sa chaise de la mienne et me passa un bras autour des épaules. Le garçon prit une photo de nous deux, joue contre joue, verre contre verre.

— Demandez-lui d'en prendre quelques-unes en plus pour Bill, suggérai-je.

Susan récupéra son appareil.

— Cela posera un problème si je vous envoie les tirages chez vous ?

— Je vis seul, répondis-je, saisissant le sens de la question.

— Moi aussi.

Nous passâmes par les toilettes au fond du café pour nous débarbouiller. Susan régla un dollar au patron pour nos deux bières et échangea avec lui des vœux de Nouvel An. Nous ressortîmes ensuite dans la rue.

— Vous avez envie de conduire ? me demanda Susan en arrivant devant sa moto.

— Bien sûr.

Elle mit son appareil photo en bandoulière, me confia la clé, et nous nous installâmes. Pendant que je démarrais, Susan me donna quelques explications sur l'Oural :

— Les vitesses sont un peu dures, le frein avant manque de jus, et le frein arrière a tendance à brouter. L'accélération sera peut-être un peu plus nerveuse que ce à quoi vous êtes habitué, et cette bécane a tendance à se cabrer. Pour le reste, elle se conduit les doigts dans le nez.

— Compris. Accrochez-vous.

Je remontai la rue principale un peu trop vite. À un moment donné, nous passâmes devant deux flics assis sur leur vélo, et l'un d'eux me cria quelque chose.

— Ils veulent que je m'arrête ? demandai-je.

— Non. Ils nous souhaitent une bonne journée. Roulez.

En dix minutes, nous eûmes quitté Cu Chi. Je commençais à m'habituer à la machine de Susan, mais la densité du trafic sur cette route étroite me posait toujours quelques problèmes.

— Servez-vous du klaxon, me dit-elle. Ici, il faut s'annoncer.

Je trouvai le bouton de l'avertisseur et entrepris de zigzaguer en klaxonnant entre vélos, piétons, scooters, cochons et chars à bœufs.

Susan s'était lovée contre moi, son bras droit autour de ma ceinture et sa main gauche sur mon épaule.

— Vous vous débrouillez très bien, me dit-elle.

— Ce n'est pas ce qu'ils ont l'air de penser.

Elle m'indiqua la direction à prendre et, peu après, nous nous engagions sur une petite route mal goudronnée.

— Où allons-nous ? demandai-je en me retournant.

— Aux tunnels de Cu Chi. C'est tout droit.

Quelques kilomètres plus loin, je vis apparaître devant nous une clairière au milieu de laquelle étaient stationnés une demi-douzaine de cars.

— Garez-vous là, fit Susan.

Je stoppai la moto au bord du parking, à l'ombre d'un arbre rachitique.

— On peut entrer par ici, ajouta-t-elle.

— Vous m'emmenez visiter une des attractions de VietcongLand ?

— Je dirais même le nec plus ultra de Vietcong-Land : plus de deux cents kilomètres de galeries souterraines, dont l'une va jusqu'à Saigon.

— Vous êtes déjà entrée ?

— Je suis déjà venue ici, mais je ne suis jamais entrée dans les tunnels. Personne n'accepte d'y aller avec moi. J'espérais que cela ne vous ferait pas peur.

Cette phrase sonnait comme un défi à ma virilité.

— J'adore les tunnels, répondis-je sans hésiter.

Nous mîmes pied à terre, attachâmes la moto à un arbre et marchâmes d'un pas décidé vers l'entrée des tunnels de Cu Chi.

La visite coûtait un dollar cinquante. Susan paya en billets verts, sans marchander.

Nous rejoignîmes une trentaine de touristes à l'ombre d'un petit kiosque recouvert de chaume dont l'enseigne disait « Anglais ». Les visiteurs étaient en majorité américains, mais il me sembla reconnaître quelques pointes d'accent australien. D'autres kiosques semblables étaient prévus pour recevoir les touristes parlant telle ou telle langue. Un responsable du ministère du Tourisme avait manifestement fait une excursion à Disneyland.

Un guide de sexe féminin s'approcha et entreprit de nous distribuer des brochures.

— Vous silence, dit-elle.

Tout le monde se tut, et elle entama son laïus. Je ne savais pas grand-chose des tunnels de Cu Chi, et j'eus vite le sentiment que je n'allais pas beaucoup progresser avec notre guide, dont l'anglais était pour le moins exotique.

Je parcourus la brochure. Elle était rédigée dans une langue tortueuse et désuète.

Entre l'exposé débité et la brochure, je réussis à apprendre que le percement de ces tunnels avait été entrepris en 1948, pendant le combat des communistes contre les Français. Originellement creusés à partir de la piste Hô Chi Minh, au Cambodge, ils serpentaient à travers tout le pays, passant notamment sous plusieurs anciens camps américains. Les premiers d'entre eux étaient tout juste assez larges pour permettre le passage d'un Vietcong à plat ventre, et il était recommandé de faire attention aux insectes, aux chauves-souris, aux rats et aux serpents.

Je découvris que ces tunnels avaient abrité jusqu'à seize mille combattants de la liberté, qu'un certain nombre d'entre eux s'y étaient mariés, que des femmes y avaient accouché. Ils contenaient des cuisines et un hôpital, des dortoirs, des entrepôts autrefois bourrés d'armes et d'explosifs, des puits d'eau potable, des conduits d'aération, des faux tunnels, et même des mines.

— Mais vous pas marcher dessus, précisa la guide avec un grand sourire.

— Je m'en doute, glissai-je à Susan. Pas pour un dollar cinquante.

La guide nous informa également que les Américains avaient lâché des centaines de milliers de tonnes de bombes sur ces tunnels, qu'ils s'y étaient introduits avec des lance-flammes, qu'ils les avaient inondés, gazés, qu'ils avaient envoyé des spécialistes surnommés « rats de tunnel », avec des casques de mineur et des chiens, pour affronter au corps à corps le peuple troglodyte. Au cours des vingt-sept ans d'utilisation des tunnels, dix mille des seize mille hommes, femmes et enfants qui les avaient fréquentés y avaient également trouvé la mort. Beaucoup d'entre eux étaient enterrés sous les galeries.

— Tout le monde prêt à entrer ? demanda la guide. Oui ?

— Vous ne seriez pas un vétéran ? me demanda un homme qui marchait à côté de moi pendant que nous nous approchions de l'entrée.

— Si, répondis-je après lui avoir jeté un coup d'œil en biais.

— Vous me paraissez un peu trop grand pour faire un bon rat de tunnel.

— Je crois surtout être trop malin.

Il pouffa.

— Figurez-vous que je me suis tapé ce boulot pendant trois mois, me dit-il. On ne pouvait pas tenir plus longtemps. Faut bien leur reconnaître ça, à ces enfoirés de Viets. Ils avaient des couilles. (Son regard chercha Susan.) Sauf votre respect, mademoiselle.

— Aucun problème. Il m'arrive aussi de dire des gros mots.

— Il fallait en avoir aussi pour faire ce que vous avez fait, dis-je à mon voisin, qui était de petite taille mais avait depuis longtemps cessé d'être mince.

— Ouais… Franchement, je ne sais pas où j'avais la tête quand je me suis porté volontaire pour cette mission. Imaginez un peu le truc, ajouta-t-il devant le seuil du tunnel. Vous rampez dans le noir, vous entendez respirer quelqu'un d'autre, des bestioles cavalent sous votre uniforme, elles vous mordent, vous avez des chauves-souris dans les cheveux, des serpents qui vous glissent entre les doigts, et il y a ce putain de plafond qui dégouline de flotte et qui n'est qu'à dix centimètres de votre cul, et putain, on ne peut même pas faire demi-tour, on sait que les Charlie sont juste devant, on n'ose pas allumer sa lampe de mineur, et…

— Vous feriez peut-être mieux de ne pas entrer, coupai-je.

— Il faut que j'y aille. Si j'y vais, mes cauchemars s'en iront, c'est sûr.

— Quel est le génie qui a trouvé ça ?

— Un mec qui l'a fait.

— Et ça a fonctionné ?

— Je suppose. Sinon, pourquoi est-ce qu'il m'aurait dit de le faire ?

— Il ne s'appellerait pas Karl, par hasard ?

— Non. Jerry.

La guide s'arrêta à la bouche du tunnel, protégée par un auvent de bois.

— Quelqu'un entrer ici pendant guerre ? interrogea-t-elle.

Mon voisin leva la main. Tous les regards convergèrent sur lui.

— Ah… fit la guide. Donc, vous combattre ici. Venir me parler.

L'ancien rat de tunnel passa devant le groupe et s'arrêta face à la guide. Je crus que nous allions avoir droit à un nouveau sermon sur l'impérialisme américain.

— S'il vous plaît, vous dire à tout le monde rester groupé et pas avoir peur. Aucun risque.

Le rat de tunnel, transformé en assistant bénévole, répéta les instructions de la guide en y ajoutant quelques conseils de son cru. Nous pénétrâmes en file indienne dans le boyau. Le rat de tunnel avait été chargé par la guide de fermer la marche.

La bouche du tunnel était assez large mais basse, et tout le monde dut se plier en deux. La pente, qui au départ était douce, s'accentua petit à petit, en même temps que le passage s'étrécissait. Le souterrain était vaguement éclairé par une succession d'ampoules de faible intensité.

Nous étions une vingtaine : quelques jeunes couples d'Australiens, environ six couples d'Américains d'un certain âge, dont certains accompagnés d'enfants, et des jeunes routards.

La guide lâchait un petit commentaire de-ci de-là. Elle attendit qu'un groupe de Japonais ait repris une certaine avance pour poursuivre sa progression dans le labyrinthe minéral.

Il faisait nettement plus frais sous terre, mais l'humidité était palpable. J'entendis couiner une chauve-souris quelque part dans l'obscurité.

— Un endroit rêvé pour les rendez-vous galants, glissai-je à Susan.

De virage en virage, le tunnel devenait plus étroit et le plafond se rapprochait, et nous fûmes bientôt contraints de ramper dans le noir sur des nattes de roseau et autres bâches de plastique poisseux. Nous finîmes par déboucher dans une caverne qui avait les dimensions d'une petite pièce et était éclairée par une ampoule nue. Tout le monde se redressa enfin. La guide alluma sa torche et fit courir le faisceau sur les murs de la caverne.

— Une cuisine, expliqua-t-elle. Vous voir ici endroit pour préparer manger, et trou dans le plafond pour évacuer fumée. Fumée sortir dans maison de paysan, et celui-ci faire cuisine pour faire croire Américains que c'est lui qui fait cuisine. Comprendre ?

Quelques flashs crépitèrent.

— Souriez, m'ordonna Susan.

Et elle m'envoya sans sommation un éclair au magnésium en pleine figure.

La guide promena sa torche sur le groupe et lança :

— Où est l'Américain qui combattre ici ? Où ?

Nous regardâmes de tous côtés, mais l'ex-rat de tunnel resta introuvable. Disparu sans laisser d'adresse. La guide prit une mine soucieuse, mais sans plus.

La promenade se prolongea encore une demi-heure. Je commençais à avoir froid, à me sentir dégoulinant, fatigué, oppressé, et passablement crasseux. Une bestiole me mordit la jambe. Ce n'était plus drôle.

Nous rejoignîmes enfin le tunnel par lequel nous étions entrés et, cinq minutes plus tard, nous avions retrouvé le soleil. Tout le monde faisait une drôle de tête, mais il ne fallut que quelques secondes pour voir reparaître les premiers sourires.

La guide nous remercia de notre courage et de notre attention. Tout le monde lui donna un dollar de pourboire, ce qui expliquait sans doute son attrait pour un boulot qui, à mon sens, figurait sans doute parmi les pires au monde.

Au moment de repartir, je la vis se rincer la figure et les mains dans une bassine d'eau.

— Merci d'avoir eu cette idée, dis-je à Susan.

— Je suis contente que cela vous ait plu. Au fait, qu'est devenu notre rat de tunnel ?

— Je n'en sais rien. Mais si le groupe de Vietnamiens qui est entré juste derrière nous ne ressort pas, je crois que vous aurez la réponse.

— Soyez sérieux. Il se peut qu'il se soit perdu, ou qu'il ait pété les plombs quelque part là-dedans. Vous ne croyez pas qu'on devrait faire quelque chose ?

— Notre guide sait qu'elle a perdu quelqu'un. Elle va s'en occuper. Après tout, il lui doit un dollar.

Nous nous approchâmes d'une série d'étals de souvenirs. On y trouvait le même style de vestiges de guerre qu'au musée des Crimes de guerre américains. Un bonhomme essaya de nous fourguer une paire de sandales Hô Chi Minh, faites à partir de pneus, en jurant ses grands dieux qu'elles avaient été portées par un Vietcong sur la piste Hô Chi Minh. Je remarquai que tous les vendeurs portaient le pyjama noir, les sandales et le chapeau conique des anciens Vietcongs. Ce déguisement me parut d'abord incroyable, puis tout bonnement inepte.

— Leur tenue vous gêne ? s'enquit Susan.

— Bien sûr que non. Après tout, nous sommes à VietcongLand.

Nous achetâmes chacun une bouteille d'eau minérale, en utilisâmes la moitié pour nous débarbouiller et l'autre pour nous désaltérer.

— Je n'arrive pas à imaginer que des milliers de gens aient pu vivre des années là-dedans, dit-elle. Ni d'ailleurs comment vous et tous les vôtres avez fait pour survivre dans la jungle.

— Moi non plus.

Ayant repéré notre ami le rat de tunnel assis sur une chaise en plastique, une bouteille de bière à la main, nous nous approchâmes.

— Je vous croyais perdu, lui dis-je.

Il leva la tête sans sembler me reconnaître.

— Vous êtes accompagné ? insistai-je.

— Je suis venu en car.

— Vous devriez peut-être remonter dedans.

Après quelques secondes de silence, il lâcha :

— J'y retourne.

— Ce n'est peut-être pas une bonne idée, intervint Susan. Pas aujourd'hui.

Le rat de tunnel la regarda – ou plutôt son regard passa à travers elle – et se leva.

— J'y retourne.

Il s'éloigna vers les kiosques à toit de chaume.

— Vous devriez peut-être l'en dissuader, me suggéra Susan.

— Non. Laissez-le faire. Il va réessayer. Il est venu de loin pour ça.

Nous retrouvâmes la moto.

— Je reprends le guidon, fit Susan. On n'a pas de temps à perdre, il faut qu'on soit rentrés à Saigon avant la nuit, et je connais la route.

Après avoir quitté le parking, nous prîmes vers le nord sur cette petite route qui ressemblait davantage à une piste qu'à autre chose.

— L'Oural est une moto de cross tout à fait correcte, me cria-t-elle par-dessus l'épaule, mais vous allez devoir vous accrocher !

Les cahots se succédaient. La moto fit même plusieurs embardées, mais Susan pilotait à merveille, et je finis par retrouver quelque espoir de finir cette balade vivant.

— Nous allons bientôt rejoindre la route 13, celle qui traverse la plantation de caoutchouc de Michelin ! hurla-t-elle à la sortie d'un virage. Elle nous ramènera directement à Saigon et n'est pas très fréquentée ! On devrait pouvoir faire un bon temps !

Nous continuâmes vers le nord sur le plus mauvais chemin de l'hémisphère, et j'eus deux ou trois fois la sensation que mes reins allaient me gicler des oreilles.

Nous ne tardâmes pas à croiser une artère asphaltée à deux voies, que Susan prit sur la droite.

— La plantation, me dit-elle. Ces arbres sont des hévéas.

Sur la chaussée quasi déserte, elle mit les gaz. Nous roulions maintenant à près de cent à l'heure, mais le revêtement était bon. Le soleil descendait à toute vitesse, et l'ombre des hévéas était de plus en plus longue et noire.

Karl m'avait récemment confié qu'il s'était battu ici avec la 11e de cavalerie blindée. Je savais par d'autres vétérans de cette unité que de violents combats avaient eu lieu dans la plantation Michelin et le long de la route 13.

Je m'imaginai Karl dans ce décor, tenant une mitrailleuse sur la tourelle d'un blindé, tirant sur sa cigarette, fouillant de ses jumelles la lisière de cette forêt fantomatique – et se prenant peut-être pour le maréchal Guderian à la tête d'une armée de Panzer lancée dans la steppe russe. Il faudrait que je pense à lui raconter que j'étais passé ici, si on se revoyait.

Vingt minutes plus tard, nous quittions la forêt d'hévéas pour traverser un secteur de broussailles. La nuit tombait, et le trafic, d'abord presque exclusivement composé de scooters et d'automobiles particulières, se densifia au fur et à mesure que nous approchions de Saigon, obligeant Susan à ralentir.

Pendant la guerre, Saigon était une mer de lumières dans un océan de ténèbres. À l'intérieur de la ville, la vie suivait son cours ; au-delà, les barbelés et les barrages routiers fleurissaient un peu partout, et les soldats avaient le doigt sur la détente. Hors la ville, plus rien ne bougeait après la tombée de la nuit – et dès que quelque chose bougeait, la consigne était de l'abattre. Encore plus loin, derrière les barbelés, il y avait les bases militaires, sortes de petites îles repliées sur elles-mêmes, comme Bien Hoa et Tan Son Nhat. Là, soldats et aviateurs buvaient de la bière, jouaient aux cartes, visionnaient des films américains, écrivaient des lettres, fourbissaient leur matériel, maudissaient la guerre, prenaient leur tour de garde, et dormaient d'un sommeil agité. Et quand ils avaient la malchance d'être envoyés en patrouille de nuit, ils croisaient parfois les hommes et les femmes des tunnels de Cu Chi.

Tandis que nous nous rapprochions de la ville par le nord, je reconnus les lumières de l'aéroport Tan Son Nhat. Un peu plus à l'est, mon ancienne base de Bien Hoa était elle aussi équipée de pistes d'aviation, mais uniquement à usage militaire.

— Savez-vous ce qu'est devenue la base de Bien Hoa ? demandai-je à Susan.

— Je crois que c'est un terrain d'aviation militaire vietnamien. Pour les chasseurs. D'ailleurs, avant que vous m'en parliez, je ne savais même pas que Bien Hoa avait été une base américaine.

— Je suppose que je ne pourrai pas visiter mon ancien cantonnement…

— Non. Sauf si vous avez envie de vous faire descendre.

— Pas plus que ça.

Après avoir traversé un canal boueux, nous retrouvâmes l'île de Khanh Hoi. Malgré l'obscurité des rues, Susan semblait savoir où elle allait. À un moment donné, nous passâmes devant une jeep jaune immobile de la police, et le flic assis sur le siège passager nous suivit longuement des yeux. Il se glissa derrière le volant et démarra dans notre sillage.

— Nous avons de la compagnie, glissai-je à Susan.

— Je sais.

Elle éteignit ses phares et s'engouffra dans un étroit passage, où la voiture du flic n'avait aucune chance de pouvoir la suivre. Susan connaissait visiblement les moindres recoins de ce dédale de ruelles : après avoir zigzagué quelques minutes, nous mîmes pied à terre sous l'immeuble des Nguyen.

Nous transférâmes le contenu des sacoches de l'Oural dans celles du scooter et changeâmes de monture comme dans les relais de poste d'autrefois. Une poignée de secondes plus tard, nous étions repartis, et le vieux Minsk me parut encore plus inconfortable que précédemment.

Susan consulta sa montre.

— On est dans les temps ! me cria-t-elle. Huit heures moins vingt, et nous devons être à mon bureau à huit heures !

— Où est votre bureau ?

— Rue Dien Bien Phu. Près de la pagode de l'empereur de Jade.

— C'est un restaurant ?

— Non, c'est une pagode.

— On dirait le nom d'un restau vietnamien de Georgetown.

— Je me demande comment j'ai pu passer une journée entière avec un type comme vous.

— Moi aussi.

— Je plaisantais. Je vous trouve très amusant. Et vous, est-ce que vous vous êtes amusé aujourd'hui ?

— Oui. Mais je ne saurais pas vous dire ce que j'ai préféré : la rencontre avec Bill, la fournaise, votre pilotage, les souvenirs de la guerre à Saigon, les tunnels de Cu Chi, ou le moment où vous avez semé ce flic sur l'île tout à l'heure.

— Ne vous ai-je pas payé une bière, une paire de lunettes de soleil, et tous les tickets d'entrée ?

— Si. Merci.

Nous retraversâmes le cours d'eau boueux pour atteindre le centre de la ville, puis longeâmes un moment la berge de la rivière Saigon. Les rues étaient incroyablement grouillantes pour un dimanche soir, et j'en fis la remarque à Susan.

— On appelle cela la fièvre saïgonnaise du dimanche soir, répondit-elle. Je ne sais pas pourquoi, mais ici, on sort plus le dimanche que le samedi. C'est de la folie pure. Après le dîner, si ça vous intéresse, on ira boire quelques verres, et peut-être aussi danser un peu et faire un tour dans un karaoké.

— Je me sens totalement vanné.

— Vous trouverez sûrement un second souffle.

Nous nous engageâmes dans une rue étroite qui croisait plusieurs boulevards extrêmement encombrés.

— Il vous arrive de rouler seule ? demandai-je à Susan tandis que nous attendions à un feu rouge. Hors de Saigon ?

— Quelquefois. Mais Bill n'est pas un mordu de la moto. Il m'arrive de faire une virée avec une copine. Vietnamienne ou américaine. Pourquoi ?

— N'est-ce pas dangereux pour une femme seule ?

— Pas du tout. L'avantage des pays bouddhistes, c'est qu'en général les femmes ne se font pas harceler. À mon avis, cela tient davantage à la culture qu'à la religion. Bien entendu, si vous êtes jeune et jolie – comme moi – et que vous traînez dans un bar, un Vietnamien essaiera peut-être de vous draguer, mais franchement, leur texte n'est pas au point.

— Donnez-moi un exemple.

Elle rit.

— Eh bien… pour commencer, ils vous disent que vous êtes très belle et qu'ils vous ont remarquée plusieurs fois dans la rue.

— Et alors ? J'ai plus d'une fois utilisé ce genre de phrase.

— Et ça a marché ?

— Non.

Dans un nouvel éclat de rire, elle accéléra pour traverser le carrefour. Quelques minutes plus tard, nous arrivions rue Dien Bien Phu.

Nous passâmes devant une pagode extrêmement majestueuse – qui, soit dit en passant, aurait pu faire un superbe restaurant –, puis Susan freina devant un immeuble moderne dont la façade de verre et d'acier surplombait le trottoir. Nous descendîmes du Minsk, qu'elle poussa jusqu'à l'entrée. Un gardien ouvrit la porte du bâtiment, sourit et lui dit quelque chose en vietnamien.

Susan prit son appareil photo dans la sacoche et laissa le scooter dans le vestibule de marbre. Je la suivis vers l'ascenseur.

La porte s'ouvrit et nous entrâmes dans la cabine. À l'aide d'une petite clé, Susan déverrouilla la commande d'accès au septième étage.

— Ne laissez pas les gens de Washington vous obliger à prendre des risques, me glissa-t-elle pendant la montée.

Un conseil judicieux, mais hélas un peu tardif.

13

La porte de l'ascenseur s'ouvrit sur une vaste réception tapissée de papier de riz, à mobilier laqué noir et sol de marbre rose. Au-dessus de la réception, le sigle American-Asian Investment Corporation étincelait en lettres de cuivre.

— Bienvenue au siège de l'AAIC, monsieur Brenner, me déclara Susan. Souhaitez-vous acheter cinquante pour cent d'une conserverie de poisson ?

— On en reparle très bientôt, mais pour l'heure je me contenterai d'un whisky-soda bien tassé.

Sous l'emblème de l'entreprise avait été déployée une banderole de lettres dorées souhaitant aux visiteurs l'inévitable *Chuc Mung Nam Moi*.

Un kumquat de petite taille était posé à même le marbre, et deux ou trois rameaux fleuris émergeaient de ce qui me parut être un porte-parapluies. De nombreux pétales jonchaient le sol.

À la droite du bureau de la réception, une double porte laquée de rouge était fermée. Susan posa la main droite sur un lecteur d'empreintes. Après qu'une sonnerie se fut fait entendre, elle ouvrit un des battants.

Je remarquai dans un angle du plafond une caméra de surveillance dont l'optique balayait toute la réception.

Je pénétrai derrière elle dans une grande salle divisée par des demi-cloisons en un certain nombre d'alvéoles – l'espace de bureaux moderne type, en vogue n'importe où sur la planète.

Il n'y avait personne, mais les tubes fluorescents étaient tous allumés et, là encore, je remarquai des caméras. L'air ambiant empestait le tabac froid – une odeur que je n'avais plus eu l'occasion de humer dans une entreprise américaine depuis deux décennies.

— Nous possédons aussi la totalité de la terrasse, me dit Susan en traversant la salle. La climatisation est débranchée, et il fait un peu chaud.

Nous atteignîmes le fond de la salle, percé de trois portes séparées par un espace suffisamment important pour indiquer qu'elles donnaient sur des bureaux de bonne taille. Susan s'approcha de la porte de gauche. Son nom, Susan Weber, était inscrit sur la plaque de cuivre, sans aucun titre. La porte était équipée d'une serrure à combinaison. Elle composa une série de chiffres pour l'ouvrir.

La pièce était plongée dans l'ombre. Susan alluma le plafonnier, révélant un vaste bureau d'angle qui bénéficiait d'une double exposition. Je cherchai du regard un système de surveillance vidéo. En vain.

— Joli burlingue, observai-je.

— Merci.

Après avoir posé son appareil photo sur la table, elle fit coulisser le tiroir supérieur du bureau, en sortit une cartouche de Marlboro et ouvrit un paquet. Elle alluma une cigarette avec un gros briquet chromé et tira une longue bouffée.

— Aaahhh… fit-elle. J'ai tendance à m'énerver et à devenir plutôt méchante si je n'ai pas ma came.

— Et le reste du temps, quelle est votre excuse ?

Elle éclata de rire, tira une nouvelle bouffée.

— Il y a six mois, j'ai dû aller à New York pour un séminaire. Quatre heures dans un immeuble non-fumeurs, et pour couronner le tout j'avais mon syndrome prémenstruel. J'ai cru que j'allais péter les plombs. Comment pourrais-je retourner vivre aux États-Unis ?

La question était de pure rhétorique, mais j'y répondis tout de même :

— Si ça se trouve, vous ne pouvez pas. Et la question est réglée.

Elle braqua sur moi son regard, que je soutins sans ciller.

— Je vous enverrai le double des photos que nous avons prises ensemble si vous me donnez votre adresse, dit-elle en écrasant sa cigarette.

— Votre courrier est sécurisé ? demandai-je.

— Le courrier de l'entreprise est expédié tous les jours par Federal Express. Le tri se fait à New York.

Elle me remit une carte de visite comportant l'adresse new-yorkaise de l'American-Asian Investment Corporation. Je l'appris par cœur et la lui rendis.

— Je préfère ne pas avoir ça sur moi.

— Au cas où vous auriez un trou de mémoire, nous sommes dans l'annuaire de Manhattan, dit-elle sans cesser de me fixer.

Elle s'assit derrière son bureau, mit des écouteurs et composa un code sur le cadran de son téléphone pour consulter sa boîte vocale.

— Vous trouverez le shaker et les glaçons sous ce rayonnage, me dit-elle. Pour moi, ce sera un gin tonic.

J'ouvris un panneau coulissant qui camouflait un petit réfrigérateur d'où je sortis des glaçons et un shaker.

Verres et carafes d'alcool étaient posés sur le rayonnage supérieur. Je me mis en devoir de préparer les boissons pendant que Susan écoutait ses messages.

Au-dessus du bar, deux diplômes encadrés étaient placardés sur la cloison : celui d'Amherst et celui de Harvard. Il y avait aussi une lettre d'accréditation de la chambre de commerce américaine – branche d'Hô Chi Minh-Ville. C'était confondant, mais je m'étais trouvé tant de fois confondu au cours des dernières vingt-quatre heures que je n'aurais pas été surpris de constater qu'elle était décorée de l'Ordre de Lénine pour sa contribution à l'accroissement des profits. J'avais le sentiment d'être entré sans m'en rendre compte dans un univers parallèle – où nous avions gagné la guerre.

Sur le bar trônaient quatre photographies encadrées. La plus proche montrait Susan en grande tenue de remise de diplôme – une robe de couleur pourpre, ce devait donc être Harvard, si ma mémoire ne me trahissait pas. La Susan de la photo semblait plus jeune, et aussi… peut-être devrais-je dire : pas encore consumée par le milieu des affaires new-yorkais, ni endurcie par ses années à Saigon. J'ai une photo de moi en terminale, avant mon départ pour le Vietnam, qui dégage un peu la même impression.

Je lui jetai un coup d'œil à la dérobée. Malgré sa beauté, elle avait l'air un peu revenue de tout pour son âge. Ou, en étant plus clément, j'aurais pu dire que son visage exprimait un caractère marqué.

La deuxième photographie était un portrait en studio : celui d'un couple d'une cinquantaine d'années plein de charme et d'élégance. Sûrement ses parents. Papa semblait être un monsieur comme il faut, et maman avait de l'allure.

La troisième était une photo de famille, avec sapin de Noël et cheminée à l'arrière-plan. On y retrouvait le papa et la maman, plus le petit frère, et aussi une sœur qui devait être un peu plus jeune que Susan. Tous étaient très beaux et, avec leurs cols roulés et leurs vêtements de tweed, ils faisaient très Nouvelle-Angleterre.

La quatrième image, en extérieur, aurait pu avoir été prise à l'occasion d'une noce estivale – tout le clan était réuni, grand-mères et grands-pères, couples, enfants et bébés. Je reconnus Susan : vêtue d'une longue robe d'été blanche, elle avait les cheveux courts. Debout à côté d'elle, un bras passé autour de ses épaules nues, se tenait un Monsieur Belle-Gueule, vêtu d'une veste de smoking blanc, le teint bronzé. Peut-être un parent, mais comme il n'avait aucun air de famille avec quiconque, ce devait plutôt être son petit ami, voire son fiancé puisqu'il s'agissait d'une photo de famille.

Je ne vis aucune photo du beau Bill.

En me détournant du bar, je m'aperçus que Susan avait délaissé son téléphone pour consulter son courrier électronique. Elle sentit aussitôt mon regard.

— Ma famille, dit-elle. Des gens parfaits sous tous rapports, si l'on excepte quelques excentricités tout à fait intéressantes et autres troubles névrotiques non diagnostiqués. (Elle rit.) Mais je les adore. Tous. Vraiment. Ils vous plairaient, je crois. (Et, après une hésitation :) Vous leur plairiez aussi. Sauf à grand-papa Burt, bien sûr, qui croit dur comme fer qu'on aurait dû déporter tous les Irlandais.

Je souris.

— Venez vous asseoir par ici, ajouta-t-elle en faisant de nouveau face à son écran. Je suis à vous dans une minute.

Je pris place près d'une fenêtre, sur une chaise pivotante installée devant une grande table ovale à plateau de granit noir, et regardai Susan lire le reste de ses messages. Elle semblait avoir endossé une personnalité différente à la seconde où nous avions pénétré dans le vestibule de l'immeuble.

J'embrassai la pièce du regard tout en sirotant mon whisky-soda : l'épaisse moquette vert jade, les meubles de bois précieux, les cloisons revêtues de soie jaune à subtils motifs de bambou.

Un croissant de lune brillait derrière les fenêtres orientées à l'est. D'ici moins d'une semaine, la lune aurait totalement disparu – une circonstance qui, si je devais opérer de nuit, pourrait m'être aussi favorable qu'elle l'avait été pour l'ennemi lors du Têt de 1968.

Dans une sorte d'alcôve, je remarquai un télécopieur, un photocopieur, un broyeur de documents et un coffre-fort encastré. Avoir dans son bureau personnel ce genre de matériel n'était pas seulement un symbole de pouvoir, c'était aussi le signe d'un souci évident de sécurité. Rien d'important ne devait passer de cette pièce feutrée à la salle collective voisine.

Susan quitta son poste de travail et vint s'asseoir sur une chaise face à moi. Elle leva son verre de gin tonic.

— Santé, dit-elle.

Nous trinquâmes, elle alluma sa énième cigarette, qu'elle laissa brûler dans un gros cendrier de chrome à demi plein de mégots. La poubelle aussi était à moitié pleine, et je n'avais pas oublié les pétales sur le marbre de la réception. Le ménage ici n'était jamais fait en dehors des heures de bureau. Ces gens-là avaient manifestement fait appel à un expert en sécurité. Ou peut-être n'avaient-ils aucun besoin de conseils en la matière.

— Vous avez des photos dans votre portefeuille ? me demanda Susan.

— De qui ?

— De votre famille.

— Si j'évite d'emporter des cartes de visite en territoire ennemi, pourquoi voudriez-vous que je me promène avec des photos de famille ?

— En effet. Vous êtes en territoire ennemi. Pas moi. (Elle sourit.) Je croyais que vous étiez venu en touriste.

— Non.

— Nous y voilà.

— Vos parents ont dû apprécier ce bureau, observai-je.

— Ils auraient eu du mal à faire la fine bouche. J'ai obtenu un bureau d'angle beaucoup plus vite que je ne l'aurais fait aux États-Unis.

Sur ce plan, Susan et moi avions vécu une expérience similaire au Vietnam. En 1968, quand j'avais rejoint l'infanterie, on prenait vite du galon, à cause des pertes humaines. Le Vietnam était un excellent accélérateur de carrière, encore fallait-il rentrer au pays vivant pour retrouver le train-train de la vie militaire – bref, le monde réel. Susan Weber n'avait pas encore accompli cette transition.

J'étais très intrigué par l'American-Asian Investment Corporation.

— À qui sont les deux bureaux voisins ? demandai-je.

— À mon patron, Jack Swanson, et à un Vietnamien. Nous avons trois autres Américains, deux hommes et une jeune femme, Lisa Klose. Elle vient de décrocher son MBA.

— Dans une grande fac, je parie.

— Bien sûr. À Columbia. Il y a aussi une Canadienne, Janice Stanton, qui est notre agent financier. Et deux Viet Kieu. Vous savez ce que sont les Viet Kieu ?

— Non.

— D'anciens réfugiés vietnamiens. Leur mal du pays était tel qu'ils ont préféré revenir vivre ici, malgré la pauvreté et le totalitarisme. Nous avons engagé un homme et une femme viet kieu. Tous deux viennent de Californie et maîtrisent parfaitement l'anglais et le vietnamien. Ces gens-là jouent un rôle important dans la plupart des entreprises internationales d'ici. Ils sont un pont entre l'Orient et l'Occident.

— Comment sont-ils traités dans ce pays ?

— Dans un premier temps, les communistes les ont harcelés sans répit, en les traitant de traîtres et de valets de l'Amérique. Mais depuis cinq ou six ans, les Viet Kieu sont officiellement les bienvenus s'ils veulent rentrer au pays.

— Qu'en sera-t-il l'année prochaine ?

— Qui pourrait le dire ? Chaque fois que le bureau politique ou l'Assemblée nationale se réunit, nous retenons notre souffle. Le pouvoir est totalement imprévisible. Et le commerce a horreur de l'imprévisibilité.

— Vous devriez peut-être interpeller les gens du bureau politique et leur expliquer que les affaires du Vietnam restent des affaires. Et leur conseiller d'envoyer paître leur baratin marxiste.

— Il me semble détecter chez vous une pointe d'anticapitalisme, monsieur Brenner.

— Non. Mais il y a des choses plus importantes que l'argent dans la vie.

— Je le sais. Je ne suis pas stupide à ce point. D'ailleurs, l'argent n'a pas grand-chose à voir avec ma présence dans ce pays.

Je m'abstins de lui demander ce qui avait à y voir ; je le savais déjà en partie, et pour la partie restante, elle ne devait pas trop la connaître elle-même, même s'il y avait peut-être un bonhomme là-dessous. Peut-être le Monsieur Belle-Gueule de la photo de famille.

Mlle Weber revint à la revue d'effectifs de son entreprise :

— Nous employons aussi une quinzaine de Vietnamiens, surtout des femmes, pour les travaux de secrétariat. Nous leur versons deux fois le salaire moyen au Vietnam.

— Et vous ne leur faites aucune confiance.

Susan tira une bouffée de sa cigarette avant de répondre :

— Elles sont soumises à des pressions diverses pour sortir d'ici des informations qui n'ont pas à en sortir. Nous les aidons à y résister en leur évitant toute tentation.

— Les téléphones sont surveillés, certaines portes ne peuvent être ouvertes que par des Blancs, la maintenance et le nettoyage ne s'effectuent que pendant les heures de bureau et sous étroite surveillance, et les caméras enregistrent tout.

— Exact, fit-elle après m'avoir dévisagé pendant plusieurs secondes. Mais il n'y a ni caméra ni micro dans ce bureau. Je suis membre du comité central. (Elle sourit.) Vous pouvez parler librement.

— Cette entreprise pourrait être un paravent de la CIA. D'ailleurs, AAIC, lu à l'envers, ça donne presque CIA.

— Et que faites-vous du deuxième A ?

— C'est le paravent.

Le sourire de Susan s'élargit.

— Vous délirez. (Et, agitant son verre :) Les Américains, les Européens et les Asiatiques sont ici pour réaliser des profits honnêtes, pas pour corrompre le gouvernement ni saper l'économie du pays. Si cela devait arriver, ce serait la faute de leur cupidité, pas de la nôtre.

— Cette tirade figure dans le bréviaire de votre entreprise ?

— Et comment ! C'est moi qui l'ai écrit.

Par la fenêtre, je contemplai les gigantesques enseignes lumineuses qui un peu partout planaient au-dessus de Saigon. Si quelqu'un m'avait prédit, trente ans plus tôt, que je me retrouverais un soir assis dans le luxueux bureau saïgonnais d'une diplômée de Harvard, je lui aurais conseillé un congé psychiatrique.

Il me coûtait de l'admettre mais, par bien des aspects, je préférais l'ancien Saigon ; en tout cas, je préférais assurément l'image de Paul Brenner jeune, en train de patrouiller dans les rues dans son uniforme de policier militaire, à celle d'un Paul Brenner vieillissant et obligé de regarder sans cesse par-dessus son épaule pour vérifier qu'il n'avait pas la police aux trousses.

— Donc, reprit Susan, interrompant le flux de mes pensées, vous savez pourquoi je suis ici. Sur le plan professionnel, j'ai pour mission de séduire les investisseurs étrangers, qu'il s'agisse de personnes physiques ou morales. Vous avez un capital ? Je suis en mesure de le doubler.

— Quand bien même vous seriez capable de le tripler, il resterait toujours égal à zéro. Vous avez une antenne à Hanoi ?

— Modeste. Il faut bien être présent là où se trouve le pouvoir politique. Nous avons aussi un bureau à Da Nang. Les Américains ont laissé là-bas une grosse infrastructure portuaire et un aéroport.

— C'est de Da Nang que j'ai quitté ce pays, en 1968.

— Vraiment ? Et vous comptez y retourner ?

— Peut-être.

— Vous êtes allé à China Beach ?

— Non, j'avais trop hâte de retrouver Boston.

— Si vous retournez à Da Nang, tâchez de faire un saut à China Beach.

— D'accord. Si vous me parliez un peu du Vietnamien qui occupe le troisième bureau d'angle ?

— Essayez de deviner.

— C'est le fils d'un gros bonnet du gouvernement, et il ne vient que le mercredi à l'heure du déjeuner.

— Vous n'êtes pas loin de la vérité. Mais il a en prime le carnet d'adresses qu'il faut. Dans ce pays, tout doit être monté sous forme de joint venture, en ce sens qu'il faut soit racheter des parts d'une entreprise confisquée par le gouvernement à ses propriétaires légitimes en 1975, soit créer une société et en céder des parts au gouvernement pour trois fois rien. La réalité est plus complexe que cela, mais disons pour résumer que rien ne peut se passer sans la participation du gouvernement.

— Et cela en vaut quand même la peine ?

— Le potentiel est là : des ressources naturelles immenses et une population travailleuse, mal payée, et presque entièrement alphabétisée par les communistes. Les ports sont magnifiques – Haiphong, Da Nang, Cam Ranh Bay, Saigon –, mais le reste de l'infrastructure est en dessous de tout. Les militaires américains ont mis en place quelques bonnes installations pendant la guerre, mais chaque fois qu'une région faisait l'objet de combats, tout était détruit, les ponts, les routes, les voies ferrées et le reste.

— Comme une partie de Monopoly jouée à coups de marteau, vous voulez dire ?

Elle ne répondit pas. Je crus sentir un peu d'agacement.

Le Vietnam était apparemment devenu un paradis pour les affaires. À ma connaissance, c'était le seul pays d'Asie où les Américains possédaient un net avantage commercial par rapport aux autres, Japonais compris. Les Soviétiques, arrivés ici après 1975, avaient tout raté, les Chinois n'étaient visiblement pas les bienvenus, les Européens se désintéressaient pour la plupart de ce pays, à l'exception des Français, et les ressortissants des autres pays asiatiques étaient considérés soit avec défiance, soit avec une franche antipathie.

Donc, par une sorte d'ironie du destin, et pour des raisons en partie historiques, en partie technico-financières, les Américains étaient de retour. Mlle Weber et ses compatriotes, armés de leurs MBA, de leurs diplômes d'ingénieur, de leurs lettres d'accréditation et d'une jolie dose de culot, sillonnaient Saigon en scooter, transportant dans leur besace des liasses de contrats et de dollars au lieu des bombes artisanales d'antan. Et moi, qu'avais-je à voir là-dedans ? Peut-être rien. Peut-être tout.

— Vous ruminez ?

— Non, j'analyse les données. Il y en a beaucoup.

— Si vous n'étiez jamais venu au Vietnam, la situation ne vous paraîtrait pas aussi étrange.

— Exact.

— Nous avons gagné la guerre.

— Je connais cinquante-huit mille morts qui seraient ravis de l'apprendre, dis-je.

Le silence retomba. Mes pensées me ramenèrent à l'AAIC. Ces bureaux paraissaient vrais, Susan semblait sincère, mais… Garde l'œil ouvert, Brenner. Les bambous cliquetaient de nouveau sous mon crâne. La végétation ondulait sans le moindre souffle de vent. Je jetai un coup d'œil à ma montre. Huit heures dix.

— C'est l'heure du fax, lâchai-je.

— On va d'abord finir notre verre tranquillement. Ils ne sont pas à cinq minutes près.

Malgré son égoïsme apparent, Mlle Weber avait raison sur le fond : ces messieurs de Washington pouvaient bien attendre cinq minutes.

— Où habitez-vous ? demandai-je.

— Rue Dong Khoi. Au sud de Notre-Dame, en plein quartier des lanternes rouges. Vous avez bien dû passer par là une fois ou deux.

Évidemment. Ma jeune amie vietnamienne vivait dans une petite impasse donnant sur la rue Tu Do. J'étais absolument incapable de me rappeler son nom, mais comme la plupart de ses consœurs vietnamiennes, elle avait adopté un nom de guerre anglophone. Je savais juste que ce n'était ni Peggy, ni Patty, ni Jenny. Je m'en serais souvenu. En revanche, je n'avais oublié ni son visage ni les excellents moments que nous avions passés ensemble. Je n'étais pas encore totalement sénile.

— Vous êtes en train de penser à la rue Tu Do ?

— J'y suis passé quelquefois. Pendant mon service. En 1972, j'étais policier militaire.

— Vraiment ? Et la première fois ? En 1968 ?

— J'étais cuistot.

— Oh… Et moi qui croyais que vous aviez pris des risques…

— J'en ai pris en cuisinant. Donc, vous vivez dans la rue des bordels ?

— Tout a changé. D'après l'agent qui m'a loué l'appartement, à l'époque française, on l'avait surnommée rue Catinet. C'était un endroit à la mode en ce temps-là, mais aussi terriblement glauque, avec des espions, des agents doubles, des poules de luxe, des bouges sordides et des fumeries d'opium clandestines. La situation a totalement dégénéré pendant la période américaine. Ensuite, les communistes ont fait un grand ménage et l'ont rebaptisée rue Dong Khoi – c'est-à-dire rue du Soulèvement-Général. J'adore ces noms grotesques.

— Je préfère « rue Catinet ».

— Moi aussi. Rien ne vous empêche de l'appeler ainsi, ou rue Tu Do. La plupart des Saïgonnais comprendront. Mon immeuble a été construit par les Français – avec de belles pièces, des persiennes, des ventilateurs et de superbes moulures de plâtre qui s'effritent au plafond. Pas d'air conditionné. C'est charmant. Je vous le ferai visiter si nous avons le temps.

— Parlant de temps…

— D'accord, soupira-t-elle en se levant. C'est l'heure d'envoyer notre fax.

Elle se dirigea vers le télécopieur de l'alcôve, et je lui emboîtai le pas. Elle gribouilla quelque chose sur une feuille à en-tête de son entreprise, qu'elle me tendit. *Weber – 64301*.

— C'est mon code personnel, m'expliqua-t-elle. Il leur permet de savoir que c'est moi qui écris et que je, comment dire…

— Que vous n'écrivez pas sous le contrôle d'un tiers.

— Exact. Si je glisse un 9 dans le numéro, cela signifie que j'agis sous la contrainte. Suis-je actuellement sous votre contrainte ?

— Pas de commentaire. Je suis censé signer ?

— Je suppose, dit-elle en me tendant son stylo.

Je signai.

— Tout ça est terriblement excitant, me dit Susan.

— Un rien vous excite.

Elle inséra la feuille dans le télécopieur. Je la vis composer ensuite le préfixe 703, celui du nord de la Virginie, suivi d'un numéro que je ne reconnus pas. L'appareil émit sa stridulation caractéristique, et la feuille fut avalée.

— Pas mal, dit-elle. Du premier coup. Ça s'arrose.

Elle quitta l'alcôve et rejoignit le bar, où elle prépara deux verres. Elle était en train de revenir quand le télécopieur sonna. Elle me tendit mon verre, retira la feuille qu'elle venait de faxer et la jeta dans le broyeur de documents.

La réponse émergea, ligne après ligne. Je pris la feuille. Une main familière avait inscrit sur la page :

Salut, Paul,

Vous venez de nous faire passer un quart d'heure d'angoisse. Heureux d'avoir enfin de vos nouvelles. J'espère que tout va bien. Nous allons poursuivre cette conversation via e-mail. Mlle W. a les instructions. Amicalement,

K

Des mots venus d'une autre galaxie. Comme si Dieu en personne venait de m'écrire. Mais ce n'était que Karl, dont j'aurais reconnu les pattes de mouche parmi un million d'exemplaires d'écritures.

Susan, déjà installée derrière son bureau, se connectait sur Internet. Je passai le message de Karl au broyeur, quittai l'alcôve et fis rouler ma chaise à côté d'elle.

— Bien, me dit-elle, le contact est établi. Ils veulent que vous tiriez le premier. Qu'avez-vous à dire ?

— Dites-leur que j'ai rendez-vous au quartier général de la police de l'immigration demain à huit heures. Objet : inconnu.

Elle rédigea le message, l'expédia, et attendit la réponse, qui ne tarda pas à venir :

Ils ont toujours votre passeport ?

— Oui, fis-je à haute voix. Mon visa aussi.

Susan tapa ma réponse.

— Laissez-moi prendre votre place, suggérai-je. Je préférerais que vous vous éloigniez de l'écran.

Après m'avoir décoché un regard oblique, elle se leva, reprit son verre et alla s'asseoir dans le fauteuil installé face à son bureau.

Dites-nous ce qui s'est passé à l'aéroport.

Je bus une gorgée de scotch et me mis ensuite à pianoter sur le clavier pour relater l'incident de manière succincte mais précise. Il me fallut dix bonnes minutes pour rédiger un message qui s'achevait ainsi :

Je pencherais pour un contrôle de routine. Mais il se peut que ma mission soit compromise. À vous d'en décider.

La réponse mit un certain temps à venir, ce qui me donna l'occasion d'imaginer Karl dans un bureau en charmante compagnie : Doug Conway et peut-être deux ou trois autres agents du FBI, des messieurs de la CID, et quelques personnes au sujet desquelles je ne pouvais qu'échafauder des hypothèses.

C'est vous qui choisissez, Paul.

Je tapotai nerveusement le bureau de mes doigts, bus une rasade de whisky. Je ne voulais pas leur donner l'impression que j'hésitais en laissant passer trop de temps. Oui ou non ? C'était simple.

Ce sera peut-être au colonel Mang de trancher.

Je réfléchis l'espace d'une seconde supplémentaire et ajoutai, histoire de ne pas donner l'impression de botter en touche :

Si je récupère mon passeport, je poursuis ma mission.

Je cliquai sur « envoi ».
La réponse fut quasi immédiate :

Excellent. Si vous êtes expulsé, nous saurons que vous avez fait votre possible.

Je rétorquai dans la foulée :

Il y a une troisième possibilité.

Ils méditèrent un moment là-dessus en Virginie, puis enchaînèrent :

Faites le nécessaire pour que Mlle W. puisse toujours être en mesure de savoir si vous êtes emprisonné. Mettez-vous d'accord avec elle pour un rendez-vous régulier, téléphonique ou autre, et demandez-lui de nous avertir si vous ne l'avez pas contactée au moment convenu.

Ce à quoi je m'empressai de répondre :

Je sais comment m'organiser. Merci bien.

Un nouveau message apparut :

Mlle W. fait-elle l'objet d'une surveillance quelconque ? Avez-vous été vus ensemble ailleurs que sur la terrasse du Rex ?

— Ils veulent savoir si vous êtes sous surveillance, dis-je à Susan en me tournant vers elle.

— Comment voulez-vous que je le sache ? Non, je ne crois pas. Ce mois-ci, ce n'est pas mon tour.

J'expédiai ma réponse :

Elle ne le pense pas. Nous avons passé notre dimanche à jouer les touristes. À Saigon et à Cu Chi.

Pour un peu, j'aurais entendu Karl crier : « Quoi ? Vous avez fait *quoi* ? Vous êtes cinglé ? » Cependant, sa réponse fut tout autre :

J'espère que vous avez passé une agréable journée.

Je le connaissais. Il devait être furieux. Bien que n'aimant pas me justifier, j'écrivis :

Ma couverture était bonne, et cela m'a permis de profiter de sa connaissance du terrain. Cette fois-ci, je n'avais pas de peloton pour me soutenir.

La réponse de Karl fut laconique :

Reçu.

Ne voyant rien d'autre à ajouter sur le sujet, je tapai :

Le petit ami de Mlle W. a contacté ou va contacter le consulat à mon sujet.

La réplique fusa :

Nous l'avons évidemment déjà fait. Auriez-vous l'intention de créer un réseau d'espionnage ?

Diable. Le ton commençait à devenir un tantinet cassant. Dans une conversation ordinaire, je n'aurais pas relevé la remarque de Karl, mais comme, par courrier électronique, il faut toujours renvoyer quelque chose, je lui adressai :

:).

Karl, qui était apparemment d'humeur facétieuse et disposait d'un public, répliqua aussitôt :

:(·

— Comment fait-on un bras d'honneur avec ce clavier ? demandai-je à Susan.

Elle éclata de rire.

— Ils vous donnent du fil à retordre ?

— Ils essaient.

Je me penchai à nouveau sur le clavier.

Avez-vous d'autres informations à me communiquer en ce qui concerne ma mission ?

Pas pour l'instant.

Et ce fichu village ? Toujours pas localisé ?

Ce détail n'aura aucune incidence sur votre mission tant que vous ne serez pas en mesure de voyager. Nous vous tiendrons informé à Hué – si vous y arrivez.

Après quelques secondes de réflexion, je parvins à la conclusion suivante : soit ils avaient fini par localiser le village en question, soit ils avaient toujours connu sa situation. J'en conclus également que ce village ne s'était jamais appelé Tam Ki. Ils avaient évidemment changé son nom dans la traduction de la lettre, de façon à s'assurer que je ne cracherais pas le morceau si quelqu'un essayait de me faire parler. Tam Ki n'existait probablement pas. Je me tournai de nouveau vers Susan.

— Est-ce que « Tam Ki » signifie quelque chose en vietnamien ?

— Épelez, je vous prie.

J'épelai.

— Cette langue est entièrement fondée sur l'accentuation et la prononciation des diphtongues, ce genre de subtilités – la faute en revient aux Français, qui ont imposé l'alphabet romain aux Vietnamiens. Il m'est impossible de traduire un mot sans connaître sa prononciation correcte et la position de l'accent tonique.

— Est-ce que ça pourrait être un village ? Un nom de lieu ?

— Pourquoi pas, mais T-A-M peut signifier « se baigner » ou « cœur ». Tout dépend de la prononciation qui, je le répète, est déterminée par l'accent : *tam cai* est un cure-dents, *tam loi* une bulle d'air. Vous voyez ce que je veux dire ?

— Oui… Et K-I ?

— K-I est en général un préfixe : *ki-cop* veut dire « pingre », *ki-cang* signifie « soigneusement », *ki-keo* se traduit par « marchander », ou par « se plaindre »…

— Ça pourrait être un nom inventé ?

— Ça pourrait. On ne dirait pas un nom de lieu.

Mes yeux revinrent sur l'écran, où scintillait l'injonction :

Veuillez répondre.

J'obtempérai :

Affirmatif.

Une réponse dans le plus pur style militaire. Ce mot peut revêtir diverses nuances, selon la personne qui le prononce, son destinataire et le ton de la conversation. Dans ce cas précis, il signifiait quelque chose comme « Ouais ». J'ajoutai, juste pour voir la réaction de Karl :

Voulez-vous que je me renseigne sur la localisation de ce village ?

La réaction fut immédiate :

Négatif. N'en parlez à personne, ne consultez pas de carte. Les cartes de ce pays sont inexactes, et nombre de villages portent le même nom. Nous vous recontacterons à Hué, si vous y arrivez.

Bien reçu. Et en ce qui concerne l'identité du suspect et de la victime, avez-vous progressé ?

La liste des possibilités se resserre. Si vous en avez la liberté, êtes-vous prêt à partir dès demain ?

Question à laquelle je me fis un plaisir de répondre :

La liste des possibilités se resserre.

Cette fois encore, la riposte de Karl ne se fit pas attendre :

Le colonel Mang veut un itinéraire. Nous aussi.

Je cherchai le regard de Susan.

— Vous ne connaîtriez pas un coin agréable où je pourrais aller demain pour tuer quelques jours ?

— Paris, répondit-elle.

— Un peu plus près de Saigon. Un lieu où aiment aller les Occidentaux ?

— Ma foi, vous pourriez aller à Dalat, dans les montagnes. Les Français aimaient beaucoup. La ligne ferroviaire n'a toujours pas été rétablie, mais on peut s'y rendre en car ou en voiture.

— Quoi d'autre ?

— Vung Tau. Une ancienne station balnéaire française.

— Bref, j'ai le choix entre la montagne et la mer. Où se situe Vung Tau ?

— Au sud. Je peux vous y emmener d'un coup de moto. J'y vais parfois le week-end.

— Je préférerais aller vers le nord.

— Adressez-vous à votre agence de voyages habituelle.

— Allez, Susan. Aidez-moi.

— Je croyais que vous ne vouliez pas de mon aide.

— Je vous présente mes excuses.

— Dites « s'il vous plaît ».

— S'il vous plaît.

J'avais du mal à croire que moi, Paul Brenner, je m'étais fourré dans une situation aussi grotesque : traqué par un homologue asiatique en uniforme du lieutenant Columbo, obligé de présenter des excuses à une petite pimbêche capricieuse, et insulté sur Internet par *Herr* Karl Hellmann.

— Que diriez-vous de Nha Trang ? demandai-je à Susan en faisant un violent effort pour me calmer.

— Intéressant, fit-elle avec un hochement de tête. Ce n'est pas trop loin, la plage est jolie, et les hôtels ne manquent pas. Vous connaissez ?

— J'y ai passé une permission de trois jours en 1968. Les touristes occidentaux y vont en cette saison ?

— Il doit y en avoir quelques-uns. Il fait encore assez chaud là-bas pour se baigner. Vous ne détonnerez pas, si c'est ce qui vous préoccupe.

— C'est effectivement ce qui me préoccupe.

Je n'avais aucune envie de me retrouver dans un bled paumé où les flics pourraient me tomber dessus en toute tranquillité, sans le moindre compatriote en vue pour se rendre compte de ma disparition. Mais attention, c'était une pensée négative. *Toujours visualiser le succès...*

— On peut y aller facilement ? m'enquis-je.

— Je peux vous y conduire. Je peux aussi vous trouver un hébergement. Nous travaillons avec une agence de voyages très performante.

— Entendu. Va pour Nha Trang. Et merci.

— Précisez-leur bien que je vais avec vous ! me lança Susan au moment où je commençais à pianoter sur le clavier.

— Oui.

La destination que j'envisage est Nha Trang – sauf en cas de problème de transport ou d'hébergement. En cas de changement de programme, Mlle W. vous avertira comme convenu.

Reçu. Nous vous suggérons de rester à Nha Trang – ou autre – jusqu'à la date de votre rendez-vous à Hué. Moins vous vous déplacerez, mieux cela vaudra. Faxez à Mlle W. votre adresse à Nha Trang – ou autre – dès votre arrivée sur place. Demandez-lui de la transmettre au consulat.

— Alors ? Vous leur avez dit ? me demanda Susan.

— Oui. Et ils ont répondu par un « non » franc et massif.

— Vous ne leur avez rien dit. Expliquez-leur que vous avez besoin d'un guide et d'un interprète.

Je m'exécutai :

Je vais tenter de respecter l'itinéraire que je donnerai à Mang jusqu'au jour où je quitterai Hué pour Tam Ki. Mais l'absence d'itinéraire signalé entre Hué et Hanoi risque de me valoir quelques problèmes à mon arrivée à Hanoi.

Réaction de *Herr* Hellmann :

Si vous avez un problème avec la police à votre arrivée à Hanoi, contactez M. Eagan, de l'ambassade. Mais ne vous rendez surtout pas sur place sans en avoir reçu la consigne. Répondez.

Reçu.

Je m'imaginai obligé de passer cinq ans dans l'enceinte de l'ambassade américaine pendant que le Département d'État négocierait mon expulsion de la République socialiste. Cruelle perspective. J'écrivis donc :

Dois-je vous contacter à Hué ? Personnellement ou par le biais de Mlle W. ?

Négatif. Si vous ne vous présentez pas à l'hôtel que nous avons choisi pour vous à Hué, nous en serons avertis et nous saurons qu'il y a un problème. À votre arrivée, vous recevrez des instructions.

Des instructions de qui ?

Quelqu'un vous contactera.

Avez-vous d'autres informations à me donner sur mon contact à Hué ?

Négatif. Avez-vous bien enregistré les lieux de rendez-vous ?

Affirmatif. La ligne 32 de la grille de mots croisés. Le mot à trouver était « rôtisserie ».

Le mot à trouver n'a rien à voir. Avez-vous compris vos instructions ?

Oui. Au fait, j'ai visité les tunnels de Cu Chi, et je suis passé par la route 13 et la plantation Michelin. Le paradis des chars. Vous avez dû bien vous amuser dans le coin. On devrait peut-être y retourner ensemble un de ces quatre.

J'y réfléchirai. N'oubliez pas que nous avons absolument besoin de savoir ce qui se passe demain avec Mang. Êtes-vous sûr que Mlle W. a correctement compris ses instructions ?

Elle ne manque ni de jugeote, ni de ressources, ni de motivation. Vous devriez l'augmenter.

Je n'ai rien à ajouter. Et vous ?

Cynthia ? Honolulu ?

La réponse mit un temps infini à se matérialiser sur l'écran :

Nous n'avons pas encore établi le contact avec elle. Mais vos réservations ont été prises à Bangkok, Honolulu et Maui.

Contactez-la.

Elle travaille sur une enquête. Si elle souhaite vous rejoindre à Honolulu, l'armée lui accordera une permission et prendra en charge son acheminement vers Hawaii. Restez concentré sur votre mission.

Prévenez-moi à Hanoi.

À Bangkok au plus tard.

Reçu.

Bonne chance, Paul. Dieu vous garde. Revenez-nous sain et sauf.

Je fixai longuement le clavier, conscient que ceci serait peut-être mon dernier contact avec l'Amérique avant longtemps. J'avais déjà éprouvé une impression de cet ordre lors de mes deux premiers séjours, quand j'avais échangé quelques phrases avec mes parents sur le radiotéléphone auquel les GI's de l'époque avaient accès, deux fois par an. Enfin, j'écrivis :

Je ne suis pas mécontent d'être revenu. J'ai confiance en ma capacité à réussir ma mission et à rentrer dans les temps. Dites à Cynthia que je l'aime.

Reçu. Autre chose ?

Négatif.

Fin de transmission.

J'effaçai tous les messages, vidai la corbeille et restai assis un long moment devant l'ordinateur avant de me diriger vers le bar. Je me servis un whisky sur des glaçons, cette fois sans soda.

— Tout va bien ? me demanda Susan.

— Oui.

Elle hésita.

— Si vous n'êtes pas en mesure de voyager demain… s'ils décident de vous garder ici quelques jours, rien ne m'empêche d'effectuer un petit voyage d'affaires pour vous rendre service. Au cas où vous auriez quelqu'un à rencontrer, ce genre de chose…

— Merci, dis-je en souriant. Votre offre me touche, mais la situation est beaucoup plus complexe que vous ne le pensez. Alors, comment fait-on pour aller à Nha Trang ?

— Je vais envoyer un message à notre agence de voyages pour voir ce qu'elle peut faire, dit-elle en reprenant sa place devant l'ordinateur. Voulez-vous que j'essaie de vous réserver une chambre quelque part, ou préférez-vous vous débrouiller sur place ?

— Il faudra bien que je fournisse une adresse à ce cher colonel Mang.

— Pas forcément. Dans toutes les grandes villes, il y a un bureau de la police de l'immigration. La principale fonction de ces gens-là consiste à surveiller les étrangers. Vous pouvez dire à Mang que vous n'avez pas d'adresse à Nha Trang ; il vous ordonnera de vous présenter à la police de l'immigration soit dès votre arrivée, soit dès que vous aurez trouvé un hébergement.

Je m'accordai quelques secondes de réflexion.

— Je chercherai sur place, finis-je par répondre. En fait, je retrouverais bien cet hôtel sur la plage où j'ai passé cette perme pendant la guerre. Histoire de liquider la nostalgie.

— Pourquoi pas ? Comment s'appelait-il ?

— Aucune idée. C'était un ancien hôtel français. Mais je le reconnaîtrai sûrement. Dans tous les cas, je vous enverrai un fax dès que j'aurai trouvé une chambre quelque part. Si je ne vous ai pas fait signe soixante-douze heures après mon départ de Saigon, prévenez mes chefs.

— Je suis à votre disposition. (Elle se mit à pianoter sur le clavier.) Je suis en train de demander à mon agence de voyages une réservation sur un train ou un car à destination de Nha Trang pour demain. Les avions sont complets depuis des mois. Je lui offre deux fois le prix du billet – qui est déjà quadruplé pour les étrangers. Ça vous va ?

— Ce n'est pas moi qui paie.

— Parfait, dit-elle sans cesser de taper. Je l'interroge aussi sur les possibilités de location de voiture. Il y a également un hydroglisseur qui dessert Nha Trang, mais je suis sûre que toutes les places sont déjà réservées. Rassurez-vous, on trouvera un moyen de vous envoyer là-bas, même si on doit vous infliger la torture d'un voyage en bus.

— Louer une voiture me paraît la meilleure solution. Le prix n'est pas un problème. Votre agence de voyages doit vous rappeler dès que possible ?

— Elle ouvre à huit heures, la journée commence tôt à Saigon. Au même moment, vous serez reçu par le colonel Mang. Je vous retrouverai ensuite dans le hall du Rex, et nous verrons si vous partez pour Nha Trang ou pour l'aéroport, avec votre billet de retour pour les États-Unis. Si vous n'êtes pas au Rex, disons à midi, je saurai à qui m'adresser.

— Ça vous dérangerait de me laisser décider de toutes ces choses moi-même ?

Elle leva les yeux de son clavier.

— Monsieur Brenner, il n'y a pas besoin d'être prix Nobel d'astrophysique pour organiser ce genre de chose, et j'apprends vite. J'ai une responsabilité. Je dois vous aider à quitter Saigon ou signaler votre expulsion. Laissez-moi agir à ma façon.

Bonté divine ! Dans son bureau, Mlle Weber devenait décidément quelqu'un de différent. Ou peut-être était-elle juste vexée de la manière dont j'avais refusé qu'elle m'accompagne dans mon périple.

— Je suis en train d'envoyer un mail à mon patron, Jack Swanson, pour l'informer que je serai absente demain après-midi, ajouta-t-elle en reprenant son pianotage.

L'idée me vint qu'elle pianotait beaucoup pour rédiger un message aussi simple. Elle finit par éteindre son ordinateur, se leva, vida son verre.

— Permettez-moi de vous inviter à dîner, dit-elle.

— C'est très aimable à vous. Mais je bénéficie d'un défraiement tout à fait suffisant.

— Moi aussi. Et je vais vous dire pourquoi vous devriez investir au Vietnam. Parce que c'est le pays de l'anneau pacifique qui a le plus fort potentiel de croissance.

— J'estime avoir déjà suffisamment investi au Vietnam.

Susan se dirigea vers la porte, plaça une main sur l'interrupteur.

— Vraiment ?

— Vous avez oublié d'imprimer le rapport d'activité du fax, puis de le détruire.

— Oh... Vous êtes un vrai pro.

Mlle Weber revint dans l'alcôve, imprima le rapport d'activité et l'inséra dans le broyeur de documents.

De mon côté, je récupérai l'appareil photo et la pellicule sur son bureau.

— Rangez ça dans votre coffre, ordonnai-je.

Elle composa le code d'ouverture de son coffre-fort, et je lui remis l'appareil et la pellicule, qu'elle enferma à l'intérieur.

Nous quittâmes son bureau et retraversâmes le siège de l'entreprise. Susan me montra la bibliothèque, la salle de conférences et une salle à manger décorée comme un bistrot à la française.

— Nous ne nous refusons rien, m'expliqua-t-elle. Ça ne coûte pas cher, et c'est bon pour le moral. Voici la salle de musculation et les douches.

Nous entrâmes dans une grande salle comportant plusieurs appareils d'exercice. À travers une porte entrebâillée, j'aperçus une table de massage.

Je m'attendais à ce que chacun de nous regagne ensuite son lieu de résidence pour faire un brin de toilette, mais Susan m'indiqua une porte estampillée *Messieurs* et me dit :

— Vous trouverez là-dedans tout ce dont vous avez besoin. Je vais prendre ma douche chez les femmes.

— Si tant est que j'aie besoin de quoi que ce soit.

— Allons, Paul. Rendez-vous à la salle de musculation.

J'entrai dans le vestiaire des hommes, me déshabillai, passai dans une salle de douche collective. J'ouvris le robinet d'eau chaude, pris une poignée de savon liquide sous un distributeur et lavai à grande eau la crasse des douze dernières heures.

Certains hommes chantent sous la douche. Moi, je préfère penser. Et la pensée qui me vint à ce moment-là fut que dans cette affaire, personne, à Saigon ou à Washington, n'était vraiment ce qu'il paraissait être.

14

Je passai dans la salle de musculation, ramassai sur une chaise le numéro de l'avant-veille de l'édition asiatique du *Wall Street Journal*, m'assis pour le feuilleter.

Dans le silence de l'immeuble désert, une voix étouffée se fit entendre derrière la porte du vestiaire féminin. Mon intuition me souffla que Susan était en train de passer le coup de fil promis à son Bill chéri.

Une dizaine de minutes plus tard, elle émergea du vestiaire, vêtue d'une longue robe de soie jaune sans manches, le torse barré par la bandoulière d'un petit sac de cuir. Toute trace de poussière avait disparu de son visage, ce qui mettait son hâle en valeur. Ses cheveux soigneusement séparés par une raie au milieu s'incurvaient sur ses épaules. Une touche de rouge à lèvres venait parachever la métamorphose.

— Vous êtes ravissante, dis-je en me levant.

Elle ne réagit pas à ce compliment, pourtant rare venant de moi, et l'idée m'effleura qu'elle venait d'avoir une petite prise de bec téléphonique avec Bill.

— Je ferais peut-être mieux de retourner me changer au Rex, ajoutai-je.

— Vous êtes très bien comme ça.

Nous regagnâmes la réception. L'ascenseur nous déposa dans le hall d'entrée.

— J'ai assez conduit pour aujourd'hui, déclara Susan. On va faire le trajet en cyclo.

Je la suivis sur le trottoir. À peine eûmes-nous marché dix secondes qu'une nuée de chauffeurs de cyclopousse s'abattit sur nous. Susan se lança aussitôt dans un marchandage effréné. Ils étaient tous maigres, pauvrement vêtus, plutôt âgés. Un de mes amis qui connaissait le Vietnam m'avait expliqué que la plupart des chauffeurs de cyclopousse étaient issus de l'armée sud-vietnamienne, ce métier étant un des rares accessibles à des hommes qui étaient considérés comme d'anciens ennemis du peuple.

Susan ayant fait affaire avec deux d'entre eux, nous montâmes chacun à bord d'un cyclopousse.

— J'ai dû payer le double du tarif habituel pour vous ! me lança-t-elle alors que nous descendions côte à côte la rue Dien Bien Phu. À cause de votre poids.

Je vis en la regardant qu'elle ne plaisantait pas.

— Heureusement pour vous qu'ils ne fixent pas les tarifs en fonction du QI, me défendis-je.

— Si c'était le cas, vous voyageriez gratis.

La rue Dien Bien Phu était une artère importante, envahie d'une nuée de véhicules à moteur, de bicyclettes et de cyclopousses. J'avais du mal à me sentir à l'aise dans ce compartiment ouvert à tous les vents, avec mon chauffeur dans le dos et les engins de toutes sortes qui nous frôlaient constamment.

La ville était particulièrement animée en ce dimanche soir. Les klaxons et les radiocassettes beuglaient dans tous les coins, les piétons traversaient n'importe comment, sans la moindre considération pour les feux de signalisation.

— Cette rue, m'expliqua Susan, tire son nom de la dernière bataille entre les Français et le Vietminh, l'ancêtre du Vietcong. Le Vietminh a gagné.

— C'est toujours le vainqueur qui choisit le nom des rues.

— Exact. C'est pour ça que d'ici une dizaine d'années, elle sera sans doute rebaptisée « rue des Multinationales ».

Susan sortit son paquet de cigarettes et le tendit à son chauffeur, qui en prit une. Quelques secondes plus tard, elle profita de ce que nos deux véhicules se trouvaient au coude à coude pour en offrir une au mien.

— Mon chauffeur aimerait savoir si vous êtes un vétéran de la guerre, me glissa-t-elle.

Après une seconde d'hésitation, je répondis :

— First Cav, Quang Tri, 1968. Dites-le-lui.

Elle transmit. Les deux chauffeurs se mirent à parler en même temps.

— Ce sont tous les deux des vétérans, traduisit Susan. Mon chauffeur était pilote de chasse, le vôtre capitaine d'infanterie. Ils ne sont pas fâchés de vous revoir dans le coin.

Je me retournai vers le chauffeur de Susan et lui fis de la main le V de la victoire. Il imita mon geste, ébaucha un demi-sourire et s'empressa de regarder à nouveau droit devant lui.

Nous progressions lentement à travers le centre de Saigon. Susan m'indiquait parfois un site digne d'intérêt, mais la plupart du temps, nous nous contentions de savourer en silence le spectacle de la rue.

— Vous voyez ces grands immeubles ? me demanda-t-elle à un moment donné. Ils ont été construits par les Américains dans les années soixante pour la CIA et le personnel de l'ambassade. Ils sont aujourd'hui occupés par des officiels du Parti.

Ces bâtiments de béton brut, exempts de tout ornement, me faisaient penser à une structure pénitentiaire.

— Ils doivent s'y sentir comme des poissons dans l'eau, lâchai-je.

Nous repassâmes devant la cathédrale Notre-Dame, ce qui me donna l'occasion de constater que la petite place du parvis grouillait de promeneurs. Les policiers en uniforme de l'autre fois avaient apparemment disparu. Peut-être leurs collègues en civil prenaient-ils la relève à partir du crépuscule. À première vue, toutefois, Saigon ne ressemblait pas à un État policier. J'avais même plutôt l'impression que tout le monde prenait un malin plaisir à enfreindre les lois en vigueur – que ce soit en se saoulant sur la voie publique, en se prostituant, en dormant sur les trottoirs, en grillant les feux, ou en traversant hors des clous, sans compter les mille autres délits que je ne pouvais voir.

Dans une certaine mesure, les Sud-Vietnamiens vivaient comme des citoyens de deuxième classe dans leur propre pays, qui était occupé par les cadres communistes parachutés du Nord et exploité par les capitalistes asiatiques et américains. En revanche, ils semblaient plus heureux et plus libres que les communistes comme le colonel Mang et les capitalistes comme Susan Weber.

Nous avions atteint la partie nord de la rue Dong Khoi, et j'eus tout à coup l'impression de me retrouver à Times Square ou à Piccadilly Circus. La rue, bordée d'éblouissantes enseignes lumineuses, fourmillait de piétons, de cyclopousses, de vélos et de scooters, qui tous semblaient converger vers le fleuve.

Les façades des vieux immeubles français disparaissaient quasiment derrière les néons – surtout des enseignes de bars comme *Good Morning Vietnam, Ice Blue,* et *Cyclo Bar*. Je remarquai aussi un certain nombre de restaurants élégants, français ou asiatiques, et quelques grands hôtels rescapés d'une autre époque, comme le Continental, au bar duquel les correspondants de guerre avaient autrefois l'habitude de composer leurs articles.

Les métamorphoses successives – de la rue Catinet à la rue Tu Do, puis de la rue Tu Do à la rue Dong Khoi – n'avaient pas été menées tout à fait à leur terme, et d'une certaine manière les trois époques de la même rue coexistaient encore. J'avais gardé le souvenir de la rue Tu Do, dont je croyais de-ci de-là retrouver une façade, mais un temps très long s'était écoulé, et tous les noms de bar avaient changé.

— Le Bluebird existe-t-il encore ? demandai-je à Susan. Et le Papillon ?

— Jamais entendu parler, fit-elle, secouant la tête. Si je ne m'abuse, les communistes ont fermé tous les bars américains en 1975.

— Ces gens-là n'ont pas le sens de la fête.

— Beaucoup d'établissements ont rouvert leurs portes à la fin des années quatre-vingt. Puis, en 1993, les communistes se sont de nouveau énervés contre les bars et les karaokés. Ils ont passé un grand coup de balai sur la ville, et tout a fermé une nouvelle fois. Peu de temps après, quelques bars ont eu l'autorisation de redémarrer, mais seulement s'ils utilisaient un nom vietnamien et respectaient la législation au doigt et à l'œil. Et petit à petit tout est revenu, en plus fort, en plus dingue que jamais, et les noms occidentaux ont recommencé à fleurir. À mon avis, cette fois-ci, c'est pour de bon. Mais avec les communistes, on ne sait jamais. Ils sont totalement imprévisibles. Ces gens-là n'ont aucun respect pour la propriété privée ou pour la libre entreprise.

— Ils pourraient vous mettre dehors, vous aussi.

— C'est possible, en effet.

— Où iriez-vous ?

— J'ai chez moi un bouquin intitulé *Les Pires Endroits du monde*, dit-elle en riant. Il m'aidera à choisir ma future destination.

Je tentai de repérer la petite rue transversale menant à l'impasse où vivait autrefois mon amie vietnamienne. Je me rappelais juste qu'elle donnait sur le côté gauche de la rue quand on descendait vers la rivière, mais je ne parvins pas à la reconnaître.

— Vous habitez ici ? Dans *cette* rue ? demandai-je à Susan.

— Oui. Rassurez-vous, cinq soirs par semaine, c'est tout à fait vivable. Et j'habite au cinquième étage, face au fleuve. Je vous montrerai.

La foule qui envahissait les trottoirs était majoritairement composée de jeunes : des gars et des filles en jean et tee-shirt, les filles souvent en bande, les garçons à la recherche d'une touche.

Je finis par distinguer l'extrémité de la rue Dong Khoi et, au loin, le clair de lune sur la rivière Saigon.

— Mon immeuble, m'annonça Susan.

Elle désignait sur la gauche un majestueux édifice de style français, au tout dernier coin de rue avant la rivière. Un restaurant thaï occupait le rez-de-chaussée, et le bâtiment voisin accueillait un hôtel vétuste, le Lotus, dont Susan m'expliqua qu'il s'appelait autrefois le Miramar. Ce nom me rappela des souvenirs.

— J'habite au dernier étage, poursuivit-elle. L'appartement d'angle, avec vue sur la rivière.

On aurait cru une annonce immobilière du *Washington Post*. Je levai les yeux vers le sommet de l'immeuble et vis qu'il y avait de la lumière aux fenêtres.

— Il y a quelqu'un chez vous ?

— La bonne.

— Je vois. On dirait que vous aimez les angles.

Nous bifurquâmes dans la rue qui longeait la berge. Une brise tiède courait sur la surface éclairée par la lune. Elle colportait une drôle d'odeur, mais à condition de se pincer le nez, le spectacle était splendide. Je remarquai que la rive opposée était presque totalement obscure, comme dans mes souvenirs. Aucun pont n'était visible.

— On dirait que c'est toujours aussi sauvage, de l'autre côté.

— À qui le dites-vous ! répondit Susan. Il y a là-bas des milliers d'hectares de fermes horticoles – ils y font pousser des orchidées, des plantes exotiques. Quand je vais me coucher, le soir, je rêve de lotissements et de centres commerciaux, et quand je me réveille le matin et que je jette un coup d'œil par ma fenêtre, je ne vois que des fleurs à perte de vue. Un vrai gâchis immobilier.

En la regardant, je compris qu'elle me faisait marcher, et je souris.

Après avoir longé le pâté d'immeubles, nos deux cyclopousses bifurquèrent de nouveau au nord pour remonter la rue Nguyen Hué, qui menait au Rex parallèlement à la rue Dong Khoi. Plus large, elle était tout aussi grouillante d'humains et de véhicules.

— C'est une sorte de circuit qui fonctionne dans le sens des aiguilles d'une montre, m'expliqua Susan. On descend par la rue Dong Khoi, on longe la berge, on remonte par la rue Nguyen Hué, puis on prend à droite sur la rue Le Loi, on passe devant le Rex, et on tourne de nouveau à droite pour rattraper la rue Dong Khoi. Le défilé dure toute la nuit.

— Vous voulez dire que je devrai aussi subir ce tintamarre à l'hôtel ?

— Seulement jusqu'à l'aube. Ensuite, tout est calme jusqu'à l'heure de pointe, qui démarre à peu près dix minutes plus tard.

— C'est vous qui avez choisi de me loger au Rex ?

— Oui. Comme vous le voyez, c'est à deux pas de chez moi.

— Je vois.

— J'aime beaucoup leur restaurant en terrasse. Et j'adore danser le slow.

Nous tournâmes rue Le Loi en direction de l'est.

— Les jeunes appellent ce circuit *chay long rong*, me dit Susan. Ce qui signifie « vivre vite ».

— Il me semble cependant que nous n'avons jamais dépassé la vitesse de croisière d'un homme au pas.

— Ne prenez pas les choses au pied de la lettre. Il s'agit d'une métaphore.

— J'ai un peu de mal avec les métaphores. Surtout à l'heure du dîner.

Elle lança quelques mots à son chauffeur, qui hocha la tête et continua de pédaler.

Cinq minutes plus tard, nos cyclopousses s'immobilisèrent au pied d'un édifice imposant qui me fit d'abord penser à un ancien opéra français, et dont Susan m'expliqua qu'il accueillait un théâtre populaire. Un de ses côtés était occupé par un café dont la terrasse était envahie par une majorité d'Occidentaux et quelques Vietnamiens élégants.

Nous mîmes pied à terre, et Susan insista pour régler les deux courses – un dollar pour son chauffeur, deux pour le mien. Vaguement gêné, je leur remis à chacun un dollar de pourboire.

Ils insistèrent pour me serrer la main et je m'exécutai, après quoi le chauffeur de Susan – qui dans une vie antérieure avait piloté des avions de chasse – me déclara quelque chose que mon accompagnatrice s'empressa de traduire :

— Il dit que sa femme et ses enfants ont été autorisés à émigrer en Amérique il y a quatre ans. Lui n'a pas pu partir à cause de son ancien statut d'officier de l'aviation sud-vietnamienne. Mais grâce à... ce que nous appelons ici le programme de départ ordonné, négocié avec Hanoi par les Américains, il espère pouvoir les rejoindre l'année prochaine.

— Souhaitez-lui bonne chance de ma part.

Susan traduisit. Il répondit.

— Il remercie l'Amérique d'avoir accueilli sa famille. Ils s'en tirent tous plutôt bien là-bas et lui envoient régulièrement de l'argent. Ils sont installés à Los Angeles.

— Ma foi... j'espère qu'ils s'y sentiront bientôt chez eux.

Mon chauffeur, le capitaine d'infanterie, n'avait pour sa part rien à me dire – j'eus le sentiment qu'il avait dépassé le stade de l'espérance.

Nous fîmes notre entrée sur la terrasse. Ce café, qui d'après son enseigne s'appelait le Q-Bar, arborait la décoration minimaliste d'un bar branché de Washington.

Il contenait aussi une partie couverte, avec des tables, un comptoir, et aux murs des fresques qui évoquaient plus ou moins des reproductions du Caravage, mais le rideau de fumée était si dense que j'aurais eu du mal à l'affirmer.

Une jeune Vietnamienne en noir et blanc salua Susan en anglais :

— Bonsoir, mademoiselle Susan. Où est M. Bill, ce soir ?

— Il est occupé à laver son sweat-shirt de Princeton, répondis-je, ravi d'avoir enfin une occasion de m'exprimer dans ma langue. Mais il ne devrait pas tarder.

— Ah… Très bien. Une table pour trois ?

— Pour deux, précisai-je.

Susan n'intervint pas.

La serveuse nous mena à une table au bord de la terrasse. Une lampe à huile était posée dessus. Susan commanda un verre de vin de Californie, et moi un whisky-soda.

Quand la serveuse se fut éloignée, Susan alluma une cigarette.

— En train de laver son sweat-shirt de Princeton, marmonna-t-elle.

— Pardon ?

— Vous n'avez rien trouvé de mieux à lui dire ?

— Le temps pressait. Et il se fait tard.

Elle n'insista pas. Mon regard dériva vers les autres tables. À la façon dont les clients étaient vêtus, ils gagnaient nettement plus d'un dollar par jour. Un certain nombre de voitures de luxe japonaises étaient garées le long du trottoir.

Nos boissons arrivèrent. Je fus tenté de lever mon verre à la santé de ma voisine, avec quelques mots gentils, mais le sentiment d'en avoir déjà un peu trop fait me retint.

— J'aurais dû vous emmener ailleurs, lâcha-t-elle.

— Qu'est-ce qu'on fait si Bill se pointe ?

— Il ne se pointera pas. (Elle fit tinter son verre contre le mien, et nous bûmes chacun une gorgée.) Vous allez pouvoir déguster un excellent hamburger avec des frites. Je me suis dit que ça vous plairait.

— Bien vu.

— Le propriétaire est un Californien. Sa femme est d'origine vietnamienne. Le « Q » fait référence au mot *Kieu* – qui désigne les expatriés vietnamiens revenus au pays, vous vous rappelez ?

— J'ai une excellente mémoire.

— Ce bar est très apprécié par la communauté américaine et les Viet Kieu fortunés. Les consommations coûtent les yeux de la tête.

— Excellent moyen de maintenir la racaille à distance.

— Exact. Et pourtant, vous êtes ici.

— Dans l'avion, un Français m'a recommandé quelques noms de restaurants et de bars.

— Par exemple ?

— Le Monkey Bar.

Elle éclata de rire.

— Des dizaines de putes alignées le long des murs, dit-elle. Et agressives. Elles n'hésitent pas à vous mettre la main au panier si vous vous approchez du bar. Vous n'aurez qu'à y aller seul après le dîner.

— J'essaie juste de vérifier les informations de ce type.

— On ne peut pas dire qu'il vous ait rendu service.

— Il m'a aussi parlé d'un restaurant nommé Maxim's. Comme à Paris.

— Minable. Mauvaise bouffe, mauvais service, prix exorbitants, comme à Paris.

Mon ami français semblait avoir tout faux.

— Connaîtriez-vous une certaine Mlle Dieu-Kiem ?

— Non. Qui est-ce ?

— Une… courtisane.

Susan leva les yeux au ciel.

— Je préfère nettement votre compagnie, m'empressai-je d'ajouter.

— Comme quatre-vingt-dix pour cent des hommes de Saigon, monsieur Brenner. Ne forcez pas la chance.

— Non, mademoiselle. Et je vous remercie de m'avoir amené dans un de vos lieux préférés.

La serveuse nous apporta la carte. Susan opta pour un assortiment de fruits et de fromages accompagné d'un deuxième verre de vin. Je commandai un hamburger avec des frites et une bière Corona.

Il faisait plus frais que la veille au soir, mais un voile de sueur me couvrait le visage. Cette ville était toujours aussi moite que quand je l'avais quittée, en juin 1972.

— Vous avez une résidence secondaire ? demandai-je. Pour l'été et les week-ends ?

— Ce concept n'est pas encore développé au Vietnam. Vous savez, l'eau courante n'existe pas hors des villes. Les campagnes vivent encore comme au dix-neuvième siècle.

— Que faites-vous de vos week-ends d'été ?

— Je vais quelquefois à Dalat, où il fait plus frais, ou à Vung Tau, l'ancien Cap-Saint-Jacques.

— Jamais à Nha Trang ?

— Non. Je n'y ai jamais mis les pieds. C'est un peu loin. Mais j'aimerais connaître. Je regrette de ne pas pouvoir vous y accompagner.

Je ne relevai pas.

— Il est vraiment si compliqué de voyager dans l'intérieur de l'ancien Nord-Vietnam ?

Elle réfléchit un instant :

— D'une manière générale, les déplacements le long de la côte sont relativement simples. La route 1, par exemple, qui va du Delta à Hanoi, s'améliore chaque année. L'express de la Réunification – c'est le train – relie également le Sud au Nord. Mais si vous voulez aller à l'ouest vers le Laos, ça se complique nettement. Les Vietnamiens y arrivent, mais ils ont une tolérance nettement supérieure à la nôtre pour ce qui est des routes inondées et des ponts emportés par les crues, des glissements de terrain provoqués par la déforestation massive, des montées à pic et des pannes mécaniques. Sans compter que c'est en ce moment la saison des pluies, avec une sorte de crachin permanent. Vous allez devoir vous y rendre ?

— J'attends des instructions complémentaires. Vous connaissez ces régions ?

— Non, je ne fais que vous répéter ce qu'on m'a dit. Beaucoup de scientifiques occidentaux se rendent là-haut, surtout des biologistes. Ils ont découvert dans le Nord des espèces de mammifères inconnues. Tout récemment encore, ils ont trouvé un bovidé dont personne ne soupçonnait l'existence. Sans compter qu'il y a encore quelques tigres. Je vous souhaite un bon voyage.

Je souris.

— Un jour, dis-je, j'ai vu un tigre. Et aussi un éléphant. Et pas au zoo de Saigon, où ils auraient dû être.

— Soyez prudent. Les risques de blessure et de maladie sont importants dans la jungle, et les infrastructures sont plus que précaires.

J'acquiesçai. Au moins, pendant la guerre, les toubibs connaissaient leur boulot et, grâce aux hélicoptères, on pouvait se faire évacuer de n'importe où dans la demi-heure en direction d'un navire-hôpital. Cette fois-ci, j'étais seul.

— Si vous vous enfoncez dans l'intérieur, renchérit Susan, vous aurez peut-être intérêt à vous faire passer pour un biologiste.

Je la dévisageai. La même idée m'était venue quand elle avait fait allusion aux espèces inconnues. Et je venais d'en avoir une autre : d'une certaine manière, Susan était en train de me faire le briefing auquel j'aurais dû avoir droit à Washington. Peut-être que rien de ce qu'elle m'avait montré aujourd'hui du Vietnam n'était gratuit.

Les plats arrivèrent. Le hamburger avec des frites se révéla somptueux, et la Corona, bien glacée, était accompagnée d'une rondelle de citron.

— Où vivez-vous ? me demanda Susan.

— Près de Falls Church, en Virginie.

— Et c'est votre dernière mission ?

— Oui. J'ai pris ma retraite l'année dernière, mais ils ont jugé bon d'en rajouter une couche et de m'expédier au Vietnam, acte trois.

— Qui sont-ils ?

— Je n'ai pas le droit d'en parler.

— Et que ferez-vous après ?

— Je n'y ai pas encore réfléchi.

— Vous êtes trop jeune pour la retraite.

— On me l'a déjà dit.

— Qui ? Votre relation sérieuse ?

— Elle me soutient dans tout ce que j'entreprends.

— Elle travaille ?

— Oui.

— Que fait-elle ?

— La même chose que moi.

— Oh… Vous l'avez rencontrée pendant votre service ?

— Exact.

— Et elle est prête à prendre sa retraite ?

Je m'éclaircis la gorge.

— Elle est plus jeune que moi.

— Elle vous a soutenu dans votre décision de revenir au Vietnam pour cette dernière mission ?

— À fond. Je vous commande une bière ?

— Je bois du vin. Vous ne voyez pas mon verre ?

— Exact. Du vin.

Je fis signe à la serveuse de nous remettre une tournée.

— J'espère que vous n'avez pas l'impression que j'essaie de vous tirer les vers du nez, me dit Susan.

— Qu'est-ce qui vous fait croire une chose pareille ?

— J'essaie simplement de me faire une image de vous, de votre vie, de l'endroit où vous habitez, de vos activités…

— Pourquoi ?

— Je n'en sais rien. D'habitude, je préfère parler de moi. (Elle réfléchit un instant avant d'ajouter :) Peut-être que je vous trouve intéressant parce que vous n'êtes pas dans les affaires.

— Je suis ici pour travailler.

— Je parle d'argent. Vous n'avez pas d'argent à gagner ici. Vous faites ce qu'on vous a demandé de faire pour une autre raison. Il ne s'agit même pas de relancer votre carrière. Quelle est votre motivation ?

— Pour être honnête, répondis-je après une courte pause, je crois que je suis du genre stupide.

— Il doit y avoir une raison personnelle. Vous n'agissez pas seulement pour votre pays.

— Vous avez déjà pensé à faire de la radio ? Vous pourriez animer une émission du genre « Bonjour, expatriés ».

— Soyez sérieux. Je m'efforce de vous aider. J'ai besoin de comprendre pourquoi vous êtes ici. Sinon, vous ne réussirez pas.

— Vous avez sûrement raison. J'y réfléchirai.

— Vous devriez, oui.

Pour changer de sujet, et aussi parce que j'avais besoin d'informations, je lâchai :

— Cette agence de voyages... Elle est vraiment efficace ?

— Excellente. Elle est dirigée par une Viet Kieu qui parle couramment anglais et vietnamien. À ses yeux, rien n'est impossible. Surtout s'il y a de l'argent à gagner.

— Parfait.

— Il se peut que le colonel Mang vous expulse dès demain.

Peut-être avais-je bu une bière de trop, mais je rétorquai :

— Et si je n'allais pas le voir ? Si je partais directement dans le Nord ? Est-ce que j'aurais une chance ?

Susan me fixa dans les yeux.

— Même si vous réussissiez à faire le tour du pays sans que personne vous réclame votre passeport ou votre visa, vous ne pourriez pas en sortir. Vous le savez bien.

— J'envisageais de foncer au consulat demain matin à la première heure pour demander qu'on me délivre un passeport en urgence.

Elle secoua la tête.

— Ce n'est pas encore une représentation officielle. Le personnel de Saigon n'a pas compétence à délivrer des passeports. Dans six mois, peut-être. Et si vous n'avez ni passeport ni visa, vous n'irez pas loin. Surtout que vous ne possédez même pas de photocopies à montrer.

— Si je réussis à atteindre l'ambassade américaine de Hanoi, ils seront bien obligés de s'occuper de moi.

— Voyons, Paul, ne compliquez pas la situation. Allez voir le colonel Mang demain matin.

— D'accord. Parlez-moi un peu de la police de l'immigration. Qui sont ces gens-là ?

— Ils s'occupent des étrangers. La police de ce pays a été organisée du temps de la présence russe par le KGB – et selon les habitudes du KGB. Elle se compose de six sections, de A à F. La section A est la sécurité, qui correspond grosso modo à notre CIA. La B, la police nationale, qu'on pourrait comparer à notre FBI, et la C, la police de l'immigration. D, E et F sont respectivement la police municipale, la police provinciale et la police des ports et des frontières. En règle générale, la police de l'immigration ne s'occupe que des infractions à la législation sur les passeports et les visas. C'est pourquoi je ne me ferais pas trop de souci à votre place.

— Bien.

Sauf que je ne pouvais pas m'empêcher de soupçonner le colonel Mang d'être un membre déguisé de la section A ou B. Ce genre de ruse était classique. J'avais un autre soupçon, inspiré par la connaissance approfondie que Mlle Weber semblait avoir de la police vietnamienne, mais après tout, peut-être était-ce le lot de tous les expatriés.

— Je crois que je vais rentrer, dis-je en constatant que ma montre affichait presque onze heures. J'ai rendez-vous tôt.

Je demandai l'addition, que Susan insista pour régler avec sa carte de crédit professionnelle. Je m'abstins de discuter.

Elle inscrivit quelques mots sur le ticket de caisse.

— Paul Brenner, société inconnue, dit-elle avec un sourire en coin en agitant la note. Avons parlé d'investissements dans le poisson en boîte, de missions dangereuses, et de la vie en général.

Nous quittâmes la terrasse du Q-Bar.

— Je vous raccompagne jusque chez vous, proposai-je sur le trottoir.

— Volontiers. J'ai encore une adresse à vous montrer, et c'est à deux pas d'ici, sur le trajet. Nous pourrons y prendre un dernier verre. Vous serez rentré à votre hôtel à minuit.

— D'accord.

— À moins que vous ne préfériez le Monkey Bar.

— Je préfère nettement prendre ce dernier verre avec vous.

— Et vous avez raison.

Après avoir longé quelques pâtés de maisons, nous nous engageâmes dans une rue calme et mal éclairée. À son extrémité, je devinai bientôt la masse sombre d'un bâtiment long et trapu dont l'enseigne lumineuse disait *Apocalypse Now*. Je me pinçai pour vérifier que je ne rêvais pas.

— C'est là que nous allons, me dit Susan. Vous avez déjà entendu parler de ce bar ?

— J'ai vu le film. Je dirais même que je l'ai vécu.

— Tiens ? Je croyais que vous étiez cuistot.

— Qu'en pensez-vous ?

— Je n'y ai pas cru une seconde.

— Le colonel Mang non plus, soupirai-je.

— Vous lui avez raconté la même histoire ?

— Ça présentait mieux que fantassin combattant. Il aurait pu s'imaginer que j'avais peut-être tué un de ses proches.

— Vous avez tué des gens ?

Plutôt que de répondre à cette question, je déclarai :

— L'unité dont il est question dans le film de Coppola est la First Cav, la 1re division de cavalerie. C'était la mienne.

— Vraiment ? J'ai vu le film. Les hélicoptères, les tirs de roquettes, les mitrailleuses, la chevauchée des Walkyries... Vraiment, c'était vous ?

— Ouaip. Je ne me souviens pas précisément d'avoir entendu la chevauchée des Walkyries, mais les haut-parleurs du camp de base nous diffusaient quelquefois en direct des charges de cavalerie héliportée.

— Drôle d'idée, non ?

— Disons qu'il faut avoir été sur place pour comprendre.

Nous avions atteint l'entrée. Une vingtaine de chauffeurs de cyclopousse rôdaient en fumant devant l'entrée du bâtiment jaune.

— Vous venez souvent ici ? demandai-je à Susan.

Elle s'esclaffa.

— Non. Uniquement quand j'ai des visiteurs étrangers. J'y ai emmené mes parents. Après un moment de gêne, ils se sont beaucoup amusés.

Un Blanc nous ouvrit la porte, et nous entrâmes dans l'Apocalypse Now. Je ne vis d'abord qu'un nuage de fumée, un peu comme si quelqu'un avait allumé une dizaine de fumigènes pour marquer une zone d'atterrissage en pleine jungle. Mais ce n'était que de la fumée de cigarette.

Toute la salle se trémoussait au son d'une musique de Jimi Hendrix jouée par une formation rock de quatre Vietnamiens. À ma gauche, des sacs de sable et des rouleaux de fil de fer barbelé s'entassaient contre le mur. Une immense affiche du film qui avait prêté son nom à l'établissement couvrait un autre mur. Susan me cria à l'oreille qu'elle avait été autographiée par Martin Sheen et me demanda si je voulais vérifier. Très peu pour moi.

Les ventilateurs du plafond reproduisaient des pales de nos hélicoptères de combat, et les ampoules de l'éclairage avaient été aspergées de peinture rouge, sûrement pour imiter le sang.

Nous nous approchâmes du long bar adossé au mur du fond, où se bousculaient une majorité d'hommes d'un certain âge, noirs ou blancs, qui ressemblaient presque tous à d'anciens militaires. Au spectacle de ces Américains en goguette à Saigon, je fus saisi d'une singulière impression de déjà vu.

Je commandai deux bouteilles de bière San Miguel au barman américain, qui me lança :

— Z'êtes d'où, mec ?

— D'Australie.

— Vous parlez comme un Yankee.

— J'essaie de m'adapter.

Susan et moi nous éloignâmes du bar en jouant des coudes et attaquâmes nos bières au goulot.

— Alors, GI, me glissa-t-elle en allumant une cigarette, toi tout seul ce soir ?

— Je suis accompagné.

— Ah oui ? Et où être elle ? Moi te dire, elle partie avec général. Elle petit papillon. Moi rester avec toi. Nous passer bon moment ensemble. Moi fille quatre étoiles. Moi donner à toi beaucoup bonheur.

Je ne savais pas trop si je devais trouver ce petit numéro drôle ou inquiétant.

— Que fait une fille comme vous dans un endroit pareil ?

— Moi besoin argent pour aller Harvard, répondit-elle en souriant.

— Ce bar est l'antithèse de VietcongLand, dis-je, préférant changer de sujet.

— Le décor vous choque ?

— Tout ce qui banalise la guerre me choque.

— Vous voulez qu'on parte ?

— Finissons nos bières. À quelle heure commence l'assaut ?

Partir ne fut pas si facile. Nous étions à côté de quatre couples de mon âge, et la conversation ne tarda pas à s'engager. Les hommes étaient tous d'anciens officiers de l'aviation américaine, et ils avaient fait le voyage avec leurs épouses pour leur montrer le pays où ils avaient combattu. Ils étaient plutôt sympathiques, et nous passâmes un moment à discuter. Stationnés dans le Nord, à Da Nang, à Chu Lai et sur la base aérienne de Hué-Phu, ils avaient pilonné des cibles dans tout le secteur de la zone démilitarisée, qui devait d'ailleurs être la destination ultime de leur retour aux sources. Ils m'interrogèrent sur mon unité sans même me demander si j'étais un vétéran.

— First Cav, Quang Tri, 1968, récitai-je.

— Sans déconner ? fit l'un d'eux. Putain, on a nettoyé des dizaines de cibles pour vous préparer le terrain, les mecs !

— Je m'en souviens.

— Vous comptez retourner là-haut ?

— J'ai l'impression d'y être déjà, fis-je.

Ma remarque souleva un éclat de rire collectif.

— C'est assez irréel, hein, cette boîte ? fit l'un des aviateurs.

— Totalement, répondis-je.

Les épouses ne semblaient pas particulièrement intéressées par nos histoires de guerre, mais quand elles apprirent que Susan vivait à Saigon, elles fondirent sur elle comme une seule femme pour parler des boutiques et des restaurants, pendant que leurs hommes, apparemment fascinés par la vie des fantassins et avides de détails sanguinolents, me harcelaient de questions.

Je leur en donnai pour leur argent, pas seulement parce qu'ils n'entendaient visiblement pas me laisser mourir de soif, mais aussi parce que ce genre de récit faisait partie de leur pèlerinage, et sans doute aussi du mien. Je ne parle jamais de ces choses-là au pays, mais ici, dans cette drôle de boîte de nuit, avec un petit coup dans le nez, cela semblait être la meilleure chose à faire.

Eux m'expliquèrent les diverses méthodes pour esquiver les missiles sol-air et les défenses antiaériennes et pour faire péter tout ce qui bougeait dans la zone démilitarisée. Ils se servirent de bouteilles vides pour mimer les mouvements de leurs appareils, et je ne tardai pas à m'apercevoir que ces types avaient rayé toute considération morale de leurs histoires, et qu'ils ne voyaient le combat aérien que comme une succession de défis techniques et logistiques à relever. Je me laissai prendre à ces récits de pilonnage qui avaient pourtant quelque chose d'effrayant. Il suffit de peu pour retourner les tripes d'un ancien combattant, et je n'échappais pas à la règle. J'avais tout à coup l'impression d'être revenu en 1968.

Minuit passa. Le groupe jouait un morceau des Doors, et j'avais perdu toute notion du temps et de la réalité.

À un moment donné, nous en vînmes à parler des lieux à visiter et de ceux où nous étions déjà allés.

— Il faut absolument voir les tunnels de Cu Chi, dis-je aux quatre aviateurs.

— Ouais ? C'est quoi ?

— Un réseau de galeries gigantesques, aussi grandes que des infrastructures ferroviaires, où les Vietcongs avaient aménagé des hôpitaux, des dortoirs, des arsenaux, des cuisines… On y entre dans une voiturette électrique de golf. C'est une balade géniale. On peut aussi déjeuner ou prendre un cocktail dans un ancien réfectoire vietcong. Il me semble qu'il y a également des boutiques de soieries. Vos dames vont adorer.

Pourquoi faut-il toujours que je raconte ce genre de conneries ?

Les quatre aviateurs prirent mentalement note.

Ayant réalisé – avec un léger temps de retard – que ma 1re division de cavalerie et la First Cav du film de Coppola ne faisaient qu'une, ils commandèrent une nouvelle tournée générale et me réclamèrent d'autres histoires de guerre.

Je finis cependant par me retrouver à court de munitions. Ce fut alors que l'un des aviateurs me demanda :

— Et la demoiselle ?

— Quoi, la demoiselle ?

— Celle qui est avec vous. C'est qui ?

— Oh… Je l'ai rencontrée hier soir. Elle vit ici.

— Ouais. C'est ce qu'elle nous a dit. Elle a du chien.

J'avoue que je ne sais jamais trop comment prendre ce genre de remarque.

— Vos femmes sont charmantes, dis-je.

Ils admirent en chœur que leurs femmes étaient merveilleuses, à la limite de la sainteté. Mais ils préféraient visiblement parler de Susan.

— Vous avez quelque chose sur le feu avec elle ? me glissa l'un d'eux.

— Disons que nous sommes en phase de négociation.

Ma réponse déclencha un bel éclat de rire, qui à son tour amena mes quatre aviateurs à aborder un sujet qui leur tenait à cœur, celui des putes de Saigon. Nous resserrâmes le cercle pour prolonger cette conversation.

— On fait le maximum pour les inciter à aller faire un peu de shopping seules, me confia l'un d'eux.

— Qui, les putes ?

— Non. Nos femmes. On n'a besoin que de quelques heures. Mais elles n'osent pas. Saigon leur fait peur.

— Vous n'avez qu'à leur trouver un guide anglophone à l'hôtel.

— Ouais. C'est ce que je me disais. Tu vois, Phil ? On leur fourgue un guide, et on est peinards.

Je leur recommandai le Monkey Bar.

— Des putes en file indienne le long des murs. Ne les payez pas plus de cinq dollars, mais vous pouvez avoir les serveuses et les barmaids pour quelques billets de plus. Ensuite, je vous conseille d'emmener vos épouses chez Maxim's pour un dîner aux chandelles.

Mon programme ayant été adopté sur-le-champ, mes nouveaux camarades se tapèrent joyeusement dans les mains. J'avais toujours trouvé les fantassins vicieux, mais les aviateurs étaient pires encore.

Il était plus d'une heure du matin. Pris d'une soudaine envie de pisser, je m'excusai. Je dénichai les toilettes pour hommes dans un couloir qui menait à une autre salle bondée. Quand j'en ressortis, Susan m'attendait devant la porte.

— Il y a un jardin au fond, me dit-elle. C'est nettement plus calme, et j'ai besoin de respirer.

— Si on s'en allait ?

— Bientôt. Je voudrais juste m'asseoir une minute.

Elle me mena à un jardin clos, dont les tables de bistrot étaient éclairées à la chandelle. Des lanternes de papier oscillaient sous les branches des arbres, le silence régnait, et l'air était nettement moins pollué.

Nous choisîmes une table. Autour de nous, des couples silencieux se tenaient par la main.

Je décelai un parfum d'encens dans l'air, et aussi, plus discrète, une odeur de cannabis. Je vis même quelques petites étincelles rouges danser au-dessus des tables alors que les joints passaient de main en main. J'eus soudain envie de fumer de l'herbe – une pulsion qui ne m'avait plus saisi depuis pas loin de vingt ans.

— Vous aviez l'air de vous amuser, murmura Susan.

— Ce sont de braves types.

— Leurs femmes aussi. Elles voulaient à tout prix savoir si nous étions ensemble.

— Les femmes n'ont donc que ça en tête ? Le sexe, le sexe, le sexe ?

— Nous n'avons pas parlé de sexe. Nous avons parlé des hommes.

— C'est pareil.

— Vous voulez un thé ?

— Quelle sorte de thé ?

— Du vrai. Pas du pipi de chat.

Elle intercepta une serveuse et commanda du thé.

Nous restâmes muets dans le jardin obscur. La théière fut apportée, flanquée de deux tasses minuscules, et je me chargeai du service. Je n'aime pas particulièrement le thé.

Nous commençâmes à siroter cette boisson brûlante et insipide. À mesure que j'inhalais sa vapeur, je sentis que mes poumons se remettaient à fonctionner. J'étais claqué. Susan bâilla, mais comme nous avions de toute façon dépassé l'heure à laquelle il aurait fallu nous coucher pour profiter d'une bonne nuit de sommeil, nous continuâmes à siroter ce thé infect. Et au bout d'une dizaine de minutes, je me rendis compte que c'était une expérience des plus agréables.

— Vous savez ce qui me rendrait heureuse ? finit par lâcher Susan.

— Non, quoi ?

— Que vous rentriez au pays dès demain.

— Et moi, répondis-je du tac au tac, je serais heureux si *vous* rentriez.

L'échange était plutôt intime pour deux personnes qui étaient loin d'avoir atteint le stade de la familiarité.

— Il faudrait que vous quittiez ce pays avant qu'il vous ait intoxiquée… sur le plan mental. Vous vous inquiétez peut-être pour moi, ajoutai-je, mais je me fais du souci pour vous.

Susan fixa interminablement la flamme vacillante de la chandelle, et tout à coup je vis des larmes rouler sur son visage, ce qui me surprit.

Nous étions tous les deux un peu saouls. Ce moment n'était pas tout à fait réel, pas tout à fait rationnel.

— Quand j'ai combattu ici… une histoire circulait chez les soldats… celle de Gordon. Un colonel des forces spéciales, parti dans la jungle pour former une bande de Montagnards à la lutte armée contre le Vietcong. Un jour, il a basculé, s'est pris pour un indigène, et tout s'est retrouvé sens dessus dessous dans sa tête… enfin, vous connaissez l'histoire. La version moderne d'*Au cœur des ténèbres* de Conrad, transposée au Vietnam… Cette dimension apocalyptique que Coppola a donnée à son film… Apocalypse ou non, c'était comme un avertissement… C'est une peur que nous avions tous : perdre l'envie de rentrer, avoir la tête sens dessus dessous, être incapables de retrouver le chemin du retour… Susan ?

Elle hocha la tête, les joues inondées de larmes.

Je lui tendis mon mouchoir, et nous restâmes silencieux, à écouter les insectes nocturnes et les accords étouffés d'un morceau de Janis Joplin venu de la grande salle. J'aurais été bien en peine de deviner ce qui avait déclenché ses larmes.

Elle inspira profondément et se leva.

— Je vous prie de m'excuser, bredouilla-t-elle. Il est temps de partir.

Sortis de l'Apocalypse Now, nous hélâmes un taxi.

— Dong Khoi, dis-je au chauffeur.

Susan secoua la tête.

— D'abord au Rex.

Elle ajouta quelques mots à l'intention du chauffeur, qui démarra.

— J'ai tendance à devenir pleurnicheuse quand je bois trop, me confia Susan en regardant défiler les trottoirs. Mais ça va mieux.

— Vous devez avoir du sang irlandais. Dans ma famille, dès qu'on boit et qu'on entonne *Danny Boy*, tout le monde pleure.

Elle rit en s'essuyant avec mon mouchoir.

Nous atteignîmes mon hôtel quelques instants plus tard. Susan descendit avec moi.

— Allons jeter un coup d'œil à ce message que vous avez reçu, me dit-elle.

— Ça ira. Je vous appelle chez vous s'il y a du nouveau.

— Allons voir.

Nous nous approchâmes donc ensemble du comptoir de la réception. Le préposé me remit ma clé de chambre et une enveloppe. Le message qu'elle contenait, dans un anglais à peine lisible, était rédigé en ces termes : *Colonel Mang reçoit vous au quartier général de la police de l'immigration lundi matin 8 heures. Vous devez présenter tous les documents de voyage plus itinéraire.*

Apparemment, j'avais une bonne chance de récupérer mon passeport et mon visa en échange d'un itinéraire convaincant. C'est en tout cas ce que j'aurais fait si j'avais été le colonel Mang. J'avais piqué sa curiosité et, pour ne rien arranger, je l'avais vexé. Il tenait à être informé de mes déplacements.

Susan lut le message et reprit sur-le-champ sa contenance professionnelle.

— Je vous retrouverai ici même demain matin, au retour de votre rendez-vous. Je vous suggère de faire vos valises et de payer la note avant d'aller voir le colonel Mang. Vous n'aurez qu'à faire garder vos bagages à la réception. Il se peut qu'ensuite vous n'ayez pas beaucoup de temps devant vous. Soit j'aurai vos titres de transport sur moi, soit je les ferai apporter ici. Je vous emmènerai à la gare – ou ailleurs s'il le faut. Dans tous les cas de figure, je serai ici dès neuf heures pour vous attendre.

— Si je ne suis pas rentré à midi, ne m'attendez plus. Laissez les billets à la réception et prévenez mes employeurs.

Elle sortit son portable de son sac et me le tendit.

— Je vous appellerai de chez moi en tout début de matinée pour vous donner quelques tuyaux pour votre entretien avec Mang, dit-elle. Je me méfie des lignes de l'hôtel.

— Votre ligne privée est sécurisée ?

— C'est un portable. J'ai aussi une ligne fixe, mais uniquement pour les appels longue distance. N'hésitez pas à me téléphoner si vous avez besoin de quoi que ce soit ou s'il se passe quelque chose d'imprévu. Je suis désolée de vous avoir retenu si tard.

— J'ai passé une bonne journée. Merci.

Elle sourit. Nous échangeâmes une sorte d'accolade, suivie d'un baiser sur la joue, puis elle tourna les talons et quitta l'hôtel.

Je restai dans le hall – peut-être dans l'espoir qu'elle reviendrait, comme elle l'avait fait la veille au soir sur la terrasse du Rex. La porte finit par se rouvrir, mais ce n'était que le portier, qui me lança en souriant :

— Dame trouvé taxi. Tout OK.

Je me repliai en bon ordre vers les ascenseurs.

15

Réveillé avant l'aube, je commençai par avaler deux cachets d'aspirine et un antipaludéen.

J'avais décidé de remettre les vêtements que je portais lors de ma première confrontation avec le colonel Mang : pantalon kaki, blazer bleu, chemise bleue. Quand on est suspect, il vaut mieux se présenter toujours dans la même tenue – un petit truc psychologique, lié à la réaction inconsciente, et parfaitement négative, des flics vis-à-vis des gens qui ont tendance à modifier leur apparence. Cette tenue resterait gravée dans le cerveau étroit du colonel Mang et, avec un brin de chance, il n'aurait plus envie de me revoir.

Je glissai la boule à neige dans ma sacoche pour l'offrir à Susan en guise de remerciement. Pendant que je vérifiais que je n'avais rien oublié dans ma chambre, son portable sonna au fond de ma poche.

— Appartement de Mlle Weber, j'écoute ? fis-je.

Elle pouffa au bout du fil.

— Bonjour, Paul. Bien dormi ?

— Si je fais abstraction du brouhaha sous mes fenêtres et de la chevauchée des Walkyries qui m'a résonné entre les tympans toute la nuit, oui.

— Pareil pour moi. J'ai un début de gueule de bois. Excusez-moi d'avoir été pleurnicheuse.

— Oubliez ça.

— Tous les chauffeurs de taxi de Saigon connaissent le quartier général de la police de l'immigration. L'adresse est celle du ministère de la Sécurité publique. À cause du trafic, comptez un quart d'heure de trajet. Ne demandez pas au chauffeur de vous attendre : personne n'aime traîner aux abords de ce ministère.

— Le colonel Mang souhaitera peut-être me raccompagner au Rex.

— Oui, s'il veut voir votre billet pour Nha Trang. Mais à mon avis, il vous donnera plutôt l'ordre de vous présenter à la police de l'immigration de Nha Trang à votre arrivée sur place.

— S'il revient avec moi, rasez les murs.

— Nous verrons.

— Vous êtes toujours contente d'être mêlée à cette histoire ?

— J'ai le cœur qui bat fort. Autre chose : j'ai une réponse de mon agence de voyages. Elle s'occupe de vous trouver un billet pour Nha Trang aujourd'hui. Vous n'aurez qu'à laisser mon portable à la réception, je le récupérerai tout à l'heure.

— Entendu.

— En ce qui concerne le colonel Mang, tâchez de ne pas l'exaspérer. Racontez-lui que vous avez visité les tunnels de Cu Chi et que vous voyez maintenant d'un tout autre œil le combat du peuple contre l'impérialisme.

— Qu'il aille se faire voir.

— En arrivant au ministère de la Sécurité publique, demandez la section C. Évitez comme la peste la A et la B, sans quoi nous risquerions de ne plus jamais vous revoir.

Je sentis à son ton qu'elle ne plaisantait pas.

— On vous dirigera vers une salle d'attente, enchaîna-t-elle. Là, quelqu'un vous appellera – mais pas par votre nom. L'ordre est aléatoire, mais comme les personnes âgées ont tendance à être prioritaires au Vietnam, vous serez appelé parmi les premiers. Vous vous retrouverez dans une autre salle, où un type vous demandera ce que vous voulez. Un roquet. La plupart des gens viennent là pour résoudre un problème de visa expiré, ou pour le prolonger, pour un permis de travail, ou une carte de résident. Des peccadilles. Comme vous avez rendez-vous, demandez à voir le colonel Mang. Colonel se dit *dai-ta*. Demandez *dai-ta Mang*. Montrez au roquet un papier à votre nom.

— Les flics ont déjà tous mes papiers.

— Donnez-lui votre permis de conduire, votre facture d'hôtel, n'importe quoi. Ces gens-là sont censés parler une langue étrangère, mais c'est rarement le cas, et ils détestent perdre la face. Volez à son secours.

— Vous avez déjà eu affaire à eux ?

— Trois fois, au début. Jusqu'au jour où quelqu'un de ma boîte m'a conseillé de ne plus répondre à leurs convocations. Ce que j'ai fait. Depuis, ils se présentent soit à mon bureau, soit chez moi, tous les cinq ou six mois.

— Pourquoi ?

— Pour noircir de la paperasse, poser des questions, et toucher un pourboire. C'est comme cela qu'ils disent, un pourboire, comme s'ils m'avaient rendu un service ! En moyenne, je compte dix minutes et dix dollars pour m'en débarrasser. Mais n'offrez surtout pas d'argent au colonel Mang. C'est un officier supérieur, peut-être un membre pur et dur du Parti. Vous risqueriez d'être arrêté pour tentative de corruption, ce qui serait un comble dans ce pays où on se fait plutôt arrêter pour refus de corrompre !

— Effectivement.

— En revanche, s'il vous demande de l'argent, payez. Pour une restitution de passeport et de visa, le tarif en vigueur est de cinquante dollars. Ne réclamez pas de reçu.

Vu le déroulement de mon entretien avec le colonel Mang à l'aéroport, j'avais la quasi-certitude qu'il ne courait pas après mes dollars.

— Certains d'entre eux sont d'anciens policiers sud-vietnamiens, souvent corrompus, qui ont réussi à rester en place après l'arrivée des rouges. Mais les autres viennent du Nord, ils ont été formés par les Russes et ont gardé des structures mentales de type KGB. Autre chose : plus leur grade est élevé, moins ils sont corrompus. Soyez très prudent avec le colonel Mang.

— Bien reçu.

— Vous paraît-il suffisamment âgé pour avoir fait la guerre ? s'enquit Susan.

— Il semble en avoir gardé un souvenir assez précis.

— Vous pourrez peut-être tirer quelque chose de positif de cette expérience partagée, fit-elle après un bref silence.

— Écoutez, je ne me rends pas là-bas pour créer des liens avec ce connard. Je veux juste récupérer mes papiers afin de pouvoir quitter la ville.

— Certes, mais vous n'avez pas envie d'être expulsé.

— Non, et Mang n'a aucune intention de m'expulser. Je ne rentrerai sûrement pas en Amérique aujourd'hui ; soit je pars pour Nha Trang, soit ils me mettent en prison. Dans un cas comme dans l'autre, soyez prête à avertir mes employeurs.

— Je vois.

— Autre chose ?

— Non. À tout à l'heure.

— Attendez, Susan… Au cas où on ne se reverrait pas tout à l'heure… je tenais à vous remercier pour…

— À tout à l'heure. Salut.

J'éteignis le portable et le rangeai dans ma poche de veste. Ensuite, je ramassai mes bagages et descendis dans le hall. En m'approchant du comptoir de la réception, je reconnus Lan, la demoiselle qui m'avait accueilli l'avant-veille.

— Je vous quitte, annonçai-je en lui remettant ma clé.

Elle pianota sur son ordinateur.

— Ah, oui, monsieur Brenner. C'est moi qui vous ai enregistré.

— Exact.

— Avez-vous apprécié votre séjour ?

— Beaucoup. J'ai visité les tunnels de Cu Chi.

Lan fit une petite moue. Pendant que la facture sortait de l'imprimante, elle me demanda :

— Pouvons-nous vous aider dans l'organisation de votre programme de voyage ?

— Oui. Je suis convoqué au siège de la police de l'immigration pour récupérer mon passeport. Vous êtes sûrement au courant.

Elle hocha la tête en silence.

— Donc, repris-je, je vais vous laisser mes bagages. Avec un peu de chance, je devrais être bientôt de retour pour les reprendre.

Avec un nouveau hochement de tête, elle me remit la facture.

— La chambre était payée d'avance. Comment pensez-vous régler les frais complémentaires ?

J'examinai la note et, remarquant le tarif exorbitant du massage, je faillis m'écrier que je ne m'étais pas fait tailler de pipe.

— Je verrai ça au moment de récupérer mes affaires.

— Comme vous voudrez, dit Lan après une vague hésitation.

Il ne doit pas être facile tous les jours de tenir un hôtel quatre étoiles dans un pays totalitaire. Les clients disparaissent sans laisser de traces, la police écoute toutes les communications téléphoniques et débarque à tout bout de champ pour fouiller les chambres et effrayer les femmes de ménage.

Je déposai le portable de Susan sur le comptoir.

— Une jeune femme, une Américaine, passera bientôt le récupérer. Je vous serais reconnaissant de bien vouloir le lui remettre.

— Certainement, monsieur.

Je sortis ensuite la boule à neige de ma sacoche.

— Donnez-lui aussi ceci en la remerciant de ma part.

Lan examina la boule sans émettre le moindre commentaire. Elle appela un chasseur, qui me remit deux bons pour mes bagages. Je lui donnai un dollar.

— Merci d'avoir choisi notre établissement, déclara Lan. Le portier va vous appeler un taxi.

Au moment où je sortais sur le trottoir, un taxi se gara devant la porte.

— Demandez au chauffeur de me conduire au siège de la police de l'immigration, dis-je au portier. Ministère de la Sécurité publique. *Biet ?*

Après avoir hésité une fraction de seconde, le portier dit quelques mots au chauffeur pendant que je m'installais dans la voiture.

Nous prîmes la rue Le Loi en direction de l'ouest, et commençâmes par traverser un quartier qui paraissait accueillir tous les hôtels borgnes de Saigon, entre lesquels étaient nichées des gargotes tout aussi borgnes. Le quartier grouillait de jeunes routards de toutes les couleurs, garçons et filles lancés à l'aventure dans un Vietnam radicalement différent de celui que j'avais connu à leur âge, même si moi aussi, à l'époque, je portais un sac sur le dos.

Le taxi emprunta la rue Nguyen Trai. Je jetai un coup d'œil à ma montre. Huit heures moins cinq.

Nous nous garâmes devant un gros bâtiment de stuc jaune sale de trois étages, isolé de la rue par un mur d'enceinte. Le chauffeur me le montra du doigt. Après l'avoir réglé, je descendis. Il redémarra en trombe.

L'immeuble semblait faire partie d'un ensemble. Devant l'entrée, au bout d'un mât, ondulait un drapeau rouge frappé de l'étoile jaune.

Les deux policiers armés qui montaient la garde de chaque côté du portail ouvert me laissèrent passer sans réagir. De toute façon, il ne serait venu à personne l'idée de s'introduire dans ce lieu sans y avoir été invité.

Je traversai une courette exiguë, franchis le seuil de l'immeuble et me retrouvai dans un hall sinistre.

Devant moi se dressait un énorme bureau de bois sculpté qui me rappela un siège de magistrat. Sans doute avait-il été laissé là par les Français. Un type en uniforme trônait derrière.

— Police de l'immigration, dis-je.

Il me fixa quelque temps avant de me tendre un petit carré de papier vert frappé de la lettre C.

— Allez, dit-il en tendant le bras vers la gauche.

Je m'éloignai avec une petite phrase en tête : « Allez en prison. Ne passez pas par la case Départ. Allez directement en prison… »

J'empruntai un large corridor bordé de bureaux et, par la fenêtre de l'un d'eux, j'aperçus une vaste cour intérieure. Le ministère de la Sécurité publique était de toute évidence un lieu éminent, où l'on ne chômait pas. Cette cour avait certainement été le théâtre d'exécutions sous la domination des Français, peut-être aussi sous celle des Sud-Vietnamiens, puis des communistes.

Je croisai plusieurs policiers en uniforme et un certain nombre de bureaucrates à cartable. Tous m'adressèrent des coups d'œil obliques, mais mon papier vert me permit d'atteindre sans encombre, au fond du corridor, une porte marquée de la lettre C. Au-dessus de la porte, un panneau portait l'inscription *Phong Quan Ly Nguoi Nuoc Ngoai.* Je savais que *Nuoc* signifie « eau » et, grâce aux plaques d'immatriculation de Susan, que *Ngoai* veut dire « étranger ». Ceci était donc soit le bureau chargé de l'importation de l'eau, soit celui où les étrangers venus d'outre-mer devaient se présenter. Misant sur la seconde hypothèse, je franchis le seuil ouvert et fis mon entrée dans une salle d'attente de dimension moyenne, uniquement meublée d'une vingtaine de chaises en plastique. Il n'y avait aucune fenêtre, juste deux lucarnes au ras du plafond, et pas de ventilateur. Pas davantage de cendrier, à en juger par la quantité de mégots qui jonchaient les carreaux de terre cuite.

Quatre chaises étaient occupées par de jeunes routards occidentaux, dont les sacs à dos étaient posés au sol. Trois garçons et une fille, qui discutaient tous ensemble. Après avoir vaguement détourné la tête à mon entrée, ils reprirent leur conversation.

Je m'assis. Sur un mur, une grande affiche montrait un préservatif. Il était doté d'un visage, de deux pieds et de deux bras, et brandissait une épée et un bouclier. Le mot *sida* pendait lamentablement à la pointe de l'épée, *OK* barrait la capote.

Sur un autre mur, était placardé le portrait d'une Vietnamienne et d'un jeune Occidental en train de s'embrasser, avec la légende en anglais : *Le sida peut vous tuer.*

Une affiche d'Hô Chi Minh entouré de paysans et d'ouvriers heureux occupait le mur du fond, et, à côté, un avis en anglais recommandait de « ne pas causer le grand dérangement sans radio ». Cet interdit énigmatique était réitéré en plusieurs langues, et je ne pouvais qu'espérer que son sens était compréhensible au moins dans une de ces langues.

Quelques nouveaux arrivants entrèrent dans la salle, en majorité des jeunes, puis ce fut le tour d'un couple de Vietnamiens d'un certain âge, sans doute des Viet Kieu confrontés à un problème de visa.

Les jeunes communiquaient en anglais, ce qui me permit de recenser une grande variété d'accents, de l'américain à l'australien, en passant par plusieurs inflexions de type européen.

La plupart de ces gosses semblaient en quête d'une prorogation de visa. Certains tentaient de récupérer un passeport ou un visa officiellement dérobé par la police. Aucun ne paraissait particulièrement inquiet. Le couple vietnamien, en revanche, avait l'air non seulement effrayé, mais aussi stupéfait de la décontraction des routards. Intéressant.

Il était huit heures dix, et je décidai d'attendre encore dix minutes avant de causer le grand dérangement sans radio.

La moitié de ce délai s'était écoulé quand un homme en uniforme kaki se présenta au seuil de la salle, qu'il balaya du regard. Il me fit signe de le suivre. Cela vaut parfois le coup d'être vieux en pays bouddhiste.

Après avoir remonté une partie du corridor, nous entrâmes dans une autre pièce.

Un officier en uniforme fumait une cigarette, assis derrière le bureau.

— Vous qui ? aboya-t-il. Pourquoi vous ici ?

Ce devait être le roquet dont m'avait parlé Susan. En le fixant au fond des yeux, je répondis en me tapotant le plexus, dans un anglais réduit à sa plus simple expression :

— Moi ici pour voir *dai-ta* Mang. (Je tapotai ma montre.) Rendez-vous.

Je lui tendis ma facture d'hôtel. Je ne tenais pas à donner mon permis de conduire. J'estimais que ces clowns détenaient déjà suffisamment de documents officiels à mon nom et je ne voulais pas risquer de me retrouver dans la rue sans aucun autre moyen d'identification que les initiales brodées de mes mouchoirs.

Le roquet parut se satisfaire de ma note, qu'il examina néanmoins pendant de longues secondes. Il parcourut ensuite une feuille volante sur laquelle devait figurer mon nom. Sa cendre de cigarette tomba sur ma facture. Du coin de l'œil, je cherchai en vain un extincteur ou une indication d'issue de secours.

Pour finir, le roquet releva la tête et déclara quelque chose au flic qui m'avait escorté jusqu'à lui, en agitant ma facture d'hôtel comme un client mécontent. L'autre reprit la facture et me fit de nouveau signe de le suivre. Et dire qu'on se plaint de l'impolitesse de certains fonctionnaires en civil !

Je suivis donc mon guide dans les profondeurs d'un couloir aussi interminable que rectiligne en me demandant si je m'étais bien fait comprendre. Peut-être me prenaient-ils pour un employé du Rex à la recherche d'un mauvais payeur dénommé Mang ? Je n'avais pas réalisé jusqu'à présent à quel point la présence de Susan pouvait m'être utile dans ce pays.

Le policier s'immobilisa devant une porte frappée du chiffre 6, frappa. Il ouvrit la porte, mais en me faisant signe de rester dans le couloir. Il entra seul. Je l'entendis parler à quelqu'un. Il ressortit et m'ordonna d'avancer.

Je pénétrai dans une pièce exiguë et privée de fenêtres. Le colonel Mang était assis derrière une table de bois sur laquelle je vis ma facture d'hôtel, un journal, son attaché-case, une théière avec la tasse qui l'accompagnait, et un cendrier débordant de mégots. Ceci n'était manifestement pas son bureau habituel, qui d'après moi se trouvait quelque part dans la section A. Ceci était une salle d'interrogatoire.

— Asseyez-vous, me dit le colonel Mang.

Je m'installai sur une chaise de bois face à lui.

L'aspect du colonel Mang était aussi déplaisant que dans mon souvenir. Ses yeux bridés, ses pommettes hautes, le drôle de rictus de ses lèvres minces, sa peau tirée donnaient l'impression qu'il venait tout juste de subir son lifting annuel. Sa voix aussi avait tendance à me porter sur les nerfs.

Après avoir fait semblant d'examiner les papiers étalés sur le bureau, il leva les yeux sur moi.

— Donc, vous m'apportez votre itinéraire.

— Oui. Et vous me rendez mon passeport, et aussi mon visa, que vous avez pris à mon hôtel.

Le colonel Mang me fixa interminablement.

— Votre itinéraire.

— Je pars aujourd'hui même pour Nha Trang. J'y passerai quatre ou cinq jours, et ensuite j'irai à Hué.

— Oui ? Et par quel moyen allez-vous à Nha Trang ?

— J'ai demandé à une agence de voyages de me trouver un mode de transport. On doit m'apporter mon billet au Rex.

— Vous n'avez pas de billet à me montrer ?

— Non.

— Donc, il est possible que vous fassiez le voyage en automobile.

— En effet.

— Si tel est le cas, il vous faudra vous adresser à Vidotour, l'agence de tourisme officielle. C'est la seule façon légale de voyager en automobile avec chauffeur au Vietnam. Vous n'êtes pas autorisé à louer un véhicule privé.

— Mon agence de voyages est sûrement au courant.

— Elles le sont toutes, mais elles ne respectent pas toujours la voie légale. Si vous voyagez en automobile, vous devrez louer votre voiture chez Vidotour, et demander à l'agence de me téléphoner ici pour me communiquer le nom du chauffeur et l'immatriculation du véhicule.

— Voilà qui paraît très faisable.

J'étais apparemment autorisé à me rendre à Nha Trang, ce qui était à la fois une bonne et une mauvaise nouvelle.

— Comment s'appelle cette agence de voyages ?

— Je ne sais pas.

— Pourquoi ne le savez-vous pas ?

— J'ai demandé à une connaissance de me prêter main-forte.

— Oui ? Et comment s'appelle cette connaissance ?

— Bill Stanley. C'est un résident américain d'Hô Chi Minh-Ville. Il travaille à la Bank of America.

Après une infime hésitation, le colonel Mang prit note.

— Comment le connaissez-vous ?

— Nous étions ensemble à Princeton. L'université.

— Je vois. Et vous dites qu'il travaille à la Bank of America ?

Je crus percevoir une mauvaise vibration.

— Il me semble que c'est ce qu'il m'a dit.

Le colonel Mang acquiesça.

— Dites à votre interlocuteur de l'agence de voyages qu'il ou elle devra téléphoner ici ce matin même et demander à me parler.

— Pourquoi ?

— Vous posez trop de questions, monsieur Brenner.

— Vous aussi, me semble-t-il, colonel Mang.

Ma réplique le mit en pétard, mais il réussit à garder son flegme.

— C'est vous qui soulevez toutes ces questions, lâcha-t-il en me fixant.

— Je m'efforce pourtant d'être sincère et coopératif.

— Cela reste à voir.

Je ne répondis pas.

— Dites à votre agence de me contacter, répéta-t-il. Où descendrez-vous, à Nha Trang ?

— Je n'ai pas encore passé de réservation.

— Vous devez avoir un lieu d'hébergement.

— J'en trouverai un à mon arrivée.

— Pourquoi souhaitez-vous aller à Nha Trang ?

— Il paraît que c'est la plus belle plage du Sud-Est asiatique.

Ma réponse parut le satisfaire.

— C'est exact. Mais vous n'avez pas fait tout ce trajet pour prendre des bains de soleil.

— Il se trouve que je suis passé là-bas en 1968.

— Oui, c'est là que les combattants allaient trouver le repos du guerrier.

Je restai muet.

Depuis le début de l'entretien, Mang fumait des cigarettes à la chaîne. L'air était saturé de fumée, sans parler de l'humidité et d'une forte odeur de sueur qui était peut-être la mienne.

Il griffonna quelque chose sur une feuille de papier.

— Quand vous serez à Nha Trang, présentez-vous à la police de l'immigration et donnez-lui votre adresse. Si vous ne trouvez pas d'hébergement, n'hésitez pas à le lui dire. (Et, levant les yeux sur moi :) Elle fera le nécessaire pour que vous dormiez quelque part.

Je crus qu'il s'agissait d'une allusion à peine voilée aux prisons locales, mais il ajouta en souriant :

— Elle a une certaine influence dans le milieu hôtelier.

— Je n'en doute pas. Je vous remercie de votre assistance, colonel. Je ne voudrais pas vous retarder plus longtemps.

Il me décocha un regard féroce.

— C'est moi, monsieur Brenner, qui suis en train de vous retarder. (Après avoir avalé une gorgée de thé, il poursuivit :) Comment envisagez-vous d'aller de Nha Trang à Hué ?

— J'aviserai en fonction des moyens de locomotion disponibles.

— Il faudra informer de votre choix la police de l'immigration de Nha Trang.

— Sur ce plan-là aussi, vous croyez qu'elle pourra me donner un coup de main ?

— Non.

Le colonel Mang était apparemment imperméable à mon ironie. Il me regarda bien en face avant de se décider à me poser *la* question :

— Il y a un écart de cinq jours entre le moment où vous quitterez votre hôtel de Hué et celui où vous êtes censé prendre votre chambre au Métropole de Hanoi. Qu'avez-vous l'intention de faire de ces cinq jours ?

J'hésitai.

— Monsieur Brenner ?

— Je compte remonter jusqu'à Hanoi par la côte, en train ou en bus.

— À partir de dimanche prochain, aucun train ne circulera pendant quatre jours. Et nos bus ne conviennent pas aux Occidentaux.

— Vraiment ? Dans ce cas, je louerai une voiture avec chauffeur. Chez Vidotour, cela va sans dire.

— Pourquoi préférez-vous voyager ainsi plutôt que par avion ?

— Je me disais qu'il serait très instructif de visiter le Nord-Vietnam.

— Que souhaitez-vous apprendre ?

— Comment vit le peuple. Ses coutumes, son mode de vie…

— Pendant dix ans, fit Mang après quelques secondes de réflexion, les gens du Nord ont souffert et sont morts sous vos bombes et vos obus. Je vous recommande tout particulièrement les tunnels de Vinh Moc. Les habitants de cette ville côtière ont survécu sept ans aux pilonnages américains. Vous risquez de ne pas rencontrer là-haut des gens aussi amicaux que les ex-pantins de l'Amérique qui grouillent par ici.

Le colonel Mang aurait sans doute fait un guide de premier choix à VietcongLand.

— Justement, rétorquai-je, j'ai beaucoup à apprendre de cette expérience.

À la place de Mang, je n'aurais pas trop insisté pour questionner Paul Brenner sur cet itinéraire plutôt vague entre Hué et Hanoi. Parce que si Paul Brenner mijotait quelque chose, ce quelque chose avait de fortes chances de se produire pendant ces cinq jours-là.

— Vous êtes libre d'aller de Hué à Hanoi par tous les moyens légaux, déclara le colonel Mang en me regardant droit dans les yeux.

Je soutins son regard. Nous savions l'un comme l'autre qu'il y avait du mensonge dans l'air.

Il jeta quelques notes supplémentaires sur sa feuille de papier. J'avais beau avoir été entraîné à lire à l'envers, j'étais totalement incapable de déchiffrer le vietnamien, même à l'endroit.

— Lors de votre séjour à Hué, reprit-il au bout d'un moment de silence, vous essaierez de retrouver les sites où vous avez été stationné. Je me trompe ?

— J'ai effectivement l'intention de passer une journée à Quang Tri. Pour revoir mon ancien camp de base.

— Vous serez déçu. La ville de Quang Tri n'existe plus. Il n'y a plus qu'un hameau, et toute trace des anciennes bases américaines dans la région a disparu. Les bombes américaines ont tout détruit en 1972.

Je restai silencieux.

— Vous vous présenterez aussi à la police de l'immigration de Hué, ajouta-t-il en se carrant sur sa chaise après avoir allumé une énième cigarette. Et comment avez-vous occupé ces trois journées à Hô Chi Minh-Ville ?

— J'ai vu une foule de choses passionnantes. Au fait, j'ai suivi votre conseil : je me suis rendu au musée des Crimes de guerre américains.

Mang ne manifesta aucune surprise, ce qui m'incita à me demander si je n'avais pas été suivi.

— J'ai vu des images du sort réservé aux soldats sud-vietnamiens et aux Montagnards qui ont refusé de déposer les armes après la capitulation. Ils ont payé leur geste au prix fort. Vous me direz qu'ils auraient mieux fait d'aller dans les camps de rééducation, comme un million d'autres. Ils en seraient ressortis plus heureux, et meilleurs citoyens de la République socialiste.

Apparemment, le colonel Mang ne savait pas que penser de ma soudaine conversion. J'en faisais peut-être un peu trop, mais je poursuivis sur ma lancée :

— Ce soir-là, dis-je, j'ai pris mon repas sur la terrasse du Rex, où les généraux américains dînaient pendant que leurs hommes se battaient et mouraient dans la jungle et les rizières.

Il y eut un nouveau duel de regards. Si les neurones de Mang fonctionnaient correctement, il savait déjà, par ma note d'hôtel, où j'avais dîné. Il savait aussi qu'à moins de manger comme un ogre je n'avais pas dîné seul. Et pourtant, il se contenta de me fixer.

— Hier matin, repris-je, j'ai visité l'ancien palais présidentiel, où Diem et Thieu vivaient comme des rois pendant que leur peuple et leurs soldats souffraient le martyre.

Là encore, je ne parvins pas à deviner si le colonel Mang était déjà au courant. Peut-être accordais-je un peu trop de crédit à ces gens-là en termes d'efficacité policière.

— J'avoue que je suis très impressionné par tout ce que j'ai appris, conclus-je.

J'en faisais des tonnes, à la manière d'un pensionnaire de camp de rééducation qui brigue son bon de sortie.

Le colonel Mang hochait la tête de temps en temps. Il avait l'air d'y croire. Si j'avais acheté une paire de ces sandales Hô Chi Minh à Cu Chi, j'aurais mis sans hésiter les pieds sur son bureau.

— J'ai aussi visité les tunnels de Cu Chi.

Mang se pencha au-dessus de la table.

— Vous êtes allé à Cu Chi ?

Il se rendit aussitôt compte qu'il venait de trahir une vraie surprise.

— Et comment avez-vous fait ? reprit-il, d'un ton plus mesuré.

— J'ai pris un bus. Un circuit organisé. C'est stupéfiant. Deux cents kilomètres de tunnels, construits au nez et à la barbe des Sud-Vietnamiens et des Américains. Comment ont-ils pu évacuer de telles quantités de terre ?

— La terre a été jetée dans les cours d'eau et les cratères de bombes par des milliers de paysans patriotes, kilo après kilo. Quand le peuple travaille main dans la main, tout devient possible.

— Je vois. En tout cas, j'ai trouvé cette visite extrêmement instructive. Elle a bouleversé ma vision de la guerre.

Un pesant silence s'abattit sur la pièce.

— Pourquoi voyagez-vous seul ?

— Pourquoi ? Parce que je n'ai trouvé personne pour m'accompagner.

— Pourquoi ne pas vous être inscrit dans un groupe de vétérans ? Beaucoup d'anciens combattants reviennent au Vietnam en voyage organisé.

— J'en ai entendu parler, mais je tenais à être là pour le Têt. Et je me suis décidé à la dernière minute.

Mang considéra mon visa.

— Il a été émis il y a dix jours.

— Exact. C'est ce que je vous dis, je me suis décidé à la dernière minute.

— En général, les Américains planifient leur voyage plusieurs mois à l'avance.

C'était certainement ce détail qui avait mis la puce à l'oreille du policier du contrôle des passeports. Je maudis intérieurement Karl.

— Je suis à la retraite, répondis-je. Je vais où je veux, quand je veux.

— Oui ? Pourtant, votre passeport a été émis il y a plusieurs années, et je ne vois aucun tampon d'entrée ou de sortie.

— Je voyage surtout aux États-Unis et au Canada.

— Je vois. Ceci est donc votre premier vrai voyage à l'étranger ?

— Depuis l'émission de ce passeport.

— Ah.

Le colonel Mang me gratifia d'un regard suggérant qu'il était troublé par une incohérence dans mes réponses, puis changea de sujet :

— Vous êtes marié ?

— C'est une question personnelle, colonel.

— Il n'y a pas de questions personnelles.

— Dans mon pays, si.

— Et vous pouvez refuser de répondre aux questions d'un policier ?

— Absolument.

— Que se passe-t-il dans ce cas-là ?

— Rien.

— On me l'a déjà dit, mais je n'y crois pas.

— Vous n'avez qu'à aller vous faire arrêter aux États-Unis.

Mang n'eut pas l'air de trouver ma suggestion très amusante. Il joua un instant avec les papiers étalés sur son bureau, parmi lesquels je ne voyais toujours pas mon passeport.

— Vous avez vu beaucoup de prostituées à Hô Chi Minh-Ville, n'est-ce pas ?

— Possible.

— Elles vendent leurs services aux étrangers. Les Vietnamiens ne fréquentent pas les prostituées. La prostitution est illégale au Vietnam. Vous avez vu des karaokés et des salons de massage. Vous avez vu des vendeurs de drogue, et vous avez vu toutes sortes de signes de décadence à l'occidentale à Hô Chi Minh-Ville. Vous pensez que notre police a perdu le contrôle de la situation, vous vous dites que la révolution a été pervertie. C'est exact ?

— C'est exact.

— Il y a ici deux villes qui occupent le même espace en même temps. Saigon et Hô Chi Minh-Ville. Nous laissons Saigon exister parce que cela nous sert pour le moment. Mais un jour, Saigon disparaîtra.

— Je crois, colonel, qu'un certain nombre de capitalistes étrangers ne partagent pas votre point de vue.

— Eux aussi ne resteront ici qu'aussi longtemps que nous les tolérerons. Le jour venu, nous les chasserons comme un chien qui s'ébroue pour chasser les mouches.

— N'en soyez pas si sûr.

Mang me fixa longuement. Puis il changea de sujet :

— Au cours de votre voyage, monsieur Brenner, vous allez pouvoir constater que les destructions causées par votre armée n'ont pas encore été toutes réparées.

— Si vous voulez mon avis, les deux camps ont causé des destructions. C'est ce qu'on appelle la guerre.

— Ne me faites pas la leçon, monsieur Brenner.

— N'insultez pas mon intelligence, colonel. Je sais ce qu'est la guerre.

— Vous allez traverser un pays en paix, gouverné pour la première fois depuis cent ans par le peuple vietnamien.

Pauvre Mang ! C'était un authentique patriote, et il se retrouvait obligé de composer avec les gens en place à Hanoi, qui eux étaient en train de vendre leur pays à Coca-Cola, à Sony, au Crédit lyonnais. La pilule devait être amère pour ce vieux soldat qui avait sacrifié sa jeunesse et sa vie de famille à une cause. Comme la plupart des soldats, moi compris, il ne comprenait pas que les politiciens puissent renoncer à ce qui avait été si âprement défendu par le sang. J'en aurais presque éprouvé de la sympathie pour lui.

— Je suis impatient de découvrir le nouveau Vietnam, me contentai-je de dire.

— Oui ? Et quand vous retournerez sur vos anciens champs de bataille, que ressentirez-vous ?

— J'étais cuistot. Mais si j'avais combattu, je crois que je serais incapable de prévoir ma réaction avant d'y être.

Il hocha la tête.

— À votre arrivée à Hanoi, vous vous présenterez également à la police de l'immigration.

— Pourquoi ? Je quitterai le pays dès le lendemain.

— Peut-être. Mais peut-être pas.

— Je commencerai par l'ambassade américaine.

— Oui ? Et pour quel motif ?

— Je vous laisse le soin de le deviner.

— Avez-vous contacté votre antenne consulaire ici, à Hô Chi Minh-Ville ?

— Par l'intermédiaire de cette personne que je connais, oui, je leur ai signalé ma présence à Hô Chi Minh-Ville, le problème auquel j'ai été confronté à l'aéroport, la confiscation de mon passeport, et ma date prévue d'arrivée à Hanoi. Soit cette personne a déjà contacté notre ambassade, soit elle s'apprête à le faire.

Le colonel Mang ne répondit pas.

— Je trouve très positif que Washington et Hanoi aient rétabli des relations diplomatiques, ajoutai-je.

— Vraiment ? Pas moi.

— Il est temps de faire une croix sur le passé.

— Nos morts ne sont pas tous enterrés, monsieur Brenner.

Je faillis lui rappeler que les communistes avaient passé au bulldozer les cimetières militaires du Sud-Vietnam, mais ce n'était pas le moment de l'irriter davantage.

— Si les États-Unis n'avaient pas de diplomates ici, dis-je, à qui pourrais-je me plaindre de votre attitude ?

Le colonel Mang sourit.

— Je préférais nettement le système implanté en 1975, répondit-il.

— Je n'en doute pas. Mais c'est un monde nouveau, et une nouvelle année.

— Avez-vous communiqué à cette connaissance, M. Stanley, votre itinéraire de voyage ?

— Oui.

— Donc, s'il vous arrivait une mésaventure en cours de trajet, votre ambassade et notre police pourraient mener une enquête conjointe.

— Je n'ai pas l'intention de vivre la moindre mésaventure, mais si cela se produisait, mon ambassade saurait où commencer son enquête.

Le colonel Mang semblait apprécier cet échange de menaces à fleurets mouchetés. Je crois que, dans une certaine mesure, il m'estimait. Et au stade où nous en étions, il devait commencer à se douter que nous opérions plus ou moins dans le même domaine. De mon côté, j'étais quasi certain qu'il était plus qu'un simple officier de la police de l'immigration : il avait emprunté ce bureau miteux à un collègue de la section C, mais sa vraie place était à la A, ou éventuellement à la B. Une convocation à la section C avait quelque chose de rassurant, qui pouvait conduire un suspect à baisser sa garde.

Il y avait aussi une sorte de curieuse symétrie dans la situation : je n'étais ni cuistot ni touriste, et le colonel Mang n'appartenait pas à la police de l'immigration. Et aucun de nous ne risquait de postuler de sitôt pour l'Oscar du meilleur acteur.

— Colonel, il faut que je retourne à l'hôtel Rex, sans quoi mon billet risque d'être perdu. Je vous remercie de m'avoir prodigué votre attention et vos conseils.

Feignant de ne pas m'avoir entendu, il plissa les yeux sur ma note d'hôtel.

— Ce dîner a coûté cher, dit-il. Vous l'avez pris seul ?

— Non.

Il ne posa pas d'autre question. Ne me réclama pas d'argent. Écrivit quelque chose sur une feuille de papier de mauvaise qualité, prit un tampon sur le bureau, l'apposa sur la feuille.

— Vous montrerez ce papier chaque fois que vous vous présenterez à la police de l'immigration.

Il me remit la feuille tamponnée, ma note d'hôtel, mon passeport, mon visa, ainsi qu'une seconde feuille frappée d'un grand C, celle-là de couleur jaune.

— Vous remettrez ce papier au préposé de l'accueil. (Et il ajouta en souriant :) Ne le perdez surtout pas, monsieur Brenner, sans quoi vous risqueriez de ne plus jamais ressortir de cet immeuble.

— J'ai beaucoup apprécié cette petite visite, déclarai-je, mais je ne voudrais surtout pas abuser de votre hospitalité.

— Si vous vous écartez de votre itinéraire, n'oubliez pas de le signaler à la police de l'immigration. Bonne journée à vous.

— Et merci d'avoir fait rapporter mon souvenir à mon hôtel.

— Ce sera tout, monsieur Brenner.

— *Chuc Mung Nam Moi*, dis-je.

— Disparaissez avant que je ne change d'avis.

Ne voulant pas tenter le diable, je m'éclipsai. Il n'y avait plus personne pour m'escorter dans le couloir. Je repartis donc seul vers le hall d'entrée, et je remis ma feuille jaune au préposé de l'accueil, qui m'indiqua la sortie en aboyant :

— Allez !

Je m'empressai d'obtempérer. Le ministère de la Sécurité publique ressemblait à une sorte de mauvaise imitation du ministère de l'Amour d'Orwell. La coercition imprégnait chaque mur, une impression indélébile, laissée par des décennies successives d'intimidations, d'interrogatoires, de sang, de sueur et de larmes.

J'émergeai enfin sous le soleil. Comme l'avait prédit Susan, il n'y avait aucun taxi dans les parages, et je dus marcher jusqu'au bout du pâté d'immeubles pour en trouver un.

— Hôtel Rex, dis-je au chauffeur.

Au moment où nous démarrions, je regardai la feuille que m'avait remise le colonel Mang. Elle comportait une longue phrase en vietnamien, au sein de laquelle figurait mon nom. Je reconnus aussi le mot *My* – « Américain ». Le colonel Mang avait signé de son nom complet, Nguyen Qui Mang, suivi de son grade : *daita*. Le tampon représentait une étoile rouge accompagnée de quelques mots, dont la formule *phong quan ly nguoi nuoc ngoai*. Je glissai la feuille dans ma poche, un peu agacé d'être forcé de trimballer cette drôle de lettre de recommandation.

Dix minutes plus tard, c'est-à-dire juste après neuf heures, j'étais de retour au Rex.

Susan Weber m'attendait dans le hall, assise dans un fauteuil face à l'entrée, vêtue d'un pantalon bleu marine, d'un chemisier de coton couleur chair aux manches retroussées et d'une paire de chaussures de marche. Dès qu'elle me vit, elle se leva et vint à ma rencontre, comme si nous étions deux amants qui se retrouvent pour un cinq à sept.

Nous échangeâmes une poignée de main.

— Alors ? fit-elle. Comment ça s'est passé ?

— Très bien. Je suis libre de mes mouvements. Et en ce qui concerne le billet ?

— Je vous ai trouvé une place dans le train pour Nha Trang.

— Vous êtes fantastique.

— Sauf que le billet n'est toujours pas arrivé, et que le train part à dix heures quinze.

— À quelle distance sommes-nous de la gare ?

— À cette heure-ci, il faut compter vingt minutes. Que vous a dit le colonel Mang ?

— Que je suis sur la bonne voie.

— Vous avez réussi à maîtriser votre grande gueule ? s'enquit-elle en souriant.

— J'ai fait de mon mieux. Il dit aussi que les prostituées, les drogues, les karaokés et vous ferez bientôt partie du passé. Ne le prenez pas pour une attaque personnelle. Il parlait des capitalistes en général.

— Il y a de la place pour tout le monde.

— Ce n'est pas l'avis du colonel Mang. Il est confronté à un sérieux problème de double langage de la part de ses patrons, et je crains qu'il ne soit au bord de la crise de nerfs. Quand mon billet de train va-t-il arriver, selon vous ?

— Incessamment. Au fait, merci pour la boule à neige. C'était pour moi ?

— Oui. Ce n'est pas grand-chose.

— C'est l'intention qui compte.

— Il faut que j'aille régler mes extras, et…

— C'est déjà fait.

— Il ne fallait pas.

— Ça vous laissera un peu de temps pour me parler de ce massage qui a été facturé vingt dollars…

— Une erreur, forcément.

Elle n'insista pas.

— Le colonel Mang veut que votre agence de voyages le contacte le plus vite possible, ajoutai-je. J'espère que ça ne posera pas de problème. Il y tient beaucoup.

— Ne vous inquiétez pas. Vidotour informe la police de toutes ses transactions, mais pas les agences privées, sauf quand elles en reçoivent l'ordre. Je vais les prévenir.

— Bill utilise la même agence que vous ?

— De temps en temps. Pourquoi ?

— Parce que c'est par son entremise que j'ai acheté ce billet. Je ne voulais pas donner votre nom à Mang.

— Oh… Tant pis. Je l'appellerai, pour qu'on accorde nos violons.

— Dites-lui bien que je le remercie de m'avoir aidé à quitter Saigon. Ça lui fera plaisir.

— Le colonel Mang vous a remis une note écrite ?

Je lui montrai la feuille frappée de l'étoile rouge.

— Qu'est-ce que ça dit ? demandai-je.

— « Enregistrez l'adresse de Paul Brenner, citoyen américain, la date de son arrivée et de son départ, et les moyens de transport utilisés pour atteindre et quitter votre juridiction. »

Susan me rendit la feuille. Le message ne disait pas : « Transmettez ces informations à la sécurité », mais la consigne coulait de source.

— Il n'y a pas si longtemps, me dit-elle, il était plus fréquent que les étrangers doivent se présenter à la police de l'immigration. Il leur fallait un permis de voyage en plus du passeport et du visa. Depuis quelques années, les restrictions s'assouplissent.

— Pas pour moi.

— Laissez-moi passer deux ou trois coups de fil. Histoire de voir si je trouve quelqu'un qui pourrait calmer les ardeurs du colonel Nguyen Qui Mang.

Elle sortit sur le trottoir pour bénéficier d'une meilleure réception. Je déteste laisser quelqu'un d'autre régler mes problèmes à ma place, c'est même une chose que je ne tolère pas dans le cadre de ma vie privée, mais en mission, la règle numéro un est la suivante : d'abord la mission, ensuite Paul Brenner, et le reste en queue de peloton. Peut-être avais-je eu tort de communiquer le nom de Bill Stanley au colonel Mang. Mais dans le fond, ce n'était rien de grave, même si j'avais cru déceler chez Susan une touche de nervosité.

Elle me rejoignit peu après.

— Tout est arrangé, m'annonça-t-elle.

— Et Bill ? Il a apprécié que j'aie donné son nom au colonel Mang ?

— Franchement, vous auriez très bien pu donner le mien.

— Je ne tiens pas à ce que le colonel Mang vous interroge. Il pourrait relever des incohérences dans nos versions.

— Et moi qui m'imaginais que c'était uniquement par esprit chevaleresque !

— Jamais entendu ce mot-là, grommelai-je.

Je vis un gosse d'une douzaine d'années franchir le seuil de l'hôtel. Susan marcha vers lui. Il lui tendit une enveloppe, et elle lui donna un pourboire. Après avoir dit quelque chose à mon amie Lan, de la réception, elle me fit signe de la suivre dehors.

Les événements s'accéléraient. Susan et moi sortîmes sur le trottoir, le long duquel un taxi semblait nous attendre.

— Vos bagages sont dans le coffre, me dit-elle. Allons-y.

Nous montâmes dans le taxi. Susan s'adressa au chauffeur, qui démarra.

— Vous savez, Susan, vous n'êtes pas obligée de m'accompagner à la gare…

— Vous embarquerez beaucoup plus facilement si je suis là. À moins que vous n'ayez appris à parler et à lire le vietnamien pendant la nuit ?

— D'accord. Merci. Vous me donnez mon billet ?

— Je préfère le garder jusqu'à la gare. Il faudra le montrer à l'entrée du quai. Vous n'avez pas de siège réservé, juste un numéro de voiture. C'est un wagon de deuxième classe. Il sera bourré de Vietnamiens, dont certains ne demanderont pas mieux que de voyager debout si vous leur offrez cinq dollars pour leur place. On ne peut pas faire ce genre de chose en première, parce qu'il y a surtout des Occidentaux.

— À votre retour au bureau, j'aurais besoin que vous préveniez mes employeurs, par fax ou par e-mail, que je suis en route vers Nha Trang. Dites-leur que le colonel Mang m'a demandé de me présenter à l'antenne locale de la police de l'immigration, mais que je ne pense pas que ma mission soit compromise, même si je risque d'être l'objet d'une certaine surveillance.

Susan hésita un instant, puis lança :

— J'étais sûre qu'ils mourraient d'impatience de connaître le résultat de votre rendez-vous, et du coup, je me suis permis de téléphoner au consulat devant l'hôtel. J'ai fait court, au cas où nos lignes seraient sur écoute. J'ai réussi à joindre la personne adéquate. À mon avis, c'est le correspondant local de la CIA. J'ai juste dit : « Il est libre de ses mouvements. Prévenez son employeur. » Ça ira ?

— Oui, fis-je. Mais dès votre retour, transmettez-leur un rapport détaillé de la situation.

— Comptez sur moi.

La gare ferroviaire était située au nord du centre de Saigon. Nous stoppâmes devant l'entrée, parmi un foisonnement de taxis, de bus, et de piétons.

Susan régla le chauffeur d'un billet de cinq dollars pendant que je descendais pour récupérer mes bagages. En sortant ma valise du coffre, je vis un gros sac à dos jaune appuyé contre elle. Susan s'en saisit, referma le coffre, se mit le sac sur le dos.

— Allons-y.

— Hé… attendez un peu !

— Dépêchez-vous, Paul. Nous allons louper le train !

Nous ? Je la suivis dans le grand hall en traînant ma valise à roulettes derrière moi. Susan consulta le panneau d'affichage.

— Voie 5, me dit-elle. Par ici. Vite !

Nous fendîmes en hâte une foule compacte.

— On pourrait se dire au revoir ici, proposai-je.

— Je déteste les adieux.

— Susan…

— Je me sens responsable de vous jusqu'à votre arrivée à Nha Trang. À partir de là, vous vous débrouillerez tout seul. D'accord ?

Je ne répondis pas.

Nous avions atteint l'entrée du quai. Susan montra deux billets à la préposée. Quelques mots furent échangés, Susan lui mit un dollar dans la main et la femme nous fit signe de passer.

Nous entreprîmes de remonter le quai à grands pas.

— Voiture 9, me dit Susan. Tout au bout, comme d'habitude.

À ma montre, il était dix heures douze, et un contrôleur exhortait en vietnamien les passagers à embarquer, ce que j'aurais pu trouver amusant si j'avais été d'humeur plus contemplative.

Nous atteignîmes la voiture 9. Je hissai ma valise à bord du train, montai et tendis la main à Susan pour l'aider à me rejoindre. Nous restâmes debout dans l'étroit sas de queue de wagon. J'étais essoufflé et en nage.

Après un ultime appel du contrôleur, les portières se refermèrent, le train s'ébranla, prit de la vitesse et quitta la gare. Nous échangeâmes un regard.

— Combien vous dois-je pour le billet ? demandai-je.

— On verra ça plus tard, répondit-elle en souriant.

— Franchement, je n'ai rien vu venir.

— Bien sûr que si. Vous êtes un espion. Vous avez vu que je n'étais pas habillée comme quelqu'un qui s'apprête à aller au bureau. C'est moi qui me suis occupée des billets. J'avais déjà appelé le consulat. J'avais cessé d'insister pour que vous me laissiez venir avec vous. Je vous ai accompagné à la gare. Vos bagages étaient déjà dans le taxi – avec les miens. Lequel de ces indices a été le premier à vous mettre la puce à l'oreille ?

— Tous, je suppose.

— Dans ce cas, cessez de jouer la surprise.

— Entendu.

— Vous avez envie que je vous accompagne ?

— Oui.

— Parfait. Je ne resterai que quelques jours à Nha Trang. Ensuite, je rentre.

— Vous avez réservé des chambres d'hôtel ?

— Non, on va tâcher de retrouver celui où vous avez passé votre permission, s'il existe toujours.

Un regard à travers la porte vitrée du wagon me suffit pour constater que celui-ci était plein à craquer de personnes, de bagages, de caisses et d'à peu près toutes les espèces d'animaux domestiques à l'exception du bétail.

— On ferait peut-être mieux de rester debout…

— Le trajet dure cinq ou six heures, objecta Susan. Mieux vaut racheter deux places assises.

Tandis que le train traversait la banlieue nord de Saigon, je vis un chasseur russe, un Mig, traverser le ciel et descendre vers ce qui avait été la base de Bien Hoa, où j'avais été cantonné.

Un contrôleur passa, et Susan engagea aussitôt la conversation. Elle compta douze dollars, les lui remit, et il s'en fut.

— Il s'occupe de la transaction, m'expliqua-t-elle. Il gardera la monnaie.

Le train roulait à présent vers l'est et la côte. Les maisons en bordure de voie n'étaient guère plus que des taudis. Ils étaient déjà là en 1972, quand près d'un million de réfugiés venus des campagnes avaient afflué vers la relative sécurité de Saigon.

— J'adore la plage, dit Susan. Vous avez un maillot de bain ?

— Oui. Quelques maillots de bain dans une valise, c'est la meilleure couverture qui soit quand des fonctionnaires trop curieux ont tendance à ouvrir vos bagages.

— Qu'est-ce que vous pouvez être intelligents, vous autres les espions !

— Je ne suis pas un espion.

— J'oubliais, fit-elle en souriant. Comme vous le constatez, j'ai décidé de voyager léger. Sans oublier mon maillot de bain. Il paraît que les plages sont magnifiques.

— Le monokini est-il autorisé ?

— Vous ne perdez pas le nord. Non, ce genre de fantaisie n'est pas possible ici. Les Vietnamiens deviendraient fous. À Vung Tau, je crois, on peut trouver quelques plages isolées où les Français se baignent quasi nus. Mais ceux qui se font attraper par la police locale ne sont pas au bout de leurs peines.

— Vous avez déjà été attrapée ?

— Je ne me suis risquée ni au nudisme ni au monokini. J'adorerais, mais comme je suis résidente, je ne peux pas me réfugier derrière l'ignorance des lois. Si vous me parliez un peu de cette permission que vous avez passée à Nha Trang ?

— C'était en mai 1968. Il faisait beau.

— Je croyais que les soldats quittaient le pays pendant leurs permissions…

— Les gars qui avaient fait ce qu'il fallait pour le mériter avaient aussi droit à des mini-permissions de trois jours à l'intérieur des frontières.

— Je vois. Et qu'avez-vous fait pour en mériter une ?

— J'ai inventé une nouvelle recette de chili.

— J'espère que dans les prochains jours vous vous sentirez suffisamment en confiance avec moi pour me parler de ce que vous avez vécu dans ce pays.

— Et de votre côté, vous me direz peut-être ce que vous faites ici et pourquoi vous y restez.

Elle ne réagit pas.

Le train, sur sa lancée, venait de franchir la rivière Saigon et roulait à présent à travers un paysage de rizières ponctuées de hameaux.

Je me tournai vers Susan et vis qu'elle me regardait. Nous échangeâmes un sourire.

— Qu'auriez-vous fait sans moi ? demanda-t-elle.

— Je l'ignore. Mais je le saurai quand vous serez repartie pour Saigon.

— Au bout de trois jours en ma compagnie, je pense que vous serez bon pour le service.

— Au bout de trois jours en votre compagnie, j'aurai peut-être besoin d'une permission de trois jours.

— Vous semblez être en bonne condition pour un homme de votre âge. Vous nagez ?

— Comme un poisson.

— Vous faites de la montagne ?

— Comme un chamois.

— Vous dansez ?

— Comme John Travolta.

— Vous ronflez ?

Je souris.

— Oups, dit-elle. Je plaisantais.

Le train roulait toujours, s'éloignant un peu plus à chaque instant de l'ancien Saigon, ou de la nouvelle Hô Chi Minh-Ville, pour se rapprocher de Nha Trang et me ramener vers mai 1968.

Livre III

NHA TRANG

16

Le contrôleur nous guida à travers le wagon bondé jusqu'à une banquette que venaient de libérer deux jeunes Vietnamiens. Après avoir hissé ma valise dans le porte-bagages, je logeai ma sacoche sous le siège. Susan s'installa près de moi, côté couloir, et fit de son mieux pour caler son sac à dos entre ses jambes.

L'espace entre les banquettes de bois semblait avoir été calculé pour des culs-de-jatte. D'une largeur à peine suffisante pour deux personnes, presque toutes en accueillaient trois, sans compter les enfants sur les genoux de leurs parents.

Nous étions côté droit, ce qui nous garantissait une vue imprenable sur la mer de Chine chaque fois que nous la longerions. Il n'y avait pas d'air conditionné, mais plusieurs vitres étaient baissées, et les petits ventilateurs fixés dans les angles de la voiture brassaient plus ou moins bien la fumée des cigarettes.

— On aurait peut-être mieux fait de louer une voiture avec chauffeur, remarquai-je.

— La route 1 n'est pas une sinécure. Et cela vous fera une expérience intéressante.

— Merci de vous préoccuper de mon enrichissement personnel.

— C'est bien le moins que je puisse faire.

— Qu'est-ce qui peut fasciner à ce point tous les jeunes routards qu'on croise dans ce pays ?

— Le Vietnam est un pays bon marché. Il y a aussi le sexe et la drogue. Ce sont des attraits irrésistibles pour le commun des mortels.

— En effet.

— Les jeunes se racontent leurs expériences sur Internet. C'est ainsi que ce pays a fini par devenir un point chaud.

— C'était déjà le cas quand je me suis retrouvé ici. Mais je trouve un peu déplacé qu'un État totalitaire ait tant de charme aux yeux de ces touristes.

— Ils n'ont pas le même regard que vous. La moitié d'entre eux ne savent même pas que ce pays est aux mains des communistes, et ceux qui le savent s'en fichent comme d'une guigne. Pour vous, cela veut dire quelque chose. C'est une question de génération. De votre temps, le communisme était l'épouvantail absolu. Les gosses d'aujourd'hui auraient plutôt tendance à croire au joint comme catalyseur de la paix mondiale. Et au rapprochement entre les peuples par le sexe.

— Et votre génération ? Qu'est-ce qui l'attire au Vietnam ?

— L'argent.

— Vous n'avez jamais eu le sentiment qu'il manquait quelque chose à votre vie ? Une chose extérieure à votre personne à laquelle vous pourriez croire, pour laquelle vous pourriez vivre ?

— Diantre… Vous me posez là une question existentielle, il faudra que j'y réfléchisse à tête reposée. Nous vivons une époque incroyablement morose. Je crois que j'aurais adoré être étudiante dans les années soixante. Mais je suis née trop tard. Ni ma génération ni moi ne pouvons être tenues pour responsables du vide ambiant.

— Est-ce l'époque qui fait la génération ou l'inverse ?

— J'ai la gueule de bois. Si on parlait de choses un peu plus terre à terre ?

Nous échangeâmes quelques banalités sur le paysage.

Un voile de brume imprégnait l'air moite, et le wagon tressautait tellement qu'on aurait cru que les rails arrachés par les Vietcongs n'avaient jamais été réparés. Dans quel état devait être la route 1 !

Une soixantaine de kilomètres au nord de Saigon, nous effectuâmes notre premier arrêt dans un bourg nommé Xuan Loc, qui à l'époque avait hébergé le camp de base de la division Black Horse, la 11e de cavalerie blindée.

— Ce monsieur K avec qui nous avons échangé hier des messages sur Internet à votre bureau était stationné ici en 1968, dis-je à Susan.

— Vraiment ? Pourquoi n'est-il pas revenu avec vous ?

— Bonne question. Il aurait sûrement apprécié le colonel Mang. Ils sont faits du même bois.

Des gens descendirent à Xuan Loc, d'autres embarquèrent. Ayant retrouvé équilibre et harmonie, le train se remit en branle.

— Xuan Loc a été le dernier bastion de l'armée sud-vietnamienne avant la chute de Saigon, ajoutai-je.

Susan bâilla.

— Je suis trop évaporée et trop égocentrique pour m'intéresser à ce genre de détail.

Je l'avais peut-être vexée. À moins que ce ne soit le fossé des générations. Je me sentis soudain très, très vieux.

La nuit avait été longue, et la matinée avait démarré au quart de tour. Susan finit par s'endormir, le front appuyé sur mon épaule. Quelques minutes plus tard, je la rejoignis dans les limbes.

Nous nous réveillâmes tous deux à l'approche de Cam Ranh, après quatre heures de trajet. Je vis la rade se déployer sous mes yeux, immense, révélant une partie de l'ancienne base navale américaine et plusieurs navires de guerre au mouillage. Au nord, la péninsule qui fermait la baie avait autrefois accueilli une importante base aérienne.

— Vous êtes déjà venue ici ? demandai-je à Susan.

— Personne ne vient ici. C'est une zone interdite. Et vous ?

— Je suis venu une fois. Très peu de temps, en 1972. Pour une mission de police militaire. Nous étions chargés de retrouver deux soldats qui avaient fait du grabuge. Pour les ramener à la prison de Long Binh – près de Bien Hoa.

Je me tournai de nouveau vers la vitre. À l'époque, les installations navales et aériennes de la baie de Cam Ranh comptaient parmi les meilleures du Pacifique. Après 1975, le nouveau régime les avait louées aux Soviétiques.

— Il y a toujours des Russes ici ? demandai-je à Susan.

— Il paraît. Mais c'est surtout la marine vietnamienne qui utilise cette base. C'est un port en eau profonde qui ferait une plate-forme commerciale fabuleuse pour les porte-conteneurs et les pétroliers, mais Hanoi refuse pratiquement tout essor industriel dans la région. Je doute que vous soyez autorisé à visiter la base, à moins que vous n'ayez envie de vous faire tirer comme un lapin.

— Sans façon.

Le train finit par s'immobiliser en gare de Cam Ranh. Seuls quelques passagers descendirent, et la plupart des nouveaux venus, des marins et des aviateurs vietnamiens, restèrent entassés en queue de wagon.

Au moment où le train reprenait sa course vers le nord, Susan sortit une petite bouteille d'eau minérale de son sac à dos, l'ouvrit, but quelques gorgées et me la tendit.

De temps à autre, on apercevait un cratère de bombe, un char détruit, un bunker éventré, une ancienne tour de guet française. Pour l'essentiel, cependant, la guerre avait été rayée du paysage – même si son souvenir restait extraordinairement vivace dans l'esprit de tous ceux qui l'avaient connue, moi compris.

Un pot de yaourt et une cuiller en plastique se matérialisèrent dans les mains de Susan.

— Vous en voulez ?

Je n'avais rien avalé depuis le hamburger du Q-Bar, mais je préférais crever de faim plutôt que de me risquer à manger du yaourt.

— Non, merci.

Elle enfourna une cuillerée de cette abomination gluante.

— Il y a un wagon-restaurant ? demandai-je.

— Bien sûr. Vous n'avez qu'à traverser le wagon-bar, puis le wagon d'observation panoramique. Le wagon-restaurant est juste après.

Ce fut alors que je remarquai que tout le monde, autour de nous, semblait avoir apporté des stocks de nourriture et de boissons.

— Je veux bien un peu de yaourt, grommelai-je.

Susan me mit dans la bouche une cuillerée de matière blanche. Après tout, ce n'était pas si dégoûtant.

Quand nous eûmes fini l'eau et le yaourt, elle insista pour échanger sa place contre la mienne. À cause du manque d'espace entre les sièges, elle dut m'enjamber en se frottant plus ou moins contre moi.

— On recommence ? dis-je en passant côté couloir.

Elle sourit, alluma une cigarette et souffla la fumée vers la vitre entrebâillée. Puis elle ouvrit le numéro de l'*Economist* qu'elle avait apporté, et quelque temps plus tard, six heures environ après son départ de Saigon, notre train ralentit à l'approche de Nha Trang.

Nous arrivions de l'ouest, et le paysage de montagnes dévalant en cascade jusqu'à la mer était spectaculaire. Des tours de brique extrêmement pittoresques – que Susan appelait « tours cham » – se dressaient çà et là au pied des montagnes. Une immense statue de Bouddha trônait sur une butte à notre gauche, et droit devant, sur une colline trapue dominant la gare, je vis surgir une cathédrale de style gothique dont j'avais vaguement gardé le souvenir.

Le train ralentit et stoppa le long du quai.

C'était le terminus, et tous les passagers empoignèrent enfants, bagages, paquets et animaux pour se diriger vers les portières alors qu'une foule compacte amassée sur le quai se battait déjà pour monter à bord.

— Ne cessez surtout pas de pousser, me glissa Susan tandis que nous progressions centimètre par centimètre vers la sortie. Vous êtes le plus grand du wagon. Derrière, tout le monde compte sur vous.

Nous finîmes par émerger à l'air libre.

Il faisait plus frais ici qu'à Saigon, et l'air était mille fois moins pollué. Quelques nuages cotonneux flottaient dans un ciel uniformément bleu.

Susan et moi remontâmes le quai, traversâmes le hall de la petite gare et ressortîmes dans la rue, où des dizaines de taxis guettaient le chaland.

Nous montâmes dans l'un d'eux. Susan dit quelque chose au chauffeur, qui sursauta en l'entendant parler vietnamien.

— Qu'est-ce que vous vous rappelez au juste de cet hôtel où vous avez passé votre permission ? me demanda-t-elle au moment où le taxi démarrait.

— Il était du côté sud de la plage. Un immeuble colonial de style français, sur trois ou quatre étages. La façade était blanche, ou peut-être bleu pâle.

— Malgré votre âge, vous n'avez pas perdu la mémoire.

Elle s'adressa de nouveau au chauffeur, qui l'écouta, puis hocha la tête.

Nous traversâmes Nha Trang, qui avec ses bâtiments de stuc blanc à toiture de tuiles, ses palmiers, et ses bougainvillées envahissantes ressemblait à cent autres stations balnéaires. La ville avait cependant un meilleur aspect que dans mon souvenir, du temps où elle regorgeait de soldats et de véhicules militaires. C'était alors un havre de paix au cœur de la guerre, et je n'avais pas souvenir d'y avoir remarqué de dommages majeurs, même si, çà et là, quelques tirs de mortier lui étaient tombés dessus, partis des montagnes avoisinantes. À l'époque, Nha Trang accueillait aussi une grosse antenne de la CIA – un signe infaillible de ce que la ville était sûre et bien équipée en bars et restaurants.

Quelques minutes plus tard, notre taxi tourna au sud pour rattraper la route côtière. Les bâtiments du front de mer, sur notre droite, variaient de la bicoque en ruine à l'hôtel de luxe flambant neuf. À notre gauche se déployait la plage, un croissant de plusieurs kilomètres de sable blanc, de palmiers, de restaurants et d'eau turquoise sous un ciel de feu. Deux pointes de terre s'avançaient dans la mer de Chine au nord et au sud. Au large, plusieurs îlots tapissés d'une végétation émeraude exhalaient un parfum de mystère.

— C'est magnifique, dit Susan.

— Oui.

— Cela correspond à votre souvenir ?

— Je n'ai passé ici que trois jours. Et si je ne m'abuse, j'étais bourré du matin au soir et du soir au matin.

Le taxi s'immobilisa. Le chauffeur indiqua quelque chose de la main en parlant à Susan. Une centaine de mètres au-delà d'une balustrade de béton qui courait le long de la route, mon regard se fixa sur un gros édifice de stuc blanc sur trois étages, dont le corps principal était flanqué de deux ailes symétriques. Grand Hôtel, disait l'enseigne bleu et blanc.

— D'après le chauffeur, me dit Susan, c'est un des hôtels où descendaient les soldats américains pendant la guerre. Il s'appelait déjà comme ça, le Grand Hôtel. Ensuite, sous les communistes, il a été rebaptisé Nha Khach 44 – ce qui signifie tout simplement « Hôtel 44 » – avant de redevenir le Grand Hôtel. Ça vous rappelle quelque chose ?

— Peut-être. Demandez-lui s'il y a au bar une serveuse nommée Lucy.

Susan sourit et traduisit ma question au chauffeur, qui engagea son véhicule entre deux hauts piliers marquant l'entrée d'une allée en demi-cercle qui contournait un bassin ornemental.

Cet endroit avait effectivement quelque chose de familier, et notamment la véranda, où plusieurs clients étaient en train de boire un verre. Il ne manquait plus que Lucy circulant entre les tables.

— Je crois que c'est ça, dis-je.

Le chauffeur nous déposa devant le perron. Je réglai la course après que nous eûmes retiré nos bagages du coffre.

— C'est peut-être complet, dis-je à Susan en suivant des yeux le départ de notre taxi.

— L'argent résout tout.

Bagages en main, nous gravîmes les marches du perron, franchîmes une porte-fenêtre ouverte et pénétrâmes dans la réception.

Le hall était vétuste et sommairement meublé, mais, si l'on en croyait ses cinq mètres de hauteur sous plafond et ses moulures de plâtre craquelées, il devait avoir connu des jours meilleurs. Parallèlement au mur de droite courait un long comptoir de réception derrière lequel un jeune employé ronflait bruyamment, affalé sur sa chaise.

— Alors ? me demanda Susan. C'est bien ici ?

Mon regard s'arrêta sur une arche aménagée dans le mur de gauche du hall. Au-delà de celle-ci, je reconnus sans l'ombre d'une hésitation la salle à manger, puis l'alignement de portes-fenêtres qui menait à la véranda. Je hochai vigoureusement la tête.

— C'est ici.

Susan agita la clochette du comptoir, et au bond que fit le réceptionniste, on aurait cru qu'il venait d'entendre la sirène annonciatrice d'un bombardement.

Dès qu'il eut repris sa contenance, Susan entama les négociations d'usage. Puis elle se tourna vers moi :

— Il dit qu'il ne lui reste plus que les chambres les plus chères. Il en a deux au troisième étage. Chacune a sa propre salle de bains, avec eau chaude le matin. Ce sont de grandes chambres, mais par ici la notion de grandeur est très relative. Il demandait soixante-quinze dollars par nuit et par personne, ce qui est grotesque, et je viens de lui offrir deux fois deux cents dollars la semaine. Ça vous va ?

Lors de mon précédent séjour dans cet hôtel, l'armée avait réglé la note. Je ne voyais pas pourquoi il n'en irait pas de même cette fois-ci.

— Tout à fait, répondis-je. Vous comptez rester une semaine ?

— Non, mais j'ai obtenu un meilleur prix en négociant une semaine complète.

Je retirai quatre cents dollars de mon portefeuille, mais Susan intervint.

— Je paie ma chambre.

— Dites à ce type que je suis venu pendant la guerre, qu'ils avaient de l'eau chaude vingt-quatre heures sur vingt-quatre et sept jours sur sept, et que cet hôtel était nettement plus propre du temps où il était tenu par l'armée américaine.

— Je doute que ça l'intéresse, me rétorqua Susan.

Nous remplîmes les fiches d'information, montrâmes nos passeports et nos visas. Le réceptionniste insista avec véhémence, en invoquant la loi, pour garder le tout. Pour le calmer, Susan lui donna dix dollars.

Nous réglâmes chacun deux cents dollars, en échange de quoi il nous remit un reçu d'un montant de cent dollars. Puis il nous tendit à chacun une clé, agita sa cloche, et un chasseur se présenta : un gamin haut comme trois pommes, qui ne devait guère avoir plus de dix ans, mais qui réussit néanmoins à mettre sur son dos le sac de Susan et à hisser ma valise sur trois étages.

— L'ascenseur est en panne, on dirait, fit Susan en pleine ascension.

— On dirait, oui, répondis-je. Vous en trouverez sûrement un dans le joli hôtel tout neuf que nous avons dépassé en venant. Vous n'avez qu'à y aller si vous tenez tant que ça au confort. Moi, je reste ici.

— Je comprends. Loin de moi l'idée de me plaindre. Je trouve cet endroit... plein de charme.

Nous arrivâmes au troisième étage. Les couloirs étaient amples, et le plafond toujours aussi haut. Chaque porte était surmontée d'un panneau ajouré pour favoriser la ventilation croisée.

Nous commençâmes par ma chambre – numéro 308. Le gamin entra avec nos bagages. Susan et moi le suivîmes. Effectivement spacieuse, elle comportait trois lits simples, comme si cet hôtel accueillait toujours des soldats en permission. Chacun était surmonté d'un baldaquin de bois d'où tombait une moustiquaire, qui y était déjà la première fois. La nostalgie dépend en grande partie de la capacité à oublier certains détails rebutants.

Les murs de stuc étaient recouverts d'une peinture bleu ciel insolite, et il y avait là un curieux assortiment de ventilateurs à pied, de lampes et de meubles modernes bas de gamme, disposés à peu près n'importe comment sur le vaste plancher. Le ventilateur de plafond, installé au centre de la pièce, était lui aussi peint en bleu.

La meilleure preuve du passage de nos troupes en ce lieu était sans aucun doute la présence le long des plinthes de prises électriques aux normes américaines, qui depuis s'étaient vu rajouter des adaptateurs pour permettre le branchement d'appareils de fabrication asiatique.

— Pas mal, lâchai-je.

— La moustiquaire est d'excellente qualité, renchérit Susan, bonne joueuse.

J'ouvris la porte-fenêtre pour profiter de la brise marine. Nous sortîmes sur le balcon et embrassâmes d'un regard la pelouse, l'allée circulaire avec son bassin ornemental, la plage blanche bordée de palmiers de l'autre côté de la route. Il y avait un grand nombre de transats sur le sable, mais très peu de monde.

— Regardez cette eau, ce sable, ces montagnes et ces îles, me dit Susan. Vous avez bien fait de proposer Nha Trang. Bon, je passe dans ma chambre pour défaire mes bagages et faire un brin de toilette. (Elle jeta un coup d'œil à sa montre.) Je propose qu'on se retrouve pour prendre un verre dans la véranda à six heures. Ça vous va ?

— Plutôt six heures et demie. Je dois me présenter à la police de l'immigration pour leur dire où je suis.

— Oh… Vous voulez que je vous accompagne ?

— Non, rendez-vous dans la véranda à six heures et demie. Si je suis en retard, ne vous inquiétez pas trop, mais si ce retard se prolonge, tâchez de vous renseigner.

— Faites-leur savoir que vous êtes attendu. Ils risquent moins de tenter un coup tordu s'ils savent que vous ne voyagez pas seul.

— Je verrai. Ah, vous aurez peut-être remarqué qu'il n'y a pas de téléphone dans la chambre. Donc, si j'ai besoin de vous parler, je vous ferai prévenir par le réceptionniste. Gardez-le toujours informé de l'endroit où on peut vous trouver.

— Entendu, dit-elle en regardant le numéro de sa clé. Je suis au 304.

— J'aurai aussi besoin de faire quelques photocopies.

— À la poste. *Buu dien.*

— À tout à l'heure.

Elle partit avec le chasseur en me laissant sur le balcon, face à la mer. Quelques jours plus tôt, je me trouvais de l'autre côté de cet océan. J'avais peine à le croire. Même si, quelque part dans un recoin de mon esprit, j'avais toujours su que je reviendrais un jour au Vietnam. Voilà qui était fait.

Le réceptionniste somnolent m'appela un taxi. À peine étais-je sorti qu'une voiture s'engageait dans l'allée circulaire et s'arrêtait près de moi.

— *Buu dien*, dis-je en montant. Le bureau de poste. *Biet ?*

Le chauffeur hocha la tête, et nous nous dirigeâmes vers le *buu dien* au centre de l'agglomération, une course d'une dizaine de minutes. J'entrai dans le bureau de poste après avoir prié le chauffeur de m'attendre. Pour mille dongs, c'est-à-dire environ dix cents, j'obtins trois photocopies de mon passeport, de mon visa et de la note du colonel Mang.

Une fois remonté dans le taxi, je dis au chauffeur :

— *Phong Quan Ly Nguoi Nuoc Ngoi.*

J'avais mis dans le mille : quelques minutes plus tard, nous stoppâmes non pas devant un entrepôt d'eau minérale, mais bien devant l'antenne de la police de l'immigration. Le chauffeur m'expliqua par une série de gestes qu'il préférait m'attendre au coin de la rue.

Le poste de police était un modeste cube de parpaings avec, en guise d'entrée, une arche dépourvue de porte. La salle d'attente, claire et aérée, était peuplée de son contingent de clients habituels – jeunes routards et Viet Kieu se démenant pour faire face à la paresse et à la stupidité bureaucratiques.

Cette petite structure policière avait un aspect beaucoup plus décontracté que l'inquiétant ministère de la Sécurité publique de Saigon. Dans la salle d'attente, il y avait aussi des bicyclettes et un peu de sable de la plage.

Je présentai une photocopie de mon visa et de mon passeport à un policier qui semblait mourir d'ennui derrière son bureau installé dans une petite alcôve. Ensuite, je lui montrai un double de la note du colonel Mang. Il la lut en diagonale, décrocha son téléphone, composa un numéro.

— Assis, m'ordonna-t-il.

Je restai debout.

Une minute plus tard, un autre policier en uniforme entra dans la pièce, m'ignora, ramassa la note sur le bureau et la lut. Puis il se tourna vers moi.

— Où vous descendre ? me demanda-t-il.

— Au Grand Hôtel.

Il opina – comme si le Grand Hôtel avait déjà été contacté et que ma présence y était confirmée, et aussi celle, très vraisemblablement, de ma compagne de voyage. J'étais d'ailleurs sûr et certain que Mang avait prévenu ses collègues de la police de l'immigration de l'imminence de ma visite.

— Vous là-bas avec madame ?

— Moi rencontrer dame dans le train. Dame pas à moi.

— Oui ? (Il parut y croire, sans doute à cause des chambres séparées.) Vous rester une semaine ici.

— Peut-être.

— Où vous aller après Nha Trang ?

— Hué.

Tout ceci se déroulait en pleine salle d'attente, sous l'œil intéressé d'un public d'Australiens, d'Américains et autres.

— Madame aller avec vous ?

— Peut-être.

— Vous laisser ici passeport et visa. Récupérer plus tard.

Je m'y étais préparé et, sachant d'expérience que les flics n'aiment pas les réponses négatives, je répondis :

— D'accord.

Je repris les photocopies de mon passeport et de mon visa sur le bureau et les lui tendis, accompagnées d'un billet de cinq dollars qu'il s'empressa d'empocher.

— Je vous souhaite une bonne journée, déclarai-je en faisant demi-tour vers la porte.

— Stop.

Je regardai le policier.

— Comment vous aller Hué ?

— En bus ou en train.

— Vous venir ici montrer billet. Besoin timbre de voyage.

— D'accord.

Et je m'en fus.

Le taxi m'attendait au coin de la rue.

— Au Grand Hôtel, dis-je en montant à bord.

Nous repartîmes au sud par la route côtière. Je me souvenais d'avoir passé des heures et des heures sur cette plage pendant ma permission, avec mes camarades de chambrée, qui tous deux étaient des vieux de la vieille mais n'appartenaient pas à mon unité. Chacun de nous avait fait un geste vraiment héroïque et stupide pour décrocher ces trois jours de perme, et nous souffrions tous trois d'ulcérations dues à un séjour prolongé dans la jungle, contre lesquelles le soleil et l'eau salée constituaient d'excellents remèdes.

Il y avait peut-être une centaine de soldats au Grand Hôtel et, de jour, l'établissement ressemblait à une léproserie. Nous dormions trop, et nous buvions beaucoup trop de bière sur la plage.

La nuit, les blessés se relevaient, et nous traînions dehors jusqu'à l'aube, écumant chaque bar, chaque bordel, chaque salon de massage de la ville en attendant le lever du soleil. Après, nous dormions soit sur la plage, soit à l'hôtel, et le cycle se répéta la deuxième nuit, puis la dernière. Des hommes arrivaient, d'autres repartaient, et même si les dates des uns et des autres ne coïncidaient pas toujours, on distinguait facilement les gars du premier jour de ceux du dernier : le jour numéro un était un choc culturel – on n'arrivait pas à croire qu'on avait la chance d'être là. Le jour numéro deux, on buvait et on baisait à s'en démolir la gueule. Le jour numéro trois, avec le peu qui nous restait de cerveau, on buvait et on baisait encore plus que la veille, parce qu'on était sur le point de retourner en enfer.

Mis à part une vague amélioration de mes blessures de jungle – une ulcération à l'entrejambe et des lésions aux pieds –, j'avais rejoint mon unité dans un état bien plus lamentable qu'à mon départ. Comme tout le monde, d'ailleurs, mais c'était comme cela que se passaient les permissions.

Le taxi freina dans l'allée circulaire du Grand Hôtel et me déposa au pied du perron.

De retour à ma chambre, je défis mes bagages et pris une douche froide. Je ne trouvai ni savon ni shampooing, mais il y avait une serviette. Je sortis de la salle de bains pour me sécher dans la chambre, où je bénéficiais du ventilateur et du courant d'air venu du balcon.

On frappa à ma porte. Je m'approchai, mais il n'y avait pas de judas.

— Qui est-ce ?

— Moi.

Ayant noué ma serviette autour de mes reins, j'ouvris.

— Oh… fit Susan. J'arrive au mauvais moment ?

— Entrez.

Elle referma la porte derrière elle.

— Ça s'est bien passé ?

— Très bien.

Elle portait à présent un pantalon blanc, un tee-shirt gris orné de l'inscription *Q-Bar – Saigon* et une paire de sandales.

— Je m'habille, dis-je. Ne regardez pas.

Elle sortit sur le balcon pendant que j'enfilais un pantalon de toile noire et un polo de golf blanc. Je lui relatai dans le même temps ma brève entrevue avec la police de l'immigration.

— Ça y est, dis-je. Je suis visible.

Susan revint dans la chambre pendant que j'enfilais une paire de mocassins.

Nous descendîmes dans le hall, traversâmes la grande salle à manger déserte, dont un des angles était occupé par un bar tout aussi désert, et sortîmes sur la véranda.

La moitié à peine des tables étaient prises, et nous en choisîmes une près de la balustrade. Le soleil avait basculé derrière l'hôtel, et la véranda était à l'ombre. Une brise marine courait sur la pelouse, faisant frissonner les palmiers.

Les clients étaient tous occidentaux, et en majorité d'un certain âge. Le Grand Hôtel était trop luxueux pour les routards, pas assez suranné ni assez charmant pour les Japonais ou les Coréens aisés, et résolument inacceptable pour toutes les catégories d'Américains d'un certain âge, sauf peut-être les professeurs des écoles. J'en déduisis que toutes ces personnes, à l'exception de nous-mêmes, venaient d'Europe.

Cette véranda à l'ancienne, les ventilateurs qui tournaient au-dessus des têtes, la pelouse, l'eau turquoise qui dansait jusqu'aux îles verdoyantes, tout cela formait un tableau charmant. Le cadre aurait été parfait si j'avais eu un verre en main, mais aucun serveur n'était visible.

— Je crois que nous allons devoir nous servir nous-mêmes, dis-je.

— Je m'en occupe, proposa Susan. Que voulez-vous boire ?

— Je peux y aller, fis-je en m'asseyant.

Les femmes savent parfaitement interpréter ce genre de double langage.

— Que voulez-vous boire ? me lança-t-elle en s'éloignant.

— Une bière bien glacée. Voyez s'ils ont des amuse-gueule. Je crève de faim. Merci.

Elle franchit la porte-fenêtre et disparut dans la salle à manger.

Je me rappelais m'être assis là près de trente ans plus tôt, à l'époque où les filles du personnel étaient nombreuses et très attentionnées, émues jusqu'au vertige de travailler ici, pour les Américains, pendant qu'à l'extérieur leur pays se désintégrait et que leurs pères, leurs frères et leurs maris combattaient et tombaient aux côtés de ces soldats venus de si loin.

Pour nous, les fantassins, les mitrailleurs héliportés, les pilotes d'hélicoptère d'assaut, les patrouilleurs de jungle, les rats de tunnel, les infirmiers militaires, et tous ceux qui avaient vu de leurs yeux à quoi ressemblaient les entrailles de l'être humain, Nha Trang représentait beaucoup plus qu'un coin de paradis ; c'était une réaffirmation de ce que, quelque part loin de toutes ces balles et de tous ces cadavres, il existait un endroit où l'on ne portait pas d'arme, où le jour s'achevait sur un coucher de soleil dont nous avions rêvé toute notre vie, où la nuit n'était pas synonyme de terreur, où le soleil matinal, quand il surgissait au-dessus de la mer de Chine, éclairait une plage jonchée de corps simplement endormis.

Susan revint les mains vides.

— La serveuse arrive avec les boissons, m'expliqua-t-elle en s'asseyant. Vous avez de la chance. C'est Lucy.

— Génial.

Une femme âgée émergea de la porte-fenêtre, portant un plateau. Avec son visage ratatiné et ses dents gâtées, je lui aurais donné quatre-vingts ans, mais elle devait être plus proche de mon âge.

— Paul, déclara Susan, je vous présente votre vieille copine Lucy.

La vieille dame gloussa en posant son plateau.

Susan lui posa une question, et la conversation fut engagée.

— Elle a commencé femme de chambre, traduisit-elle, à l'époque où cet établissement recevait surtout des planteurs français en vacances. Elle est restée quand les Américains en ont fait un hôtel pour permissionnaires, puis en 1975, quand le Parti l'a réquisitionné, et elle est toujours là. En 1968, elle servait les cocktails, et elle vient de dire qu'elle se souvient d'un Américain qui pourrait être vous. Il la poursuivait entre les tables en essayant de lui pincer le derrière.

La vieille dame gloussa de plus belle.

Je suspectais Susan d'avoir inventé la fin de l'histoire, mais je tenais à rester beau joueur.

— Dites-lui qu'elle est toujours une très jolie femme. *Co-dep,* ajoutai-je en vietnamien. Et que j'ai beaucoup aimé lui pincer le derrière.

La vieille dame commença à rire dès que j'eus dit *co-dep*, et avant même que Susan ait eu le temps de traduire ma réponse. Quand l'histoire du pincement de derrière fut évoquée, elle partit d'un gloussement de petite fille, me gratifia d'une tape sur l'épaule et s'éloigna au petit trot en me disant quelque chose.

— Elle dit que vous êtes un vieux bouc, traduisit Susan. Et elle a ajouté : bienvenue à vous.

Je répondis d'un hochement de tête.

Nha Trang, le Grand Hôtel et cette vieille femme avaient beau avoir survécu à la guerre, en fin de compte rien ni personne n'en sortait indemne.

Susan avait commandé un gin tonic. Quant à moi, je transvasai le contenu de ma bouteille de bière Tiger dans un gobelet en plastique. Lucy avait laissé sur la table un bol rempli d'un assortiment d'amuse-gueule difficilement identifiables.

— Merci de votre aide et de votre compagnie, dis-je à Susan en levant mon verre.

— Merci de m'avoir invitée, répondit-elle en levant le sien.

Nous partîmes tous deux d'un éclat de rire et bûmes en contemplant la mer. C'était un de ces moments parfaits où le soleil, la mer et le vent sont exactement comme ils devraient toujours être, où la bière est fraîche, où, votre dure journée de voyage achevée, la femme qui vous fait face est sublimement belle.

— À part vous saouler, me demanda Susan, qu'avez-vous fait ici ?

— J'ai lézardé sous le soleil et mangé de bonnes choses. La plupart des gars arrivaient dans un état de stress avancé, comme vous pouvez l'imaginer. On jouait aussi pas mal aux cartes. Nous étions nombreux à avoir attrapé des ulcérations dans la jungle, et le soleil et la mer faisaient du bien à notre peau.

Elle alluma une cigarette.

— Et les femmes ?

— Les femmes, hormis celles du personnel, n'étaient pas admises dans l'hôtel.

— Et vous étiez autorisés à sortir ?

— Oui.

— Ha ha ! Et quand vous êtes venu ici, vous aviez quelqu'un au pays ?

— Oui. Elle s'appelait Peggy. Une bonne petite catholique irlandaise du sud de Boston.

Susan tira sur sa cigarette en scrutant l'horizon liquide.

— Et en 1972 ? Vous aviez aussi quelqu'un ?

— J'étais marié. Ça n'a pas duré, tout était terminé à mon retour. Et même avant.

Elle réfléchit un moment.

— Et ensuite ?

— Ensuite, je me suis fait deux promesses : ne plus jamais retourner au Vietnam, et ne plus jamais me marier.

Susan sourit.

— Qu'est-ce qui a été le pire pour vous ? Le Vietnam, ou le mariage ?

— Les deux avaient aussi de bons côtés. Et vous ? Allez, c'est votre tour.

Elle but une gorgée de gin tonic, alluma une cigarette.

— Je n'ai jamais été mariée.

— C'est tout ?

— C'est tout. Vous voulez un curriculum sexuel ?

— Non.

La vieille dame revint, et je l'observai pendant que Susan lui commandait une deuxième tournée et en profitait pour bavarder un peu avec elle. C'était peut-être Lucy, mais celle-ci existerait toujours dans mon esprit sous la forme d'une fille gaie et drôle, qui échangeait pour plaisanter des insultes avec des soldats américains tous amoureux d'elle. Le grand truc, c'est qu'elle n'était pas à vendre. Les hommes désirent toujours ce qu'ils ne peuvent avoir, et Lucy, au Grand Hôtel, représentait le Graal absolu. Partant du principe que cette femme ne pouvait être Lucy, je me surpris à espérer que la vraie Lucy avait survécu à la guerre, qu'elle avait fini par épouser son petit ami de l'armée vietnamienne et qu'ils vivaient heureux, quelque part dans le pays.

— À quoi pensez-vous ? me demanda soudain Susan.

— J'étais en train de me dire que la dernière fois que je suis venu ici, vous n'étiez même pas née.

— J'étais née, mais pas encore propre.

La deuxième tournée fut servie, et nous assistâmes en buvant de la bière à l'obscurcissement progressif du ciel. Je vis naître des lumières sous les toits de chaume des cafés et des huttes de souvenirs sur la plage. La brise s'était levée. La température avait fraîchi, mais restait agréable.

— Vous n'avez personne à prévenir aux États-Unis ? me demanda Susan alors que nous attaquions la troisième tournée.

— J'étais censé *vous* prévenir à mon arrivée à Nha Trang. Mais vu que vous êtes ici…

— J'ai utilisé le télécopieur de l'hôtel pour envoyer un fax au bureau et au domicile de Bill. Je l'ai informé de notre arrivée et je lui ai donné l'adresse de l'hôtel. Il saura à qui s'adresser au consulat, et la personne en question se chargera de contacter vos chefs. Je n'ai pas quitté le réceptionniste des yeux pendant qu'il envoyait le fax. Ensuite, j'ai récupéré l'original et je l'ai mangé. Ça vous va ?

— Jolie technique. Bill a dû être assez surpris de recevoir un message de Nha Trang, non ? À moins que vous ne l'ayez prévenu de votre départ quand vous lui avez téléphoné ce matin devant le Rex ?

— À ce moment-là, je n'étais pas sûre d'avoir vraiment envie de vous accompagner. Et Bill ne m'a pas encore répondu.

— Si je recevais un message de ma petite amie m'annonçant qu'elle vient d'arriver avec un autre dans une station balnéaire, je ne me donnerais peut-être pas la peine de lui répondre…

Susan hésita un moment, puis poursuivit :

— Je lui ai demandé d'accuser réception. Quand les Occidentaux qui vivent ici partent en voyage, ils informent toujours quelqu'un de leur destination… au cas où il y aurait un problème. Et nous sommes en mission pour le gouvernement. Il faudra bien qu'il réponde.

— Ou à tout le moins qu'il accuse réception.

— À vrai dire, je me sentais un peu… coupable… Je lui ai proposé de nous rejoindre.

Cette déclaration me prit totalement au dépourvu, et il est probable que la surprise, et peut-être aussi autre chose, se lut un bref instant sur mes traits.

— C'est gentil, dis-je.

Ma réaction était pitoyable. Je sentis son regard rivé sur moi dans la pénombre.

— Ce n'est pas vrai, déclara Susan. Je lui ai dit que tout était fini entre nous.

Ne sachant que dire, je restai muet.

— Je suppose qu'il le savait déjà. Je n'aurais pas voulu rompre de cette façon, mais il le fallait. Ça n'a rien à voir avec vous. Inutile de prendre la grosse tête.

Je m'apprêtai à répliquer, mais elle ne m'en laissa pas le temps :

— Contentez-vous de m'écouter. Je me suis aperçue que je me sentais mieux… que j'étais mieux au Q-Bar avec vous qu'avec lui…

— Quel compliment ! (Comprenant aussitôt que j'avais interrompu un moment de sincère confession, j'ajoutai :) Excusez-moi. Quelquefois, quand je suis… mal à l'aise, je…

— Ça va. Laissez-moi finir. Vous êtes un type intéressant, mais vous avez une vision terriblement conflictuelle de la vie et sans doute aussi de l'amour. J'ajoute qu'une partie de vos problèmes vient de ce que vous n'avez pas une très bonne lecture de vous-même. (Elle me regarda attentivement.) Regardez-moi, Paul.

Je la regardai.

— Qu'avez-vous ressenti quand je vous ai annoncé que j'avais invité Bill à nous rejoindre ?

— Je me suis senti minable. Je dirais même que je me suis décomposé. Vous l'avez vu ?

— J'ai cru que vous alliez vous liquéfier dans votre verre de bière. Vous m'en avez fait voir de toutes les couleurs, et c'est quelque chose que je n'aime pas. Vous auriez pu m'éjecter depuis longtemps si vous l'aviez vraiment voulu. Mais au lieu de ça, vous…

— D'accord. Un point pour vous. Je vous présente mes excuses et je vous promets d'être plus gentil à l'avenir. Et attendez… Je tiens à ce que vous sachiez que non seulement j'apprécie votre compagnie, mais que je compte bien en profiter encore.

— Continuez.

— Puisque vous voulez tout savoir, je suis très attiré par vous. Je vous apprécie énormément, et vous me manquez quand vous n'êtes pas là. Je sais que si je me laissais aller…

— Pas mal ! Écoutez, Paul, c'est une situation artificielle, quelqu'un vous attend au pays, vous êtes ici pour régler une affaire importante, et le Vietnam vous tape sur le système. Je comprends cela. Donc, essayons de considérer ces quelques jours comme une parenthèse. Amusons-nous sous le soleil, et pour le reste, ce qui doit arriver arrivera. Ensuite, vous continuerez votre route vers Hué, et je rentrerai à Saigon. Et si Dieu le veut, nous finirons l'un et l'autre par retrouver le chemin du pays.

J'acquiesçai.

Main dans la main, nous regardâmes le ciel virer du mauve au noir. Les étoiles scintillaient au-dessus de l'horizon, et la lune décroissante répandait des cristaux de lumière sur la mer de Chine. Un jeune garçon vint déposer une lampe à pétrole sur chaque table. La véranda était à présent le théâtre d'un ballet d'ombres et de lueurs.

Je réglai l'addition, et nous traversâmes à pied la pelouse, puis la route, pour rejoindre une plage qui, dans un lointain passé, avait déjà été arpentée en long et en large par le soldat de première classe Paul Brenner.

Nous choisîmes un restaurant, le Coconut Grove, et nous installâmes sous la treille, parmi les palmes, à une petite table éclairée par une lampe rouge. Nous commandâmes de la bière. La brise était plus forte, et le bruissement des vagues à cinquante mètres nous parvenait distinctement. On nous apporta des menus en vietnamien, en anglais et en français. Les prix, eux, étaient exclusivement en dollars américains.

La plupart des plats étaient à base de fruits de mer, comme on pouvait s'y attendre dans un port de pêche, mais pour dix dollars j'avais l'occasion d'essayer en supplément la fameuse soupe au nid d'oiseau. Ce plat n'était servi que deux fois par an et, par chance, c'était le temps de la récolte. Les nids en question sont constitués d'herbes rouges et de salive d'hirondelle, mais le vrai argument de vente était ailleurs : ce mets gastronomique était également un aphrodisiaque.

— Je prendrai la soupe au nid d'oiseau, annonçai-je à Susan.

Elle sourit.

— Vous en avez besoin ?

Nous commandâmes aussi un énorme assortiment de fruits de mer et de légumes, que le serveur fit griller à côté de notre table sur un barbecue portatif.

Les gens autour de nous semblaient être pour la plupart des Européens du Nord fuyant l'hiver. Nha Trang, fondée par les Français, avait été jadis surnommée « la Côte d'Azur de l'Asie du Sud-Est ».

Nous reprîmes des fruits de mer, et le serveur taquina Susan sur les risques d'embonpoint. Ce restaurant était divin, et un petit parfum de magie flottait dans l'air.

Nous sautâmes le dessert et décidâmes d'aller marcher pieds nus dans le sable, chaussures à la main. La marée descendait, et la plage était jonchée de coquillages et d'algues luisantes. Quelques surfeurs attendaient les vagues, et un certain nombre de couples, dont Susan et moi, se promenaient main dans la main.

Le ciel était cristallin. On distinguait la Voie lactée et toutes sortes de constellations. Tournant le dos au centre de la ville, nous nous dirigeâmes vers le sud. La plage, de plus en plus large, était bordée d'hôtels, la plupart neufs.

À peu près un kilomètre plus loin, nous atteignîmes le Nha Trang Sailing Club, un bar élégant qui accueillait apparemment une soirée dansante. Nous entrâmes, prîmes deux bières et dansâmes parmi une petite foule d'Européens au son d'une exécrable musique des années soixante-dix jouée par le pire groupe de l'Asie du Sud-Est – et peut-être même du monde. Nous bavardâmes avec certains de ces Européens, échangeâmes deux ou trois fois nos cavalières. Quelques-uns d'entre eux devinèrent que j'étais un vétéran, mais nous n'allâmes pas plus loin ; personne, moi le premier, n'avait envie de parler du passé.

J'ignore si j'étais ivre, ramolli du cerveau ou simplement heureux, mais, pour la première fois depuis longtemps, je me sentais en paix avec moi-même et mon environnement.

Nous quittâmes le club peu après une heure du matin et, pendant que nous marchions vers les lampions multicolores des cafés en terrasse, Susan me demanda :

— Votre mission est-elle dangereuse ?

— On me demande simplement de retrouver quelqu'un, de l'interroger, puis d'aller à Hanoi et de reprendre l'avion.

— Où est cette personne ? À Tam Ki ?

— Je ne sais pas. Et vous, Susan, pourquoi êtes-vous ici ?

Elle retira sa main de la mienne et alluma une cigarette.

— Mes raisons ne valent pas les vôtres.

— Si elles n'étaient pas importantes à vos yeux, vous ne seriez pas ici. Comment s'appelait-il ?

Elle tira une longue bouffée.

— Sam. Nous sommes tombés amoureux à l'école, et nous avons continué à nous fréquenter pendant nos études de fac – il a passé son diplôme à Dartmouth. Vous avez peut-être aperçu sa photo dans mon bureau. Le portrait de famille.

Monsieur Belle-Gueule, m'abstins-je de dire.

— Nous nous sommes installés ensemble à New York… J'étais totalement dingue de lui, et je ne pouvais pas imaginer le monde sans lui. Nous nous sommes fiancés. Nous devions nous marier, acheter une maison dans le Connecticut, avoir des enfants et vivre heureux jusqu'à la fin de nos jours. (Elle hésita un moment.) Je l'aimais depuis l'enfance, et je l'ai aimé jusqu'à la seconde où en rentrant, un soir, il m'a annoncé qu'il voyait quelqu'un d'autre. Une fille de son bureau. Il a fait ses valises et il est parti.

— Je suis désolé.

— Ce sont des choses qui arrivent. Mais je n'arrivais pas à croire que cela ait pu m'arriver à *moi*. Je n'avais rien vu venir, et cela m'a poussée à m'interroger sur moi-même. Je n'arrivais pas à surmonter le choc. J'ai démissionné de mon boulot à New York, et je suis rentrée à Lenox pour quelque temps. Tout le monde était scié. Sam Thorpe était le gendre idéal, ma famille le connaissait depuis toujours, tout était prêt pour le mariage.

Nous fîmes quelques pas en silence, puis elle ajouta :

— J'ai tenté de franchir le cap, mais il y avait trop de souvenirs à Lenox. Je pleurais du matin au soir, et tout le monde autour de moi commençait à perdre patience. Sam me manquait toujours autant, et je n'arrivais pas à reprendre le dessus. Pour abréger, l'idée m'est venue de chercher un job à l'étranger dont personne d'autre ne voulait, et c'est ainsi que, six mois après le départ de Sam, je me suis retrouvée à Saigon.

— Vous avez eu de ses nouvelles depuis ?

— Et comment ! Quelques mois après mon arrivée, il m'a écrit une longue lettre, disant qu'il avait fait la plus énorme gaffe de sa vie et me demandant de revenir au pays pour l'épouser. Il a pris soin de me rappeler tous les bons moments que nous avions vécus ensemble – les bals de l'école, notre premier baiser, les fêtes de famille, ce genre de trucs. Il disait que nos vies étaient indissociables, que nous devions nous marier, avoir des enfants et vieillir ensemble.

— Je suppose que ça n'avait pas marché avec l'autre.

— Je suppose.

— Et qu'avez-vous répondu ?

— Rien. (Elle inspira profondément.) Sam m'avait brisé le cœur, et je savais que plus rien ne serait jamais pareil. Donc, pour nous épargner à tous les deux un tas de souffrances inutiles, je n'ai pas répondu à sa lettre. Il m'en a écrit plusieurs autres, puis il a cessé. (Elle jeta sa cigarette dans l'écume.) J'ai su par des amis communs qu'il avait épousé une New-Yorkaise.

Nous marchions au ras des vagues. Je pensai à Susan et à Sam, puis, tant que j'y étais, à Cynthia et à Paul. Dans un monde idéal, les humains auraient fait comme les pingouins : en couple pour la vie, ils seraient sagement restés à proximité de l'iceberg sur lequel ils étaient nés. Mais les hommes et les femmes sont perpétuellement insatisfaits, ils ont tendance à dévier du droit chemin et à se briser mutuellement le cœur.

Quand j'étais jeune, je pensais beaucoup trop avec mon sexe. Et aujourd'hui ? Un peu moins.

— Cela aurait changé quelque chose s'il était venu à Saigon au lieu de vous demander de rentrer ?

— Bonne question. Je suis retournée une fois aux États-Unis pendant mes congés, et il a forcément su que j'étais chez mes parents, mais à ce moment-là je suppose que nous savions déjà tous les deux que nous n'avions plus rien à nous dire. Mais j'avoue que je ne sais pas trop comment j'aurais réagi s'il avait frappé à ma porte rue Dong Khoi…

— À votre avis ?

— Je pense que s'il avait sincèrement regretté de m'avoir fait ce qu'il m'a fait, il ne m'aurait pas écrit de lettre. Il serait venu en personne à Saigon pour me ramener au pays.

— Et vous l'auriez suivi ?

— J'aurais suivi un homme qui aurait eu le courage et la force de venir me chercher. Mais Sam n'était pas de ceux-là. Je crois qu'il cherchait juste à évaluer ses chances par courrier. (Elle se tourna vers moi.) Je suis sûre qu'un type comme vous serait venu à Saigon sans perdre son temps à écrire des lettres débiles.

Ce à quoi je me surpris à répondre :

— Vous savez, Cynthia et moi vivons à cent cinquante kilomètres l'un de l'autre, et je n'arrive pas à me décider à franchir le pas. Elle n'attend pourtant que ça.

— Les femmes ont tendance à suivre leur homme. Vous devriez vous demander ce qui vous empêche d'aller la rejoindre.

— Il me semble que vous avez détourné la conversation. Il est temps d'en reprendre le fil, non ?

Elle ne répondit pas, et nous poursuivîmes notre marche en silence dans le sable gorgé d'eau. Susan jeta ses sandales et s'avança dans l'écume jusqu'aux genoux. Je l'imitai.

— Voilà, dit-elle, vous connaissez ma triste histoire. Mais vous savez, ce départ pour Saigon a été une des meilleures décisions de ma vie.

— Vous me faites froid dans le dos, dis-je.

Elle éclata de rire.

— Non, je le pense sincèrement. Ici, j'ai grandi à vitesse grand V. Je n'étais qu'une enfant gâtée, dorlotée, et totalement ignare. J'étais la fifille à son papa, la petite fille modèle de sa maman, et la fiancée du beau Sam. Et ça me suffisait. Je me sentais heureuse. Je crois que j'étais quelqu'un de fade et de profondément ennuyeux.

— Vous avez résolu ce problème, on dirait.

— J'ai fini par comprendre que Sam s'ennuyait avec moi. Je ne flirtais jamais avec d'autres garçons. Quand il m'a dit qu'il s'envoyait en l'air avec cette fille de son bureau, je me suis sentie tellement trahie... Moi aussi, j'aurais dû faire la fête et sortir avec son meilleur ami. (Elle pouffa) Vous vous mordez les doigts de m'avoir questionnée, n'est-ce pas ?

— Non. Je comprends mieux.

— Quand je suis arrivée ici, j'étais terrorisée. J'ai failli faire demi-tour et rentrer en Amérique.

— Je connais cette sensation.

Elle rit encore.

— Mon arrivée ne peut évidemment pas se comparer à la vôtre, mais pour moi, c'était un pas de géant vers l'âge adulte. Je sentais que si je rentrais, je... enfin, qui sait ? Je vous l'ai déjà dit, j'étais complètement différente il y a trois ans. Si vous m'aviez rencontrée à New York, vous ne m'auriez pas parlé plus de cinq minutes.

— Je n'en suis pas si sûr. Si je comprends bien, votre développement personnel est presque achevé ?

— À vous de le dire.

— Je vous l'ai déjà dit. Il est temps de rentrer, Susan. Passé un certain point, les bénéfices diminuent.

— Et comment reconnaissez-vous ce point ?

— À vous de le ressentir. Pendant la guerre, notre temps de service ici était limité à douze ou treize mois. La première année, quand on en réchappait, faisait de vous un homme. Si on se portait volontaire pour rempiler, la seconde année faisait de vous quelqu'un d'autre. Passé un certain point, comme j'ai eu l'occasion d'en parler à l'Apocalypse Now, on n'arrivait plus à rentrer, à moins d'en recevoir l'ordre. Ou bien on rentrait entre quatre planches.

Susan ne répondit pas.

— Vous savez, enchaînai-je, je trouve que ce pays n'est pas si mal aujourd'hui, et je comprends qu'on lui trouve du charme, mais vous êtes bardée de diplômes, alors, dépêchez-vous de rentrer au pays pour les faire fructifier.

— J'y réfléchirai. (Elle marqua une pause.) On devrait louer un bateau pour visiter ces îles.

Toujours dans l'eau jusqu'aux genoux, je lui pris la main, et nous passâmes encore un moment à admirer ensemble la mer et le ciel étoilé.

Il était près de deux heures du matin quand nous rentrâmes à l'hôtel, où le veilleur de nuit vint nous ouvrir. Il n'y avait plus personne à la réception à qui demander si nous avions des messages, et nous montâmes directement au troisième étage.

Nous passâmes d'abord par ma chambre. J'ouvris la porte et balayai la pièce du regard, en quête d'un éventuel message. Il n'y en avait pas. Nous repartîmes vers la chambre de Susan.

Elle ouvrit la porte. Une feuille volante était posée sur le parquet, à un mètre du seuil. C'était un fax. Elle entra, alluma une lampe, lut le texte et me tendit la feuille.

Message reçu et transmis aux autorités compétentes. Je suis blessé et choqué, mais c'est ton choix, pas le mien. Je crois que tu commets une énorme erreur. Tu aurais dû me parler avant de suivre quelqu'un à Nha Trang. Il est désormais trop tard.

Bill

— Vous n'aviez pas à me montrer ça, Susan, dis-je en lui rendant le fax.

— Bill est tellement romantique ! Vous remarquerez que lui non plus ne se donne pas la peine de venir jusqu'à Nha Trang.

— Vous attendez beaucoup des hommes. Dieu sait ce que vous direz bientôt de moi après quelques verres au Q-Bar !

— Ce que j'ai à dire de vous, répliqua-t-elle en me fixant dans les yeux, je peux vous le dire en face.

C'était un moment bizarre, et mon regard glissa sur cette chambre qui ressemblait beaucoup à la mienne. Je remarquai la boule à neige posée sur la table de nuit.

— Est-ce qu'ils vous ont mis du savon ou du shampooing ?

— Non. Mais j'ai ce qu'il faut. J'aurais dû vous prévenir d'en faire autant.

— J'en achèterai demain.

— Vous n'avez qu'à prendre la moitié de mon savon.

Ce n'était pas tout à fait ce que j'avais en tête en évoquant le problème du savon, et nous le savions parfaitement l'un et l'autre.

— D'accord, dis-je.

Elle me prit dans ses bras, nicha son visage au creux de mon épaule.

— Peut-être avant que je reparte pour Saigon, chuchota-t-elle. Il faudra que j'y réfléchisse. Ça vous va ?

— Bien sûr.

Nous échangeâmes un baiser et, l'espace de quelques secondes, je crus que c'était tout réfléchi, mais Susan finit par se dérober.

— Bonne nuit, me dit-elle en reculant. On se retrouve pour le petit déjeuner ? À dix heures ?

— Parfait.

Ayant horreur des adieux qui s'éternisent, je pris congé.

De retour dans ma chambre, je me débarrassai de ma chemise, puis de mon pantalon trempé, et jetai le tout sur un des lits inoccupés.

Je tirai une chaise sur le balcon et m'assis, les pieds sur la balustrade de fer forgé, pour regarder les étoiles en bâillant.

On entendait de la musique sur la plage, des lambeaux de voix portés par la brise, le murmure de l'écume sur le sable. J'attendis longtemps qu'on frappe à ma porte, mais personne ne se décida.

Mes pensées me ramenèrent en mai 1968, quand j'étais ici, à Nha Trang, avec une unique préoccupation en tête – rester vivant. Comme beaucoup d'anciens combattants d'un certain âge, il m'arrivait de penser qu'il y avait dans la guerre une sorte de simplicité brute et vraie, une vertu presque transcendantale qui aiguisait le corps et l'esprit comme aucune autre situation n'aurait pu le faire.

Et cependant, malgré les brusques montées d'adrénaline et le tutoiement des limites, malgré les éclairs de vérité et de lumière, la guerre, comme les drogues, prélevait son tribut sur le corps, l'esprit et aussi le cœur. Il y avait bel et bien un point passé lequel les bénéfices du retour diminuaient – et un prix à payer quand on voulait narguer la mort.

Le regard toujours perdu dans les étoiles, je pensai à Cynthia, à Susan, à Paul Brenner, et au Vietnam, acte trois.

Plus tard, je rejoignis mon lit et ajustai les pans de la moustiquaire. Incapable de trouver le sommeil, je me surpris à fredonner une marche funèbre militaire.

17

Quand j'arrivai dans la véranda, le lendemain matin à dix heures, Susan, déjà attablée devant un pot de café fumant, lisait l'*Economist*.

Quelques autres clients, tous occidentaux, prenaient leur petit déjeuner, et j'en conclus que je n'étais probablement pas en ce moment sous l'œil du ministère de la Sécurité publique. Je le regrettais presque, dans la mesure où mon programme du jour ne comportait pas l'ombre d'une activité antigouvernementale.

Les grands esprits de Washington m'avaient prévu une semaine de vacances, pendant laquelle Paul Brenner, vétéran du Vietnam, établirait son innocence en jouant les touristes. Le b.a.-ba. Un voyage très bref dans un pays lointain éveille toujours les soupçons des fonctionnaires de l'immigration et de la douane. De même qu'une demande de visa déposée juste avant un long voyage, comme me l'avait fort justement rappelé le colonel Mang. Mais il était un peu tard pour s'en inquiéter.

— Bonjour, dis-je à Susan en m'asseyant.

— Bonjour, répondit-elle, posant son magazine. Comment avez-vous dormi ?

— Seul.

Elle sourit et me servit une tasse de café.

Elle portait un pantalon kaki, comme moi, et un polo bleu marine sans manches.

C'était une belle matinée. La température avoisinait les vingt-cinq degrés, et on n'apercevait pas un nuage dans le ciel.

Un serveur arriva.

— Ils n'ont que deux formules, m'avertit Susan. Le petit déjeuner vietnamien et le petit déjeuner occidental. Soupe *pho* ou œufs frits. Ne demandez pas d'œufs brouillés, ils ne savent pas ce que c'est.

— Les œufs.

Susan passa ma commande en vietnamien.

— Vous avez eu de l'eau chaude ? demandai-je.

— Oh, j'ai oublié de vous prévenir ! Il y a un ballon d'eau chaude électrique au-dessus des toilettes. Vous ne l'avez pas vu ?

— Je croyais que cela faisait partie de la chasse d'eau.

— Non. Il faut actionner un interrupteur, et l'appareil réchauffe une centaine de litres d'eau. Ça prend un moment. Et l'alimentation électrique est coupée à dix heures.

— De toute façon, je n'avais pas de savon.

— On ira faire quelques emplettes en ville tout à l'heure.

— À votre avis, quand Bill a contacté le consulat, a-t-il précisé que vous m'aviez accompagné à Nha Trang ?

— Je me suis posé la question, fit-elle en allumant une cigarette. Si son intention est d'être vraiment utile au consulat, il doit l'avoir fait. Mais d'un autre côté, tout le monde au consulat sait que lui et moi sommes – ou plutôt étions – ensemble, et il n'a peut-être pas envie de leur raconter que je l'ai plaqué pour vous suivre.

J'acquiesçai.

— Vous pensez que vos chefs pourraient faire des histoires s'ils apprenaient que nous avons fait le voyage ensemble ? s'enquit-elle.

— Ils ne s'en réjouiraient pas, mais comment voulez-vous qu'ils me punissent ? En m'envoyant au Vietnam ?

Elle sourit.

— À mon avis, dit-elle, cette blague a déjà été faite plus d'une fois par les soldats qui ont combattu ici.

— On se la répétait tous les jours.

— En tout cas... je serais navrée que ma présence vous attire des ennuis.

— Il n'y aura pas d'ennuis.

Tant que Karl ne me balancerait pas à Cynthia. Ce qu'il ne ferait pas – sauf si cela servait ses plans.

Mes œufs arrivèrent.

— J'ai repensé à ce que je vous ai dit hier soir sur Sam et les raisons de mon départ. Je ne voudrais surtout pas que vous pensiez que je suis au Vietnam à cause d'un homme.

— C'est pourtant exactement ce que je crois.

— Sam n'est pas la *cause*. C'est *moi* qui ai pris la décision de partir. Disons qu'il a joué un rôle de catalyseur.

— Compris.

— J'avais besoin de me prouver quelque chose à moi-même, pas à Sam. Je crois être devenue la personne que j'ai envie d'être, et je suis maintenant prête à trouver chaussure à mon pied.

— Parfait.

— Dites-moi ce que vous pensez. Soyez honnête.

— D'accord. Je crois que vous avez dit la vérité hier soir quand vous étiez ivre. Je crois aussi que vous êtes venue au Vietnam avec l'intention de ne rester que le temps qu'il faudrait pour que Sam s'intéresse de nouveau à vous. S'il était venu vous chercher, vous seriez repartie avec lui bien avant de vous être prouvé quoi que ce soit. Mais il était important pour vous qu'il constate de ses yeux que vous étiez *capable* de vous en tirer seule. Conclusion, vous avez bel et bien fait tout cela pour un homme. Mais je dirais que vous avez aujourd'hui dépassé ce stade.

Elle ne répondit rien, ce qui me poussa à me demander si elle était furieuse, gênée ou stupéfaite.

— C'est à peu près ça, finit-elle par admettre. Vous êtes une fine mouche, monsieur Brenner.

— C'est mon métier. J'analyse des bobards du matin au soir. Pour ce qui est des histoires et des fausses justifications, je dispose d'un stock de patience limité. Ma position est simple : soit on garde la vérité pour soi, soit on la raconte telle qu'elle est.

Susan hocha lentement la tête.

— Je savais que je pouvais compter sur vous pour me dire ce que vous pensez.

— Mais, poursuivis-je, la question reste entière : que ferez-vous ensuite ? Si vous restez ici, tâchez de le faire pour de bonnes raisons. Même chose si vous rentrez en Amérique. Je m'inquiète pour vous, mademoiselle Weber, exactement comme je me suis inquiété dans le temps pour certains types de ma connaissance qui voulaient vivre ici sans en être capables.

— Et que pensez-vous de ceux qui restent dans l'armée toute leur vie ?

— Comme moi, vous voulez dire ?

— Comme vous.

— Vous marquez un point. Mais je sais de quoi je parle.

— Pourquoi êtes-vous revenu ?

— Ils m'ont dit que c'était important, qu'ils avaient besoin de moi. Et je m'ennuyais.

— Qu'est-ce qu'il peut y avoir de si essentiel dans cette affaire ?

— Aucune idée. Mais je vais vous dire une bonne chose : quand ce sera fini, on se retrouvera un jour pour prendre un verre ensemble à New York, à Washington ou dans le Massachusetts, et je vous raconterai ce que j'ai découvert pendant ma mission.

— Plutôt à Washington. Vous me devez une visite guidée. Mais d'abord, tâchez de sortir d'ici en vie.

— J'ai déjà réussi deux fois.

— D'accord. On y va ?

— Expliquez-moi d'abord comment vous avez deviné que j'étais dans l'armée.

— Oh… Quelqu'un a dû me le dire. Je crois que c'est Bill.

— Il n'avait aucun besoin de le savoir.

— Quelqu'un du consulat, alors. Quelle importance ?

Je ne répondis pas.

— En fait, reprit-elle, ce n'est pas Bill qui m'a demandé de rendre un petit service au consulat. Quelqu'un est venu me trouver. Le correspondant de la CIA. Il m'a fait un résumé extrêmement sommaire de la situation. En parlant surtout de votre curriculum. Rien sur votre mission. Je ne sais strictement rien à ce sujet. Le type de la CIA m'a expliqué que vous étiez de la CID et qu'il s'agissait d'une enquête criminelle, pas d'une affaire d'espionnage.

— Comment s'appelle ce correspondant de la CIA ?

— Vous savez bien que je n'ai pas le droit de vous le dire. (Et elle ajouta en souriant :) Il m'a montré une photo de vous, et j'ai accepté ce boulot à la seconde même.

— Ça remonte à quand ?

— À quatre jours avant votre arrivée.

La première fois qu'on m'avait expédié ici, j'avais été prévenu deux mois à l'avance, et on m'avait accordé une permission de trente jours avant le départ. On m'avait aussi conseillé de rédiger mon testament.

— Le petit déjeuner est inclus ? demandai-je en me levant.

— S'ils n'incluent pas le savon, pourquoi voudriez-vous que ce soit le cas pour le petit déjeuner ?

— Bonne remarque.

J'appelai le serveur et réglai les deux dollars du petit déjeuner.

Nous partîmes à pied vers la route côtière, au bord de laquelle étaient stationnés une vingtaine de cyclo-pousses. Les chauffeurs fondirent sur nous comme un seul homme, et Susan en sélectionna deux, dont l'un était manchot.

— *Cho Dam*, dit-elle en prenant place à bord de l'engin du manchot.

— Demandez-lui si c'est un vétéran, dis-je.

Elle traduisit ma question. Le chauffeur, d'abord surpris par le vietnamien de Susan, s'étonna ensuite de voir que quelqu'un s'intéressait à son passé.

— Il dit que oui.

Pendant que nous nous ébranlions sur la chaussée, Susan poursuivait la conversation avec son chauffeur. Je devinai qu'elle était en train de lui expliquer que moi aussi j'étais un vétéran.

— Il était soldat ici, à Nha Trang, m'expliqua-t-elle. Il a été capturé au moment de la prise de la ville par les communistes. Son régiment entier s'est retrouvé incarcéré dans le stade de football, privé d'eau et de nourriture pendant plusieurs jours. Il était atteint d'une blessure au bras qui s'est infectée. (Une pause.) Ses camarades l'ont amputé sans anesthésie.

Je me tournai vers le chauffeur de Susan, qui soutint gravement mon regard.

— Il était tellement mal qu'il n'a pas été envoyé en camp de rééducation, poursuivit Susan. Il a pu rester à Nha Trang avec les siens, et c'est ce qui lui a permis de se rétablir.

Sans doute était-ce l'équivalent vietnamien d'une histoire avec happy end. Il était peut-être temps que je cesse de me déplacer en cyclopousse, ou à tout le moins que j'arrête de réveiller les fantômes en interrogeant mes chauffeurs sur leurs états de service.

— Dites-lui que je suis fier d'avoir combattu aux côtés de l'armée du Sud-Vietnam ! lançai-je à Susan.

Elle relaya ma profession de foi et, un court instant, son chauffeur lâcha son guidon pour m'adresser de sa main unique une ébauche de salut militaire.

Mon chauffeur, qui n'avait rien perdu de la conversation, dit quelque chose à Susan qui, l'ayant écouté, traduisit à mon intention :

— Il dit qu'il était marin dans la baie de Cam Ranh et qu'il a eu la chance d'échapper aux communistes sur son navire, mais qu'ensuite, alors qu'il avait quitté ses camarades pour revenir à son village, près de Nha Trang, il a été intercepté par les troupes nord-vietnamiennes. Il a passé quatre ans dans un camp de rééducation.

— Dites-lui… que l'Amérique n'a pas oublié ses alliés sud-vietnamiens.

Une foutaise totale, mais qui sonnait bien.

Nous roulions toujours en bordure de plage sous un ciel limpide. La rue menait à un marché en plein air entouré d'une palissade. Nous mîmes pied à terre, et je donnai cinq dollars à chacun des chauffeurs, ce qui les rendit heureux. À ce train-là, je risquais de me retrouver à sec dès la semaine suivante, mais les histoires tristes me font toujours craquer. Et je crois bien que j'éprouvais un peu de cette fameuse culpabilité des survivants que je n'avais jamais connue jusqu'à ce moment-là.

Nous visitâmes le marché. Je fis l'acquisition d'un morceau de savon mystérieusement enveloppé de papier toilette et d'une bouteille de shampooing américain dont la marque, me semblait-il, avait cessé d'exister dans les années soixante-dix. Susan m'offrit une paire de sandales Hô Chi Minh à semelles en pneu, et je lui achetai en échange un tee-shirt disant : *Nha Trang est la belle plage – Dites-le aux chers de votre pays*. Qui pouvait avoir écrit un pareil charabia ?

Susan fit aussi l'acquisition de deux chemisiers de soie.

— C'est nettement moins cher qu'à Saigon, m'expliqua-t-elle. La plupart des filatures et des usines de confection sont dans cette région. Je reviendrai finir mes achats.

— Et acheter les usines, tant que vous y êtes ?

Elle éclata de rire.

Nous passâmes une petite heure à déambuler entre les étals. Susan acheta une chandelle parfumée, une bouteille de vin de riz et un cabas en vinyle bon marché pour transporter nos emplettes. Les femmes adorent acheter.

En passant devant un stand de fleurs, elle choisit un bouquet de rameaux fleuris maintenus par un bout de ficelle.

— Pour votre chambre, me dit-elle. *Chuc Mung Nam Moi*.

Nous rentrâmes à l'hôtel en cyclopousse, vérifiâmes qu'aucun message n'était arrivé et montâmes dans ma chambre.

Susan accrocha les rameaux en fleurs au cadre de ma moustiquaire.

— Pour vous porter bonheur, dit-elle. Et maintenir les esprits malins à distance.

— J'aime les esprits malins.

Elle se contenta de sourire, et nous restâmes un long moment à nous regarder sans bouger.

— Avez-vous envie d'aller à la plage ? finit-elle par me demander.

— Bien sûr.

Elle retira mon savon et mon shampooing de son cabas tout neuf et me les tendit.

— Je frapperai à votre porte quand je serai prête, dit-elle.

Et après une imperceptible hésitation, elle s'en fut.

Je mis un maillot de bain, enfilai un débardeur, chaussai mes sandales Hô Chi Minh toutes neuves.

Je rassemblai mon portefeuille, mon passeport, mon visa, mes réservations et mon billet d'avion dans une poche en plastique, sans trop savoir si le réceptionniste me les garderait – ou s'il en profiterait pour s'enfuir en Amérique.

En attendant Susan, je m'installai sur une chaise et suivis des yeux la progression d'un gecko en train d'escalader le mur tout en me livrant à deux ou trois petites réflexions.

Susan Weber. Elle était sans doute ce qu'elle prétendait être : une femme d'affaires américaine expatriée. Mais certains indices semblaient pencher en faveur d'une double casquette. Dans un pays où le nombre d'agents de renseignement était forcément limité mais où les besoins d'informations étaient importants et tendaient à augmenter sans cesse, recruter des collaborateurs occasionnels dans le milieu américain des affaires pour donner de temps à autre un discret coup de pouce à l'Oncle Sam était une quasi-évidence.

Trois agences au moins pratiquaient ce type de recrutement indirect à l'étranger : les services de renseignement du Département d'État, le renseignement militaire et la CIA.

L'American-Asian Investment Corporation m'intriguait beaucoup. L'entreprise semblait réelle, mais elle répondait aussi à tous les critères d'un paravent de la CIA.

Ma seconde question concernait l'intérêt de Susan Weber pour Paul Brenner. On peut simuler un tas de choses dans la vie – certaines femmes simulent l'orgasme, et certains hommes simulent l'amour de bout en bout d'une relation –, mais, nonobstant la possibilité que je sois en train de perdre ma capacité à décrypter les gens, j'aurais volontiers parié que Susan s'était sincèrement entichée de moi. Si les archives du renseignement sont pleines de semblables histoires, il me semblait que Susan Weber et Paul Brenner étaient sur le point de s'embarquer dans une aventure érotico-sentimentale non prévue dans le scénario original.

On frappa à ma porte.

— C'est ouvert ! lançai-je.

Susan entra. Je me levai.

Elle était vêtue du tee-shirt de Nha Trang que je venais de lui offrir. Il lui tombait quasiment aux genoux. Elle avait chaussé une paire de sandales et portait son cabas de plastique neuf.

— J'adore vos sandales, me dit-elle en souriant. (Elle sortit de son cabas un gobelet plein de poudre blanche.) C'est de l'acide borique, m'expliqua-t-elle. Il faudra en saupoudrer le pourtour de votre lit et de vos bagages. Ça éloigne les insectes. Surtout les blattes.

Je laissai le gobelet sur ma table de chevet et nous quittâmes ma chambre.

— Tous mes biens les plus précieux sont là-dedans, dis-je en brandissant une poche en plastique. Vous croyez que je peux les confier au personnel de la réception ?

— Bien sûr. Je m'en charge.

Dès que nous fûmes dans le hall, Susan alla trouver le réceptionniste. Il décréta qu'il fallait tout inventorier, y compris l'argent et les papiers de Susan.

— Ça vous dérangerait que je jette un coup d'œil à votre passeport ? demandai-je pendant l'opération.

Elle hésita une fraction de seconde.

— Non. Mais la photo est affreuse.

Évidemment, celle-ci n'était pas affreuse. Je remarquai que le passeport avait été émis par l'Office central des passeports un peu plus de trois ans auparavant, ce qui correspondait à l'époque de l'arrivée de Susan au Vietnam. Je constatai qu'elle portait alors les cheveux nettement plus courts et que son expression avait quelque chose de triste et d'innocent – mais peut-être était-ce une simple projection de ma part, due à ce qu'elle m'avait confié la veille. En tout cas, la jeune femme qui se tenait à côté de moi semblait nettement plus sûre d'elle que celle du passeport.

Tournant les pages, je recensai trois tampons d'entrée aux États-Unis, deux à New York et un à Washington. Il y avait là une certaine incohérence, puisqu'elle m'avait dit ne pas connaître Washington – mais après tout, peut-être n'y était-elle passée que le temps d'attraper une correspondance vers Boston ou autre.

Son visa vietnamien était différent du mien, sans doute un visa de travail. Il avait été renouvelé une fois, un an plus tôt, et je l'imaginai convoquée à la section C du ministère de la Sécurité publique. Elle avait dû lui donner du fil à retordre.

Elle était aussi allée à Hong Kong, à Sydney, à Bangkok et à Tokyo, soit en vacances, soit pour affaires. Rien de suspect là-dedans. Mais tout de même, le tampon de Washington faisait désordre.

Je reposai son passeport sur le comptoir. L'employé nous présenta un reçu manuscrit, que nous dûmes signer chacun à notre tour. Susan lui donna un dollar.

Nous traversâmes la route. La plage était presque déserte. À peine eûmes-nous jeté notre dévolu sur deux chaises longues en bois qu'une nuée de gosses s'abattit sur nous pour essayer de nous vendre tous les objets imaginables. Nous nous retrouvâmes bientôt avec deux matelas, deux serviettes, deux brochettes d'ananas et deux sodas. Susan distribua une liasse de dongs aux gamins, qui se dispersèrent.

Je retirai mon débardeur et elle son tee-shirt. Son deux-pièces minuscule, couleur chair, mettait en valeur un corps voluptueux et joliment bronzé.

Elle sentit que je l'observais – ou plutôt que je la dévorais des yeux. Je m'empressai de détourner la tête vers le rivage.

— Jolie plage, dis-je.

Assis au bord de nos chaises longues, nous savourâmes notre ananas pendant qu'un défilé de vendeurs se présentait devant nous avec des amuse-gueule, des boissons, des cartes de la région, des peintures sur soie, des drapeaux vietcongs, des chapeaux de plage, et tout un tas d'objets que je ne réussis pas à identifier. Je fis l'acquisition d'une carte touristique de Nha Trang et de sa région.

Nous descendîmes ensuite vers les vagues. Susan avait laissé son cabas sur sa chaise longue en m'assurant qu'il n'y avait aucun risque.

Nous fendîmes l'écume jusqu'à nous retrouver dans l'eau jusqu'au cou. Des poissons tropicaux filaient en scintillant sous la surface limpide.

— Je me rappelle qu'il y avait d'énormes méduses tout le long de la côte, dis-je.

— C'est pareil à Vung Tau. Il faut faire très attention. On peut se retrouver paralysé.

— Nous avions l'habitude de balancer des grenades-choc dans l'eau. Les méduses se retrouvaient effectivement en état de choc, et des centaines de poissons venaient flotter à la surface. Les gosses n'avaient plus qu'à les ramasser. Ils mangeaient les poulpes vivants. Ça nous dégoûtait. Alors qu'aujourd'hui on paie vingt dollars dans un restaurant à sushis pour manger du poulpe cru.

— Des grenades-choc ?

— Oui. Ce ne sont pas des grenades à fragmentation. On s'en sert dans les blockhaus et autres lieux clos comme les tunnels. Elles provoquent une commotion. Quelqu'un a découvert un jour qu'on pouvait pêcher avec. Ces grenades coûtaient à l'Oncle Sam une vingtaine de dollars pièce. Des gens se sont nourris grâce à nos explosifs de guerre.

— Et si vous en aviez besoin par la suite ?

— On en commandait d'autres. S'il y a une chose dont on n'a jamais manqué, c'est bien les munitions. C'est plutôt la volonté qui nous faisait parfois défaut.

Nous nous mîmes à nager. Susan était bonne nageuse, comme moi, et nous restâmes près d'une heure au large. Ce fut un moment délectable.

Dès que nous eûmes regagné nos chaises longues, les vendeurs revinrent à la charge. Ces gens-là étaient capables de vous harceler toute la journée, jusqu'au moment où ils étaient sûrs d'avoir empoché tout votre argent.

Deux jeunes filles s'approchèrent, munies de flacons d'huile bronzante et de gants de toilette.

— Vous n'avez eu aucun massage depuis le Rex, déclara Susan. Permettez-moi de vous en offrir un.

— Merci beaucoup.

Après nous être laissé tous deux masser sur notre chaise longue, nous nous étendîmes au soleil. Tandis que Susan lisait un magazine économique à l'abri de ses lunettes noires, je restai à contempler la mer et le ciel.

Peut-être devrais-je revenir un jour en vacances au Vietnam, me disais-je. Peut-être Cynthia serait-elle d'accord pour m'accompagner. Nous prendrions un mois complet pour explorer le pays.

Je finis par me tourner vers Susan. Elle sentit le poids de mon regard et leva les yeux de sa revue.

— C'est agréable, n'est-ce pas ? me demanda-t-elle.

— Oui. Extrêmement.

— Vous ne regrettez pas que je sois venue ?

— Non.

— Je peux rester quelques jours de plus.

— Si vous rentrez à Saigon dès demain, je pense que vous aurez une chance de recoller les morceaux avec Bill.

— Qui ça ?

— Permettez-moi de vous poser une question personnelle. Si vous tenez si peu à lui, pourquoi l'avoir choisi ?

Elle reposa son magazine.

— Bonne question. D'abord, le choix est restreint à Saigon. La plupart des hommes sont mariés, et les autres s'envoient en l'air comme des fous avec des Vietnamiennes. Bill avait l'avantage d'être un bon candidat. Pas de maîtresse, pas de prostituées, pas de drogue, aucune mauvaise habitude – excepté moi.

Lors de notre brève confrontation, Bill Stanley ne m'avait pas donné l'impression d'être un boy-scout. On sentait en lui une autre dimension, et il valait mieux pour moi que je m'en souvienne.

À six heures du soir, nous quittâmes la plage.

De retour à l'hôtel, après avoir récupéré nos papiers à la réception, nous nous donnâmes rendez-vous dans la véranda à sept heures.

Je regagnai ma chambre, pris une douche à l'eau froide et au savon parfumé à l'orange, puis m'autorisai un brin de sieste en tenue d'Adam. Je me réveillai en sursaut à sept heures moins le quart, m'habillai et descendis dans la véranda. Susan n'y était pas encore, mais en revanche je retrouvai Lucy, qui me servit une bière fraîche.

Susan fit son entrée quelques minutes plus tard, vêtue d'une petite jupe noire et d'un des chemisiers de soie qu'elle avait achetés au marché – le rose.

— Ce chemisier vous va comme un gant, dis-je en me levant pour l'accueillir.

— Merci, monsieur. Vous avez pris des couleurs et je vous trouve reposé.

— Je suis en permission.

— Et moi, je suis ravie de partager ce moment avec vous. Je crains de devoir m'inquiéter pour vous dans les jours qui viennent.

Je ne répondis pas.

— Au fait… Je vais bientôt devoir aller à Hanoi en voyage d'affaires. Je pourrais peut-être vous y retrouver. Au Métropole, samedi en huit. C'est bien ça ?

— Comment le savez-vous ?

— J'ai jeté un coup d'œil à vos réservations pendant que vous faisiez de même avec mon passeport.

— Je ne saurais trop vous recommander d'oublier ce que vous avez vu.

— C'est promis – à part le Métropole, samedi en huit.

— Je n'y resterai qu'une nuit.

— Ça me suffit. Je tiens juste à vous accueillir à votre arrivée dans la capitale.

— D'accord, m'entendis-je répondre. Rendez-vous au Métropole de Hanoi, samedi en huit.

— J'y serai.

Nous sirotâmes quelques bières et, à la nuit tombée, nous partîmes pour le centre de la ville en cyclo-pousse.

Nous nous décidâmes pour un restaurant avec jardin. Une ravissante hôtesse en *ao dai* nous mena à une table à l'extérieur. La fumée des cigarettes était chassée par une douce brise, et un fort parfum de fleurs flottait sur le jardin. Nous commandâmes du poisson parce qu'il n'y avait quasiment rien d'autre au menu et dînâmes en discutant de tout et de rien. À un moment donné, néanmoins, Susan revint sur le sujet du colonel Mang. Je lui répétai ce que j'avais dit l'autre jour à ce dernier, à savoir que les relations américano-vietnamiennes étaient entrées dans une nouvelle phase et qu'il allait devoir s'y adapter. Elle prit un air pensif.

— La dernière fois que nous avons eu une ambassade dans ce pays, dit-elle, c'était à Saigon. Elle a fermé le 30 avril 1975. L'ambassadeur s'est retrouvé sur le toit du bâtiment, sa bannière étoilée sous le bras, pendant qu'au palais présidentiel le général Minh n'attendait plus que le moment de livrer le Sud-Vietnam aux communistes. Nous avons aujourd'hui un nouvel ambassadeur, cette fois à Hanoi, et aussi un embryon de représentation consulaire à Saigon, avec en particulier des spécialistes du développement économique. Ce pays est en passe de redevenir très important pour nous, et personne ne veut que ces nouvelles relations soient rompues. Entre le pétrole, les matières premières et les investissements industriels, il y a des milliards de dollars à la clé. Bref, je ne sais ni pourquoi vous êtes ici ni qui vous envoie, mais je vous en supplie, n'y allez pas trop fort.

Je la dévisageai. Susan Weber maîtrisait nettement mieux la géopolitique qu'elle ne me l'avait laissé croire jusqu'à présent.

— Je sais qui m'envoie, rétorquai-je, mais je ne suis pas sûr de savoir pourquoi. Mais croyez-moi, ma mission n'est pas assez importante, et je ne compte pas assez moi-même, pour remettre en cause tout ce qui a déjà été accompli.

— N'en soyez pas si sûr. Il y a une foule de gens à Hanoi et à Washington qui ne veulent pas que nos deux pays renouent des relations normales. Ce sont surtout des hommes de votre génération, des vétérans et des politiciens des deux camps, qui ne sont pas prêts à oublier ni à pardonner. Or, beaucoup de ces hommes occupent aujourd'hui des postes-clés…

— Sauriez-vous quelque chose que j'ignore, Susan ?

— Non, répondit-elle sans détourner le regard. Mais je *sens* quelque chose… On dirait que malgré l'histoire qui lie nos deux pays, nous n'avons rien appris.

— Je crois que si. Mais cela ne veut pas dire que nous ne commettrons pas de nouvelles erreurs.

Elle n'insista pas, et moi non plus. Ses préoccupations semblaient être avant tout celles d'une femme d'affaires. Mais celles-ci n'étaient pas seules en jeu ; s'il ne s'était agi que de cela, notre nouvel ambassadeur à Hanoi aurait sollicité l'aide du gouvernement vietnamien pour retrouver le témoin d'une affaire d'homicide américano-américaine. Il y avait donc autre chose – quelque chose dont Washington ne tenait à informer ni Hanoi ni moi.

Après le dîner, nous rejoignîmes la plage à pied et marchâmes jusqu'à l'hôtel.

Je suivis Susan dans sa chambre. Cette fois-ci, il n'y avait pas de message sur le parquet, et Mlle Weber ne m'adressa aucun signal clair.

— J'ai passé une superbe journée, dis-je.

— Moi aussi. Vivement demain.

Nous convînmes de nous retrouver pour le petit déjeuner à huit heures.

— N'oubliez pas l'acide borique, me dit-elle. Ni le ballon d'eau chaude.

De retour dans ma chambre, je répandis un peu d'acide borique autour de mon lit et de mes bagages. Le soleil et la mer m'avaient mis K.-O. Je sombrai dans un demi-sommeil dès que je fus sur mon lit. Avant de m'endormir tout à fait, mon ultime pensée fut que je ne me souvenais pas d'avoir vu, ce soir, la boule à neige sur la table de chevet de Susan.

18

Descendu dans la véranda avant Susan, je choisis une table et commandai du café.

Un nouveau jour de rêve commençait à Nha Trang.

Elle apparut peu après, vêtue d'un pantalon léger en coton vert et d'un petit pull blanc à col marin que je ne lui avais encore jamais vus.

— Bonjour, me dit-elle en s'asseyant. (Elle se servit du café.) Cette nuit, j'ai rêvé de vous.

J'attendis la suite.

— Nous étions au Métropole de Hanoi, poursuivit-elle. J'y suis déjà descendue, et j'ai reconnu le bar de l'hôtel. La scène semblait très réelle. Nous prenions un cocktail, nous dînions, et ensuite nous dansions.

— On tâchera de respecter le programme, dis-je.

Le serveur arriva. Cette fois, nous optâmes pour le petit déjeuner numéro deux, avec la soupe *pho*.

Quand le *pho* fut arrivé, j'y goûtai avec ma cuiller à café.

— Qu'est-ce que c'est, au juste ? demandai-je à Susan.

— Le plat national. À la base, il se compose de nouilles, de légumes et de bouillon assaisonné au gingembre et au poivre. Vous pouvez y adjoindre un peu de poulet cru, ou du porc si vous en avez les moyens. La viande et les légumes cuisent dans le bouillon. Chaque fois que vous aurez des doutes sur l'hygiène, commandez du *pho*. Au moins, vous êtes sûr que l'eau aura bouilli.

— C'est bon à savoir.

— Soit dit en passant, je fais un *pho* délicieux. J'aimerais vous y faire goûter, un de ces jours.

— Quant à moi, je suis le roi du chili.

— J'adore ça. Le chili me manque beaucoup.

— Je ne crois pas avoir vu la boule à neige sur votre table de nuit hier soir.

— Je n'y ai pas fait attention. Je regarderai tout à l'heure.

— Vous n'y avez pas touché ?

— Non. Pour peu que vous leur laissiez quelques dongs sur le lit, les femmes de chambre sont généralement fiables.

— Soit. Quel est le programme du jour ?

— J'ai demandé au réceptionniste de nous réserver un bateau pour la journée. Nous partons visiter les îles. J'ai trouvé que ce serait une bonne idée, pour notre dernière journée de vacances. Prévoyez un maillot de bain.

Je réglai le petit déjeuner, et nous remontâmes au troisième.

— Tâchez de retrouver cette boule à neige ! lançai-je à Susan au moment où nous nous séparions dans le couloir.

Dans ma chambre, j'enfilai mon maillot de bain, puis mon dernier pantalon de toile propre. Je décidai de mettre les sandales Hô Chi Minh plutôt que mes mocassins. Au moment où je m'apprêtais à ressortir, mes yeux tombèrent sur la boule à neige. Elle était posée sur ma table de chevet.

Ces petits objets ont tendance à avoir la bougeotte.

Je redescendis dans le hall, où Susan me rejoignit.

— Je ne l'ai pas retrouvée, me dit-elle.

— Normal. Elle était dans ma chambre.

— Comment y a-t-elle atterri ?

— La femme de ménage a dû confondre. Allons-y.

Un taxi nous attendait devant la porte de l'hôtel.

— *Cang Nha Trang*, dit Susan au chauffeur.

Le taxi s'engagea sur la route côtière en direction du sud. Tout à coup, Susan me prit la main.

— Ce n'est pas possible, lâcha-t-elle.

— Quoi donc ?

— Que cette boule à neige ait échoué dans votre chambre.

— Ces petits objets ont parfois la bougeotte, semble-t-il.

Et je lui relatai la trajectoire compliquée de cette boule à neige – de l'aéroport Dulles à ma chambre du Rex, en passant par le bureau du colonel Mang. Susan resta un moment muette, puis enchaîna :

— J'ai du mal à croire que quelqu'un soit entré dans ma chambre.

— Pourquoi avez-vous du mal à y croire ? Nous ne sommes pas à Lenox, Susan. Il ne vous a sûrement pas échappé que le Vietnam est un État policier. Si nous avions le téléphone, il serait sur écoute. Peut-être y a-t-il des micros dans les chambres – et à ma connaissance, l'acide borique ne peut rien contre eux.

— Mais… cette boule à neige ?

— Je suppose que le colonel Mang a envie de s'amuser un peu. Ce qui est assez stupide, d'ailleurs. Alors qu'il ferait mieux de garder profil bas pour endormir nos soupçons, il joue au chat et à la souris avec nous.

— Plutôt tordu, non ?

— Il n'y a peut-être pas grand-chose à faire ces temps-ci au ministère de la Sécurité publique…

Nous dépassâmes le Nha Trang Sailing Club et, quelques kilomètres plus loin, longeâmes une luxueuse résidence touristique composée de villas blanches à toiture de tuiles, qui à en croire l'écriteau du portail s'appelait l'Ana Mandara. Nous aurions aussi bien pu être à Hawaii.

Une pluie de dollars était manifestement en train de s'abattre sur le Vietnam, et pas seulement sur Saigon.

Alors que nous approchions du port, je repérai un groupe d'élégantes villas anciennes nichées sur une colline luxuriante donnant directement sur la plage. Je les indiquai à Susan, qui interrogea le chauffeur.

— Ce sont les villas Bao Dai, baptisées du nom du dernier empereur du Vietnam, m'expliqua-t-elle quand il eut répondu. Il y venait souvent en résidence d'été. Elles ont ensuite accueilli les présidents du Sud-Vietnam, dont Diem et Thieu. D'après le chauffeur, il est possible d'y louer une chambre, mais on y croise surtout des officiels du Parti. Les Occidentaux ne sont pas forcément les bienvenus.

Nous poursuivîmes notre route en direction de la pointe sud de la baie, qui se terminait par un promontoire trapu au pied duquel était blotti un village pittoresque. De l'autre côté de la route, toutes sortes de bateaux étaient amarrés de part et d'autre d'un long ponton qui s'étirait vers la mer de Chine.

Nous descendîmes à l'entrée du quai. Le port était rudimentaire, et la plupart des embarcations au mouillage semblaient être des bateaux de plaisance. Il y avait aussi quelques bateaux de pêche qui arboraient tous la même coque bleu nuit barrée d'un filet rouge – comme d'ailleurs tous les autres bateaux de pêche que j'avais aperçus jusqu'à présent à Nha Trang. Soit c'était une tradition locale, soit il n'y avait pas d'autre couleur de peinture disponible dans la région.

Dès que nous nous fûmes engagés sur le quai, vingt marins au bas mot se précipitèrent sur nous, prêts à nous transporter où bon nous semblerait. Mais Susan semblait savoir à qui s'adresser.

— Capitaine Vu ? lançait-elle régulièrement à la cantonade. Capitaine Vu ?

Curieusement, tout le monde s'appelait Vu. Nous finîmes cependant par trouver le vrai, qui nous conduisit à son bateau : c'était un rafiot d'environ huit mètres, pansu, avec la poupe basse et la proue relevée, à la manière d'un remorqueur de bande dessinée. Nous montâmes à bord.

Un petit poste de pilotage vitré se dressait au centre du pont, et un filet de pêche pendait par-dessus le bastingage, côté bâbord.

— Bienvenue, monsieur, madame, récita le capitaine Vu.

La coque empestait le poisson.

— C'est un bateau de pêche, dis-je à Susan en respirant par la bouche.

— N'est-ce pas merveilleux, Paul ? Un vrai bateau de pêche de Nha Trang !

Il y a des gens qui adorent s'adonner à toutes sortes d'expériences. Quand on arrive à mon âge, on essaie plutôt de les éviter.

— Pour vous, dit le capitaine Vu en nous montrant une énorme glacière remplie de glace, de bières, d'eau et de sodas.

Le capitaine Vu, qui était fumeur, fut ravi d'apprendre que Susan fumait aussi, et ils allumèrent ensemble une première cigarette. Ensuite, ils étalèrent une carte marine sur le capot du compartiment moteur et se penchèrent dessus pour l'étudier.

— On devrait pouvoir visiter quatre ou cinq îles, finit par m'annoncer Susan.

— Quatre suffiront.

— Comme vous voudrez. Je pensais terminer par Pyramide – une île qui a gardé son nom français. Il paraît qu'on y trouve une plage naturiste.

— Va pour les cinq.

— Je m'en doutais.

Elle dit quelque chose au capitaine Vu, qui éclata de rire.

— On devrait commencer par Pyramide, suggérai-je.

Le capitaine s'esclaffa de plus belle.

Un gamin posté sur le quai nous aida à larguer les amarres, puis sauta à bord. Il s'appelait Minh, comme le grand leader Hô Chi Minh. Je lui indiquai mes sandales, et il hocha la tête. Le capitaine Vu s'introduisit dans le poste de pilotage. Quelques secondes plus tard, le moteur hoqueta, toussa et démarra.

Susan et moi nous installâmes sur deux sièges en plastique à la poupe. Je pris dans la glacière une bouteille d'eau minérale, que nous partageâmes. La mer était calme, et le capitaine Vu mit progressivement les gaz. Nous nous dirigions au sud-est vers un premier îlot. Susan, qui avait la carte sur les genoux, m'expliqua :

— C'est Hon Mieu, « l'île Sud ». Une ferme piscicole est installée dessus. Vous voulez la visiter ?

— Non. Où est Pyramide ?

— L'île suivante s'appelle Hon Tam. Ensuite, ce sera Hon Mot, d'où nous rallierons Hon Cu Loa, « l'île des Singes », puis Hon Tre, ce qui veut dire « île des Bambous ». Vous n'avez qu'à jeter un coup d'œil.

Elle me tendit la carte.

— Où est Pyramide ?

— Sur la carte, Paul.

— Où ça ?

— Plus au nord.

— D'accord. Je l'ai.

Comme par hasard, c'était la plus éloignée. Je repliai la carte. J'avais maintenant un objectif.

Notre première escale eut lieu à Hon Tam, où une petite base de loisirs avait été aménagée. Nous louâmes deux kayaks et passâmes quelque temps à pagayer sur l'eau cristalline. Nous bûmes aussi une bière.

À Hon Mot, nous louâmes du matériel de plongée et consacrâmes une heure à admirer des poissons tropicaux bigarrés et des récifs de corail aux couleurs éclatantes. J'eus aussi l'occasion d'admirer sous l'eau le corps somptueux de Susan Weber, qui avait choisi de porter ce jour-là un maillot de bain minimaliste de couleur blanche.

Nous accostâmes ensuite sur l'île des Singes, où une horde de primates odieux était en train de harceler un groupe de touristes stupides. L'un d'eux – je parle des singes – tenta de me faucher mon portefeuille, et je me crus un instant revenu à Saigon. Un autre, probablement un mâle dominant, se pendit à une branche par les orteils pour peloter les seins de Susan. Sans même l'avoir préalablement invitée à dîner.

J'insistai pour que nous fassions l'impasse sur l'île des Bambous : même si j'évitai de le dire, je craignais de manquer Pyramide.

— Il y a là-bas une épidémie de peste bubonique, affirmai-je. Je l'ai lu ce matin dans le journal.

Mlle Weber, un peu sceptique, lança quelques mots au capitaine Vu, qui changea aussitôt de cap.

— Qu'est-ce qu'on fait ? demandai-je.

— Il me semble que cela suffit pour aujourd'hui. Il va être trois heures.

— Et que faites-vous de Pyramide ?

— Oh… C'est vrai. Vous voulez toujours y aller ?

— Oui. Sur-le-champ.

— Ne vous inquiétez pas, c'est là que nous allons. Ce que vous êtes primaire !

Elle se rassit sur son siège et alluma une cigarette. Avec le vent qui faisait danser ses longs cheveux, elle était plus belle que jamais.

— Quand je vous ai rencontré, me dit-elle, j'ai d'abord eu l'impression que vous restiez sur la défensive.

— Je l'étais.

— Puis je me suis rendu compte que vous jouiez un numéro.

— Une attitude professionnelle, rien de plus.

— Moi aussi.

Une demi-heure plus tard, je repérai enfin une langue de terre droit devant. Le capitaine Vu sortit la tête du poste de pilotage.

— Hon Pyramide ! s'écria-t-il en tendant le bras.

Nous approchâmes de l'îlot par l'ouest, et le capitaine réduisit sa vitesse tandis que le gamin se penchait à la proue pour scruter les récifs et les bancs de sable. Un long ponton de bois s'avançait dans l'eau à partir de la plage. Une douzaine d'embarcations hétéroclites y étaient amarrées.

L'île ressemblait en effet à une petite pyramide dont les flancs rocheux s'élevaient abruptement jusqu'à un sommet plus ou moins aplati. J'aperçus plusieurs silhouettes humaines en train d'escalader les parois.

Quand nous eûmes accosté, Minh sauta sur le ponton et amarra notre bateau.

— Demandez donc au capitaine ce que font ces gens à flanc de montagne, dis-je à Susan.

Elle s'éxécuta, puis elle me traduisit sa réponse :

— C'est un des meilleurs endroits pour ramasser les nids d'hirondelle qui servent à préparer la soupe au nid d'oiseau. Plus ils viennent de haut, plus l'érection est forte et longue.

— Vous avez inventé la fin, j'en suis sûr. Demandez-lui s'il lui arrive de croiser des navires de guerre russes pendant ses sorties en mer.

Susan hésita un instant avant de traduire ma question.

— Plus beaucoup, me dit-elle après que le capitaine eut répondu. Mais on continue à en voir de temps en temps dans la baie de Cam Ranh. Peut-être une fois par mois.

— Demandez-lui s'il a déjà remarqué des bâtiments américains.

Elle posa la question. Vu répondit sans hésiter.

— Quelques-uns, dernièrement. Pourquoi ces questions ?

— Simple curiosité.

Le capitaine nous indiqua le chemin de la plage naturiste et ajouta à mon intention :

— Vous aimer.

Nous glissâmes quelques boîtes de soda dans le cabas de Susan et promîmes au capitaine Vu d'être de retour au coucher de soleil. Le gamin insista pour nous accompagner, mais le capitaine Vu, qui souhaitait pêcher, avait besoin de son aide pour relever ses filets. Minh ne parut pas emballé de devoir rester à bord.

Arrivés au bout du ponton, Susan et moi nous engageâmes sur un chemin qui s'enfonçait dans les broussailles le long de la côte.

Nous parlions peu – je crois que nous étions tous deux un peu nerveux. En soi, nager nu n'est pas grand-chose, mais avec quelqu'un que vous n'avez jamais vu autrement qu'habillé, cela peut faire un drôle d'effet.

Après un quart d'heure de marche, nous contournâmes une saillie rocheuse et découvrîmes de l'autre côté, à une cinquantaine de mètres, une magnifique anse de sable blanc paresseusement arc-boutée au pied de la pyramide. Je recensai une quinzaine de femmes sur la plage ou dans l'eau. Toutes étaient nues.

Il y avait aussi quelques hommes, mais je les vis à peine.

Susan s'arrêta.

— On dirait que mes informations étaient bonnes, dit-elle.

— Qui vous a parlé de cet endroit ?

— Un expatrié de Saigon. Je croyais qu'il plaisantait, mais j'ai vérifié ce matin auprès du réceptionniste, qui m'a confirmé l'existence de cette plage, bien que le nudisme soit interdit.

Elle embrassa du regard la falaise, le ciel, le sable de l'anse, l'eau turquoise et les arbres luxuriants qui bordaient le rivage.

— C'est sublime, souffla-t-elle.

Nous descendîmes sur la plage. À l'exception d'un couple de Vietnamiens, toutes les personnes présentes étaient blanches.

La plage s'étirait sur une cinquantaine de mètres, sur une largeur à peu près équivalente. Les rochers abrupts créaient une sorte d'amphithéâtre qui l'isolait des regards – sauf peut-être pour la poignée d'hommes qui, au bout de leur corde de rappel, escaladaient la pyramide en quête de nids d'oiseaux.

Nous trouvâmes à fleur de sable un rocher plat sur lequel Susan déposa son cabas. Le couple le plus proche se trouvait à six ou sept mètres, étendu sur le dos.

— Je meurs d'envie de piquer une tête, dis-je en ôtant ma chemise et mes sandales.

Susan fit de même, quitta son pantalon, le déposa sur le rocher. Je retirai mon maillot de bain, et elle retira son haut de bikini, puis le bas, et fourra le tout dans son cabas. Nous restâmes quelques secondes immobiles sous la caresse du soleil.

Nous marchâmes vers l'eau, nus, et l'écume tiède nous lécha les chevilles. Le soleil nous faisait face, en suspens au-dessus des collines de Nha Trang, dont nous devinions la ligne de crête à une vingtaine de kilomètres. Ses rayons faisaient miroiter l'eau, et le ciel était traversé de mouettes.

Une jolie femme d'une quarantaine d'années émergea des flots et vint vers nous après s'être ébrouée.

— Température idéale, dit-elle avec un fort accent scandinave. Pas de méduses. Très bonne.

— Merci, fit Susan.

— Américains ?

— Oui.

— Peu d'Américains, par ici. Surtout des Européens et des Australiens. Je viens de Suède.

Malgré notre nudité, nous réussissions à avoir encore l'air américains. Ce devait être ma circoncision.

Nous restâmes un moment à bavarder avec cette charmante personne, dont le mari ne tarda pas à nous rejoindre. Nous parlâmes avec eux de notre hôtel, des restaurants, de Nha Trang, et du Vietnam en général. Curieusement, il ne nous fallut que quelques secondes pour oublier que nous étions nus.

— Vous avez peut-être combattu ici ? finit par me demander l'homme.

— Exact.

— Comment trouvez-vous le pays aujourd'hui ?

— Agréable. Paisible.

— La guerre est quelque chose d'atroce.

— Je suis un petit peu au courant.

D'un geste semi-circulaire, il engloba du bras la mer et le ciel.

— Le monde entier devrait ressembler à ceci, déclara-t-il.

— C'était le cas, fis-je remarquer. Le jardin d'Éden. Sauf que nous étions armés.

Les deux Suédois rirent en chœur.

— Je vous souhaite un agréable séjour, déclara la femme.

Et ils s'éloignèrent.

— Ces gens sont charmants, me dit Susan.

Nous entrâmes dans l'eau et nous mîmes à nager parallèlement à la plage afin d'explorer la côte rocheuse. Les sensations sont très différentes quand on nage nu. Au bout d'une demi-heure, nous revînmes vers le sable. Quand nous eûmes pied, nous continuâmes en marchant jusqu'à ce que nos épaules émergent. Ce fut alors que je m'arrêtai, pris Susan par les épaules et la regardai intensément. Elle se lova au creux de mes bras. Nos bouches se rencontrèrent. Mes mains glissèrent sur sa croupe, les siennes descendirent dans mon dos, je la plaquai contre moi et sentis sa toison sur mon sexe.

Elle recula, haletante.

— Allons nous étendre au soleil, Paul.

— Partez devant. J'ai besoin d'un peu de temps pour redevenir présentable.

Elle sourit, fit demi-tour et se dirigea vers la plage.

Je la suivis du regard. Sa démarche était divine. Elle s'arrêta en chemin pour adresser quelques mots aux Vietnamiens assis sur un rocher, à l'ombre d'un vieil arbre. Ils lui répondirent avec force sourires et hochements de tête.

Je rejoignis bientôt Susan, qui était allongée sur le sable, son cabas sous la nuque. Je m'agenouillai à côté d'elle. Elle se redressa et sortit du sac un tube d'huile solaire qu'elle me tendit.

— Pourriez-vous m'en enduire le dos ?

Je ne me fis pas prier. Je lui tartinai généreusement le dos, les fesses et les jambes.

— Hmmm, c'est bon… souffla-t-elle.

Je lui massai ensuite la nuque, les épaules, le dos et les fesses.

— À mon tour, me dit-elle.

Dès que je me fus étendu sur le ventre, Susan se mit à califourchon sur moi.

— Voilà ! lança-t-elle au bout d'un moment. Et si on prenait quelques photos ?

— Je ne crois pas que ce soit une bonne idée…

— Je tiens à garder un souvenir de cette journée. J'ai une idée. On va demander à quelqu'un de nous prendre tous les deux, mais en masquant notre visage.

Elle se releva et marcha vers le couple de Vietnamiens. Elle revint peu après accompagnée du jeune homme – la fille, apparemment timide, était restée sur son rocher. Susan me présenta à M. Hanh, à qui je serrai la main après m'être mis debout. Elle lui confia son appareil. Nous posâmes côte à côte, bras dessus bras dessous, chacun dissimulant derrière sa main le visage de l'autre. M. Hanh parut trouver notre pose amusante et prit une photo en pouffant de rire. Pour l'image suivante, chacun couvrait de sa main libre le pubis de l'autre. C'était un peu idiot, mais après tout, je viens des quartiers sud de Boston.

Nous remerciâmes M. Hanh, qui s'en alla rejoindre sa compagne.

— Vous croyez qu'on pourra les faire développer à Saigon ? demandai-je à Susan.

— Non. Si on le faisait, toute la ville serait au courant dans les deux jours. J'enverrai la pellicule à ma sœur, à Boston. Vous n'y voyez pas d'inconvénient ?

— Bien sûr que non. Si jamais je la croise, ça nous fera un sujet de conversation.

Nous nous assîmes en tailleur sur le sable pour ouvrir nos sodas.

— Quelle explication comptez-vous lui donner en ce qui concerne ces photos ? demandai-je.

— Je lui dirai que j'ai rencontré un homme merveilleux qui était ici en voyage d'affaires, que nous avons passé quelques jours sublimes à Saigon et à Nha Trang, qu'il est reparti pour la Virginie, et qu'il me manque terriblement.

— Dommage que la vie soit si compliquée.

Le soleil avait basculé derrière les reliefs de Nha Trang, et sa lumière agonisante aiguisait les crêtes sous un ciel de plus en plus sombre. L'eau aussi avait foncé et ne miroitait plus. Une flottille de bateaux de pêche bleus à liseré rouge revenait vers Nha Trang. Autour de nous, plusieurs personnes se rhabillaient pendant que d'autres étaient en train de quitter la plage.

Nous regagnâmes notre bateau.

Il faisait nuit noire quand nous accostâmes à Nha Trang. Je réglai le capitaine Vu, avec un joli pourboire – plus un billet de cinq dollars pour le jeune Minh, pour le consoler d'avoir manqué la plage naturiste.

Nous prîmes un des taxis stationnés à l'extrémité du quai. Arrivés à l'hôtel, nous montâmes directement à la chambre de Susan. Elle alluma la chandelle parfumée qu'elle avait achetée au marché. Je débouchai sa bouteille de vin de riz et emplis deux gobelets en plastique. Nous trinquâmes. Une mélodie nous parvenait d'une terrasse de la plage : *Blueberry Hill*, de Fats Domino. Je n'aurais sûrement pas choisi un morceau pareil pour accompagner ce genre de moment, mais ma platine CD était restée en Virginie.

— Si on dansait ? souffla Susan.

Nous laissâmes nos gobelets, retirâmes nos sandales et dansâmes au son de *Blueberry Hill*. En général, j'aime bien les préliminaires, mais j'étais un peu tendu, et plus qu'impatient. *Blueberry Hill* fut suivi par un morceau de Johnny Mathis, *The Twelfth of Never*, qui a toujours été un de mes slows favoris.

Nous dansions de plus en plus serrés, et je sentais son souffle sur ma nuque. Elle passa les mains sous mon tee-shirt pour me toucher le dos. Je dégrafai son haut de bikini.

Nous retirâmes chacun notre tee-shirt pour danser peau contre peau. Susan glissa une main sous ma ceinture, à hauteur de mes fesses, et je me sentis autorisé à faire de même.

Nous n'allâmes pas au bout du slow. Tout à coup, nous nous retrouvâmes tous les deux en train de dépouiller l'autre de ses vêtements, qui volèrent aux quatre coins de la chambre en moins de cinq secondes.

Nous nous jetâmes sur le lit, et Susan referma hâtivement la moustiquaire. Nous échangeâmes des baisers voraces tout en nous caressant avidement sur l'étroit matelas.

Nous étions maintenant côte à côte, dans les bras l'un de l'autre. Après quelques secondes de calme, nos mains reprirent leurs furieuses explorations. Notre désir était au paroxyme. Je couvris Susan de mon corps et nous fîmes l'amour – puis sombrâmes épuisés dans les bras l'un de l'autre.

Je me réveillai en pleine nuit, avec Cynthia dans la tête et Susan dans mes bras. Je pensai aussi à Karl, à tout ce qui m'attendait encore ici, et à mon retour au pays.

Ma mission avait pris mauvaise tournure dès l'aéroport Tan Son Nhat et en général, quand ce genre de phénomène se produit, mieux vaut tout arrêter illico pour éviter la catastrophe. Sauf que cette mission s'était muée en aventure personnelle. Et si cette dernière était vouée à connaître un dénouement malheureux, je devais m'y préparer.

19

Le matin venu, pendant que le soleil irradiait lentement la mer de Chine et qu'une brise languide s'insinuait entre les portes-fenêtres de la chambre, nous fîmes de nouveau l'amour.

Nous prîmes une douche ensemble et restâmes nus sur le lit jusque vers dix heures. Puis nous descendîmes dans la véranda.

Tout semblait identique aux deux matins précédents, mais le monde avait changé, pour moi et me semblait-il pour elle.

Il paraissait entendu que Susan ne rentrerait pas à Saigon tant que je serais à Nha Trang, mais je restai ferme dans mon refus d'être accompagné jusqu'à Hué.

— Hué marque le point de départ de ma mission officielle, dis-je. Si tu me suivais là-bas, ils péteraient les plombs, à Washington.

— D'accord. Mais on se retrouvera à Hanoi.

Susan ayant émis le vœu de faire encore un peu de tourisme, nous louâmes une voiture avec chauffeur pour nous rendre à l'Institut océanographique. Nous y vîmes toutes sortes de poissons en aquarium, ainsi que des milliers de cadavres de créatures marines conservés dans des bocaux de verre. Le genre d'endroit que je n'aurais pas regretté une seconde s'il avait reçu une bombe perdue.

L'après-midi, nous visitâmes quelques tours cham – guère plus passionnantes que les poissons en bocal.

— Les Cham étaient des Hindous, m'expliqua Susan, brochure en main. Ils ont occupé cette région du septième au douzième siècle avant d'être refoulés par les ethnies vietnamiennes du Nord.

— Fascinant.

Nous vîmes aussi un temple cham répondant au nom de Po Nagar, orné de statues de dieux et de déesses hindous furieusement érotiques qui suscitèrent chez moi un petit début d'intérêt. Je vis notamment des pénis sculptés énormes appelés *lingas*, et des vagins appelés *yonis*. De l'un de ces derniers jaillissait une source d'eau vive. On ne voit jamais ce genre de représentation dans les églises catholiques.

Nous passâmes une partie de l'après-midi à sillonner la campagne avoisinante, en faisant notamment étape à Ba Ho, une petite forêt tropicale enchanteresse, irriguée par trois cascades dont les flots limpides formaient autant de piscines naturelles. Tandis que nous étions assis au bord de l'une d'elles, les pieds dans l'eau, Susan leva les yeux de mon guide et déclara :

— Je sais que tu aimes beaucoup les plages naturistes. Je viens de t'en trouver une autre.

— J'espère seulement que tu ne t'imagines pas que je ne pense qu'à ça. J'ai beaucoup aimé l'Institut océanographique…

— Il y a aussi plein de choses à apprendre sur les plages naturistes. Allons-y.

Nous reprîmes la voiture, et Susan orienta notre chauffeur vers un site dénommé Hon Chong, un imposant promontoire rocheux qui semblait jaillir de la mer de Chine.

Au sommet, nous découvrîmes un panorama imprenable sur les caps montagneux au nord et sur Nha Trang au sud. Le soleil illuminait les montagnes de l'ouest, la mer de Chine formant un canevas bleu et or.

— Très mignon, fis-je.

Susan m'indiqua un rocher où se découpait en creux ce qui ressemblait à une empreinte de main géante.

— Cette empreinte est celle d'un géant mythique. Il est tombé sur ce rocher alors qu'il était ivre.

— Il doit falloir une bonne quantité de vin de riz pour saouler un géant mythique, remarquai-je.

— Il était en train de mater une géante mythique qui se baignait nue, là-bas, sur Fairy Beach.

Mon regard dévala aussitôt vers le pied de la montagne, mais je ne vis aucune géante sur la plage, nue ou même habillée.

— Le géant s'est relevé, enchaîna Susan. Il est descendu en courant jusqu'à la plage et il a enlevé la géante. C'est un peu ce qui m'est arrivé hier.

Ce n'était pas tout à fait sous cette forme que je me rappelais les événements de la veille, mais je sais parfois me taire quand il le faut.

— Malgré cette attitude un peu agressive, ils sont tombés amoureux.

— Touchant. Et après ? Ils vécurent heureux et eurent beaucoup de petits géants ?

— Non. Ils avaient provoqué la colère des dieux.

— Ne me dis pas que ces dieux vivaient à Washington ?

— Probablement dans un lieu du même genre. Ils ont expédié le géant mâle dans un camp de rééducation.

— Les imbéciles !

— Sauf que la géante l'a attendu pendant des siècles.

— Une chic fille.

— Oui. Mais elle était persuadée qu'il ne reviendrait jamais. De guerre lasse, elle a fini par se coucher et s'est transformée en rocher. Tu vois cette montagne ? demanda-t-elle en m'indiquant le nord-ouest. Elle s'appelle Nui Co Tien – « la montagne de la Géante ». Ce sommet sur la droite est son visage, tourné vers le ciel. Les pics centraux représentent ses seins, et ceux de gauche ses jambes croisées.

Effectivement, avec un brin d'imagination, on pouvait associer la forme de cette montagne à une silhouette féminine étendue sur le dos.

— Un jour, reprit Susan, le géant mâle est revenu et, découvrant ce qu'était devenue son amante, il a de nouveau abattu la main sur son ancienne empreinte. Puis il est mort de chagrin, et lui aussi a été transformé en rocher.

— Triste histoire, lâchai-je.

— Les histoires d'amour finissent souvent mal. Pourquoi ?

— Je crois que quand une relation amoureuse commence dans la transgression, en suscitant de la souffrance ou de la colère dans l'entourage des amants... elle est souvent vouée à connaître un dénouement malheureux, voire tragique.

— Ce qui compte, déclara Susan, le regard toujours fixé sur la géante couchée, c'est que les deux amants se sont restés fidèles jusqu'au bout.

— Tu es du genre romantique...

— Tu serais plutôt du genre pragmatique ?

— On ne me l'a jamais reproché.

— Tu renoncerais à ta vie par amour ?

— Pourquoi pas ? Je l'ai déjà risquée pour des choses bien moins importantes.

Elle me planta un petit baiser sur la joue, me prit par la main et m'entraîna vers le pied de la montagne.

Ce soir-là, nous nous rendîmes à Ana Mandara, le complexe balnéaire tout neuf que nous avions repéré la veille en allant au port, et nous y dégustâmes un excellent dîner de gastronomie vietnamienne. Le restaurant appartenait à une société néerlandaise, et la clientèle était essentiellement européenne, avec quelques Américains. Un bon orchestre jouait au bord de la piscine. Nous bûmes quelques verres et dansâmes.

— Le premier soir, me dit Susan en me prenant par la main, après notre dîner au Rex, je suis rentrée chez moi sur un petit nuage.

— Je crois que j'ai éprouvé à peu près la même sensation.

— Pourtant, tu m'avais congédiée. Et si je n'étais pas revenue ?

— On t'avait donné l'ordre de me serrer de près, non ?

— Uniquement si tu acceptais ma compagnie ou si tu avais besoin de quelque chose. Sinon, j'étais censée disparaître. Mais il n'en était pas question. Je comptais te téléphoner. Et pour finir, j'ai décidé de revenir sur mes pas pour essayer de dîner avec toi.

— Je suis heureux que tu l'aies fait.

Je me rappelais toutefois que, sur le coup, les choses ne s'étaient pas déroulées de façon aussi spontanée. Sans parler de certaines incohérences dans l'histoire de Bill Stanley, et de deux ou trois petits détails qui ne cadraient pas tout à fait avec le tableau d'ensemble.

Malgré l'absence de brise, les feuilles frémissaient. Et les bambous cliquetaient toujours, un peu plus proches peut-être.

Nous revînmes à pied d'Ana Mandara au Grand Hôtel. Nous avions conservé nos deux chambres, mais je fus invité à dormir dans celle de Susan.

Après avoir fait l'amour, nous restâmes étendus sur le dos sur son lit, enveloppés par le cocon de la moustiquaire. Les rameaux fleuris étaient pendus au ciel de lit, l'arôme d'orange de la chandelle flottait dans la pièce et l'acide borique était répandu au sol.

Mes yeux accompagnaient les lentes circonvolutions du ventilateur au plafond. La brise venue du balcon portait jusqu'à nous l'odeur de la mer. Le lendemain, vendredi, serait notre dernière journée complète à Nha Trang.

— Tu as prévu un moyen de locomotion pour rentrer à Saigon ? demandai-je à Susan, occupée à faire courir ses orteils le long de ma jambe.

— Pardon ?

— Saigon ? Samedi ?

— Oh… Les trains cessent de rouler à partir de samedi. La veille du Nouvel An.

— Une voiture avec chauffeur, peut-être ?

— Je tâcherai d'organiser tout ça demain.

— Cela risque de poser un problème ? fis-je.

— Va savoir. Je n'ai jamais voyagé pendant le Têt.

— Tu ferais peut-être mieux de rentrer dès demain.

— Hors de question. Je refuse de sacrifier une minute du temps qu'il me reste à passer avec toi.

— Moi aussi, mais…

— Comment comptes-tu aller à Hué ?

— Je ne sais pas. Mais il faut que j'y sois samedi soir.

— Tous les avions, tous les trains sont archicomplets depuis des mois.

— Dans ce cas… je devrais peut-être partir dès demain, moi aussi.

— Si tu veux avoir une chance de trouver une place assise dans le train, je te le conseille fortement.

— Tu crois que je pourrai trouver une voiture avec chauffeur ?

— On verra. Si rien ne marche, il restera toujours le bus. Aucune réservation n'est nécessaire. Tu achètes un billet à la gare routière, et tu te débrouilles pour monter à bord. Il suffit de sortir tes dongs et de jouer des coudes. J'ai voyagé une seule fois en bus, sur la ligne Saigon-Hué, et je peux t'assurer que c'est une expérience dantesque.

— Il va sans doute falloir envisager de partir demain.

— On verra demain matin.

Et elle passa à la phase deux de son plan :

— J'étais censée participer à la veillée du Têt avec Bill, m'informa-t-elle.

Je restai muet.

— Toutes nos connaissances y seront. Les Américains, les Anglais, les Australiens, et aussi les Vietnamiens catholiques.

— Ce sera sûrement très bien.

— Il n'est plus question que j'y aille. Je resterai chez moi, à regarder les danses du dragon de ma fenêtre.

— Le spectacle sera sûrement très beau.

— Ma bonne sera repartie dans sa famille, bien sûr, et la plupart des bars et restaurants seront fermés. Donc, je me ferai réchauffer un reste de *pho*, j'ouvrirai une bouteille de vin de riz, je mettrai un disque de

Barbra Streisand sur la platine, et j'irai me coucher avec les poules.

— Quelle horreur ! Pourquoi pas les Beach Boys ?

— Bien sûr, je pourrais aller à la veillée quand même, mais cela me ferait une drôle d'impression.

— Ça te dirait de m'accompagner à Hué ?

— Oh… Bonne idée ! (Elle monta à califourchon sur moi.) Tu es un amour !

— Et toi une diablesse.

— Comment pourraient-ils te punir ? En t'envoyant au Vietnam ?

Elle m'embrassa. Nous fîmes à nouveau l'amour. Nous l'avions fait moins d'une heure plus tôt, et pourtant, ce jour-là, je n'avais pas eu ma ration de nid d'oiseau. Ce séjour commençait à ressembler à ma permission à Nha Trang – sauf qu'à l'époque j'étais nettement plus jeune.

Susan s'endormit dans mes bras. Un vent vif s'était levé, et on entendait le fracas des rouleaux. Je n'arrivais pas à trouver le sommeil. J'étais trop conscient d'être en train de faire tout ce qu'il fallait pour m'attirer de sérieux ennuis – et malgré cela d'en faire encore plus.

Je repensai à la fable des géants de Hon Chong. Je ne pourrais pas prétendre que je n'avais pas été averti.

Susan avait raison : mieux valait quitter Nha Trang dès le lendemain plutôt que le surlendemain, samedi, veille du Têt.

J'étais à peu près certain qu'elle accepterait de rentrer au pays si je l'y ramenais. Mais elle ne m'avait rien demandé de tel. Elle semblait simplement disposée à me suivre là où je devais aller.

Ce qui me laissait face à trois conclusions possibles : un, elle avait fait une croix sur Bill, s'ennuyait et recherchait une aventure et un défi ; deux, elle était éperdument amoureuse de moi et ne voulait plus me lâcher d'une semelle ; et trois, elle et moi travaillions sur la même mission.

Toutes les combinaisons étaient possibles.

Ces considérations mises à part, je crois que nous sentions tous deux que si jamais nous nous séparions ici, à Nha Trang, nous ne nous retrouverions ni à Hanoi ni ailleurs ; ou alors, si nous nous retrouvions à Hanoi, rien ne serait pareil. D'une certaine façon, mon voyage était devenu le sien, et j'avais fait mienne sa quête du retour aux sources.

20

Le lendemain matin, nous nous rendîmes à l'agence touristique d'État, Vidotour. En pure perte : comme la plupart des officines publiques, elle était fermée pour la durée des fêtes. À dire vrai, hormis les marchands de fleurs et les restaurants, la ville entière était en train de mettre la clé sous le paillasson.

Nous allâmes ensuite à la gare ferroviaire, mais comme c'était le dernier jour de circulation des trains jusqu'au vendredi suivant, il nous fut impossible d'acheter un billet.

— Quelle idée de t'avoir envoyé ici pendant le Têt ! lâcha Susan tandis que nous quittions la gare.

— Ce n'est pas aussi stupide qu'il y paraît. Je dois retrouver quelqu'un dans sa ville ou son village natal.

— Effectivement, il a de bonnes chances d'y être dans les jours qui viennent.

— J'espère. C'est la seule information que j'aie.

— Le nom de son village ?

— Il est bidon. À mon avis, on me donnera le vrai nom à Hué. Je devrai alors trouver un moyen quelconque pour m'y rendre. Mais il est exclu – je dis bien *exclu* – que tu m'accompagnes.

— Je sais. Je resterai à Hué. Je me débrouillerai pour monter seule à Hanoi, où je te retrouverai.

— Parfait. En attendant, il s'agit d'atteindre Hué.

— L'argent résout tout. Je trouverai une combine.

Nous nous mîmes en devoir d'arpenter la ville avec mon plan touristique, mais les deux premières agences privées que nous voulûmes essayer avaient baissé leur rideau. Je regardais de temps à autre par-dessus mon épaule pour voir si nous étions filés, et j'acquis peu à peu la quasi-certitude que nous ne l'étions pas. En interrogeant quelques passants, nous finîmes par dénicher une agence ouverte près du marché central, spécialisée dans l'organisation de circuits en minibus. L'employé tapi derrière le comptoir était un jeune gominé à lunettes noires, manifestement doté d'un instinct de charognard. Le genre de type qui renifle l'argent et le désespoir aussi sûrement qu'un vautour flaire la mort imminente. Après avoir croisé le fer avec lui en vietnamien pendant dix bonnes minutes, Susan m'expliqua la situation :

— Il a un groupe qui part d'ici demain matin à sept heures. L'arrivée à Hué est prévue vers six heures du soir, c'est-à-dire juste à temps pour le début des festivités du Soir de l'an. Quand as-tu rendez-vous avec ton contact ?

— À midi dimanche.

— Bien. Il dit qu'il n'y a plus de siège disponible, mais qu'en se serrant on arrivera bien à trouver une petite place quelque part. Aucun problème pour nos bagages. Cinquante dollars par tête.

— Quel genre de groupe ?

Susan posa la question au gominé.

— Des Français, répondit-elle.

— Pas question.

Elle rit.

— Dis-lui que dans ces conditions, c'est plutôt *lui* qui devrait nous payer.

Elle traduisit ma plaisanterie. Le gominé me gratifia en riant d'une petite claque sur l'épaule.

— Demande-lui s'il aurait une voiture avec chauffeur. Disponible aujourd'hui.

Quand Susan eut traduit ma question, le gominé prit un air dubitatif que j'interprétai de la façon suivante : « Oui, mais ça vous coûtera les yeux de la tête. »

— Il connaît quelqu'un qui peut nous emmener à Hué, dit Susan. Mais à cause du Nouvel An, le tarif est à cinq cents dollars.

— Ce n'est pas mon Nouvel An. Deux cents.

Nous tombâmes d'accord sur la somme de trois cents dollars.

— Il dit que le chauffeur et le véhicule ne seront pas libres avant six heures du soir, m'informa Susan. Il faut compter sept ou huit heures de route en partant vers six heures du soir, c'est-à-dire au moment où la circulation commence à s'éclaircir. Ce qui devrait nous faire arriver vers une ou deux heures du matin. Est-ce que ça te va ?

— Bien sûr. Nous camperons dans le hall de l'hôtel s'il n'y a pas de chambre libre.

— Tu te rends compte que rouler de nuit au Vietnam n'est pas particulièrement sûr ?

— De jour non plus.

— Exact. Je vais lui dire de passer nous prendre à six heures à l'hôtel.

— Surtout pas, fis-je. Dis-lui qu'on viendra ici. Et dis-lui bien que notre destination est l'aéroport de Hué-Phu Bai.

Elle hocha la tête et transmit l'information.

Nous trouvâmes ensuite un bistrot en terrasse où nous commandâmes deux cafés.

— Tu as fait un boulot superbe, dis-je à Susan. Je commençais à me demander comment nous allions faire pour sortir d'ici…

— Pour ce genre de somme – qui représente près d'un an de salaire –, on obtient à peu près tout ce qu'on veut. Comme disait mon père : « Quand les pauvres souffrent, les riches sont légèrement incommodés. » Si nous pouvons payer trois cents dollars, c'est que nous avons davantage. Et le trajet se fera de nuit. Tâche de ne pas t'endormir.

— Je m'en doute. C'est pour ça que je suis encore en vie. Si on sent qu'il y a trop de risques, on pourra toujours se rabattre sur le minibus des Français demain matin.

— Pourquoi n'as-tu pas voulu que le chauffeur passe nous prendre à l'hôtel ?

— Parce que le colonel Mang m'a interdit de faire appel à un véhicule privé.

— Pourquoi ?

— Parce que c'est un crétin et un paranoïaque. Soit dit en passant, il faut que j'aille montrer un titre de transport à la police de l'immigration. Tu disais qu'il était possible d'acheter un billet de bus ?

— Oui. Les billets sont valables sur n'importe quel bus de la ligne Nha Trang-Hué. Les flics ne pourront donc pas savoir lequel tu vas prendre. Hué est à cinq cent cinquante kilomètres d'ici, et à mon avis, le dernier bus devrait partir aux alentours de treize heures pour arriver vers minuit.

— Donc, si je prenais le bus, je devrais partir incessamment…

— Et par conséquent quitter l'hôtel dans la foulée.

— Bien, fis-je en me levant. Cap sur la gare routière.

Après avoir réglé l'addition, nous repartîmes à pied. La gare routière accueillait un fourmillement de hordes humaines misérables parmi lesquelles je ne vis pas le moindre Occidental, pas même un routard.

Les queues étaient gigantesques, mais Susan remonta l'une d'elles sans hésiter et offrit quelques dollars au premier voyageur en attente pour qu'il me prenne un billet.

— Aller simple, ou aller et retour ? me demanda-t-elle.

— Aller simple, en première, côté fenêtre.

Dès que le Vietnamien m'eut acheté un billet, nous quittâmes la cohue du hall.

— D'après le guichetier, m'expliqua Susan, il y a un bus à midi et un autre à une heure.

— Attends-moi ici, lui dis-je à l'approche du poste de police. Ils savent que tu parles vietnamien. Je me débrouillerai mieux avec mon charabia.

— Si tu ne ressors pas, je préviens l'ambassade.

Sans répondre, je me dirigeai seul vers le poste de la police de l'immigration. Un autre type en uniforme était assis derrière le bureau. Je lui présentai la note du colonel Mang, qu'il lut. Cette fois, la salle d'attente était quasiment déserte, à l'exception de deux routards en train de dormir sur un banc.

— Où vous aller maintenant ? me demanda le flic.

— Hué.

— Comment aller Hué ?

Je lui tendis mon billet de bus.

Il parut surpris, mais mon titre de transport était accompagné d'un billet de cinq dollars, et il partit du principe que je disais la vérité.

— Quand partir ?

— Maintenant.

— Oui ? Vous déjà quitter hôtel ?

Cet homme savait que ma chambre était réservée jusqu'au lendemain.

— Oui, moi quitter hôtel aujourd'hui.

— Pourquoi partir aujourd'hui ?

— Pas de train pour Hué demain. Pas d'avion. Moi bus. Aujourd'hui.

— Oui. D'accord. Vous aller police Hué.

— Moi savoir, lâchai-je d'un ton sec.

— Madame aller avec vous ? Oui ?

— Peut-être. Peut-être pas. Nous discuter.

— Où être madame maintenant ?

— Madame boutique. (Je consultai ma montre.) Moi devoir partir.

— Non. Vous besoin cachet. (Il ressortit les photocopies que j'avais remises à ses collègues à mon arrivée.) Moi mettre cachet. Dix dollars.

Je lui donnai dix dollars. Il tamponna mes photocopies à l'encre rouge et inscrivit quelque chose à la main sur le cachet. Sans doute improvisent-ils au gré des circonstances.

Je me hâtai de quitter les lieux avant qu'il ait inventé autre chose. Un coup d'œil au cachet me permit de constater qu'il avait ajouté *Hué – Century*. Il savait donc où j'avais prévu de descendre. Il avait aussi noté l'heure, *11 h 15*, et la date.

Je rejoignis Susan au coin de la rue.

— Pas de problème ? s'enquit-elle.

— Non. À part que j'ai dû payer une fois de plus l'impôt des visages pâles. (Je lui montrai mes photocopies tamponnées.) Qu'est-ce que c'est que ça ?

— Ce sont les cachets dont on avait besoin pour voyager dans le pays il y a quelques années.

— Ils m'ont coûté dix dollars.

— Personnellement, je me suis acheté le tampon. Je l'ai payé cinq dollars.

— La prochaine fois, pense à l'emporter.

— Je vois que tu seras au Century Riverside. C'est là que je suis descendue lors de mon séjour à Hué.

— C'est aussi là que tu descendras cette fois-ci. Mais on tâchera de prendre deux chambres.

Nous repartîmes au Grand Hôtel en taxi.

— Si je n'avais pas été là, me demanda Susan en cours de trajet, tu aurais choisi une jolie Vietnamienne pour passer la semaine avec toi à l'hôtel, tu aurais consommé une fille par jour, ou tu aurais levé une riche Occidentale au Nha Trang Sailing Club ?

— J'aurais passé plus de temps à l'Institut océanographique et je n'aurais pris que des douches froides.

— Sérieusement.

— J'ai quelqu'un dans ma vie, Susan.

Silence.

— Et quand bien même je n'aurais personne, enchaînai-je, très sûr de moi, quand je suis en mission je ne fais jamais rien qui puisse compliquer ou compromettre ma mission. Dans le cas présent, comme tu fais pour ainsi dire partie de l'équipe – je m'en suis aperçu très récemment –, j'ai décidé que je pouvais faire une exception.

— Je ne fais pas partie de l'équipe, et tu n'as réfléchi à rien de tout cela quand nous avons décidé de venir ensemble à Nha Trang.

Je ne me souvenais pas d'avoir participé à cette décision, mais comme je l'ai déjà dit, je sais parfois tenir ma langue.

— Donc, reprit-elle, quand tu es en mission avec quelqu'un du sexe opposé, tu es prêt à envisager une aventure sexuelle ou sentimentale. C'est d'ailleurs de cette façon que tu as rencontré ta chérie, non ?

Nous rentrâmes au Grand Hôtel dans un silence pesant. À la réception, un fax à en-tête de la Bank of America attendait Susan.

Elle parcourut le texte avant de me tendre la feuille. Le message émanait évidemment de Bill :

La direction de l'entreprise de Washington tient à ce que tu rentres à Saigon dès que possible pour te contacter via e-mail. Sur un plan personnel, je ne verrais aucune objection à ce que tu viennes chez les Vincent le soir du Têt. Tâchons de rester civilisés. Peut-être devrions-nous discuter de notre relation – si tant est qu'elle existe encore. J'aurais besoin d'une explication détaillée.

Je lui rendis la télécopie.

— La décision est entre tes mains, Paul.

— Il me semble pourtant que ce message t'est adressé.

— Je n'ai pas de patron à Washington. J'ai simplement rendu un petit service au consulat américain. Point final.

Je n'en étais pas si sûr.

— Réponds-lui que tu m'accompagnes à Hué.

Elle réclama un formulaire de télécopie au réceptionniste et écrivit :

M. Brenner et moi nous apprêtons à partir pour Hué. Préviens la direction. Je rentrerai à Saigon dans une dizaine de jours. Mes amitiés aux Vincent – et tous mes regrets.

Elle suivit ensuite le réceptionniste dans un bureau exigu dont elle ressortit quelques minutes plus tard.

— Je lui ai annoncé que nous quittions l'hôtel dès aujourd'hui. En ajoutant qu'il nous fallait un taxi pour nous déposer l'un à la gare routière, et l'autre à la gare de chemin de fer.

— Prépare-toi pour l'aventure, lui conseillai-je au sommet de l'escalier.

Nous redescendîmes dans le hall à midi, tous deux équipés d'un jean, d'un polo et d'une paire de chaussures de marche. L'addition réglée, Susan m'entraîna à travers la salle à manger. Ayant trouvé Lucy en train de servir les clients dans la véranda, elle lui glissa plusieurs billets au creux de la paume. La vieille dame nous remercia à profusion et dit quelque chose à Susan, qui se tourna vers moi.

— Elle dit qu'elle ne se souvient plus de toi en particulier, mais qu'elle n'a pas oublié ces soldats américains qui étaient si insouciants et… un peu fous, mais toujours très gentils avec elle. Elle nous souhaite un agréable voyage.

— Réponds-lui que je me rappellerai toujours la gentillesse et la patience des jeunes femmes d'ici, grâce auxquelles les quelques jours qu'on nous permettait de passer loin de la guerre ont été délicieux.

Susan traduisit, et la vieille femme s'inclina. Nous nous prîmes mutuellement par les épaules et échangeâmes un baiser à la française, sur les deux joues.

De retour dans le hall, Susan et moi récupérâmes nos bagages et sortîmes sur le perron. Un taxi attendait dans l'allée.

— J'ai trouvé ça beau, me confia Susan en s'installant à l'arrière. Ce que vous vous êtes dit, elle et toi.

— C'est une vieille copine. On a fait la guerre ensemble.

Le chauffeur chargea nos bagages dans le coffre, et nous partîmes.

Livre IV

ROUTE 1

21

Après avoir déposé Susan à la gare, le taxi me laissa devant le terminal routier.

J'entrai dans le hall, en ressortis au bout de quelques instants et pris un second taxi pour me rendre à l'hôtel Trong Nhat, sur le front de mer. Je confiai mes bagages à un chasseur, sortis sur la terrasse et m'assis à une table. Susan me rejoignit au bout de cinq minutes.

Nous avions quelques heures à tuer avant de nous présenter à l'agence du gominé, et c'était un des meilleurs endroits pour ne pas se faire remarquer. La clientèle étant à cent pour cent occidentale, nous pouvions être à peu près sûrs qu'aucun fonctionnaire du ministère de la Sécurité publique ne déjeunerait ici.

— Pourquoi fais-tu ce voyage avec moi ? demandai-je à Susan pendant le repas.

— Je ne veux pas rentrer à Saigon.

— Pourquoi ?

— Je préfère être avec toi.

— Pourquoi ?

— Soit on m'a demandé de te tenir à l'œil, soit je suis désœuvrée et à la recherche d'un peu de frisson, soit je suis folle de toi.

— J'ai effectivement envisagé les trois hypothèses.

— Choisis la combinaison qui t'arrange, sourit-elle. Mais pas plus de deux à la fois.

— Je préfère choisir dans les deux premières. Je ne me pardonnerais jamais que quelque chose t'arrive si la dernière était la bonne.

Susan alluma une cigarette et laissa son regard dériver vers les bateaux de pêche qui quittaient l'estuaire pour rejoindre le large.

— Je ne veux surtout pas que tu te sentes responsable de ma sécurité, Paul. Je suis capable de prendre soin de moi.

— Ça n'a rien à voir. Dans l'infanterie, le système de couverture réciproque était de rigueur. Les gars avançaient en équipes de deux, en se couvrant l'un l'autre.

— Il t'est arrivé de perdre un de tes coéquipiers ?

— Deux fois.

— De sauver la vie d'un de tes coéquipiers ?

— A plusieurs reprises.

— D'être sauvé par quelqu'un ?

— A plusieurs reprises.

— Alors, nous allons essayer de nous couvrir l'un l'autre.

Je ne répondis pas.

— Mais au cas où tu compterais t'aventurer dans l'intérieur du pays après l'étape à Hué, sache qu'un Blanc de sexe masculin voyageant seul a de fortes chances d'attirer l'attention.

— J'en suis conscient. Mais je compte bien voyager seul.

— Comme je te l'ai dit au Q-Bar, tu aurais intérêt à te faire passer pour un botaniste ou un zoologiste amateur. Ça tombe bien : au cas où nous serions surveillés, tu as d'ores et déjà manifesté un intérêt certain pour la biologie en visitant l'Institut océanographique.

Je me contentai d'attendre la suite.

— Et tu auras sûrement besoin d'un interprète. Il devient très difficile de se débrouiller sans dès qu'on s'éloigne de la côte.

— Je n'en ai pas eu besoin lors de mes deux premiers séjours au Vietnam. J'ai toujours eu le chic pour me faire comprendre.

— Avec un fusil entre les mains, cela va sans dire.

— Un point pour toi. Je trouverai un interprète. Mon contact de Hué aura peut-être quelqu'un à me recommander.

— Jusqu'à présent, fit-elle après un long silence, on ne peut pas dire que tes chefs t'aient apporté beaucoup de soutien.

— C'est parce qu'ils me font une confiance aveugle. Je suis un garçon plein de ressources.

— Je m'en aperçois. Mais tu ne pourras tout de même pas trouver une fille bilingue à chaque étape de ton voyage.

— Nos vacances communes s'arrêteront à Hué, déclarai-je en souriant.

À cinq heures et demie, je quittai la terrasse de l'hôtel et rejoignis à pied la rue Van Hoa, à quelques centaines de mètres, où se trouvait l'agence du gominé. Susan, restée pour régler l'addition, était censée m'y rejoindre dix minutes plus tard.

Le gominé ne s'était départi ni de ses lunettes noires ni de son sourire de faux jeton. Il avait de l'or plein les incisives et un brillant à l'oreille. Susan m'ayant expliqué qu'il s'appelait M. Thuc, je le saluai poliment par son patronyme.

— Où est madame ? me demanda-t-il.

— Ce n'est pas ma dame. Elle viendra peut-être. Peut-être pas.

— Même tarif.

— Où est ma voiture ?

— Venez. Je montre.

Nous sortîmes. Sur l'étroit parking attenant à l'agence était stationné un 4 × 4 Nissan bleu marine. Je ne connaissais pas ce modèle, mais M. Thuc s'empressa de me rassurer :

— Bonne voiture.

Je fis le tour de la bonne voiture, remarquai l'absence de ceintures de sécurité. En revanche, les pneus me parurent en bon état, et il y avait une roue de secours.

Selon Susan, il fallait compter pas loin de six cents kilomètres jusqu'à Hué. Cette distance aurait représenté moins de six heures de trajet sur une route correcte. Étant donné que la durée du trajet était estimée à sept ou huit heures, la route 1 devait être en plus mauvais état qu'à l'époque où j'avais circulé dessus, en 1968, du temps où le génie militaire américain entretenait les ponts et chaussées.

La clé n'était pas sur le contact. Je la réclamai au gominé, qui me la remit à contrecœur. Je m'installai au volant et démarrai. Le moteur fit entendre un bruit correct, mais le réservoir était aux trois quarts vide. Peut-être n'était-ce rien, mais cela pouvait aussi vouloir dire que le gominé avait prévu pour nous un trajet nettement plus court que celui que nous comptions effectuer.

Je déclenchai l'ouverture du capot, mis pied à terre et allai inspecter le moteur, un modeste quatre-cylindres qui me parut dans un état convenable.

— Où est le chauffeur ? demandai-je.

— Arriver.

Je coupai le moteur et gardai la clé. Un coup d'œil à ma montre me permit de constater qu'un quart d'heure s'était écoulé depuis que j'avais quitté Susan. Au moment où je commençais à m'inquiéter, elle arriva en cyclopousse, avec son sac à dos et son cabas.

Après avoir échangé des salutations avec le gominé, elle me serra la main comme si nous nous connaissions de fraîche date et que nous nous étions mis d'accord pour partager les frais du voyage. Une idée à moi.

— C'est notre voiture ? dit Susan.

— Oui. (Je l'entraînai à l'écart.) Il n'y a qu'un quart de plein. Et jette un coup d'œil à l'antenne.

Elle leva la tête. Un bout de ruban adhésif orange était collé sur la tige de métal.

— On dirait un marquage, dis-je. Pour nous distinguer des autres 4 × 4 Nissan bleu marine.

Susan examina la malle arrière.

— Pas de bidon d'essence, dit-elle. C'est pourtant la règle, ici, pour les longs trajets. Je ne vois pas non plus de glacière.

Le gominé semblait regarder dans notre direction, mais, en partie à cause de ses lunettes noires, il m'était impossible de savoir à quoi il pensait.

Arriva le chauffeur, un type d'une quarantaine d'années. Comme une bonne moitié des hommes de ce pays, il était vêtu d'un pantalon de coton noir et d'une chemise blanche à manches courtes. Il portait des sandales et aurait intéressé un pédicure. Il était plutôt costaud pour un Vietnamien, et aussi passablement nerveux.

M. Thuc nous présenta M. Cam, et tout le monde se serra la main.

— M. Cam pas parler anglais, nous expliqua M. Thuc. Je dire à lui que madame parler bien vietnamien. (Il consulta sa montre.) D'accord ? Vous payer maintenant.

Je comptai cent cinquante dollars et les lui glissai dans sa poche de chemise.

— La moitié maintenant, dis-je. L'autre à M. Cam quand nous serons arrivés à Hué.

— Non, non. Tout payer maintenant.

— Ah bon ? Nous sommes déjà à Hué ?

J'ouvris le coffre de la Nissan et mis mes bagages à l'intérieur. Quand Susan y eut placé son sac à dos, je refermai le battant.

— Où M. Cam déposer vous à Hué ? me demanda M. Thuc, qui semblait ronger son frein.

— Je crois vous l'avoir déjà dit. À l'aéroport.

— Et après ?

— Hanoi.

— Ah… Trop de communistes à Hanoi, lâcha-t-il avec une série de regards circonspects tout autour de lui.

— Trop de capitalistes ici.

— Moi besoin passeports et visas. Faire copies.

— Non.

M. Thuc se lança dans une interminable tirade de lamentations. N'y tenant plus, je finis par l'interrompre :

— Vous voulez gagner trois cents dollars, ou vous préférez jouer au con ?

— Pardon ?

Susan traduisit – en me conseillant de mettre la pédale douce.

— Allons-nous-en, dis-je. On trouvera une autre voiture.

Je récupérai mes billets dans la poche de M. Thuc et rouvris le coffre. Après une demi-seconde de stupéfaction, il s'écria :

— D'accord. D'accord ! Pas passeport ! Pas visa !

Je remis l'argent dans sa poche. Il dit quelque chose au chauffeur, qui le suivit dans le bureau.

— M. Cam ne me paraît pas habillé pour un long trajet dans le Nord, remarqua Susan.

— Cette voiture doit avoir le chauffage.

— Ils s'en servent rarement – le chauffage consomme trop l'essence. C'est la même chose pour les phares, aussi incroyable que cela puisse paraître.

— Quelle température fait-il dans le Nord ?

— Autour de dix degrés en pleine nuit. Pour quelqu'un de Nha Trang, c'est une température polaire. Tu ne crois pas qu'on ferait mieux de prendre le minibus demain matin ?

— M. Cam ne me fait pas peur.

— Une embuscade en pleine nuit non plus ?

— C'est moi qui conduirai.

— Paul, tu n'es pas autorisé à conduire.

— Ne t'en fais pas pour ça.

— Ils sont souvent de mèche avec la police. Le chauffeur se laisse intercepter, et sous un prétexte quelconque les touristes sont délestés d'un joli paquet de dollars. Si tu conduis, tu seras sûrement arrêté.

— Encore faudrait-il qu'ils m'attrapent.

Elle me dévisagea un moment.

— On dirait que la permission est terminée.

— Bien vu.

— Tu as l'intention de semer tous les flics et tous les bandits qui pourraient se présenter sur notre route ?

— Exact. Et à ce jeu-là, je crois que je serai plus efficace que M. Cam. Y a-t-il un second itinéraire ?

— Non. À partir du crépuscule, soit on prend la route 1, soit on reste chez soi. Les autres trajets ne sont pas praticables de nuit, à moins que tu n'aies envie de plafonner à quinze à l'heure.

— J'adore les défis.

Susan ne répondit pas. Peut-être ne partageait-elle pas mon attrait pour les réactions irrationnelles.

— C'est moi qui ai rendez-vous à Hué, ajoutai-je. Tu n'as qu'à prendre le minibus.

— Et moi qui te croyais un gentleman…

— Je suis sérieux.

— À la réflexion, les risques ne sont pas si grands. Un des avantages de ce pays, c'est que les bandits ne tuent pas. Et qu'ils ne violent pas les femmes. Seul l'argent les intéresse. On leur donne ce qu'on a, et ils s'en vont. On pourra toujours finir le parcours en stop.

— Je ne me vois pas en caleçon au bord de la route 1, le pouce tendu pour essayer d'arrêter un char à bœufs.

Susan me confia son cabas, qui me parut bien lourd.

— Hé, qu'est-ce que tu trimballes là-dedans ?

— On trouve parfois, dans le coffre de certaines sociétés américaines, des petits objets servant à la protection personnelle.

Je restai muet.

— Au marché Binh Tay de Cholan, enchaîna-t-elle, on peut facilement se procurer sous le manteau des pièces de matériel de guerre américain. Il ne reste plus qu'à les assembler, et le tour est joué. J'ai ici un Colt 45 automatique, version militaire. Je suppose que cette arme t'est familière.

— Tu m'as dit toi-même que le port d'arme était un crime passible de la peine capitale, dis-je en la fixant dans le blanc des yeux.

— Uniquement si on se fait prendre.

— Susan… Où avais-tu caché ce flingue, à l'hôtel ?

— Dans le ballon d'eau chaude. Il y a toujours une trappe d'accès.

Les pensées se bousculaient sous mon crâne. Au moment où j'ouvrais la bouche pour répondre, MM. Thuc et Cam ressortirent du bureau. En les voyant, j'eus le sentiment très net qu'ils venaient de peaufiner les ultimes détails de leur plan.

— M. Cam prêt, annonça M. Thuc, qui avait retrouvé le sourire. Vous prêts. Bon voyage. *Chuc Mung Nam Moi.* Vous pas oublier payer M. Cam à Hué.

Nous serrâmes la main du gominé en lui souhaitant la bonne année. Puis MM. Thuc et Cam nous ouvrirent chacun une portière, et nous nous installâmes à l'arrière du 4 × 4.

M. Cam démarra. Nous quittâmes le parking et, pendant que nous remontions la rue Van Hoa, Susan lui demanda quelque chose. Il répondit, et elle insista d'un ton un peu plus sec. Je posai une main sur l'épaule de M. Cam.

— Faites ce que dit la dame, lâchai-je.

Notre chauffeur commençait à s'apercevoir qu'il serait moins facile que prévu de nous mener par le bout du nez. Quelques minutes plus tard, nous stoppâmes dans une station-service. M. Cam fit le plein, et je restai à côté de lui. Susan entra dans la boutique, dont elle ressortit quelques minutes plus tard avec un grand sac en plastique, suivie d'un type qui portait deux bidons de dix litres d'essence. Le sac contenait deux litres d'eau minérale, quelques sachets de nourriture sous cellophane et une carte routière.

Je priai M. Cam de régler l'essence, et pendant qu'il s'exécutait je retirai de ma sacoche mon plan de Nha

Trang et mon guide. Quand le moment fut venu de remonter en voiture, je pris place à l'avant.

Nous repartîmes vers le nord. Un coup d'œil à mon plan me permit de constater que nous suivions la bonne direction, celle du pont Xam Bong.

Ce pont enjambait plusieurs îlots de l'estuaire de la rivière Cay, qui se jetait dans la mer de Chine. Le soleil commençait à décliner au-dessus des cimes, et la mer avait viré du bleu à l'or. La nuit serait tombée d'ici une demi-heure.

Nous filions toujours plein nord entre les monts, sur une route tout à fait correcte. Reconnaissant tout à coup le paysage, je me tournai sur la droite.

— C'est ici que le géant mythique a laissé son empreinte dans la roche, glissai-je à Susan.

— Je suis contente que tu t'en souviennes. Et là, un peu plus loin, c'est l'endroit où sa belle a été pétrifiée. Je regrette beaucoup de quitter Nha Trang. C'est la meilleure semaine que j'aie passée depuis mon arrivée dans ce pays.

Nous échangeâmes un regard.

— Merci pour cette formidable permission, dis-je.

Un quart d'heure plus tard, nous rattrapâmes la route 1, qui filait jusqu'à Hué, à cinq cent cinquante kilomètres au nord. C'était une chaussée à deux voies, et même à trois par endroits pour favoriser les dépassements. Il y avait peu de véhicules à moteur, mais les chars à bœufs et les bicyclettes étaient nombreux. M. Cam n'aurait sans doute pas mérité la médaille de la sécurité routière, mais il ne se débrouillait pas plus mal que les autres.

La route 1 longeait la côte. Droit devant nous, un cap rocheux plongeait à pic dans la mer. Sur notre gauche, les rizières et les villages défilaient au bord de la nationale et, au-delà, d'autres montagnes faisaient obstacle au soleil.

Pour la première fois depuis 1972, j'allais me retrouver de nuit dans la campagne vietnamienne. Cela ne me disait rien qui vaille. La nuit appartenait aux Vietcongs – et à leurs héritiers, tel ce M. Cam.

Heureusement pour nous, M. Cam ignorait que Susan était équipée d'un Colt 45. À présent que la nuit tombait, je ne songeais plus à lui reprocher d'avoir apporté cette arme. J'espérais juste qu'il fonctionnait et qu'il était chargé. J'étais capable de monter et de démonter un 45 en moins de quinze secondes, les yeux fermés – insertion du chargeur, armement de la culasse et retrait de la sûreté compris. Mais je n'avais aucune envie d'avoir à tenter de battre mon record.

Il faisait nuit. Le trafic était devenu invisible – à l'exception de quelques camions qui gaspillaient bêtement de l'essence en allumant leurs phares. Nous traversâmes une bourgade qui, selon ma carte, devait être Ninh Hoa. Un cap montagneux nous masquait la mer côté droit, devant nous le ruban de la route semblait désert. J'aperçus deux ou trois cabanes de paysans aux fenêtres éclairées, ainsi qu'un buffle domestique qu'on ramenait des labours. L'heure du dîner approchait – et peut-être aussi celle de l'embuscade.

— J'ai envie de faire pipi, dis-je à M. Cam. *Biet ?* Pipi. *Nuoc*.

— *Nuoc* ? répéta-t-il en me regardant d'un air ahuri.

Susan ayant traduit ma requête, M. Cam se gara sur le bas-côté. Je me penchai vers le volant, coupai le contact et retirai la clé. Je sortis de voiture et refermai ma portière. Je contournai la Nissan par l'avant, m'approchai de l'antenne et arrachai le ruban orange. J'ouvris la portière de M. Cam et l'invitai à faire place nette.

— Poussez-vous.

Il n'était pas content, mais il obéit. Je suis sûr que des velléités de résistance lui traversèrent l'esprit, mais avant qu'il ait eu le temps d'envisager ce genre d'option, j'avais pris sa place derrière le volant et nous nous étions remis en route. Montant progressivement les rapports, j'adoptai une vitesse de croisière de cent kilomètres à l'heure. La Nissan réagissait bien, même si, avec ses trois passagers et un réservoir plein, il lui manquait quelques chevaux.

Je ne tenais pas particulièrement à garder M. Cam avec nous, mais je n'avais pas envie non plus qu'il se précipite au premier poste de police. J'étais donc bien obligé de le séquestrer.

— Dis-lui que je lui trouve l'air un peu fatigué et que j'ai décidé de prendre le relais, lançai-je à Susan. Il n'a qu'à faire un somme.

Elle traduisit. Pour être tout à fait franc, M. Cam semblait plus nerveux que fatigué.

— Il dit que tu auras de gros ennuis avec la police si on te voit au volant, m'expliqua Susan.

— Lui aussi. Dis-le-lui.

Elle le lui dit.

Je montai à cent vingt à l'heure, et en l'absence de circulation, ce n'était pas la fin du monde. De temps en temps, nous touchions un nid-de-poule, et je manquais chaque fois de perdre le contrôle. Mais les chocs n'étaient pas violents, et je savais que je pouvais compter sur la roue de secours en cas de crevaison. Au bout d'une dizaine de minutes, néanmoins, je vis grossir une paire de phares dans mon rétroviseur. Quand ils se furent rapprochés, je constatai que j'étais suivi par une petite jeep découverte.

— Nous avons de la compagnie, annonçai-je.

Susan se retourna.

— On dirait la police. Je crois qu'ils sont deux.

J'enfonçai la pédale d'accélérateur. La route s'étirait en ligne droite entre les rizières. Je roulais au centre de la chaussée, où le bitume avait des chances d'être moins abîmé. La distance qui nous séparait de nos poursuivants parut se stabiliser. Sans rien dire, M. Cam contemplait fixement son rétroviseur latéral.

— Les flics d'ici ont la radio ? demandai-je à Susan.

— Quelquefois.

M. Cam lança une phrase à Susan.

— M. Cam dit que nous sommes poursuivis par des policiers. Il te conseille de stopper.

— Si c'étaient des policiers, objectai-je, ils auraient mis la sirène et le gyrophare.

— Ils n'ont pas ce genre de matériel, rétorqua Susan.

— Je sais. C'était pour rire.

— Ce n'est pas drôle. Tu crois qu'on pourra les semer ?

— J'essaie.

Pied au plancher, je roulais maintenant à cent soixante, et je savais qu'en cas de rencontre fortuite avec une grosse ornière à une telle vitesse, soit j'éclaterais un pneu, soit je perdrais le contrôle de la Nissan, soit les deux à la fois. Il en allait d'ailleurs de même pour nos poursuivants, qui, pour des flics, semblaient étonnamment déterminés. À mon avis, ils visaient autre chose qu'une amende de quelques dollars. Si M. Thuc avait concocté avec eux une petite embuscade à notre intention, ils avaient dû comprendre que M. Cam n'était plus au volant et qu'ils avaient tout intérêt à nous rattraper s'ils ne voulaient pas rentrer les poches vides.

Je vis l'arrière d'un camion grossir dans mon pare-brise aussi vite que s'il avait été à l'arrêt. Je me décalai sur la voie de gauche : un second camion nous fonçait dessus. Je me rabattis sur la droite juste après avoir doublé le premier, une fraction de seconde avant la collision. Quelques instants plus tard, les feux de la jeep se remirent à scintiller dans mon rétroviseur. Elle avait perdu un peu de terrain.

M. Cam semblait de plus en plus nerveux. Il s'obstinait à tenter de raisonner Susan.

Im lang, lui répondait-elle invariablement.

Ce qui, si mes souvenirs étaient exacts, signifiait quelque chose comme « la ferme ».

Nos poursuivants avaient à présent une centaine de mètres de retard.

— Les flics d'ici ont des fusils, ou seulement des pistolets ? demandai-je à Susan.

— Les deux.

— Et ils ont l'habitude d'ouvrir le feu sur les véhicules en fuite ?

— Je ne vois pas pourquoi ils ne le feraient pas.

— Prépare-toi à sortir le joujou que tu caches dans ton sac. Je ne tiens pas à finir devant un peloton d'exécution.

— J'ai la main dessus. Tu n'auras qu'à me dire quand.

— Pourquoi pas tout de suite ? Avant que cette guimbarde nous ait lâchés ?

— Mieux vaut attendre encore un peu.

— Soit. Attendons.

Je tâchai de me remémorer la carte. Sauf erreur de ma part, nous ne tarderions pas à atteindre le bourg suivant. S'il y avait d'autres policiers dans la combine, c'était certainement là qu'ils nous cueilleraient.

M. Cam était muet, comme s'il s'était résigné à son sort. Il me sembla voir ses lèvres articuler une prière muette. Je ne m'attendais pas à ce qu'il commette un geste stupide à pareille allure, comme empoigner le volant ou tenter de sauter, mais on n'était jamais trop prudent.

— Dis à M. Cam que je m'arrêterai à la prochaine ville pour le déposer, déclarai-je à Susan.

Susan traduisit. Et allez savoir pourquoi, M. Cam parut la croire.

Pendant ce temps, nous volions de dos-d'âne en nid-de-poule, avec de furieuses embardées. Devant nous, au loin, une voiture semblait immobilisée au beau milieu de la chaussée. Le faisceau de mes phares éclaira une femme qui appelait à l'aide avec de grands mouvements de bras. Sans doute l'embuscade organisée par M. Thuc.

— Moi stop, déclara M. Cam, récitant son texte comme s'il était toujours aux manettes. Dame besoin d'aide. Moi stop.

— Vous pas conduire, répliquai-je. Moi pas stop.

Je me décalai sur la voie de gauche et passai en trombe au ras du pare-chocs avant de la dame en détresse. Dans mon rétroviseur, la jeep exécuta la même manœuvre sans ralentir.

— Désolé pour les secousses, dis-je à Susan, qui s'était de nouveau retournée vers la lunette arrière.

— Ne t'en fais pas pour moi. Roule.

J'entendis alors ce qui ressemblait à une lointaine pétarade de pot d'échappement, et il me fallut près d'une demi-seconde pour reconnaître la détonation d'un AK-47. Mon sang se glaça dans mes veines.

— Tu as entendu ? fis-je.

— J'ai même vu l'éclair jaillir du canon.

Je roulais toujours pied au plancher, mais la Nissan avait atteint sa vitesse de pointe.

— Balance ton calibre par la vitre, dis-je. On va s'arrêter…

— Non ! Il est trop tard pour s'arrêter, continue à rouler !

Je continuai donc à rouler. Une nouvelle détonation éclata. Tiraient-ils vraiment sur nous ? Ou était-ce simplement une sommation ? Si leur voiture bougeait autant que la nôtre, le tireur avait peu de chances de faire mouche à deux cents mètres. Je pris la voie de gauche pour l'obliger à se mettre debout et à viser par-dessus son pare-brise, mais la jeep déboîta à son tour. Je n'avais plus qu'à me rabattre sur la droite.

J'entendis un nouveau coup de feu. Cette fois, c'était une balle traçante. Quand son sillage verdâtre nous dépassa à bonne hauteur côté droit, mon cœur cessa de battre une seconde. Je n'avais plus revu de balle traçante depuis 1972. Les nôtres étaient rouges, les leurs vertes.

M. Cam s'était mis à sangloter, ce qui ne m'aurait posé aucun problème particulier s'il n'avait eu aussi une fâcheuse tendance à marteler la planche de bord de ses poings fermés. Reconnaissant les prémices d'une crise d'hystérie, je lâchai le volant de la main droite et le giflai en pleine figure. Cela fonctionna : notre ex-chauffeur se prit la tête entre les mains et recommença à pleurer de plus belle.

Nous avions traversé en trombe plusieurs hameaux situés au bord de la route 1, frôlant chaque fois des gosses en train de jouer et des gens à bicyclette. Quelqu'un allait forcément finir par commettre une erreur fatale.

— Tu pourrais me dire à quelle distance est la prochaine ville ? demandai-je à Susan en lui jetant ma carte.

Elle alluma sa torche.

— Je vois un bourg nommé Van Gia…

— Quelle distance ?

— Je n'en sais rien. Où sommes-nous ?

— À une trentaine de kilomètres de Ninh Hoa.

— Dans ce cas… Nous y sommes presque.

Et en effet, je venais de voir apparaître les premières lumières d'une ville à l'horizon.

— Tu ne pourras pas traverser le bourg à cette vitesse, Paul. Il y aura sûrement des camions, des voitures, des tas de gens sur la route.

— Je sais.

Devant nous, les feux de stop d'un camion en train de ralentir à l'approche de la ville s'allumaient et s'éteignaient alternativement. Je le rattrapai, le dépassai, me rabattis aussitôt sur la voie de droite. En écrasant la pédale de frein, je découvris qu'il n'y avait pas d'antipatinage. La Nissan se mit à zigzaguer, et je dus me sortir les tripes pour la garder sous contrôle. Quand le camion ne fut plus qu'à deux mètres derrière nous, j'éteignis les phares. Et j'accélérai légèrement, m'efforçant de maintenir un maximum de cinq mètres d'avance sur lui.

Je n'avais plus aucune idée de la localisation de la jeep, mais elle pouvait nous rattraper à n'importe quel moment. Tout à coup, le faisceau de ses phares grandit sur la voie de gauche et, la seconde suivante, la jeep jaune était à notre hauteur. Ce fut alors que le type à l'AK-47 du siège passager me vit. L'espace d'une fraction de seconde, nos regards se croisèrent. Revenu de sa surprise, il voulut braquer son fusil-mitrailleur dans notre direction, mais j'avais déjà accéléré et je jetai mon 4 × 4 contre le flanc de la jeep. Je n'eus pas besoin d'y aller trop fort : le chauffeur, qui nous cherchait devant lui, n'avait rien vu venir. La jeep quitta la route et percuta le talus de terre meuble. Dans mon rétroviseur, je la vis faire un tonneau par-dessus le fossé. Il y eut un choc étouffé, des flammes, puis une violente explosion qui fit trembler le bitume.

Pied au plancher, je roulais toujours sur la voie de gauche. En me rabattant, je vis dans mon rétroviseur que le camion avait stoppé. Je rallumai mes phares et freinai progressivement, jusqu'à atteindre une vitesse de soixante kilomètres à l'heure. Quelques secondes plus tard, nous entrions dans Van Gia.

Un silence absolu régnait dans la voiture. Je m'entendais respirer. M. Cam était en position fœtale sur le tapis de sol. Dans mon rétroviseur, je vis que Susan regardait droit devant elle.

Je remontai à quarante kilomètres à l'heure la rue principale, qui n'était que le prolongement de la route 1. L'absence d'éclairage public était compensée par les lumières aux fenêtres de la plupart des bâtiments de parpaing. Sur notre gauche, une dizaine d'adolescents traînaient devant un bar à karaoké. Des bicyclettes et des scooters étaient parqués dans tous les sens et, un peu partout, des gens traversaient la chaussée.

— Tu devrais te baisser, conseillai-je à Susan.

Elle se coucha sur la banquette arrière. Devant nous, sur le côté droit de la route, une jeep jaune était à l'arrêt devant un petit poste de police. Plusieurs hommes en uniforme tournaient autour. Si les flics dont nous venions de nous débarrasser les avaient prévenus par radio, notre voyage s'arrêterait ici. Et nous pourrions nous estimer heureux si nous avions droit à un simple peloton d'exécution.

À l'approche du poste, je retins mon souffle. Pas une seule automobile ne circulait sur la route. Notre

Nissan ne pouvait que se faire remarquer. Je me ratatinai sur mon siège pour donner l'illusion que je ne dépassais pas le mètre soixante et me mis la main droite en travers du visage, comme pour me gratter. M. Cam fit un mouvement brusque. Je l'empoignai par les cheveux et le forçai à remettre la tête sous la banquette.

Nous étions à la hauteur du poste. Je m'efforçais de surveiller les flics du coin de l'œil tout en gardant la tête tournée du côté opposé de la route et en tirant les cheveux de M. Cam. Je sais qu'il ne faut jamais toucher la tête d'un Vietnamien, mais dans l'état de prostration où il se trouvait, il m'était impossible de l'attraper autrement.

Les policiers tournèrent la tête au passage de la Nissan. Nous avions à présent franchi le poste. Dans mon rétroviseur, je vis que les flics nous regardaient toujours, mais je sentis qu'ils n'avaient rien de précis en tête. Notre voiture n'avait éveillé chez eux qu'un vague intérêt. Je continuai sur ma lancée dans la rue principale, toujours en seconde.

Un gosse à bicyclette passa juste devant moi. Son regard se fixa sur mon visage.

— *Lien Xo ! Lien Xo !* s'écria-t-il.

Je savais, par Susan, que ce terme signifiait « soviétique », et plus généralement « étranger ».

Il était temps de mettre les voiles. J'accélérai progressivement et, bientôt, nous laissions derrière nous la ville de Van Gia pour retrouver la nuit opaque.

Je montai les rapports jusqu'à retrouver une vitesse de croisière de cent à l'heure. Je scrutais régulièrement mes rétroviseurs, au cas où le gosse à bicyclette serait allé dire aux flics qu'il avait vu un *Lien Xo*, mais rien ne se passa. Je m'autorisai enfin à respirer.

— Si on buvait un peu de *nuoc* ? lançai-je à Susan.

Elle avait déjà ouvert la bouteille et me la tendit. Je bus une longue rasade d'eau minérale et proposai ensuite la bouteille à M. Cam en lui tapotant le crâne avec le goulot. Il refusa mon offre. Je la rendis à Susan, qui but à nouveau.

— Je tremble encore, me confia-t-elle avec un soupir. Et j'ai besoin de faire pipi.

Je me garai sur l'accotement, et nous nous soulageâmes tous les trois. M. Cam tenta d'en profiter pour s'enfuir, mais sans trop de conviction, et je n'eus aucune peine à le faire remonter dans la voiture.

J'inspectai les pneus, cherchai des impacts de balle dans la carrosserie, ne remarquai rien d'anormal.

Nous reprîmes la route.

— Désolé pour tout ça, dis-je à Susan quand j'eus retrouvé ma vitesse de croisière.

— Il n'y a pas de quoi. Grâce à toi, nous avons échappé à une embuscade. C'est comme ça que tu conduis aux États-Unis ?

— J'ai fait un stage de pilotage au FBI.

Elle alluma une cigarette et en offrit une à M. Cam, qui avait repris sur son siège une position normale. Il accepta.

La mer venait de resurgir sur notre droite, et l'ultime croissant de lune répercutait juste assez de lumière sur les flots pour que la surface ne soit pas totalement noire. Nous dépassâmes un camion en route vers le nord mais ne croisâmes aucun véhicule roulant en sens inverse. De nuit, cette route était totalement déserte. Parfois, je réussissais à anticiper les nids-de-poule et je faisais un écart pour les éviter. Mais, le plus souvent, je ne les voyais pas venir, et la Nissan se cabrait sauvagement.

— Tu crois qu'on nous recherche ? me demanda Susan.

— Ceux qui nous poursuivaient le plus activement sont morts.

Elle resta muette.

— Cela dit, ajoutai-je, il se peut que M. Thuc soit déjà en train de chercher M. Cam.

— La dame en détresse l'a sûrement prévenu que nous étions pourchassés par la police.

— Et tu crois qu'il appellera les flics ?

— Non. Les flics lui réclameraient au moins mille dollars pour se mettre en quête de sa voiture, et mille de mieux s'ils la retrouvaient. Il ne reste plus à M. Thuc qu'à prier pour que les choses se terminent le moins mal possible. À mon avis, il commencera vraiment à s'inquiéter demain s'il n'a toujours pas de nouvelles de M. Cam. N'oublie pas qu'ici, les flics sont les premiers voleurs.

— Je vois.

Susan s'adressa ensuite à M. Cam, qui semblait quelque peu requinqué par sa cigarette.

— Il nie qu'un guet-apens ait été organisé, traduisit-elle. Il nous reproche notre méfiance. Il demande à descendre.

— Dis-lui qu'il va devoir ramener la voiture à Nha Trang. Sinon, M. Thuc le tuera.

Dans la traduction de Susan, je reconnus le mot *giet*, qui signifie meurtre.

— Dis-lui aussi que s'il est sage, il aura retrouvé sa famille dès demain.

Elle traduisit, et M. Cam lui répondit quelques mots.

— Je doute qu'il aille trouver la police, me dit Susan. Ça ne pourrait lui valoir que des ennuis.

— Parfait. Ça m'ennuierait d'être obligé de le tuer.

Elle hésita un long moment, puis demanda :

— Tu es sérieux ?

— Mortellement.

Susan se ratatina sur sa banquette et alluma une cigarette.

— Je commence à comprendre pourquoi ils t'ont choisi.

— Ils ne m'ont pas choisi. Je me suis porté volontaire.

M. Cam semblait intéressé par notre conversation, sans doute parce qu'il se demandait si nous parlions de son avenir. Pour le calmer, je lui donnai une petite tape sur l'épaule en disant :

— *Xin loi.*

Ce qui signifie, je crois, quelque chose comme « désolé ».

— On dirait que ton vietnamien est en train de revenir, observa Susan.

— Chaque fois qu'on liquidait un Viet, on lui disait : « *Xin loi*, Charlie. »

Susan resta silencieuse, comme si elle était en train de se rendre compte qu'elle voyageait en compagnie d'un psychopathe.

— C'est toi qui as tenu à venir, ajoutai-je.

— Je sais. Je n'ai rien dit.

Je mis la main gauche sur mon épaule droite. Susan la prit.

Devant nous, la plaine s'étrécissait progressivement jusqu'à ne plus être qu'une langue de terrain plat entre les montagnes, et la mer était parfois visible sur notre droite. Il n'y avait plus aucun trafic, et je roulais toujours à cent à l'heure.

— Tu veux que je conduise ? proposa Susan.

— Non.

Elle se pencha en avant pour me masser le cou et les épaules.

— Comment te sens-tu ?

— Bien. À un moment, on va traverser un bled qui s'appelle Bong Son. J'y ai servi quelques mois. Quand on y sera, tâche de repérer le panneau de la chambre de commerce.

— Je regarderai sur la carte. Si tu me racontais comment tu as gagné cette permission à Nha Trang ?

— Je vais te dire. Toi et moi, on ira faire un tour ensemble dans la vallée d'A Shau, près de Hué. Je te raconterai cette histoire là où elle a eu lieu.

— D'accord, fit-elle en me massant les tempes. L'autre soir, au Rex, tu t'en souviens ? Je t'ai dit que ça te ferait du bien de reparler de ces choses-là.

— On en reparlera quand tu auras entendu mon récit.

Après quelques secondes de silence, elle lâcha :

— Peut-être que cette fois-ci, quand tu quitteras ce pays, tu réussiras à laisser la guerre derrière toi.

J'hésitai un moment avant de répondre :

— Je crois que c'est pour ça que je suis revenu.

22

Toujours sur la route 1, nous traversâmes Vung Ro, une station balnéaire où je repérai, outre quelques pensions, un petit hôtel flanqué d'un bistrot en terrasse. Si M. Cam n'avait pas été de la partie, nous nous serions sûrement arrêtés pour boire un café ou un verre.

Après Vung Ro, la route s'éloignait en serpentant de la côte et reprit son aspect désolé dans un décor de rizières obscures, dont la monotonie était à peine rompue ici et là par quelques huttes de paysans.

M. Cam attendait en silence. Il avait compris, je pense, que nous l'aurions déjà tué si telle avait été notre intention. Ce type de conviction détend et apaise certains captifs ; d'autres, en revanche, se trouvent confortés dans l'idée qu'il vaudrait peut-être la peine de tenter quelque chose. Régulièrement, je scrutais mon rétroviseur en quête d'une éventuelle paire de phares. Il n'y avait rien.

— Pas un seul véhicule, dis-je à Susan. Et c'est la route la plus fréquentée du pays.

— Les gens d'ici ne voyagent pas de nuit, sauf parfois en bus. De jour, la route 1 est tellement encombrée qu'on peut rarement y dépasser le cinquante à l'heure. On m'a dit que la police cessait de surveiller les routes une heure environ après le crépuscule.

— C'est un jet de l'éponge pur et simple.

— Pas tout à fait. Jusqu'à l'aube, l'armée prend le relais. Les policiers se cantonnent aux agglomérations. Mais on peut se faire intercepter n'importe où par une patrouille militaire.

— Quelle est la prochaine ville ?

— Qui Nhon, répondit Susan après un coup d'œil à sa carte. Mais nous n'aurons pas à la traverser : la route 1 la contourne par l'ouest.

— Dans le temps, nous avions un gros hôpital militaire à Qui Nhon.

— Tu l'as connu ?

— Oui. Ceux de nos blessés qui ne pouvaient pas être expédiés sur les navires-hôpitaux étaient soignés là-bas. L'hôpital recevait aussi beaucoup de Vietnamiens, militaires et civils. Et il y avait une grande léproserie à l'extérieur de la ville.

— J'en ai entendu parler. Elle existe toujours.

— J'ai connu un infirmier militaire qui en avait tellement bavé au front qu'il a fini par se porter volontaire pour aller y travailler. C'est même devenu une sorte de plaisanterie chez les soldats. Chaque fois que ça commençait à sentir vraiment le roussi, on disait qu'on allait tous se porter volontaires pour la léproserie de Qui Nhon.

L'anecdote ne fit pas rire Susan.

— Il faut avoir été sur place pour comprendre, fis-je, haussant les épaules. Quelle distance ?

— Quelques kilomètres, je crois.

— Tu sais lire une carte, ou tu fais semblant ?

— C'est une remarque sexiste, ça.

— *Xin loi*.

Susan me gratifia d'un petit coup de poing sur l'épaule, ce qui eut le don de surprendre M. Cam.

— La femme de M. Cam ne le frappe jamais, dis-je. Je crois que je vais épouser une Vietnamienne.

— Elles sont tellement dociles que tu t'ennuierais à mourir.

— Tu me mets l'eau à la bouche.

— Je suis ravie de constater que tu es en pleine forme.

— J'avoue que le chauffeur du camion me préoccupe un peu.

— Il n'a aucun moyen de savoir que nous sommes étrangers. Il a dû s'imaginer que nous étions des Vietnamiens traqués par la police. Il n'a strictement rien vu.

— Tu as raison.

Nous arrivâmes à l'intersection de la route d'accès de Qui Nhon. Quelques bâtiments clairsemés se dressaient au carrefour, dont une station-service fermée.

— Il y a des stations-service ouvertes la nuit ? m'enquis-je.

— Pourquoi resteraient-elles ouvertes ?

— Effectivement. Mais je ne crois pas qu'on puisse arriver à Hué avec un seul plein. Même avec les deux bidons de réserve.

— Coupe tes phares. Tu économiseras de l'essence.

Je jetai un coup d'œil à la jauge et me livrai à un rapide calcul mental. Nous avions probablement de quoi rouler encore deux cents ou deux cent cinquante kilomètres, sans compter les bidons de réserve, qui devraient nous permettre de parcourir cinquante ou soixante kilomètres de plus.

— Demande-lui où il chercherait de l'essence à une heure pareille, dis-je à Susan.

Susan traduisit, et M. Cam lui répondit.

— Il dit qu'il n'en sait rien. Il ne s'est jamais aventuré aussi loin au nord et il conduit rarement de nuit.

J'éclatai de rire.

— Et où comptait-il faire le plein ?

— Il me paraît évident qu'il n'avait pas l'intention de nous emmener à Hué, lâcha Susan.

— Je sais. Pose-lui quand même la question.

M. Cam prit un air penaud et se mura dans le silence.

— Je me souviens vaguement d'avoir vu une station ouverte tard le soir à Da Nang, me dit Susan.

— À quelle distance sommes-nous de Da Nang ?

— À peu près trois cents kilomètres.

— J'espère que c'est un trajet en plaine, sans quoi on n'y arrivera pas. On ferait peut-être mieux de débarquer notre passager tout de suite…

— Nous pourrions avoir besoin de lui pour siphonner de l'essence. Seigneur, Paul ! Pourquoi n'avons-nous pas pensé à tout ça plus tôt ?

— J'ai surestimé la capacité du réservoir. Bah, au pire, on se garera sur le bas-côté, on attendra l'aube, et on trouvera une station ouverte demain matin.

Droit devant, sur l'horizon rectiligne, je devinai un vague halo lumineux.

— Serait-ce Bong Son ? demandai-je à Susan.

— Normalement, oui.

Je décélérai en observant la végétation clairsemée, qui me paraissait vaguement familière.

— Ça y est, grommelai-je tout à coup, autant pour moi que pour Susan. C'est ici que j'ai vu l'éléphant.

— Quel éléphant ?

— C'est une expression militaire. Les gars qui viennent de vivre leur baptême du feu disent tous ça. « J'ai vu l'éléphant… »

J'avais combattu pour la première fois de ma vie ici, un matin de novembre 1967, au lendemain de Thanksgiving.

— Pourquoi ?

— Je ne sais pas trop – mais c'est une vieille habitude, qui n'a rien à voir avec le Vietnam. Il faudrait peut-être remonter à l'époque romaine, quand Hannibal a franchi les Alpes avec ses éléphants. « J'ai vu l'éléphant. »

— On dirait presque une formule mystique.

Je hochai la tête.

— Sur cette terre, il n'y a personne d'aussi mystique, d'aussi superstitieux, et finalement d'aussi religieux qu'un soldat de première ligne. J'ai vu des gars baiser leur crucifix et se signer avant l'assaut… Et ensuite, ils glissaient une balle d'AK-47 sous leur sangle de casque, une manière de conjurer les balles ennemies qui leur étaient destinées. Ils mettaient aussi souvent un as de pique à l'intérieur de leur casque parce que celui-ci était considéré par les Vietnamiens comme un symbole de mort. Il y avait un tas d'autres talismans et de rituels.

— Et c'est ici que tu as vu l'éléphant ?

— Oui. C'est ici.

— Quand nous nous sommes fait tirer dessus tout à l'heure… Peut-être que moi aussi, j'ai aperçu l'éléphant.

— As-tu senti la peur te paralyser ? As-tu eu la bouche sèche et le cœur qui essayait de te sortir de la cage thoracique ?

— Oui.

— Alors, c'est ça.

Un peu plus loin, nous parvînmes en vue d'un pont qui me rappelait lui aussi quelque chose. Il enjambait la rivière An Lao, et la ville de Bong Son était bâtie sur la rive opposée.

Susan mit ses lunettes de soleil et me lança :

— Tu trouves que je ressemble à une *co-dep* ?

Je l'observai dans mon rétroviseur. De nuit, dans cette voiture en mouvement, avec ses lunettes noires et ses longs cheveux lisses nettement séparés par une raie au milieu, Susan pouvait à la rigueur passer pour une jeune et jolie Vietnamienne.

Puis je regardai M. Cam, et le pressentiment m'effleura qu'il allait tenter quelque chose dès que nous aurions atteint la ville. Après m'être rangé sur le bas-côté, je me tournai vers Susan.

— S'il te plaît, ouvre ma valise et retire le lacet en cuir d'une de mes chaussures de marin.

Elle descendit de voiture, ouvrit la malle arrière, fouilla dans mes bagages.

— Il fait froid ! me lança-t-elle.

Je baissai ma vitre. J'avais l'impression qu'il faisait encore doux, mais je ne vivais pas ici depuis trois ans. L'odeur de la rivière et de la terre mouillée ravivèrent instantanément mes souvenirs.

Susan referma le coffre, s'approcha de ma portière et me tendit un lacet de cuir. Elle avait également récupéré un de ses chemisiers de soie à col de mandarin, qu'elle enfila par-dessus son tee-shirt.

Je fis signe à M. Cam de se pencher en avant en joignant les mains derrière le dos. Soulagé d'apprendre qu'il allait être ligoté plutôt qu'étranglé, il se montra très coopératif. Après avoir attaché ses deux pouces ensemble, je nouai les extrémités du lacet autour de sa ceinture.

Susan me tendit mes lunettes de soleil.

— Les bellâtres locaux en portent jour et nuit. Ça n'étonnera personne.

Je chaussai mes lunettes, mais si vous voulez mon avis, je ressemblais toujours à un Blanc d'un mètre quatre-vingts, aux cheveux bouclés et au nez protubérant. J'enclenchai la première, et nous nous rapprochâmes du pont.

— Tu vois ces casemates de béton dans les coins de la structure ? dis-je à Susan. Elles ont été construites par les Français. À mon époque, elles étaient défendues par des pelotons de GI's. C'était une bonne planque – cela valait mieux que de combattre à découvert. Le coin était truffé de mines et de barbelés. Régulièrement, les Vietcongs revenaient à la charge, au cas où on se serait endormis. Ils crevaient d'envie de faire sauter ce satané pont, mais ils ne sont jamais allés au-delà des barbelés. Les mines avaient été posées par les Français. Nous ne connaissions pas leur emplacement. Du coup, quand un Viet sautait sur l'une d'elles, pas question d'aller retirer le corps. Il restait là des semaines, à se faire bouffer par les vers et les busards. Ça puait salement. C'est beaucoup mieux aujourd'hui, conclus-je en remontant ma vitre.

Susan n'émit aucun commentaire.

Nous nous engageâmes sur le pont. Je passai en seconde et tâchai de me recroqueviller au maximum sur mon siège avant d'entrer dans la ville.

L'extrémité du pont marquait le début de la rue principale de Bong Son. Le bourg correspondait au souvenir que j'en avais gardé : des constructions relativement élégantes, agrémentées de palmiers plantés à intervalles réguliers. De toute évidence, Bong Son n'avait pas trop souffert de la guerre.

Je repérai deux ou trois restaurants, ce qui me rappela qu'à l'époque la plupart d'entre eux, et aussi des commerces, appartenaient à des Indiens ou à des Chinois. Quant aux bars à soldats, aux salons de massage et aux bordels, ils se trouvaient dans une rue perpendiculaire, à l'abri des regards honnêtes.

Pour l'heure, la rue était encombrée par une foule de scooters et de bicyclettes. Il y avait aussi quelques voitures, ce qui nous permettrait avec un peu de chance de ne pas trop nous faire remarquer.

— Dans le temps, dis-je, la police nationale avait son quartier général un peu plus loin, à la sortie de la ville. Elle se composait surtout de fils de notables, de gens qui avaient des relations : un poste dans la police permettait d'éviter l'armée. Ces gars-là étaient assez sadiques. Tu vois ce haut mur de pierre sur ta droite ? Et ce portail de fer forgé ?

— Oui.

— Le mur abritait un édifice colonial français. L'hôtel de ville, peut-être, ce genre de bâtiment officiel. Une nuit, une troupe de Vietcongs a réussi à s'infiltrer en ville et a attaqué ce bâtiment. La police nationale a tué ou capturé une douzaine d'entre eux. Quelques jours plus tard, je me suis pointé ici avec des gars à bord d'une jeep militaire, histoire de voir ce qu'on pouvait se payer ou échanger au marché noir. La police nationale avait pendu plusieurs Vietcongs aux grilles de ce portail. La plupart étaient criblés de balles, mais certains avaient été pendus vivants – par les pouces, pas par le cou. Les cadavres pourrissaient lentement au soleil. L'armée sud-vietnamienne avait coutume d'abattre les Vietcongs capturés d'une balle dans la nuque. La police nationale n'avait pas ce genre d'attentions.

Je jetai un coup d'œil à Susan dans le rétroviseur. Elle ne regardait absolument pas le portail.

— Je n'ai jamais oublié cette odeur de charogne, lâchai-je en passant à hauteur des grilles.

Elle resta muette.

— Nous avons signalé l'incident à notre commandant, qui a fait remonter l'information selon la voie hiérarchique, repris-je. Les chefs de la police nationale se sont indignés qu'on ose se mêler ainsi de leurs petites affaires. Ne te méprends pas, nous n'étions pas des anges, mais il faut bien définir des limites. La guerre est une chose, et là, ce n'était plus la guerre. D'un autre côté, les Vietnamiens vivaient ce cauchemar depuis tellement longtemps qu'ils avaient franchi la ligne jaune bien avant notre arrivée. Tout ce que je sais, c'est que juste après le Nouvel An, la First Cav a été transférée de Bong Son à Quang Tri, où la situation était encore bien pire.

Dans mon rétroviseur, Susan était aussi immobile qu'une statue.

— J'avais dix-huit ans, précisai-je.

Le quartier général de la police nationale apparut sur notre gauche, orné d'un grand drapeau rouge à étoile jaune. Quatre jeeps jaunes étaient stationnées devant, entourées de six ou sept policiers qui bavardaient en fumant des cigarettes. Je fis de mon mieux pour détourner le visage en passant à leur hauteur.

— Après la victoire communiste, ajoutai-je quelques secondes plus tard, le bain de sang que tout le monde prévoyait n'a pas été aussi épouvantable qu'on s'y attendait. Les exécutions ont été sélectives, et la plupart des ennemis de l'État se sont retrouvés dans des camps de rééducation. Mais les membres de la police nationale, qui étaient unanimement détestés, ont été traqués et exécutés sans pitié par leurs successeurs. On récolte en général ce qu'on a semé.

Son paquet de cigarettes dans une main, son briquet dans l'autre, Susan ne bougeait toujours pas.

— Je n'ai jamais rien vu de tout cela à Saigon, finit-elle par murmurer.

— La guerre dans l'intérieur de ce pays a été une très sale guerre. Mais elle fait partie de l'Histoire. Les souvenirs passent, la vie continue. Avec un peu de chance, la prochaine génération réussira à sortir la tête hors de l'eau.

Mon regard tomba sur M. Cam, et je m'interrogeai sur son histoire personnelle. Peut-être lui poserais-je la question un peu plus tard.

Quelques centaines de mètres plus loin, nous retrouvâmes la pleine campagne.

— Pas loin d'ici, dis-je, sur notre gauche, il y avait une grande base provisoire américaine, qu'on appelait « Landing Zone English ». Un peu plus loin, c'est la vallée d'An Lao, du nom de la rivière qui l'irrigue. Nous l'avons vidée de sa population, et nous avons réinstallé les civils dans plusieurs hameaux stratégiques afin qu'ils ne puissent aider ni les Vietcongs locaux ni l'armée nord-vietnamienne, que ce soit en leur fournissant des vivres ou de la main-d'œuvre. La vallée d'An Lao était devenue une zone pacifiée. Tout ce qui bougeait là-bas était abattu – y compris la faune sauvage et le bétail abandonné par les paysans. Nous avons brûlé toutes les constructions, abattu tous les arbres fruitiers, aspergé les rizières d'essence, rasé les forêts. Pour finir, nous avons largué par avion des tonnes de cristaux produisant des gaz toxiques. Grâce à nous, la vallée d'An Lao a été rebaptisée « vallée de la mort ». Je me demande si des gens sont retournés y vivre, ajoutai-je après une courte pause.

Susan resta muette.

Nous roulions toujours vers le nord, à cent de moyenne. La route 1 longeait de nouveau la mer. Les plages de sable fin alternaient avec les dunes blanchâtres parsemées de broussailles.

— C'est ici que j'ai passé Noël 1967, déclarai-je. Dans les sables blancs de Bong Son. On faisait semblant de croire que c'était de la neige. Une trêve de quarante-huit heures avait été décrétée. On avait reçu un tas de cadeaux de la Croix-Rouge, d'organisations privées et de donateurs individuels. C'était avant le Têt, et à l'époque, le peuple vietnamien nous soutenait encore.

Je me rappelais que le jour de Noël avait été particulièrement torride. Il n'y avait aucun arbre à l'ombre duquel se réfugier sur les dunes de Bong Son. Le dîner de Noël nous avait été livré par hélicoptère, et nous nous étions assis par terre pour manger notre portion de dinde aux marrons, en faisant de notre mieux pour chasser les mouches et empêcher le sable de souiller la nourriture.

Un gosse de Brooklyn nommé Savino, ayant repéré une longue tige de bambou qui émergeait du sable, avait eu l'idée de la prendre pour installer son poncho dessus, afin de se protéger du soleil. Il avait tendu le bras vers le bambou. Quelqu'un lui avait hurlé d'arrêter, mais il avait quand même empoigné la tige, qui était reliée par un fil électrique à un gros engin explosif. Il venait de déclencher lui-même son retour à Brooklyn entre quatre planches.

Plusieurs gars avaient été blessés, la moitié du peloton s'était retrouvée partiellement sourde, et on avait récupéré des morceaux de ce gosse un peu partout, notamment dans nos gamelles et dans nos quarts. Joyeux Noël.

— Un type de mon peloton s'est fait tuer le soir de Noël par un piège à l'explosif, dis-je à Susan.

— C'était un ami ?

— Il… n'est pas resté assez longtemps. Se lier d'amitié avec les bleus était considéré comme… une perte de temps. Leur taux de survie était faible, et on risquait davantage de se faire tuer quand on restait près d'eux. S'ils étaient toujours en vie après trente jours de combat, alors, oui, on se risquait à leur serrer la main, ce genre de chose.

Nous roulions à présent à travers un paysage qui ne m'évoquait plus rien. M. Cam semblait de plus en plus gêné par ses entraves.

— Si on le détachait ? suggéra Susan après l'avoir regardé.

— Non.

— Tant qu'on roulera à cette vitesse, il ne risquera pas de s'enfuir.

— Non.

Elle alluma sa cigarette. J'avais presque envie d'en fumer une, moi aussi, sans doute parce que mes pensées n'étaient pas encore revenues du théâtre d'opérations de Bong Son, où je grillais un paquet par jour.

— Écoutons plutôt ce qu'il a à nous raconter, proposai-je. Demande-lui s'il se souvient de la guerre.

Elle traduisit ma question, à laquelle M. Cam refusa dans un premier temps de répondre. Mais, face à l'insistance de Susan, il se résolut à parler.

— Il avait treize ans quand la guerre a pris fin, traduisit-elle. Il vivait dans un village à l'ouest de Nha Trang et se souvient de l'arrivée des communistes.

Des milliers de soldats sud-vietnamiens en déroute avaient traversé le village, et tout le monde avait compris que la guerre allait se terminer. Beaucoup de gens se sont réfugiés à Nha Trang, mais lui est resté au village avec sa mère et ses deux sœurs.

— Et que s'est-il passé ?

— Il dit que tout le monde avait très peur, mais qu'à leur arrivée, les soldats nord-vietnamiens se sont bien conduits. Il ne restait plus que des femmes et des enfants au village, et les femmes n'ont pas été brutalisées. En revanche, les communistes ont trouvé un jeune officier de l'armée, amputé d'une jambe, et lui, ils l'ont embarqué. Plus tard, des cadres politiques sont venus interroger tout le monde. Ils ont découvert deux officiels de l'ancien gouvernement déguisés en paysans et les ont emmenés. Mais personne n'a été abattu dans le village.

— Et son père ? Ses frères ?

Susan relaya ma question, puis sa réponse.

— Son père avait été tué au combat, des années plus tôt. Son frère aîné, qui servait dans l'armée sud-vietnamienne dans la région des hauts plateaux, n'est jamais revenu. Il dit que sa mère attend toujours son retour.

Je jetai un coup d'œil à M. Cam et sentis qu'il était ému. Susan aussi semblait troublée par son récit. Quant à moi, je commençais à avoir l'esprit franchement encombré par mes souvenirs de l'époque.

Quand on entame un voyage de cette sorte, mieux vaut toujours s'attendre au pire. On a ainsi la certitude de n'être pas déçu.

23

À dix heures du soir, nous avions parcouru à peu près trois cents kilomètres. J'avais réduit notre vitesse par souci d'économie. Après tout, rien ne pressait. Et la jauge indiquait un réservoir aux trois quarts vide.

— Quelle distance jusqu'à Da Nang ?

— Cent cinquante kilomètres, me répondit Susan, qui visiblement avait déjà fait le calcul. Où en sommes-nous avec l'essence ?

— J'en ai grillé pas mal pour semer les poulets. Avec les vingt litres de réserve, on devrait quand même pouvoir atteindre Da Nang. Mais l'idéal serait qu'on tombe en cours de route sur une station ouverte.

— En trois cents kilomètres, nous n'avons croisé que quatre stations. Toutes fermées.

— Nous devons traverser Quang Ngai, n'est-ce pas ?

— Oui. C'est une capitale provinciale. La route 1 passe en plein milieu. Dans un peu moins de quatre-vingts kilomètres.

— Regarde dans mon guide. Les stations-service sont peut-être mentionnées.

Elle l'ouvrit.

— Voyons… Ah, voici le plan de la ville… Une pagode, un hôtel, une église, un bureau de poste, un restaurant, une gare de bus… Non, je ne vois pas de station-service. Mais dans une ville de cette taille, il y en a forcément. On en trouvera peut-être une ouverte. Sinon, il nous reste encore une dernière chance, entre Quang Ngai et Da Nang : à Hoi An, un ancien port chinois. Touristique et plein de charme. J'y ai fait une excursion lors de mon séjour à Hué. L'infrastructure est relativement bonne. Ils ont peut-être une station ouverte la nuit. On devrait pouvoir rouler jusque-là. Mais ensuite, il n'y aura plus rien jusqu'à Da Nang.

M. Cam, comprenant que nous parlions de l'essence, dit quelque chose à Susan, qui se tourna vers moi.

— M. Cam explique qu'on peut parfois acheter de l'essence à des revendeurs privés, qui en proposent le long de la route. Il suffit de repérer la bonne pancarte : essence se dit *et-xang*.

— Et ils restent ouverts toute la nuit ?

— En un sens. Tu frappes à la porte de la maison la plus proche de la pancarte, et quelqu'un te vend le produit. Je l'ai déjà fait pour ma moto. L'essence est généralement en bouteille, et le prix au litre est plutôt raide.

— À ton avis, il faudra combien de bouteilles pour remplir notre réservoir ?

— Je n'ai pas ma calculette. Contente-toi de chercher un panneau portant l'inscription *et-xang*.

— Tu pourrais me redire pourquoi M. Cam s'abstiendrait de faire son devoir de citoyen en allant nous dénoncer à la police ? Tâche d'être convaincante : sa vie dépend de ta réponse.

Elle hésita, puis lança :

— La notion même de devoir de citoyen est intraduisible. S'il récupère sa voiture, un billet de cent dollars pour lui, le double pour M. Thuc, plus quelques centaines de dollars pour les réparations, M. Cam n'ira sûrement pas trouver les flics. Quand on a un accident à Saigon, la dernière chose qu'on peut souhaiter, crois-moi, c'est de voir la police s'en mêler.

— D'accord. Affaire classée.

M. Cam réclama une cigarette. Susan lui en alluma une et la glissa entre ses lèvres afin qu'il puisse tirer une bouffée.

Nous passâmes à Sa Huynh, un village côtier assez pittoresque, cerné de marais salants, et retrouvâmes presque aussitôt la rase campagne. La route s'enfonçait ensuite dans l'intérieur des terres à travers un interminable canevas de hameaux et de rizières.

D'après la jauge, il nous restait nettement moins d'un quart de plein. Le terrain était plat, et je ne dépassais pas le quatre-vingts. Avec nos vingt litres en bidon, nous devions pouvoir arriver à Quang Ngai.

Aucun panneau de signalisation n'indiquait la distance jusqu'à la ville suivante, ni même sa direction. Nous naviguions uniquement d'après la carte. La route était parfois bonne, parfois exécrable – le plus souvent exécrable. Ce pays avait encore quelques progrès à faire, même si, force m'était de le reconnaître, ce n'était pas si mal après trente ans de guerre.

— Nous ne devrions plus être loin de Quang Ngai, me dit Susan. La route 1 sert de rue principale. Mais à mon avis, nous n'avons pas intérêt à traverser la ville à une heure aussi tardive. Et même si on trouvait une station ouverte, tu serais obligé de laisser le volant à M. Cam pour faire le plein.

— Qu'est-ce que tu proposes ?

— Garons la voiture dans un coin tranquille et attendons l'aube. Demain matin, on entre dans Quang Ngai et on fait le plein.

— Adjugé.

Je ralentis. Nous n'étions plus qu'à quelques kilomètres de Quang Ngai, dont les lumières affleuraient déjà à l'horizon. Au Vietnam, la cassure entre les villes et les campagnes environnantes est d'une brutalité saisissante : aucune banlieue, pas l'ombre d'une zone industrielle ou commerciale, et pas davantage de station-service.

Quang Ngai se dressait au bout de la ligne droite, à moins d'un kilomètre, et je n'avais encore repéré aucun lieu de bivouac convenable. Essentiellement constitué de rizières, le paysage était beaucoup trop dégagé, à l'exception de quelques bouquets de palmiers qui n'offraient aucune possibilité de cachette. Je finis par discerner un petit monticule au milieu d'une rizière, relié à la route par un remblai sur lequel courait un chemin de terre.

— Un tumulus, dis-je. On va se garer derrière. Personne ne verra la voiture.

Je freinai, puis m'engageai entre les rizières sur le chemin de terre. M. Cam entra tout à coup en transes.

— Qu'est-ce qu'il lui prend ? demandai-je à Susan.

— C'est un tertre funéraire.

— Je le sais bien. Nous avions l'habitude d'installer nos bivouacs au pied de ces tumulus. La terre est meuble, l'élévation est bonne, l'angle de tir aussi…

— Il dit qu'il ne faut pas. Il veut que tu t'arrêtes.

Je stoppai. M. Cam se calma un peu, mais continua de débiter des phrases fébriles. Susan essaya de lui parler. De nouveau, il montra des signes d'agitation.

— Je lui ai expliqué que nous allions passer la nuit ici, me dit Susan. Ça n'a pas l'air de l'emballer, comme tu peux voir…

— Dis-lui que ces gens sont tous morts, fis-je, agacé. Qu'on sera respectueux et qu'on priera toute la nuit.

— Paul, il refuse catégoriquement de passer la nuit au pied d'un tumulus. Les Vietnamiens sont extrêmement superstitieux.

— Pas moi.

— Paul…

— D'accord.

J'enclenchai la marche arrière et revins sur la route. Nous reprîmes le chemin de Quang Ngai. J'ai remarqué qu'en général, dès que je fais un effort de gentillesse, la poisse me tombe dessus.

Cela ne manqua pas : une paire de phares apparut à moins d'un kilomètre devant nous. J'éteignis aussitôt les miens et levai le pied. Ces phares étaient trop près du bitume pour appartenir à un bus ou à un camion. Il s'agissait d'un véhicule plus court sur pattes, vraisemblablement un 4 × 4 de l'armée.

— Il faut quitter la route, Paul, me chuchota Susan.

— Je sais.

Je fis descendre la voiture jusqu'au remblai de terre sur lequel la route était construite. Il n'y avait pas de fossé : la rizière commençait au pied du remblai. J'entrepris de rouler parallèlement à la route. Les roues droites de la Nissan baignaient dans la boue de la rizière, les gauches labouraient la pente du remblai. Notre voiture était inclinée à quarante-cinq degrés, peut-être davantage, et le risque de tonneau était réel. Sentant mes roues arrière commencer à patiner dans la gadoue, je stoppai.

Levant les yeux vers la chaussée, je constatai que nous n'étions pas tout à fait invisibles. Il faisait néanmoins assez sombre pour que nous puissions espérer passer inaperçus.

— Donne-moi ton cabas, soufflai-je à Susan.

La lumière des phares se rapprochait, de même que le grondement d'un moteur. Susan me tendit son cabas. Plongeant la main droite à l'intérieur, je palpai la crosse du pistolet. Le chargeur était dedans. Je fis basculer le cran de sûreté.

— Le chargeur est plein ? demandai-je à Susan.

— Oui.

— Tu as un chargeur de rechange ?

— Deux. Paul… j'ai peur.

Je jetai un coup d'œil à M. Cam, qui tremblait d'appréhension. Le sentiment me vint qu'il était en train de répéter mentalement l'histoire qu'il comptait servir aux autorités et qu'il n'était somme toute pas mécontent d'être entravé. Quelques secondes plus tard, j'aperçus la partie supérieure du véhicule qui venait à notre rencontre. C'était un gros tout-terrain de type jeep, de couleur sombre : un engin militaire. Je discernai le chauffeur, concentré sur sa conduite, et un deuxième homme à l'arrière.

Le toit de notre Nissan se trouvait à peu près au niveau de la route. Sa peinture était bleu marine, la nuit noire, et les dieux devaient être avec nous. Le véhicule militaire passa son chemin.

Nous attendîmes une éternité sans lever le petit doigt. Je me décidai enfin à enclencher la marche arrière, sentis que les roues répondaient, appuyai sur l'accélérateur, et la Nissan remonta sur le talus à reculons.

J'attendis quelques secondes à l'arrêt sur la chaussée, tous feux éteints, en scrutant la route. Il faisait tellement noir qu'on n'y voyait pas à dix mètres. Sans rallumer mes phares, je me remis à rouler lentement vers Quang Ngai. L'aura lumineuse de la ville permettait à présent de deviner quelques bâtiments sur les bords de la route, et je ne tardai pas à apercevoir une silhouette prometteuse. J'orientai le capot de la Nissan dans sa direction et allumai les phares.

Sur notre droite, au bout d'un chemin de terre, se dressait une construction en ruine de stuc blanc dépourvue de toiture. Il ne me restait plus qu'à espérer que ce n'était pas un temple bouddhiste : je ne tenais pas à me coltiner une nouvelle crise de nerfs de M. Cam.

Je m'engageai au ralenti sur le chemin entre deux rizières et immobilisai la Nissan devant l'entrée de la ruine, dont la façade comportait les vestiges de ce qui avait dû être un portail d'église.

— Une église catholique, dis-je à Susan. J'espère que ce crétin n'est pas catholique.

Elle posa une question à M. Cam, qui secoua la tête.

Je fis passer la Nissan sous le portail, puis manœuvrai en douceur pour la garer dans un angle de la nef afin qu'elle ne soit pas visible de la route.

Le pinceau de nos phares éclairait un sol de béton craquelé d'où émergeait une végétation sauvage. Je coupai le moteur.

Nous mîmes pied à terre. Je détachai M. Cam afin qu'il puisse lui aussi s'étirer.

Susan sortit la nourriture et l'eau. Nous eûmes droit à un dîner infect, à base de cochonneries sous cellophane, que seul M. Cam parut apprécier.

Obligé de le ligoter pour la nuit, je lui attachai de nouveau les pouces dans le dos, confisquai ses sandales et l'enfermai à l'arrière de la Nissan, où il s'étendit sur la banquette.

Susan et moi allâmes nous asseoir en tailleur dans un coin de l'église, face à la voiture. Seule la lumière des étoiles nous éclairait.

— Cette église a dû connaître des jours meilleurs, fit Susan.

— Il y en avait partout, dans le temps – des églises, et aussi des pagodes en ruine. C'étaient à peu près les seuls édifices de bonne taille, et ils servaient infailliblement d'abri aux civils et aux militaires. Dans ce genre d'endroit, on se sentait protégé contre les tirs d'armes légères – mais pas contre les roquettes ou les obus de mortier.

— J'ai du mal à imaginer comment on peut vivre une guerre au quotidien. Je suis heureuse que tu aies pu m'en reparler, à Bong Son.

Je ne répondis pas. Susan alluma une cigarette et se mit à fumer en prenant soin de cacher la braise au creux de sa main, comme un vieux de la vieille.

— J'ai froid, dit-elle. Tu pourrais me prêter un vêtement ?

— Bien sûr. Je vais te chercher ça.

— Rapporte aussi mon sac à dos, s'il te plaît.

Je rejoignis la Nissan, ouvris le coffre, pris ma veste bleue dans ma valise et rapportai son sac à dos à Susan. Je lui jetai ma veste sur les épaules.

— Merci, dit-elle. Tu n'as pas froid ?

— Il fait au moins vingt degrés.

Susan avait dans son sac un réveil dont elle programma la sonnerie pour minuit.

— Je vais le faire sonner toutes les heures, me dit-elle. Pour être sûre que l'on se réveille au cas où on s'endormirait tous les deux.

— D'accord. Je prends le premier tour de garde. Tâche de dormir un peu.

Elle se coucha en chien de fusil sur le béton, avec son sac à dos en guise d'oreiller. Je pris son Colt 45, en actionnai la culasse et le posai en travers de mes cuisses.

L'alarme se déclencha à minuit, mais je la désactivai avant que Susan se soit réveillée. Je réglai la sonnerie suivante pour une heure du matin. Curieusement, je n'eus aucune peine à rester éveillé, et je laissai ma jeune compagne de voyage dormir jusqu'à quatre heures.

Ensuite seulement, elle me relaya. Je lui rendis son arme.

En calant ma nuque sur le sac à dos de Susan, je repensai à l'époque où, pendant toute une année, mon sac à dos m'avait servi d'oreiller, et mon fusil de compagne de lit. Nous dormions toujours habillés, bottés, et nous passions des nuits d'angoisse à chasser les moustiques et à guetter les serpents et les Viet-congs. Nous étions sales, malheureux, souvent trempés, crevant soit de chaud, soit de froid, et toujours rongés par la peur.

Ceci n'était pas ma pire nuit vietnamienne, loin de là.

Le ciel s'éclaircit, faussement annonciateur de l'aube, un phénomène courant sous les tropiques, puis, une heure plus tard, l'aube véritable parut, saluée par le chant d'un coq. Un rayon de lumière bleue s'insinua dans l'église par une étroite fenêtre gothique, sur la droite de l'endroit où s'était jadis trouvé l'autel. Ce rayon, produit par un éclat de verre bleu resté dans le châssis, ultime vestige d'un vitrail disparu, traversa les dalles et remonta sur le mur opposé.

Je me redressai. Susan et moi assistâmes en silence au lever du jour.

L'intérieur de l'église était maintenant visible. Je contemplai les murs blanchis à la chaux, le stuc craquelé, les impacts de balles, la trace d'un éclat d'obus qui avait défiguré une fresque défraîchie de la Vierge Marie.

Il ne subsistait plus un morceau de bois dans la structure, hormis les restes carbonisés d'un feu allumé par quelqu'un à l'emplacement de l'autel.

Les rizières n'attirent guère les oiseaux, et cependant, un volatile solitaire chanta quelque part. Peu après, le grondement d'un premier véhicule nous parvint de la route.

— Nous sommes à la veille du Nouvel An, déclara Susan en me prenant la main. Jamais je n'aurais pensé être un jour aussi heureuse d'assister au lever du soleil.

J'entendis un camion sur la route, puis un scooter. Au ras du portail éventré, je jetai un coup d'œil à l'extérieur et vis passer un char à bœufs, suivi de deux jeunes filles à vélo.

Je me remémorai le temps où les premiers véhicules à circuler chaque matin sur les routes étaient les blindés de déminage, des engins capables de faire sauter en toute sécurité les engins explosifs enfouis dans les nids-de-poule pendant la nuit. Puis c'étaient les jeeps et les camions bourrés de soldats américains ou sud-vietnamiens, tous avec le doigt sur la détente de leur fusil, prêts à cracher le feu au premier signe d'embuscade.

Ensuite seulement venaient les civils, à pied, à bicyclette ou en chariot, se dirigeant vers les champs, l'école, ou toute autre destination.

Une heure environ après le lever du soleil, hectomètre par hectomètre, la route 1 était rouverte, du delta du Mékong à la zone démilitarisée – et la vie reprenait jusqu'au crépuscule.

— La route 1 est ouverte, annonçai-je à Susan. Cap sur Hué.

24

À la lumière du jour, je constatai que la portière avant gauche de la Nissan avait gardé une trace de peinture jaune de son choc latéral avec la jeep. Susan et moi entreprîmes aussitôt de la gratter avec nos couteaux suisses. M. Cam, que j'avais détaché entre-temps, ramassa un éclat de verre pour nous aider.

Après avoir coupé en deux une de nos bouteilles d'eau, je ramassai un peu de boue au bord de la rizière la plus proche afin de l'étaler sur les rayures de la carrosserie pour les camoufler. Deux ou trois sangsues gigotaient au fond du récipient. Susan esquissa une grimace dégoûtée, M. Cam resta de marbre, quant à moi, je fus assailli de souvenirs déplaisants.

— Ça mord, ces trucs-là ? demanda Susan, l'œil fixé sur une sangsue bien grasse.

— Elles se fixent sur la peau. Leur salive contenant un anesthésiant naturel, on ne sent pas leur morsure. Elle contient aussi un anticoagulant, ce qui fait que le sang continue de couler aussi longtemps qu'elles auront envie de le sucer. On peut se faire pomper toute la journée sans s'en rendre compte, à moins de s'inspecter régulièrement. Un jour, j'en ai fait éclater une énorme. Elle s'était logée sous mon aisselle pendant que je m'étais étendu pour faire un somme. Je n'avais strictement rien senti.

Susan fit une nouvelle grimace. À mon retour du Vietnam, j'avais probablement raconté plus d'histoires de sangsues que de batailles. Elles avaient toujours le même effet sur les gens, et j'avais fini par développer un beau talent de conteur.

Je rendis le volant à M. Cam, qui en fut ravi. Je pris place à l'avant, Susan remonta à l'arrière, et nous quittâmes l'église. Quelques passants à bicyclette ou en scooter nous suivirent du regard au moment où nous revenions sur la route, mais après tout, quoi de plus normal, pour deux touristes occidentaux conduits par un chauffeur vietnamien, que de s'arrêter pour visiter une ruine ?

En quelques minutes, nous atteignîmes Quang Ngai, la capitale de la province. Unc ville quelconque, et même plutôt vilaine, mais dotée d'une superbe station-service. Nous stoppâmes à hauteur des pompes.

— Occupe-toi de faire le plein, dis-je à Susan. Je tiendrai compagnie à M. Cam.

Susan descendit. Quelques badauds la regardèrent remplir le réservoir pendant que M. Cam et moi restions tranquillement assis à l'avant de la Nissan. Sans doute en conclurent-ils que les Occidentaux dressaient mieux leurs femmes qu'eux. S'ils avaient su !

Susan régla le pompiste, qui l'avait lui aussi regardée faire et semblait très intéressé par la Nissan. Il lui indiqua les rayures de la carrosserie. Susan s'en tira en faisant semblant de ne pas parler un mot de vietnamien.

Je ne quittais pas M. Cam des yeux. S'il envisageait encore de tenter quelque chose, c'était le moment ou jamais. Le pompiste lui posa une question. Il répondit brièvement.

— *Cu di*, dit Susan à M. Cam en reprenant sa place à l'arrière.

M. Cam démarra.

— Qu'est-ce qu'ils se sont dit ? demandai-je alors que nous quittions la station.

— Le pompiste a remarqué nos plaques de Nha Trang. Il lui a demandé si nous avions roulé de nuit. M. Cam a répondu que non. Du coup, l'autre a demandé où nous avions dormi, et M. Cam n'a pas su répondre. Bref, il n'a pas été très convaincant.

— De toute façon, fis-je, les gens d'ici n'ont pas l'habitude d'aller cafter à la police, si ?

Susan s'abstint de répondre.

Nous terminâmes la traversée de la vilaine ville de Quang Ngai en franchissant la rivière Tra Khuc sur un pont qui devait avoir fait l'objet d'une compétition acharnée entre les artificiers vietcongs et le génie américain. Le génie américain l'avait semble-t-il emporté d'une courte longueur, puisque le pont était toujours debout.

Nous roulions de nouveau en pleine campagne. La route 1 était à présent envahie de véhicules à moteur, de chars à bœufs, de vélos, de scooters et de piétons. Nous dépassions rarement le cinquante à l'heure. Il nous aurait sans doute fallu rouler onze ou douze heures pour effectuer de jour le trajet Nha Trang-Hué.

Sur ma carte touristique, un astérisque indiquait un site remarquable au nord de Quang Ngai. Il ne se situait qu'à quelques kilomètres de distance et était désigné, en vietnamien et en anglais, sous le titre : *Massacre de Mi Lay.* La légende ajoutait : *Un crime de guerre a été commis ici le 16 mars 1968, quand trois compagnies d'infanterie américaines ont massacré plusieurs centaines de villageois désarmés. Un monu-*

ment y rend hommage aux victimes et rappelle à chacun le caractère absurde et tragique de la guerre.

Nous approchions justement d'une petite route secondaire. À l'intersection, un écriteau peint à la main disait, en anglais : *Massacre de My Lai*.

N'ayant pas vu jusqu'à ce moment-là le moindre panneau indicateur, je me demandai qui avait placé celui-là, et pourquoi. J'aurais également aimé savoir combien d'entre les trois cents soldats américains sortis vivants de l'opération avaient eu le courage de revenir sur place.

Mon regard balaya le paysage dans la direction indiquée. Ce n'étaient que vastes rizières et petits villages nichés sur les talus, à l'ombre de touffes de palmiers et de bambous géants. Un paysage typique de mes souvenirs du Vietnam, même si j'avais aussi opéré sur des terrains plus sauvages, loin des populations côtières.

Quand la guerre se livrait dans la jungle ou dans les montagnes, elle avait un aspect un peu moins atroce : elle ressemblait à une aventure de garçons, à une sorte de rite initiatique. Dans les rochers et en forêt, on ne tuait pas de civils, que ce soit par mégarde ou sciemment, comme à My Lai. Il n'y avait ni village à brûler ni bétail à abattre. Les hommes étaient plus attentifs, plus appliqués dans le silence pesant de la forêt primaire ; c'était le plus terrible jeu de survie jamais inventé par les humains, et il n'y avait qu'eux et nous. Cette guerre-là se caractérisait par une sorte d'évidence brutale et limpide : on se tuait proprement, entre hommes.

Arrivés dans la province de Quang Nam, nous passâmes à proximité de ce qui avait été une gigantesque base aérienne américaine : Chu Lai. Autant que je m'en souvienne, c'était là qu'avaient été jadis stationnés les quatre aviateurs rencontrés à l'Apocalypse Now.

Nous longeâmes des grillages rouillés, puis des structures de béton abandonnées. Je distinguai quelques anciens hangars, et même une piste couverte de petits objets blancs que je ne parvins pas à identifier. Susan suivit mon regard.

— Les fermiers utilisent aujourd'hui ces pistes pour faire sécher leurs racines de manioc, m'expliqua-t-elle.

— Le manioc ? Qu'est-ce que c'est que ça ?

— Tu connais sûrement. C'est l'ingrédient de base du tapioca.

— Je déteste le tapioca. Ma mère me forçait à en avaler. Je vais ordonner à mes amis de Washington de faire bombarder cette piste.

Susan éclata de rire, et un grand sourire apparut sur les lèvres de M. Cam, qui aimait visiblement voir ses passagers heureux.

— Ça me plairait de voir la tête des pilotes de l'Apocalypse Now au moment où ils découvriront ceci, dis-je. Ils tomberont sûrement en syncope.

Nous longions toujours les vestiges de l'immense base aérienne. Ayant remarqué plusieurs gamins qui poussaient çà et là une brouette, je demandai à Susan ce qu'ils faisaient.

— Ce sont des ramasseurs de métal. Cette activité a eu une importance énorme au Vietnam, mais la plupart des pièces les plus faciles à trouver ont déjà été récoltées. D'autres ont sauté à la figure de ceux qui les cherchaient. D'après ce que j'en sais, des centaines de petits ramasseurs sont tués ou mutilés chaque année. Aujourd'hui, heureusement, les accidents sont plus rares.

J'observai les gamins en train de fouiller dans le sable. Après trente ans de guerre, suivis de presque trente ans de paix et de convalescence, cette nation était toujours lardée de cicatrices et de plaies à vif. Sur ce plan, la nôtre lui ressemblait peut-être.

— Si tu t'enfonces dans l'intérieur du pays, me dit Susan, sois vigilant : beaucoup d'explosifs traînent encore un peu partout.

— Merci du conseil.

J'observai M. Cam, qui n'avait visiblement pas bien dormi et commençait à piquer du nez. Je lui secouai l'épaule.

— Savez-vous que vingt pour cent des morts sur la route aux États-Unis sont dues à la fatigue excessive des automobilistes ?

Susan traduisit plus ou moins librement.

— Il veut du café, dit-elle ensuite en se tournant vers moi.

— On s'arrête au prochain fast-food.

Susan dit quelque chose à M. Cam, mais je n'entendis pas les mots « fast-food ».

La route, qui s'était rabattue vers l'intérieur des terres, franchit une succession de petits ponts au-dessus de torrents jaillis des montagnes pour se jeter dans la mer. Le paysage était splendide, et je l'appréciai nettement plus, à présent que je n'étais pas obligé d'y crapahuter sept jours par semaine.

— Cette région a été autrefois le cœur de la civilisation cham, m'expliqua Susan. Tu as visité des tours cham lors de tes deux premiers séjours ?

— Oui, mais je ne savais pas du tout ce que c'était. On s'en servait de poste de guet ou pour régler les tirs d'artillerie. Jusqu'à présent, je n'avais vu ce pays qu'avec les yeux d'un soldat. Je suis heureux d'être revenu. Et aussi d'être avec toi.

— C'est mignon, ça. Tâche de ne pas oublier ce que tu viens de dire.

Nous roulâmes quelques minutes en silence.

— D'après ma carte, déclarai-je, la route 1 contourne Da Nang par l'ouest. Nous ne serons donc pas obligés de traverser la ville.

— C'est bien de Da Nang que tu as quitté le Vietnam ?

— Oui, le 3 novembre 1968. Je suis monté dans un hélico à Quang Tri pour rejoindre mon camp de base, à An Khe. Là, j'ai récupéré mes affaires, que je n'avais pas revues depuis ma permission, j'ai mis mes papiers à jour, j'ai fait mes adieux à quelques potes, et j'ai pris mes cliques et mes claques. Un gros Chinook m'a emmené à Da Nang. On a essuyé des coups de feu quelque part au-dessus des montagnes, tu te rends compte, il ne me restait que soixante-douze heures à tirer dans ce foutu pays, et voilà que ces salopards essayaient encore de me faire la peau ! Heureusement, à part quelques trous dans le blindage de l'hélicoptère, il n'y a pas eu de casse. Et là-dessus, alors que j'attendais tranquillement mon vol de retour dans un baraquement de transit, le lendemain, vers trois heures du matin, les Vietcongs se mettent à nous tirer dessus au mortier. À croire qu'ils ne voulaient pas que je rentre.

— Il y a eu des victimes ?

— Juste à côté, le mess a été détruit, mais il était vide. Quelques éclats ont traversé les baraquements. Je suis tombé de ma banquette, et ça m'a fait une blessure de plus à la tête. Mais personne n'a rien vu, et j'ai pu prendre mon vol pour San Francisco.

— J'imagine que tu étais content de rentrer.

Je laissai filer quelques secondes.

— Oui… mais… j'avais quand même envisagé de rester avec les gars de ma compagnie… Ceux qui rentraient éprouvaient des sentiments mitigés… Ils avaient l'impression de laisser tomber les copains… C'était quelque chose de bizarre, qui m'a accompagné pendant des mois… Rien à voir avec un désir de mort, non, c'était un drôle de mélange, j'avais notamment l'impression que je n'arriverais plus à trouver ma place au milieu des gens normaux. C'est difficile à expliquer, mais presque tous ceux qui ont vécu la guerre te diront la même chose.

Susan resta silencieuse.

L'aéroport de Da Nang finit par se découper dans le lointain sur notre droite, et au-delà je vis apparaître la ligne d'horizon formée par les immeubles de la ville.

— On pourrait faire sécher une jolie quantité de manioc sur ces pistes, glissai-je à Susan.

— C'est un terrain civil et militaire de premier plan. Dans quelques années, on s'envolera d'ici pour les États-Unis. Des avions-cargos américains font déjà la navette de temps en temps.

J'étais au courant. Le plan d'exfiltration numéro trois de Doug Conway utilisait l'aéroport de Da Nang comme base de départ. Paul Brenner, évacué en douce dans un conteneur de bananes. Une idée assez douteuse.

Susan sortit son appareil et photographia l'aéroport à distance.

— Je te la laisserai en souvenir, me dit-elle. Je viens de temps en temps ici pour mes affaires. Tu ne connais pas China Beach ?

— Non.

— Ni la montagne des Singes ?

— Je hais les singes.

— Tu n'as pas dû rester longtemps ici, alors.

— Exactement soixante et onze heures et dix minutes. Sans mettre une seule fois les pieds hors de la base.

— Tu voulais rentrer au pays.

— Sur un siège passager, pas dans la soute d'un cargo. Fin mars 1975, alors que la guerre était sur le point de s'achever, World Airways a envoyé deux 727 pour sauver des réfugiés civils à la base de Da Nang. Quand le premier avion a atterri, un millier d'hommes, de femmes et d'enfants hystériques l'ont pris d'assaut. Les militaires sud-vietnamiens, qui pensaient sans doute qu'ils méritaient davantage d'être sauvés que les civils, ont ouvert le feu sur les réfugiés. Deux cents soldats d'un régiment d'élite ont bouté tous ces pauvres gens de l'appareil pour prendre leur place.

— C'est affreux.

— Le pilote du second Boeing a eu le bon sens de ne pas atterrir, mais les caméras de télévision installées à bord ont filmé les réfugiés suspendus au train d'atterrissage de l'autre 727, qui était en train de prendre de l'altitude au-dessus de la mer de Chine. Une à une, les personnes accrochées aux roues ont lâché prise.

— Mon Dieu…

Je tentai de me représenter la panique et le désespoir de ces derniers jours avant la reddition finale. Des millions de réfugiés, des unités militaires entières rompant les rangs au lieu de combattre, la paralysie politique à Saigon et à Washington, les fascinantes images de chaos et de désintégration projetées sur les écrans de télévision du monde entier… Une profonde humiliation pour nous, un désastre complet pour eux.

Il apparut ensuite que les méchants n'étaient pas si méchants, et que les bons n'étaient pas aussi bons que prévu. C'était avant tout une question de perception, de relations publiques, de propagande. Chaque camp avait si longtemps diabolisé l'autre que tous avaient fini par oublier qu'ils étaient vietnamiens – et humains.

— Je n'ai jamais rien su de tout cela, m'avoua Susan. Personne n'en parle.

— C'est peut-être aussi bien.

Nous arrivâmes à un carrefour en forme de T. Après avoir consulté ma carte, j'indiquai la gauche à M. Cam. À la périphérie de Da Nang, la route était encombrée de camions, de bus et d'autos, que M. Cam faisait de son mieux pour dépasser quand l'occasion se présentait.

Susan finit par lui demander de lever le pied, et il resta ensuite calé derrière un camion, l'air un peu malheureux. C'était le soir du Têt, et il avait sans doute hâte de retrouver sa famille à Nha Trang.

Nous commencions à prendre de l'altitude, et d'énormes montagnes se dressaient devant nous, dont les contreforts plongeaient à pic dans la mer de Chine. À en croire ma carte, la route devait les traverser, mais je ne voyais pas trop comment.

— Tu as déjà pris cette route ? demandai-je à Susan pendant l'ascension.

— Oui. Je te l'ai dit, j'ai fait Saigon-Hué en autobus. Un vrai cauchemar. Presque aussi pénible que ce voyage-ci.

— Elle n'est pas trop dangereuse ?

— Elle est invraisemblable. Il n'y a qu'un seul col, Hai Van. Le col des Nuages. Ces montagnes marquaient autrefois la frontière entre le Vietnam, au nord, et le royaume de Champa, que nous venons de traverser.

La différence de climat est très marquée d'un versant à l'autre, surtout en hiver, comme maintenant.

— Tu crois qu'on aura de la neige à Hué ?

— Non, Paul. Mais il fait beaucoup plus froid de l'autre côté du col des Nuages, et il pleut davantage. Nous avons atteint la limite nord de la zone tropicale. J'espère que tu as prévu des vêtements chauds.

Je n'avais rien prévu de tel. Cela dit, j'aurais eu mauvaise grâce à en rejeter le blâme sur Karl ou sur qui que ce soit. Pour avoir moi-même franchi ce col en janvier, puis en février 1968, j'avais gardé le souvenir des journées pluvieuses et des nuits froides qui nous attendaient au-delà.

— Et toi ? demandai-je. Tu caches sûrement quelque chose de chaud dans ce sac à dos inépuisable ?

— Non. Je ferai quelques emplettes.

— Bien sûr.

Nous montions toujours. Sur la gauche de la route se dressait une paroi rocheuse abrupte, et du côté droit, à quelques centimètres de nos pneus, un précipice dégringolait jusqu'à la mer de Chine.

— Spectaculaire, lâcha Susan.

Grâce au ciel, M. Cam ne contemplait pas le paysage, mais je vis que ses phalanges étaient blanchies à force de serrer le volant.

— Demande-lui de s'arrêter, dis-je à Susan. Je préfère prendre le relais.

— Non. Il y a un poste de police au sommet.

À vue d'œil, nous avions déjà pris cinq cents mètres de dénivelé, et la montagne sur notre gauche nous surplombait encore d'un bon millier de mètres. Il y aurait eu de l'ambiance si nous avions pris cette route de nuit.

Au bout d'une attente qui me parut interminable, nous atteignîmes le sommet du col des Nuages. Le terrain redevint plat, et je remarquai des blockhaus et d'anciennes fortifications de pierre de part et d'autre de la route. Un bus touristique était à l'arrêt, ainsi que quelques voitures dont le chauffeur était vietnamien et les passagers occidentaux. Des dizaines de gosses tentaient de fourguer aux touristes des souvenirs aussi débiles qu'inutiles. Je repérai un petit poste de police devant lequel étaient parquées deux jeeps jaunes.

M. Cam lâcha une phrase.

— Il veut savoir si tu souhaites t'arrêter pour faire des photos, traduisit Susan.

— La prochaine fois.

— Tout le monde le fait. On ferait mieux de s'arrêter un moment. Pour ne pas éveiller les soupçons.

— D'accord. Dis-lui de se garer.

M. Cam stoppa à quelques pas de l'abîme, qui plongeait à pic jusqu'à une petite péninsule baignée par la mer de Chine.

— Prends ta photo, murmurai-je à Susan, et tironsnous d'ici.

Du coin de l'œil, je surveillais les flics qui traînaient près des jeeps, de l'autre côté de la route. Ils observaient les voitures, les touristes, mais semblaient trop fatigués pour traverser la route.

Vingt gamins encerclèrent la Nissan en agitant toutes sortes d'objets derrière les vitres.

Certains vendaient des maquettes en aluminium de l'hélicoptère Huey, et je m'étonnai de voir ces engins aussi fidèlement reproduits presque trente ans après le départ des derniers Américains.

Pendant que l'un d'eux cognait au carreau avec son Huey en fer-blanc, je reconnus sur le flanc de la maquette le symbole jaune et noir, impeccablement peint, de la First Cav.

J'entrouvris la vitre pour négocier le prix avec le gosse, qui finit par me vendre sa maquette un dollar.

— *Cu di*, lançai-je à M. Cam en remontant la vitre.

M. Cam redémarra aussitôt. Juste après le passage du col, nous entamâmes la descente sur le versant opposé.

— Ton jouet te plaît ? s'enquit Susan.

— On n'en trouve pas partout d'aussi jolis.

Faisant voler mon hélicoptère dans l'habitacle en le tenant à bout de bras, j'imitai le bruit d'une roquette, puis le tac-tac-tac d'une mitrailleuse Gatling.

M. Cam partit d'un rire nerveux.

— Tu te sens bien ? s'inquiéta Susan.

— Paré pour l'atterrissage.

Et je déposai en douceur l'hélico sur la planche de bord.

M. Cam et Susan restèrent cois. J'adore faire le fou.

À mesure que nous redescendions du col des Nuages, le bien-nommé, des nuages de plus en plus épais obscurcirent le ciel, un vent acide se leva, et de grosses gouttes de pluie éclaboussèrent le pare-brise. M. Cam alluma ses phares et ses essuie-glace. La pluie gagna rapidement en intensité. Les rafales secouaient à présent le châssis de la Nissan. M. Cam semblait inquiet. Et quand un chauffeur vietnamien semble inquiet, ses passagers occidentaux ont vraiment de quoi paniquer.

Un quart d'heure plus tard, nous atteignîmes un replat, et les nuages se dissipèrent. Le vent et la pluie cessèrent.

— Ces vents soufflent du nord-est, m'expliqua Susan. On les appelle les vents chinois. L'hiver n'est pas la meilleure saison pour traverser le pays.

Nous fûmes bientôt redescendus au niveau de la mer. Quelques minutes plus tard, nous découvrions une vaste plaine qui se déployait de la côte aux montagnes à l'ouest.

— Nous avons quitté l'ancien royaume de Champa et nous sommes à présent dans la province de Hué, annonça Susan. Les gens d'ici sont plus réservés et nettement moins nonchalants.

Je levai les yeux vers le ciel, chargé à perte de vue d'épais nuages gris. La terre elle aussi semblait grise et gorgée d'eau, recouverte d'une végétation incolore et rabougrie. J'avais gardé un souvenir précis de ce paysage hivernal, et aussi de cette odeur mêlée de terre détrempée et de charbon en train de brûler dans chaque hutte de paysan – unique source de chaleur pour lutter contre le vent froid et humide.

Au cœur de la plaine, nous dépassâmes sur notre droite une misérable hutte de bambou, devant laquelle un paysan debout fumait sa cigarette en regardant la pluie. Dans le bref instant où son visage impassible occupa mon champ de vision, j'eus l'impression de comprendre, pour la première fois, ce qu'était la vie de ces hommes : chaque jour éternellement recommencé, du lever au coucher du soleil, le travail forcené de la terre, puis le retour à la maison pour manger un repas cuit sur la braise et se mettre au lit…

Sans parler des sangsues sur la peau, des ulcérations aux pieds, de la vermine dans les huttes, des poux dans les cheveux…

Et quand éclatait la guerre, qui finissait toujours par arriver dans ce pays, les paysans étaient les premiers recrutés et les premiers à mourir, par millions, vêtus pour la première fois de vêtements décents, les bras embarrassés d'un fusil qui, s'ils avaient dû l'acheter, leur aurait coûté plusieurs années de labeur dans les rizières.

J'avais vu tout cela il y a bien longtemps, mais je ne le comprenais qu'aujourd'hui. Je compris, là, pourquoi tant de ces hommes avaient rejoint le Vietcong dans l'espoir de trouver une vie meilleure après la victoire. Mais, comme disait mon camarade français de Tan Son Nhat : « Plus ça change, plus c'est la même chose. »

Le ciel était gris fer, la pluie fouettait les rizières en jachère, et la campagne semblait morte.

C'était le soir du Têt, et je repensai à un autre soir du Têt, des années plus tôt, que j'avais passé blotti dans un blockhaus construit à la hâte au pied des collines, à l'ouest de Quang Tri, pas loin d'ici. Il pleuvait, et je fumais une cigarette en regardant la pluie et la végétation ruisselante, un peu comme ce paysan devant sa hutte. L'humidité s'infiltrait dans nos abris boueux et dans nos âmes.

Nous l'ignorions encore, mais, quelques heures plus tard, une bataille allait éclater, sanglante, qui se prolongerait un mois entier. Et à la fin de ce mois, Hué et Quang Tri seraient en ruine, les cadavres s'empileraient sur le tarmac, attendant leur tour d'être rapatriés, et rien ne serait plus jamais pareil, ni ici, ni en Amérique.

— Hué, cinquante kilomètres, m'annonça Susan.

Je l'avais échappé belle au Vietnam, d'abord dans ma jeunesse, et de nouveau cette nuit. Ce pays avait imprégné ma vie et modifié le cours de mon histoire personnelle, non pas une, ni deux, mais trois fois. Et il faudrait bien, un jour, que j'accepte de comprendre ce qui me poussait à y revenir.

Livre V

HUÉ

25

Il était un peu plus de midi. La pluie avait cessé, mais le ciel demeurait gris. À droite de la route 1, un petit avion à hélices s'apprêtait à atterrir sur une piste de l'aéroport de Hué-Phu Bai – qui avait lui aussi accueilli une base aérienne américaine pendant la guerre.

Susan adressa quelques mots à M. Cam, qui franchit le portail d'accès à l'aéroport, surveillé par une jeep jaune de la police. La pluie avait depuis longtemps lavé la boue qui masquait les rayures de la Nissan, et des éclats de peinture jaune devaient être redevenus visibles sur le pare-chocs avant. Les deux agents nous regardèrent passer sans réagir, tandis que je me remémorais un des conseils de Doug Conway : éviter à tout prix les aéroports.

Je vis défiler plusieurs vestiges de la présence militaire américaine : quelques blockhaus, des murs de sacs de sable, et une tour de contrôle en béton armé dont j'avais gardé le souvenir.

C'était un aéroport peu actif, et M. Cam trouva une place de stationnement à deux pas du petit hall des départs. Nous descendîmes de la Nissan. J'ouvris le coffre et déposai nos bagages sur le trottoir pendant que M. Cam m'observait d'un œil anxieux, certain que son destin allait se jouer dans les prochaines secondes.

Je sortis mon portefeuille et comptai deux cents dollars, que je lui remis en disant :

— Pour M. Thuc.

Il sourit, s'inclina.

Puis je lui montrai du doigt la carrosserie abîmée de la Nissan.

— Combien ? demandai-je.

Il comprit sur-le-champ et donna une réponse que Susan traduisit : trois cents dollars. Je payai sans discuter, puis indiquai deux ou trois rayures jaunes sur le pare-chocs, en mimant l'action de gratter. M. Cam s'empressa de hocher la tête. Je sortis cent dollars de mon portefeuille et les lui donnai à titre personnel.

Il sourit jusqu'aux oreilles et s'inclina encore plus bas.

— Tu crois que ça suffira ? demandai-je à Susan.

— Bien sûr. Et moi, je touche combien ?

— Tu étais volontaire. Lui, il a été enlevé.

Je me penchai à l'intérieur de l'habitacle, récupérai ma maquette d'hélicoptère sur la planche de bord et l'offris à M. Cam.

— Un petit cadeau, dis-je. Pour que le souvenir de ce voyage reste gravé dans votre cœur.

Susan se chargea de la traduction.

— Merci, me dit M. Cam en anglais, avec une nouvelle courbette. Bon voyage.

Je consultai ma montre.

— Nous partons pour Hanoi. Maintenant. Vous comprenez ?

— Hanoi, répéta-t-il en souriant.

— Fais-lui bien comprendre une dernière fois qu'il ne faut surtout pas qu'il aille trouver la police, dis-je à Susan.

Elle lui passa un bras autour des épaules et lui parla quelques instants d'un ton enjôleur. M. Cam hocha plusieurs fois la tête.

Quand tout le monde eut échangé des *Chuc Mung Nam Moi*, M. Cam remonta dans la Nissan et s'en fut.

— À ton avis ? demandai-je à Susan. Il prend la direction de Nha Trang, ou celle du poste de police le plus proche ?

— Nha Trang.

Nous ramassâmes nos bagages et franchîmes la double porte de l'aérogare, surveillée par deux hommes en uniforme. Il y avait un peu de monde dans le hall, décoré dans le style des années soixante, mais ce n'était pas la cohue. À en croire le tableau des arrivées et des départs, le trafic cessait à partir de dix-huit heures.

— Les grands départs du Têt sont terminés, me dit Susan. Tout le monde est retourné au nid.

— Sauf moi. Et toi. Je suis passé une seule fois ici. Pour prendre un vol militaire à destination d'An Khe. Le vol était complet, et je n'ai pas pu monter à bord. En décollant, l'avion a heurté un hélicoptère en bout de piste. Il n'y a eu aucun survivant. Ça donne à réfléchir.

Susan ne répondit pas. En regardant autour de moi, je repérai un certain nombre de flics qui déambulaient par paires dans le hall, vêtus d'un uniforme semblable à celui de mon ami Pousse-Pousse, à Tan Son Nhat. Certainement des agents de la police des frontières. Deux d'entre eux venaient d'intercepter un Occidental et exigeaient de voir son billet et ses papiers.

— Inutile de s'attarder, dis-je à Susan. Nous allons prendre chacun un taxi pour l'hôtel Century Riverside. J'arriverai le premier, j'ai une réservation. Essaie de prendre une autre chambre pour toi. Si c'est impossible, attends-moi dans le hall, je t'y retrouverai.

— Plutôt au bar. J'ai besoin de boire un verre.

— Moi aussi. Où est le flingue ?

— Je l'ai sur moi.

— Je te suggère d'aller aux toilettes, de le transférer dans ton cabas, et de me remettre le cabas en sortant.

— Et moi, je te suggère d'aller prendre ton taxi tout de suite.

— Susan…

— Ce pistolet m'appartient. Si on me fouille, je leur dirai que c'est un briquet. À tout à l'heure, Paul.

J'hésitai un instant.

— Fais-toi toute petite quand tu passeras devant les flics du portail.

— Ne t'inquiète pas.

Je tournai les talons sans l'embrasser et quittai le hall. Quelques taxis attendaient dehors. Je montai dans l'un d'eux avec mes bagages.

— Hôtel Century Riverside, annonçai-je au chauffeur. À Hué. *Biet ?*

Il hocha la tête et démarra. Au moment de passer devant la jeep de la police, je piquai du nez sous le tableau de bord pour nouer mes lacets.

Nous n'étions qu'à une dizaine de kilomètres du centre de Hué. Nous traversâmes d'abord la ville de Phu Bai, dont j'avais gardé un vague souvenir. Au loin, des pagodes et des tombeaux impériaux parsemaient les collines.

Nous enjambâmes une rivière. Sur l'autre rive, la route 1 cédait la place à la rue Hung Vuong. Je ne connaissais pas Hué, mais j'en avais assez entendu parler pour savoir que nous venions d'arriver dans la ville nouvelle, sur la berge orientale de la rivière des Parfums. La vieille cité impériale occupait la rive opposée.

La ville nouvelle semblait agréable et prospère. De taille modeste, elle était néanmoins plus grande que lorsque je l'avais survolée en hélicoptère, en 1968. À l'époque, ce n'était plus qu'un amas de décombres fumants.

Quelques minutes plus tard, mon taxi s'immobilisa dans l'allée circulaire de l'hôtel Century Riverside, protégé de la rue par un jardin superbement entretenu, avec fontaine et bassin, qui dans sa partie arrière descendait jusqu'à la rivière. C'était un immeuble moderne, assez vaste, construit sur cinq étages. Une longue banderole dorée surplombant l'entrée souhaitait *Chuc Mung Nam Moi* aux visiteurs.

J'avais bien mérité une petite touche de luxe.

Alors que je réglais le chauffeur, un chasseur se présenta, prit ma valise et me remit un reçu en échange. Je gardai mon sac de voyage avec moi.

Le portier s'effaça en me souhaitant la bienvenue en anglais. Je pénétrai dans le hall majestueux, décoré avec goût dans un style moderne, avec des kumquats en pot et des vases pleins de branches fleuries.

Le long comptoir de la réception m'attendait sur la gauche. Je jetai mon dévolu sur la plus jolie des employées et marchai droit sur elle.

— J'ai réservé, dis-je. Je m'appelle Bond. James Bond.

Et je poussai vers elle mon bon de réservation, qu'elle regarda d'un air médusé.

— Vous êtes… ?

— Brenner. Paul Brenner. C'est écrit là.

— Oh… Pardon.

Elle pianota sur son clavier. À en croire son badge, cette charmante créature s'appelait Dep, ce qui en vietnamien signifie « jolie ».

— Ah, fit-elle en souriant, M. Paul Brenner. Bienvenue à l'hôtel Century Riverside, monsieur Brenner.

— Merci.

Je suppose que ma tenue manquait d'élégance, que je sentais la sueur et la crasse et que mes joues étaient bleues, mais Dep ne parut rien remarquer.

— Vous avez fait un voyage agréable ? me demanda-t-elle.

— Disons intéressant.

— Oui ? Et vous venez de… ?

— Nha Trang.

— Ah. Comment était le temps, là-bas ?

— Superbe.

— Notre climat est très nuageux, j'en ai peur. Mais vous apprécierez peut-être un peu de fraîcheur.

— Sûrement.

— Nous vous avons réservé une suite très confortable, monsieur Brenner. La terrasse domine la rivière et la vieille ville.

— Merci beaucoup.

— Êtes-vous déjà venu à Hué ?

— Je suis passé tout près. À Quang Tri, en 1968.

— Ah… fit-elle, levant les yeux de son écran. Pourrais-je voir votre passeport et votre visa ?

— Oui, mais j'aurais besoin de les récupérer.

— Bien sûr. Juste le temps d'en faire une photocopie. Entre-temps, je vous prierai de bien vouloir remplir ce formulaire…

J'obtempérai pendant que Dep passait dans un petit bureau contigu pour faire ses photocopies. De retour au comptoir, elle me rendit mes papiers.

— Vous comptez rester trois nuits, c'est bien cela, monsieur Brenner ?

— Exact. Au fait, il vous reste des chambres libres ?

Un coup d'œil sur l'ordinateur.

— Quelques-unes. Nous sommes très sollicités pendant les fêtes. (Elle me tendit ma clé de chambre.) Si vous avez besoin de quoi que ce soit, nous sommes à votre disposition.

— Merci. Auriez-vous des messages pour moi ?

— Un instant, je vous prie.

Elle alla ouvrir un tiroir, dont elle retira une grande enveloppe.

— Il me semble que ceci vous est adressé.

Je signai un reçu et pris l'enveloppe.

— Vos bagages seront montés incessamment. La suite 6, au cinquième étage. Les ascenseurs sont juste derrière vous. Je vous souhaite un excellent séjour, monsieur Brenner.

— Merci. Vous êtes ravissante. *Chuc Mung Nam Moi*.

Dep sourit, s'inclina.

— Merci, monsieur. Bonne année à vous.

Je pris l'ascenseur et gagnai ma suite au cinquième étage. Elle se composait d'un grand séjour, d'une chambre tout aussi spacieuse et d'une terrasse qui bénéficiait effectivement d'une vue imprenable sur la rivière et la vieille ville.

Le mobilier moderne avait l'air confortable. Il y avait aussi un bureau, derrière lequel je m'assis pour ouvrir l'enveloppe. Elle contenait un fax, qui m'était adressé. Karl avait semble-t-il changé de sexe : il s'appelait dorénavant Kay.

Cher Paul

J'espère que ton voyage se déroule comme prévu et qu'il tient toutes ses promesses. En ce qui concerne la jeune femme dont nous avons parlé, je crois qu'elle est mariée à un autre Américain. Tâche donc de prendre garde aux confidences sur l'oreiller et à la jalousie de son mari. Si je puis me permettre un conseil amical, tu devrais couper court à cette aventure. Elle ne t'apportera rien de bon. Pour terminer sur une note plus gaie, ton itinéraire à Hué me semble excellent. J'espère que tu t'amuses bien. Donne-moi de tes nouvelles.

Tendresse,

Kay

Il ne me restait plus qu'à décrypter le sens du message, ce qui d'ailleurs n'avait rien d'insurmontable. « Mariée à un autre Américain » : à l'évidence, Karl voulait dire que Susan agissait probablement pour le compte d'un autre service de renseignement américain. Mais cela, je le suspectais déjà. Et quand bien même ? Pour ma part, je n'étais pas sûr de savoir pour qui je travaillais.

« Ton itinéraire à Hué me semble excellent » : mon rendez-vous du lendemain était confirmé.

J'ouvris le premier tiroir, trouvai un formulaire d'émission de fax et rédigeai ma réponse dans les termes suivants :

Ma très chère Kay

Je suis bien arrivé à Hué et je viens de recevoir ton mot. Je te remercie de t'inquiéter de ma vie amoureuse. Mais au moins, quand on couche avec l'ennemi, on sait où il passe ses nuits. Mon voyage se déroule très bien – à la fois poignant et éclairant. J'adore le peuple vietnamien, et le gouvernement d'ici fait un travail formidable. Je ne te remercierai jamais assez de m'avoir suggéré cette destination.

Et, après avoir un instant levé les yeux, j'ajoutai :

Les ombres du passé s'étirent encore effectivement jusque là-bas, mais celles de mon esprit et de mon cœur ont tendance à s'estomper. Donc, si tu n'as plus de nouvelles de moi, sache que j'ai trouvé ce que je cherchais et que je ne regrette en rien d'avoir entrepris ce voyage.

N'oublie pas de transmettre mon amour à C.

M'étant relu, je décidai que ce message convenait tout à la fois à Karl, au colonel Mang, à Cynthia et à la postérité. Je me rappelais mes lettres de 1968 comme un mélange hétéroclite de nouvelles concrètes, de lamentations de soldat et de sentiments nostalgiques. Comme la plupart des combattants, parfaitement conscients que chaque lettre pouvait être la dernière, je terminais toujours sur une note tendant à suggérer que j'étais en paix avec moi-même, que j'acceptais la possibilité de la mort, qu'elle ne m'effrayait pas, même si, bien entendu, j'escomptais un dénouement plus heureux. Je ne manquais jamais de suggérer, de manière sous-jacente, que l'expérience que je vivais m'apportait quelque chose de positif et que je reviendrais meilleur que je n'étais parti. Sans doute espérais-je que Dieu aussi lisait mes lettres.

Le ton était relativement lourd pour un gosse de dix-huit ans, mais on grandit vite quand le temps qui vous reste à passer sur terre s'évalue en minutes.

Près de trente ans plus tard, j'étais de retour au Vietnam, risquant à nouveau ma vie, et le message que j'adressais aux miens ne disait pas autre chose : que j'étais paré à toutes les éventualités, et que chacun au pays devait faire de même.

Je laissai la missive de Karl en évidence sur le bureau : la détruire aurait paru suspect à ceux qui, de toute façon, l'avaient déjà lue. Je ramassai mon sac de voyage et passai dans la salle de bains. Je me brossai les dents, fis un brin de toilette et parachevai le travail en me donnant un coup de peigne.

La sonnette retentit. Je revins dans le séjour et ouvris la porte. C'était le chasseur, avec ma valise. Je lui donnai un dollar. Ayant ouvert mon bagage, j'enfilai en hâte mon blazer bleu froissé. Trop impatient de revoir Susan pour ranger mes affaires dans la penderie, je redescendis dans le hall.

Je confiai le fax que je venais de rédiger au réceptionniste et lui demandai, avec un dollar à l'appui, s'il pouvait l'expédier séance tenante et me rendre l'original.

— Désolé, monsieur, mais nos télécopieurs tournent toute la journée. Il faut compter une heure d'attente. Je m'occupe de l'envoyer le plus vite possible et de vous faire parvenir l'original dans votre suite.

Je fus bien obligé de lui laisser mon message. Après tout, il ne contenait rien de compromettant, et j'étais pressé. Je passai ensuite à la caisse, où je changeai pour cinq cents dollars de chèques de voyage. On me remit quelque chose comme deux trillions de dongs.

Je balayai le hall du regard, cherchant Susan, mais elle n'y était pas. Ne tenant pas à attirer l'attention en me renseignant à son sujet, je restai debout à l'attendre. Le hall fourmillait d'activité en cette veille du Têt. La quasi-totalité des clients étaient occidentaux – avec une majorité d'Européens, à en juger par leur tenue.

Je repérai néanmoins trois hommes d'un certain âge qui étaient certainement des compatriotes, et tout aussi certainement des vétérans de la guerre du Vietnam. Ils portaient tous un pantalon long, une chemise et une veste. L'un d'eux arborait un collier de barbe à la Hemingway. Il me disait quelque chose, comme si j'avais déjà vu son visage à la télévision.

À mon sens, ces types étaient d'anciens officiers, soit de l'armée de terre, soit du corps des marines : ils n'avaient ni le maniérisme un brin loufoque des aviateurs, ni le teint des marins. Je les imaginais au front plutôt qu'à l'arrière, et ils semblaient tous avoir accédé à une certaine réussite financière. Un beau jour, ils s'étaient réunis et avaient décidé ensemble que l'heure du pèlerinage avait sonné. Peut-être avaient-ils fait le voyage avec leurs épouses, mais pour le moment ils étaient seuls. Le barbu s'ébroua, et tous se dirigèrent vers le bar de l'hôtel. Je les y suivis.

Ce bar étant dépourvu de comptoir, je m'assis à une table face à la porte. J'aurais dû aller pointer tout de suite à la police de l'immigration, mais ces crétins pouvaient bien attendre un peu. Et même aller se faire foutre.

Une serveuse s'approcha. Mon premier mouvement fut de lui commander une bière San Miguel, puis, à la réflexion, j'en commandai deux.

— Vous attendre quelqu'un ?

— Oui.

Elle disposa deux sets de table et un bol de cacahuètes.

Je regardai ma montre, puis la porte. Je ne me faisais aucun souci concernant les capacités de Susan à prendre un taxi à l'aéroport pour me rejoindre ici. Une seule chose m'inquiétait, le pistolet. Il suffisait d'une vérification d'identité à l'aéroport, d'un petit accrochage sur la route ou d'un contrôle policier de routine pour déclencher une chaîne de catastrophes.

La serveuse revint avec deux verres et les bouteilles de bière. Je signai un reçu et lui remis un dollar de pourboire.

Où était Susan ?

Je bus un peu de bière et grignotai quelques cacahuètes, tandis que mon regard faisait régulièrement la navette entre la porte et ma montre.

Les trois vétérans discutaient à une table voisine et, pour cesser de me préoccuper de Susan, je décidai de tendre l'oreille. Les quelques bribes de conversation que je saisis me suffirent à constater que j'avais deviné juste. Ces hommes avaient combattu. Ils semblaient passer un bon moment, eux qui, comme moi, étaient revenus chatouiller les démons de leur jeunesse. Je me demandai s'il leur était arrivé de se sentir aussi incongrus que j'avais eu l'impression de l'être sur la terrasse du Rex. Je commençais d'ailleurs à éprouver la même sensation ici, dans le confort de cet hôtel de luxe érigé sur la berge de la rivière des Parfums, où nos marines s'étaient autrefois retranchés face à l'ennemi, qui tenait l'autre rive. À mon avis, quand ils parlent à bâtons rompus, les vétérans réussissent parfois à oublier le fracas des mitrailleuses et des roquettes. Mais quand ils restent silencieux, comme moi, il leur est impossible de ne pas entendre le tonnerre qui résonne encore des profondeurs du passé.

Susan aurait dû être là. Je me levai pour aller jeter un coup d'œil dans le hall. Au moment où je franchissais le seuil, elle arriva en sens inverse, et nous faillîmes nous heurter.

— Qu'est-ce que tu fichais, bon sang ?

— Moi aussi, je suis ravie de te revoir.

— Je me faisais un sang d'encre.

— Désolée. Il fallait bien que je me débarbouille.

Elle portait un des chemisiers de soie achetés à Nha Trang, un pantalon noir et des sandales. Elle avait manifestement pris un bain et était maquillée de frais.

— Je me suis précipité ici pour te retrouver, grommelai-je. Et dire que pendant ce temps, tu prenais un bain moussant dans ta suite…

— Je te paie un verre ?

Je revins à ma table, m'assis, vidai mon verre de bière. Susan s'assit face à moi, indiqua l'autre bouteille d'un coup de menton.

— C'est pour moi ?

— Évidemment.

Elle but une gorgée, prit quelques cacahuètes entre ses doigts, en lança une dans ma direction. Je la reçus en plein front. Susan se carra sur sa chaise, avala une autre gorgée et alluma une cigarette sans rien dire. Elle n'ouvrirait pas la bouche tant que je ne serais pas calmé. Je connais les femmes.

— Si j'avais su, lâchai-je, je me serais offert un massage.

Elle me lança une autre cacahuète.

— On devait se retrouver ici juste après… grommelai-je. Bon, je laisse tomber. Où est le flingue ?

— En lieu sûr.

— Où ?

— Sous mon lit.

— Tu as perdu la boule ?

— Non. Je ne suis pas idiote. Je suis allée faire un tour dans le jardin et je l'ai enterré. Enveloppé dans un sac plastique.

— Tu te rappelles où ? demandai-je, sarcastique.

— Dans un massif d'oiseaux-de-paradis de couleur orange. J'ai creusé en faisant semblant de humer les fleurs.

— Personne ne t'a vue ?

— J'espère.

— Tu as effacé tes empreintes ?

— Uniquement les miennes. J'ai laissé les tiennes.

Je commandai une autre bière. Les trois Américains regardaient – ou plus exactement mataient – Susan en échangeant des commentaires forcément salaces. Les hommes sont des porcs.

— Des messages ? s'enquit-elle.

— Un message de K. Il me somme de te larguer séance tenante.

— Qu'est-ce que cela changerait ?

— Rien. Le sujet est clos. Et pour toi ?

— Personne ne sait à quel hôtel je suis descendue.

— C'est le genre d'information qui s'apprend très vite.

— Tu sais que c'est l'année du Bœuf ? fit-elle en souriant.

— L'année du Bœuf ?

— En astrologie chinoise. Il paraît que c'est une année propice.

— Ce qui veut dire ?

— Beaucoup de chance. Et de bonnes fortunes.

— Pour tout le monde ?

— Je l'ignore. Je n'aurais pas dû te parler de ça. Tu es un raseur.

Elle se renfrogna, ce qui me donna l'occasion de me livrer à deux ou trois petites réflexions. *Mariée à un autre Américain.* Puisque Karl collaborait avec le FBI sur cette affaire, il avait probablement voulu me faire comprendre que Susan roulait pour la CIA ou pour les services de renseignement du Département d'État. Et comme les gens du Département d'État avaient la réputation de tourner de l'œil dès qu'ils apercevaient un flingue, l'hypothèse CIA était la plus probable. Certes, il pouvait aussi s'agir du renseignement militaire. Dans tous les cas de figure, il s'agissait moins de coucher avec l'ennemi que de coucher avec la concurrence. Ou alors, Karl ne jouait pas franc-jeu avec moi. Ce ne serait pas une première. Il pouvait aussi se tromper, ce qui ne serait pas non plus une première.

— J'ai réservé une table au restaurant de l'hôtel pour qu'on puisse dîner de bonne heure, annonça Susan, interrompant le flux de mes pensées. Ils proposent un menu spécial Têt. Ensuite, nous nous promènerons dans la vieille ville pour assister aux célébrations – les danses du dragon, les spectacles de marionnettes, la musique, et le reste. Et nous irons à pied à la cathédrale pour la messe de minuit.

Cette fille travaillait forcément pour la CIA. Qui d'autre aurait eu l'arrogance de planifier aussi méticuleusement ma soirée ?

— Paul ? Tu m'écoutes ?

— Oui… Je suis d'accord pour le dîner, mais ensuite, on pourrait monter dans ma ch…

— Paul, c'est le Soir de l'an.

— Absolument pas. C'était il y a un mois.

— En Amérique.

— Je ne te crois pas. Sur certains vols, en traversant la ligne de changement de date, on peut perdre ou gagner un jour. Pas un mois.

— Je suggère que nous montions tout de suite dans ta chambre. Tu prendras une douche, puisque ce n'est visiblement pas fait. On se mettra bien au chaud dans ton lit, et ensuite on s'habillera pour aller dîner.

N'ayant aucune objection valable à formuler, je me levai.

— Je peux finir ma bière ? demanda Susan.

— Il y a un minibar dans ma suite. Allons-y.

— Tu es en rut ?

— Oui. Allons-y.

Nous prîmes l'ascenseur, et je l'entraînai jusqu'à ma porte.

— Très joli, dit-elle en entrant dans la suite. Ils m'ont donné une chambre minuscule au premier étage, côté rue. La 106.

Elle se dirigea vers la baie vitrée et sortit sur la terrasse. Je la suivis. Deux ponts enjambaient la rivière des Parfums pour relier les deux parties de la ville. Non loin du plus proche, on devinait les ruines d'un autre pont détruit, vraisemblablement en 1968.

Sur la rive opposée se déployait la partie fortifiée de Hué, l'ancienne capitale royale, connue sous le nom de citadelle. De notre poste d'observation, nous pouvions voir au-delà des remparts, et je fus frappé de constater que près de la moitié de la vieille ville semblait avoir été rasée, à en juger par le nombre de terrains vagues où l'on n'apercevait que les fondations de bâtiments détruits.

— Tu vois ces murs à l'intérieur des remparts de la citadelle ? me demanda Susan. Ce sont ceux de la Cité royale. Et cette seconde enceinte en contient une troisième, celle de la Cité pourpre interdite, où seuls l'empereur, ses concubines et les eunuques avaient accès.

— Tu seras donc autorisée à entrer. Je t'attendrai à la porte.

— Très spirituel. La plupart des monuments anciens ont été détruits en 1968.

— Je vois.

Quelque part dans cette vieille ville, le lendemain à midi, j'étais censé rencontrer mon contact. Il ne me restait plus qu'à espérer que ce ne serait pas une jeune et jolie femme.

— D'après le guide qui m'a fait visiter la ville, les Américains ont bombardé Hué sans répit pendant trente jours, ce qui a provoqué la destruction de la plupart de ses trésors historiques.

— L'armée nord-vietnamienne avait pris la ville par surprise le soir du Têt, en pleine trêve. Il a fallu trente jours de bombardements et d'actions terrestres pour l'en déloger. La guerre.

— Mais… c'est tout de même une honte !

— Pendant qu'ils tenaient Hué, les communistes ont écumé la ville avec une liste de noms et d'adresses de personnes à liquider. Ils ont exécuté plus de trois mille soldats et civils sans autre forme de procès. Ton guide t'en a parlé ?

— Non.

Je me tournai vers le nord-ouest.

— Ma compagnie d'infanterie était positionnée à mi-hauteur d'une de ces collines que tu vois à l'horizon. Nous n'avons pas perdu une miette des combats qui faisaient rage à Hué et à Quang Tri. Puis nous sommes descendus des collines pour tenter de couper la retraite des troupes communistes après la reprise de Quang Tri. Nous avons poussé plus loin au sud, jusqu'à Hué, et organisé un mouvement de tenaille pour intercepter les retardataires et les empêcher de disparaître dans les collines.

Susan balaya l'horizon du regard, du nord vers l'ouest.

— Tu étais donc tout près d'ici ?

— Oui.

— Pendant la bataille de Hué ?

— Oui. Les marines étaient déployés sur cette rive. Ils contrôlaient la berge et la ville nouvelle. Quang Tri se trouve à une soixantaine de kilomètres au nord, sur la route 1, qu'on aperçoit là-bas.

— Tu devrais peut-être retourner à Quang Tri.

— Je crois que j'irai. Je n'ai pas fait tout ce chemin pour rien.

— J'aimerais t'accompagner, si tu es d'accord.

J'acquiesçai.

— Ce tronçon de la route 1, de Hué à Quang Tri, avait été surnommé par les Français « la Rue-sans-Joie ». Nous avons gardé cette appellation, même si certains de nos gars préféraient parler de « la vallée des Embuscades ».

— Et la vallée d'A Shau ? Où est-elle ?

J'indiquai l'ouest.

— Juste derrière cette chaîne de montagnes, à soixante-dix kilomètres, près de la frontière laotienne. C'est un coin perdu, qui ressemble plus à un canyon qu'à une vallée, recouvert de nuages bas les trois quarts de l'année. Il n'est pas toujours facile de s'y rendre.

— Je suis partante.

Je la regardai en souriant.

— Tu étais vraiment ennuyeuse autrefois ?

— Ennuyeuse et gâtée. Chaque fois qu'on mettait un peu trop de temps à me servir, je piquais ma crise.

Après avoir embrassé une dernière fois du regard la ville de Hué, je quittai la terrasse pour me replier dans la salle de bains, où je me rasai et pris une douche.

Susan et moi fîmes l'amour, puis sombrâmes dans un sommeil réparateur.

Réveillés à dix-huit heures, nous nous rhabillâmes et descendîmes à la salle à manger de l'hôtel, où le buffet de Nouvel An était déjà servi.

Il y avait foule. Nous réussîmes néanmoins à trouver une petite table libre avec vue sur le jardin, côté rivière. À en croire Susan, son pistolet était tout près.

Tous les clients étaient soit européens soit américains, et j'aperçus notamment les trois vétérans de tout à l'heure. Ils étaient assis en compagnie d'un groupe de femmes, et je sentis à leur langage corporel que ce n'étaient ni leurs épouses ni leurs fiancées. Ils leur faisaient un grand numéro de charme, et soit elles étaient envoûtées, soit elles feignaient de l'être.

Un orchestre jouait de la musique banale, et la grande salle à manger était un tourbillon de sourires, de cristaux étincelants et de serveurs pressés. En 1968, je n'aurais pas cru qu'une telle scène serait un jour possible.

L'un des buffets proposait d'authentiques plats de fête vietnamiens, identifiés par des étiquettes en plusieurs langues qui permettaient à la clientèle d'en éviter la plupart. L'autre proposait un assortiment pseudo-gastronomique d'inspiration vietnamienne, chinoise et occidentale. Susan et moi nous jetâmes comme des gloutons sur tous les plats, mangeant alternativement avec des baguettes, des couverts, et nos doigts.

Nous quittâmes l'hôtel à neuf heures du soir et traversâmes la rivière des Parfums sur le pont Trang Tien. Il faisait frais, le ciel était piqueté d'étoiles. La lune se réduisait à un mince croissant argenté qui ne tarderait pas à disparaître totalement. Des milliers de personnes déambulaient sur la berge ombragée, entre la rivière et les remparts de la citadelle. La ville était chamarrée de drapeaux rouges, et la plupart des édifices étaient brillamment éclairés et décorés de lanternes chinoises. La foule semblait converger vers la tour du Drapeau, dite aussi Cavalier du roi, face à la porte principale de la ville fortifiée.

— Les feux d'artifice sont interdits aux personnes privées, m'expliqua Susan, mais la municipalité lancera sans doute quelques fusées, comme cela se fait à Saigon. Quand je suis arrivée, il y a trois ans, les feux d'artifice étaient encore autorisés, et le soir du Têt la ville entière ressemblait à une zone de guerre.

— Je connais cette ambiance.

Face à la tour du Drapeau, la porte massive de la citadelle était ouverte sur un pont sculpté qui s'arquait en direction du palais impérial, un imposant monument de pierre et de bois laqué rouge, recouvert d'une toiture de tuiles traditionnelle. Il était illuminé dans sa totalité par des projecteurs et paré pour les festivités annuelles. Par quel miracle il avait échappé aux bombardements, je n'aurais su le dire.

— Des gens et des organisations du monde entier ont donné des fonds pour qu'il soit reconstruit dans son style originel, m'expliqua Susan, comme si elle lisait dans mes pensées.

— Entrons. Je suis prêt à donner cinq dollars.

— Impossible ce soir. Tu vois ces soldats ? Ils sont là pour refouler le public. Il doit y avoir une cérémonie officielle à l'intérieur.

— Je veux bien leur en donner dix.

— Une autre fois. Tu as suffisamment d'ennuis comme ça.

Nous poursuivîmes notre promenade sur la berge puis pénétrâmes dans la vieille ville par une autre porte. La foule bruissait tout autour de nous. Nous assistâmes à une danse du dragon, et à deux ou trois spectacles de marionnettes improvisés. Des groupes de musiciens jouaient sur des instruments à cordes une musique traditionnelle qui me parut pleurnicharde et irritante.

La plupart des restaurants avaient baissé leur rideau, mais nous trouvâmes un café ouvert, tenu par un couple de catholiques. Il était noir de monde, Vietnamiens et Occidentaux mêlés, mais nous réussîmes néanmoins à trouver une table et à nous faire servir un café.

— Je suis content d'être ici, dis-je à Susan.

— Moi aussi.

— Tu es en train de manquer la veillée chez les Vincent. À Saigon.

— Pour rien au monde je ne voudrais être ailleurs qu'ici.

— Je pense comme toi.

Nous finîmes notre café. Il n'y avait ni taxi ni cyclo-pousse en vue, et nous retraversâmes à pied la rivière des Parfums par le pont de Phu Xuan pour rejoindre la ville nouvelle où, selon Susan, se trouvait la cathédrale.

Du pont, je remarquai un grand complexe sportif construit le long de la berge, avec courts de tennis, piscine, terrains de sport.

— Le cercle sportif, me dit Susan. L'ancien club de sport français. Il y en a un à Saigon, et dans la plupart des grandes villes. Autrefois strictement ouverts aux Blancs, ils sont plutôt réservés aujourd'hui aux membres du Parti.

— Les cocos jouent au tennis ?

— Je n'en sais rien. Pourquoi pas ?

— J'ai du mal à imaginer le colonel Mang en chemisette et short blancs.

Susan éclata de rire. Au moment où nous achevions la traversée du pont, des éclairs orangés zébrèrent le ciel, suivis d'une série d'explosions. Je sursautai. Comprenant qu'il s'agissait de feux d'artifice, j'inspirai profondément. Susan me regarda.

— J'ai cru un instant que ça recommençait, lâchai-je d'un ton qui se voulait léger.

— C'était pour t'éviter ce genre de choc que j'ai parlé des feux d'artifice, tout à l'heure.

Nous avions atteint l'autre rive. Je m'apprêtais à traverser la rue quand Susan m'arrêta en me prenant le bras.

— Tu vois cette guérite au coin de la rue, en face de nous ? C'est un poste de contrôle. Les policiers d'ici ont tendance à harceler les Occidentaux, je m'en suis aperçue lors de mon premier passage.

— Je n'ai pas été ennuyé par un uniforme depuis jeudi soir. Ça me manque. Allons les voir.

— S'il te plaît…

Pour éviter la guérite, nous traversâmes la rue une centaine de mètres en amont.

— On pourrait sauter la messe, suggérai-je en marchant.

— Tu devrais remercier Dieu à genoux d'être encore en un seul morceau.

La cathédrale n'était pas tout près. Et les rues de la ville me semblaient de plus en plus désertes.

— Les gens sont rentrés chez eux pour le festin traditionnel, m'informa Susan.

— Comment se fait-il que les bouddhistes ne se réunissent pas dans les pagodes pour la messe de minuit ?

— Je ne crois pas que le mot « messe » soit approprié. Et les bouddhistes prient chaque fois qu'ils en ressentent le besoin.

Nous atteignîmes la cathédrale Notre-Dame à minuit moins le quart. Les fidèles arrivaient encore, surtout à pied. Il y avait là une majorité de Vietnamiens, mais aussi un nombre non négligeable de visages pâles. La cathédrale était majestueuse sans être ancienne. Elle était même plutôt moderne, avec çà et là quelques touches d'influence gothique et vietnamienne. Les vieilles églises avaient sans doute été détruites.

Nous réussîmes à trouver place sur un banc près du fond de la nef.

— Le Têt est une célébration bouddhiste, glissai-je à Susan. Pourquoi organiser une messe ?

— Aucune idée. Toi qui es catholique, tu n'as qu'à envoyer un e-mail au pape.

La cérémonie commença. Elle fut dite en vietnamien, chants compris, ce que je trouvai aussi divertissant qu'un film qu'on regarde doublé dans une langue inconnue. Comme à Notre-Dame de Saigon, j'esquivai le rituel de la communion, mais la plus grande partie de l'assistance, Susan comprise, se dirigea en procession vers l'autel. Je notai que les citoyens de Hué étaient en général mieux vêtus que les Vietnamiens du Sud. Sans doute cela s'expliquait-il par la fraîcheur du climat et peut-être aussi par le haut degré de sophistication de cette cité historique.

À la fin de la messe, nous ressortîmes avec la foule sur le parvis de la cathédrale. Les gens s'attardaient pour causer, et sans que je sache trop comment, Susan ne tarda pas à engager la conversation avec une famille vietnamienne dont les membres se dirent très impressionnés par sa maîtrise du vietnamien.

De fil en aiguille, nous nous retrouvâmes invités à réveillonner chez les Pham. En cours de trajet, tandis que nous suivions le clan à pied, je glissai à Susan :

— Tu ne leur as pas dit que je ne suis pas une bonne âme ?

— Ils n'ont pas posé la question. Ni pour toi, ni pour moi.

Elle enchaîna sur un bref résumé des bonnes manières vietnamiennes :

— Ne laisse jamais tes baguettes plantées dans ton bol de riz. C'est un signe de mort, qui rappelle les bâtons d'encens dans les cimetières et sur les autels familiaux. Par ailleurs, tu devras goûter à tout ce qui nous sera proposé. Si tu vides ton verre de vin ou de bière, il sera automatiquement rempli. Laisse-le à demi plein si tu ne veux pas qu'on te resserve.

— On se croirait dans les quartiers chics de Boston…

— Tais-toi et écoute-moi. Les Vietnamiens ne rotent pas comme les Chinois, pour manifester leur satisfaction à la fin d'un repas. Les rots sont pour eux aussi grossiers que pour nous.

— Je ne trouve pas cela grossier. Il est vrai que je ne suis pas né à Lenox.

Susan poussa un soupir exaspéré.

— Quand tu auras assez mangé, reprit-elle, enfonce-toi une baguette dans chaque trou de nez.

— Attends… Tu es sûre de ton coup ?

— Fais-moi confiance.

Les Pham vivaient dans une maison élégante, non loin de la cathédrale. De toute évidence, ils avaient mis quelques dongs de côté.

J'avais encore le ventre plein de notre dîner à l'hôtel, mais ce n'était apparemment pas une excuse suffisante pour me dérober.

Je me retrouvai donc assis à un des bouts d'une longue tablée, entre une grand-mère centenaire et un gamin morveux. Je faisais cependant face à une *co-dep* de première catégorie, qui parlait un tout petit peu anglais, mais hélas pas assez pour que je puisse lui montrer à quel point j'étais charmant. Peut-être était-elle déjà prise, mais elle passa son temps à me sourire, à glousser et à me tendre les plats.

Chacun à table connaissait dix mots d'anglais, mais heureusement pas les mêmes, ce qui permettait à la conversation de rebondir. La plupart des convives parlaient aussi le français, et le mien, extrêmement limité, me revint peu à peu. Quant aux quelques phrases de vietnamien que je savais par cœur, comme j'ai déjà eu l'occasion de le dire, elles ne convenaient pas à un banquet familial. À un moment donné, cependant, je faillis demander à la *co-dep* de me montrer ses papiers d'identité.

À l'autre bout de la table, Susan semblait passer un excellent moment. Tout à coup, son voisin de droite, un homme d'une trentaine d'années, me lança dans un anglais passable :

— Monsieur Paul, Susan me dit vous ici en 1968.

— À Quang Tri.

— Oui ? Vous combattre communistes ?

— J'étais là pour ça.

— Vous tuer communistes ?

— Euh… je crois.

— Bien.

Il se mit debout, lança quelque chose à la cantonade, leva son verre en me regardant et ajouta à mon intention :

— À valeureux soldat qui tuer le… (Il posa une question à Susan, puis lança :) Qui tuer l'Antéchrist.

Tout le monde trinqua, et je me sentis obligé de me lever. J'avais le sentiment très net de me trouver au milieu d'une réunion anticommuniste, et je n'aurais pas été autrement surpris de voir la porte voler en éclats et une horde de gorilles du ministère de la Sécurité publique faire irruption dans la pièce pour embarquer tout le monde. Karl n'aurait certainement pas approuvé ma présence à cette table. Cela ne m'empêcha pas de m'écrier :

— Aux courageux catholiques du Vietnam ! Un bon rouge est un rouge mort !

Mon hôte resta perplexe mais, dès que Susan eut traduit ma déclaration, la tablée tout entière m'applaudit.

Je cherchai le regard de Susan, qui leva ostensiblement les yeux au ciel. Je me rassis. Il ne me restait plus qu'à attendre que la porte vole en éclats.

Vers deux heures du matin, je commençais à être pris d'une furieuse envie de m'enfoncer les baguettes dans les trous de nez, mais je fus incapable de m'y résoudre. Nous ne quittâmes la maison Pham que sur le coup des trois heures, pour nous retrouver dans une rue totalement déserte. J'étais dans un état de légère ébriété.

— Expérience intéressante, non ? fit Susan.

— Et comment ! éructai-je.

— Je passe avec toi des moments inoubliables.

— Bien, éructai-je de nouveau.

— Ces gens sont adorables.

— Un peu assoiffés de sang, mais adorables.

— M. Uyen, mon voisin de table – celui qui a levé son verre en ton honneur –, m'a raconté qu'une partie de sa famille avait été décimée par les communistes en 1968. Ce qui explique leur haine du régime.

— Tu sais, après ce qui s'est passé ici, chacun éprouve de la haine ou de la rage. Le colonel Mang, M. Uyen, et tous les autres. Ils ne rêvent que de pouvoir recommencer à s'étriper.

Susan ne répondit pas.

— Les Pham devraient faire attention, dis-je. Le ministère de la Sécurité publique ne plaisante pas.

— Je suis sûre qu'ils font attention.

— Ils ne nous connaissaient pas.

— Nous sommes américains – et catholiques. Enfin, l'un de nous est catholique.

Les Vietnamiens semblaient partir du principe que tous les Américains étaient anticommunistes.

— Je ne crois pas que nous ayons été suivis à notre sortie de la cathédrale, déclarai-je, ni que nous soyons suivis en ce moment. Mais ce qui est sûr, c'est que tu n'as pas rendu service aux Pham en t'invitant à dîner chez eux. Et soit dit en passant, étant donné qu'ils figurent sûrement sur la liste des personnes à surveiller, nous n'avons pas arrangé nos affaires non plus en allant chez eux.

Elle médita un instant sur ce que je venais de dire.

— Un point pour toi. Mais à mon avis, les flics aussi font la fête ce soir.

— Je l'espère.

— Tu avais l'air de bien t'entendre avec cette jeune personne assise en face de toi, remarqua Susan tandis que nous marchions à travers les rues désertes.

— Quelle jeune personne ?

— Celle à qui tu as parlé toute la soirée.

— Ah, celle-là ? C'est une bonne sœur.

— Je ne crois pas, non.

— Écoute, Susan, je suis épuisé. J'ai mal au crâne, et on dirait bien que nous sommes perdus…

— Absolument pas. L'hôtel est par ici.

Quelques dizaines de mètres plus loin, effectivement, notre hôtel surgit au coin d'une rue. À cet instant, Susan stoppa net.

— Paul…

— Quoi ?

— Tu ne devais pas te présenter à la police de l'immigration ?

— J'avais trop à faire, dis-je en reprenant ma marche. J'irai demain.

— Tu aurais dû y aller dès aujourd'hui. Ils savent que tu es arrivé.

— D'accord, ils le savent. Et alors ? Qu'ils aillent se faire voir. Le colonel Mang a décidé de me laisser la bride sur le cou. Il veut savoir ce que je mijote.

— Comment le sais-tu ?

— Je le sais, c'est tout.

— Et demain, quand tu devras aller à ton rendez-vous ? Comment feras-tu si tu es surveillé ?

— On prévoit toujours un second rendez-vous au cas où on serait surveillé. Je vais être obligé de te demander de rester à l'écart de la citadelle demain.

— Oh… Comme tu voudras.

— À moins que tu ne sois mon contact.

— J'aimerais bien.

Nous étions arrivés devant l'hôtel.

— Passons par le jardin, suggérai-je. Tu me montreras où tu l'as enterré.

— Demain.

— Tout de suite.

— D'accord.

Nous empruntâmes une allée qui contournait l'hôtel. Le jardin en terrasse descendait en pente douce jusqu'à la rivière, illuminé par de petits projecteurs installés au ras du sol. Au milieu d'un sentier, Susan m'indiqua le parterre de droite d'un coup de menton.

— Tu les vois ? Les oiseaux-de-paradis orange ?

— Ces fleurs ? Elles mangent les mouches, c'est ça ?

— Non, Paul. Tu les vois, oui ou non ?

— Oui. Il est quelque part là-dedans ?

— Trente centimètres à droite du projecteur. La terre est meuble. Elle se creuse à la main.

— C'est vu. Je le récupérerai avant notre départ.

— *Je* le récupérerai.

Je ne réagis pas. Seuls dans le jardin, nous contemplâmes un instant la rivière. Puis nous fîmes demi-tour et regagnâmes l'entrée de l'hôtel. À la réception, je demandai s'il y avait des messages pour nous. Il y en avait deux, à mon nom. Je signai le reçu.

Susan et moi prîmes l'ascenseur jusqu'à ma suite. Je m'affalai dans un fauteuil.

— Je me fais vieux, soupirai-je.

— Je te trouve en pleine forme. Si tu ouvrais ton courrier ?

Je dépliai la première feuille.

— « Présentez-vous à la police de l'immigration demain matin sans faute », lus-je à haute voix.

— Ta bride n'est pas si longue, observa Susan.

— Tout de même. Si les flics étaient vraiment en pétard, ils seraient assis dans ce canapé.

— Nous sommes le Soir de l'an. Et l'autre ?

J'ouvris la grande enveloppe et en sortis un fax. Il venait de Karl, et je m'abstins de le lire à haute voix.

Cher Paul, peut-être mon précédent message n'était-il pas assez clair : il faut absolument que tu mettes un terme à cette liaison. Je te prie de me confirmer que c'est fait.

Kay

L'avantage, quand on n'est plus dans l'armée, c'est qu'on n'est plus obligé d'obéir aux ordres de ceux qui y sont toujours. Je remarquai la présence d'un post-scriptum : C. me charge de te transmettre son amour. Elle te rejoindra à Honolulu.

Ce pouvait être un boniment pur et simple, destiné à me maintenir sur les rails. En tout cas, ma situation vis-à-vis de Susan commençait à devenir complexe, et je ne savais plus trop quoi penser de mes futures retrouvailles avec Cynthia à Honolulu.

Le regard de Susan était vrillé sur moi.

— De qui est ce message ?

— De Kay.

— Tout va bien ?

— Oui.

— Tu n'as pas l'air dans ton assiette. Je peux le lire ?

— Non.

Susan semblait tout à la fois blessée, offensée et furieuse. Je me levai, m'éloignai vers la terrasse avec ma feuille à la main, fis soudain volte-face et la lui tendis. Elle la prit, la lut, me la rendit.

— Je crois que je vais dormir dans ma chambre, déclara-t-elle en se levant.

— Ça vaut probablement mieux.

Elle marcha vers la porte, l'ouvrit sans l'ombre d'une hésitation et s'en fut. Je sortis sur la terrasse et contemplai un moment la ville sur l'autre rive. Les lampions de la fête étaient toujours allumés, rouges pour la plupart, comme on pouvait s'y attendre dans un pays communiste.

Je repensai à la famille Pham. Un nuage bas et gris pesait sur ce pays, épaissi par les fumées de la guerre, et ce nuage distillait une pluie de haine, de chagrin et de méfiance.

Comme si cela ne suffisait pas, ce nuage – ou cette ombre, comme aurait préféré dire Karl – recouvrait aussi *mon* pays. Le Vietnam était assurément ce qui était arrivé de pire à l'Amérique au vingtième siècle, et bien sûr l'inverse était tout aussi vrai.

Le téléphone sonna. Je regagnai le séjour pour décrocher.

— Oui ?

— Je voulais simplement te souhaiter bonne chance pour demain.

— Merci.

— S'il t'arrivait quelque chose…

— Susan, cette ligne n'est pas sûre. Je sais ce que tu veux dire. Je comptais t'appeler.

— Veux-tu que je te rejoigne dans ta chambre ?

— Non. Nous sommes lessivés. Nous recommencerions à nous disputer.

— Entendu. Où et quand est-ce qu'on se retrouve, demain ?

— Dix-huit heures au bar. Je t'offrirai un verre.

— D'accord. Et si tu es en retard ?

— Préviens Kay par fax. Tu as son numéro ?

— Je l'ai mémorisé.

— Donne-lui autant de détails que possible. Et sois présente au moment de l'envoi. Si ce n'est pas possible, va plutôt à la poste centrale.

— Je sais.

— Je sais que tu sais. Tu es une pro.

— Paul… ?

— Oui ?

— Je n'aurais pas dû m'indigner de ce post-scriptum. Je te présente mes excuses.

— Ce n'est pas grave.

— Nous devons continuer à vivre notre aventure au jour le jour. Ici et maintenant. Je le pensais quand je l'ai dit.

— J'ai passé une excellente journée. Bonne année à toi.

— À toi aussi.

Nous raccrochâmes au même instant.

Je me trouvais confronté à un sérieux dilemme sentimental dans un pays hostile, au bout du monde, il était quatre heures du matin, et je devais me présenter à la police dans les heures à venir, puis me rendre à un rendez-vous potentiellement dangereux sur le coup de midi. Et cependant, allez savoir pourquoi, tout cela ne me troublait pas vraiment. Pas plus que la course poursuite effrénée que nous avions vécue sur la route 1, la mort des deux flics, et les sombres réminiscences de la guerre qui m'assaillaient depuis quelque temps.

Je finis par identifier cette sensation : j'avais basculé en mode « survie ». Plus rien n'était compliqué. Pour la troisième fois, une seule chose comptait : me battre pour réussir à rentrer dans mon pays.

26

Ce ne fut peut-être pas la pire gueule de bois de Nouvel An de ma vie, mais elle n'était sûrement pas loin du podium.

Après avoir pris une douche, j'enfilai ma tenue de suspect rituelle – blazer bleu, chemise blanche, mocassins avec chaussettes.

J'avalai un jus d'orange pris dans le minibar, avec deux cachets d'aspirine et ma dose d'antipaludéen. Heureusement, personne à Washington n'avait pensé à me donner une capsule de cyanure : je me sentais tellement à côté de la plaque que je l'aurais peut-être croquée.

Je quittai l'hôtel sans passer par la salle de petit déjeuner et parcourus à pied les quelques centaines de mètres qui me séparaient de la rue Ben Nghe, adresse de la police locale de l'immigration.

C'était un matin frais et humide. La couverture nuageuse planait haut dans le ciel. Les rues, presque mortes, étaient jonchées de détritus.

J'avais failli téléphoner à Susan, mais, parfois, une petite séparation ne fait pas de mal. J'avais passé beaucoup de temps loin de Cynthia, ce qui ne nous avait jamais empêchés de nous entendre superbement. Enfin, peut-être pas superbement, mais plutôt bien.

Ayant localisé le cube de béton préfabriqué où étaient logés les flics, j'entrai. Un type en uniforme était assis dans le petit espace d'accueil.

— Quoi vouloir ? me lança-t-il.

Plutôt que d'embrouiller ce crétin par une réponse qu'il n'avait aucune chance de comprendre, je lui présentai la note du colonel Mang, qu'il lut avec intérêt. Puis il se leva et disparut dans un couloir.

Il revint deux minutes plus tard et me dit, en brandissant deux doigts tendus :

— Salle.

Après lui avoir rendu son signe de paix, je me dirigeai vers la salle 2, un bureau exigu dont la porte était entrouverte. L'homme de mon âge qui l'occupait semblait affligé d'une gueule de bois encore plus carabinée que la mienne.

Plutôt que de m'inviter à m'asseoir, il se contenta de me dévisager. Je soutins son regard. Un courant d'ondes négatives se mit aussitôt à circuler entre nous. Sur son bureau était posé un holster renfermant un Chicom 9 mm. En Amérique, il n'y a pas un seul poste de police où l'on puisse approcher de si près l'arme d'un fonctionnaire. Les flics d'ici étaient négligents et arrogants. Son attitude me parut insultante. J'étais également vexé de devoir rester debout.

— Quand vous arriver Hué ? interrogea-t-il, la note du colonel Mang à la main.

— L'hôtel Century Riverside vous a déjà communiqué cette information, rétorquai-je, agacé. Vous savez aussi que j'y ai réservé une suite pour trois nuits. Vous avez d'autres questions ?

Mon ton n'eut pas l'heur de lui plaire.

— Pourquoi vous pas venu ici hier ? aboya-t-il d'une voix qui montait de plus en plus dans les aigus.

— Parce que je n'avais pas envie.

Il apprécia encore moins. Il était en service le Jour de l'an, les petits démons de l'alcool de riz s'ingéniaient à frapper des coups de gong sous son crâne, et voilà qu'un visage pâle se permettait de faire l'insolent.

Nous échangeâmes un regard mauvais, et je ressentis plus que jamais le courant négatif qui crépitait entre nous.

— Vous combattre ici ?

— Oui. Et vous ?

— Aussi.

Je remarquai alors une cicatrice sinueuse qui dégringolait de son oreille droite vers son cou avant de disparaître sous son col de chemise ouvert. Il avait perdu la moitié de ses dents, et les autres se chevauchaient.

— Quand vous ici ?

— En 1968. 1re division de cavalerie. J'ai combattu à Bong Son, à An Khe, à Quang Tri, à Khe Sanh, dans la vallée d'A Shau, et un peu partout dans la province de Quang Tri. J'ai combattu l'armée nord-vietnamienne et le Vietcong. Vous avez tué un tas de mes camarades, et nous avons tué un tas des vôtres. Nous avons tous tué beaucoup trop de civils, sans oublier les trois mille hommes et femmes assassinés ici, à Hué. Vous avez d'autres questions ?

Il se leva comme un ressort, et je vis ses petits yeux sortir de leurs orbites avant même que ses traits aient commencé à se déformer.

— D'autres questions ? repétai-je, sans lui laisser le temps d'en placer une. Parce que sinon, je m'en vais.

— Vous rester ! Vous pas bouger ici ! s'époumona-t-il.

Je tirai une chaise, m'assis, croisai les jambes et jetai un coup d'œil à ma montre. Troublé, il se rendit compte qu'il n'aurait pas dû se lever – et il se rassit. Il s'éclaircit la gorge et plaça une feuille de papier blanche devant lui. Appuya sur le capuchon de son stylo à bille, fit un nouvel effort pour se maîtriser, et me demanda :

— Comment vous venir à Hué ?

— En bus.

Il prit note.

— Quand vous partir Nha Trang ?

— Vendredi après-midi.

— Arrivé Hué à quelle heure ?

— Dix ou onze heures du soir. Vendredi.

— Où vous dormir vendredi soir ?

— Dans un mini-motel.

— Comment s'appeler mini-motel ?

— Je ne sais pas.

— Pourquoi vous pas savoir ?

Chaque fois que vous avez besoin d'expliquer à la police un trou dans votre emploi du temps, invoquez une aventure sexuelle. En revanche, je vous recommande chaudement d'éviter ce genre d'excuse à la maison.

— J'ai fait la connaissance d'une dame dans le bus. Elle m'a emmené au mini-motel. *Biet ?*

Il réfléchit un instant sur cette information, puis enchaîna :

— Comment s'appeler mini-motel ?

— Je vous ai déjà dit que je n'en avais aucune idée.

Il me fixa intensément.

— Où vous aller après Hué ?

— Je n'en sais rien.

— Comment partir Hué ?

— Je n'en sais rien.

Ses doigts tapotèrent nerveusement le bureau, juste à côté du holster.

— Passeport, lâcha-t-il. Et visa.

Je jetai une liasse de photocopies sur la table. Il secoua la tête.

— Moi besoin vrai passeport et visa.

— À l'hôtel.

— Vous apporter ici.

— Non.

Il plissa les yeux et cria :

— Vous apporter ici !

— Allez au diable.

Je me levai et quittai la pièce.

Il me rattrapa, m'empoigna par l'épaule. Je me dégageai, et nous nous retrouvâmes face à face dans le corridor. Chacun de nous vit la même chose, je crois, dans les yeux de l'autre : un puits sans fond de pure haine. Je ne m'étais retrouvé que trois fois aussi proche d'un ennemi, et les deux premières, j'avais perçu et éprouvé de la peur. La troisième, j'avais été confronté à ce même regard où brillait non pas une simple agressivité de combattant, mais une haine viscérale, enracinée dans chaque atome de l'être de mon adversaire, lui rongeant le cœur et l'âme.

L'espace d'une seconde, qui me parut durer une éternité, je fus de nouveau projeté dans la vallée d'A Shau. Cet homme me fixait à nouveau, je faisais de même, et chacun de nous mourait d'envie de tuer l'autre.

Je revins au présent, tentai de me ressaisir, mais l'envie me démangeait toujours de massacrer ce policier de mes mains, de lui mettre le crâne en bouillie, de lui arracher les bras, de l'étrangler et de le regarder suffoquer.

Il sentit naturellement tout cela, car il était sans doute animé de pareils fantasmes de meurtre. Mais ceci n'était pas un champ de bataille, nous avions tous deux des ordres. À regret, nous nous forçâmes l'un et l'autre à quitter les régions les plus sombres de notre cœur.

Je me sentis tout à coup épuisé, comme si je venais de participer à un assaut. Mon adversaire ne semblait pas en meilleur état. Presque simultanément, nous nous saluâmes d'un bref signe de tête et partîmes chacun dans une direction opposée.

Dans la rue, je pris le temps de respirer profondément. Je m'efforçai de chasser les mauvaises pensées de mon esprit, mais je me sentais toujours habité par l'envie presque incontrôlable de retourner dans ce bureau pour étrangler cet homme. Je pouvais presque sentir ses cartilages craquer sous mes phalanges.

Je m'obligeai à mettre un pied devant l'autre jusqu'à me retrouver à distance respectable du poste de police. Je marchais sans but, pour brûler l'adrénaline. Je me surpris plusieurs fois à donner un coup de pied dans une bouteille ou à frapper un panneau. Je venais de vivre une expérience peut-être inévitable, mais qui n'avait rien de cathartique. Bien au contraire.

Il était presque neuf heures, et la ville nouvelle s'éveillait à peine. Je me rapprochai de la rivière des Parfums par la rue Hung Vuong, qui m'amena au pont Tran Tien. Au pied de ce dernier, je vis un bateau-restaurant que j'avais déjà remarqué la veille au soir. Quelques clients étaient attablés sur le pont-terrasse. Je descendis sur la berge, empruntai la passerelle et fus accueilli par un jeune homme qui semblait ne pas s'être couché de la nuit. Il me mena à une table et me gratifia d'un sourire entendu quand je lui commandai un café et un double cognac.

Le pont était jonché de serpentins, de confettis, de chapeaux pointus, de bouteilles de champagne, et je vis même un escarpin de dame. Manifestement, tout le monde n'avait pas passé minuit à se recueillir autour de l'autel familial.

Dès que mon café et mon cognac m'eurent été servis, je me jetai dessus. Le mélange ne fit rien pour arranger l'état de mon estomac saturé de bile.

Assis sur le pont légèrement oscillant, je me laissai aller à contempler, par-delà les brumes de la rivière, le rempart impassible de la citadelle.

Je ne tenais pas à ressasser l'incident du poste de police – je savais ce qui s'était passé, et pourquoi ; je savais aussi que cela risquait de se reproduire à tout moment et n'importe où. Quand je lui demandai une seconde tournée de café et de cognac, le jeune homme laissa la bouteille sur la table, ayant reconnu en moi, je suppose, le genre de client à qui quelques verres ne pourraient que faire du bien.

Je commençais d'ailleurs à me sentir mieux ; il était temps que je réfléchisse à ma mission. Mon problème immédiat consistait à me débarrasser d'une éventuelle surveillance afin de retrouver mon contact sur la rive opposée à midi, deux heures, ou quatre heures. Et si aucun de ces rendez-vous n'était couronné de succès, j'étais censé attendre un message de ce contact à mon hôtel en me préparant à débarrasser le plancher dans la seconde.

Si en revanche le rendez-vous se déroulait comme prévu, je connaîtrais enfin ma véritable destination.

Toute personne engagée dans une mission dangereuse nourrit au fond d'elle-même le secret espoir d'une annulation de dernière minute. Même quand on meurt d'envie d'y aller, on n'est jamais entièrement déçu de s'entendre annoncer que la mission est annulée.

J'avais déjà connu ce sentiment quand nous étions descendus des collines vers Quang Tri, avec l'ordre de reprendre la ville aux communistes. À notre arrivée, en apprenant que les Sud-Vietnamiens avaient déjà fait le sale boulot, nous étions tous secrètement soulagés, même si nous avions exprimé notre déception de ne pas avoir participé à l'action.

Par la suite, vers la fin mars, ce vœu avait été exaucé : nous avions reçu l'ordre de marcher sur Khe Sanh pour débusquer les vingt mille soldats nord-vietnamiens retranchés et armés jusqu'aux dents qui encerclaient une base de marines depuis le mois de janvier. Ce n'était pas précisément le genre de nouvelle qui fait sauter de joie.

Je crois que je n'oublierai jamais le son et lumière que nous offrirent les norias d'hélicoptères venues déposer des milliers de fantassins et de parachutistes sur les collines autour de Khe Sanh. Ce fut tout simplement apocalyptique : les chasseurs bombardiers larguant par centaines des bombes d'une demi-tonne qui faisaient trembler la terre et le ciel, les avions de chasse déversant leurs charges de napalm, leurs obus au phosphore, faisant naître un peu partout des centaines de mini-éruptions volcaniques, la terre incandescente, les rivières, les ruisseaux et les lacs en feu, les forêts englouties par les flammes, d'immenses étendues d'herbes sauvages et de bambous consumées, et le ciel noir de fumée, la terre rouge de feu, la fine couche d'air entre les deux transformée en un no man's land sillonné de balles traçantes rouges et vertes, d'éclats d'obus déchiquetés, dans le fracas des hélicoptères descendant en piqué en lâchant roquettes et rafales de mitrailleuse.

L'hélicoptère à bord duquel je me trouvais était sur le point de se poser pour un débarquement-éclair. J'attendais le moment, prêt à bondir au sol, quand mon voisin colla ses lèvres contre mon oreille et me cria, par-dessus le fracas des explosions :

« Alors, Brenner, tu crois que cette fois c'est pour de bon ? »

Nous éclatâmes de rire, reconnaissant la question que tout le monde se posait avant le début de l'assaut. À cet instant, nous étions comme tous les soldats du monde qui ont un jour attendu le chant du clairon, le coup de sifflet, la fusée rouge, ou tout autre signal voulant dire « À l'assaut ! ».

À l'assaut. On n'est plus un humain, on n'a plus de mère, plus de femme, plus personne à qui penser, sauf au camarade qui respire à côté de soi. C'est l'instant qu'on redoute depuis toujours, c'est la peur qui vous saisit la nuit avant le sommeil, le cauchemar qui vous réveille en sursaut. C'est *le* moment. Ici et maintenant, et c'est parfaitement réel. *À l'assaut*. Et bonne chance.

J'essuyai le voile de sueur qui recouvrait mon visage et me séchai les mains sur mon pantalon.

Ensuite, il y avait eu la vallée d'A Shau.

Quand on pense avoir atteint le fond de la terreur, quand on croit que le tunnel ne pourra devenir ni plus étroit ni plus ténébreux, quand on suppose avoir atteint un lieu où l'on n'a même plus la force d'avoir peur, où l'on n'a plus qu'à se rire de la mort, on découvre avec effroi une grotte secrète, qui renferme la plus grande peur de toutes : à l'intérieur de cette chambre souterraine, c'est à soi-même qu'on est confronté.

Je laissai cinq dollars sur la table et m'engageai sur le pont pour rejoindre la citadelle.

27

Je passai quelques heures à faire le touriste, mon guide à la main, photographiant, sautant d'un cyclo-pousse dans un taxi, changeant de direction, revenant plusieurs fois sur mes pas, bref, à rendre infernale la vie de toute personne qui aurait reçu l'ordre de me filer.

Autour des monuments, les visiteurs étaient peu nombreux du fait des célébrations tardives de la nuit, et le pressentiment m'effleura que mon contact préférerait attendre quatorze heures pour se manifester.

Il n'y avait guère là que des Blancs, et je ne risquais donc pas de me faire remarquer. La plupart de ces infortunés lève-tôt faisaient partie de groupes organisés, mais au fil des heures je vis apparaître quelques familles vietnamiennes en promenade. Je restai prudemment cantonné là où il y avait le plus de monde : à l'intérieur des remparts de la citadelle, qui s'étiraient sur plus de deux kilomètres de côté.

À onze heures et demie, je quittai la ville fortifiée par une porte secondaire donnant sur la berge aménagée et me dirigeai vers le sud. Des dizaines de chauffeurs de cyclopousse se lancèrent aussitôt à mes trousses en me proposant leurs services à pleins poumons.

Je poursuivis ma promenade le long de la berge jusqu'à la porte principale que Susan et moi avions franchie la veille au soir, face à la tour du Drapeau. Cette fois, l'accès de la seconde enceinte était ouvert au public. Je passai le pont sculpté où des dizaines de touristes mitraillaient à tout crin et me retrouvai dans la Cité impériale, anciennement réservée au souverain et à sa cour. Le palais de l'empereur étant lui aussi accessible, je pénétrai dans ce colossal et sombre édifice. Le vestibule d'entrée, revêtu de bois laqué rouge et noir, était peuplé d'une infinité de dragons dorés et de démons verdâtres à l'œil vitreux – le genre de vision qui ne contribue pas précisément à faire passer une gueule de bois.

Je ressortis par l'arrière et me retrouvai face au palais des mandarins, le monument numéro 32 de mon guide. Cette construction raffinée, selon *Lonely Planet*, avait resurgi de ses cendres après avoir été détruite en 1968, donnant vaguement cette impression de décor des châteaux de Disneyland. Je la photographiai.

Il était midi moins le quart, et je n'avais aucune idée de l'endroit exact où j'étais censé rencontrer mon contact. Le palais des mandarins était immense, et Doug Conway n'avait pas daigné entrer dans les détails.

Je contournai le bâtiment, certain à présent de n'être pas suivi. N'en déplaise à certaines séries télévisées, il est quasiment impossible de filer quelqu'un pendant trois heures sans se faire repérer.

À ce stade, si je remarquais quelqu'un en train de m'observer, ce serait vraisemblablement mon contact. Le principal risque était qu'il soit connu des services du ministère de la Sécurité publique, section A, B, C, D ou E. C'est souvent à cause d'un amateur local engagé à la va-vite par un étourdi de Washington, et qui se pointe avec quinze flics sur les talons, que les missions secrètes capotent.

Personne ne tenta de m'approcher, mais j'avais un quart d'heure d'avance et je franchis une nouvelle porte. Celle-ci menait à la Cité pourpre interdite, sorte de sanctuaire intérieur au cœur du premier écrin que constituait la Cité impériale. Les empereurs tenaient à leur intimité. À en croire Susan, seul l'empereur, ses concubines et ses eunuques étaient admis dans la Cité pourpre interdite. Bref, ce somptueux ensemble architectural avait été construit pour un seul homme. Il m'arrive parfois de rêver d'un nid comme celui-ci.

Il ne restait pas grand-chose de la Cité pourpre interdite – pas d'empereur, pas d'eunuques, et malheureusement plus la moindre concubine –, sinon de vastes étendues de terrain quadrillées de fondations qui marquaient l'emplacement des anciens bâtiments. Le seul édifice encore debout était la bibliothèque royale (le numéro 23 de mon guide, et le deuxième point de rendez-vous à quatorze heures, au cas où le premier échouerait), dûment reconstruite.

Un certain nombre d'Occidentaux se promenaient dans la cité, et je saisis au vol quelques phrases de la conversation d'un couple d'Américains entre deux âges. Elle s'indignait avec véhémence des bombardements qui avaient anéanti tous ces trésors architecturaux. Il renchérit, hochant gravement la tête :

— Partout où nous passons, nous ne semons que mort et destruction.

Je ne crois pas que ce « nous » désignait son couple, qui faisait plutôt dans l'ignorance et la stupidité. Afin de renforcer ma couverture de touriste, je proposai de les photographier ensemble devant un amas de gravats et de décombres envahis d'herbes folles. Ravis de mon idée, ils me confièrent un appareil absurdement complexe, doté de plus de réglages que le cockpit d'un avion de ligne.

— Saviez-vous, leur dis-je tout en peaufinant mon cadrage, que les communistes ont attaqué cette magnifique ville en pleine trêve du Têt, qui est pourtant la fête la plus sacrée de l'année bouddhiste ? Saviez-vous que les cadres politiques du Parti ont exécuté plus de trois mille habitants de Hué, hommes et femmes, en leur tirant une balle dans la tête, en les assommant, ou en les enterrant vivants ? Souriez !

Allez savoir pourquoi, ils ne sourirent pas, mais comme c'était une photo qu'ils ne risquaient pas d'oublier, je déclenchai deux fois de suite – la seconde pendant que l'homme marchait vers moi, le bras tendu, pour récupérer son appareil. Il me le reprit sans un mot de remerciement. Sa femme et lui s'éloignèrent à pas vifs, un peu moins ignares qu'un instant plus tôt, mais manifestement mécontents de leur savoir tout neuf.

Je ressortis de la Cité pourpre, retrouvai le palais des mandarins et décidai de m'aventurer à l'intérieur. Il était vaste, et je n'avais aucune idée de la façon dont mon contact allait me localiser.

Malgré ma désinvolture naturelle, je commençais à me faire un peu de mouron. J'étais seul, mais rien ne me prouvait que mon contact le serait aussi.

À midi vingt, je ressortis. Quelques rayons de soleil réussissaient parfois à transpercer la couverture nuageuse, et la température s'était élevée de plusieurs degrés.

Je fis une dernière fois le tour du palais des mandarins sans que personne cherche à faire ma connaissance.

Le premier rendez-vous n'avait pas eu lieu. Il me restait une heure et demie à tuer avant le deuxième. Je quittai la ville fortifiée et revins sur la berge, où j'avais remarqué des marchands ambulants. Après m'être acheté un litre d'eau et une boule de riz enveloppée de feuilles de bananier, je m'assis sur un banc à côté d'un jeune couple de Vietnamiens, face à la rivière des Parfums.

Je mordis sans conviction dans le riz. Jamais James Bond ne se serait retrouvé assis sur un banc de parc, avec la gueule de bois, à boire de l'eau tiède et à manger une boule de riz gluant avec ses doigts.

La rivière des Parfums était gonflée par les pluies d'hiver. Un peu plus loin vers l'aval, je vis les trois anciennes piles du pont qui l'enjambait autrefois. Quelques années plus tôt, un marine qui avait vécu cette bataille m'avait raconté qu'on aurait pu traverser la rivière en marchant sur les cadavres portés par le courant. C'était naturellement là une exagération typique du corps des marines, ces imbéciles, mais à l'origine, toutes les histoires de guerre renferment une graine de vérité avant de se transformer en arbres à élucubrations.

Deux *co-dep* en *ao dai* rose déambulaient tranquillement au bord de l'eau. Leurs longs cheveux lisses, séparés par une raie au milieu, me rappelèrent Susan. Je me mis debout et les appelai en agitant mon appareil photo.

Elles s'arrêtèrent, poufferent, acceptèrent de poser.

— *Chuc Mung Nam Moi*, dis-je après avoir déclenché.

Elles me rendirent mon vœu et reprirent leur promenade, toujours riant et me lançant des coups d'œil pardessus l'épaule.

Cet interlude me mit un peu de baume au cœur.

La plupart des gens, pensai-je, mènent une vie normale. Pas moi. Dans le monde entier, au même moment, nous n'étions que quelques dizaines d'hommes et de femmes, et encore, à faire ce que j'étais en train de faire. La plupart des rendez-vous secrets obéissaient à un mobile sexuel ; il y en avait certainement des millions en cours, et il y en aurait autant demain, puis après-demain. Quelques-uns de ces amants connaîtraient une mort prématurée, mais la plupart se retrouveraient dans les bras de l'être cher.

Paul Brenner, lui, allait se retrouver soit en prison, soit en possession d'une information susceptible de l'y conduire dans les meilleurs délais, voire à la morgue – ou alors, dans le plus optimiste des scénarios, dans la peau de l'heureux bénéficiaire d'une retraite augmentée de quelques dollars qui allait lui permettre, à coup sûr, de reconquérir la dame de ses pensées…

Je regardais toujours la rivière, et la ville nouvelle sur la berge d'en face. L'échec du premier rendez-vous représentait une sorte de sursis, et les raisons légitimes de renoncer à ma mission ne manquaient pas, le colonel Mang n'étant pas la moindre. Il était grand temps pour moi de retourner à l'hôtel et de quitter ce maudit pays.

Je restai là, bien sûr.

À treize heures trente, je me levai, réintégrai la citadelle, puis la Cité impériale et enfin, ayant franchi l'ultime rempart, la Cité pourpre interdite. Ce ne fut qu'alors que je me rendis compte de la charge symbolique de ce nom, qui n'avait pu laisser indifférents les esprits tortueux de Washington. C'était ici, dans cette cité, que j'allais rencontrer mon contact, et peut-être mon destin.

28

Revenu dans l'enceinte de la Cité pourpre interdite, je traversai le potager et les jardins pour rejoindre la bibliothèque royale, qui, m'avait-il semblé, était l'unique édifice intact. Quelques touristes seulement gravitaient autour, les autres préférant arpenter les jardins.

À une vingtaine de mètres de la librairie, je remarquai un Vietnamien dans l'allée que j'avais empruntée, accroupi face à un parterre de fleurs. Il se leva à mon approche et me fit face.

— Excusez-moi, monsieur. Avez-vous besoin d'un guide ?

Avant que j'aie pu répondre, il enchaîna :

— Je suis enseignant à l'université de Hué, et je pourrais vous présenter les sites les plus significatifs de la vieille ville. Je suis un excellent guide.

L'homme, qui paraissait avoir trente-cinq ans, portait la tenue standard des hommes vietnamiens : pantalon noir, chemise blanche, sandales avec chaussettes. Il avait également au poignet une montre en plastique bon marché, comme à peu près tout le monde, et son visage n'avait strictement rien de remarquable. J'aurais pu le croiser quinze fois au milieu d'une foule sans le remarquer.

— Quel est votre prix ? demandai-je.

— Votre prix sera le mien.

Le sésame. Je restai silencieux.

— Je vois que vous avez un guide, reprit-il. Me permettez-vous d'y jeter un coup d'œil ?

Je lui tendis mon *Lonely Planet*, qu'il ouvrit à la page du plan de la vieille ville.

— Nous sommes ici, dans la Cité pourpre interdite. Vous voyez ?

— Je sais très bien où je suis, répondis-je sans regarder le livre.

— C'est un excellent point de départ pour la visite. Mon nom est Truong Qui Anh. Vous n'avez qu'à m'appeler « monsieur Anh ». Et vous ?

— Paul.

— Disons « monsieur Paul ». Nous autres, Vietnamiens, sommes obsédés par les titres. (Il s'accroupit de nouveau.) Observez ce mimosa. Dès que je touche ses feuilles, elles se replient.

C'était bien ma veine – un beau parleur. Pendant que M. Anh chatouillait le mimosa, je regardai tout autour de moi pour repérer d'éventuels curieux. M. Anh se releva, tourna plusieurs pages de mon guide.

— Y a-t-il un monument que vous aimeriez découvrir en particulier ?

— Non.

— À moi de vous proposer une petite sélection. Vous intéressez-vous aux anciens empereurs ? À la période coloniale française ? Oh, peut-être à la dernière guerre… Vous avez peut-être combattu ici ?

— Oui.

— La bataille de Hué pourrait vous intéresser, dans ce cas.

Alors que je commençais à me dire que ce type était peut-être simplement ce qu'il prétendait être, il me demanda, sans lever les yeux de mon guide :

— Vous êtes sûr de ne pas avoir été suivi, monsieur Paul ?

— Sûr et certain. Et vous, monsieur Anh ?

— Également.

— Pourquoi n'êtes-vous pas venu au premier rendez-vous ?

— Par souci de sécurité.

— Vous pensiez être surveillé ?

Il hésita.

— Non… Pour être honnête, j'ai perdu mon sang-froid.

— Vous l'avez retrouvé ?

Il esquissa un sourire embarrassé.

— Oui. Je suis ici.

Je n'avais aucune intention de lui avouer que moi-même j'avais failli ne pas me présenter au rendez-vous numéro deux.

— Vous êtes vraiment professeur à l'université ?

— Oui. Je mentirais si je vous disais que je n'ai jamais attiré l'attention des autorités. Je suis un Viet Kieu. Vous savez ce que cela signifie ?

— Oui.

— Bien. Mais cela mis à part, les autorités n'ont aucune raison de me surveiller.

— Vous n'avez jamais eu aucune activité du genre de celle d'aujourd'hui ?

— Une seule fois, il y a un an. J'apprécie de donner un coup de pouce quand c'est possible. Je suis rentré il y a quatre ans des États-Unis, et il arrive qu'on me demande de rendre un petit service. Venez, marchons, dit-il en m'invitant à le suivre. Les communistes revendiquent tout le mérite de la reconstruction des monuments, mais le fait est qu'ils ont laissé tomber en ruine la totalité de ce magnifique ensemble architectural, parce qu'il était associé aux empereurs. Ils se méfient de l'Histoire et de tout ce qui a pu exister avant eux. Heureusement, les organisations occidentales ont exercé une pression suffisante pour les obliger à restaurer beaucoup de sites endommagés pendant la guerre. L'Occident fournit les fonds, cela va de soi, et les communistes récoltent les fruits du tourisme.

Nous approchions du palais de l'empereur. M. Anh m'entraîna vers un jardin fleuri délimité par les fondations d'un monument détruit.

— Mon père était capitaine dans l'armée du Sud-Vietnam. Il a été tué ici même, là où vous voyez aujourd'hui ce jardin, qui occupe l'emplacement d'un ancien édifice impérial. On l'a retrouvé dans les gravats avec quinze autres officiers et soldats, les mains liées derrière le dos, une balle dans la nuque. Tous avaient été exécutés par les communistes.

Je comprenais l'empressement de M. Anh à m'exposer les origines de son anticommunisme, mais il se pouvait aussi que son histoire soit un ramassis de mensonges.

— J'étais tout jeune quand il est mort, poursuivit-il, mais je m'en souviens comme si c'était hier. Il était stationné ici, à Hué, où vit encore ma famille. Nous étions à la maison ce soir-là, sur l'autre rive, dans la ville nouvelle, à la veille du Têt de 1968, quand soudain mon père a bondi de son fauteuil en s'écriant : « Des coups de feu ! » Ma mère a répondu en riant que ce n'étaient que des feux d'artifice. (M. Anh, le regard rivé sur le jardin, semblait habité par ses souvenirs.)

Mon père a saisi son fusil et s'est dirigé vers la porte, toujours en sandales – ses bottes étaient rangées dans un coin de la pièce. Il nous a crié d'aller nous cacher dans l'abri souterrain qu'il avait fait construire derrière la maison. Nous étions terrifiés : on entendait à présent des cris dans la rue, et les feux d'artifice s'étaient transformés en fusillades.

M. Anh se replia un instant dans le silence, tête basse, comme un petit garçon sur le point de confesser quelque chose de grave.

— Mon père a hésité sur le seuil. Il est revenu embrasser sa femme, sa mère, ses cinq enfants. Tout le monde pleurait. Il nous a poussés vers la porte du jardin, celle qui donnait sur l'abri.

M. Anh cueillit une fleur, la fit tournoyer entre ses doigts, la rejeta dans les herbes folles du jardin.

— Nous sommes restés une semaine terrés dans l'abri, avec deux autres familles, jusqu'à l'arrivée des marines américains. En revenant dans notre maison, nous mourions de faim, et la nourriture préparée pour le Têt avait disparu. La porte avait été forcée, toutes sortes d'objets avaient été volés, mais la maison était encore debout. Nous ne savions pas si mon père avait été capturé chez nous, ou pendant qu'il allait rejoindre ses hommes. L'effet de surprise avait été total – les communistes étaient entrés dans la ville avant même que le premier coup de feu ait été tiré. Mon père aurait aimé mourir avec ses soldats, et nous avons d'abord cru que c'était le cas. Mais au mois de mars, en fouillant les décombres, des soldats ont exhumé les victimes décomposées de plusieurs massacres. Mon père portait une plaque d'identité, de fabrication américaine, et c'est ainsi qu'il a été officiellement reconnu, dans les ruines d'un monument impérial sans doute détruit juste après le massacre. Grâce à cette plaque, au moins, nous avons eu un corps à enterrer. La plupart des familles n'ont pas eu cette chance.

M. Anh attendit quelques secondes, puis reprit sa marche. Je lui emboîtai le pas. Nous ressortîmes de la citadelle et nous engageâmes sur l'allée de la berge.

— Vous avez servi ici ? me demanda M. Anh.

— Surtout dans la région de Quang Tri, dans la 1re division de cavalerie.

— Vous connaissez donc la région ?

— En partie.

— Quelle impression vous fait le Vietnam ?

— Celle d'un pays en paix.

— C'est un pays dont l'âme a été broyée.

— Par qui ?

— Le régime.

— Pourquoi êtes-vous revenu ?

— C'est mon pays. Si l'Amérique était une dictature, que feriez-vous ?

Bonne question.

— Si cette dictature était aussi inefficace que la vôtre, répondis-je, je pourrais envisager de rester.

— Notre régime peut vous paraître inefficace, mais il a tout de même réussi à laminer toute opposition.

— Vous êtes toujours là. De même qu'un tas d'autres personnes de ma connaissance qui semblent détester le pouvoir en place.

— J'aurais peut-être dû parler d'opposition organisée. Il est vrai que le communisme n'a pas séduit grand monde.

Nous empruntâmes le pont Phu Xuan. À mi-parcours, M. Anh insista pour m'immortaliser avec mon appareil sur fond de rivière des Parfums, puis de citadelle. Malgré les risques encourus, notre rencontre ne semblait pas l'inquiéter particulièrement, même si je décelais çà et là au fond de son regard une petite lueur d'anxiété.

— Je suppose que s'ils avaient l'intention de nous arrêter, dis-je pendant la pose, ils attendraient encore un peu. Au cas où nous pourrions les mener à quelqu'un d'autre.

— C'est exact, fit M. Anh en me rendant mon appareil. Ils attendraient.

— Vous avez peur ?

— Je suis au-delà de la peur, répondit-il avec un sourire. Les Asiatiques sont impénétrables, vous le savez bien.

Nous reprîmes notre marche au bord de l'eau. Je n'attendais qu'une seule chose de M. Anh : le nom exact du village où je devais aller, éventuellement assorti de quelques détails complémentaires. Mais il ne semblait pas pressé, et peut-être, après tout, valait-il mieux pour lui et pour moi que nous ressemblions vraiment à un touriste et à son guide.

— J'ai étudié à l'université de Berkeley, en Californie, me confia-t-il. Ensuite, j'ai pris une année sabbatique pour sillonner l'Amérique. Un pays fascinant.

— Avec quel argent ?

— Votre gouvernement m'a payé le voyage.

— C'est gentil de sa part. Et vous lui rendez aujourd'hui la monnaie de sa pièce.

M. Anh hésita.

— Votre gouvernement a mis au point un programme pour, disons, subventionner un certain type d'agents d'influence. Des réfugiés vietnamiens qui, comme moi, s'engagent à retourner ensuite au Vietnam pour une période d'au moins cinq ans.

— Je n'en ai jamais entendu parler.

— Et vous n'en entendrez jamais parler. Mais des milliers d'entre nous sont revenus dans le cadre de ce programme. Des Viet Kieu, dont les sympathies penchent nettement plus du côté de Washington que de Hanoi.

— Et qu'êtes-vous censés faire ? Fomenter une révolution ?

— J'espère bien que non, pouffa M. Anh. Tout ce qu'on nous demande, c'est de vivre ici, et, de façon subtile, d'influer sur la façon de voir du peuple, et si possible du pouvoir. La plupart des Viet Kieu sont des entrepreneurs, certains comme moi sont universitaires, et quelques-uns ont même intégré l'administration, la police, ou l'armée. Individuellement, nous n'avons aucun pouvoir, mais en tant que groupe, nous représentons un poids suffisant pour que le gouvernement de Hanoi y réfléchisse à deux fois avant d'envisager un retour vers le socialisme et l'isolement. La libre entreprise, le commerce, le tourisme sont ici pour durer. Vous comprenez ?

— Je crois. Vous semez des pensées subversives dans l'esprit de vos étudiants ?

— Certainement pas pendant les cours. Mais ils savent à qui s'adresser quand ils veulent entendre la vérité. Savez-vous qu'il est interdit par exemple de faire allusion au fait que les communistes ont tué trois mille citoyens de cette ville ? Personne ne l'ignore, chacun a perdu au moins un membre de sa famille, mais aucun manuel ne mentionne cet épisode.

— Si cela peut vous consoler, nos manuels scolaires font rarement allusion au massacre de Hué. Ils parlent plutôt de celui de My Lai.

— Je sais.

Nous avions atteint l'angle opposé des remparts. Devant nous, un énorme marché en plein air envahissait la berge. M. Anh m'entraîna entre les étals jusqu'à un boui-boui installé au bord de l'eau, avec des tables et des chaises pliantes.

— Puis-je vous offrir quelque chose à boire ? demanda-t-il.

— Je prendrais bien un soda.

Il s'approcha de l'étal. Je m'assis à une table et balayai les environs du regard. Pas facile pour moi, dans ce pays, de repérer quelqu'un que j'aurais déjà croisé – surtout les hommes, qui portaient tous un pantalon noir et des sandales. Leurs cheveux étaient toujours de la même nature et de la même couleur, et aucun signe distinctif ne permettait de différencier les visages : ni barbe ni moustache, sauf chez les plus âgés, pas de chapeau non plus. Les lunettes étaient rares, même si, à en juger par leur manière de conduire, beaucoup d'automobilistes en auraient eu l'usage. Quand ils mettaient un blouson, c'était toujours le même modèle, et toujours de couleur beige.

M. Anh me rejoignit et déposa une boîte de soda devant moi. Il apportait également un bol de thé bouillant et un sachet de papier brun contenant des cacahuètes dont il se mit à broyer les coquilles avec une certaine délectation.

— Vous souhaiteriez vous rendre dans un certain village, n'est-ce pas ? me demanda-t-il, cessant enfin de tourner autour du pot.

J'opinai. Il poussa vers moi une poignée de cacahuètes.

— Ce village se trouve au nord du Vietnam. Très loin d'ici.

Pas de chance. Je m'étais laissé allé à espérer qu'il serait situé dans l'ex-Sud-Vietnam, mais, bien sûr, Tran Van Vinh ayant combattu dans l'armée nord-vietnamienne, je n'aurais pas dû trop compter là-dessus.

— C'est un minuscule hameau, reprit M. Anh en feignant de feuilleter mon guide. Il ne figure pas sur la plupart des cartes. J'ai mené une enquête discrète mais approfondie, et je crois pouvoir dire avec certitude que c'est celui que vous cherchez.

— Et si vous vous trompiez ?

— Il se trouve que je suis en contact direct avec certaines personnes en Amérique, et que vos analystes sont d'accord avec moi pour dire que le village que j'ai découvert est bien celui où vous allez devoir vous rendre. Disons que j'en suis sûr à quatre-vingt-dix pour cent.

— Ce qui, pour l'administration, n'est pas trop mal.

— Peu d'Occidentaux vont dans cette région, reprit-il en souriant. Vous aurez besoin d'un motif plausible.

— C'est à moi de le trouver ?

— Heureusement pour vous, il y a dans les environs de ce village un site qui attire un certain nombre de touristes. Dien Bien Phu. Vous en avez entendu parler ?

— C'est là que les Français ont perdu la guerre d'Indochine.

— Exact. Il arrive que des militaires de toutes nationalités s'y rendent pour étudier le théâtre de cette bataille historique. Je vous conseille d'y aller. Après avoir visité le musée local et pris quelques photos, demandez à un autochtone de vous indiquer la direction du village que vous cherchez. Il est à moins de trente kilomètres de Dien Bien Phu, au nord. Mais attention, n'interrogez pas n'importe qui. Les gens du Nord signalent presque tout aux autorités.

Il sirota une gorgée de thé, reprit la parole :

— Étant moi-même allé à Dien Bien Phu, je sais qu'on rencontre un grand nombre de Montagnards, c'est-à-dire de ressortissants des minorités ethniques, autour du musée et sur le marché, où ils proposent des objets artisanaux aux touristes. Ils appartiennent essentiellement aux tribus h'mong et thaï. Vous savez sans doute que les Montagnards ne sont pas au mieux avec le gouvernement vietnamien. Ces gens-là ne sont pas anticommunistes, ils sont tout bonnement antivietnamiens. Je vous conseille fortement de vous adresser à l'un d'eux plutôt qu'à un Vietnamien de souche. Certains comprennent un peu l'anglais, mais la plupart des touristes de Dien Bien Phu sont français, et du coup, le dialogue est plus facile dans cette langue. Parlez-vous français ?

— Vaguement.

— À votre place, j'essaierais de me faire passer pour un Français. Je crois que vous pouvez vous fier à ces gens.

— Dites-moi d'abord pourquoi je devrais me fier à *vous*.

— Cela me prendrait trop de temps, et de toute façon, je ne réussirais pas à vous convaincre. De la manière dont je vois les choses, monsieur Brenner, vous n'avez pas le choix.

— Comment se fait-il que vous sachiez mon nom ?

— J'aurais pu avoir besoin de vous contacter à votre hôtel en cas d'urgence.

— Étant donné la situation, vous ne devriez pas le connaître. Sans vouloir paraître raciste, vous n'êtes pas un Américain de souche.

Il me dévisagea en silence, finit par sourire.

— J'ai des proches dans votre pays, monsieur Brenner. Votre gouvernement me fait confiance, mais par mesure de sécurité, une réunion de famille a été programmée en mon honneur à Los Angeles. Je dois m'envoler pour les États-Unis le jour où vous quitterez Hué. Si je ne me présente pas à Los Angeles, votre gouvernement en déduira que je vous ai trahi.

— Pour moi, ce sera un peu tard.

— Je n'ai aucune intention de vous trahir, monsieur Brenner. Je souhaite même profondément que vous réussissiez dans votre mission, parce que si quelque chose vous arrivait, cela n'augurerait rien de bon pour ma famille et pour moi.

— Les exécutions sommaires ne font pas partie de nos habitudes.

— Ce n'est pas ce qu'on m'a dit.

Apparemment, les enjeux de cette affaire étaient élevés. Soit M. Anh donnait un coup de main à l'Oncle Sam par conviction, soit il craignait pour sa famille, soit les deux. Les gens de Washington ne plaisantaient pas.

— Je comprends, finis-je par répondre. Excusez-moi si je vous ai offensé.

— Pas du tout. Votre question était légitime et nécessaire. Vous risquez votre vie.

— Merci de me le rappeler.

— De votre point de vue, peu importe que j'agisse par conviction ou sous la contrainte. Je suis dans votre camp.

— Génial.

M. Anh mâchonna pensivement une cacahuète avant d'ajouter :

— Quelle que soit la nature de votre mission, monsieur Brenner, je suppose qu'elle est suffisamment importante pour que vous mettiez votre vie dans la balance. Sinon, je vous conseille de prendre le prochain avion pour Hanoi ou Saigon et de quitter ce pays au plus vite. Il peut paraître agréable au touriste moyen, mais sitôt qu'on s'écarte des voies balisées, le gouvernement n'hésite pas à frapper sans merci. On m'a demandé de vous aider, ce que j'ai accepté, au péril de ma propre vie. J'ignore ce dont il s'agit, mais je fais partie des Vietnamiens qui font encore confiance aux Américains.

— Pas moi.

Nous échangeâmes un sourire.

— Si vous êtes effectivement celui que vous prétendez être, repris-je, je dois vous remercier. Sinon, je suppose qu'on se reverra à mon procès.

— Vous pourriez vous estimer chanceux de passer en jugement. Vous ne le savez peut-être pas, mais le gouvernement de Hanoi est obsédé par le FULRO. Vous avez dû entendre parler de cette organisation : le Front unifié de lutte des races opprimées.

Je me souvins d'une série de photographies vues au musée des Crimes de guerre américains de Saigon, et je hochai la tête.

— Vous allez devoir traverser des régions où le FULRO est actif. Le gouvernement de Hanoi traque les guérilleros sans répit, et il se montre tout aussi impitoyable envers les citoyens américains qui essaient d'entrer en contact avec eux. Si c'est l'objectif de votre mission, et si vous êtes pris, attendez-vous à être torturé, puis abattu sans autre forme de procès. Je sais de quoi je parle.

Ce n'était pas l'objectif de ma mission, mais j'aurais peut-être du mal à le prouver en cas d'arrestation. J'avais toujours supposé qu'au pire je risquais de passer quelques semaines, voire quelques mois un peu pénibles avant qu'une solution diplomatique permette mon rapatriement aux États-Unis. Mais si le FULRO se mêlait de l'équation, il se pouvait que j'aie le triste honneur de devenir le dernier Américain porté disparu au Vietnam.

— Des agents de la CIA, des membres des forces spéciales et des mercenaires indépendants américains se sont aventurés dans les régions les plus reculées de notre pays pour soutenir le FULRO. La plupart n'ont plus donné de nouvelles.

— Merci de l'encouragement.

— Le Vietnam est un pays tourmenté, monsieur Brenner, un pays dont l'histoire a dressé les frères contre les frères, les pères contre les fils. Ici, dans le Sud, on ne sait jamais trop à qui on peut se fier. Dans le Nord, c'est plus simple : à personne.

— Sauf aux minorités tribales.

Plutôt que de répondre, M. Anh sirota une gorgée de thé.

— Votre séjour a-t-il ravivé des souvenirs de la guerre ?

— Bien sûr, dis-je.

— Dans ce pays, la plupart de ceux qui ont connu la guerre sont morts ou en exil. Ceux qui s'en souviennent n'en parlent pas. Le gouvernement célèbre bruyamment chaque victoire communiste, et les défaites du Nord ont été transformées en succès. Pourquoi les communistes ont-ils mis trente ans à gagner la guerre s'ils n'ont connu que des victoires ?

— Les vainqueurs gagnent le droit de réécrire l'Histoire.

— Il a fallu que j'aille en Amérique pour découvrir l'histoire de mon pays. Si on écoute trop longtemps le discours de Hanoi, on en vient à douter soit de sa mémoire, soit de sa santé mentale.

— C'est un peu la même chose à Washington.

— Mais vous, vous avez le droit d'en plaisanter. Chez nous, c'est impossible.

— Combien d'années devez-vous encore passer ici ?

— Une.

— Et après ?

— Je ne sais pas. Je resterai peut-être… La situation a tendance à s'améliorer.

— Je connais une Américaine qui vit ici depuis trois ans, et elle ne semble pas près de se résoudre à partir.

— Chacun a ses raisons de partir ou de rester. Le Vietnam est un pays passionnant, monsieur Brenner, un pays dynamique sous bien des aspects, en train d'émerger d'un long cauchemar, riche en bouleversements économiques et sociaux. Pour bien des personnes, surtout les Américains, cette transition est excitante car elle offre toutes sortes de possibilités. Un expatrié américain m'a un jour parlé du Vietnam en le comparant au Far West : il le voyait comme un lieu où on laisse son histoire derrière soi pour ne plus penser qu'à poursuivre ses rêves de fortune.

— Dieu préserve le Vietnam.

— On peut mourir d'ennui au Japon, à Singapour, ou en Corée. Ici, aucun risque.

— Je n'en doute pas.

Je finis mon soda et regardai ma montre. M. Anh remarqua mon impatience.

— Le nom du village que vous cherchez n'est pas Tam Ki, dit-il, mais Ban Hin. (Il épela.) Il se trouve dans la province de Lai Chau. Votre voyage ne sera pas simple. La seule liaison aérienne fonctionne deux fois par semaine au départ de Hanoi, d'après ce que je sais. Toutes les places sont réservées plusieurs semaines à l'avance. Vous devrez donc y aller par voie terrestre. Malheureusement, les bus ne partent que de Hanoi. Les routes sont très mauvaises, surtout en cette saison, avec les pluies, et vous savez sans doute que vous n'avez pas le droit de conduire vous-même. Il vous faudra engager un chauffeur.

— Je ferais peut-être mieux de rentrer en Amérique…

— À vous de choisir. À votre place, je louerais un 4 × 4 et j'engagerais un bon chauffeur. De Hué à Dien Bien Phu, il faut compter entre neuf cents et mille kilomètres de route, tout dépend de l'itinéraire choisi. Heureusement, vous effectuerez les cinq cents premiers sur la route 1. Quelque part au sud de Hanoi, vous devrez bifurquer de manière à rejoindre la route 6, qui traverse les montagnes en direction du nord-ouest et de Dien Bien Phu.

Il rouvrit mon *Lonely Planet*, trouva la carte du nord du Vietnam, me montra la page.

— Vous voyez Dien Bien Phu ?

Je repérai la ville aux confins du pays, tout près du Laos. Je repérai aussi le tracé de la route 6, qui partait de Hanoi et zigzaguait à travers les montagnes jusqu'à Dien Bien Phu.

— Comment est cette route 6 ?

— Pas très bonne en cette saison, et même quelle que soit l'époque. Quant aux routes intermédiaires que vous devrez prendre pour la rattraper, elles sont encore pires. Vous verrez sur la carte qu'il y a au sud de Hanoi deux ou trois routes reliant la 1 à la 6. Vous ferez votre choix en fonction des conditions climatiques, de l'état de la chaussée et peut-être d'autres facteurs ; vous seul pourrez décider quel est le meilleur moment pour quitter la route 1… Avec un peu de chance, conclut M. Anh après une pause, vous mettrez deux jours pour atteindre Dien Bien Phu.

— Ne serait-il pas préférable de louer un avion-taxi à Hué Phu Bai ?

— Pas dans ce pays, monsieur Brenner. Les vols privés sont strictement interdits.

— Comment les Français sont-ils arrivés à Dien Bien Phu ?

— En parachute. Il existe une autre possibilité. Vous pourriez prendre un vol d'ici à Vientiane, la capitale du Laos, puis un second pour rejoindre Luang Prabang, toujours au Laos, où vous ne seriez plus qu'à cent cinquante kilomètres de Dien Bien Phu. Mais il vous faudrait obtenir un visa pour le Laos, puis retraverser la frontière du Vietnam par voie terrestre, ce qui pourrait présenter quelques difficultés.

— Merci pour la leçon de géographie, professeur. J'espère juste pouvoir arriver à Dien Bien Phu avant l'expiration de mon visa.

— Engagez un excellent chauffeur équipé d'un bon 4 × 4, et vous avez vos chances. Mais ne passez pas par Vidotour.

— Je suis au courant.

— On m'a demandé de vous transmettre quelques instructions…

J'attendis la suite.

— Si vous retrouvez la personne qui vous intéresse, reprit M. Anh, vous devrez lui proposer de lui racheter ses souvenirs de guerre. Si elle est morte, tâchez de vous procurer une preuve de son décès, et faites la même offre de rachat à sa famille. Si elle est vivante, vous devrez la photographier et établir son lieu de résidence de manière aussi précise que possible. Ainsi, en cas de besoin, cette personne pourra être contactée ultérieurement par votre gouvernement.

Je restai silencieux.

M. Anh hésita, soudain mal à l'aise, puis se décida :

— À moins que vous ne souhaitiez régler vous-même le problème, ce qui éviterait à vos employeurs le dérangement d'un second voyage…

— Pouvez-vous répéter ?

M. Anh redit sa dernière phrase.

— Je ne suis pas sûr de comprendre, dis-je. Et vous ?

— Non plus. Mais on m'a assuré que vous comprendriez.

— Vraiment ? Et si je comprenais mal ? Si j'interprétais cela comme un ordre de tuer, alors qu'il s'agit d'autre chose ?

— Après une guerre aussi longue et aussi cruelle, déclara M. Anh, toutes les rancœurs ne sont pas apaisées.

Je ne croyais pas trop à cette explication. Tran Van Vinh était un simple soldat qui avait vu quelque chose qu'il n'aurait pas dû voir. M. Anh supposait sans doute que ma mission s'inscrivait dans le cadre d'une guerre secrète toujours active, ce qui était après tout une supposition logique. C'était peut-être ce qu'on lui avait suggéré.

— Une fois votre mission terminée, ajouta-t-il, vous devrez rejoindre votre destination suivante avec les objets en votre possession. Je cite cette instruction à la lettre. Je ne sais rien de plus.

Je restai silencieux.

— Vous dormirez ici ce soir et demain soir, puis vous partirez pour Dien Bien Phu. Je vous contacterai à votre hôtel en cas de changement de programme, ou si je reçois des informations complémentaires à vous donner. Je dispose d'un canal de communication absolument sûr pour informer Saigon du résultat de cette entrevue. Si vous avez un message à transmettre à vos supérieurs, c'est le moment.

— Dites-leur simplement que je comprends ma mission et que justice sera faite.

— Bien. Dois-je m'en aller, ou souhaitez-vous partir le premier ?

— Moi d'abord. (Je ramassai quelques cacahuètes sur la table et les fourrai dans ma poche.) Je vous laisse mon *Lonely Planet*. Je veux que vous le rapportiez à mon hôtel le matin de mon départ pour Dien Bien Phu – qui sera aussi le jour de votre départ pour Los Angeles. Ce sera pour moi le signal que vous n'avez pas été arrêté et que ma mission est toujours d'actualité. Si vous ne me l'apportez pas, je me réserve le droit de quitter le Vietnam sur-le-champ. Vous pouvez transmettre l'information à qui de droit.

— Entendu.

Je me levai, sortis dix dollars de ma poche et les déposai sur la table.

— Merci pour cette passionnante visite.

M. Anh se leva à son tour. Nous échangeâmes une poignée de main.

— Je vous souhaite un excellent voyage, monsieur Brenner. Bonne année.

— À vous aussi.

Je quittai le marché et rejoignis le pont Trang Tien. Je m'arrêtai au milieu de la rivière, ouvris quelques cacahuètes, jetai les coquilles dans le courant et les graines au fond de ma bouche.

Le ciel était couvert de nuages. Quelques grosses gouttes de pluie en tombaient. L'air était humide et frais, et la rivière des Parfums continuait de courir vers la mer.

Si j'avais bien compris, ces messieurs de Washington préféraient savoir Tran Van Vinh mort, et seraient heureux que je me charge de le tuer au cas où il vivrait encore, mais ils ne daignaient pas me donner une raison valable de le faire – hormis, bien entendu, l'éternel prétexte de la sécurité nationale.

La raison de leur silence semblait à peu près claire : si cet homme était déjà mort, ils n'auraient nullement besoin de me faire partager une information gênante.

En revanche, mes supérieurs semblaient croire que si je retrouvais Tran Van Vinh vivant, je comprendrais leurs raisons et agirais en conséquence.

Je ne savais pas au juste ce dont avait été témoin ce pauvre bougre dans les ruines de Quang Tri pendant la bataille du Têt en 1968, mais une chose était sûre, ce statut de témoin allait revenir le poursuivre – et peut-être le tuer. Ce qui était bien dommage pour lui dans le cas où il avait réussi à survivre à la guerre et à atteindre un âge respectable… ou plutôt le bel âge, puisque c'était aussi le mien.

Une déduction s'imposa tout naturellement à moi : si ce qu'avait vu Tran Van Vinh pouvait encore aujourd'hui le tuer, le récit qu'il m'en ferait risquait de me mettre moi aussi en danger de mort.

29

Attablé au bar de l'hôtel Century Riverside, je sirotais un whisky-soda en écoutant un bonhomme minuscule jouer au piano *Strangers in the Night*.

Il était dix-huit heures dix. La salle regorgeait d'Occidentaux bavards autour desquels papillonnaient de jolies serveuses en jupe courte.

Je commençais à me demander si Susan n'allait pas me faire une scène. Une femme en colère ne se soucie ni du décor ni de l'entourage. J'avais vu des femmes piquer leur crise en plein Moscou du temps des Soviétiques, à Berlin-Est, et dans toutes sortes d'autres lieux où attirer l'attention n'était pourtant pas recommandé ; une femme en colère ne l'est jamais à moitié.

Il se pouvait également que Susan ait été embarquée par la police pour être interrogée. Après mon petit accrochage de ce matin, je n'aurais pas été autrement surpris que les flics locaux cherchent à m'atteindre en s'en prenant à elle. Malgré toutes nos précautions, ils savaient certainement que nous étions ensemble.

L'histoire du pistolet me tracassait : quelqu'un avait très bien pu voir Susan l'enterrer. Mais à supposer que les flics aient été alertés, ils ne bougeraient pas avant que quelqu'un vienne le ramasser, raison pour laquelle j'avais bien l'intention de le laisser à sa place.

Je commandai un second scotch. À quelques tables de moi, les trois vétérans étaient assis en compagnie de demoiselles âgées de moins de trente ans, largement assez jeunes pour être leurs filles. Ces types avaient peut-être été officiers, mais ils me paraissaient plus proches du porc que du gentleman.

Quant aux filles, elles semblaient américaines par leur aspect et par leur comportement, et je n'aurais pas eu grand-chose à en dire, sinon qu'il s'agissait de touristes, non d'expatriées, et qu'elles avaient une inclination évidente pour les hommes d'un certain âge au portefeuille bien garni.

Dix-huit heures trente. Je commençais à me faire du mouron. Voilà pourquoi il est préférable de voyager seul, surtout quand on est chargé d'une mission délicate.

Enfin, Susan parut sur le seuil. Elle me repéra à la seconde où je me levai, et sourit. Il est facile de déterminer si quelqu'un est heureux de vous voir à la façon dont il vous sourit en vous repérant au cœur d'une foule.

Elle vint vers ma table, moulée dans un jean noir que je ne lui avais jamais vu et dans un pull léger de soie blanche à col en V que je ne connaissais pas davantage.

Elle me sauta au cou et m'embrassa avec fougue.

— Je savais que tu étais revenu sain et sauf, me dit-elle en reculant d'un pas. Je me suis renseignée à la réception.

Nous nous assîmes.

— Alors ? Comment s'est passé ton rendez-vous ?

— Bien. Et toi, qu'as-tu fait aujourd'hui ?

— Du lèche-vitrine et un peu de tourisme. Si tu me parlais de ton contact ?

— C'est un homme. Je n'en dirai pas plus.

— Tu connais ta destination ?

— Oui, et ce sera mon dernier mot.

— C'est loin d'ici ?

— Que veux-tu boire ?

— Une San Miguel.

Je fis signe à la serveuse et commandai une bière.

— Où l'as-tu retrouvé ? interrogea Susan. Je parie que le numéro 32 correspond à un site touristique indiqué sur ton guide.

— Tu as bien dormi ?

— Comme un bébé, jusqu'à midi. Et toi, tu es allé pointer à la police de l'immigration ?

— Oui.

— Sans problème ?

— Non. En fait, si, nous nous sommes un tantinet accrochés.

— Bien. Quand on est trop affable avec eux, ils s'imaginent qu'on mijote un sale coup. Il vaut mieux frapper du poing sur la table.

— Je sais. J'ai été flic.

— Je suis restée sagement à l'écart de la citadelle, comme tu me l'avais demandé. Et maintenant, tu vas me dire où tu as rencontré cet homme.

— Dans la citadelle, ça paraît évident.

— Tu penses avoir été suivi ?

— Moi, non. En ce qui le concerne, j'aurais du mal à l'affirmer. Tu viens d'acheter ces vêtements ?

— Oui. Ils te plaisent ?

— C'est très joli.

— Merci.

Sa bière servie, nous trinquâmes.

— Désolée pour hier soir, dit-elle. Tu n'as pas vraiment besoin qu'on te mette la pression.

— Ça ira. J'ai réagi à peu près de la même façon pour Bill.

— Exact. Et je m'en suis débarrassée.

Je ne répondis pas. Malgré la présence de leurs pétasses, les trois vétérans s'étaient remis à mater Susan.

— Qui regardes-tu ?

— Ces trois Américains, là-bas. Ce sont des anciens fantassins, ou peut-être des marines. Je les ai déjà vus hier. Ils te matent.

— Ils sont mignons.

— Des porcs.

— Ces filles ont l'air de bien s'amuser.

— Des truies.

— Je crois que tu es jaloux.

— Je n'ai pas à l'être. Tu es de loin la plus belle femme dans cette pièce.

— Je t'adore. Donc, ça y est, tu sais comment atteindre ta destination ?

— Je crois. Et maintenant, Susan, je vais devoir te poser quelques questions. Regarde-moi bien dans les yeux.

Elle posa son verre de bière et se redressa sur sa chaise.

— Pour qui travailles-tu ? demandai-je en la dévisageant.

— Pour l'American-Asian Investment Corporation. Il m'arrive aussi de rendre quelques menus services au consulat de Saigon ou à l'ambassade.

— Tu as déjà rendu service au correspondant de la CIA à Saigon ? Ou à Hanoi ?

— Une seule fois. À celui de Saigon.

— Et c'est en ce moment.
— Oui.
— Tu es payée ?
— Défrayée.
— Tu as reçu une formation spécifique ?
— Un stage d'un mois. À Langley[1].

Ce qui expliquait son passage par l'aéroport de Washington.

— L'AAIC est-elle un paravent de la CIA ?
— Non. C'est une authentique société d'investissement. Étroitement contrôlée par les autorités.
— À part toi, qui d'autre à l'AAIC a l'habitude de rendre de menus services à notre gouvernement ?
— Je ne peux pas répondre à cette question.
— Quelles étaient tes instructions en ce qui me concerne ?
— Te rencontrer et t'accueillir.
— On ne t'a pas demandé de me tirer les vers du nez ?
— Non. À quoi bon ? De toute façon, tu n'aurais rien lâché.
— T'a-t-on demandé de voyager avec moi ?
— Non. J'en ai eu l'idée toute seule.
— Au moment où je te parle, tu es en service ?
— Non.
— Je te crois. Tu m'entends ? Puisque tu me le dis, c'est la vérité.
— C'est la vérité.
— Tu es amoureuse de moi ?
— Tu sais bien que oui. (Elle sourit pour la première fois depuis le début de mes questions.) Mais j'avoue avoir simulé une fois l'orgasme.

1. Cette ville de Virginie accueille le siège central de la CIA. *(N.d.T.)*

Je fis de mon mieux pour rester impassible.

— Est-ce que tu sais quelque chose que j'ignore sur ma mission ?

Susan resta muette.

— Réponds.

— Je n'en ai pas le droit. Et je ne veux pas te mentir. Il ne me reste qu'à me taire.

— Je vais m'y prendre autrement. Que sais-tu de cette affaire ?

Elle but une gorgée de bière, s'éclaircit la gorge.

— Je ne sais pas quel est ton objectif de mission, rétorqua-t-elle, mais je crois que la CIA le connaît. À mon avis, dans cette histoire, chaque partie possède quelques éléments dont elle ne veut surtout pas faire profiter l'autre.

C'était probablement vrai. Il se pouvait que Karl lui-même n'ait pas de vision d'ensemble des enjeux de l'affaire.

— Me rencontrer et m'accueillir ? C'est tout ?

— Bien sûr que non. On m'a demandé de te briefer sur ce pays sans avoir l'air de le faire. Plutôt de t'acclimater, disons, en vérifiant que tu étais opérationnel. Mais ça, tu l'avais déjà senti.

— À part le correspondant de la CIA à Saigon, tu as eu affaire à quelqu'un de l'ambassade ?

— Oui. L'attaché militaire. Le colonel Marc Goodman. Il est venu de Hanoi pour me parler.

— De quoi ?

— Il voulait s'assurer que j'avais les qualités requises.

— Pour ?

— Gagner ta confiance.

— J'ai du mal à comprendre.

— Tu me mets dans une situation délicate.

— Moi aussi, je suis dans une situation délicate. Exprimez-vous, mademoiselle.

— Je n'étais pas censée faire le voyage avec toi. En revanche, j'étais censée te proposer de te rejoindre ici, à Hué, sous prétexte d'un voyage d'affaires. Et ensuite, de nouvelles retrouvailles étaient prévues à Hanoi.

— Et si tu ne m'avais pas plu ?

— Je plais à beaucoup d'hommes.

— Je n'en doute pas. Et pourquoi devais-tu me rejoindre ici ?

— J'étais censée leur faire un rapport sur ton état de santé, ton attitude, d'éventuels problèmes rencontrés avec la police, l'issue de ton rendez-vous, ce genre de choses. Tu dois connaître tout cela mieux que moi.

— Cet attaché militaire, le colonel Goodman, a-t-il été aussi en contact avec l'agent de la CIA à Saigon ?

— Oui. Mais je n'ai pas assisté à leur entretien.

— Ce type d'attaché travaille forcément pour les services de renseignement militaire, est-ce que tu t'en rends compte ?

Elle hocha la tête.

— Qui dirige l'antenne de la CIA à Saigon ?

— Je ne peux pas te le dire.

Apparemment, tout le monde était au parfum, sauf moi. Le renseignement militaire et la CIA discutaient ensemble d'une affaire dont ils étaient censés tout ignorer puisqu'elle relevait officiellement du FBI et de la CID. Je repensai à Doug Conway, venu me faire son laïus à l'aéroport de Washington. À la réflexion, il ressemblait moins à un agent du FBI qu'à un militaire ; mais quelqu'un tenait à donner à cette histoire l'apparence d'une enquête criminelle. Le colonel Mang n'était sans doute pas le seul à se faire passer pour ce qu'il n'était pas : Conway jouait peut-être le même genre de double jeu. Susan aussi… Au point où j'en étais, je n'aurais pas été autrement surpris de découvrir qu'en dernière analyse je travaillais pour le colonel Mang.

— Paul ?

— Quoi ?

— Tu m'en veux ?

— Pas encore. Quels arguments ont-ils invoqué pour t'amener à user de tes charmes ?

— La sécurité nationale. Mon devoir de patriote. Ce genre de trucs.

— Quoi d'autre ?

— Tu m'aimes encore ?

— Plus que jamais. Quoi d'autre ?

— Je t'ai déjà répondu. Il y a aussi la question des nouvelles relations entre l'Amérique et le Vietnam. L'industrie. Le pétrole. La main-d'œuvre bon marché. Ils ne veulent surtout pas que tout cela soit mis en péril. Moi non plus.

— Qui pourrait vouloir mettre tout ça en péril ?

— Ça aussi, je te l'ai déjà dit. Les partisans de la ligne dure, à Hanoi et sans doute aussi à Washington.

— Et sur ma mission, qu'est-ce qu'on t'a raconté ? Qu'elle serait plutôt bénéfique, ou nuisible à cette noble cause ?

— On m'a laissé entendre que tu pouvais nous être utile.

— Je suppose que c'est vrai. Sans quoi tu m'aurais poussé du haut de la terrasse du Rex.

— Ne sois pas idiot. On m'a demandé de t'aider.

— Si je te disais ce que je suis venu faire ici, tu crois que ta petite pièce du puzzle et la mienne auraient une chance de s'imbriquer ?

— Aucune idée.

— Si on se les montrait ? Toi d'abord.

— Je n'ai aucun besoin, ni aucune envie de savoir pourquoi tu es ici.

— Peut-être que tu le sais déjà.

— Non. Tu m'en veux ?

— Pas encore.

— Tu m'aimes toujours ?

— Plus que jamais.

— Parfait. Puis-je fumer une cigarette ?

— Bien sûr.

Elle alluma une cigarette, tira une longue bouffée, croisa les jambes.

— C'est à cause de la baie de Cam Ranh, lâcha-t-elle en exhalant un filet de fumée.

— Tiens donc.

— C'est nous qui l'avons construite. Nous avons envie de la récupérer.

— Je sais.

— Les Philippins nous ont mis à la porte, et les Japonais font le maximum pour réduire notre présence militaire. La concession des Russes sur Cam Ranh expire dans quelques années, le loyer a été fixé en 1975, et ils le paient avec des roubles qui n'ont pratiquement aucune valeur. Hanoi cherche à se débarrasser d'eux.

— Le bon vieux dollar, il n'y a que ça de vrai.

— Exact. À long terme, c'est un marché qui représente des milliards de dollars pour Hanoi.

— Continue.

— Les Vietnamiens haïssent les Chinois et les craignent comme la peste. Depuis toujours. Les Américains aussi se méfient des Chinois. Les projections stratégiques du Pentagone prévoient une guerre contre la Chine dans les vingt ans à venir. Or, nous manquons de bases militaires dans la région. Sans compter qu'il y a d'énormes gisements de pétrole au large des côtes de Cam Ranh.

— Ce n'est donc pas une simple histoire de café, de caoutchouc et de bétel ?

— Non. Il s'agirait plutôt de pétrole et de bases militaires.

— Continue.

— Le Pentagone et certains décideurs de Washington défendent ce projet avec enthousiasme. Mais pas notre gouvernement actuel : il ne veut surtout pas irriter les Chinois, qui deviendraient hystériques si nous implantions une base militaire dans la baie de Cam Ranh.

J'acquiesçai. Je venais d'obtenir une nouvelle pièce du puzzle, mais elle ne s'emboîtait pas dans la mienne. Il m'en manquait au moins une pour faire le lien.

— Hanoi souhaite traiter avec nous en ce qui concerne Cam Ranh, malgré l'opposition des rouges purs et durs, qui nous détestent toujours autant. Mais notre gouvernement n'ose pas y aller, bien que tout le monde au Pentagone et dans le milieu du renseignement l'y encourage. Stratégiquement, c'est une position cruciale en cas de guerre future. Cet accord serait une bonne chose pour les Vietnamiens comme pour nous.

Je ne répondis pas, mais la perspective de voir de nouveau des soldats, des marins et des aviateurs américains fouler le sol vietnamien avait pour moi quelque chose de déconcertant.

Susan alluma une autre cigarette.

— Tu m'as épatée à Nha Trang quand tu as interrogé le capitaine Vu sur la présence de navires de guerre américains dans la région.

— Pas besoin d'avoir eu le prix Nobel pour comprendre que cette base est un enjeu stratégique. J'ai dû lire quelque chose là-dessus dans la presse.

— Tu es trop modeste, Paul.

— Laisse-moi deviner comment tu sais tout ça. Tu es le correspondant de la CIA à Saigon.

Elle sourit.

— Non. Je ne suis qu'une enfant gâtée – une bourgeoise expatriée en quête d'un peu de frisson. (Elle écrasa sa cigarette dans le cendrier et ajouta, sans me regarder :) Le correspondant de la CIA à Saigon, c'est Bill Stanley. S'il te plaît, ne dis à personne que je t'ai donné son nom.

— La Bank of America est au courant ?

— Il n'a jamais travaillé à la Bank of America. Tu es arrivé à Saigon un week-end, et tu n'as pas pu le vérifier.

— Bill et toi, vous êtes vraiment… ensemble ?

— Cette partie-là est – ou plutôt était – authentique.

— Tu es contente d'être ici ?

— Pas si tu m'en veux.

— Moi ? Pourquoi est-ce que je t'en voudrais ?

— Tu le sais bien. Je t'ai menti sur deux ou trois petits points de détail.

— Vraiment ? Et tu continues à me mentir ?

— Je t'ai dit tout ce que je savais. Ils vont me virer.

— C'est tout le mal que je te souhaite. Et maintenant, explique-moi pourquoi je suis ici.

— Je n'en sais rien. Vraiment.

— Bill le sait ?

— Il doit savoir quelque chose.

— Qu'il n'a pas voulu te faire partager ?

— Non.

— Où étais-tu censée me retrouver à Hanoi ?

— Je l'ignore. On m'a dit que tu pourrais ressentir le besoin de te confier à quelqu'un à Hanoi. À une personne que tu connaîtrais déjà, n'ayant aucun rapport avec l'ambassade. On m'a expliqué que si tu revenais de ta mission, tu risquais d'être… perturbé par tes découvertes. J'étais censée leur faire un rapport sur toi.

— Et tu as l'intention de renoncer à ce rapport ?

— J'ai compris une chose : moins j'en saurai, mieux cela vaudra.

— D'où vient le Colt ?

— Du coffre de l'AAIC. Je t'ai dit la vérité.

— Tu te rends compte que depuis une semaine tu as passé la moitié de ton temps à me raconter des sornettes et des demi-mensonges ?

Elle hocha la tête.

— Pourquoi devrais-je te croire maintenant ? insistai-je.

— Je ne te mentirai plus.

— Ça m'est totalement égal.

— Ne dis pas ça. Je me suis contentée de faire mon travail, et là-dessus, je suis tombée amoureuse. Ces choses-là arrivent tout le temps.

— Ah bon ?

— Pas à moi, mais à d'autres. Je m'en suis voulu de ne pas avoir été honnête avec toi dès le début. Mais je me disais que cela n'avait pas d'importance, puisque de toute façon tu étais capable de deviner la vérité. Je te trouve extrêmement brillant.

— Épargne-moi la brosse à reluire.

— Tu m'en veux.

— Et comment !

— Tu m'aimes encore ?

— Non.

— Paul ? Regarde-moi.

Je la regardai. Elle ébaucha une sorte de sourire triste.

— Je trouve injuste que les dieux de Washington se soient interposés entre nous. En cas de séparation, nous risquons d'être pétrifiés.

Susan avait raison sur un point : nous étions l'un et l'autre manipulés par des forces qui nous dépassaient.

— Bien sûr que je t'aime encore, grommelai-je.

Elle sourit.

— Quel orgasme as-tu simulé ?

— À toi de deviner, dit-elle. Mais je ne le ferai plus.

Après avoir commandé une autre tournée, nous restâmes absorbés dans un silence pensif.

— Tu as eu d'autres messages aujourd'hui ? finit-elle par me demander.

— Non.

— Pourquoi tiennent-ils tant à ce que tu te débarrasses de moi ?

— Je n'en sais rien. Et toi ?

— Sans doute parce que ce qui s'est passé entre nous ne leur plaît pas. Ils ne veulent surtout pas que nous échangions des informations. Je travaille pour eux, mais ils n'ont plus confiance en moi. Et toi non plus.

— Je soupçonne ton ami Bill d'avoir contacté Washington pour qu'on m'incite à te larguer.

— C'est même sûr, dit-elle en riant. Bill est mortellement jaloux de toi.

— Alors qu'il devrait plutôt me remercier de l'avoir débarrassé de toi.

— Voilà qui n'est pas très galant.

— Et toi ? Des messages ?

— Oui. Ils savent que je suis ici. J'ai reçu un message de Bill m'ordonnant de rentrer à Saigon séance tenante. En jargon des affaires. Il me menace d'un blâme, voire d'un licenciement pour faute, si je ne me présente pas lundi matin à mon poste de travail. Il paraît qu'un billet d'avion m'attend à l'aéroport de Hué-Phu Bai.

— Tu devrais rentrer. Pour tirer les choses au clair avec lui.

— Je devrais, mais je n'irai pas. Je veux t'accompagner à Quang Tri.

— Entendu. J'ai réservé un 4 × 4 avec chauffeur pour huit heures demain matin. Il nous emmènera dans la vallée d'A Shau, à Khe Sanh, à Quang Tri. J'ai bien précisé que je voulais M. Cam.

Susan éclata de rire.

— À cette heure-ci, il doit être prosterné devant l'autel familial. En train de supplier les dieux de nous rayer de sa mémoire.

— J'espère.

— Paul ?

— Oui ?

— Puis-je te donner un conseil ?

— Gratuit ?

— Oui. Il vient du cœur. N'y va pas. Là où ils t'envoient. Rentre avec moi à Saigon.

— Pourquoi ?

— C'est trop dangereux. Tu le sais. Ce n'est pas du tout le message que j'étais censée te faire passer. C'est une conviction personnelle.

— Merci. Malheureusement, comme ils te l'ont peut-être dit, j'ai l'esprit de contradiction.

— Tiens donc. Je sais que tu considères cette mission comme une sorte de défi à ta bravoure. Tu as peut-être aussi d'autres raisons personnelles de vouloir aller au bout. Sauf que le devoir, l'honneur et la patrie n'ont rien à voir là-dedans. Tu m'as déjà prouvé ton courage, et j'écrirai un rapport détaillé sur la façon dont tu t'es comporté sur la route 1. Il faut que tu prennes la décision de renoncer à ta mission. Nous irons demain à Quang Tri, dans la vallée d'A Shau, et à Khe Sanh, ce qui te permettra peut-être de faire la paix avec ton passé. Ensuite, nous retournerons ensemble à Saigon, et… tu repartiras pour l'Amérique.

— Et toi ?

Elle haussa les épaules. Après une demi-seconde d'hésitation, je secouai la tête.

— Je termine mon boulot, dis-je. Point final.

— Je peux venir avec toi ?

— Ce qui s'est passé sur la route 1 n'est rien par rapport à ce qui m'attend.

— Ça m'est égal. J'espère que tu sais maintenant que je suis à la hauteur.

Je ne répondis pas.

— Tes chances de succès seront augmentées d'au moins cinq cents pour cent si je t'accompagne. Quant à moi, il n'est pas question que je passe la semaine prochaine à me ronger les ongles en pensant à toi. Je veux être présente.

— Susan… ça te paraîtra peut-être un peu sexiste, mais il y a des circonstances où un homme…

— Laisse tomber ce genre de foutaises.

— Alors, écoute ceci. J'ai gardé en tête ces photos de ton bureau, et il m'arrive parfois de revoir en te regardant la gentille petite fille de M. et Mme Weber. Bien que je ne connaisse pas tes parents, je ne pourrais jamais les regarder en face – ni me regarder dans la glace – s'il t'arrivait quoi que ce soit par ma faute.

— Une touchante pensée, pleine de sensibilité. Mais tu sais, Paul, si un incident devait se passer entre ici et Hanoi, il nous arriverait probablement à tous les deux.

Nous nous retrouverions voisins de cellule, de lit d'hôpital, ou de cercueil dans l'avion de rapatriement. Tu n'aurais pas besoin d'expliquer quoi que ce soit à mes parents, ni à personne d'autre.

— J'ai faim, déclarai-je avec un coup d'œil à ma montre.

— Tu ne dîneras pas avant de m'avoir dit oui.

— Allons-y, dis-je en me levant.

Elle se leva à son tour.

— D'accord, dit-elle, tu as le droit de dîner. J'aurais dû te demander ça au lit. Au lit, je me sens capable de te faire promettre n'importe quoi.

— Sans doute.

Nous quittâmes l'hôtel. Il pleuvait, et nous prîmes un taxi pour traverser la rivière et gagner la citadelle, où Susan avait réservé pour le dîner. Le restaurant, qui s'appelait Huong Sen, était aménagé dans un pavillon à seize faces, sur pilotis, au milieu d'un étang tapissé de lotus.

Nous prîmes une table sous l'auvent de la terrasse et, après avoir commandé un apéritif, nous regardâmes la pluie tomber sur l'étang en écoutant le chant des grenouilles. C'était un lieu à l'atmosphère envoûtante, où l'on dînait à la lueur des lampions et des chandelles. Pour faire court, un lieu romantique.

À aucun moment nous ne fîmes la moindre allusion à nos missions respectives, ni à ce qui avait été dit dans le bar de l'hôtel. Nous évoquâmes le pays, nos amis et notre famille, en évitant soigneusement de parler de nous deux ou de nos projets d'avenir. Il me semblait avoir prononcé le verbe « aimer » tout à l'heure, et je tentai en vain de me souvenir dans quelle phrase. Peut-être ne l'avais-je pas utilisé, mais dans le fond, cela revenait au même.

Pendant que Susan contemplait le jeu des gouttes de pluie à la surface de l'étang, j'étudiais son profil. J'aurais dû éprouver une colère incommensurable à son encontre, mais je ne ressentais rien de tel. J'aurais dû ne plus croire un seul mot de ce qu'elle me disait, et je continuais de lui faire confiance. Physiquement, elle était sans défaut, et sur le plan intellectuel elle ne manquait pas d'atouts. Si j'avais dû rédiger un rapport d'évaluation à son sujet, j'aurais certainement employé les termes courageuse, intelligente, pleine de ressources, prompte à la décision, et même loyale.

Étais-je amoureux ?

Probablement. Mais ce qui s'était passé ici n'aurait pas pu se passer ailleurs – et ne pouvait sans doute pas être transposé ailleurs. Sans compter qu'il y avait Cynthia.

Susan tourna la tête, vit que je l'observais. Elle sourit.

— À quoi penses-tu ?

— À toi.

— Et moi, je pense à toi. J'essaie d'imaginer une fin heureuse.

Je ne répondis pas.

— Et toi ? reprit-elle. Tu peux imaginer une fin heureuse ?

— On va tâcher de faire ce qu'il faut pour.

30

Le lendemain matin, lundi, Susan et moi descendîmes dans le hall de l'hôtel, où nous devions retrouver notre chauffeur. Nous portions tous les deux un jean, une chemise à manches longues et des chaussures de marche. Susan était également équipée de son cabas.

Le hall grouillait de touristes en attente d'un car, d'une voiture ou d'un guide. Hué était une Mecque touristique, une destination phare entre Saigon et Hanoi.

— Par quel moyen comptes-tu te rendre là où tu dois aller ? me demanda Susan.

— Je ne sais pas encore. Nous en reparlerons plus tard.

— Dois-je en déduire que tu ne refuses pas mon aide ?

— Peut-être.

— Dans ce cas, je m'en vais te donner un petit conseil dès maintenant : ne loue surtout pas de véhicule chez Vidotour. Ce serait à peu près comme si tu faisais le voyage avec le colonel Mang sur la banquette arrière.

— Merci. Je m'en doutais.

Nous sortîmes de l'immeuble. Le ciel était toujours aussi bas, mais au moins il ne pleuvait pas, et la température était fraîche.

Un 4 × 4 Toyota RAV4 découvert apparut dans l'allée circulaire et s'immobilisa devant le perron. Le chauffeur en descendit. Il s'adressa au portier, qui nous montra du doigt.

Il vint vers nous. Susan lui dit quelque chose en vietnamien. Ils palabrèrent quelques instants – vraisemblablement une histoire d'argent, le sujet de conversation favori de Susan avec les Vietnamiens.

C'était un homme d'une quarantaine d'années. Chaque fois que je rencontrais un Vietnamien, j'avais pris l'habitude de me demander quel âge il avait à l'époque de la guerre. Celui-ci devait être en pleine adolescence à la fin des hostilités, et il se pouvait donc qu'il ait porté un fusil, soit pour le compte des forces locales de défense sud-vietnamiennes, majoritairement formées de gamins et de vieillards, soit pour celui des Viet-congs, qui accueillaient eux aussi dans leurs rangs de nombreux gamins, garçons et filles.

Susan me présenta. Notre chauffeur s'appelait M. Loc. Il n'était pas particulièrement amical et ne se donna pas la peine de me tendre la main. Son comportement n'était pas celui d'un professionnel. Il me rappelait plutôt les visages fermés que j'avais croisés au ministère de la Sécurité publique, à Saigon. Dans mon métier d'enquêteur criminel, je suis appelé à endosser toutes sortes de rôles, et je suis plutôt habile à ce petit jeu ; M. Loc, lui, était aussi peu doué pour son rôle de chauffeur que le colonel Mang quand il essayait de se faire passer pour un simple officier de la police de l'immigration.

— M. Loc tient à savoir où nous allons afin de pouvoir prévenir son employeur par téléphone, m'expliqua Susan.

— À Shau, Khe Sanh et Quang Tri, récitai-je, m'adressant directement à M. Loc.

Il écouta ma réponse sans broncher et pénétra dans l'hôtel. Je me tournai vers Susan.

— C'est l'hôtel qui s'est occupé de réserver la voiture, dis-je. Comme tu le sais, ils sont tenus de s'adresser à Vidotour. J'aimerais que tu demandes sa carte de visite à ce guignol.

Elle acquiesça. Dès que M. Loc nous eut rejoints, elle lui transmit ma demande. Il secoua la tête en grommelant.

— Il dit qu'il a oublié ses cartes de visite, traduisit Susan. En général, les Vietnamiens qui en possèdent en sont tellement fiers qu'ils oublieraient leur paquet de cigarettes plutôt que leurs cartes, ce qui n'est pas peu dire.

— D'accord. Nous allons donc passer la journée sous l'œil de Hanoi. Demande-lui s'il a une carte de la région.

Elle posa la question. Sans un mot, M. Loc sortit une carte de la boîte à gants et me la tendit. Je l'étalai sur le capot.

— Voici la vallée d'A Shau, à l'ouest de Hué, expliquai-je à Susan sous l'œil attentif de notre chauffeur. La route s'arrête au milieu de la vallée, dans un village nommé A Luoi, non loin de la frontière laotienne, où j'ai participé à un assaut héliporté dans les derniers jours d'avril 1968. À partir d'A Luoi, le tracé est indiqué en pointillé, ce qui veut dire que la chaussée n'est pas toujours praticable. Elle faisait autrefois partie de la piste Hô Chi Minh. Demande à M. Loc s'il nous sera possible de passer par là pour rallier Khe Sanh.

Susan traduisit, bien que notre chauffeur eût probablement compris ce que je venais de dire, et il répondit.

— M. Loc dit qu'elle n'est presque pas asphaltée, mais qu'on devrait pouvoir aller jusqu'à Khe Sanh vu qu'il ne pleut pas.

— Parfait. Et maintenant, demande-lui si on pourrait parler anglais, ce qui nous éviterait à tous de perdre du temps.

— Je crois que la réponse est non.

— Tant pis. Après la vallée d'A Shau, nous aurons environ soixante-dix kilomètres à faire vers le nord pour atteindre Khe Sanh, où j'ai également participé à un assaut héliporté, celui-ci au début du mois d'avril 1968. Nous reviendrons ensuite vers la côte par la route 9, en passant par la zone démilitarisée, pour arriver finalement à Quang Tri, où j'ai été stationné pendant le plus clair de l'offensive du Têt, c'est-à-dire en janvier et février 1968. Je préfère commencer par la vallée d'A Shau, même si c'est la dernière de ces trois zones où j'ai combattu, parce que c'est un coin où je ne tiens pas à traîner après la tombée de la nuit.

Susan hocha la tête.

— Au total, dis-je, la balade représente environ deux cents kilomètres. Ensuite, il nous restera quatre-vingts kilomètres de trajet vers le sud pour rentrer à Hué.

Je repliai la carte et la jetai sur le fauteuil avant droit du RAV4. Susan alluma une cigarette.

— Tu pensais revenir un jour ici ?

Je m'éloignai du 4 × 4, et de M. Loc.

— Pas vraiment, répondis-je. La dernière fois que j'ai quitté ce pays, en 1972, c'était encore la guerre.

Ensuite, pendant une décennie, les communistes ont tenu le Vietnam d'une main de fer, et à l'époque les Américains n'étaient pas franchement les bienvenus. Vers la fin des années quatre-vingt, la situation s'est améliorée ici. De mon côté, j'avais pris de l'âge, et l'idée d'un retour a commencé à me titiller. De plus en plus de vétérans revenaient ici, et de tous ceux que je connaissais, aucun ne semblait regretter d'avoir fait le voyage.

— Et te voilà.

— Exact. Mais l'initiative ne vient pas de moi.

— Les deux autres fois non plus.

— En fait, en 1972, je me suis porté volontaire.

— Pourquoi ?

— Un ensemble de circonstances. D'abord, c'était excellent pour l'avancement – j'avais quitté l'infanterie de combat pour entrer dans la police militaire. Et aussi, la situation commençait à se gâter à la maison. Ma femme a écrit une lettre au Pentagone pour demander qu'on me renvoie au Vietnam.

Susan éclata de rire.

— En résumé, tu serais revenu au Vietnam pour échapper à ton couple…

— Exact. Je me suis débiné lâchement. Et aussi… j'avais un frère, Benny, qui… L'armée avait une règle implicite, qui voulait qu'on n'envoie qu'un seul homme par famille à la fois en zone de guerre… Et vu que Benny n'était pas débrouillard, je lui ai fait gagner du temps. Heureusement pour lui, l'intervention américaine a cessé avant qu'il reçoive sa feuille de route. Du coup, il s'est retrouvé en Allemagne. Je n'aime pas trop raconter cette histoire, parce qu'elle me fait paraître plus noble que je ne suis.

Susan me posa une main sur l'épaule.

— Je trouve ton geste courageux.

— Ce petit enfoiré n'a rien trouvé de mieux à faire que de m'envoyer plein de photos de lui dans des bars à bière, avec une *Fraülein* sur les genoux. Et ma mère, totalement à côté de la vérité, persistait à raconter à tout le monde que Benny avait été envoyé en Allemagne parce qu'il avait fait un an d'allemand au lycée. Alors que ce pauvre Paul, qui avait opté pour le français, avait été envoyé au Vietnam, qu'elle devait situer dans les environs de Paris…

Susan s'esclaffa.

— Prête à décoller ?

— Oui, fit-elle en jetant sa cigarette.

Nous montâmes à l'arrière du Toyota.

— Tes parents vivent toujours ? me demanda-t-elle.

— Oui.

— J'aimerais les rencontrer.

— Je te donnerai leur adresse.

— Et Benny ?

— Toujours sur son petit nuage. J'ai un autre frère, Davey, qui est resté à Boston.

— J'aimerais tous les rencontrer.

Je fis un effort pour imaginer la famille Weber rassemblée autour d'une bière avec les Brenner, des quartiers sud de Boston, mais je ne réussis pas à former une image plausible de cette rencontre.

M. Loc ayant pris place au volant, nous partîmes.

Nous longeâmes quelques hôtels et restaurants installés au bord de la rivière, le cercle sportif, puis le musée Hô Chi Minh, et, quelques minutes plus tard, nous quittions la ville pour nous enfoncer entre les collines trapues au sud.

Je vis des mausolées impériaux disséminés dans le paysage, sortes de palais fortifiés qui se dressaient au cœur de parcs plantés d'arbres gigantesques. Susan prit quelques photos. La plupart des touristes ne s'aventuraient hors de la ville que pour visiter des tombeaux et des pagodes, mais ma destination était tout autre.

— Tu n'étais pas obligée de venir, dis-je à Susan. Il y a beaucoup mieux à voir ici que des champs de bataille.

— J'ai visité presque tous les monuments l'autre fois. Je tiens à connaître ce que tu vas voir.

Je n'étais pas sûr moi-même de tenir à revoir tout cela.

La route s'étira un bon moment vers le sud, à travers la nécropole, avant de bifurquer à l'ouest. Le Têt avait fait disparaître toute circulation. Dans les villages, les gosses jouaient sur la route, tandis que des familles entières étaient rassemblées sous les arbres pour festoyer.

J'ouvris la carte. Elle n'était pas très précise. J'étais habitué à nos cartes d'état-major, en partie recopiées d'après les versions françaises. Les cartes militaires étaient plastifiées pour résister aux intempéries, et à l'époque nous utilisions un crayon gras pour marquer dessus la position de nos lignes, des terrains d'aviation, des camps de base et des autres installations américaines. Le renseignement militaire nous communiquait des informations régulièrement remises à jour sur la localisation supposée des Vietcongs et de l'armée nord-vietnamienne, données que nous reportions également sur nos cartes. Je ne sais pas au juste d'où provenaient ces précisions, mais la plupart de nos engagements se déroulaient dans des secteurs où l'ennemi n'était pas censé se trouver.

Relevant la tête, je constatai que nous approchions de la rivière des Parfums. Mais aucun pont n'était en vue, que ce soit sur la carte ou dans la réalité.

M. Loc engagea le RAV4 sur le pont d'un bateau transbordeur tout juste capable d'accueillir deux véhicules. Nous étions seuls à bord, et le batelier se mit à palabrer avec nous.

— Soit on paie pour deux voitures, m'expliqua Susan, soit on prend le risque d'attendre ici toute la journée. Ça fera deux dollars.

Je tendis deux dollars au batelier, et nous descendîmes du RAV4. Susan et moi restâmes debout sur le pont pendant que le bac traversait lentement la rivière des Parfums. Susan prit une photographie du paysage.

— Demande à M. Loc si tu as le droit de prendre cette photo, fis-je.

Elle posa la question. M. Loc secoua la tête et répondit d'un ton sec.

— Il dit que non.

— Pendant la guerre, le génie militaire avait mis en place un tas de pontons pour franchir les rivières, expliquai-je en tournant mon regard vers la berge d'en face. Mais ils ne plaisaient pas aux Vietcongs. De temps en temps, ils installaient une forte charge explosive sur un radeau en bambou et attendaient le passage d'un de nos convois. Alors, ils s'approchaient sur leur radeau et, au dernier moment, ils déclenchaient le compte à rebours, sautaient à l'eau et prenaient la tangente en nageant sous l'eau, avec une tige de roseau pour respirer. La plupart du temps, on les voyait venir de loin. On se débrouillait pour faire sauter leurs radeaux avant qu'ils se soient approchés du ponton.

Susan n'émit aucun commentaire.

— On adorait être affectés à la défense des ponts, poursuivis-je. De tous les petits jeux auxquels on nous faisait jouer, c'était un des plus amusants. Enfin, ajoutai-je avec un soupir, en considérant l'air perplexe de ma compagne, je suppose qu'il fallait y être pour comprendre.

— Paul… À présent que tu es adulte et mature, quand tu regardes en arrière, penses-tu encore que ce genre de comportement relève de la normalité ?

— À l'époque, on trouvait ça normal. La plupart des choses qu'on faisait, qu'on disait et qu'on pensait étaient appropriées à la situation. Tout autre type de comportement aurait été considéré comme anormal. Prendre du plaisir à glander sur un ponton toute la journée, en attendant de faire sauter un Vietcong assis sur un radeau – plutôt que de patrouiller en pleine jungle du matin au soir – me paraît tout à fait normal. Tu n'es pas d'accord ?

— Je suppose que si. Disons que je comprends.

— Bien. Je reconnais que cela peut paraître bizarre.

Ayant atteint la berge opposée, nous remontâmes à bord du 4 × 4 et poursuivîmes notre route vers l'ouest, où se dressait une barrière de montagnes. Nous ne dépassions pas le cinquante à l'heure, et si la chaussée restait dans cet état, il faudrait encore compter une heure pour atteindre la vallée d'A Shau.

Malgré le relief, les Vietnamiens avaient réussi à étendre la culture du riz grâce à une série de digues et de moulins. La campagne semblait prospère – et plus populeuse que dans mon souvenir. Nous atteignîmes une petite ville du nom de Binh Bien, la dernière sur cette route. Au-delà commençait ce que nous appelions autrefois le « territoire indien ». La route s'éleva petit à petit, et nous nous retrouvâmes bientôt dans une zone de montagnes d'argile rouge couvertes de broussailles.

— Chaque soir, dis-je à Susan, on devait s'enterrer pour la nuit. On choisissait une colline comme celle-ci, aussi pentue que possible. Le sol est essentiellement argileux, et avec nos pelles pliables, on mettait des heures à creuser un vague trou pour dormir. Ceux-ci ressemblaient à des tombes. On plaçait aussi des mines antipersonnel autour du bivouac. Une arme de défense redoutable, sans laquelle on n'aurait probablement jamais pu fermer l'œil.

Nous venions de nous engager dans un étroit défilé rocheux aux pentes abruptes, et la végétation s'épaississait peu à peu. Un torrent grondait tout à côté de la route, qu'il noyait certainement pendant les moussons.

— Côté Vietnam, c'est le seul accès à la vallée, expliquai-je à Susan, mais les Américains ne l'ont jamais utilisé : ce défilé était trop propice aux embuscades. Nous sommes arrivés en hélicoptère, et tout ce dont nous avions besoin nous était livré par la voie des airs.

Le goudron avait presque totalement disparu, et au fur et à mesure de notre montée, des espèces de nuages apparurent au ras des pentes, comme une brume surgie du sol. Il commençait à faire froid. M. Loc, dont le coup de volant n'était pas mauvais, roulait de plus en plus doucement. Nous n'avions plus croisé un véhicule ni aperçu un être humain depuis vingt kilomètres.

— Je ne suis jamais allée aussi loin dans l'intérieur, me glissa Susan. Ça me donne la chair de poule.

— C'est presque un autre pays. Radicalement différent des plaines côtières. Avec une forte population de Montagnards.

— Qui sont ces gens ?

— C'est comme ça que les Français appelaient autrefois les membres des tribus des hauts plateaux. Le nom est resté.

— Aujourd'hui, on parlerait plutôt de minorités ethniques ou de peuples indigènes. Pour rester politiquement correct.

— Ici, on dit encore les Montagnards. Ils avaient plutôt de la sympathie pour nous, les Américains, et haïssaient les Vietnamiens de souche, qu'ils soient du Nord ou du Sud. Nous les avons armés jusqu'aux dents, mais la difficulté consistait à faire en sorte qu'ils ne tuent que des Vietcongs et des Nord-Vietnamiens, en épargnant nos alliés militaires du Sud-Vietnam. À mon avis, leur devise était : « Un bon Vietnamien est un Vietnamien mort. » Tu as déjà entendu parler du FULRO ?

M. Loc tourna aussitôt la tête, et nos regards se croisèrent. Ce crétin allait sûrement signaler dans son rapport que j'étais ici pour fomenter une insurrection montagnarde.

— Je crois avoir vu des photos au musée des…

— Exact. Moi aussi.

— Je suis ici depuis des années, mais je n'ai jamais vu un Montagnard.

— Même pas au Q-Bar ?

Susan préféra ignorer ma remarque.

— Sont-ils… comment dire… bienveillants ?

— Ils l'étaient. Tant qu'on n'est pas vietnamien, ce sont des gens d'un commerce très agréable. Tu aurais peut-être intérêt à revoir ta coiffure.

Je remarquai que M. Loc nous observait dans son rétroviseur. Il comprenait à l'évidence ce que nous disions et n'appréciait pas ce discours sur le FULRO et la haine des Montagnards envers les Vietnamiens.

Nous atteignîmes un col et basculâmes dans la descente. Le défilé restait étroit, et partiellement noyé d'une brume qui rendait invisible la vallée d'A Shau.

— Regarde, Paul, dit Susan en me montrant du doigt une longue maison de bois sur pilotis recouverte de chaume qui se découpait sur une crête. C'est une habitation tribale ?

— On dirait.

Alors que nous n'étions plus qu'à une centaine de mètres du bâtiment, trois hommes aux cheveux extrêmement longs, drapés dans ce qui ressemblait à des couvertures multicolores, émergèrent sur la crête au-dessus de nous. Deux d'entre eux tenaient un AK-47, le troisième un M-16 américain. Mon cœur cessa un instant de battre, et sans doute en alla-t-il de même pour M. Loc, qui écrasa brutalement la pédale de frein. Sans cesser de fixer les trois hommes, qui ne se trouvaient qu'à une cinquantaine de mètres, il adressa quelques mots à Susan.

— D'après M. Loc, ces hommes seraient de la tribu des Ba Co ou Ba Hy. Bien que ce genre d'arme soit interdite, ils chassent avec, et le gouvernement n'y peut pas grand-chose.

Les trois hommes nous toisaient, mais n'avançaient plus. Je décidai de leur faire comprendre sans plus attendre que seul notre chauffeur était vietnamien. M'étant dressé sur mon siège, je m'écriai :

— Coucou ! Me revoilà !

Ils échangèrent un regard et se remirent à me fixer.

— J'arrive de Washington ! Pour vous aider !

— Tu veux nous faire tous tuer ? grommela Susan.

— Ces gens-là nous adorent.

Un des trois hommes fit un signe avec son fusil.

— C'est bon, dis-je en anglais à M. Loc. Ils disent qu'on peut passer. Roulez.

Je me rassis. M. Loc enclencha la première.

Nous poursuivîmes notre descente vers la vallée.

— Incroyable, chuchota Susan. J'aurais dû les prendre en photo.

— Si tu l'avais fait, ils t'auraient coupé la tête et ils auraient essayé de l'enfoncer dans ton appareil.

— Ce que tu es bête !

— Ah oui ? Je vais te raconter ce qu'ils réservaient aux soldats nord-vietnamiens et aux Vietcongs : ils les découpaient vivants, petit bout par petit bout, à la lame de rasoir, jetaient les morceaux à leurs chiens et obligeaient leurs prisonniers à les regarder en train de bouffer leur chair. Chaque fois qu'ils capturaient un ennemi, leurs chiens trépignaient d'impatience. La grande majorité des soldats préféraient se tuer plutôt que de tomber aux mains des Montagnards.

— Seigneur…

— Je n'ai jamais assisté à ce genre de scène… Mais il m'est arrivé de découvrir les restes d'un de ces festins… Cela nous a permis de nous rassurer en constatant que nous n'avions pas encore totalement sombré dans la psychose.

Susan ne répondit pas. M. Loc se retourna pour me décocher un coup d'œil pas franchement aimable.

— Roulez, dis-je.

Le défilé s'élargissait, la pente allait s'atténuant. Le brouillard se dissipa, et nous découvrîmes enfin la vallée d'A Shau entre des écharpes de brume qui vues d'en haut ressemblaient à de la neige. Ce lieu m'était familier. D'autant plus que j'avais eu la certitude, lorsque j'y avais séjourné, que je ne verrais plus jamais d'autre endroit sur cette terre.

— Ça te rappelle quelque chose ? s'enquit Susan.

J'opinai.

— Tu es arrivé en hélicoptère. Et après ?

Après un long silence, je répondis :

— Nous venions de Camp Evans, le quartier général avancé de la First Cav. Une gigantesque armada d'hélicoptères bourrés de fantassins en préparation d'un assaut aérien. C'était le 25 avril, et une brève fenêtre de temps clair était prévue. Nous sommes arrivés du nord-est, au-delà de ces montagnes que nous avons franchies. À l'extrémité nord de la vallée, il y avait un ancien village vietnamien, A Luoi, dont il ne restait presque plus trace. Dans les années cinquante, le poste de la Légion étrangère française qui y était installé avait été pris par le Viet Minh. Les communistes ont pris le contrôle de cette vallée, qu'ils considéraient comme une dague pointée vers le cœur de Hué. Au début des années soixante, nos forces spéciales ont débarqué. Elles ont installé leur camp à A Luoi, en plein territoire indien. Elles ont reconstruit la vieille piste d'aviation française et entraîné les Montagnards au combat contre les Vietcongs et l'armée nord-vietnamienne.

Nous avions presque atteint la vallée. Je reconnus la rivière qui l'abreuvait.

— Là-bas, derrière ces montagnes, c'est le Laos. Un jour de 1966, l'ennemi a massé ses forces de l'autre côté de la frontière, des milliers d'hommes, et a lancé une grande offensive sur le camp des forces spéciales d'A Luoi. Les communistes ont alors repris le contrôle de la vallée.

Nous roulions à présent sur du plat, et M. Loc avait quelque peu accéléré.

— Après la défaite des forces spéciales et le départ de toutes les populations tribales survivantes, cette vallée, ainsi que les montagnes environnantes, est devenue pour nous un champ de tir, et pour notre aviation un déversoir. Chaque fois qu'une mission de bombardement était annulée quelque part à cause du mauvais temps, les avions venaient vider leurs soutes au-dessus de cette zone. Quand je suis arrivé, elle ressemblait à un gruyère. Des cratères énormes, gros comme des maisons, qui se transformaient facilement en tranchées, pour eux comme pour nous. On s'est battus mètre par mètre, cratère par cratère… Quelque part au sud-ouest d'ici, tout près du Laos, il y a une montagne qui a été surnommée la colline Hamburger. En mai 1969, notre armée y a laissé deux cents tués et deux cents blessés en tentant de prendre ce sommet totalement inutile. Cette maudite vallée a baigné dans le sang pendant des années, et aujourd'hui elle me paraît encore sinistre, inquiétante… même si je constate que les Vietnamiens et les Montagnards sont revenus… Et moi aussi.

Susan embrassa la vallée du regard en silence, puis dit :

— Je comprends que tu n'aies pas voulu revenir.

— Oui mais… ça vaut mieux que de revivre le passé dans mes cauchemars… comme ce type à Cu Chi… On revient, on regarde le machin dans le blanc des yeux, et on s'aperçoit qu'il ne ressemble plus à ce qu'il était dans le temps. Le nouveau souvenir remplace l'ancien… enfin, ça, c'est la théorie. Mais en attendant… Oui, cet endroit me donne froid dans le dos.

— Tu veux qu'on s'en aille ?

— Non.

La route menait au village ressuscité d'A Luoi, qu'on apercevait au loin. Autour de nous, où il n'y avait autrefois que hautes herbes et bambous, de nombreux champs avaient été défrichés pour accueillir des cultures vivrières.

— En avril 1968, repris-je, l'état-major américain décida de reprendre la vallée. Donc, nous voilà transportés ici par hélicoptère, et je me trouve assis dans un

Huey vrombissant, avec six autres fantassins pas franchement réjouis de se trouver là, quand, tout à coup, des tirs de DCA se mettent à péter tout autour de nous. Nous autres, on ne s'était jamais fait tirer dessus par la triple A – l'artillerie anti-aérienne –, et je peux te dire que c'est quelque chose de terrifiant. D'énormes explosions de fumée noire fleurissent dans le ciel, comme dans les bandes d'actualités de la Seconde Guerre mondiale, avec de gros éclats d'obus sifflants qui fusent partout. Le rotor arrière de l'hélico qui nous précède est touché, l'appareil se met à tournoyer, on voit des fantassins gicler par la portière, l'hélico tombe comme une pierre et explose au sol. Un autre est touché, et notre pilote descend en piqué pour éviter la DCA. Deux hélicos viennent d'être détruits sous mes yeux, ils transportaient chacun sept fantassins et quatre membres d'équipage, ce qui fait un total de vingt-deux tués avant même que nous ayons touché le sol. Nous perdons dix autres appareils lors de l'assaut aérien initial. Et pendant tout ce temps, on se fait allumer à la mitrailleuse depuis tous les flancs de montagne qui cernent la vallée, notre hélico reçoit une balle en plein pare-brise, heureusement personne n'est touché, le pilote descend à trois mètres du sol, on saute, et il remonte comme un dératé…

— Seigneur. Tu dois avoir…

— J'ai eu la trouille de ma vie. Donc, nous voilà au sol, sur ce qu'on appelle une zone d'atterrissage chaude, ce qui veut dire qu'on est directement sous le feu ennemi. Ces salauds sont tout autour, dans les montagnes, et on se déploie pour les attaquer. Pendant ce temps, l'aviation arrose les pentes de napalm et de bombes à fragmentation, et les hélicoptères Cobra de l'armée de terre crachent des roquettes et des rafales de Gatling pour essayer de faire taire l'adversaire. C'est un bordel total, le genre débarquement en Normandie. À la fin de la journée, la situation est sous contrôle, on a repris le terrain d'aviation d'A Luoi, et on investit les montagnes.

Je jetai un coup d'œil au rétroviseur.

— Ce jour-là, monsieur Loc, on a mis une sacrée branlée à l'Armée de libération du peuple.

Il ne daigna pas répondre.

— Paul. S'il te plaît…

— Qu'il aille se faire foutre.

— Paul.

Luttant pour reprendre mon sang-froid, je constatai que nous entrions dans A Luoi, un hameau dont la rue principale boueuse était bordée de bâtisses de bois. Il n'y avait là qu'un seul bâtiment en stuc, et sa façade s'ornait d'un drapeau vietnamien – manifestement un édifice officiel. Pour ce qui est des véhicules, je ne vis que quelques scooters, un camion de ferme, deux jeeps jaunes de la police. Des câbles électriques filaient au-dessus de nos têtes, ce qui signifiait que ce bled était électrifié, un net progrès depuis mon dernier passage.

M. Loc se gara sur la place du village. Susan et moi mîmes pied à terre, et je jetai un coup d'œil circulaire, un peu perdu. Si les montagnes n'avaient pas changé, il n'en allait pas de même de la vallée.

— Voilà le trou à rats pour lequel nous nous sommes battus comme des chiens pendant trois semaines, dis-je à Susan. (Puis, m'adressant à M. Loc :) Cette jeune femme et moi, on va faire un tour. Vous n'aurez qu'à signaler ça à vos chefs, dis-je en indiquant l'édifice au drapeau.

Susan et moi traversâmes la place et empruntâmes un chemin de terre qui s'en allait mourir dans un pré à l'ouest du village. La piste d'atterrissage, longue de près de deux kilomètres, passait à travers champs, envahie d'herbes mais en apparence toujours praticable.

— Voici le terrain d'aviation, dis-je à Susan. En bout de piste, côté nord, se trouvaient les ruines du camp des forces spéciales dont la First Cav a fait son poste de commandement pendant l'assaut. Les gars du génie ont commencé par disposer des sacs de sable autour de la piste, et en deux jours, elle était entièrement défendue par des mines et des barbelés. Ma compagnie a passé les trois jours suivants dans les montagnes, à repousser les Viets toujours plus loin. Ensuite, on nous a permis de souffler pendant deux jours en nous affectant aux blockhaus. Le mien était par là, au pied de cette colline.

Mon regard fila au-delà des champs, vers le pied des montagnes, à environ cinq cents mètres de distance.

— Un jour, poursuivis-je, alors qu'on jouait au poker tous les six sur le toit du blockhaus, les Viets se mettent à nous canarder au mortier depuis ces sommets, là, derrière. Et le plus dingue, c'est qu'on a à peine levé la tête au moment des impacts : on était des vieux de la vieille, et on savait que les Viets essayaient de dégommer les blockhaus du P. C., de l'autre côté, ou bien les stocks de munitions, ou bien la piste elle-même. Bref, on continue à jouer. Et tout à coup – c'est là que ça devient comique –, un enfoiré de rouge planqué là-haut – sûrement celui qui règle le tir à la jumelle – commence à diriger les frappes de mortier sur notre misérable petit blockhaus de rien du tout. Les impacts se rapprochent, de plus en plus, et nous, on ne s'aperçoit qu'ils sont trop près que quand une gerbe de terre et de cailloux nous tombe dessus. J'avais trois as en main et trente dollars au pot quand tout le monde a lâché ses cartes, raflé son fric et sauté du toit du blockhaus pour piquer une tête à l'intérieur. Je suis rentré à la seconde où un obus pétait dehors et faisait trembler le béton sur ses bases. J'avais gardé mes cartes à la main, et alors que le blockhaus menaçait de s'écrouler, j'ai montré mes trois as à ces enfoirés, et on s'est engueulés pour savoir si j'avais gagné ou s'il y avait fausse donne. On en a rigolé pendant des semaines.

— Je suppose qu'il fallait y être, soupira Susan.

— Exactement. Et j'y étais.

Je l'entraînai sur un sentier entre deux champs cultivés. Il s'interrompait au pied d'une ligne d'arbres, que nous traversâmes pour rejoindre la rivière. C'était un torrent peu profond, au lit rocailleux, que je me rappelais avoir traversé à gué un peu en amont. Je m'approchai de la rive et grimpai sur une grosse pierre plate. Susan m'imita.

— Un jour, dis-je, nous avons franchi cette rivière un peu plus haut. Nous n'étions plus qu'une centaine d'hommes alors que la compagnie en avait compté cent soixante. Nous avions perdu beaucoup de monde pendant l'offensive du Têt en janvier et en février, puis à Khe Sanh, au début d'avril. Donc, ça se passe autour du 30 avril, nous avons déjà perdu un certain nombre de gars ici, dans la vallée, mais la guerre a toujours besoin de chair fraîche, les renforts n'arrivent pas, et on risque de se retrouver à court de rations et d'eau potable… C'est une rivière de montagne, son eau doit être propre, et on décide de prendre le risque : on puise directement dans le courant pour remplir nos gourdes.

Je remontai le long de la berge rocheuse jusqu'à retrouver l'emplacement de notre gué. Susan me suivit, et nous entrâmes dans l'eau l'un après l'autre, jusqu'aux chevilles. Elle était toujours aussi glaciale. Nous traversâmes en passant d'un rocher à l'autre, escaladâmes la berge opposée.

— Donc, on traverse ici, et qu'est-ce qu'on voit ? Une dizaine de soldats ennemis morts sur la rive, ici, et là, certains à moitié immergés. Ils étaient en train de se décomposer dans le torrent, verts et bouffis. La mâchoire de l'un d'eux, qui ne tenait plus que par un bout de muscle, était posée sur son épaule, avec toutes ses dents… Ça m'a fait drôle. Tout le monde a aussitôt vidé sa gourde. Il y en a même un qui a vomi.

Je m'agenouillai, pris un peu d'eau au creux de ma paume et la regardai attentivement, mais sans la boire.

Susan ne pipait mot.

Je me levai, tournai le dos à la rivière. Devinant le départ d'un sentier à travers l'épaisse végétation, j'escaladai la pente pour le rejoindre.

— Paul… dit Susan en m'emboîtant le pas. C'est le genre d'endroit où on risque à tout moment de marcher sur une mine…

— Je ne pense pas. C'est un gué souvent utilisé, regarde ce chemin. Nous ferons attention. (Je m'engageai sur le sentier et lui fis signe de me suivre.) On fera l'inspection des sangsues plus tard.

Elle resta muette.

— Donc, repris-je, on remonte ce sentier, et quelque chose bouge dans les fourrés. Mais ce ne sont pas les Viets, c'est un petit cerf. Je suis dans les premiers du peloton, et comme des crétins, on fait tous feu en même temps sur le cerf. On le manque, et on se met à le pourchasser à travers les broussailles pendant que le reste de la troupe se met à courir derrière nous sur le sentier pour ne pas se laisser distancer…

Je continuais à avancer sur le chemin qui s'élevait lentement dans un bois touffu, au pied de la montagne.

— Le commandant de notre compagnie, le capitaine Ross, était au bord de la rivière avec deux autres groupes. Il a cru que nous étions au contact de l'ennemi, mais mon chef de peloton l'a prévenu par radio qu'on chassait juste un cerf. Ça nous a valu un sacré savon du capitaine, qui avait lancé le reste de la compagnie à notre rescousse. (Je pouffai.) On avait tous un grain, à l'époque.

Je marchais toujours. La forêt tropicale se densifiait à chaque pas, et j'avais la sensation de plus en plus nette d'avoir des sangsues sur la nuque.

— Où allons-nous, Paul ?

— Il y a quelque chose là-haut que je veux voir. Je n'arrive pas à croire que j'aie pu retrouver cet endroit.

Nous dépassâmes plusieurs cratères de bombes désormais envahis d'arbres et de broussailles avant d'atteindre une clairière gravée dans ma mémoire. Elle aussi était criblée de trous. À l'autre bout, la forêt tropicale se dressait comme une muraille et, environ à cent mètres au-delà, la montagne s'élevait abruptement. C'était là. Je marchai vers la forêt.

Arrivé devant le mur végétal, je me tournai vers Susan.

— Donc, une vingtaine d'entre nous sont en train de courser ce cerf en tirant à tout-va, et l'animal s'engouffre entre ces arbres, par une brèche qui, pensons-nous, donne sûrement sur un autre sentier. Nous le suivons, et d'un seul coup, nous nous retrouvons à découvert, mais ce n'est pas une clairière naturelle parce qu'on voit plein de troncs coupés, et je me rends compte que c'est un camp de base ennemi, caché dans la jungle et invisible depuis le ciel grâce à une triple couche de végétation qui forme une sorte de dôme au-dessus des têtes. Le soleil filtre vaguement dans cet espace défriché, et c'est un spectacle insensé. Il y a des cabanes, des camions, des hamacs accrochés, une cuisine en plein air, un hôpital de campagne, un char endommagé, plus tout un arsenal d'armes anti-aériennes, là, sous nos yeux…

Je cherchai en vain une ouverture dans la végétation.

— C'est quelque part là-dedans, dis-je en m'avançant dans un fourré.

Mes pieds se retrouvèrent emberlificotés dans une grosse liane, que je tranchai à l'aide de mon couteau suisse.

— Paul, cette fois, ce n'est pas un chemin fréquenté. Tu risques de te faire tuer…

— Retourne sur tes pas.

— Non, je veux que tu reviennes. Ça suffit.

— Attends-moi ici, je t'appellerai.

Je m'enfonçai encore, conscient que l'endroit pouvait être jonché de mines. Le besoin de revoir cet ancien camp de base était plus fort que la peur. Enfin, les broussailles s'éclaircirent, et je m'arrêtai à l'orée de ce qui avait été un gigantesque repaire ennemi camouflé. Il y avait si peu de lumière que la végétation n'était ni touffue ni haute, laissant voir la montagne à une centaine de mètres. J'entendis Susan s'approcher dans mon dos.

— C'est ici ?

— Oui. Un camp de base nord-vietnamien. Regarde là. Tu vois ces huttes de bambou ? Tout cet espace était encombré de munitions, de camions, d'armements…

Je m'avançai de quelques pas, levai les yeux vers la voûte végétale.

— Ils avaient tendu des filets de camouflage entre les arbres. Très malin de leur part.

Susan ne dit mot.

— Bref, on est en train de courser notre cerf, et en arrivant ici on s'arrête net ! Le plus drôle, c'est qu'on chassait juste pour améliorer le menu de notre dîner, mais les Viets ont dû se croire attaqués par un régiment entier, parce qu'ils avaient tous fait *di di mau*. Envolés ! Un de nos gars a remarqué un feu de cuisine qui fumait encore.

Je fis quelques mètres supplémentaires dans la clairière.

— On progresse maintenant avec d'extrêmes précautions, en rampant de souche en souche. On se rend compte qu'on vient de découvrir une cible de choix. Mon chef de peloton, le lieutenant Merritt, contacte par radio le capitaine pour lui annoncer la bonne nouvelle, et cette fois, il n'est plus question du cerf. Sauf que les Viets ne s'étaient pas vraiment fait la malle, ils étaient juste planqués alentour, surtout dans les escarpements que tu vois de ce côté. Mais comme nous ne sommes pas débiles non plus, nous restons à l'abri derrière les souches et nous effectuons ce qu'on appelle une reconnaissance par le feu, ce qui consiste essentiellement à mitrailler chaque zone de terrain avant de poursuivre son avance. Un Viet perd son sang-froid et riposte. D'un seul coup, ça se met à tirer dans tous les sens, et on envoie des grenades et des roquettes dans les bidons d'essence, qui explosent, et les stocks de munitions avec. À ce moment-là, nous sommes rejoints par le reste de la compagnie.

Je promenai un regard circulaire sur le sol. Des ramasseurs de métal étaient évidemment passés par ici : il ne restait plus un fragment d'acier visible – pas même un éclat de roquette fiché en terre.

— C'est incroyable, murmura Susan, arrivée à ma hauteur, en contemplant cette vaste clairière artificielle sous la voûte végétale. Je suppose qu'il existe d'autres camps de ce type dans tout le Vietnam.

— Oui. Les Viets étaient capables de dissimuler un demi-million d'hommes et de femmes à tout moment dans des camps de jungle semblables à celui-ci, dans des tunnels comme à Cu Chi, dans des villages côtiers, dans les marécages du delta du Mékong… Ils surgissaient pour frapper où, quand et comme bon leur semblait… Mais pour une fois nous les avions piégés, et ils n'avaient pas pu choisir le moment pour se battre. Malheureusement, nous étions tombés sur une force nettement supérieure en nombre, et nous nous sommes repliés dare-dare vers le torrent. Ils ont essayé de nous isoler des autres, et on a dû cracher tous les feux de l'enfer pour échapper à leur tenaille. On a prévenu les hélicos et l'artillerie, sans lesquels nous n'aurions jamais sauvé notre peau, mais le pire restait à venir. Notre chef de bataillon, un lieutenant-colonel, avait été blessé au cours de l'assaut héliporté, et le commandant qui l'avait remplacé rêvait de devenir lui aussi lieutenant-colonel. Du coup, pendant quarante-huit heures, il nous a ordonné de contre-attaquer sans relâche, soutenus par l'artillerie et les hélicoptères. Sauf que nous étions toujours inférieurs en nombre et que, le troisième jour, entre morts et blessés, nous avions perdu un tiers de notre compagnie. Mais nous avons repris le camp vietcong, ou du moins c'est ce que nous pensions. Tout à coup, nous avons entendu un bruit bizarre de ce côté-ci, au bout du camp, et de la jungle ont surgi deux chars, qui ne pouvaient pas être des nôtres parce que nous n'en avions jamais eu dans la vallée. Aucun d'entre nous ne s'était jamais retrouvé face à un char ennemi, et nous étions tous… pétrifiés. Leurs tourelles étaient armées de canons jumeaux de 57 millimètres. Ils ont ouvert le feu. Un des nôtres se prend un obus en pleine poitrine, il se désintègre littéralement. Deux autres sont touchés par des éclats, et tout le monde se jette au sol ou prend ses jambes à son cou, mais on ne sème pas un char. Là-dessus, un de nos gars sort son lance-roquette dépliable M-72, un engin à usage unique, avec un tube télescopique en carton. Il se redresse, vise très calmement les engins qui roulent vers nous, fait feu. Sa roquette frappe la tourelle du char de tête, dont le servant est éjecté. Un autre tire une roquette dans la chenille du second char. Les cuirassiers vietnamiens essaient de s'enfuir à pied, et on n'a plus qu'à les flinguer comme des lapins. On vient d'accrocher deux chars à notre tableau de chasse, notre capitaine prévient le quartier général du bataillon, et nous voilà devenus des héros. Donc, on attend la relève et on rentre à A Luoi ? Pas du tout : notre nouveau chef de bataillon veut se faire une réputation, et il nous ordonne de continuer d'avancer. Ce n'est pas du tout ce que nous avions en tête, mais le vieux est vicelard, il nous raconte par radio que, selon un rapport du renseignement militaire, des prisonniers de guerre américains seraient enfermés dans des cages de bambou un peu plus loin dans les collines. Ça nous motive, bien sûr, et on y va…

Je me dirigeai vers l'endroit approximatif où nous avions détruit les chars vietnamiens.

— Nous avons escaladé cette montagne et poursuivi ce qui restait de la force ennemie, avides de trouver ces fameuses cages. Au bout de six jours, nous nous étions accrochés une dizaine de fois avec les Viets en train de se replier. Nous avons effectivement fini par trouver des cages en bambou, mais elles étaient vides. À ce stade, nous étions tous vidés, submergés par la pire espèce de fatigue que peut connaître le combattant : nous ne pouvions ni dormir la nuit ni manger, et nous n'avions même pas le temps de penser à boire de l'eau. On ne se parlait presque plus parce qu'il n'y avait rien à dire. Chaque jour, des gars tombaient, tués ou blessés, et le groupe se réduisait, ressemblait de plus en plus à une meute humaine armée jusqu'aux dents, pratiquement dépourvue de chef et de structure hiérarchique… Tous les officiers étaient morts ou blessés, à part le chef de la compagnie, le capitaine Ross, un gars de vingt-cinq ans qui faisait figure d'ancien, tous les sergents aussi… Les infirmiers étaient blessés, comme les opérateurs radio et les mitrailleurs, et on faisait ce qu'on pouvait pour se rappeler ce qu'on avait appris pendant nos classes sur la radio, le maniement de la mitrailleuse M-60, les soins d'urgence… et on continuait d'avancer…

Mon regard se leva vers les montagnes dans le lointain.

— Paul, murmura Susan, je crois que nous ferions mieux de revenir sur nos pas…

— Oui… On aurait dû demander à être relevés, ou au moins renforcés, et peut-être le capitaine l'a-t-il fait, même si je ne m'en souviens pas… mais cette bataille en mouvement avait fini par s'animer d'une vie propre, et je crois que nous n'avions plus qu'une chose en tête : éliminer toujours plus de ces salopards qui avaient tué et blessé tant de nos potes… C'était comme un match au finish, et malgré notre épuisement et notre trouille, tout ce que nous voulions, c'était tuer encore plus de Viets. Au total, cela a duré sept jours, et à la fin nous étions méconnaissables. Je veux dire, le sang maculait nos mains et nos treillis déchirés, nous avions une barbe impressionnante, les yeux injectés, nous étions noirs de crasse, nous ne pensions plus ni à nous raser, ni à nous doucher, ni même à manger ou à panser nos plaies…

— Je comprends que tu n'aies jamais voulu en parler.

— J'ai déjà raconté cette partie de l'histoire. Ce n'est pas la plus pénible.

Je progressai encore d'une cinquantaine de mètres dans la clairière, toujours suivi par Susan.

— Nous nous sommes enfoncés encore plus loin dans les montagnes, et le septième jour, alors qu'on patrouillait sur une crête, prêts à combattre une fois de plus, le capitaine décide de renforcer le dispositif de sécurité en ordonnant à deux équipes de deux hommes de descendre dans les ravins qui s'ouvrent de part et d'autre de la crête. Je descends avec un gars à droite, et on se met à marcher parallèlement à la compagnie, dont on devine parfois les casques sur la crête, au-dessus de nous. Un peu plus loin, le ravin se creuse, la crête fait un coude, mon coéquipier est largement devant moi et, d'un seul coup, je m'aperçois que j'ai perdu le contact visuel avec lui et avec les autres. Je marche seul, ce qui n'est pas la meilleure chose à faire en pleine jungle et en pleine guerre. J'accélère pour rattraper le copain qui est devant moi, mais, en fait, il est déjà remonté sur la crête pour retrouver la compagnie…

Arrivé au pied de la montagne abrupte, où l'on devinait encore quelques huttes effondrées et envahies de végétation, je levai les yeux vers le sommet.

— Ça se passait là-haut, sur l'autre versant de cette montagne… Donc, je marche seul, et je finis par décider qu'il est temps de remonter, de rejoindre les autres. À cet instant, je perçois un mouvement à l'orée de mon champ de vision, et je vois, à moins de vingt mètres de moi, un soldat nord-vietnamien armé d'un AK-47. Il me regarde, immobile dans le ravin.

J'inspirai profondément.

— On s'observe en chiens de faïence, ce type porte un treillis tigré, mais il est torse nu, et un bandage ensanglanté lui couvre la poitrine. À ce stade, c'est à qui fera feu le premier, mais pour être franc, je suis paralysé de terreur, et je crois que c'est pareil pour lui. Et d'un seul coup… le Viet jette son fusil, et je respire. Il se rend. Mais non… Le voilà qui s'avance vers moi, je lève mon fusil et je hurle : *Dung lai !*, « Halte ! » Il sort une longue machette de sa ceinture. Il me dit quelque chose, mais je n'y comprends rien. Ça m'énerve, je me sens prêt à le fumer à bout portant. Mais je le vois qui pointe le bout de sa machette vers la pelle pliable que je porte à la ceinture, et soudain, je comprends ce qu'il veut : un combat à l'arme blanche.

Je sentis qu'un voile de sueur froide s'était formé sur mon visage et, comme bercé par le chant des oiseaux et des insectes dans les arbres, je me sentis de nouveau transporté dans les profondeurs moites du ravin.

— Ce type me provoque en duel, et les mots sortent en rafale de sa bouche. Je n'en ai pas compris un seul, mais je savais exactement ce qu'il était en train de me dire. « Voyons s'il te reste un peu de courage quand ton artillerie, tes hélicoptères et tes avions de chasse ne sont pas là. » Voilà ce qu'il me disait. Et aussi : « Espèce de lâche. Voyons de quoi tu es capable, espèce de porc américain gavé et bichonné. » Et tout en parlant, il continue d'avancer, et il n'est plus qu'à trois mètres de moi, et je le regarde dans les yeux, et je n'ai jamais vu une haine pareille dans aucun regard, ni avant, ni depuis. Ce mec a pété les plombs, il est blessé, il est seul, à croire qu'il est le dernier survivant de son unité… Et il s'approche de moi pour qu'on s'empoigne comme dans une cour d'école. Viens, fumier. Prends ça… Et là… je ne sais absolument pas pourquoi… j'ai baissé mon fusil… il s'est arrêté, il a souri. Il a montré de nouveau ma pelle, et j'ai hoché la tête.

Je me tus, montai sur un rocher à la base de la montagne. Je respirai longuement, à plusieurs reprises, en m'épongeant le visage.

— Paul… Rentrons.

Je secouai la tête.

— Qui est le plus fou ? Lui, ou moi ? Je détache ma pelle, j'incline la plaque métallique à un angle de quatre-vingt-dix degrés par rapport au manche, et je la verrouille dans cette position. Je retire mon casque et je le jette par terre. Le Viet ne sourit plus, son visage est impassible et concentré. Il me regarde dans le blanc des yeux et voudrait que je le regarde, mais je suis né à Boston, dans les quartiers sud, et je sais qu'il faut toujours regarder l'arme de l'adversaire. On se tourne autour, prêts à bondir, sans dire un mot. Il lance un coup de machette, je sens la lame qui fend l'air devant mon visage, mais je ne recule pas parce qu'il n'est pas assez près pour m'atteindre… Sa machette est plus longue que ma pelle, ce qui risque de me poser un problème s'il réduit la distance. On continue à se tourner autour jusqu'à ce qu'il se décide enfin à attaquer : il tente un coup oblique, en visant ma gorge.

Je me tus, réfléchissant à ce qui s'était passé ensuite. Bien que j'eusse rarement revécu cette scène dans sa totalité, les détails me revenaient d'un coup, avec une extrême acuité.

— Je fais un bond en arrière, mais il décoche aussitôt un second coup, toujours en direction de ma gorge. J'esquive en faisant un pas sur le côté, je trébuche, je tombe. Il est sur moi en une demi-seconde, vise mes jambes, mais j'ai le temps de les déplacer, et sa lame se fiche dans la terre. Je me relève d'un bond au moment où le coup suivant s'abat vers ma tête, je réussis à le bloquer avec ma pelle et aussi sec, dans l'élan, je lance un coup de pelle de bas en haut, genre uppercut, et je le touche au côté de la mâchoire. Je prends toujours soin de bien aiguiser le métal de ma pelle. La tranche lui arrache un bout de mâchoire, et le voilà avec un gros bloc de chair sanglante qui lui pend sous le menton, en état de choc temporaire, ce qui est une aubaine pour moi. Je le frappe avec ma pelle, comme si c'était une batte ce coup-là, et je lui sectionne aux trois quarts l'avant-bras droit. Il lâche sa machette, bien sûr.

J'aurais peut-être dû achever là mon récit, mais quelque chose me poussait à continuer :

— Il reste là, debout, le match est fini. J'ai un prisonnier, si l'envie me prend d'en faire un, ou bien je peux le laisser aller. Ou alors… je peux le tuer à coups de pelle… Il me fixe, avec ce bout de mâchoire qui pendouille et son avant-bras qui pisse le sang… Et moi, qu'est-ce que je fais ? Je lâche ma pelle et je sors mon couteau. Le gars jette un rapide regard à sa machette tombée au sol et il plonge dessus. Je lui expédie un coup de pied dans la tête, mais il essaie toujours de ramper. Je lui empoigne les cheveux de la main gauche, je lui renverse la tête en arrière… et je lui tranche la gorge avec mon couteau. Je sens ma lame s'enfoncer dans le cartilage du larynx, j'entends un sifflement d'air… je coupe l'artère, le sang m'asperge les mains… je le lâche, et là il se redresse et se tourne vers moi, et il me regarde bien en face, sa gorge pisse le sang, je vois la vie s'amenuiser dans ses yeux, mais il continue de me regarder, et on se fixe sans ciller jusqu'au moment où ses jambes se dérobent. Il s'écroule face contre terre.

Évitant de regarder Susan, j'ajoutai :

— J'ai essuyé le sang de mon couteau sur son treillis, j'ai rengainé mon couteau, j'ai remis ma pelle à ma ceinture, j'ai récupéré mon casque et mon fusil. Au moment où je m'apprêtais à reprendre ma marche, j'ai levé la tête et j'ai vu deux gars de ma compagnie. Ils étaient descendus me chercher et avaient assisté à la fin de la scène. L'un d'eux me prend mon fusil des mains et tire trois coups en l'air. Il me dit : « Ton M-16 marche, Brenner. » Ils m'ont regardé d'une façon… On avait tous un grain, mais… là, c'était au-delà de l'imaginable, et ils s'en rendaient compte.

J'hésitai quelques secondes avant de poursuivre :

— Le second ramasse l'AK-47 et dit : « Le chargeur du Viet est plein. » Et il ajoute en me regardant : « Comment ça se fait, bordel, que tu te sois retrouvé au corps à corps avec cet enfoiré ? » Je ne réponds pas, et l'autre me dit : « Brenner, putain, t'es censé flinguer les Viets, pas te battre au couteau avec ! » Ils éclatent de rire. Ensuite, celui qui vient de parler ramasse la machette et me la tend en disant : « Tiens, rapporte sa tête au camp. Sinon, personne te croira. » Alors… oui, j'ai décapité le mort… L'autre fixe sa baïonnette sur mon M-16, ramasse la tête du Viet, l'embroche sur la baïonnette et me rend le tout…

Je jetai un coup d'œil oblique à Susan.

— On part rejoindre la compagnie, moi avec la tête du Viet au bout de mon M-16, et à l'approche de notre camp, un des deux soldats qui m'accompagnent se met à gueuler : « Ne tirez pas, les gars, Brenner a fait un prisonnier ! » Et tout le monde se marre… ils veulent savoir ce qui s'est passé… quelqu'un coupe une tige de bambou géant et fixe la tête au sommet… Je raconte l'histoire au capitaine, avec les deux gars qui m'ont retrouvé… Je suis comme ailleurs… je regarde cette tête qui grimace en haut de sa tige de bambou… Le soir même, on m'a fait monter dans un hélicoptère à destination du camp de base… Avec la tête… Et là-bas, on m'a accordé une perme de trois jours à Nha Trang. Tu sais maintenant comment je me suis retrouvé à Nha Trang, conclus-je, me décidant enfin à affronter le regard de Susan.

31

Susan et moi revînmes en silence vers le torrent, au bord duquel nous nous examinâmes mutuellement. Elle était exempte de sangsue, mais m'en trouva une dans le dos.

— Allume une cigarette, lui dis-je.

Je lui demandai ensuite de chauffer le corps de la sangsue sans pour autant la brûler. Susan approcha sa cigarette de la bestiole, qui se recroquevilla par réflexe. D'une pichenette, elle la chassa de mon dos avec une moue dégoûtée.

— Tu saignes, fit-elle.

Elle appliqua un mouchoir sur la plaie jusqu'à ce que le sang ait cessé de couler. Une fois rhabillés, nous nous assîmes sur un rocher au bord de l'eau. Elle alluma une cigarette.

— Je prendrais bien une taffe, dis-je.

Susan me tendit sa cigarette. J'avalai une longue bouffée, toussai, la lui rendis.

— Ces saloperies te ruineront la santé, dis-je.

— Personne n'a prétendu le contraire.

Nous gardâmes un moment le silence, écoutant le gargouillis du courant.

— Comment te sens-tu ? finit-elle par me demander.

— Bien. (J'ajoutai, après un instant de réflexion :) Certains des gars qui ont combattu dans ce pays ont des histoires bien pires que celle-ci à raconter… Moi-même, j'ai vu des choses encore plus dures… Mais le corps à corps est un truc spécial. L'odeur de ce mec me colle encore à la peau, je vois son regard, je sens ses cheveux entre mes doigts, mon couteau qui s'enfonce dans sa gorge…

— Continue.

— Oui… Par la suite, j'ai regretté de l'avoir tué. Il aurait mérité de vivre. Comme tous les guerriers vaincus qui ont fait preuve de bravoure.

— Crois-tu qu'il t'aurait épargné ?

— Non. Mais je n'aurais pas dû lui couper la tête. Une oreille, un doigt aurait suffi.

— Ce n'est pas vraiment ce qui te perturbe.

Je me tournai de son côté, et nos regards s'affrontèrent. Le silence retomba, et je contemplai longuement la rivière avant de me résoudre à lâcher :

— Ce jour-là, je me suis fait peur.

Susan hocha la tête.

— D'où m'était venue une cruauté pareille ? soufflai-je.

Elle jeta sa cigarette dans le courant.

— D'un lieu où tu n'auras jamais besoin de retourner.

— Je mentirais si je te disais que ce duel ne m'a procuré aucun plaisir. J'ai relevé son défi, et je l'ai tué.

Elle resta muette.

— Mais comme beaucoup d'événements dramatiques, je l'ai enterré très vite, et dès mon arrivée à Nha Trang je n'y pensais plus. Sauf que, de temps en temps, le souvenir resurgissait sans crier gare.

Elle alluma une autre cigarette.

— Après mon retour au pays, repris-je, j'ai commencé à gamberger… Qu'est-ce qui m'avait pris de faire un truc pareil ? Personne ne m'y avait incité, sauf le Viet, et je n'avais aucun motif rationnel de jeter mon fusil et de me battre contre ce mec à coups de pelle. Qu'est-ce qui m'était passé par la tête ?

— Parfois, Paul, il vaut mieux ne pas trop s'attarder sur ce genre de question.

— Je suppose que tu as raison. Je sais ce qu'est la psychose de guerre, j'ai vu des types perdre au front toute notion de la peur sans qu'on comprenne au juste pourquoi, j'en ai vu de tout à fait normaux adopter les conduites les plus brutales et les plus inhumaines qu'on puisse imaginer. J'ai vu des crânes servant de presse-papiers ou de porte-chandelle sur des bureaux d'officiers ou de sergents, j'ai vu des soldats américains porter des colliers de dents, d'oreilles séchées ou de phalanges humaines, et je ne pourrai jamais t'énumérer les atrocités quotidiennes auxquelles j'ai assisté… Ce genre de situation soulève un tas d'interrogations, et on se pose notamment de sérieuses questions sur soi-même quand on se retrouve dans le bain. On aurait dit une sorte de culte de la mort… auquel on avait besoin d'adhérer…

Au-delà du rideau de fumée de sa cigarette, Susan fixait le torrent.

— La plupart des gars étaient normaux à leur arrivée, et l'attitude de ceux qui étaient là depuis un certain temps les scandalisait. Quelques semaines plus tard, ils cessaient d'être choqués, et au bout de quelques mois une bonne partie d'entre eux avait rejoint le club des détraqués. Et la plupart, je pense, sont redevenus normaux en rentrant au pays. En revanche, je n'ai jamais vu personne redevenir normal ici, au Vietnam. L'état de nos gars ne faisait qu'empirer dans cet environnement où ils avaient perdu tout sens de… l'humain. On pourrait dire en étant indulgent qu'ils étaient désensibilisés. C'était plus effrayant que répugnant. Un type qui le matin même avait tranché l'oreille d'un Vietcong passait une partie de son après-midi à jouer avec les gosses du village en leur offrant des bonbons. Ce n'étaient ni des démons ni des psychotiques, nous étions normaux, et c'est bien cela qui me terrifiait.

Je me rendis compte que j'étais insensiblement passé du « eux » au « nous » dans la même phrase, ce qui illustrait parfaitement la situation des nouveaux venus au Vietnam : le « eux » se transformait en « nous », et le « nous » devenait « moi ». Au diable le père Bennett, l'église St. Brigid, Peggy Walsh, l'acte de contrition, le confessionnal, et tout ce que j'avais appris à l'école et à la maison. Il m'avait fallu environ trois mois. Cela aurait pu se faire plus vite, mais les mois de novembre et de décembre, à Bong Son, avaient été calmes. Après l'offensive du Têt, Khe Sanh et la vallée d'A Shau, j'aurais tué mon propre frère s'il avait porté le mauvais uniforme ; une situation à laquelle étaient d'ailleurs confrontés la plupart des Vietnamiens.

Susan demeurait parfaitement immobile, face à la rivière, comme si elle craignait de faire le moindre mouvement brusque tant que je n'aurais pas lâché ma pelle aiguisée comme une lame de rasoir. J'inspirai une longue goulée d'air.

— Je ne cherche pas à me faire passer pour un saint, dis-je. Loin de là. On était tous devenus fous, mais on pensait que c'était temporaire et lié aux circonstances. Avec un peu de chance, on finirait par rentrer au pays.

Malheureusement, à notre retour, on rapportait ça dans nos bagages, et c'est le genre de chose qui te change à jamais parce que tu t'es aventuré dans les recoins les plus sombres de ton âme, dont la plupart des gens connaissent l'existence mais où ils ne sont jamais allés. Toi, tu y as passé un bon bout de temps et tu n'as pas trouvé ça si terrible, tu n'éprouves même pas un milligramme de culpabilité, et c'est cela qui fait le plus peur… Tu reprends ta vie aux États-Unis, parmi les gens normaux, en riant et en plaisantant, mais tu portes cette chose en toi… ce secret dont ta mère ignore tout, que ta fiancée ne pourrait jamais soupçonner, sauf qu'elle sent parfois que quelque chose ne tourne pas rond… Et de temps à autre, tu croises un type comme toi, quelqu'un qui a servi là-bas, et tu échanges avec lui des anecdotes débiles de biture et de baise, d'atterrissages en zone chaude, d'officiers abrutis incapables de lire une carte, tu parles de ce pauvre Billy ou Bob qui s'est fait descendre, et patati et patata, mais tu n'abordes jamais le sujet de ces villageois que tu as fait sauter, par accident ou non, ni du nombre d'oreilles, de gorges ou de têtes que tu as tranchées avec ton couteau…

— Était-il possible de rester… normal ?

— J'aimerais te dire qu'il y avait des gars parmi nous qui… qui se raccrochaient à un certain degré de moralité ou d'humanité… mais je n'en ai pas le souvenir. Peut-être. Les unités de combat sont sélectives… Les gars incapables d'assumer n'arrivaient jamais au front, ou alors ils retournaient vite à l'arrière. Je me souviens de types qui craquaient et qui étaient réexpédiés ailleurs, c'était une sorte de disgrâce, mais il fallait qu'on s'en débarrasse… Et oui, il y en avait parmi nous qui s'accrochaient à leurs croyances religieuses ou morales, mais je crois qu'à la guerre, comme dans la vie, les meilleurs partent les premiers, bien avant les autres… C'est la réponse la plus juste que je puisse te donner.

Susan hocha la tête.

Mon regard glissa sur ce torrent que j'avais traversé à gué des années plus tôt avec mes potes, sur les traces d'un petit cerf qui nous avait menés, dans la forêt dense, jusqu'au lieu le plus obscur que nous eussions jamais arpenté.

Nous revînmes vers A Luoi.

— J'ai l'impression, déclara Susan tandis que nous rejoignions la lisière des champs, que tout ce que je pourrais avancer te paraîtrait banal, condescendant ou teinté de sensiblerie. Mais laisse-moi tout de même te dire ceci, Paul : ce qui s'est passé ici, pour toi et tous les autres, fait désormais partie de l'Histoire. Une guerre a éclaté, vous avez été pris dedans, et elle est finie.

— Je sais. C'est aussi ce que je pense.

— Et au cas où tu te poserais la question, cela ne change strictement rien aux sentiments que j'ai pour toi.

J'eus envie de répondre : « Tu dis ça à chaud. Attends d'y avoir réfléchi. » Mais je me ravisai à temps. Elle me prit la main et la serra.

— Et dire que sur la terrasse du Rex, alors que je te connaissais à peine, je t'ai charrié sur ton refus d'évoquer la guerre. Comment puis-je me faire pardonner ?

— Tu n'as pas à te faire pardonner. Ce voyage me fait beaucoup de bien. Si tu n'avais pas été là, je n'aurais sûrement pas été aussi honnête avec moi-même.

— Ce que tu viens de dire me fait très plaisir.

— Quelque part dans cette vallée, en mai 1968, un soldat nord-vietnamien nommé Tran Quan Lee est mort au combat. On a retrouvé sur son cadavre une lettre de son frère. Un certain Tran Van Vinh, également soldat de l'armée nord-vietnamienne.

Je me tus, attendant sa réaction.

— C'est toi qui as trouvé cette lettre ?

— Non.

— Tu l'as lue ?

— Oui, il y a une semaine environ. Que sais-tu à son sujet ?

Elle se tourna vers moi sans cesser de marcher.

— Paul, je ne suis pas sûre de savoir où tu veux en venir.

Je fis halte. Elle aussi.

— Tu sais quelque chose sur cette lettre, Susan ?

Elle secoua la tête, puis, après un instant de réflexion :

— Cette histoire de lettre a un rapport avec ta mission ?

— Exact.

— Donc, tu dis que… quelqu'un a retrouvé une lettre sur le corps d'un ennemi. Qui est ce quelqu'un ?

— Un soldat américain de la First Cav.

— Que tu connaissais.

— Non. C'était une unité gigantesque. Vingt mille hommes. Celui qui a trouvé la lettre l'a gardée comme souvenir de guerre. Elle a été traduite récemment, et je suis ici à cause de son contenu.

Je la regardai méditer sur le renseignement que je venais de lui fournir. Je commençais à connaître Susan, et je sentis qu'elle tâchait de combiner ce nouvel élément avec ce qu'elle savait déjà.

— Que t'a-t-on dit ? interrogeai-je.

— Uniquement que certaines informations avaient refait surface, et que tu devais retrouver quelqu'un ici et le questionner à ce propos.

— Ça, je te l'avais appris moi-même.

— Et c'est tout ce qu'on m'a expliqué à Saigon. Les informations en question sont contenues dans cette lettre ?

— Oui.

— Que dit-elle ?

— Ce qu'elle dit est une chose, ce qu'elle veut dire en est une autre. C'est pourquoi j'ai besoin d'interroger celui qui l'a écrite.

Elle hocha la tête, et nous reprîmes notre marche vers le village, qui n'était plus qu'à une centaine de mètres. Le lieu de la mort de Tran Quan Lee, ainsi que la façon dont il avait péri n'avaient peut-être aucune importance dans le cadre de ma mission, mais il m'intéressait de les connaître. Si j'avais eu quelques jours devant moi à Washington, j'aurais retrouvé Victor Ort – et peut-être échangé avec lui quelques histoires de combat dans la vallée d'A Shau.

J'étais certain qu'Ort avait gardé pour lui une photocopie de la lettre, ou conservé l'original et envoyé une photocopie à la VVA. Dans un cas comme dans l'autre, il devait détenir encore le texte original, que j'aurais pu faire traduire moi-même plutôt que de me fier à la version modifiée que j'avais eue entre les mains. Mais sans doute Karl avait-il pris la précaution d'envoyer quelqu'un chez Ort pour récupérer le texte. De toute évidence, il ne souhaitait pas me voir effectuer un vrai travail d'enquête sur cette affaire ; il s'était arrangé pour que je débarque un week-end, et dans une ignorance quasi totale, à Saigon, où m'attendait une jeune femme chargée de me jeter de la poudre aux yeux jusqu'au moment où je serais monté dans le train de Nha Trang.

Je ne voyais pas comment cette lettre et les explications de Susan à propos de la baie de Cam Ranh pouvaient avoir un lien, si elles en avaient un. Là encore, il s'agissait peut-être d'un miroir aux alouettes.

— Tu as une copie de la lettre ? me demanda Susan.

— On dirait que tu as sauté quelques cours, à Langley…

— Laisse tomber les sarcasmes. Je ne suis pas un agent secret professionnel.

— Que t'a-t-on appris là-bas ?

— À me rendre utile. Je suppose que ton contact à Hué t'a expliqué comment tu devais t'y prendre pour retrouver… comment s'appelle-t-il, déjà ?

— Tran Van Vinh. Oui, il me l'a expliqué. Ce nom t'évoque quelque chose ?

— Non. Il devrait ?

— Je suppose que non.

L'idée venait de m'effleurer que Tran Van Vinh était peut-être aujourd'hui un gros bonnet du gouvernement de Hanoi et que la traduction de cette lettre pouvait servir à l'obliger par une sorte de chantage à coopérer avec les Américains sur un dossier quelconque, par exemple la concession de la base de Cam Ranh.

Il se pouvait que ce Vinh vive aujourd'hui à Hanoi et ne soit retourné à Ban Hin que pour le Têt. Mais s'il s'agissait de le faire chanter, pourquoi désirait-on sa mort ? Il se pouvait aussi que ces messieurs de Washington ne la souhaitent pas et ne m'aient suggéré cela que pour m'éloigner de la vérité. Mais, dans ce cas, pourquoi M. Anh m'avait-il transmis ce message ? Était-il prévu que je reçoive d'autres instructions un peu plus tard ?

La vérité m'attendait au village de Ban Hin – ex-Tam Ki – dans la bouche de M. Tran Van Vinh, simple paysan et ancien soldat, à moins qu'il ne soit ni l'un ni l'autre. Il pouvait aussi être mort depuis longtemps.

Si la guerre est d'une simplicité brutale, le travail de renseignement ressemble, par nature, à une partie de poker menteur jouée avec des cartes biseautées et de la fausse monnaie.

— Désolée de ne pas pouvoir t'être utile en ce qui concerne cette lettre, me dit Susan. En revanche, je peux t'aider à retrouver l'homme qui l'a écrite et, s'il ne parle pas anglais, je traduirai exactement ses propos – et les tiens. Je suis douée pour mettre les Vietnamiens en confiance.

— Et aussi les mâles américains en rut.

— Si ça te fait du bien… À toi de me faire confiance – ou non. Personne ne pourra t'épauler mieux que moi.

Je restai muet.

Nous avions atteint l'orée du village, où une vieille femme jetait du riz à un troupeau de poules dans un enclos de bambou. Elle leva la tête avec surprise, nos regards se croisèrent, et je sentis qu'elle savait pourquoi j'étais là. Cette vallée n'était pas une attraction pour le touriste moyen. Après avoir longé un groupe de huttes, nous débouchâmes sur la place. Le RAV4 était toujours stationné là où nous l'avions laissé. Quant à M. Loc, tranquillement assis sous l'auvent de chaume d'une taverne bondée d'autochtones, il fumait en buvant un verre de quelque chose dans son coin. La plupart des Vietnamiens entameraient la conversation avec n'importe qui plutôt que de rester seuls, mais M. Loc dégageait de telles vibrations négatives que les clients de cette taverne semblaient désireux de garder leurs distances.

— Tu veux manger ou boire quelque chose ? s'enquit Susan.

— Non. Partons d'ici.

Elle s'approcha de la taverne, parla à M. Loc et me rejoignit à côté du 4 × 4.

— Il arrive dans cinq minutes.

— À croire que c'est lui qui finance l'excursion…

— Si tu veux mon avis, il ne te porte pas dans son cœur.

— C'est un flic. Je les flaire à un kilomètre.

— Tu veux que je te prenne en photo ?

— Non.

— Tu ne reviendras jamais ici.

— J'espère bien !

— Tu as des photos de ton passage, en 1968 ?

— Je n'ai pas sorti une seule fois mon appareil de mon sac à dos. Je ne crois pas avoir vu qui que ce soit prendre des photos dans la vallée d'A Shau. Il y avait trop de chances pour qu'elles soient développées par la famille après le rapatriement du corps et des effets personnels du défunt.

Susan n'insista pas.

M. Loc finit son breuvage et s'approcha. Je pris la carte sur la planche de bord et l'ouvris.

— Cette ligne pointillée qui va jusqu'à Khe Sanh, dis-je à Susan, elle s'accompagne d'une légende qui parle de la piste Hô Chi Minh, n'est-ce pas ?

Elle se pencha à son tour sur la carte.

— *He Thong Duong Mon Hô Chi Minh*, lut-elle. Ça veut dire « branche de la piste Hô Chi Minh », ou « branche du réseau de pistes Hô Chi Minh ».

— Exact. Ce n'était pas une piste, mais tout un réseau de sentiers de jungle, de lits de rivière à sec, de passerelles de rondins à travers les marais, et de Dieu sait quoi encore. Pour l'essentiel, comme tu peux le voir sur la carte, la piste Hô Chi Minh passait par le Laos et le Cambodge, où nous n'étions pas censés combattre. La piste de Khe Sanh frôle la frontière laotienne, et j'espère que ce crétin ne se perdra pas, sans quoi on risque de se retrouver au Laos sans visa.

Je fis signe à M. Loc d'approcher. Il arriva en traînant les pieds. L'envie me titillait de prendre le volant et de l'abandonner là, mais cela risquait de nous valoir trop d'ennuis.

— Piste Hô Chi Minh, dis-je en lui montrant la carte. *Biet ?* Khe Sanh.

Il hocha lentement la tête et s'installa au volant. Susan et moi reprîmes notre place à l'arrière, et le RAV4 s'ébranla.

La vallée était desservie par un certain nombre d'étroits chemins paysans, que nous empruntâmes pendant un certain temps, jusqu'à bifurquer au nord sur une piste de terre qui gravissait les contreforts montagneux. Les grands arbres qui arquaient leurs frondaisons au-dessus de la route bloquaient presque la lumière du soleil, tout à fait dans le style de la piste Hô Chi Minh. Le terrain devint peu à peu irrégulier et montagneux, et, de temps en temps, nous roulions sur un tronçon de rondins, ce que nous avions l'habitude d'appeler à l'époque les « routes de velours ». Des cascades et des chutes d'eau spectaculaires grondaient dans le lointain, des ruisseaux traversaient parfois la chaussée. Susan tentait de temps en temps de prendre une photographie entre deux ornières. M. Loc semblait prendre un malin plaisir à rouler dans les flaques de boue aussi vite que possible pour soulever des gerbes d'éclaboussures dont elle et moi fûmes plus d'une fois victimes. Dans le rétroviseur, je croyais le voir sourire.

Nous roulions à peine à trente à l'heure, mais le 4 × 4 bringuebalait sauvagement. Parfois, la route contournait ce qui ressemblait à une petite mare, en réalité un cratère géant, vestige des bombes de dix tonnes larguées par nos B-52.

— Nous avons dépensé des fortunes à essayer de détruire le réseau Hô Chi Minh, expliquai-je à Susan au moment où nous contournions une de ces mares. Nous avons tué entre cinquante et cent mille soldats nord-vietnamiens, hommes et femmes, le long de ces pistes d'infiltration. Mais il en venait toujours davantage, ils bouchaient les cratères ou modifiaient parfois le tracé de la route, et c'était comme vouloir écraser une colonne de fourmis avant qu'elle ait atteint ta maison. Je ne me suis rendu compte de l'importance de ces pistes qu'en me retrouvant nez à nez avec ces deux chars de fabrication russe dans la clairière que tu as vue tout à l'heure. Ces engins ont été construits près de Moscou, ils ont été livrés quelque part au Nord-Vietnam, et ils ont parcouru des milliers de kilomètres sur des pistes telles que celle-ci, sous le feu d'attaques constantes, en transportant eux-mêmes leur stock de carburant et de pièces détachées. Et un beau jour, l'un d'eux a fini par enfoncer le portail du palais présidentiel à Saigon. Je dois reconnaître que ces enfoirés faisaient du beau boulot. Ils n'ont jamais admis qu'on était en train de leur déverser tous les feux de l'enfer sur la gueule et qu'ils n'avaient aucune chance de l'emporter. (Je gratifiai M. Loc d'une petite tape sur l'épaule et ajoutai :) Vous êtes de sacrés durs à cuire, les petits gars. Pour la prochaine guerre, contre les Chinois, j'espère que vous serez de notre côté.

Nos regards s'affrontèrent dans le rétroviseur, et j'eus la quasi-certitude de voir M. Loc hocher la tête.

La forêt était à présent plus clairsemée. Nous aperçûmes, sur le flanc d'une montagne, une série de longues maisons communautaires de bois sur pilotis, d'où montaient des rubans de fumée qui se tordaient dans l'air moite.

— C'est splendide, me dit Susan. On pourrait faire une petite pause pour rencontrer ces gens ?

— Ils n'aiment pas les visites inopinées.

— Tu viens d'inventer ça ?

— Pas du tout. Il faut les prévenir. Ils ne reçoivent qu'entre quatre et six.

— Tu inventes.

— C'est plutôt toi qui as l'habitude d'inventer.

— Absolument pas. Arrêtons-nous.

— Plus tard. Ce ne sont pas les tribus qui manquent dans la région de Khe Sanh.

— Tu en es sûr ?

— Demande à James Bong.

Elle sourit.

— C'est comme ça que tu l'appelles, maintenant ?

— Oui. James Bong, l'agent secret. Demande-lui.

Elle interrogea M. Loc, qui répondit.

— Il dit que la tribu des Bru est présente autour de Khe Sanh. Il veut savoir ce que nous avons à faire chez les *moi. Moi* signifie « sauvage ».

— Un, ça ne le regarde pas, et deux, si notre objectif était d'établir le contact avec des rebelles, est-ce que nous nous laisserions conduire par un policier déguisé en chauffeur ?

Personne ne daigna répondre à ma question. Après avoir fait quelques photos, Susan reprit sa conversation avec M. Loc.

— Il dit que les tribus représentent environ huit millions de personnes au Vietnam. Il y en aurait plus de cinquante, et chacune a sa langue ou son dialecte. Il dit aussi que le gouvernement fait le maximum pour leur apporter éducation et agriculture, mais que ces gens résistent à la civilisation.

— C'est peut-être au gouvernement qu'ils résistent.

— On ferait peut-être mieux de les laisser tranquilles…

— Je ne te le fais pas dire.

Nous roulâmes en silence sous un ciel opaque, à travers les montagnes drapées d'un suaire de brume. L'air était chargé d'une forte odeur de feu de bois brûlé, et l'humidité glaciale commençait à s'insinuer dans mes os et dans mon cœur. Je haïssais cet endroit.

Tout à coup, Susan dit quelque chose à M. Loc, qui se gara au bord de la piste.

— Qu'est-ce qui se passe ? demandai-je.

— Regarde ce sentier, il mène aux longues maisons, là-haut. (Munie de son appareil photo, elle descendit du RAV4.) Je veux visiter un village montagnard.

Elle s'engagea sur un étroit raidillon qui partait de la route.

— On revient tout de suite, dis-je à M. Loc en descendant à mon tour. Ne bougez pas d'ici.

Je rattrapai Susan sur le sentier. Environ deux cents mètres plus haut, le terrain s'aplanissait, révélant une ample clairière où s'étiraient six maisons communautaires sur pilotis. Une vingtaine de femmes et une quarantaine d'enfants vaquaient à leurs activités quotidiennes, apparemment centrées sur la préparation de la nourriture. La zone était entièrement défrichée, à l'exception d'un carré d'herbes courtes où paissaient quelques petites chèvres et deux ânes à la longe.

Les femmes portaient toutes une longue robe bleu nuit ornée de broderies blanches et serrée à la taille par une sorte de foulard. Les chiens se mirent à aboyer dès qu'ils nous sentirent, mais elles continuèrent de s'affairer en nous regardant à peine. Quelques enfants interrompirent leurs jeux.

Les chiens coururent vers nous, mais ils étaient de petite taille, comme presque tous les chiens au Vietnam, et ne paraissaient pas particulièrement agressifs.

— Ils ne te mordront pas, glissai-je à Susan. Ne t'agenouille pas pour les caresser, ils n'en ont pas l'habitude et pourraient croire que tu cherches de la chair fraîche pour ton déjeuner.

Susan salua les Montagnardes en vietnamien.

— Elles sont de la tribu des Tribingo, dis-je. Des cannibales.

Un vieil homme petit et râblé, qui était resté jusqu'alors assis sur l'escalier d'une des longues maisons, se leva et vint à notre rencontre. Il portait une chemise brodée à manches longues, un pantalon noir et des sandales de cuir. Je regardai de nouveau autour de moi sans apercevoir le moindre homme jeune ou d'âge moyen. Ils devaient tous être en train de chasser, ou peut-être de faire sécher des têtes réduites au fumoir. Le vieux nous rejoignit, Susan prononça une phrase où je reconnus le mot *my*, et tous deux s'inclinèrent.

Susan me présenta au nouveau venu, dont le nom ressemblait à « John », et nous échangeâmes une poignée de main. Il avait largement l'âge de s'être battu pendant la guerre, et au regard qu'il m'adressa, on aurait pu croire qu'il attendait que je lui donne de nouveaux ordres.

Susan palabra quelques instants avec lui ; il était visiblement le chef du village – le *honcho*, comme on disait dans le temps, bien que ce fût un mot japonais –, et je sentis qu'ils avaient un peu de mal à se comprendre en vietnamien.

John finit par se tourner vers moi.

— Vous GI ? Vous combattre ici ? me demanda-t-il en anglais.

— À A Shau, répondis-je, légèrement surpris.

— Ah.

Il nous fit signe de le suivre.

— Je crois que nous allons être inscrits au menu de leur déjeuner, chuchotai-je à Susan.

— Paul, cesse de faire l'idiot. C'est fantastique.

Après nous avoir informés que son peuple et lui-même appartenaient à la tribu des Taoi (dont il ne me restait plus qu'à espérer qu'elle ne pratiquait pas le sacrifice humain), l'homme nous fit visiter son hameau, qui n'avait pas de nom : selon Susan, on disait « la place du clan de *dai-uy* John », c'est-à-dire du chef John. *Dai-uy* signifie aussi « capitaine », et John n'était sans doute pas son vrai nom. Il ne fallait pas compter retrouver l'emplacement de ce hameau dans un atlas, surtout s'il changeait de nom à chaque chef.

Susan demanda et obtint la permission de photographier tout ce qu'elle voudrait. Les chiens ne nous lâchèrent pas d'une semelle pendant la visite. John nous montra toutes sortes de choses susceptibles, selon lui, de nous intéresser. Il nous présenta à tout le monde, et Susan alimenta la conversation d'un bout à l'autre de la balade en se chargeant de la traduction.

— Il demande si nous allons rester manger avec son peuple.

— La prochaine fois. Il faut qu'on y aille.

— J'ai faim, Paul.

— Tu n'auras plus du tout faim quand tu sauras ce qu'il y a au menu. Sans compter qu'ils mettent un temps infini à manger. Ils doivent tenir ça des Français. Dis-lui qu'on nous attend ailleurs.

— Nous sommes au milieu de nulle part.

— Khe Sanh, dis-je au chef John en tapotant ma montre.

— Ah, fit-il en hochant la tête.

Nous étions en train d'achever notre tour du village quand je remarquai que les enfants ne nous suivaient pas et qu'ils n'essayaient pas non plus de nous soutirer de l'argent ou des bonbons, comme ont l'habitude de faire les gosses de Saigon. Seuls les chiens nous accompagnaient, pas à pas.

L'homme nous mena à l'escalier de bois sur lequel il était assis à notre arrivée et nous fit signe de monter dans la longue maison. Des sandales de cuir et des souliers de fabrication artisanale étaient posés un peu partout sur les marches, et Susan et moi nous déchaussâmes en même temps que notre hôte.

Nous gravîmes les marches, et les chiens s'abstinrent de nous suivre. Les Américains devraient peut-être s'inspirer des Montagnards en matière de dressage canin.

Nous entrâmes dans la pièce unique, longue d'une bonne quinzaine de mètres et large de six ou sept. Le plancher était aux trois quarts recouvert d'un grand nombre de tapis multicolores. Des poteaux se dressaient au centre de la salle pour soutenir le faîtage. Les étroites fenêtres étaient recouvertes d'un tissu fin qui laissait entrer un peu de lumière du jour, et quelques lampes à pétrole brûlaient. Il n'y avait manifestement pas l'électricité. Au centre de la salle se dressait un gros foyer de terre cuite, mais il n'y avait pas de cheminée, et je me rappelai que chez les Montagnards on laissait la fumée envahir les maisons, ce qui permettait, la nuit, de maintenir les moustiques à distance.

Il n'y avait personne, et des hamacs repliés étaient accrochés le long des murs. J'en comptai une vingtaine, et je tâchai de me représenter vingt personnes de tous âges et des deux sexes dormant ensemble dans cette salle commune enfumée. Vu leurs conditions de vie, il n'était pas étonnant que les Montagnards soient moins nombreux que les Vietnamiens.

— Tu l'as déjà fait dans un hamac ? demandai-je à Susan.

— On pourrait élever le débat ?

John nous guida vers son espace personnel, situé près du centre de la salle. En sa qualité de chef, il avait droit à une belle surface, meublée d'un coffre et de caisses en bambou. Il y avait aussi des machettes et des couteaux accrochés au mur, ainsi que des foulards et des sangles de cuir. Une grande table basse de forme carrée occupait le centre de la pièce, couverte de porcelaines et de poteries.

Le chef John s'assit en tailleur à côté du coffre. Susan et moi l'imitâmes. C'était tout de même plus facile que de s'accroupir à la mode vietnamienne.

John souleva le couvercle, en sortit un béret vert de parachutiste, me le tendit. Je regardai à l'intérieur. L'étiquette était américaine.

— Il dit que ce béret lui a été offert par son *dai-uy* américain pendant la guerre, m'expliqua Susan.

Je hochai la tête. John fit apparaître un second béret vert et parla de nouveau.

— Celui-ci lui a été donné il y a seulement trois ans par un autre Américain, un ancien combattant de passage.

— Je n'ai pas de béret vert à lui offrir, dis-je à Susan.

— Donne-lui ta montre.

— Tu n'as qu'à lui donner la tienne. Que veux-tu qu'il fasse d'une montre ?

John nous montra ensuite quelques autres trésors sortis de son coffre : une ceinture de GI, une gourde en plastique, un compas, un couteau de l'armée américaine, quelques pochettes de munitions. Je pensai à ma cantine militaire, toujours dans ma cave, remplie comme des milliers d'autres en Amérique de reliques d'un passé guerrier.

Notre hôte sortit alors une minuscule boîte bleue, qui avait la forme d'un écrin de médaille, et l'ouvrit avec une sorte de révérence. Une médaille de bronze circulaire à ruban rouge et blanc reposait sur le satin. Un aigle gravé tenait dans ses serres un livre et une épée, et je lus sur le pourtour de la médaille les mots « Efficacité, Honneur, Fidélité ».

Je reconnus aussitôt la médaille de la Bonne Conduite et me rappelai que les hommes des forces spéciales avaient l'habitude de s'en procurer au foyer du camp de base pour les remettre à leurs troupes montagnardes en récompense de leur bravoure, bien que cette médaille n'eût rien à voir avec cela ; les Montagnards l'ignoraient, et le haut commandement ne risquait pas de s'émouvoir de cette habitude qu'avaient les gars des forces spéciales de refiler ces distinctions de pacotille à leurs alliés.

Je pris l'écrin avec autant de précaution que s'il recelait la médaille d'Honneur du Congrès et le montrai à Susan.

— Le chef John a reçu ceci pour son extraordinaire bravoure, qui a largement surpassé le sens du devoir, dis-je.

Susan hocha la tête et fit au chef John une déclaration empreinte de respect. Il sourit, reprit l'écrin, le referma, le rangea délicatement dans son coffre. Je pensai à ma croix de la Valeur militaire, remise par un colonel vietnamien qui m'avait collé un baiser sur les deux joues, et me demandai si je n'avais pas plutôt reçu une médaille censée récompenser la propreté de mon uniforme ou quelque chose de ce goût-là.

Enfin, pour la fine bouche, John sortit de son coffre un long objet enveloppé d'une toile de lin, et je sus avant qu'il l'ait défaite que le *dai-uy* John possédait toujours son fusil d'assaut automatique M-16. La crosse et la poignée de matière plastique étaient en parfait état, les pièces en aluminium et le canon d'acier bleuté scintillaient comme pour un jour de revue.

Il me tendit l'arme à deux mains, comme un objet sacré. Nos regards se scellèrent. Je posai à mon tour les deux mains sur le canon, et nous tînmes ensemble ce M-16 pendant quelques secondes. Son sourire céda la place à une expression grave et lointaine, et je crois bien que mon visage, à cet instant, affichait la même. Nous hochâmes tous deux la tête en souvenir du passé, de la guerre, de nos camarades disparus, et de la défaite.

Puis, sans un mot, il remballa son M-16, le rangea, referma son coffre et se leva. Susan et moi fîmes de même, et nous redescendîmes ensemble de la longue maison pour retrouver le ciel lourd. John nous raccompagna jusqu'au sentier, et nous saluâmes tout le monde au passage. En s'arrêtant, il dit quelque chose à Susan.

— Le chef John nous souhaite un bon voyage et nous invite à revenir au pays des montagnes.

— Dis-lui que je le remercie de nous avoir montré sa médaille et présenté à son peuple. (Ne sachant pas trop si les Montagnards fêtaient le Têt, j'ajoutai :) Et que je souhaite bonne chance et bonne chasse à la tribu des Taoi.

Susan traduisit. Le chef John répondit quelque chose en souriant.

— Il veut savoir quand reviendront les soldats américains.

— Disons jamais. Est-ce que c'est assez tôt ? Dis-lui que les Américains ne reviendront que pacifiquement, et qu'il n'y aura plus de guerre.

La traduction de Susan parut le décevoir. Il allait devoir remettre à plus tard ses rêves de massacre de Vietnamiens. Je plongeai une main dans ma poche et sortis mon couteau suisse. Je l'offris à John, dont le sourire revint. Il entreprit aussitôt de déplier les lames et autres gadgets.

— C'est un tournevis, dis-je. Au cas où vous auriez un jour l'occasion de dévisser quelque chose. Et il y a là un tire-bouchon, pour votre château-lafite. Mais si vous préférez, vous pouvez l'enfoncer dans le crâne d'un commissaire du peuple.

Sous le regard exaspéré de Susan, je montrai au chef John tous les gadgets du couteau. Il retira le foulard bleu nuit de son cou et le disposa sur les épaules de Susan. Ils échangèrent encore quelques mots supplémentaires, et nous nous séparâmes.

Susan et moi redescendîmes sur le sentier.

— C'était fascinant, me dit-elle. Et tellement émouvant. Il… enfin, on dirait qu'il idolâtre les Américains.

— Les Montagnards aimaient aussi les Français, ce qui dans un cas comme dans l'autre dénote un grave manque de bon sens. Il n'y a que les Vietnamiens qu'ils n'aiment pas. Et c'est réciproque.

— Je n'arrive pas à croire qu'étant ici depuis trois ans je n'aie jamais rien su de ce peuple…

— On en parle très peu dans le *Wall Street Journal*. Je te parie qu'on va retrouver M. Loc pendu par les pieds sous un arbre, la gorge tranchée, avec les chiens du village en train de boire son sang…

— Tais-toi, Paul. C'est horrible.

— Excuse-moi. J'aurais aimé conduire, c'est tout.

Nous retrouvâmes le RAV4 et M. Loc en parfaite santé, quoique ce dernier parût légèrement exaspéré, et peut-être aussi un peu nerveux.

— *Cu d !* lui lançai-je en remontant à bord.

— Ton vietnamien te revient ? me demanda Susan.

— Oui. C'est bizarre. Tiens, écoute ça : *Sat Cong*.

Ce qui signifiait « À mort les communistes ». M. Loc n'apprécia pas du tout. Il me foudroya du regard dans le rétroviseur.

— Concentrez-vous plutôt sur la route, lui dis-je.

Elle se poursuivait vers le nord, toujours aussi mauvaise. Nous atteignîmes un petit village mentionné sur la carte sous le nom de Ta Ay – une poignée de huttes de bambou construites sur un plateau, dont les habitants paraissaient être vietnamiens. Les gens des tribus vivaient dans des lieux escarpés, loin des terres cultivables. Puis nous traversâmes un autre hameau, Thon Ke, à en croire notre carte. De là, la route bifurquait vers l'ouest et la frontière laotienne, pour replonger peu après dans une vallée encaissée. Une heure plus tard, nous arrivions dans une zone de rizières, près d'un village nommé Li Ton.

Un peu plus de deux heures après avoir quitté A Luoi, nous franchîmes un pont de béton à Dakrong. Quelques kilomètres plus loin, la piste Hô Chi Minh croisait la route 9, dont les deux voies goudronnées existaient en partie grâce aux soldats du génie américain. M. Loc tourna à gauche, et nous poursuivîmes notre trajet en direction de Khe Sanh.

— De janvier à avril 1968, pendant le siège de Khe Sanh, expliquai-je à Susan, cette route a été coupée par l'armée nord-vietnamienne. Même les convois de blindés ne passaient plus. Début avril, nous avons lancé une attaque héliportée sur ces collines, tout autour du camp assiégé, et une semaine plus tard, une colonne blindée assistée de quelques régiments de marines et de soldats sud-vietnamiens a forcé le barrage et réussi à libérer les assiégés.

— Tu y étais ?

— Ouaip. La First Cav a beaucoup travaillé dans le coin. C'est chouette d'avoir des centaines d'hélicoptères pour vous transporter un peu partout, sauf qu'en général, on n'avait aucune envie d'aller là où ils nous emmenaient.

Nous fîmes un bout de chemin sur la route 9. Le trafic, modéré, se composait surtout de scooters, de bicyclettes et de camions.

À notre gauche, le plateau où avait été jadis implantée la base de combat de Khe Sanh, et, derrière, des collines couvertes d'arbres et à demi noyées de brouillard. Sur le plan géographique, ce site ressemblait à la vallée d'A Shau, mais il n'était ni aussi inaccessible ni aussi encaissé.

Sur le plan historique, comme la vallée d'A Shau ou Dien Bien Phu, Khe Sanh avait été le théâtre d'une formidable bataille entre une armée occidentale et une force vietnamienne. Si Dien Bien Phu avait marqué une défaite militaire décisive pour les Français, Khe Sanh et A Shau avaient au mieux débouché sur un partage des points, ce qui, au bout du compte, représentait une défaite psychologique pour les Américains, qui ne croyaient pas qu'un match nul puisse être synonyme de victoire.

Après avoir longé l'ancienne base de combat, nous arrivâmes à Khe Sanh, une ville qui, comme A Luoi, avait disparu pendant la guerre pour renaître de ses cendres quelques années plus tard.

Le ciel était maussade, comme en avril 1968, et aussi sombre que mon humeur de l'époque, à mon arrivée dans ce lieu où la puanteur de milliers de cadavres pourrissants semblait nous promettre un destin identique.

32

Nous entrâmes dans Khe Sanh, où de gros bâtiments de stuc à toiture de tuiles rouges s'alignaient au bord de rues tirées au cordeau.

Nous débouchâmes peu après sur une grande place où un marché couvert était en construction. Manifestement, Khe Sanh était une ville modèle, à laquelle le gouvernement tenait à associer une image positive dans l'esprit des touristes et des médias. Cinq cars étaient d'ailleurs garés sur la place, et quelques dizaines de visiteurs occidentaux erraient entre les étals d'un marché à l'air libre, en se demandant probablement pour la plupart ce qu'ils étaient venus faire dans une région aussi reculée.

M. Loc stoppa dans une station-service au bord de la place, et Susan et moi descendîmes aussitôt pour nous étirer.

— Il me faut une bière fraîche, annonçai-je.

Susan dit quelque chose à M. Loc, qui avait commencé à faire le plein, et nous traversâmes la place en direction d'une terrasse de café.

— La base des marines était en pleine ville ? me demanda-t-elle en marchant à côté de moi.

— Non. Nous sommes passés devant tout à l'heure – cette espèce de plateau que nous avons vu à l'entrée de Khe Sanh. À l'époque, la ville n'existait plus.

Une profusion d'étals se dressait encore entre ma bière et moi, et Susan, conformément à la règle, mit un point d'honneur à s'arrêter devant presque tous. La plupart vendaient des sacs de café, sans doute la principale ressource locale, des ananas et des légumes. Il y avait aussi des souvenirs de la guerre, pour la plupart sans intérêt, comme ces bijoux fabriqués à partir de douilles en cuivre. Je repérai des douilles d'obus de 105 reconverties en vases : curieuse métaphore, si toutefois c'en était une. Et aussi des restes de grenades transformés en tasses à café grâce à l'adjonction d'une poignée métallique soudée.

— D'où vient tout ça ? fit Susan.

— Des États-Unis d'Amérique.

— Il y en a une telle quantité…

— Le siège a duré cent jours.

Susan s'approcha d'un étal couvert de résidus guerriers : crosses en plastique de M-16, goupilles de grenades, tubes en carton de lance-roquettes M-72. Sans compter les gourdes en plastique, les baudriers, les sacoches de munitions, les gaines de baïonnette, les boucles de ceinturon, et mille autres breloques attestant qu'une puissante armée avait jadis combattu ici. Le tout était désormais vendu aux survivants, au cas où ils éprouveraient l'envie de rapporter chez eux un petit morceau d'enfer.

Susan me questionna en long et en large sur toutes sortes d'objets et leur usage.

— Une bière fraîche, finis-je par dire, n'y tenant plus.

— Un instant. Et ça, qu'est-ce que c'est ?

Je baissai les yeux sur la poche de toile qu'elle tenait entre ses doigts.

— Une housse de pelle pliable. On glissait la lame à l'intérieur, et il n'y avait plus qu'à agrafer l'attache à sa ceinture.

Elle reposa la housse et s'approcha d'un stand d'artisanat tenu par une famille de Montagnards.

— Tu sais de quelle tribu ils sont ? me chuchota-t-elle.

Ils portaient tous des vêtements d'un bleu et d'un rouge très vifs, rehaussés de broderies complexes, et la chevelure des femmes, réunie en un énorme chignon au-dessus de la tête, était enserrée par un foulard multicolore. Elles arboraient aussi d'énormes boucles d'oreilles et fumaient presque toutes une longue pipe.

— À mon avis, répondis-je, ce sont des Californiens.

— Très drôle. Quelle tribu, Paul ?

— Comment veux-tu que je le sache ? Ce sont des Montagnards. Tu n'as qu'à leur demander.

Après s'être adressée en vietnamien à une vieille femme, elle se retourna vers moi.

— Son vietnamien est difficile à comprendre, m'expliqua-t-elle.

— Le tien aussi.

Toute la famille faisait maintenant cercle autour de nous, les femmes avec leur pipe, les hommes avec leur cigarette, parlant à bâtons rompus. Il fut beaucoup question du foulard taoi de Susan, à qui l'on présenta des étoffes encore plus chatoyantes. À un moment donné, tous les regards convergèrent sur moi, et je sentis que Susan venait de leur expliquer que je n'en étais pas à mon premier passage dans la région.

Un vieil homme minuscule, aux jambes en parenthèses, s'approcha de moi. Il portait une sorte de tunique orange, avec une écharpe jaune à la ceinture. Il me prit les deux mains et me regarda au fond des yeux. Ses paumes avaient la texture du cuir, son visage aussi. Il me parla.

— Il te dit qu'il a été soldat chez les Américains, traduisit Susan.

— Vraiment ? À mon avis, il n'avait pas la taille minimale requise.

L'homme parlait toujours, et Susan reprit sa traduction simultanée.

— Il dit qu'il a combattu avec les Américains chez les… bérets verts… qu'il a passé sept ans chez eux… qu'ils le payaient bien… qu'ils lui donnaient de très bonnes armes, le fusil, le couteau… qu'il a tué beaucoup, beaucoup…

— Beaucoup, beaucoup Vietcongs, reprit l'homme en faisant glisser un doigt en travers de sa gorge.

Un geste universel, semble-t-il.

— Demande-lui s'il a gardé son fusil.

Susan transmit la question. L'homme hocha presque imperceptiblement la tête, sans cesser de me fixer, et se remit à parler.

— Il veut savoir si tu connais le capitaine Bob, l'officier qui lui donnait des ordres.

— Dis-lui qu'un jour j'ai revu le capitaine Bob en Amérique, qu'il va bien, et qu'il reparle souvent de la bravoure de ses soldats montagnards.

Le vieil homme but littéralement la traduction de Susan. Il me serra les mains, prit sur son étal un de ces fins bracelets de bronze montagnard qui ne se vendent pas mais qui s'offrent à ceux qu'on aime bien ou qui ont fait preuve de courage. Il ouvrit le bracelet, le fit passer autour de mon poignet gauche et le referma d'une légère pression. Il recula d'un pas et m'adressa un salut militaire, que je lui rendis.

Quelques Américains s'étaient regroupés autour de nous, et aussi une poignée de Vietnamiens réprobateurs.

— Remercie-le, dis-je à Susan, et dis aussi que le capitaine Bob et moi, on reviendra un de ces quatre pour lever une nouvelle armée de Montagnards.

Le vieil homme sourit et me serra la main.

Ensuite, Susan tint absolument à acheter six étoles et foulards de toutes les teintes et, pour la première fois sans doute depuis qu'elle était au Vietnam, elle ne discuta pas le prix et tendit à la vieille femme un billet de dix dollars.

Elle voulut aussi prendre quelques photographies et demanda la permission des Montagnards, qui la lui accordèrent.

— Ils vont te couper la tête, avertis-je.

Susan prit ses photos sans que personne lui coupe la tête. À la séance de pose succéda le temps des adieux, et je filai tout droit vers le café.

— Ce sont des Bru, expliqua Susan en me courant après. Montre-moi ton bracelet…

Je tendis le bras comme un somnambule. Elle examina le bracelet rudimentaire.

— Il a une signification ? demanda-t-elle.

— C'est un gage d'amitié. J'en ai déjà un à la maison. Ça m'en fera deux.

— Vraiment ? Qui t'a donné le premier ?

— Un Montagnard, évidemment.

— Pourquoi est-ce qu'il – ou elle – te l'a donné ?

— Il. On n'a pas intérêt à tourner autour de leurs femmes, à moins d'avoir envie de retrouver son sexe au bout d'un bambou.

— Je vois. Alors, pourquoi ?

— Simple gage d'amitié. Ils en offraient facilement pour peu qu'ils t'aient trouvé sympathique. Le hic, c'est qu'ils s'attendaient ensuite à ce que tu partages leur repas, et que ce qu'ils mangeaient était nettement plus infect que nos rations.

— Par exemple ?

— Ils adorent la viande : le daim, le sanglier, les oiseaux, les belettes, et tout plein de vilaines bestioles sauvages. Ils la font tellement cuire qu'elle en devient carbonisée. Mais le plus dur à avaler, c'était le bol de sang chaud.

— Tu en as bu ?

— Je n'ai vu personne se défiler sur ce coup-là.

Nous atteignîmes enfin la terrasse. Il était presque une heure de l'après-midi, et elle était envahie d'Européens et d'Américains, dont quelques routards. Je repérai quelques visages pouvant appartenir à des anciens du Vietnam, mais il y avait surtout là des touristes en voyage organisé qui restaient groupés et qui, à mon avis, n'avaient jamais mis les pieds dans ce pays. Khe Sanh faisait à l'évidence partie du circuit classique, et la plupart avaient dû s'inscrire à leur hôtel de Hué, en lisant une brochure qui devait dire quelque chose comme : « Khe Sanh : ne manquez surtout pas ce site où, pendant trois mois, la base de combat des marines américains fut l'objet d'un siège sanglant. Revivez le calvaire de ces trente mille hommes engagés dans une effroyable lutte pour la survie dans le confort de votre car climatisé. En option, visite d'un village tribal. Déjeuner inclus. »

Il y avait du monde à toutes les tables, mais l'une d'elles, entourée de quatre chaises, n'était occupée que par un Américain et un Vietnamien en train de boire une bière. Je m'approchai.

— Vous permettez qu'on s'installe ici ? demandai-je, mort de soif.

— Oui, répondit l'Américain, un grand et solide gaillard qui devait avoir à peu près mon âge. Aucun problème.

Susan et moi nous assîmes.

— Je m'appelle Ted Buckley, déclara notre compagnon de table en me tendant la main.

— Paul Brenner, dis-je. Et voici Susan Weber.

Il prit la main de Susan.

— Ravi de faire votre connaissance. Je vous présente M.… Quel est votre nom, au fait ?

— M. Tram, répondit le Vietnamien (à qui j'aurais donné une soixantaine d'années). C'est un plaisir pour moi de faire votre connaissance.

— M. Tram est un ancien officier de l'armée nord-vietnamienne, m'expliqua Ted Buckley. Capitaine, c'est ça ? Et il se trouve qu'il a combattu ici. C'est dingue, non ?

Avec un embryon de sourire, M. Tram inclina la tête.

— Moi, enchaîna Ted, j'étais du 26e régiment de marines, et je me suis battu ici de janvier à avril 1968. (Il ajouta en souriant :) Bref, M. Tram et moi, on s'est trouvés tous les deux au même endroit au même moment, mais pas du même côté des barbelés.

Mon regard croisa celui du Vietnamien. Il essayait de deviner si moi aussi je m'étais trouvé ici à ce moment-là, et si ma rancœur restait tenace, ou si, comme Ted Buckley, je voyais juste dans notre rencontre une sacrée coïncidence.

— M. Tram propose de me faire la visite guidée de la base, expliqua Ted. Vous y êtes déjà allés ?

— On y va, répondis-je.

La serveuse arriva. Susan et moi commandâmes une bière fraîche. Ted me dévisageait.

— Vous étiez dans les marines ?

— Bon Dieu non, répliquai-je. Je n'ai quand même pas l'air débile à ce point, si ?

Il éclata de rire.

— Fantassin ?

— 1re de cavalerie.

— Sans déconner ? (Il regarda Susan.) Oh, pardon, mademoiselle... (Il revint à moi.) Vous avez combattu ici ?

— Oui. Vous avez déjà oublié que l'arrivée de la cavalerie vous a sauvé la peau ?

— Des clous ! On avait attiré les Viets exactement là où on voulait qu'ils viennent.

— Ils vous encerclaient depuis trois mois, Ted.

— C'était ce qu'on voulait.

Nous éclatâmes tous les deux de rire. C'était très drôle. Enfin, il me semble. M. Tram et Susan avaient allumé une cigarette en silence.

— Il était ici aussi, dit Ted à M. Tram en me montrant du doigt. 1re division de cavalerie. Vous vous rendez compte ?

— Vous avez été parachutés le 1er avril, me dit M. Tram avec un hochement de tête.

— Exact.

— Je m'en souviens très bien.

— Moi aussi.

Nos bières arrivèrent, et chacun leva sa bouteille.

— À la paix, proposa Ted.

Nous trinquâmes.

Ted Buckley était une armoire à glace, mais il avait sûrement pris quelques kilos depuis les vaches maigres de Khe Sanh. À en juger par son visage buriné et ses mains calleuses, il devait travailler au grand air.

— Vous êtes venu seul ? s'enquit Susan.

— Ma femme est avec moi. Mais elle est restée à Hué. Elle pensait qu'il valait mieux que je vienne seul. On fait partie d'un groupe, et je suis venu de Saigon en minibus. Je viens de faire la connaissance de M. Tram. Il m'a proposé une visite guidée individuelle. Soit dit en passant, si vous voulez nous accompagner, vous êtes les bienvenus.

— Avec plaisir, répondis-je.

— Et vous ? Comment vous êtes-vous retrouvée là-dedans ? demanda Ted à Susan.

— Je me suis portée volontaire, fit-elle en souriant.

— Ne soyez jamais volontaire pour quoi que ce soit. Pas vrai, Paul ? Vous êtes descendus à Hué, vous aussi ?

— Oui, dit Susan.

— Hier, déclara Ted, nous avons visité la citadelle. Nom d'un chien, la plupart des monuments ont été rasés. Vous vous êtes battu là-bas ? ajouta-t-il à mon intention.

— Non. J'étais surtout à Quang Tri.

— Zone d'atterrissage Sharon. Je m'en souviens. Quel était votre rang dans la First Cav ?

— Troufion de base.

— Moi aussi. Sur un an, j'ai passé six mois dans ce trou de merde. (Il se tourna vers Susan :) Sauf votre respect. Je ne trouve pas de meilleur mot.

— Je suis habituée, sourit-elle. (Elle s'adressa à M. Tram :) Et vous, combien de temps avez-vous passé ici ?

— Quatre mois. Je suis arrivé en décembre 1967 et je suis reparti en avril 1968. (Il me jeta un coup d'œil.) Quand Paul a débarqué, j'ai préféré partir.

Nous rîmes de concert.

— C'était comment, alors, de l'autre côté des barbelés ? lui demanda Ted.

M. Tram réfléchit quelques secondes.

— Très dur. Les bombardiers américains jour et nuit, les canons jour et nuit… Très dur pour nous… Pour vous aussi, j'en suis sûr… Mais vos bombardiers nous ont fait très, très mal.

— Et nous, mon pote, on s'est pris vos putains d'obus en pleine poire pendant trois mois.

— Oui. La guerre est terrible. Pour tout le monde.

Le silence retomba un moment, et Ted se tourna vers moi.

— Hé, c'est dingue, non ? Qu'on se retrouve tous ici, vous ne trouvez pas ?

— J'essaie encore d'y croire.

— Vous m'avez l'air bien trop jeune pour avoir des souvenirs de ce temps-là, dit Ted à Susan.

— C'est vrai, mais Paul a eu la bonté de me faire partager certains des siens.

Ted se posait manifestement des questions sur la nature de nos relations.

— Susan et moi nous sommes rencontrés à Hué, expliquai-je. Je lui ai proposé de m'accompagner ici.

— Je vois. Vous venez de faire connaissance. Vous êtes d'où ? demanda-t-il à Susan.

— De Lenox. Dans le Massachusetts.

— Ah ouais ? Moi, je suis de Chatham, dans l'État de New York, tout près de la frontière. J'ai une petite entreprise de bâtiment. J'ai creusé tellement de tranchées et construit tant de blockhaus ici qu'à mon retour au pays je ne pensais plus qu'à une chose : empiler des sacs de sable et faire des tranchées autour de ma maison. Du coup, mon vieux m'a casé chez un poseur de briques pour me calmer.

Susan sourit.

— Et vous, Paul ? demanda Ted.

— Je suis né à Boston. Je vis en Virginie.

— Et vous, monsieur Tram, dit Susan, d'où êtes-vous ?

— De Dong Hoi, une petite ville de la côte, répondit le Vietnamien en souriant. C'est dans l'ex-Nord-Vietnam, mais les frontières n'existent plus depuis la réunification, et je me suis installé ici, à Khe Sanh, il y a six ans.

— Pourquoi ? s'enquit Ted.

— C'est une zone de développement économique.

— Mais pourquoi *ici* ?

M. Tram hésita un instant avant de répondre :

— J'avais gardé le souvenir de la beauté des collines et de cette vallée avant la bataille… Les Vietnamiens sont nombreux à quitter la côte, où il y a beaucoup trop de monde. Ici, comme vous diriez chez vous, c'est un pays de pionniers.

— Effectivement, fit Ted. Il y a même des Indiens.

— Et vous êtes guide touristique ? demanda Susan.

— J'enseigne l'anglais au lycée. Pendant les vacances, je viens ici au cas où je pourrais rendre service aux touristes. Mais uniquement aux vétérans.

J'avais attentivement observé M. Tram pendant qu'il répondait. J'étais venu à lui, non le contraire, et il y avait très peu de chances qu'il ait été envoyé pour m'espionner par le ministère de la Sécurité publique.

— Puis-je vous demander votre profession ? dit M. Tram en se tournant vers moi.

— Je suis retraité.

— Ah. Vous prenez votre retraite très jeune en Amérique.

— Il est plus vieux qu'il n'en a l'air, intervint Susan.

M. Tram et Ted pouffèrent. Le regard de Ted fit la navette entre Susan et moi, et je crois que c'est à cet instant qu'il décida que nous couchions ensemble. La conversation se poursuivit à bâtons rompus, et nous commandâmes une seconde tournée de bières.

Si M. Tram n'était pas le premier soldat nord-vietnamien que je rencontrais, c'était le premier avec qui je buvais un verre. Ma curiosité était piquée.

— Que pensez-vous de tous ces vétérans américains qui reviennent au Vietnam ? lui demandai-je.

— Je crois que c'est une bonne chose, répliqua-t-il sans l'ombre d'une hésitation.

— Pensez-vous que la cause pour laquelle vous combattiez ait justifié autant de morts et de souffrances ?

Là encore, il répondit sans hésiter :

— Je combattais pour la réunification de mon pays.

— Soit. Le pays est réunifié. Pourquoi Hanoi continue-t-il de traiter si mal le Sud ? Et en particulier les vétérans de l'armée du Sud-Vietnam ?

Quelqu'un me décocha un coup de pied sous la table, et je suis à peu près certain que ce n'était ni M. Tram ni Ted.

M. Tram réfléchit un instant.

— Beaucoup d'erreurs ont été commises après la victoire. Le gouvernement l'a reconnu. Il est temps de penser à l'avenir.

— Vous avez d'anciens soldats sud-vietnamiens parmi vos amis ?

— Non. Pour les gens de ma génération, oublier est difficile. Quand nous nous croisons dans la rue, dans l'autobus ou dans un café, cela nous rappelle les souffrances et les morts que nous nous sommes infligés mutuellement. Nous échangeons un regard plein de haine, et nous nous détournons. C'est terrible, mais je pense que la prochaine génération sera meilleure.

Le capitaine Tram acceptait de boire une bière avec deux Américains qui avaient pourtant essayé de lui faire la peau à deux pas d'ici, mais refusait de saluer un ancien combattant de l'armée du Sud-Vietnam. Bizarre… L'animosité entre gens du Nord et du Sud, entre vainqueurs et vaincus, restait vivace, et c'était un sentiment très complexe, moins lié à la guerre, selon moi, qu'à ce qui s'était passé ensuite. La guerre est simple ; la paix l'est beaucoup moins.

— Le bus part dans une demi-heure, dit Ted. Vous devriez pouvoir monter avec nous sans problème.

— Nous avons une voiture et un chauffeur, répondis-je. Si vous voulez, on vous emmène.

— Vraiment ? D'accord. (Il jeta un coup d'œil à son guide.) Ça vous va, monsieur Tram ?

— Bien sûr.

Ted insista pour régler la note, et nous quittâmes la terrasse surpeuplée. M. Loc était toujours là où nous l'avions laissé. En nous voyant arriver, il lança quelques mots à Susan, qui répliqua en vietnamien. Ted était stupéfait.

— Ça alors, vous causez le chinetoque ? Je veux dire, le vietnamien ?

— Un peu.

— Merde alors…

Susan, M. Tram et moi nous entassâmes à l'arrière du 4 × 4 pendant que l'immense Ted montait devant, et nous rejoignîmes la route 9.

— Si vous regardez sur votre droite, déclara M. Tram, apparemment désireux de mériter ses émoluments, vous apercevrez les vestiges du vieux fort de la Légion étrangère française.

Tout le monde se tourna. Susan prit une photo, Ted aussi. M. Tram enchaîna :

— L'armée du Peuple a occupé ce fort jusqu'à l'arrivée de… de M. Paul et des centaines d'hélicoptères qui ont déferlé avec lui. Cette route que nous venons de croiser sur votre droite faisait partie de la piste Hô Chi Minh. Elle mène à A Luoi, dans la vallée d'A Shau, où ont eu lieu d'autres affrontements sanglants. À un kilomètre en direction du sud, elle passe par le pont de Dakrong, un cadeau de nos frères socialistes cubains. Nous le visiterons plus tard si vous le souhaitez.

Susan déclara quelque chose en vietnamien à M. Tram, qui hocha la tête à plusieurs reprises pendant qu'elle parlait.

— Qu'est-ce qu'il y a ? interrogea Ted.

— Paul et moi arrivons justement de la vallée d'A Shau, expliqua Susan. Paul a combattu là-bas pendant la guerre.

— Je vois, fit Ted. Après votre passage ici, vous avez été expédié dans la vallée d'A Shau. C'était comment ?

— Effroyable, lâchai-je.

— Ça ne pouvait pas être pire que Khe Sanh.

Il existe plusieurs cercles de l'enfer, même dans les guerres, et chaque soldat est convaincu de s'être trouvé dans le pire de tous, et il ne sert à rien d'essayer de le convaincre que ce n'est pas vrai. Votre enfer est le vôtre, son enfer est le sien.

— Un de mes frères s'est battu dans la vallée d'A Shau, dit M. Tram.

Personne ne se risqua à lui demander comment se portait ce frère. Il reprit son discours formaté :

— Comme vous le voyez, les champs, des deux côtés de la route, sont cultivés. Le café, les légumes et l'ananas sont les principales productions locales. Pendant la guerre, la vallée est restée inhabitée, sauf par certains indigènes des collines qui s'étaient alliés aux Américains. Très peu d'habitants d'origine sont revenus, la population actuelle est surtout formée de colons venus de la côte, qui donnent souvent à leur nouveau village le nom de celui qu'ils ont quitté.

— C'est le même topo aux États-Unis, déclara Ted. New York, New Jersey, New London… Kif-kif.

— Oui ? Voilà qui est intéressant. Voyez ces nombreuses mares, ce sont des cratères de bombe. Il y en avait des milliers, mais la plupart ont été comblés. Ceux qui restent sont utilisés pour élever des canards ou abreuver le bétail.

Je n'avais pas oublié le spectacle de ce paysage à mon arrivée en hélicoptère. D'en haut, on ne voyait que la végétation brunie par les défoliants, le gris des cendres, les kilomètres de tranchées nord-vietnamiennes, et surtout des cratères, et encore des cratères, comme à la surface de la Lune.

Je tâchai d'imaginer le capitaine Tram et ses camarades assis le soir dans leur abri ou au fond de leur tranchée, fumant, discutant, priant pour que la nuit soit calme. Pendant ce temps, à dix kilomètres au-dessus de leurs têtes, bien trop haut pour être vus ou entendus, d'énormes bombardiers B-52 à huit moteurs ouvraient simultanément leurs soutes bourrées de bombes d'une demi-tonne. Elles ne hurlaient pas pendant leur chute ; les seuls hurlements provenaient des malheureux qui, cloués au sol, voyaient des centaines de bombes s'abattre sur eux sans préavis.

Ces opérations *Arc Light* transformaient sur-le-champ la terre en enfer, comme si tous les démons avaient fait surface pour engloutir le monde. Et il n'y avait pas un blockhaus assez solide, ni un tunnel assez profond pour résister à la détonation différée de ces engins, qui leur permettait de s'enfoncer profondément dans la terre avant d'exploser. Et quand la bombe ne vous pulvérisait pas au moment de l'impact, le choc vous mettait la cervelle en compote, provoquait l'éclatement de vos viscères, déchirait vos tympans, et vous vous retrouviez enterré vivant.

En nous posant, nous avions découvert des centaines de Nord-Vietnamiens, prostrés, regardant le ciel d'un air hébété, du sang plein les oreilles, le nez, la bouche, ou errant comme des âmes en peine. Ils ne méritaient plus d'être faits prisonniers, étaient au-delà de toute assistance médicale, et nous ne savions pas si nous devions les abattre ou les ignorer.

Je jetai un coup d'œil à M. Tram et sentis qu'il avait vu tout cela. Après avoir roulé deux kilomètres sur la route 9, M. Loc bifurqua à gauche sous un panneau en anglais indiquant la direction de la base de combat.

Nous nous engageâmes sur une piste de terre qui s'élevait en pente douce vers le plateau. Un bus était en train d'en redescendre, et des jeunes routards en file discontinue montaient à pied vers l'ancienne base de marines. Quelques minutes plus tard, nous atteignîmes une aire de stationnement en plein air où étaient parqués cinq ou six bus, ainsi qu'un certain nombre de voitures et de scooters. M. Loc stoppa, et nous descendîmes.

Le site n'était plus qu'une étendue d'herbes folles balayées par les vents. De vertes collines au sommet embrumé dominaient le plateau, et je n'eus aucune peine à imaginer les obus d'artillerie, les roquettes et les tirs de mortier nord-vietnamiens pleuvant jour et nuit de ces hauteurs. Quel génie de la stratégie avait choisi un tel lieu pour implanter une base de combat ? Probablement un imbécile du même acabit que celui qui avait créé le camp d'A Luoi. Et comme les deux bases avaient repris l'emplacement d'anciens forts français, je ne pus m'empêcher de penser à Dien Bien Phu, un site comparable sur le plan géographique.

— On m'a appris pendant mes classes à toujours prendre position sur une hauteur, lâchai-je. Il semble que ces gens-là avaient oublié la leçon numéro un du manuel…

— Tu m'étonnes, dit Ted en balayant les collines du regard. On se faisait tirer comme des canards. Ces enfoirés de jaunes envoyaient la sauce, et ensuite ils planquaient dare-dare leur artillerie dans une grotte. On ripostait d'ici, et l'aviation pilonnait les collines au napalm. Ce petit jeu a duré cent jours, putain, cent jours, et ce camp, mec, c'était l'enfer sur terre. Tu sortais pisser, tu te faisais flinguer. On vivait comme des animaux dans les tranchées et les abris, il y avait des rats partout, et je vous jure devant Dieu qu'il pleuvait tous les jours, et que cette boue rouge était si épaisse qu'on y laissait nos bottes à chaque pas. Quelquefois, un mec se retrouvait enlisé jusqu'aux genoux, une jeep essayait de le sortir de là, et elle s'embourbait jusqu'au pare-brise. On faisait venir un camion pour aider le mec et la jeep, et lui aussi se retrouvait dans la boue jusqu'au toit. Deux bulldozers arrivaient, enlisés eux aussi, alors on rameutait un hélico pour treuiller le tout avec des câbles, et hop, il était aspiré et disparaissait à son tour. Et vous savez comment on se démerdait pour ressortir tout ça de la gadoue ?

— Non, fis-je en souriant. Comment ?

— Le sergent du mess gueulait : « À table ! »

Ted et moi éclatâmes de rire. Ces marines étaient vraiment de sacrés comiques. M. Tram et Susan se contentèrent d'un sourire poli. M. Loc, qui ne parlait pas officiellement l'anglais et qui de toute façon n'avait aucun sens de l'humour, resta de marbre.

— Nous voici dans la base, déclara M. Tram. Comme vous pouvez le voir, il n'en reste rien, à part l'emplacement de la piste d'aviation qu'on aperçoit là-bas. La bande de terrain où rien ne pousse.

Nous tournâmes tous la tête en direction de la piste. Susan et Ted prirent quelques photographies du paysage désolé.

— J'étais ici en juin, lâcha Ted, quand nos bulldozers ont rasé la totalité de cette base. On ne voulait rien laisser aux rouges.

M. Tram, ex-rouge, confirma d'un hochement de tête.

— Quand les Américains ont abandonné les lieux au mois de juin, ils ont supprimé toute trace susceptible d'être exploitée dans un film de propagande, et c'est pourquoi il n'y a plus rien à voir ici. Mais observez ces nombreux trous dans le sol. Les ramasseurs de métaux ont déterré tout ce qui était enfoui. Ils ont même retrouvé des carcasses de camions détruits par l'artillerie. Il est question de reconstruire partiellement la base pour que les touristes aient quelque chose à voir.

— Un chantier pour vous, dis-je à Ted.

— Pas question que je me remette à entasser des sacs de sable sur ce plateau, grommela-t-il.

— De nombreux marines ont collaboré avec les autorités locales en fournissant des informations sur la base, reprit M. Tram en souriant. Nous disposons à présent d'un certain nombre de plans qui nous permettent d'avoir une idée précise de l'aspect qu'elle pouvait avoir à l'époque.

— C'était un trou à merde, lâcha Ted. De la boue et des sacs de sable. Pas un brin d'herbe.

M. Tram disserta encore quelques instants sur l'intérêt qu'il y avait à reconstituer l'enfer pour les touristes. Il y avait à ce moment une cinquantaine de personnes en train d'arpenter le site en se demandant ce qu'elles faisaient là. Il fallait avoir été sur place pour comprendre.

— Voyez les collines du Laos, à vingt-cinq kilomètres d'ici, reprit M. Tram en indiquant l'ouest. Tout près de cette frontière se trouvait le camp des forces spéciales américaines de Lang Vei, dont mon régiment s'est emparé dans les premiers jours du siège. De braves soldats, ajouta-t-il après une courte pause, mais trop peu nombreux pour nous résister.

— Leurs alliés montagnards aussi étaient très braves, fis-je.

M. Tram ne releva pas.

Tandis que nous poursuivions notre marche à travers le plateau, je remarquai deux Américains d'un certain âge qui semblaient partager un moment d'intense émotion pendant que leurs femmes, restées à l'écart, regardaient ailleurs. Le grand Ted les vit à son tour, les fixa un certain temps, puis s'approcha d'eux et engagea la conversation. Moins d'une minute plus tard, ils échangeaient tous les trois une vibrante accolade.

Ted nous rejoignit peu après.

— Des artilleurs, nous expliqua-t-il après s'être éclairci la gorge. Ils ont tous les deux été évacués après avoir été blessés lors de l'explosion du dépôt de munitions en janvier. Ils ont loupé la grosse fiesta.

Personne ne fit de commentaire, même si M. Tram se souvenait très certainement du jour où le dépôt de munitions avait volé en éclats, touché de plein fouet par un tir d'artillerie nord-vietnamien. Certains de mes amis, qui patrouillaient ce jour-là dans les collines aux alentours de Quang Tri, m'avaient raconté qu'ils avaient vu et entendu la déflagration à trente kilomètres de distance. Le fracas avait dû remonter le moral des Nord-Vietnamiens et sonner comme un sinistre présage aux oreilles des marines assiégés.

— Je me rappelle que mon abri était par là, dit Ted. Côté sud, près du centre du plateau. On voyait très loin, jusqu'à la route 9.

— Ah oui ? lâcha M. Tram. Mon régiment aussi était au sud, de l'autre côté de la route. Peut-être avons-nous échangé des coups de feu.

— C'est même sûr. Et vous, Paul ? Vous étiez où ?

Mon regard se porta sur les collines qui se découpaient dans le lointain, au-delà de la vallée.

— Moi aussi, j'étais au sud. On a lancé un assaut héliporté sur ces collines. On nous a expliqué qu'il s'agissait de prendre l'ennemi à revers, mais l'endroit où nous avons atterri pullulait de soldats nord-vietnamiens.

M. Tram hocha la tête d'un air pensif.

— Oui, dit-il, je me rappelle distinctement l'après-midi où la cavalerie héliportée est arrivée. Nous avons été bombardés pendant plusieurs jours avant le début de l'assaut, des tonnes et des tonnes de napalm, et quand les hélicoptères sont venus, bourrés de fantassins, nous avons eu très peur.

— Vous avez eu très peur ? fis-je. Sachez que moi, j'étais *mort* de trouille. *Biet ?*

M. Tram hocha la tête à plusieurs reprises, et je sentis à son expression qu'il était loin, en train de revivre le jour où les hélicoptères avaient surgi de l'horizon.

— Et moi, intervint Ted, je me rappelle qu'en voyant la cavalerie arriver, on s'est dit : « Merde, ces cons-là vont chasser les Viets, et la fête va se terminer. »

— Ça ne m'aurait pas dérangé de rester chez moi, dis-je.

Ted éclata de rire.

— Aviez-vous des rats ? lui demanda M. Tram, sorti de sa rêverie.

— Si on avait des rats ? Bon Dieu, on avait des rats tellement gros qu'on les aurait pris pour des cerfs. Et ils avaient de l'appétit. Il fallait dormir avec ses bottes si on ne voulait pas se faire bouffer les orteils. Je ne plaisante pas. Ces enfoirés étaient vicieux et culottés. Ils nous barbotaient nos rations. Une fois par jour, on leur faisait la chasse avec des cartouches de chasse spécialement adaptées pour le 45 militaire.

— Nos tranchées grouillaient de rats, fit M. Tram. Ils mangeaient…

Il regarda Susan et n'acheva pas sa phrase, mais je sentis que ces rats-là mangeaient autre chose que des rations.

— Ils propageaient des maladies, compléta M. Tram. Ils avaient des puces qui transmettaient la peste, la peste noire… la peau noircit… les bubons… beaucoup de nos hommes en sont morts.

Nous restâmes immobiles sous le ciel mat, fouettés par le vent qui dégringolait des collines, perdus, pour trois d'entre nous, dans nos souvenirs.

— C'est vrai, finit par lâcher Ted, ça me revient, un avion cargo s'est posé un jour pour livrer des doses… de gamma quelque chose.

— De gammaglobulines, dis-je.

— Ouais. Vous y avez eu droit aussi ? Ils nous enfonçaient une grosse aiguille dans le cul pour nous injecter cette merde. Un produit glacé et – parole – aussi épais que du mastic. J'en ai gardé un œdème à la fesse pendant toute une semaine, et quand j'ai demandé aux infirmiers à quoi ça servait, ils m'ont dit : « C'est pour la rougeole. » Après, on a su que c'était pour la peste. Bon Dieu, comme si on n'avait pas assez d'emmerdements avec les balles ennemies !

— Il y a eu des cas de peste ? s'enquit Susan.

— Vous croyez qu'ils nous l'auraient dit ? Un type se pointait à l'hôpital de campagne avec la fièvre, et quelquefois, ils nous le renvoyaient sous pénicilline, mais d'autres fois, ils l'expédiaient loin d'ici par le premier vol. Personne n'aurait utilisé le mot « peste ».

Je n'avais pas oublié notre peur de la peste bubonique, dont nous avions repéré les symptômes sur certains morts et blessés nord-vietnamiens. Nous avions reçu une injection de gammaglobulines avant l'assaut héliporté, et nos infirmiers, plutôt francs du collier, nous avaient conseillé d'éviter de nous faire mordre par les puces colportées par les rats, et bien sûr par les rats eux-mêmes.

La First Cav avait baptisé l'opération « Pégase » en référence au célèbre cheval volant de la mythologie, mais à mon humble avis nos stratèges auraient mieux fait de choisir les quatre cavaliers de l'Apocalypse – la Guerre, la Famine, la Pestilence et la Mort.

— Donc, reprit M. Tram, ce siège dramatique s'est prolongé sur tout le mois de janvier, puis en février et en mars, jusqu'au début d'avril. Nous avions quelque chose comme vingt ou vingt-cinq mille soldats massés autour de ce camp, et les Américains étaient… combien, monsieur Ted ?

— Cinq ou six mille.

— Oui. Et à notre départ, on nous a dit que nous avions laissé derrière nous dix mille camarades morts, malades ou blessés… Sans compter les milliers de malades et de blessés qui étaient encore avec nous… Beaucoup ont succombé par la suite. J'ai perdu de nombreux amis ici, et des cousins, et aussi un oncle qui avait le grade de colonel. Je sais que beaucoup d'Américains ont laissé leur vie sur ce plateau, et à mon départ, je me suis demandé : « À quoi bon ? »

— Allez savoir, soupira Ted.

M. Tram s'éloigna de quelques pas en silence, s'arrêta, tendit le bras.

— Vous voyez cette tranchée, un peu plus loin ? C'est une des nôtres. C'est en creusant ainsi que nous nous sommes peu à peu rapprochés de ce camp – tout comme mon père et mes oncles l'avaient fait à Dien Bien Phu. Nous progressions la nuit, et nos tranchées se rapprochaient de plus en plus de vos barbelés. Et une fois que nous étions arrivés tout près, nous sortions de nuit et portions notre attaque sur un endroit où nous savions vos défenses fragiles afin de pouvoir pénétrer dans le camp… Mais nous n'y sommes jamais parvenus… Et beaucoup d'hommes sont morts de ce côté-là, où se dressaient autrefois les barbelés.

— Dès qu'on croyait percevoir un mouvement à l'extérieur, enchaîna Ted, ou si quelqu'un entendait un bruit suspect, nos mortiers balançaient des fusées éclairantes au-dessus de la zone, qui se retrouvait tout à coup illuminée comme en plein jour... Et c'est là qu'on les voyait courir vers nous, par centaines, sans un bruit, sans tirer. Ils continuaient vers les barbelés, sans chercher à se mettre à couvert, et on ouvrait le feu, et ils tombaient comme des quilles. Bon Dieu, une nuit, je me rappelle que l'un d'eux a soufflé dans un clairon et qu'ils se sont tous mis à hurler en même temps. J'ai serré les fesses, et je tremblais tellement que j'avais du mal à tenir mon M-16 droit, et les voilà qui commencent à balancer des torpilles Bangalore[1] dans le rideau extérieur, et les barbelés cèdent, la brèche est faite, ils foncent vers le deuxième rideau, les obus de mortier pleuvent autour de mon abri, et je n'ose pas regarder par la fente de tir à cause des balles traçantes et des éclats de grenades, je glisse le canon de mon M-16 dans la fente en le tenant par la poignée, et moi, je reste accroupi dessous, sans rien voir, et je vide un chargeur, et un autre, et encore un autre... Je suis touché à la main par un éclat brûlant, je lâche mon flingue, je vois qu'il est endommagé, et là, je ne sais pas ce qui me prend, mais je sors du blockhaus et je me mets à balancer des grenades en direction des barbelés. Ça pète de partout, il y a des bombes à fragmentation, des lueurs blanches de phosphore, et là-bas, tout crame, y compris les gens, et ces petits... ces mecs continuent d'avancer, ils ont réussi à créer une brèche dans le deuxième rideau, et il n'y a plus rien

1. Tubes de TNT montés bout à bout et destinés à créer des brèches dans les rouleaux de barbelés. *(N.d.T.)*

entre eux et moi, à part un dernier rideau de barbelés, parce que toutes nos mines ont déjà sauté, et la mitrailleuse a été détruite, et moi je cherche désespérément un M-16 à ramasser… Et à ce moment-là, leur foutu clairon se remet à sonner, et les Viets se replient.

Le regard fixé sur la colline, Ted ajouta, d'une voix à peine audible :

— Ils s'en vont… Sauf quelques dizaines d'entre eux, pris dans les barbelés ou gémissant sur le sol. Nous, on s'approche, et on les… enfin…

Il regarda M. Tram, qui détourna la tête.

Nous reprîmes notre marche à travers ce camp dont il ne restait rien, sinon le tracé fantomatique d'une piste d'aviation sur laquelle, comme l'avait dit M. Tram, plus rien ne poussait.

— Si cela ne vous dérange pas, me demanda M. Tram, pourriez-vous nous parler de ce que vous avez vécu ici ?

Je m'accordai quelques secondes de réflexion.

— Juste après notre débarquement héliporté, nous nous sommes retrouvés au contact de l'ennemi… de l'armée nord-vietnamienne, mais il nous est apparu évident qu'elle se repliait sur le Laos. La semaine suivante, nous avons eu quelques légers accrochages. Je ne saurais vous dire combien de temps nous sommes restés dans le coin. Nous avons vu des centaines de soldats morts, d'innombrables blessés, une quantité de fosses… et les rats… Il planait sur toute la vallée une odeur infecte, celle de la mort, et la nature était dévastée… Je n'avais jamais rien vu de pareil… Nous arrivions juste après un épouvantable carnage, et en un sens, c'était presque pire que la bataille.

Nous nous séparâmes sur la place de Khe Sanh.

— Merci, dis-je à M. Tram en lui donnant un billet de dix dollars. C'est sûrement dur pour vous de revivre tout ça.

— Je n'accepte de le faire que pour des Américains qui l'ont vécu aussi, dit-il en s'inclinant. Pour tous les autres, ça n'a aucun sens.

— Je n'y étais pas, intervint Susan, mais à vous trois, vous m'avez donné l'impression que je l'avais vécu aussi.

— Vous pensez que ma femme aurait dû venir ? lui demanda Ted.

— Oui, dit-elle. Revenez demain avec elle.

— En fait, elle était partante, avoua Ted en se mordant la lèvre inférieure. C'est moi qui lui ai dit qu'il ne valait mieux pas.

— Je peux comprendre ça.

Susan s'adressa ensuite en vietnamien à M. Tram, qui lui répondit en s'inclinant de nouveau. Après un échange de poignées de main, Ted repartit vers son minibus, et M. Tram vers ses pénates.

Quant à Susan et moi, nous remontâmes dans le RAV4.

— Quang Tri, ordonnai-je à M. Loc.

Notre aimable chauffeur reprit la route 9 en direction de la côte – et de la zone où j'avais fait le plus clair de mon temps en 1968, quand on ne me larguait pas par hélicoptère au cœur d'un nouveau cauchemar.

— J'ai trouvé ça hallucinant, me confia Susan. Quelle expérience !

Je ne répondis pas.

— Tu tiens le choc ? demanda-t-elle.

— Bien sûr.

— Paul… À ton avis, pourquoi as-tu survécu à tout cela ?

— Vaste question.

— Je veux dire, la moitié des hommes qui combattaient avec M. Tram sont morts, et lui a survécu. Ted Buckley aussi, et toi aussi. Penses-tu que ce soit une question de destin ? De compétence ? Ou de chance ?

— Aucune idée. Les morts, s'ils pouvaient parler, t'expliqueraient pourquoi ils ont disparu, mais les vivants n'ont pas la réponse.

Susan me prit la main, et pendant de longues minutes nous nous laissâmes transporter en silence à travers la paisible vallée de Khe Sanh – ce nom, qui signifie « verte vallée », devait avoir sonné comme une amère plaisanterie aux oreilles des vingt mille Nord-Vietnamiens qui l'avaient vue brutalement devenir rouge de sang, puis grise de cendres, et enfin noire de cadavres.

Quant aux Sud-Vietnamiens, qui se battaient pour leur terre, ils devaient s'être demandé si appeler les Américains à la rescousse avait été pour eux une bénédiction ou une malédiction, les destructions causées par leurs alliés ayant certainement dépassé de très loin tout ce qu'ils pouvaient imaginer.

Khe Sanh, la verte vallée, était entrée dans la légende militaire du corps des marines, au même titre que les murs de Montezuma, les rivages de Tripoli ou les îles d'Okinawa et d'Iwo Jima.

Pour la 1re division de cavalerie, les pertes avaient heureusement été légères. La victoire avait été proclamée, nous avions ajouté une banderole au drapeau de notre régiment et reçu des félicitations du Président – et aussi l'ordre de nous déployer dans la vallée d'A Shau, où notre destin nous attendait dans les replis d'un relief tout aussi inquiétant et brumeux.

Le paysage de la vallée défilait lentement sous mes yeux. Elle était verte, à nouveau, la vie avait repris ses droits, les plants de café, les légumes avaient fini par repousser sur les ossements, et le genre humain avait repris sa marche vers de nouvelles espérances.

Et pourtant, le temps d'une promenade sur ce plateau, Ted, M. Tram et moi-même avions tous trois entendu le murmure des fantômes dans le vent, et l'écho lointain de ce coup de clairon qui avait autrefois déchiré le silence de la nuit et réveillé la bête au fond du cœur de chacun des hommes présents.

33

Nous roulions toujours vers l'est sur la route 9. Dans les collines, des hectares de terre étaient dévorés par le feu et la fumée. Je repensai à la guerre avant de me rappeler que les Montagnards pratiquaient la culture sur brûlis. La vallée allait s'élargissant, et les collines de part et d'autre de la route se replièrent dans le lointain. Le paysage perdait petit à petit de sa luxuriance. Nous nous retrouvâmes bientôt entourés de vastes étendues de broussailles, ponctuées de-ci de-là de quelques fermes. Je me souvenais de ce type de paysage pour l'avoir vu de l'hélicoptère qui, au milieu de centaines d'autres, m'avait déposé au sommet de ces collines pour un atterrissage en force sur Khe Sanh.

— Tout ce secteur de la zone démilitarisée, de la côte à la frontière laotienne, expliquai-je à Susan, était sous la responsabilité des marines. Ils y avaient implanté une série de bases, de Cua Viet sur la côte à Khe Sanh à l'est. Cette bande de terre a fait l'objet de combats acharnés pendant plus de dix ans.

— Elle a toujours eu cet aspect désolé ?

— Je l'ignore. C'est peut-être la conséquence des défoliants, du napalm, et des bombes à haute puissance.

Avant que la route ne fasse un nouveau coude vers l'est, nous aperçûmes Rockpiles, une ancienne base des marines implantée sur un piton rocheux haut de deux cents mètres.

Un peu plus loin, à l'entrée d'une piste de terre, un panneau en anglais indiquait la direction de Camp Carroll. Un minibus en revenait pour rattraper la route 9. Son flanc portait l'inscription *DMZ Tours*.

— Quand je suis revenu en 1972, Camp Carroll avait été rendu à l'armée sud-vietnamienne. Nous faisions alors le maximum pour passer le témoin aux Sud-Vietnamiens. Pendant l'offensive de Pâques, en 1972, le commandant vietnamien de Camp Carroll s'est rendu sans tirer un coup de feu. Quand nous avons appris la nouvelle, à Saigon, nous avons refusé d'y croire. La garnison entière avait déposé les armes.

Ce jour-là, j'avais compris que, dès que nos soldats auraient quitté le pays, la guerre serait perdue pour les Sud-Vietnamiens, et que les flots de sang américain versés sur cette terre n'auraient servi à rien.

Nous traversâmes ensuite la ville de Cam Lo, qui ne valait certainement pas une carte postale. Un certain nombre de bus de DMZ Tours étaient garés dans la grand-rue, près d'un café.

— Tout près d'ici, au nord, dis-je à Susan, se trouvait la base de Con Thien, ce qui signifie « colline des Anges ». C'est là qu'un de mes camarades de classe a été tué.

À la sortie de Cam Lo, nous ignorâmes la route de Con Thien et continuâmes vers l'est. Le paysage était toujours aussi morne, et le ciel s'assombrit encore à l'approche de la côte. On voyait maintenant quelques bâtiments le long de la route, et mon attention fut attirée par un hôtel de stuc plutôt sympathique d'aspect, haut de quatre étages, dont la façade était barrée d'une énorme banderole annonçant *Bienvenue aux visiteurs – Restaurant panoramique avec vue sur la zone.*

— *Dung lai !* lançai-je à M. Loc.

Il me jeta un coup d'œil et se gara sur le bas-côté. Susan et moi descendîmes du 4 × 4 et pénétrâmes dans l'hôtel, qui s'appelait Dong Truong Son. Le hall était exigu mais neuf, et nous empruntâmes l'unique ascenseur pour monter au restaurant.

L'heure du déjeuner était largement dépassée, et ce n'était pas encore celle de l'apéritif. Il n'y avait donc personne, sauf un jeune homme qui devait être le serveur parce qu'il somnolait sur une chaise.

Susan et moi choisîmes une table au bord de la terrasse, côté nord, de manière à bénéficier du panorama. Je connaissais la zone démilitarisée pour l'avoir vue d'en bas, du ciel, sur des cartes, et elle n'était pas près de disparaître de ma mémoire.

— Cette rivière s'appelle Cua Viet, dis-je à Susan. Elle se jette dans la mer de Chine. À l'est, on voit Con Thien, sur la rivière Cam Lo, le long de laquelle nous avions installé un certain nombre de bases d'appui, en commençant par Alpha 1 à l'est, puis 2, puis 3, puis 4. Encore au-delà, on devine la rivière Ben Hai, qui passe en plein cœur de la zone démilitarisée, à hauteur du dix-septième parallèle, l'ancienne frontière entre le Nord et le Sud-Vietnam. Demain, je passerai de l'autre côté.

Susan ne répondit pas.

Nous contemplâmes le paysage dévasté. L'alignement quasi régulier des points d'eau ne laissait guère de doute sur le fait qu'ils étaient le fruit d'un pilonnage systématique.

— C'est horrible, lâcha-t-elle. Tellement différent de la région de Saigon et de Nha Trang…

— J'ai eu la même impression que toi en arrivant de Bong Son, en janvier 1968. Nous avons eu droit à la mousson d'hiver, puis à l'offensive du Têt, puis à Khe Sanh, puis à la vallée d'A Shau. La pluie, le brouillard, le ciel gris, la terre éventrée, tous ces cadavres… Je me souviens d'avoir pensé que mon père avait eu de la chance d'affronter les Allemands en France à l'été 1944, même si je n'ai jamais osé le lui dire.

— Ton père a fait la Seconde Guerre mondiale ?

— C'était un fantassin, comme moi. Les Brenner sont très fiers de n'avoir jamais compté le moindre officier dans la famille. Nous fournissions de la chair à canon ordinaire. J'ai perdu un oncle en Corée.

— Mon père était officier d'aviation en Corée. Chirurgien militaire. Comme je te l'ai dit à Saigon, je pense que tu t'entendrais bien avec lui.

— Les pères ont souvent du mal à s'entendre avec le type qui couche avec leur fille.

— Je n'ai jamais couché. Je suis vierge. Demande-le-lui.

— Et je ne parle pas de la différence d'âge, ajoutai-je en souriant.

— Paul, j'ai plus de trente ans – tu serais un vétéran de la guerre de Sécession que mes parents s'en ficheraient éperdument. Ils rêvent de me voir casée. Et moi aussi, sans quoi je ne perdrais pas mon temps avec un type comme toi.

Le serveur avait fini par se réveiller. Il s'approcha en traînant les pieds. Nous commandâmes deux cafés.

— Eh bien, fit Susan, quelle impression cela te fait-il de te retrouver attablé dans un restaurant avec vue sur le dix-septième parallèle ?

— Je n'en sais trop rien. Je me sens un peu… déconnecté. Mais dans le fond, je suis plutôt content que ce site soit devenu une attraction touristique.

— Et moi, je suis très heureuse d'être ici avec toi.

Les cafés arrivèrent. Susan alluma une cigarette et se replia dans une contemplation silencieuse de l'ancien champ de bataille.

— Ça ne doit pas être facile pour toi, finit-elle par lâcher en écrasant sa cigarette. Non seulement tu retrouves les lieux où tu t'es battu, mais en plus, tu dois penser à ce voyage dans l'intérieur qui t'attend, sans compter que tes chefs de Washington te mènent la vie dure et que ce colonel Mang te suit comme une ombre…

— Il n'y a pas que lui.

— J'allais y venir. Et pour couronner le tout, voilà qu'une espèce de garce plus collante que…

— De qui parles-tu ?

— De la pétasse effrontée qui s'acharne à te poursuivre…

— À me séduire.

— … alors que tu as un million de choses en tête, que ton cœur est pris aux États-Unis, et que ton âme est en visite au pays des soldats morts…

Je restai silencieux.

— Et pourtant, Paul, je sens que le courant passe entre nous.

Je hochai la tête.

— Mais… je ne devrais peut-être pas t'accompagner dans le Nord.

— Je ne t'ai jamais demandé de le faire.

— Je te gênerais plus qu'autre chose.

— Je pense que tu devrais aller directement à Hanoi, où je te retrouverai.

— Non. Je crois que je vais rentrer à Saigon.

— Pourquoi ? fis-je, un peu surpris.

— Je crois que tu devrais finir le travail, t'envoler pour Honolulu… voir ce qui arrive, et ensuite… me passer un petit coup de fil.

— D'Honolulu ?

— Non, Paul. De Virginie.

— D'accord. Et ensuite ?

— Ensuite, nous verrons tous les deux où nous en sommes.

— Tu veux dire que nous allons devoir attendre d'être chacun dans un hémisphère pour savoir où nous en sommes ?

— Je suis en train de t'indiquer une sortie, riposta Susan, légèrement impatientée. Tu ne serais pas un peu lent à la comprenette ?

— Oh… Et où est cette sortie ? J'ai dû louper la bretelle.

— Tu es un imbécile complet. Je m'efforce d'être sensible à ta situation, je suis prête à renoncer à l'homme que j'aime…

— C'est fait. Tu lui as envoyé un fax.

— Partons, dit-elle en se levant.

Je laissai une poignée de dollars au serveur, et nous reprîmes l'ascenseur.

— Je te prie de m'excuser, dis-je. La journée a été dure pour moi. J'ai tendance à faire le mariole quand je suis stressé et quand je sens le danger – une vieille habitude de combattant. *Xin loi*. Pardon.

Et ainsi de suite… Quand les portes de l'ascenseur s'ouvrirent sur le hall, Susan me tenait par la main en disant qu'elle comprenait mes sentiments, ce qui était loin d'être mon cas. Je suis doué pour le baratin, mais avec son petit numéro de sacrifice, elle avait un peu forcé la dose. Je sais reconnaître une vraie sortie, et ça ne ressemble en rien à ce qu'elle venait de nous interpréter. Pour le meilleur ou pour le pire, nous irions ensemble au bout du voyage.

34

Ayant repris la route, nous arrivâmes ensuite à Dong Ha, une bourgade qui ressemblait à un relais routier du New Jersey, avec sa gare de chemin de fer, sa station de bus, ses deux stations-service et ses pensions. Peu après, nous rejoignîmes la route 1, que nous prîmes en direction du sud. Au bord de la voie opposée, je repérai un bâtiment qu'une enseigne en anglais désignait comme l'office du tourisme de Quang Tri. Plusieurs cars étaient stationnés devant.

— Tu connais cette ville ? me demanda Susan.

— Je n'ai jamais mis les pieds à Dong Ha. Je sais juste que ce patelin servait de base logistique pour les marines et l'armée de terre.

Susan interrogea M. Loc, qui répondit d'un ton sec.

— Dong Ha est la capitale de la province de Quang Tri, traduisit-elle.

— Non, dis-je, c'est Quang Tri qui est la capitale. M. Loc devrait retourner à l'école.

Susan transmit ma réflexion à M. Loc. La réaction ne se fit pas attendre.

— La ville de Quang Tri a été entièrement rasée par les bombes américaines en avril 1972, traduisit Susan.

Elle n'a jamais été reconstruite. La nouvelle capitale provinciale est Dong Ha.

— Tout le monde peut se tromper, dis-je en contemplant la nationale quasiment déserte. D'ici à Hué, on appelait cette route la Rue-sans-Joie.

Susan observa quelques secondes la végétation rachitique, les huttes misérables, les maigres rizières.

— Vous vous êtes battus ici pour défendre cette région, ou pour inciter l'ennemi à vous la prendre ?

Je ris.

— Je la ressortirai la prochaine fois que je croiserai un vétéran de la zone démilitarisée, dis-je. Le secteur d'opérations des marines finissait quelque part par ici. Après, l'armée de terre prenait le relais.

Nous nous engageâmes sur un pont récent qui enjambait un bras de la Cua Viet.

— Stop, dis-je à M. Loc.

Il s'arrêta au milieu du pont. Je descendis, suivi par Susan. À une centaine de mètres en aval se dressaient encore les piliers de l'ancien ouvrage.

— Mon peloton a été plusieurs fois chargé de surveiller ce passage, dis-je.

Mon regard s'arrêta sur une vieille casemate française dont on devinait encore le dôme à l'extrémité de l'ancien pont.

— J'ai passé quelques nuits dans cette casemate. J'ai même inscrit mon nom dans le béton parmi des centaines d'autres. Je me rappelle qu'il y avait un paquet de Pierre et de Jacques…

— Allons jeter un coup d'œil, proposa-t-elle en me prenant par la main.

— Demande à James Bong s'il aurait une lampe de poche.

Elle posa la question, et M. Loc sortit une lampe de poche de sa boîte à gants. Susan et moi longeâmes la berge sur une centaine de mètres jusqu'à atteindre la tête du pont d'origine. La casemate, une structure circulaire d'environ dix mètres de diamètre, était en béton armé. Son dôme, censé atténuer l'impact des roquettes et des tirs de mortier, rappelait vaguement un igloo. Je repérai dans le sol, à la base du mur de béton, des lambeaux du plastique vert dont étaient fabriqués les sacs de sable américains.

— On avait l'habitude de renforcer les fortifications françaises en entassant des sacs de sable : les munitions les plus récentes pouvaient pénétrer de vingt centimètres dans le béton armé, et il fallait absolument amortir leur impact. N'empêche, quand on était à l'intérieur d'un de ces machins et qu'on se prenait une roquette de plein fouet, ça nous mettait le cerveau en compote pour un bout de temps…

Je pris la lampe de poche des mains de Susan et orientai le faisceau vers l'intérieur de la casemate.

— C'est dégueulasse, fis-je. On ne voit même pas le sol, juste de la boue.

— Tu crois qu'il y a des sangsues ?

— Pas là-dedans, non. Je vais entrer le premier, histoire de faire fuir les serpents.

Je me faufilai par l'étroite ouverture.

En éclairant les murs et le sol, je découvris toutes sortes de rampants en train de se carapater, notamment des mille-pattes et quelques araignées grosses comme des noix, ainsi qu'un tas de douilles oubliées, mais pas le moindre serpent. Malgré la moisissure qui envahissait les murs, on distinguait encore les noms gravés dans le béton.

— Envoie les serpents ! cria Susan.

— Il n'y en a pas. Tu peux entrer, mais évite de toucher les murs.

Elle me rejoignit à l'intérieur de la casemate.

— Berk, lâcha-t-elle. Ça pue.

— À l'époque, on faisait régulièrement le ménage, mais nos gars n'y ont plus remis les pieds depuis 1975.

Une vague clarté grise s'infiltrait par les étroites fenêtres de tir.

— Où est ton nom ? s'enquit Susan.

Je promenai lentement le pinceau lumineux sur le mur circulaire, l'arrêtai sur une série de graffitis. Je m'approchai en esquivant les toiles d'araignée et concentrai mon faisceau sur les noms gravés dans le béton. Ils étaient tous français. Je repérai une date : *avril 1954*. Je croyais me souvenir de ces noms et de cette date. Elle avait beau n'être vieille que de quatorze ans en 1968, pour le gamin que j'étais à l'époque, ces vestiges de la guerre d'Indochine, qui s'était achevée autour de mon quatrième anniversaire, étaient comme les traces archéologiques d'une armée antique. Ce n'était que maintenant que je me rendais compte de la proximité des deux conflits et du temps qui s'était écoulé depuis.

— Quelqu'un a inscrit quelque chose sous ces quatre noms, me dit Susan. Tu vois ?

J'orientai le faisceau sur une phrase en français.

— « On en a plein les bottes », traduisis-je au hasard.

— Pas du tout, murmura Susan en s'approchant à son tour. Ça veut dire : « Quatre amis, quatre âmes perdues. »

Avec un vague haussement d'épaules, je déplaçai le rayon lumineux jusqu'à déchiffrer le nom de Sal Longo.

— Cet homme faisait partie de mon peloton. Il est mort dans la vallée d'A Shau. C'est dingue…

Puis je retrouvai mon nom, taillé dans le béton à la pointe de mon ouvre-boîte. Couvertes de moisissure noirâtre, les lettres étaient à peine lisibles, mais elles étaient là, incontestables : *Paul Brenner*, et une date, celle du 11 janvier 1968.

— Hallucinant, souffla Susan.

— Mieux vaut avoir son nom ici que sur le monument aux morts de Washington, grommelai-je.

Après avoir contemplé quelques secondes de plus ce nom écrit d'une main de gosse, j'en éclairai d'autres, dont certains que je reconnus et d'autres que j'ignorais. Quelqu'un avait ainsi gravé dans le mur un cœur percé d'une flèche, accompagné de la légende *Andy et Barbara, à jamais*. S'il s'agissait d'Andy Hall, il avait rejoint le monde du jamais en mai 1968, lui aussi dans la vallée d'A Shau. La compagnie Delta, la mienne, avait cessé d'exister en tant qu'unité de combat au terme de ces trois semaines de cauchemar. Les survivants s'étaient tous retrouvés avec un galon supplémentaire sur la manche : une promotion gagnée dans le sang des absents.

Je pris Susan par le bras et l'entraînai vers la sortie. Nous restâmes quelques secondes immobiles sous le ciel lourd.

— Je n'arrive pas à y croire, souffla Susan. Ton nom gravé il y a presque trente ans est toujours là… Et tous ces soldats français… C'est tellement triste… tous ces jeunes hommes qui ne sont jamais revenus…

Je hochai la tête.

Nous reprîmes en 4 × 4 la Rue-sans-Joie. Sur notre gauche, je vis un terrain d'aviation qui, si ma mémoire ne me trahissait pas, avait été autrefois l'aéroport de

Quang Tri, où l'armée de terre maintenait ses petits appareils de reconnaissance et d'observation. L'endroit était à l'abandon, l'herbe poussait dans les craquelures du béton. La tour de contrôle avait disparu, de même que l'impressionnante tour de guet française qui se dressait dans le paysage. À vrai dire, on ne voyait plus aucune trace de tous les grands bâtiments d'autrefois : écoles, églises, pagodes, fortifications françaises et américaines.

— Cette région a été très sérieusement frappée pendant l'offensive du Têt, expliquai-je à Susan, mais elle était en phase de reconstruction quand j'ai quitté le pays à la fin de mon premier séjour. Apparemment, rien n'a échappé à l'offensive de Pâques en 1972, ou peut-être à l'assaut final de 1975.

— Si. Cette casemate.

— J'aurais mieux fait de rester terré là-dedans pendant toute cette putain de guerre.

Un peu plus loin, sur la gauche de la route, j'aperçus un gros immeuble de béton en ruine qui, je le voyais, n'avait été touché ni par des bombes ni par des obus d'artillerie, parce que l'essentiel de sa toiture était intact. Les dégâts avaient plutôt été causés par un combat terrestre acharné. Les murs étaient criblés de balles, des roquettes avaient explosé à l'intérieur, laissant des traînées noires sur les murs. Il me fallut quelques secondes pour reconnaître le lycée bouddhiste, dans la cave duquel Tran Van Vinh avait écrit la lettre à son frère.

— Mon Dieu, me dit Susan. Regarde cet immeuble.

— L'ancien lycée bouddhiste…

Apparemment fascinée par ce vestige de la guerre, Susan le prit en photo.

— On ne voit aucun bâtiment endommagé de cette façon autour de Saigon, dit-elle. Hé, regarde ! Un char !

Non loin du lycée, un énorme char M-48 Patton attendait, immobile, au bord de la route. Sa peinture olive tenait le choc au bout de trente ans. Peut-être devrais-je utiliser la même pour le ravalement de ma maison.

Susan pria M. Loc de s'arrêter, ce qu'il fit.

— Va t'asseoir sur le char, me dit-elle.

— Vas-y toi-même, rétorquai-je en lui prenant l'appareil des mains. J'ai déjà donné.

Elle sauta à bas du 4 × 4 et escalada l'arrière du blindé. Athlétique et agile, elle grimpait comme un garçon.

Perchée sur la tourelle, elle s'assit en croisant les jambes.

— Si seulement tous les tankistes pouvaient te ressembler, soupirai-je.

Je la photographiai dans toutes sortes de positions, couchée, debout ou assise sur le vieux char abandonné.

Ensuite, elle descendit d'un bond et revint vers le 4 × 4. Je lui indiquai l'est, où une barrière de collines trapues surplombait la plaine à cinq ou six kilomètres de nous.

— Je me trouvais dans ces collines le soir où a commencé l'offensive du Têt, à la fin du mois de janvier. Nous étions en train de construire une énième base avancée quand, vers dix heures du soir, nous avons vu ce qui ressemblait à des feux d'artifice, mais nous n'avons pas tardé à nous rendre compte qu'il s'agissait d'autre chose. Toutes les radios du camp se sont mises à crépiter, signalant une attaque ennemie sur Quang Tri. Nous sommes passés en état d'alerte maximale et, dans le courant de la nuit, nous avons appris que les villes de Quang Tri et de Hué avaient été reprises aux troupes sud-vietnamiennes et que le quartier général de notre brigade, Landing Zone Betty, à la périphérie de Quang Tri, était assiégé. Notre camp de base, Landing Zone Sharon, était installé quelque part par ici, mais je n'en vois plus aucune trace. (Mon regard fila de nouveau vers les collines.) Voilà où j'ai fêté le Têt de 1968. L'année du Singe. Mauvaise année pour tout le monde.

— Celle-ci sera meilleure.

Nous remontâmes dans le 4 × 4. Cent mètres plus loin, M. Loc quitta la route 1 et tourna sur la gauche, à l'emplacement de l'ancienne gare ferroviaire, pour rattraper une route plus étroite qui, d'après mes souvenirs, menait à la ville de Quang Tri, à un peu plus d'un kilomètre et demi de la nationale. Cette route était bordée de bosquets et de maisonnettes de chaume entourées de potagers. Aucun de ces arbres n'était probablement antérieur à la bataille de 1972.

— Autrefois, dis-je, cette route était bordée de marchands ambulants qui vendaient toutes sortes d'objets aux GI's.

— Quoi ?

— Essentiellement des trucs qu'ils nous avaient volés. Ici, on pouvait les leur racheter.

M. Loc fit halte, jeta un regard circulaire sur le paysage et dit quelque chose à Susan.

— Nous sommes à Quang Tri, traduisit-elle. La citadelle était quelque part sur notre gauche.

Je regardai à gauche, où il n'y avait rien d'autre que des petites huttes de paysans, des palissades de bambou et des poules.

Susan et M. Loc échangèrent quelques mots.

— Il pense que les douves de la citadelle sont quelque part par là et que les villageois devraient pouvoir nous les indiquer.

— Bien. Dis-lui qu'on revient dans une heure.

Susan sortit son appareil photo de sa sacoche, transmit l'information à M. Loc, et nous descendîmes du 4 × 4. M. Loc tendit le bras vers la banquette arrière, attrapa la sacoche de Susan et l'invita à la prendre en ajoutant quelques mots.

Nous nous éloignâmes sur un chemin de terre qui passait entre les jardins potagers et les petites maisons faites de bric et de broc à partir de vestiges soit de la ville disparue, soit des fortifications qui s'étaient autrefois dressées ici. Je repérai notamment des blocs de béton et des planches criblées de balles, des plaques de tôle rouillées que les Américains utilisaient autrefois pour la couverture de leurs baraquements, des sacs de sable en plastique vert provenant sûrement de blockhaus démantelés, des tuiles reconverties en dallage pour les allées. La cité détruite avait été recyclée par les paysans.

— La ville est devenue village, dis-je à Susan. Une sorte de retour aux sources par la magie des frappes aériennes…

— Hallucinant, souffla-t-elle.

— Que t'a dit Loc ?

— Pardon ? Oh, simplement qu'il comptait aller faire un tour et qu'il préférait que je ne laisse pas mes affaires sur la banquette du RAV4.

Je hochai la tête.

Des gosses nous virent et, bientôt, nous en eûmes toute une meute sur les talons. Quelques adultes nous observaient avec curiosité depuis leur jardinet. Nous bifurquâmes sur un autre chemin pour traverser le village.

— C'est la première fois que j'entre dans un village de ce genre, me confia Susan en lançant des regards curieux autour d'elle.

— J'en ai visité des centaines. Ils se ressemblaient tous. À ce détail près que certains cachaient des Vietcongs, et d'autres non. Tu vois cette meule de foin ? Une fois, nous avons découvert une habitation complète camouflée à l'intérieur d'une meule de ce genre. Les Vietcongs avaient pris la poudre d'escampette, mais ils avaient laissé du matériel. On y a mis le feu, et ensuite, sur notre lancée, on a brûlé quelques cabanes de paysans. (Les images étaient en train de me revenir en cascade, et je poursuivis :) Il y avait aussi des petits trous dans les jardins, juste assez grands pour contenir un Vietcong – on appelait ça des trous d'araignée, et tu peux me croire, ils n'étaient pas faciles à repérer, sauf quand le Viet en question perdait patience et ouvrait le feu sur nous avec son AK-47. Pour ne rien arranger, il y avait un abri souterrain dans le jardin de chaque maison. La famille s'y réfugiait dès que ça commençait à barder. Mais ces refuges pouvaient aussi cacher des Vietcongs, et nous, on n'avait aucune envie d'y descendre voir, parce que celui qui le faisait n'avait que peu de chances de remonter vivant. Du coup, on criait à tout le monde de remonter les mains en l'air, et en général, on voyait sortir quelques *co-dep* qui essayaient de se planquer des GI's, au cas où ils auraient en tête autre chose que la chasse au Vietcong. Une fois que tout le monde était sorti, on balançait là-dedans une grenade lacrymogène, et de temps en temps il arrivait qu'un Vietcong sorte du trou en crachant le feu avec son AK-47. On lui faisait son affaire, et on passait au jardin suivant…

J'étais éberlué par la netteté de ces souvenirs qui venaient de resurgir sans crier gare.

— On trouvait des fusils dissimulés dans les toits de chaume, des munitions, des explosifs, toutes sortes de choses, et dans ces cas-là, on arrêtait toute la famille. La police nationale prenait le relais. Nous, on brûlait la bicoque, même si, neuf fois sur dix, ces pauvres bougres qui planquaient des Vietcongs ou des armes agissaient sous la menace. Un jour – et je crois qu'on a tous trouvé ça très drôle –, en tirant à trois sur la corde d'un puits (sans savoir ce qu'il y avait au bout, mais c'était bien trop lourd pour n'être qu'un seau de flotte), on a sorti un Vietcong. Avant même d'être remonté au niveau du sol, le voilà qui jette son AK-47 pour qu'on ne le descende pas. Donc, il refait surface, l'air penaud, et nous, on se tient les côtes, et quelqu'un lui met un bon coup de poing dans la gueule, et le Viet retombe dans le puits. On l'a laissé boire la tasse un bon quart d'heure avant de lui renvoyer le seau. Ensuite, le mec qui lui avait flanqué un coup de poing lui allume une cigarette avant de mettre le feu à la bicoque. On a ligoté le Vietcong et on l'a chargé dans un hélico en partance pour le camp de prisonniers le plus proche, et vogue la galère. Jour après jour, village par village, jusqu'à l'écœurement, on fouillait ces hameaux et leur population de miséreux, et on mettait leurs baraques sens dessus dessous en cherchant des armes et en se demandant quand un enfoiré de Vietcong allait surgir de nulle part pour nous faire sauter la cafetière. Parfois, on aidait une femme à accoucher, on évacuait un gosse malade vers un poste de secours, on mettait de la pommade sur la plaie infectée d'un vieillard, on distribuait des bonbons. Les gestes d'humanité alternaient avec les actes d'extrême cruauté, en général le même jour, souvent dans le même village. Il était à peu près impossible de prévoir comment cent types armés comme nous l'étions allaient se comporter dans telle ou telle situation. Je suppose que ça dépendait du nombre de pertes qu'on avait subies la veille, ou de ce qu'on avait trouvé dans le village, peut-être aussi de la chaleur ou de notre soif, des nouvelles qu'on avait reçues du pays, du savon que venait de nous passer par radio un officier supérieur, des questions qui se bousculaient sous notre crâne. Plus la guerre avançait, plus les lieutenants étaient jeunes. Les sergents étaient encore simples soldats un mois plus tôt… alors, les limites habituelles des gens matures… Les gosses devenaient facilement dingues, et si quelqu'un de la meute se faisait tuer, ils voulaient du sang en retour… Et voilà comment un village était rayé de la carte… Ils étaient au-delà de tout contrôle, la guerre n'existait plus, il n'y avait plus que des mômes en maraude, au bord de péter les plombs à tout moment, capables de balancer dans un abri familial une grenade à fragmentation aussi facilement qu'une grenade lacrymogène, d'offrir à un vieux une boîte de gâteaux ou de lui cramer la figure avec leur briquet s'ils venaient de trouver un trou d'araignée dans son jardin…

Susan marchait en silence à mon côté, et je me demandai soudain si j'avais raison de lui raconter tout cela. Là-bas, aux États-Unis, on pouvait à la rigueur oublier, isoler cette région sombre dans un coin de mémoire, ou tout mettre sur le compte du syndrome des faux souvenirs, provoqué par le visionnage d'un nombre excessif d'images d'actualités. Mais ici… c'était ici que tout s'était produit, je l'avais vécu et je n'avais aucun moyen d'y échapper.

Nous marchions toujours à travers le village, et les enfants nous suivaient, mais sans mendier comme à Saigon. Ces gosses de la campagne ne voyaient pas beaucoup de *Lien Xo*, et ils étaient peut-être timides ;

mais peut-être avaient-ils aussi gardé, quelque part dans leur mémoire collective, l'image de ces grands costauds d'Américains qui quadrillaient les villages de leurs parents et grands-parents, ce qui expliquait qu'ils préféraient garder leurs distances.

— Imagine la vie de ces villageois, dis-je. Tu ne dors pas de la nuit, tu ne souris pas de la journée. Comme tout le monde autour de toi, tu te sens au bord de la folie et du désespoir, totalement à la merci d'ennemis armés jusqu'aux dents qui peuvent à tout moment te violenter ou te trancher la gorge. Telle était la vie dans les villages de ce pays torturé. Quand tout a été terminé, les paysans se fichaient de savoir qui avait gagné. Le diable en personne aurait pu triompher avec ses légions infernales, ils auraient applaudi parce que la guerre était finie.

— J'aurais rejoint la guérilla, fit Susan au bout de quelques secondes. J'aurais préféré mourir les armes à la main.

— Tu es une combattante, fis-je en souriant. De fait, la plupart des hommes et femmes jeunes choisissaient leur camp et faisaient exactement ce que tu viens de suggérer. Mais d'autres restaient dans leur village pour semer et récolter, et prendre soin de leurs vieux parents et de leurs enfants en bas âge en priant pour que le sort les épargne.

Susan hocha la tête. À cet instant, comme par un fait exprès, un vieil homme parut au bord du sentier et s'inclina en nous voyant. Susan lui adressa la parole. Après quelques minutes de discussion, elle se tourna vers moi.

— La citadelle est un peu plus loin en continuant sur ce chemin. Il vit ici depuis longtemps, et si tu es un ancien soldat, il dit que tu risques d'être surpris.

— Je le suis déjà. Dis-lui que j'ai appartenu à la 1re division de cavalerie et que le quartier général de ma brigade était installé dans l'ancien fort français.

Il répondit longuement.

— En 1972, traduisit Susan, les communistes et l'armée de la République se sont disputé la ville rue par rue. Elle a changé de mains plusieurs fois, s'est retrouvée en ruine, puis l'armée du Sud-Vietnam s'est repliée sur Hué, et les bombardiers américains sont venus, détruisant tout ce qui tenait encore debout et massacrant la plupart des soldats communistes qui occupaient la citadelle, le fortin français et le quartier général américain hors les murs. Il ne reste plus rien.

J'opinai. Le vieil homme ajouta quelque chose.

— Il dit que d'autres Américains de la cavalerie sont revenus ici avant toi, et qu'ils sont toujours tristes et surpris de constater qu'il ne subsiste aucune trace de leur passage. Il a aussi croisé un Français revenu visiter le fort où il avait servi autrefois. Persuadé de n'être pas au bon endroit, celui-ci a passé toute une journée à chercher en vain son fort et les anciennes tours de guet.

Le vieil homme parla encore puis partit d'un grand éclat de rire.

— Le Français espérait retrouver le café où il s'était saoulé, traduisit Susan, et peut-être aussi les anciennes… demoiselles.

— C'est aussi pour ça que je suis revenu, dis-je. Dis-le-lui.

Susan répéta, et l'homme s'esclaffa de plus belle. Ce qu'il trouvait de drôle là-dedans, je ne saurais le dire, mais peut-être avait-il déjà pleuré toutes les larmes de son corps et ne lui restait-il plus rien d'autre à faire que de rire de la mort et de la ruine.

Après l'avoir remercié, nous poursuivîmes notre flânerie.

Au bout du chemin, nous découvrîmes un immense espace nu, d'un demi-kilomètre de côté environ, délimité au loin par un alignement de maisons paysannes et de jardinets. Il était envahi de hautes herbes et d'arbustes, et je crus d'abord me trouver à la lisière d'une sorte de pré communal. Mais il était cerné de douves où poussaient des roseaux, et je compris que c'était là que s'étaient jadis dressés les remparts de la citadelle. Çà et là, on devinait encore un petit pan de mur, mais jamais haut de plus d'un mètre, et je remarquai une arche de pierre, aux trois quarts détruite par l'explosion d'une bombe, à l'emplacement d'un des ponts qui enjambaient autrefois les douves.

— La citadelle, dis-je à Susan. Un peu comme celle que nous avons visitée à Hué, mais nettement plus abîmée. C'était le cœur de la ville. Elle abritait les édifices officiels, un hôpital, une banque, plusieurs cafés, les baraquements et le quartier général de l'armée sud-vietnamienne, et l'état-major des conseillers militaires américains. La plupart d'entre eux ont été tués quand les communistes ont pris la ville pendant l'offensive du Têt. Pareil à Hué. C'est un métier risqué quand ta sécurité dépend d'un allié aussi peu fiable.

Susan balaya du regard l'étendue désolée qui occupait le centre du village.

— On dirait un parc ou un terrain de sport, sauf qu'il n'y a strictement rien.

— Je suppose qu'ils ont laissé les lieux en l'état pour commémorer la cité détruite et tous ceux qui y ont trouvé la mort, mais je ne vois même pas une plaque…

— Moi non plus… Mais, regarde, Paul, ce pont au-dessus des douves !

Suivant du regard la direction qu'elle m'indiquait, je découvris effectivement un ouvrage de béton encore debout, malgré plusieurs impacts d'obus, qui autrefois devait permettre d'accéder à une des portes de la cité disparue. Nous l'empruntâmes pour franchir les douves. Les gamins ne nous suivirent pas. L'un d'eux nous cria quelque chose.

— Il dit que c'est une propriété du gouvernement, traduisit Susan, et que nous n'avons pas le droit d'entrer. Et il a ajouté : *Thanh Thanh*, ce qui veut dire « fantômes ».

— C'est ce qu'ils racontent aux gosses d'ici pour les tenir à distance de tous les endroits où il pourrait encore y avoir des mines.

— Tu as sans doute raison. Évite tout de même de marcher sur l'une d'elles, sans quoi nous serions bel et bien transformés en fantômes.

— Reste sur le sentier.

— Il n'y en a pas, Paul.

— Alors, marche sur la pointe des pieds.

Je me dirigeai vers le centre du vide.

— Le champ de manœuvres devait être quelque part par ici, et la partie militaire de la citadelle était… de ce côté-ci, je crois.

— Tu t'en souviens ?

— Plus ou moins. Je ne suis venu ici qu'une fois, pour une de ces cérémonies de remise de médailles que l'armée sud-vietnamienne adorait organiser.

— Tu veux dire que tu as été décoré ici ?

— Oui. Et pas de la médaille de la Bonne Conduite.

— De laquelle ?

— La croix de la Valeur militaire. En gros, l'équivalent de notre Bronze Star.

— Qu'avais-tu fait pour la mériter ?

— Aucune idée. La cérémonie s'est déroulée en vietnamien.

— Allons, Paul. Tu sais très bien pourquoi ils t'ont décoré.

— Pour la propagande. Tout a été filmé. Ce genre de bande d'actualités était projeté avant le long métrage dans la demi-douzaine de salles de cinéma qui existaient à l'époque dans le pays. « Nos valeureux alliés américains », ce genre de boniment. En fait, l'armée sud-vietnamienne se contentait de reprendre la liste des GI's décorés par l'armée américaine et leur remettait la médaille vietnamienne équivalente. On m'a décerné la Bronze Star pour la vallée d'A Shau sans aucune cérémonie, et les Viets m'ont refilé la croix de la Valeur militaire en grande pompe.

— Tu as gardé la cassette ?

Je souris.

— C'était un *film*, Susan. À l'époque, ils n'avaient pas la vidéo. S'ils l'avaient eu, ils auraient sûrement essayé de me vendre la cassette, ce qu'ils n'ont pas fait.

— On pourrait peut-être le retrouver aux archives, à Saigon…

— J'espère que cette saloperie a cramé.

— Tu es un vrai sentimental.

— N'est-ce pas ? Bref, je me trouvais ici même, avec une centaine d'autres soldats de la First Cav, et je me suis fait embrasser sur les deux joues par un colonel… C'était en juin ou en juillet, il faisait plus de trente degrés sur ce champ de manœuvres, mais le reste de ma compagnie, qui avait été reconstituée grâce à un afflux de bleus tout juste arrivés des États-Unis, était en train de patrouiller quelque part dans la nature, et je n'avais donc pas à me plaindre. J'espérais faire la tournée des bars de la ville après la cérémonie, mais l'armée américaine a eu l'obligeance de nous ramener en camion à Landing Zone Sharon, qui, je suppose, n'existe plus.

Susan me prit le bras en souriant.

— Tu me fais vivre une expérience extraordinaire.

— C'était la dernière étape de mon pèlerinage militaire. D'une certaine manière, j'ai revécu avec toi mon premier séjour dans ce pays : Bong Son en novembre et décembre 1967 ; Quang Tri pour l'offensive du Têt en janvier et février 1968 ; Khe Sanh en avril ; la vallée d'A Shau en mai ; et le retour dans la province de Quang Tri, où je suis resté jusqu'à mon rapatriement en novembre au camp de base d'An Khe. Là, j'ai récupéré mon barda, pris un vol pour Da Nang, puis un autre pour San Francisco.

— Tu as dû passer un week-end de folie à San Francisco...

— J'étais prêt à faire la fête avec quelques autres gars rentrés dans le même avion que moi... Mais on ne peut pas dire qu'on nous ait accueillis avec un enthousiasme délirant...

Elle ne répondit pas.

— À vrai dire, je ne me sentais pas d'humeur à m'amuser, et je suis resté plusieurs jours enfermé dans un hôtel, à tâcher de remettre mes idées dans le bon sens... en prenant des douches et en tirant la chasse d'eau toutes les demi-heures. Je dormais dans un lit moelleux, je regardais beaucoup la télé, j'ai vidé deux bouteilles de gin, je passais mon temps à me pincer pour m'assurer que je ne rêvais pas... Puis j'ai pris un avion pour Boston. Mais je ne me sentais pas encore tout à fait bien.

— Et on ne t'a pas proposé de soutien psychologique ?

Je faillis éclater de rire.

— On était en 1968, Susan, au plus fort d'une guerre monstrueuse. À l'époque, on voyait le psy *avant* de se faire enrôler, et il te déclarait toujours mentalement apte à aller tuer des gens, mais personne ne se donnait la peine de t'examiner le ciboulot à ton retour. Et tu sais quoi ? Ça ne me dérange pas.

— Un peu de soutien aurait pu t'aider…

— Sigmund Freud et Jésus Christ en consultation conjointe n'auraient pas pu m'aider. La plupart d'entre nous ont trouvé le chemin du retour tout seuls.

Tandis que nous arpentions le site dévasté de la citadelle de Quang Tri, je m'accroupis pour ramasser un fragment de métal déchiqueté.

— Ceci pourrait venir d'une bombe, d'une roquette, d'un obus d'artillerie ou de mortier, voire d'une grenade. À nous ou à eux. Quand ça te tombe dessus, ça ne fait aucune différence. (Je le tendis à Susan.) Tiens. Un petit souvenir de la cité perdue de Quang Tri.

Elle glissa l'éclat dans sa poche. Nous poursuivîmes notre marche sous le ciel gris, et je vis quelques Vietnamiens nous suivre des yeux de l'autre côté des douves. Ils étaient probablement en train de se dire que nous explorions ce site afin de l'intégrer au circuit touristique de la zone démilitarisée. Deux dollars pour franchir le dernier pont au-dessus des douves et arpenter la citadelle. Les tour-opérateurs venaient chaque matin sur les sites jeter des éclats de métal avant l'arrivée des cars, ce qui permettait à chaque touriste de remporter chez lui un fragment de la guerre.

— Je te livre une autre pièce du puzzle, déclarai-je à Susan. La lettre retrouvée sur le cadavre de Tran Quan Lee dans la vallée d'A Shau a été écrite par son frère, Tran Van Vinh, qui a lui-même été blessé ici, à

Quang Tri, pendant l'offensive du Têt. Alors qu'il gisait au premier étage d'un bâtiment public de cette citadelle, il a assisté à une scène opposant deux Américains. Tu le savais ?

— Non.

— Le lendemain, réfugié dans la cave du lycée bouddhiste devant lequel nous sommes passés en arrivant, il a écrit sa lettre, qui est parvenue à son frère dans la vallée d'A Shau.

— Qu'a-t-il vu ?

— C'est la raison de ma présence ici. La question est de savoir si Tran Van Vinh a survécu à cette bataille, puis à toutes celles qui ont eu lieu au cours des sept années suivantes. Et si oui, vit-il encore ? Réussirai-je à le retrouver, et si c'est le cas, qu'aura-t-il à me dire ?

Je m'abstins de mentionner l'éventuelle élimination de Tran Van Vinh par mes soins – et pourquoi pas la mienne, après, pour clore le dossier ?

Nous marchions toujours.

— C'est tout ? fit Susan.

— C'est tout.

— Il a vu quelque chose d'important ?

— Il faut croire. Sans ça, je ne serais pas ici, en train de gaspiller l'argent du gouvernement.

— Et que racontait-il dans sa lettre ?

— Qu'il avait vu un capitaine de l'armée de terre américaine tuer de sang-froid un lieutenant de cette même armée, ici, dans les décombres d'un bâtiment de la citadelle.

Susan médita un instant sur ce que je venais de dire.

— Donc… il s'agit d'une enquête criminelle.

— Apparemment.

Elle s'arrêta, promena son regard sur l'étendue dévastée.

— Ici même ?

— Ici, quelque part. Je ne saurais te dire où se trouvaient les bâtiments, mais il paraît que ça aide, de revenir sur la scène d'un crime, même après trois décennies, et même quand la scène en question a été rasée par les bombes et l'artillerie. Les flics sont au moins aussi superstitieux et mystiques que les soldats, et on trouve souvent chez eux cet espoir secret que le mort, le fantôme, pourra leur parler, ou du moins les inspirer de manière à leur permettre de retrouver le meurtrier. Je n'y crois pas vraiment, mais dans le doute…

— Je comprends qu'on puisse être inspiré par le lieu où un meurtre s'est produit, dit-elle en me regardant. Mais penses-tu qu'il s'agisse simplement de cela ?

— Et toi ?

— Je n'en ai aucune idée.

— Pourquoi t'a-t-on parlé de la baie de Cam Ranh ?

— Je n'en sais rien.

— Comment se fait-il que le monde du renseignement se retrouve mêlé à une enquête de la CID ?

— Aucune idée. Et toi ?

— Des idées, j'en ai presque trop… Certaines cadreraient avec plusieurs faits, mais je n'en ai aucune susceptible de les corroborer *tous*. Bref, j'ai besoin de davantage d'éléments. Tu en as à me fournir ?

— Non… même si, à en juger par l'excitation de Bill et du colonel Goodman, il paraît évident qu'il y a là-dessous bien plus qu'une banale affaire de meurtre…

— Vas-y. Continue.

Elle réfléchit un moment.

— Il se pourrait que le meurtrier, ce capitaine, ou le témoin, Tran Van Vinh, ait été à l'époque, ou soit devenu aujourd'hui, un personnage important…

— Pas mal du tout…

Elle se força à sourire.

— Je reçois des messages de l'au-delà.

Nous restâmes un moment immobiles dans ce lieu qui avait été le décor d'au moins deux grandes batailles, et où régnait désormais un silence étonnant. Sous cette terre reposaient des squelettes, et peut-être aussi des explosifs qui, je l'espérais, n'avaient pas attendu que je revienne pour exploser.

— Penses-tu que ce Tran Van Vinh soit encore en vie ? s'enquit Susan.

— Écoute ça : nous avons reçu l'ordre de descendre des collines deux jours après la prise de la ville par les Nord-Vietnamiens, afin d'organiser une force de blocage et de leur couper la retraite… Nous avons tué un certain nombre d'entre eux… donc, concrètement, il se peut que mon témoin-clé ait été tué par un soldat de ma compagnie, voire par moi…

— Ce serait franchement fou.

— En fait, j'ai l'intuition très nette que Tran Van Vinh est vivant.

— Et qu'il habite à Tam Ki ?

— Non. C'était un faux nom. Mon contact à Hué m'a donné le vrai.

— À savoir ?

— Je ne peux pas te le dire. Plus tard, peut-être.

— Où est-ce ?

— Au nord. Dans la région de Dien Bien Phu. Tu sais où c'est ?

— Plus ou moins. Ça fait une trotte. Et c'est ta prochaine destination ?

— Effectivement.

— Ça tombe bien. Il y a longtemps que j'avais envie de connaître Dien Bien Phu. Tu as déjà réfléchi à notre mode de locomotion ?

— Je ne sais pas encore comment *je* voyagerai. Je pensais remonter la côte aussi loin que possible vers le nord en train, puis m'enfoncer dans l'intérieur en 4 × 4.

— Bien vu. Mais les trains ne se remettent à rouler que vendredi. C'est ennuyeux pour toi ?

— Je crois, oui. Comment ferais-tu ?

— Je te le dirai si tu m'invites à dîner ce soir.

— Tu as vraiment ton idée sur la question ?

— Je n'ai pas passé la journée d'hier à faire seulement des courses…

— Explique-toi.

— En temps utile.

Elle me prit par le bras, et nous fîmes demi-tour vers le pont.

Les gamins postés de l'autre côté des douves avaient tous disparu.

Je ne pouvais leur donner tort. Un homme nous observait, immobile, au beau milieu de la zone dévastée. Le colonel Mang.

35

Séparés par cent mètres de désolation, le colonel Mang et moi nous regardions en chiens de faïence.

— Qui est-ce ? me demanda Susan.

— Devine.

— Oh… Qu'est-ce qu'il fait là ?

— Dans un premier temps, il attend que j'aille vers lui, ce que je n'ai pas l'intention de faire.

— Paul, je connais ces gens. Si tu lui fais perdre la face, il va devenir fou…

— Tu sais, Susan, je commence à en avoir vraiment ma claque d'entendre des Occidentaux se préoccuper de l'amour-propre des Asiatiques. Qu'il aille se faire voir.

— Je vais lui parler.

— Tu ne bouges pas d'ici.

Elle ne bougea pas.

Je remarquai deux hommes en uniforme postés sur le pont des douves, une centaine de mètres derrière le colonel Mang. Tous deux tenaient un fusil. Malgré la distance, je reconnus mon camarade Pousse-Pousse, de l'aéroport Tan Son Nhat. Je remarquai aussi que le colonel Mang avait changé d'uniforme : sa chemise, sa cravate et sa veste vert foncé étaient sans doute mieux adaptées au climat plus frais de cette région. Il portait également une casquette, et un pistolet à la ceinture.

Le vent s'était levé, le soleil s'apprêtait à disparaître derrière la cime des arbres. De longues ombres grises s'étiraient sur le terrain dévasté de l'ancienne citadelle. Il ferait bientôt nuit. Je me sentais prêt à rester là jusqu'à l'aube.

— Paul, insista Susan, faisons au moins un tiers du trajet. Il fera comme nous.

— Qu'il aille se faire foutre. Je ne l'ai pas sonné.

— Il n'a pas besoin d'être sonné. Fie-toi à moi. Viens.

Elle fit un pas en avant. Après une vague hésitation, je m'ébranlai à mon tour, et nous nous mîmes en marche, côte à côte. Je m'arrêtai au bout d'une trentaine de pas.

Le colonel Mang, saisissant notre intention, fit exactement trente pas dans notre direction. Ce manège était grotesque, bien entendu, mais les hommes ont tendance à se conduire comme des gosses dès qu'ils croient leur fierté en jeu.

J'avançai de nouveau en direction du colonel Mang, qui m'imita, et nous recommençâmes à nous approcher l'un de l'autre. Quand la distance qui nous séparait ne fut plus que de dix mètres, ce petit saligaud stoppa. Moi aussi.

Nous nous mesurâmes du regard. Mang n'avait pas l'air plus heureux que moi.

— Ça ira, Paul, me dit Susan. Tu as gagné. Allons voir ce qu'il veut.

— Qu'il aille se faire voir.

— Bonsoir, monsieur Brenner ! me lança le colonel Mang, qui ne m'avait manifestement pas entendu.

Je m'abstins de répondre.

Susan, exaspérée par ces travaux d'approche, marcha droit sur le colonel Mang et lui dit quelque chose à mi-voix, trop bas pour que je puisse savoir en quelle langue.

— Paul, dit-elle en se retournant vers moi, tu viens ?

Je venais de vivre une rude journée – la vallée d'A Shau, Khe Sanh, la zone démilitarisée, et maintenant Quang Tri. Mon esprit était saturé de souvenirs de la guerre, et mon organisme de méchantes hormones mâles. J'avais retrouvé le tempérament agressif d'un fantassin de première ligne, je n'étais plus dans la peau d'un touriste arrivant à Saigon et prêt à supporter le cinéma d'un colonel Mang. Si j'avais eu mon M-16, j'aurais peut-être ouvert le feu sur les deux gorilles de faction sur le pont avant que Mang ait eu le temps de porter la main à son arme.

— Paul, insista Susan. Viens nous rejoindre. S'il te plaît.

J'inspirai profondément et parcourus les dix derniers pas. Mang et moi n'échangeâmes pas de salut.

— Qu'est-ce que vous faites ici ? lâchai-je.

Il me dévisagea longuement avant de répondre :

— C'est la question que j'allais vous poser.

— Je vous ai dit que je reviendrais à Quang Tri, où mon unité a opéré pendant la guerre. Qu'est-ce que vous voulez de plus ?

— Et qu'avez-vous vu ? Rien. Je vous avais prévenu, il n'y a plus rien à voir. Vos bombardiers ont anéanti une province entière. C'est ce que vous vouliez vérifier ? fit-il en m'indiquant l'étendue déserte. Si le travail avait été bien fait ? Vous appréciez le spectacle ?

J'inspirai profondément avant de reprendre la parole :

— Vous savez très bien pourquoi nos bombes ont détruit cette province. Pourquoi n'essayez-vous pas de regarder la réalité en face, comme je me force à le faire depuis mon retour ?

— La réalité est ce qu'on en fait, riposta-t-il sans hésitation.

— Non. La réalité, c'est ce qui a eu lieu. Le massacre de Hué a eu lieu, tout comme celui de Quang Tri, ici même, en 1968. Et le massacre de My Lai aussi a eu lieu. Nous avons tous du sang sur les mains. Acceptez-le, et cessez donc de me renvoyer cette saleté de guerre à la figure. Ce n'est pas moi qui ai commencé. Ni vous. Il serait temps de le comprendre.

Mang n'apprécia pas mon sermon, mais garda néanmoins son sang-froid.

— Il n'y a pas eu de massacre à Hué, ni à Quang Tri. Les ennemis du peuple ont simplement été liquidés. Le vrai massacre s'est produit à My Lai.

— Laissons tomber. Qu'est-ce que vous me voulez ?

— Que vous m'expliquiez pourquoi votre amie et vous cherchez à établir le contact avec les Montagnards.

— Les *Moi*, vous voulez dire ? Les sauvages ?

— Les Montagnards, monsieur Brenner. Qu'attendez-vous d'eux ?

— Rien.

— Ce n'est pas ce que dit M. Loc.

— M. Loc est un crétin.

— Colonel, intervint Susan, des touristes viennent des quatre coins du monde pour découvrir les tribus du Vietnam. Nous n'avons rien fait d'autre.

Le colonel Mang l'étudia un instant, se demandant probablement comment il se faisait qu'une femme ose répondre à un homme.

— Plusieurs fois, vous avez laissé M. Loc derrière vous, finit-il par répondre, non pas à Susan mais à moi. Vous avez fait étape dans un hameau de la vallée d'A Shau. Vous avez parlé à des Montagnards sur la place du marché de Khe Sanh.

— Et alors ? dis-je. Je suis un touriste.

— Vraiment ? Les gens des tribus n'ont pas l'habitude d'offrir aux touristes des bracelets comme celui que vous avez au poignet. Ni des foulards taoi comme celui que porte en ce moment Mlle Weber. Et depuis quand les touristes échangent-ils un salut militaire avec d'anciens mercenaires des Américains ?

— Colonel, répondis-je après une brève hésitation, je crois que vous êtes excessivement soupçonneux, et à mon avis un peu trop sensible sur la question des Montagnards…

— Vous croyez ? Vous ne vivez pas ici, monsieur Brenner. Pourriez-vous m'expliquer vos actes ?

— Où est M. Loc ? dis-je. Faites-le venir, et on en parlera. La Constitution me garantit le droit d'être confronté à mon accusateur.

Le colonel Mang sourit.

— Désolé, M. Loc a dû s'absenter quelque temps. Pourquoi êtes-vous allés dans la vallée d'A Shau, puis à Khe Sanh ?

Je restai muet.

— D'après M. Loc, reprit-il, vous avez raconté beaucoup d'histoires de guerre au cours du trajet, monsieur Brenner. Et aucune d'elles ne faisait état de vos fonctions de cuisinier.

— M. Loc ne parle pas anglais, colonel.

— Bien sûr que si. Vous le savez. Vous lui en avez fait plusieurs fois la remarque.

— Exact. Alors, dites-moi pourquoi j'aurais tenu des propos compromettants devant lui si j'avais su qu'il comprenait l'anglais ?

— Parce que vous ignoriez un détail : M. Loc est un agent du ministère de la Sécurité publique.

— Vous vous trompez. Je lui ai même dit que je le savais.

— Ce n'est pas ce qu'il m'a raconté.

— Dans ce cas, intervint Susan, il ne vous a pas dit toute la vérité. Nous avons su à la seconde où nous l'avons rencontré que nous avions affaire à un policier. Je vis dans ce pays depuis trois ans, et je sais reconnaître un policier en civil.

— Je m'adresse à M. Brenner, lâcha le colonel Mang après quelques secondes d'un silence de plomb. Monsieur Brenner, je ne pense pas que vous ayez deviné…

— Et moi, coupa Susan, c'est à vous que je parle, colonel. Et vous allez me répondre.

— Pardon ? J'ai du mal à croire ce que j'entends.

— Ah oui ? Alors, écoutez encore ceci…

En vietnamien, elle lui adressa une bordée d'insultes. Avant qu'elle ait achevé sa tirade, Mang se mit à lui hurler dessus. Ils y allaient tous les deux de bon cœur et, en les observant, je me demandai où étaient passés les scrupules de Susan en ce qui concernait l'amour-propre du colonel Mang. Je remarquai du coin de l'œil que les gorilles du pont avaient armé leur fusil. À cette distance, même s'ils n'entendaient pas grand-chose, ils devaient être capables de reconnaître une mégère en furie, surtout s'ils étaient mariés. Il devenait urgent de calmer le jeu.

— Ça suffit, dis-je à Susan. *Im lang*. Tais-toi.

Elle se tut.

Le colonel Mang était blême de rage. Faisant un violent effort pour se ressaisir, il se tourna vers moi et déclara, comme s'il ne s'était rien passé :

— Je ne pense pas que vous ayez deviné que M. Loc appartenait au ministère de la Sécurité publique.

— Vous me prenez pour un imbécile ?

Le colonel Mang résista à l'envie d'opiner.

— Puisque vous êtes si intelligent, dit-il, pourquoi avoir parlé aussi librement de vos batailles devant M. Loc, alors que vous m'avez raconté à moi que vous étiez cuisinier ?

— Je n'ai jamais été cuisinier. J'étais fantassin.

— Pourquoi m'avez-vous menti ?

— Je ne tenais pas à vous froisser, colonel, en disant que j'ai combattu vos compatriotes.

— Vous m'avez menti, donc.

— Oui. J'ai tué des soldats de l'armée nord-vietnamienne et du Vietcong, ici, à Quang Tri, à Khe Sanh, dans la vallée d'A Shau, à Bong Son. Et alors ? Vous aussi, vous vous êtes battu, et vous avez sûrement tué des Américains. C'était la guerre. On nous payait pour ça. Le dossier est clos. Vous n'êtes pas venu jusqu'ici pour m'annoncer que vous avez découvert mon passé de combattant. Que voulez-vous ?

— Je vous l'ai déjà dit. Je veux savoir quelles sont vos relations avec les tribus indigènes.

— Aucune.

— Alors, pourquoi être allé à leur rencontre ?

Ce type était soit idiot, soit paranoïaque. Et très probablement les deux à la fois.

— Si je suis retourné dans la vallée d'A Shau et à Khe Sanh, dis-je, c'est parce que j'y ai combattu autrefois. Je croyais que vous l'aviez compris.

— Peut-être n'avez-vous jamais été basé dans la région, fit le colonel Mang après un instant de réflexion. Votre gouvernement vous a chargé d'établir le contact avec les Montagnards, et vous avez inventé cette excuse. Ce ne sont pas les champs de bataille qui vous intéressent, mais les minorités tribales.

— Si j'avais eu besoin d'un prétexte pour monter dans les collines, n'aurais-je pas eu plutôt intérêt à vous raconter à Tan Son Nhat que je m'intéressais, disons, aux arbres ou à la faune sauvage ?

— À vous en croire, vous n'étiez même pas sûr de retourner à votre ancien camp de base d'An Khe, dans les hauts plateaux, où les populations tribales sont nombreuses. Pourquoi m'avoir caché ce fait ?

— Caché quoi ? Je ne suis pas allé à An Khe !

— Mais vous êtes allé dans d'autres zones montagneuses.

Ce type allait finir par me donner la migraine. Je sentis que Susan aussi s'impatientait.

— Vous avez sûrement entendu parler du FULRO, reprit-il.

— Oui, au musée des Crimes de guerre américains. J'ai vu les images d'exécution de masse des populations tribales. Elles ont tendance à choquer les touristes, soit dit en passant.

— Il s'agit justement de leur donner une leçon.

— Pourquoi ne pas avoir simplement enfermé les minorités dans des camps de rééducation pour leur apprendre à devenir de braves citoyens ? Pourquoi ces massacres ?

— Les ennemis de l'État qui déposent les armes se voient accorder une chance de se réformer dans des écoles spéciales. Ceux qui sont capturés les armes à la main sont exécutés. C'est aussi le cas de tout individu qui entre en contact avec des rebelles armés, qu'il soit lui-même armé ou non. (Son regard fit l'aller-retour entre Susan et moi.) Vous comprenez ?

Je saisissais d'autant mieux que nous avions appliqué la même politique en 1968.

— Colonel, seriez-vous en train de m'accuser d'espionnage ?

Il soutint mon regard et, pesant soigneusement ses mots, rétorqua :

— Je m'efforce de découvrir le véritable motif de votre présence dans mon pays.

— Vous auriez mieux profité du Têt en restant avec votre famille.

— Ce n'est pas votre affaire, monsieur Brenner. Mais pour votre gouverne, j'ai dû quitter les miens pour venir vous parler.

— Désolé que vous ayez fait tout ce chemin pour rien.

— Je ne l'ai pas fait pour rien, monsieur Brenner.

— Colonel, je n'aime pas les menaces voilées. Vous allez peut-être trouver cela absurde, mais dans mon pays, comme je vous l'ai déjà signalé, tout citoyen peut refuser de répondre aux questions d'un policier, qui a alors le choix : soit il l'arrête, soit il le laisse en paix. Si vous êtes venu m'arrêter, faites-le maintenant. Sinon, je vous dis au revoir.

— Si vous répondez honnêtement à mes questions, dit-il, votre amie et vous pourrez repartir.

Je me tournai vers Susan, qui opina d'un coup de menton. La prison ne me faisait pas particulièrement peur. Mais si Mang décidait d'y jeter aussi Susan, cela changeait la donne.

— Monsieur Brenner ? J'ai quelques questions à vous poser. Puis-je commencer ?

J'acquiesçai.

— Veuillez définir les relations que vous entretenez avec cette demoiselle, fit-il avec, me sembla-t-il, l'esquisse d'un sourire.

— Nous nous sommes connus à Saigon – je veux dire Hô Chi Minh-Ville –, et nous voyageons ensemble.

— Et où comptez-vous aller ?

— À Hanoi.

— En effet, à Hanoi. Et entre Hué et Hanoi ?

— Je crois vous l'avoir déjà dit, colonel. Nous remonterons la côte.

— Je m'en souviens. Vous souhaitez voir comment vit et travaille le peuple de l'ex-Nord-Vietnam.

— C'est ce que je vous ai dit.

— Et comment comptez-vous rejoindre Hanoi ?

— Je n'en sais rien. Vous avez des suggestions ?

— Vous pourriez venir avec moi, dit-il en souriant franchement, cette fois. J'ai une voiture avec chauffeur.

— Je vous remercie de votre offre, mais je ne voudrais surtout pas vous retarder.

— Ma famille vit près de Hanoi.

— Je suppose qu'on se reverra là-bas.

— Vous pouvez en être certain, monsieur Brenner.

— J'ai hâte d'y être. Peut-être qu'on pourrait se donner rendez-vous à mon ambassade.

— Ou ailleurs, fit Mang en allumant une cigarette. Donc, vous comptez longer la côte jusqu'à Hanoi ?

— Il y a un autre chemin ?

— On peut aussi prendre la route des montagnes, près du Laos, et redescendre sur Hanoi par la vallée du fleuve Rouge. C'est magnifique.

— Il y a beaucoup de tribus de ce côté-là ?

Il sourit.

— Donc, Mlle Weber et vous voyagez ensemble en toute amitié. C'est bien cela ?

— Comme vous le savez sûrement, nous partageons le même lit.

— Vous avez pourtant pris des chambres séparées à Nha Trang et à Hué, dit-il, feignant la surprise. Et vous partagez le même lit ! Quelle extravagance !

— En matière de bon goût, les Américains ne connaissent aucune limite.

— Vous vous autorisez tous les excès, et vous tentez ensuite de passer pour un peuple vertueux. Il me semble qu'il y a un mot pour désigner ce type d'attitude : l'hypocrisie. Je me trompe ?

— Excellente observation, colonel. Puis-je vous parler des Vietnamiens ? C'est le seul peuple, à ma connaissance, qui vénère le dollar américain davantage que les Américains eux-mêmes.

— Vous insultez mes compatriotes, monsieur Brenner.

— Vous venez d'insulter les miens, monsieur Mang.

Il tira sur sa cigarette.

— Peut-être ferions-nous mieux de revenir à notre sujet.

Il se tourna vers Susan, lui posa une question en vietnamien. Elle répondit d'un ton sec.

— Je préférerais que cette conversation se poursuive en anglais, dis-je.

— Il vient de me demander si les Américaines ont pour habitude de coucher avec des hommes qu'elles viennent à peine de rencontrer, m'expliqua Susan. Je lui ai répondu que sa question était insultante.

— Les officiers vietnamiens ont-ils pour habitude d'insulter les femmes ? demandai-je à Mang.

— Je m'efforce de définir la vraie nature de vos relations, rétorqua-t-il.

— Pourquoi ? Ça ne vous regarde pas, que je sache.

— Je crois que si. Vous n'êtes pas sans savoir que votre jeune amie couchait jusqu'à une date récente avec le chef de poste de la CIA à Hô Chi Minh-Ville.

J'inspirai profondément.

— Je sais seulement qu'elle avait un ami.

— Oui ? Pourtant, vous connaissez celui-ci. Vous me l'avez dit vous-même. M. Bill Stanley. Le chef de poste de la CIA pour le sud du Vietnam.

De tous les noms que j'aurais pu invoquer pour justifier le fait que je n'avais pas pris moi-même ma réservation de train pour Nha Trang, j'avais eu le malheur de choisir celui du chef de poste de la CIA. Voilà ce qui arrive quand les abrutis de Washington décident qu'on n'a pas besoin de connaître une information qui est en réalité essentielle.

— Monsieur Brenner ? Puis-je vous demander pourquoi vous couchez avec la petite amie de votre ami ?

— À ma connaissance, Bill Stanley travaille pour la Bank of America, et rien d'autre.

— Vous ignoriez donc que votre ami était le chef de poste de la CIA ?

— C'est vous qui le dites. Et ce n'est pas mon ami.

— Vous avez pourtant étudié ensemble à l'université. Princeton, c'est bien cela ?

Je jetai un coup d'œil oblique à Susan, qui semblait perdue. Il était fatal que mon habitude de répondre du tac au tac m'attire un jour des ennuis. Ce jour semblait arrivé.

— Comment aurions-nous pu être camarades de classe alors qu'il a au moins dix ans de moins que moi ?

— Je me suis posé la question, monsieur Brenner.

— D'accord. C'était pour rire.

— Comment cela ?

— C'est difficile à expliquer. Colonel, je ne connais pas Bill Stanley. Ce n'est pas mon ami.

— Il n'en demeure pas moins le chef de poste de la CIA. Nous le connaissons, exactement comme la CIA connaît l'identité des agents de renseignement de notre ambassade à Washington. On ne peut pas cacher ces choses-là. M. Stanley n'a rien à voir avec la Bank of America. Il est attaché au service du développement économique du consulat. Ce n'est pas sa fonction réelle, bien sûr, mais ce titre lui fournit l'immunité diplomatique dont il a besoin pour mener à bien son vrai travail. Et vous, monsieur Brenner – son ami –, vous ne le savez pas. Stupéfiant. Dois-je vous croire, monsieur Brenner ?

Je regardai de nouveau Susan, qui semblait inquiète.

— Monsieur Brenner ? Dois-je vous croire ?

— Je ne connais pas Bill Stanley.

— Vous m'avez pourtant dit le contraire.

— J'ai menti.

— Pourquoi ?

— C'est tout simple. C'est Mlle Weber qui s'est chargée de ma réservation de train pour Nha Trang, mais comme je ne voulais pas citer son nom, j'ai utilisé celui de son petit ami.

— Je ne comprends pas. Pourquoi ?

— Si j'avais su que Bill Stanley travaillait pour la CIA, vous aurais-je donné son nom lors de notre entretien ?

— C'est ce que j'essaie de déterminer, monsieur Brenner.

— Je ne connais ni Bill Stanley ni ses employeurs. À vrai dire, je ne connais personne à Saigon. Mlle Weber m'a cité son nom et celui de cette banque au cours d'une de nos conversations, je m'en suis souvenu, et voilà !

— Mais *pourquoi* ? Vous n'avez toujours pas répondu.

— Je ne tenais pas à attirer l'attention de la police sur Mlle Weber. Elle vit et travaille ici, je ne voulais pas compromettre son avenir professionnel. C'est facile à comprendre, non ?

— Peut-être. Mais ce que je ne saisis pas, c'est la nature de vos relations avec M. Stanley.

— C'est normal. Il n'y en a pas.

— Mais si, fit-il en souriant. Vous couchez avec sa petite amie.

— Si j'avais su ou soupçonné que Bill Stanley était un agent de la CIA, pourquoi vous aurais-je cité son nom ? Ouvrez bien vos oreilles, colonel. Je ne savais rien de ce gars-là. Et d'ailleurs, qu'est-ce qui me prouve que vous me dites la vérité ? Qu'est-ce qui me prouve que vous avez raison d'affirmer que c'est un agent de la CIA ?

Il se tourna vers Susan.

— Saviez-vous que votre amant était un agent de la CIA ?

— Pourquoi me l'aurait-il dit ?

— Les Américains ont la déplaisante habitude de répondre aux questions par une autre question.

— En quoi est-ce déplaisant ?

Le colonel Mang commençait à perdre de nouveau patience avec Susan, qui, je l'admets, ne manquait pas de talent en matière de provocation. Il fit un pas vers elle, j'en fis un vers lui. Nous stoppâmes en même temps, immobiles mais prêts à bondir. Mang se tourna vers moi, alluma une cigarette.

— Donc, vous ne connaissez pas M. Stanley.

— Non.

— Vous lui avez pourtant parlé devant la cathédrale d'Hô Chi Minh-Ville.

— C'était Bill Stanley ?

— Vous savez bien que oui, monsieur Brenner. Ne jouez pas au plus fin avec moi.

— J'ai vu Bill Stanley pour la première fois de ma vie ce soir-là, devant la cathédrale, nous avons bavardé environ trois minutes comme vous le savez, et nous ne nous sommes pas revus ni téléphoné depuis.

— C'est vous qui le dites. Pourquoi devrais-je vous croire ? Vous m'avez menti sur vos états de service pendant la guerre, vous avez rencontré un agent de la CIA dès le lendemain de votre arrivée à Hô Chi Minh-Ville, vous manifestez un intérêt excessif pour les minorités, votre itinéraire est flou, et vous n'êtes pas allé seul à Nha Trang comme vous l'aviez prétendu. Vous êtes parti avec la maîtresse du chef de poste de la CIA. Combien d'autres mensonges ?

— Deux ou trois.

— Oui ? Lesquels ?

— Je crois me souvenir de vous avoir dit que le Vietnam me donnait l'impression d'un pays prospère et bien gouverné. J'ai menti. Le peuple vit dans la misère, et tous ceux que j'ai rencontrés dans le Sud détestent Hanoi. Il y a davantage de prostituées et de maquereaux à Saigon qu'à l'époque de la guerre, et les anciens combattants de l'armée du Sud-Vietnam sont traités comme des chiens. Vous avez détruit leurs cimetières et réduit les survivants à un état de quasi-esclavage, et en tant qu'ancien combattant je trouve cela déshonorant, et vous devriez être de mon avis. Le gouvernement de Hanoi n'a aucune légitimité car il n'est pas soutenu par la volonté du peuple.

Voilà, colonel, je crois que vous connaissez maintenant la vérité.

Le colonel Mang ne me regardait plus. Ses yeux étaient perdus dans le lointain, et il avait le souffle court. Son expression était étrange, ses épaules se soulevaient à intervalles réguliers. Je ne savais pas trop s'il allait tourner de l'œil, fondre en larmes, sortir son flingue pour m'en coller une ou me supplier de lui accorder l'asile politique aux États-Unis. J'étais à deux doigts à lui suggérer d'essayer la position du lotus pour se détendre lorsqu'il réussit enfin à s'extirper de sa transe. S'étant raclé la gorge, il reprit la parole comme si de rien n'était, d'un ton presque détaché :

— Monsieur Brenner, d'après les informations de la police de l'immigration de Hué, vous avez fait en bus le voyage de Nha Trang à Hué. C'est exact ?

Voilà encore une question dont je me serais bien passé.

— C'est exact.

— Vous avez quitté Nha Trang en début d'après-midi, et vous êtes arrivé à Hué en fin de soirée. Toujours exact ?

— C'est à peu près ça.

Mang prit tout son temps pour digérer l'information, et une ombre de perplexité, presque d'inquiétude, passa sur ses traits. Je connaissais bien cette expression : la plupart des enquêteurs de police l'utilisent.

— L'officier de la police de l'immigration de Hué me dit que vous avez voyagé seul. Vrai ?

— Je n'ai jamais dit que j'avais voyagé seul. Il ne m'a pas posé la question. Mais *vous* avez dû la lui poser, et comme beaucoup de subalternes ont tendance à le faire, il aura inventé une réponse.

— Je lui en reparlerai. Donc, Mlle Weber et vous avez fait le voyage ensemble ?

— Exact.

— En bus.

— Exact.

— Et où avez-vous dormi à votre arrivée à Hué ?

— Dans un mini-motel.

— Ah, oui. C'est ce qu'on m'a dit. (Il sourit.) Le policier a cru comprendre que vous aviez passé la nuit avec une prostituée. (Son regard se posa sur Susan, puis revint à moi.) Il a dû confondre avec votre compagne de voyage.

— Le policier de Hué, tout comme M. Loc, aurait besoin de faire des progrès en anglais.

— J'espère que vous jugez mon anglais d'un niveau satisfaisant. J'ai beau connaître votre langue, je ne comprends pas toutes vos réponses.

— Manque de pratique, certainement.

— Permettez-moi alors de vous poser une question simple, dit-il avec le sourire. Comment s'appelle le mini-motel où vous avez passé la nuit avec Mlle Weber ?

— Je ne savais pas que ces taudis avaient un nom.

— D'habitude, ils portent celui de la rue où ils se trouvent. Cela peut-il vous aider ?

— Ma foi, je ne crois pas.

Il se tourna vers Susan.

— Vous souvenez-vous du nom de ce motel ?

— Non, répondit-elle.

— Je suis surpris, mademoiselle Weber, qu'une personne comme vous, vivant au Vietnam depuis trois ans, se soit aventurée dans ce genre d'établissement.

— Quand on est fatigué, colonel, on dort n'importe où.

— Vraiment ? (Il reporta son attention sur moi.) En arrivant à Hué, êtes-vous allé à l'hôtel Century Riverside pour voir s'il y avait une chambre disponible ?

— Non.

— Pourquoi ? Vous auriez découvert, comme moi, qu'il y en avait.

— J'ai un budget à tenir. Le mini-motel avait l'avantage d'être extrêmement bon marché.

Il ne crut pas une seconde à mon boniment. Je ne pouvais lui en vouloir.

— Monsieur Brenner, vous êtes arrivé à Hué vendredi soir, et vous ne vous êtes même pas donné la peine de vérifier si votre hôtel, ou un autre de ceux qui s'adressent à la clientèle occidentale, avait une chambre libre pour votre compagne de voyage et vous. De la gare de Hué, vous êtes allé directement dans un mini-motel fréquenté presque exclusivement par des prostituées et leurs clients, mais vous ne vous souvenez pas de son nom. Le lendemain, à midi trente-cinq, vous vous présentez à l'hôtel Century Riverside de Hué, seul, et, une vingtaine de minutes plus tard, Mlle Weber arrive et prend une chambre séparée. Un peu plus tard, vous vous retrouvez au bar et, après quelques verres, vous vous retirez soit chacun dans votre chambre, soit tous les deux dans la même. Ai-je bien résumé ?

— Oui, répondis-je. Bravo.

— Tout cela n'a aucun sens pour moi. Peut-être pourriez-vous m'expliquer cet étrange comportement.

— Colonel, dis-je, Mlle Weber et moi vivons une aventure clandestine. Vous comprenez ?

Il se contenta de me fixer.

— Nous faisons le maximum pour éviter toute confrontation avec M. Stanley, ajoutai-je. C'est ce souci qui explique notre conduite.

— Je n'y vois pas plus clair, fit le colonel Mang. Mais laissez-moi poursuivre… (Après un rapide coup d'œil à Susan, il se remit à me fixer.) Vous formez ce qu'on appelle un beau couple. De ceux qu'on n'oublie pas facilement après les avoir vus. J'ai donc demandé à la police de Nha Trang d'interroger les chauffeurs des deux bus pour Hué partis à midi et à treize heures. Ni l'un ni l'autre ne se souvient d'avoir chargé un couple d'Occidentaux qui vous ressemblerait. À vrai dire, hormis quelques jeunes routards, ces bus ne transportaient que des Vietnamiens. Je m'étonnais, aussi, que vous ayez décidé de prendre le bus.

— Il n'y avait aucun autre mode de transport disponible, dis-je. J'ai pris le bus de treize heures. Là encore, quelqu'un vous aura fourni des informations inexactes.

— Oui ? Cela fait beaucoup d'informations inexactes. Fournies par différentes personnes. (Il braqua son regard sur Susan.) Vous étiez dans ce bus, vous aussi ?

— Oui.

Il s'accorda un instant de réflexion, vraie ou feinte.

— Malheureusement pour vous, j'ai ajouté foi aux informations inexactes de ces deux chauffeurs de bus, et j'ai décidé de creuser la question. Je me suis d'abord renseigné chez Vidotour pour savoir si l'un ou l'autre d'entre vous avait loué une voiture avec chauffeur, et on m'a informé que ce n'était pas le cas. Les registres de Vidotour sont tenus avec soin, il s'agit donc là d'une information exacte. Ensuite, j'ai enquêté auprès des tour-opérateurs privés. (Son regard revint sur moi.) Et savez-vous ce que j'ai découvert ?

Je m'abstins de répondre. Je voyais mal comment Mang avait pu contacter les tour-opérateurs en question en cette période de fête. Nous nous observions comme deux joueurs de poker, et personne ne se décidait à abattre ses cartes.

— Rien pour l'instant, fit-il enfin. Mais notre enquête à Nha Trang est toujours en cours.

Je restai muet.

— Vous savez ce que je crois, monsieur Brenner ? Je crois que Mlle Weber et vous êtes arrivés à Hué dans un minibus privé, ou plus vraisemblablement dans une voiture de location avec chauffeur. Il me semble pourtant que je vous avais donné des instructions précises. Vous n'aviez pas le droit d'utiliser ce genre de véhicule.

— Colonel, dis-je, je suis fatigué de vos questions, de vos soupçons et de vos sarcasmes. Je ne sais pas où vous voulez en venir, mais une chose est sûre : dès mon arrivée à Hanoi, je me plaindrai à mon ambassade, puis je quitterai le pays. Et à mon retour à Washington, je mettrai en branle le Département d'État. Votre attitude est inacceptable.

Ma tirade ne parut pas préoccuper outre mesure le colonel Mang. Il paraissait même de plus en plus confiant.

— Je crois, dit-il, que je finirai par découvrir que vous avez loué une auto avec chauffeur pour venir à Hué, et que vous vous êtes arrêté quelque part pour passer la nuit, peut-être en vous éloignant de la route principale. Quand j'aurai retrouvé le chauffeur, je le questionnerai sur tous vos faits et gestes, et sur toutes les personnes que vous avez rencontrées au cours de ce voyage. À moins, bien sûr, que vous ne me le disiez dès maintenant.

— Je n'ai plus rien à vous dire.

— Moi, si, marmonna-t-il en allumant une nouvelle cigarette. Le policier qui vous a reçu à Hué m'a dit que vous vous n'aviez pas été très coopératif.

Je restai silencieux.

— Il paraît que vous avez tenté de quitter son bureau sans sa permission.

— Je dirais même que je l'ai quitté. Et qu'il ne m'en a pas empêché.

Le colonel Mang parut vaguement surpris. À l'évidence, ses subordonnés lui racontaient un peu ce qu'ils voulaient. Curieusement, j'eus l'impression qu'il me croyait. Mais après tout, peut-être n'était-ce pas si étonnant : dans un État policier, tout le monde a une peur bleue de la vérité.

— Si vous vous mettiez à ma place, fit-il, vous verriez que mes soupçons sont justifiés. Les indices ne manquent pas pour suggérer que vous n'êtes pas ici en simple touriste. Sans parler de ces mensonges que vous essayez maintenant de rattraper…

— À mon avis, colonel, je ne suis pas le seul à vous avoir menti ou induit en erreur par de fausses allégations. Si j'étais policier, je reprendrais tous les interrogatoires à zéro pour vérifier que je ne suis pas en train d'aboyer au pied du mauvais arbre. *Biet ?*

— L'expression est intéressante. Mais je ne suis pas un chien.

Je m'interdis de répondre à cela.

— J'ai eu l'impression, à la lecture du fax adressé par M. Stanley à Mlle Weber au Grand Hôtel, que votre aventure n'était pas tellement clandestine, poursuivit-il.

— C'est pourquoi nous faisons le maximum pour éviter M. Stanley, dis-je.

— Oui ? Et le chef de poste de la CIA serait assez niais pour que vous pensiez pouvoir l'éviter en passant une nuit dans un mini-motel, avant de reparaître dès le lendemain dans l'hôtel où descendent presque tous les

Occidentaux ? J'aurais pu croire que vous essayiez d'éviter M. Stanley si seulement vous étiez resté dans ce mini-motel, où personne ne demande ni passeport ni visa, pendant toute la durée de votre séjour à Hué.

— D'accord. Nous aurions dû le faire. Autre chose ?

— Oui. Comment votre amie Kay est-elle au courant de votre aventure avec Mlle Weber ? Et pourquoi cette amie vous met-elle en garde contre cette liaison ?

— J'aimerais que vous cessiez de lire mon courrier.

— C'est mon métier, monsieur Brenner. Répondez.

— Je lui ai envoyé un fax de Nha Trang pour lui raconter ce qui m'arrivait, dis-je, et je la soupçonne d'être jalouse. Si vous connaissez un peu les femmes, colonel, vous me comprendrez. Et permettez-moi d'ajouter que votre question est un nouvel exemple de votre obstination à aboyer au pied du mauvais arbre.

— Vraiment ? Dans ce cas, permettez-moi de vous en poser une concernant votre réponse à cette Kay. Vous avez écrit : « Quand on couche avec l'ennemi, on sait où il passe ses nuits. » (Il jeta un bref coup d'œil à Susan.) Cette demoiselle serait-elle l'ennemi en question ?

— C'est une façon de parler. Il ne faut pas tout prendre au pied de la lettre.

— Merci, monsieur Brenner, pour cette leçon d'anglais.

— Je vous en prie. Et si vous voulez vraiment me faire plaisir, ne lisez plus ce qui m'est adressé.

— Je le trouve passionnant. Vous avez également écrit, dans votre réponse à Kay… Laissez-moi m'en souvenir… (Et il cita le dernier paragraphe de mon fax, mot pour mot :) « Les ombres du passé s'étirent encore effectivement jusque là-bas, mais celles de mon esprit et de mon cœur ont tendance à s'estomper. Donc, si tu n'as plus de nouvelles de moi, sache que j'ai trouvé ce que je cherchais et que je ne regrette en rien d'avoir entrepris ce voyage. N'oublie pas de transmettre mon amour à C. »

Évitant de regarder Susan, je fixai opiniâtrement le colonel Mang, qui était en train de rendre ma vie sentimentale encore plus complexe qu'elle ne l'était déjà.

— Pourquoi cette Kay n'aurait-elle plus de nouvelles de vous ? Et qu'est-ce que c'est que cette chose que vous avez trouvée ?

J'inspirai profondément.

— La paix intérieure, dis-je. Et le bonheur.

— Oui ? Où ? À Khe Sanh ? Dans la vallée d'A Shau ? À Hué ? Où, monsieur Brenner ?

— Vous troublez mon karma, colonel. Changez de sujet.

— Vous n'aimez aucun de ceux que j'aborde.

— Essayez autre chose.

— Il vaudrait peut-être mieux poursuivre cet entretien au quartier général de la police à Hanoi.

— Excellente idée. Je vous suis.

Le colonel Mang ne connaissait pas grand-chose au bluff. Décontenancé, il s'éclaircit la gorge.

— En temps utile, monsieur Brenner.

Je regardai ma montre.

— Vous avez rendez-vous, peut-être ? s'enquit-il.

— Je ne tiens pas à dîner en retard.

Ignorant ma réponse, il se tourna vers Susan.

— Êtes-vous mariée ?

— Vous n'avez qu'à vérifier sur mon visa de travail.

— C'est fait. Il stipule que vous êtes célibataire.

— Vous avez votre réponse.

Il sourit.

— Et il n'y a apparemment aucune trace d'un mari chez vous.

Susan le foudroya du regard. Elle venait d'apprendre que le colonel Mang avait perquisitionné à son domicile. Après avoir inspiré profondément, elle dit quelque chose en vietnamien. Une phrase lapidaire, proférée d'une voix douce, mais le visage du colonel Mang se crispa comme si quelqu'un venait de lui enfoncer Dieu sait quoi dans le derrière.

Depuis le début, je m'attendais à des questions sur le réveillon chez les Pham, ou sur mon dimanche après-midi avec M. Anh, mais Mang n'en parlait pas, ce qui commençait sérieusement à m'inquiéter. Il était peut-être assez intelligent pour me donner exprès l'impression d'aboyer au pied du mauvais arbre en faisant mine de me soupçonner de comploter avec le FULRO. Peut-être savait-il quelque chose sur le motif réel de ma présence ; si c'était le cas, c'était forcément parce qu'il avait arrêté M. Anh.

Alors que j'avais presque envie qu'il m'interroge sur le samedi soir et le dimanche, il aborda un tout autre sujet :

— Nous finirons par découvrir comment vous êtes allé de Nha Trang à Hué, articula-t-il. Nous saurons aussi si vous avez eu vent d'un accident d'automobile, survenu sur la route 1, dans lequel deux agents de police ont trouvé la mort.

— Colonel, dis-je en soutenant son regard, je ne comprends strictement rien à ce que vous me chantez là. Vous m'avez déjà accusé d'à peu près tout, et voilà que vous me sortez un accident de voiture. C'est scandaleux. Je ne resterai pas une seconde de plus à écouter vos sornettes.

Je pris Susan par le bras et m'éloignai.

— Arrêtez ! cria Mang. Ne faites pas un pas de plus !

Je lâchai le bras de Susan, revins sur mes pas à grandes enjambées, stoppai à quelques centimètres de lui. Il finit par lâcher, d'une voix mielleuse :

— Je pourrais vous abattre tous les deux, ici et maintenant, et livrer vos corps aux chiens dans les douves.

— Essayez donc. Mais à la distance où je me trouve, vous avez intérêt à être sacrément rapide.

Il recula d'un pas, je fis un pas en avant. Il porta la main droite à son pistolet.

— Non ! hurla Susan.

Avec une exclamation en vietnamien, elle se précipita vers nous, m'empoigna le bras, et me tira en arrière. Par-dessus l'épaule de Mang, je vis les deux gorilles en uniforme s'approcher au pas de course.

Mang recula d'un pas, entendit le bruit de bottes de ses sbires et leur fit signe de stopper ; ils obéirent. Il recula d'un pas et nous lança :

— Vous avez menacé un officier de la République socialiste. Je pourrais vous arrêter et vous faire emprisonner pour dix ans !

— Vous n'avez besoin ni de motif ni de chef d'accusation pour nous arrêter, riposta Susan.

— Vous êtes dans ce pays depuis trop longtemps, mademoiselle Weber. Il est peut-être temps pour vous de partir.

C'était aussi mon avis.

— Je partirai quand je serai prête à le faire.

— Vous partirez quand je vous aurai fait expulser.

— Essayez.

Il la fusilla du regard.

— Peut-être même est-il temps pour votre entreprise de plier bagages, mademoiselle Weber.

Elle fit entendre une sorte de ricanement.

— Mon entreprise, colonel, a davantage d'influence que vous à Hanoi.

Mang n'apprécia pas. Il gonfla les poumons.

— Hanoi est loin d'Hô Chi Minh-Ville. Si vous restez, mademoiselle Weber, la vie confortable que vous menez dans votre appartement de luxe, entourée de domestiques, avec votre moto illégale et vos soirées au Q-Bar, rien de tout cela ne sera plus ni confortable ni paisible. (Et il ajouta en souriant :) Oui, à la réflexion, je crois que vous devriez rester au Vietnam.

— C'est bien mon intention.

Il se tourna vers moi, un sourire cruel aux lèvres.

— Je vous souhaite un voyage agréable et sans histoire jusqu'à Hanoi. Il se peut qu'on s'y revoie. Ou non.

— Moi, en tout cas, j'irai.

Il regarda Susan.

— Retirez la pellicule de votre appareil et donnez-la-moi.

— Je refuse.

Il fit signe à ses deux acolytes, qui s'avancèrent. Pousse-Pousse croisa mon regard et sourit.

— Donne-leur la pellicule, dis-je à Susan.

Elle hésita, sortit l'appareil de sa sacoche et, au lieu d'en retirer la pellicule, elle prit une photo du colonel Mang. Le résultat ne serait sûrement pas joli à voir.

— La pellicule ! glapit-il. Maintenant !

Elle ouvrit son appareil, arracha le film partiellement exposé, le jeta à terre.

Pousse-Pousse ramassa la bobine et leva vers Susan un regard surpris, presque respectueux, comme s'il ne comprenait pas qu'elle ose provoquer ainsi un colonel du ministère de la Sécurité publique.

Le colonel Mang décida que le moment était venu de mettre un terme à la confrontation.

— Vous et moi, monsieur Brenner, me lança-t-il, avons survécu à de nombreuses batailles. Il serait vraiment regrettable que vous ne vous sortiez pas de ces vacances…

Il fit demi-tour et s'éloigna vers le pont avec ses deux gorilles. Pousse-Pousse se retourna en marchant et fit glisser un doigt en travers de son cou pour me signifier le sort qui m'attendait.

36

La nuit était tombée. Malgré le vent glacé, nous restions immobiles.

— Je tremble, finit par murmurer Susan.

— Il fait frisquet.

— Je tremble de peur, Paul.

— Tu as bien joué le coup. Magnifiquement, même. Elle alluma une cigarette. Sa main, restée ferme en présence du colonel Mang, tremblait.

— Partons, proposai-je.

Nous nous dirigeâmes vers le pont.

— Vous vous entendiez mieux à Saigon ? demanda-t-elle.

— Un peu, mais à peine.

— C'est étrange, mais j'ai l'impression que… qu'il y a quelque chose de positif dans les sentiments qu'il a envers toi. Ne rie pas.

— Le chat a des sentiments positifs envers la souris. Normal, c'est son déjeuner.

— Non, ce n'est pas ça. On sent qu'il y a comme un jeu entre vous, et aussi du respect…

— On est obligés de se parler. Mais tu sais, si j'avais une pelle, et lui une machette, une de nos têtes finirait par se retrouver au bout d'une tige de bambou.

Nous marchions toujours sur le site désolé de la citadelle.

— J'ai perdu toutes mes belles photos du village tribal et de Khe Sanh, maugréa-t-elle. C'est rageant.

— Tu aurais dû lui demander un reçu.

— Nous allons être obligés d'y retourner.

— Jamais de la vie, ma douce.

— On reviendra un jour.

Je restai silencieux.

— Il allait dégainer, Paul.

— Il ne faut jamais énerver un type armé.

— C'est *toi* qui l'as énervé.

— J'essayais de créer un lien. Ça n'a pas marché.

— Ça risque de compliquer la suite du voyage.

— Le défi n'en sera que plus beau.

Après avoir franchi le pont, nous retraversâmes le village pour rejoindre la route au bord de laquelle nous avait laissés M. Loc. Les maisons paysannes étaient éclairées à l'électricité, mais il flottait également dans l'air humide une odeur de braise caractéristique qui me renvoya aux inquiétants crépuscules de l'hiver 1968.

— Désolée de ne pas t'avoir prévenu plus tôt pour Bill, me dit Susan au bout d'un moment.

— Ce n'était pas à toi de m'en parler, répondis-je en souriant. J'avais juste à donner un nom, n'importe lequel, et il a fallu que je balance celui du chef de poste de la CIA. Bien joué, Brenner.

Dans le village plongé dans l'ombre, nous eûmes quelque peine à retrouver le chemin par lequel nous avions quitté la route. Une odeur de poisson et de riz à la vapeur s'échappait de la plupart des maisonnettes.

— M. Loc ne nous a pas attendus, dis-je au moment où nous arrivions sur la route. Dommage, je lui aurais bien tordu le cou. Comment allons-nous rentrer à Hué ?

— Je n'en sais rien. Tu n'as pas envie de passer la nuit à Quang Tri ?

— Il n'y a plus de Quang Tri.

— Il y a peut-être une auberge quelque part. Ou alors, nous pourrions dormir dans n'importe laquelle de ces huttes moyennant quelques dollars.

— C'est moi qu'il faudrait payer. Je préfère rejoindre à pied la route 1.

Nous commençâmes à marcher sur la route pour rattraper la nationale, distante d'un bon kilomètre.

— Ce salaud nous a laissés en carafe au milieu de nulle part, grommelai-je.

Quand nous eûmes atteint la route 1, il n'y avait pas le moindre véhicule en vue. C'était la nouvelle lune, l'obscurité était totale.

— Les bus circulent jusqu'aux alentours de minuit, me dit Susan. Je vais me renseigner auprès du voisinage. Reste ici. Si tu vois un bus, faites-lui signe. C'est comme ça qu'ils s'arrêtent.

Elle se dirigea vers la hutte la plus proche, à une trentaine de mètres. Resté au bord de la route, je repensai à la journée et me rendis compte qu'en un seul après-midi j'avais retracé un parcours de cinq mois de guerre. J'aurais peut-être pu m'attarder un peu plus dans la vallée d'A Shau ou à Khe Sanh, mais, à la réflexion, cela suffisait largement. Une chose était sûre, je n'y retournerais jamais.

Je pensai aussi à toutes ces horreurs dont j'avais farci le crâne de Susan et arrivai à la conclusion que, pour elle aussi, cela suffisait.

Elle revint vers moi.

— Nous sommes invités à dîner et à rester dormir. Nous avons juste manqué l'apéritif.

— Qu'est-ce qu'il y a au menu ?

— Du riz.

— Long grain ou gluant ?

— Gluant. Sinon, un bus devrait passer dans une demi-heure.

— Il arrivera à Hué à quelle heure ?

— Quand il pourra. C'est un omnibus.

— Qu'as-tu pensé de cette journée ?

— J'ai vécu quelque chose d'inoubliable, Paul, et je t'en remercie du fond du cœur. Et toi, comment te sens-tu ?

— En pleine forme. Quand ça n'ira pas, je te le ferai savoir.

Elle alluma une cigarette.

— Cette guerre… c'est inimaginable. Je n'arrive même pas à comprendre comment toi et tous les autres avez pu vivre dans de telles conditions pendant une année entière.

Tout le monde ne survivait pas une année entière, mais je m'abstins d'en faire la remarque. Sur le bitume de la route 1, nous attendîmes en silence qu'apparaisse une paire de phares orientée vers le sud.

— Qu'est-ce qu'on fait si une patrouille militaire passe par ici ? demanda Susan. On pique une tête dans le fossé ou on se pétrifie ?

— Cela dépendra de mon humeur.

— Tentative d'embarquement dans le bus de Hué en dehors des arrêts autorisés. Dix dollars d'amende.

— Ce pays est vraiment à chier.

— Les gens sont charmants. Cette famille à qui je viens de parler m'a pratiquement suppliée de rester dîner.

— Les paysans sont charmants. Les flics, les politiciens et les soldats sont à fuir.

— Tu es flic *et* soldat toi-même. Et malgré ça, tu es charmant.

— Quelquefois. Le colonel Mang veut t'expulser. Si tu t'en allais ?

— Où ça ?

— À Lenox.

— Pourquoi ?

— Pourquoi pas ?

— Et toi, pourquoi ne retournerais-tu pas à Boston ?

— Je n'ai rien à faire à Boston.

— Et en Virginie ?

— Pareil.

Elle contempla une seconde la braise rouge de sa cigarette.

— Si on partait quelque part ensemble ?

— Il faudrait que tu t'arrêtes de fumer.

— Je pourrai quand même en griller une après l'amour ?

— Ça ferait un demi-paquet par jour.

— Marché conclu, dit-elle en riant.

Les phares d'un gros véhicule apparurent au nord, et je ne tardai pas à reconnaître les vitres éclairées d'un autobus. Je m'avançai sur la chaussée déserte et agitai les bras comme un moulin. Le bus stoppa, la portière s'ouvrit, nous montâmes à bord.

— Hué, annonçai-je au chauffeur.

Il nous dévisagea l'un après l'autre d'un œil curieux.

— Un dollar, dit-il.

Je lui en donnai deux, ce qui lui arracha un sourire. Le bus étant à moitié vide, nous n'eûmes aucune peine à trouver deux places côte à côte. Les sièges étaient en bois. Ce bus était tellement antique qu'il remontait peut-être à l'époque française. Tout le monde nous regardait, à croire que nous ne ressemblions pas à des passagers ordinaires.

Le bus reprit sa route vers le sud sur la route obscure, avec une halte dans chaque hameau et aussi chaque fois que quelqu'un lui faisait signe. Des gens montaient, d'autres descendaient. Susan fumait en me tenant par la main et en regardant défiler le paysage lugubre par la vitre.

À un moment donné, entre la ville morte de Quang Tri et celle ressuscitée de Hué, il s'améliora, ou tout au moins ce qu'on en voyait – c'est-à-dire les maisons, l'éclairage, les rizières –, et j'eus le sentiment très net que nous avions quitté la province de Quang Tri pour entrer dans celle de Hué.

Mes pensées me ramenèrent à Quang Tri. J'aurais aimé revoir mon ancien camp de base, Landing Zone Sharon, ou le vieux fortin français que nous avions rebaptisé Landing Zone Betty. Mais ces deux endroits, où j'avais passé le plus clair de l'année de mes dix-huit ans, n'existaient plus que dans mon souvenir et sur quelques photos jaunies. Avoir la nostalgie d'une zone de guerre peut paraître un peu bizarre, mais tous ces lieux – les camps de base, les étals des marchands ambulants, les bordels et les salons de massage, les hôpitaux où nous apportions des vivres et des médicaments, les écoles bouddhistes et catholiques où nous laissions du papier et des stylos, l'église où nous nous étions liés d'amitié avec un vieux prêtre vietnamien et ses nonnes – avaient disparu, rayés de la surface de la terre et bientôt de la mémoire des hommes.

J'avais peut-être attendu trop longtemps pour revenir. J'aurais peut-être dû le faire avant que les cicatrices physiques et psychologiques les plus nettes se soient refermées, avant que la génération de la guerre ait été poussée vers l'oubli par la mort ou le vieillissement. Dix ou quinze ans plus tôt, j'aurais peut-être découvert ici un spectacle différent ; beaucoup plus de décombres, d'amputés, plus de misère, sûrement. Mais j'aurais aussi pu retrouver encore un peu de l'ancien Vietnam, celui d'avant VietcongLand et les bus panoramiques de la zone démilitarisée, les sacs à dos, les hommes d'affaires nippons ou américains.

La vie suit son cours, les situations s'améliorent – hormis peut-être celle de la province de Quang Tri –, et les générations disparaissent pour céder la place à d'autres. Je n'avais rien à objecter à cela.

— Je suis désolé d'avoir troublé le confort de ton existence au Vietnam, dis-je.

— Elle n'était pas si confortable. J'avais besoin d'un peu de piment, et tu me l'as donné. Je t'ai interrogé sur la guerre, et tu m'as répondu.

— J'en ai fini, de ce côté-là.

Le bus roulait toujours. Après quelques minutes de silence, je demandai :

— Comment fera-t-on pour monter dans le Nord demain ?

— À dos d'éléphant.

— Combien d'éléphants ?

— Trois. Un pour toi, un pour moi, et un pour mes bagages.

Je me contentai de sourire.

— Tu crois que le colonel Mang cherchera à nous suivre ? fit-elle.

— Je ferai en sorte qu'il n'y arrive pas.

Elle ne répondit pas. Chacun de nous se réfugia dans ses pensées en se laissant ballotter par les cahots du bus.

— Je ne t'en veux pas pour ce fax, finit par dire Susan.

— Bien. Lequel ?

— Celui où tu parlais de coucher avec l'ennemi et de transmettre ton amour à C.

Face à mon silence, elle décida de changer de sujet :

— Quand le colonel Mang a parlé de la mort des deux flics sur la route 1, dit-elle, mon cœur a cessé de battre.

Là encore, je restai muet.

— Et s'il retrouve M. Cam ? Ou M. Thuc ?

— On aura un gros problème, répondis-je.

— Paul… j'ai peur.

Je restai muet.

— Nous ferions peut-être mieux de quitter le pays avant d'être accusés de meurtre.

— Bonne idée. Je te conseille de prendre un avion pour Saigon dès demain et de passer la frontière au plus vite.

— Et toi ?

— Je dois continuer. À partir de demain, quand je me serai enfoncé dans l'intérieur, le colonel Mang perdra ma trace. Plus tard, dès mon arrivée à Hanoi, j'appellerai quelqu'un de l'ambassade et je pourrai m'y réfugier si nécessaire. Ensuite, ce sera à Washington et à Hanoi de se débrouiller pour arriver à un accord à mon sujet. J'espère que mon rapatriement coûtera au moins un milliard de dollars à Washington en aide extérieure.

— Ce n'est pas drôle, Paul.

— Rentre au pays, Susan. Récupère tes affaires à Saigon et saute dans le premier vol.

— Je le ferai si tu le fais.

— Je ne peux pas.

— Tu as épuisé ton stock de chance au Vietnam. Ne tente pas le diable.

Je ne répondis pas.

Je repensai à notre confrontation avec le colonel Mang dans les ruines de la citadelle de Quang Tri, puis je me rappelai ce colonel sud-vietnamien, probablement mort ou rééduqué, qui m'avait agrafé une médaille sur la poitrine. Deux situations très différentes en un même endroit. Mais en fait, non, ce n'était plus le même endroit : le temps et la guerre avaient transformé le champ de manœuvre en désert, tout juste peuplé de fantômes dont j'aurais juré avoir senti le souffle froid sur ma nuque.

Notre bus roulait toujours vers Hué.

— Le colonel Mang a été insultant, me dit Susan. Il m'a pratiquement traitée de pute.

— Tu aurais dû le gifler. Au fait, qu'est-ce que tu lui as dit quand il a laissé entendre qu'il avait fouillé ton appartement ?

Elle hésita une seconde, puis avoua :

— Je lui ai demandé s'il s'était branlé en fouillant mon tiroir à lingerie.

— Tu es cinglée ?

— J'avais l'impression d'avoir été violée. J'étais en colère.

— La colère, mademoiselle Weber, est un luxe qu'on ne peut pas s'offrir par les temps qui courent.

— Je n'aurais peut-être pas dû, effectivement. Cela dit, tu as pu remarquer qu'il n'a pas nié.

Je ris. Honnêtement, ce n'était pas si drôle. Le colonel Mang n'avait pas dû trouver cela très drôle, lui non plus. À l'heure qu'il était, il devait être au poste de police de Hué en train de préparer sa gégène.

Une heure après notre départ de Quang Tri, le bus atteignit la lisière nord de Hué. Il s'arrêta à la station An Hoa, juste au pied des murs de la citadelle. C'était apparemment le terminus, et nous descendîmes avec les autres passagers. Un taxi nous déposa au Century Riverside.

Aucun fax, aucun message ne nous attendait à la réception. Soit ces messieurs de Saigon et de Washington avaient la plus absolue confiance en ma capacité à remplir ma mission, soit ils ne voulaient plus entendre parler de Susan et de moi. Dans un cas comme dans l'autre, cela me convenait : pas de nouvelles, bonnes nouvelles.

Nous passâmes d'abord par le bar. Nous n'avions rien mangé depuis le petit déjeuner, mais, curieusement, je ne me sentais d'appétit que pour un bon whisky écossais. Susan aussi se contenta d'un verre en guise de dîner.

Vers dix heures du soir, nous montâmes dans ma suite et nous assîmes sur la terrasse avec deux bières prises dans le minibar. Un voile de brume planait bas sur la ville.

— À Saigon, me dit-elle, je t'ai dit que pour les gens de ma génération le Vietnam était un pays, pas une guerre. Tu t'en souviens ?

— Et comment. Ça m'avait exaspéré.

— Je te comprends. J'espère t'avoir montré le pays comme tu m'as montré la guerre.

— Oui. J'ai appris pas mal de choses avec toi.

— Moi aussi. Et tu as résolu certains conflits ?

— Peut-être. Je le saurai à mon retour. Il faut du temps.

De gros nuages d'orage s'amoncelaient, venus du nord, et la pluie ne tarda pas à éclater. Un éclair embrasa la ville et la rivière, suivi d'un lointain roulement de tonnerre, comme un tir de barrage.

La pluie fouettait la terrasse, mais nous restâmes assis. Quelques minutes plus tard, nous étions trempés.

Il me fut facile, dans ces conditions, de me projeter de nouveau au cœur de l'hiver 1968 ; l'offensive du Têt faisait rage ; au nord, la ville de Quang Tri brûlait par-delà les rizières inondées, et nous, en position dans la gadoue, nous attendions que l'ennemi tente de se réfugier dans les collines derrière nous, pourchassé par les troupes américaines et sud-vietnamiennes. L'enclume et le marteau, comme on disait. Nous étions l'enclume, les poursuivants étaient le marteau, et les pauvres salauds qui détalaient entre les deux étaient censés se laisser écrabouiller.

Peut-être avais-je croisé Tran Van Vinh cette nuit-là, peut-être lui avais-je envoyé une rafale. Il faudrait que je pense, si je le retrouvais, à lui demander comment il avait réussi à s'échapper du chaudron de la ville encerclée.

— Tu as assez pris l'eau ? finit par me demander Susan.

— Pas encore.

— Où es-tu, Paul ?

— Dans mon trou, aux abords de Quang Tri. Il pleut, et l'artillerie gronde.

— Tu comptes y rester longtemps ?

— Jusqu'à ce qu'on me donne l'ordre d'en sortir.

Elle se leva, s'étira.

— Quand tu auras envie de faire l'amour, pas la guerre… tu sais où me trouver.

Elle promena ses doigts dans mes cheveux dégoulinants et rentra par la porte-fenêtre. Je restai sous la pluie quelques minutes de plus, comme en pénitence, et regagnai l'intérieur de la suite.

Susan prenait une douche. Je me déshabillai et la rejoignis.

Nous fîmes l'amour sous la douche, et ensuite nous nous blottîmes dans le lit.

Dehors, le tonnerre grondait. Les éclairs éclairaient par intermittence notre chambre obscure.

Je dormis par à-coups, et les éclairs et le tonnerre se fondirent dans mes cauchemars de bataille. Mon visage était couvert de sueur, je tremblais. Je cherchais constamment mon M-16, sans jamais le trouver. Je savais que rien de tout cela n'était réel, mais mon corps réagissait comme si la guerre était revenue. Je rêvai que j'avais été assommé par une déflagration et que je me réveillais à bord d'un hélicoptère qui m'emmenait vers un navire-hôpital, l'USS *Sanctuary*.

Je rouvris les yeux.

37

Mon regard chercha l'écran numérique du réveil posé sur la table de nuit. Il indiquait quatre heures trente-deux. Je me tournai ensuite vers Susan. Elle n'était plus là.

Je me levai, jetai un coup d'œil dans la salle de bains, elle n'y était pas non plus. Il se pouvait que je l'aie dérangée par mes gesticulations nocturnes et qu'elle se soit réfugiée sur le canapé. Je m'avançai sur le seuil du salon. Toujours pas de Susan.

Je décrochai le téléphone, composai le numéro de sa chambre. Pendant la sonnerie, je sortis sur la terrasse. Personne ne répondit. Je reposai l'appareil, revins dans la chambre et m'habillai afin d'aller frapper à sa porte ou de la chercher dans les jardins de l'hôtel.

Ce fut alors que j'entendis grincer la porte du salon. J'arrivai dans la pièce au moment où elle allumait le plafonnier. Elle était vêtue d'un jean et d'un pull noirs, ainsi que d'un blouson matelassé, également noir, que je n'avais encore jamais vu. Elle portait son sac à dos jaune, ainsi qu'un grand sac en plastique plein à craquer qu'elle jeta sur le canapé.

— Tu pars ? demandai-je.

— Dans le Nord profond.

— Les éléphants sont nourris ?

— Oui.

— Tu as laissé ton Colt dans le jardin ?

— Oui.

— Juré ?

— Juré. Il faut que nous ayons quitté l'hôtel à cinq heures et demie. Nous avons rendez-vous.

— Où ? Et avec qui ?

— Tu as pris ta douche ?

— Non, fis-je en bâillant. J'aurais dû ?

— Vas-y, prends-la. Je t'ai acheté un sac à dos et un blouson de cuir quand j'ai fait mes courses dimanche. J'ai aussi prévu deux cirés pour la pluie, plus quelques autres accessoires. Il faudra voyager léger. Tu vas devoir laisser de côté tes habits de lumière.

— Comment saura-t-on que je suis américain si je n'ai plus mon blazer bleu ? dis-je en m'approchant du canapé.

— Justement. Regarde.

Elle boutonna son blouson matelassé, enfila une paire de lunettes de motard à l'ancienne, se cacha le bas du visage sous un foulard montagnard et pour finir coiffa une espèce de calot de motard en cuir, doublé de fourrure et muni d'oreillettes.

— Et voilà le travail, dit-elle.

— Tu essaies de ressembler à quoi ?

— À une Montagnarde.

— De quelle tribu ?

— J'ai vu des images d'eux dans la presse et à la télévision. L'hiver, c'est dans ce genre de tenue qu'ils circulent à moto sur les hauts plateaux et dans les montagnes.

— Tu en es sûre ?

— Oui. Et tu n'es pas sans savoir qu'ils sont un peu plus grands et plus costauds que les Vietnamiens. De loin, nous devrions pouvoir passer pour des Montagnards.

— À quelle distance ? Dix kilomètres ?

— En plus, après votre passage, un certain nombre d'Amérasiens sont nés dans ce pays, et la plupart d'entre eux vivent dans les hauts plateaux… souvent rejetés.

— Tu n'en trouveras sûrement aucun au nord du dix-septième parallèle. Mes potes et moi ne sommes jamais allés plus loin.

— Tant pis. Au nord du dix-septième parallèle, nous serons des Montagnards. Une seule chose compte : passer inaperçus. De loin.

Je restai muet. Elle retira un blouson de cuir brun de son sac en plastique et me le tendit.

— J'ai pris la plus grande taille. Essaie-le.

J'obtempérai. Je réussis à enfiler le blouson, mais il était trop juste, et j'eus beaucoup de mal à le fermer.

— Le cuir te rend sexy, observa Susan.

— Merci. Je suppose que nous partons à moto.

— Je n'aurais pas pu envisager un autre moyen de transport, fit-elle en souriant. Et toi ?

— Si. Un 4 × 4 avec chauffeur, par exemple. Je vais me renseigner du côté des opérateurs privés ; notre ami M. Thuc doit bien avoir des confrères à Hué. Vu que j'ai plusieurs jours devant moi pour atteindre ma destination, il n'y a pas le feu.

Elle secoua la tête.

— Pas question de mêler une tierce personne à cette affaire, dit-elle. Le colonel Mang fera sûrement le tour des agences de la ville. S'il ne l'a pas déjà fait.

— Dans ce cas… Nous n'avons qu'à louer une voiture avec chauffeur ailleurs, dans une autre ville. Pour trois cents dollars, n'importe qui serait prêt à nous conduire à Dien Bien Phu.

— C'est peut-être vrai, mais mon idée est meilleure. Elle a l'avantage d'éviter la participation d'un tiers, sans compter qu'elle nous permettra de garder une maîtrise totale de notre emploi du temps.

— Où as-tu trouvé une moto ?

— Va prendre ta douche. Je m'occupe de trier tes bagages.

Je revins dans la chambre, me déshabillai et passai dans la salle de bains en me demandant à quel moment j'avais bien pu remettre à Susan le commandement des opérations.

À travers la porte, je l'entendis ouvrir ma valise et fouiller dans mes affaires.

— Laisse-moi au moins un blazer pour Hanoi ! criai-je.

— Il ne tiendrait pas dans le sac à dos !

Je me rasai, pris ma douche, avalai mon antipaludéen.

Quand je ressortis de la salle de bains avec une serviette autour de la taille, je trouvai Susan face à ma valise, mon sac de voyage et un sac à dos vert foncé, le tout ouvert sur mon lit. Mes vêtements étaient étalés sur les draps.

— Laisse, dis-je, je vais finir.

Je passai les dix minutes suivantes à choisir les vêtements strictement nécessaires et à les ranger dans le sac à dos. Tout le reste rejoignit ma valise ou mon sac de voyage. En me voyant glisser mes mocassins et mes sandales Hô Chi Minh dans le sac à dos, Susan intervint :

— Tes baskets suffiront. Et tu prends beaucoup trop de slips. Les hommes ne savent donc pas les laver en voyage ?

— C'est plus simple de les jeter, me défendis-je, en me rappelant soudain pourquoi je ne m'étais pas remarié.

Elle plia un des cirés et le glissa dans mon sac à dos, qu'elle ferma ensuite.

— Bien, dit-elle. Nous y sommes. Si tu t'habillais ?

Je me débarrassai de ma serviette et enfilai les vêtements que j'avais mis de côté : une paire de chaussettes, un slip, un jean, un polo et mes baskets noires. Je vérifiai que mon passeport et mon visa étaient bien dans mon portefeuille et glissai le tout dans la pochette étanche que Susan m'avait achetée.

— Où diable as-tu déniché ça ? fis-je.

— Au marché central. On y trouve de tout.

Dans le sac en plastique, nous dissimulâmes les deux blousons, le sien et le mien, plus les deux calots de motard, deux paires de gants de cuir et les foulards montagnards, afin que personne ne puisse se souvenir de les avoir vus dans le hall. Je rangeai mon appareil photo avec mes pellicules dans une poche latérale de mon sac à dos. Ces préparatifs commençaient à me rappeler l'hiver 1968.

— J'ai déjà le mien, me fit remarquer Susan. On gagnerait de la place en n'en prenant qu'un.

J'avais reçu l'ordre de photographier les souvenirs de guerre de Tran Van Vinh s'il refusait de me les vendre, et il était indispensable que je le photographie lui-même, ou à défaut sa sépulture. Je devrais aussi prendre sa maison et les environs afin que, s'il n'était pas déjà mort, quelqu'un vienne le rectifier en temps utile.

— J'aurai besoin de mon appareil, dis-je. Pour plus de sûreté, on va emporter les deux.

— Comme tu voudras.

— Tu es sûre du contenu de tes pellicules ?

Elle hocha la tête.

— Absolument. Je les ai toujours gardées sur moi.

— Bien. Tu as la boule à neige ?

Elle hésita un instant, puis répondit :

— Non. Elle a de nouveau disparu.

— Pourquoi ne me l'as-tu pas dit ?

— Quelle importance ? (Elle me sourit.) Elle réapparaîtra sûrement dans ma chambre, au Métropole d'Hanoi.

— Tu n'es pas près de remettre les pieds au Métropole.

— À Hanoi, il est rigoureusement impossible de trouver un hébergement sans montrer ses papiers. Tout est signalé à la police. Ce n'est pas le Sud-Vietnam.

— On avisera sur place. Prête ?

— Prête.

Nous descendîmes notre barda dans le hall. En signant la facture, je remarquai sur ma note un débit de cent dollars pour la location d'une voiture avec chauffeur de l'agence Vidotour, ce qui en soi n'avait rien de scandaleux, sauf que le chauffeur en question était un policier en civil et qu'il nous avait laissés en rade dans la province voisine. Mais je ne tenais pas à pinailler sur ce sujet avec l'employé, un jeune homme répondant au nom de M. Tin.

— Vous pourriez regarder si nous avons des messages ? lui demanda Susan.

— J'attends aussi un paquet, ajoutai-je. Un livre, qui doit m'être déposé ce matin.

— Un instant, fit M. Tin.

Il disparut dans le petit bureau attenant à la réception.

— Quel livre ? me demanda Susan.

— Mon guide du Vietnam.

Je lui expliquai brièvement le pourquoi de la chose, et elle s'abstint de tout commentaire. M. Tin revint avec un fax imprimé et une enveloppe brune qui n'était pas assez épaisse pour contenir mon *Lonely Planet*.

— Voici un fax pour vous, monsieur Brenner. Et cette enveloppe est pour la demoiselle.

— Pas de livre ? fis-je.

— Désolé, monsieur.

Je m'éloignai du comptoir et jetai un coup d'œil à ma montre. Après tout, il n'était que cinq heures trente-cinq du matin. Il faisait encore nuit, de l'autre côté des portes.

— À quelle heure au plus tard devons-nous être partis ? demandai-je à Susan.

— Tout de suite.

Je m'accordai quelques secondes de réflexion. Je n'avais aucun autre moyen de savoir si M. Anh avait été épinglé par la police après notre rendez-vous. Était-il possible que Mang soit au courant de ma destination finale ?

— Désolée pour ce départ sur les chapeaux de roues, me glissa Susan, mais je n'avais pas le choix. En étant optimiste, on peut toujours se dire que ton livre sera déposé d'ici quelques heures.

— Admettons. Je rappellerai plus tard.

Je dépliai la feuille que m'avait remise le réceptionniste.

Cher Paul,

Ce petit mot pour te souhaiter un bon voyage jusqu'à Hanoi. J'ai appris par un ami de Saigon que tout s'était bien passé pour toi à Hué.

C. est impatiente de te retrouver à Honolulu. Dieu soit avec toi.

Tendresse,

Kay.

P. S. : Réponds-moi S. T. P.

Je tendis la feuille à Susan, qui lut le texte et me la rendit sans commentaire.

— Apparemment, dis-je, mon contact a prévenu Saigon que notre rendez-vous s'était bien passé. Mais cela ne prouve pas qu'il n'ait pas été arrêté ensuite.

Je revins au comptoir, réclamai un formulaire de fax vierge et écrivis dans la zone de texte :

Karl, je réponds à votre fax ; mon rendez-vous à Hué s'est bien passé, comme vous le savez. Je suis allé dans la vallée d'A Shau, à Khe Sanh, et à Quang Tri lundi. Très émouvant. Il faudra que vous y reveniez aussi, colonel. Je pars retrouver T. V. V. Mode de locomotion privé. Avec Mlle W., qui s'est révélée précieuse en tant que guide, interprète, et compagne de voyage. Tâchez de vous en souvenir quoi qu'il advienne. Je suis retombé sur le colonel Mang à Quang Tri. Il semble me soupçonner d'ourdir une insurrection montagnarde. Renseignez-vous sur le FULRO si vous n'êtes pas au courant. Il veut me retrouver à Hanoi, voire avant, et le Métropole est par conséquent exclu. Dès mon arrivée, je tâcherai de contacter M. E., de l'ambUS. Je visualise toujours le succès. Mon amour à C.

J'hésitai, puis ajoutai :

Pour des raisons diverses, dont la moindre n'est pas le possible allongement de mon séjour ici, ne l'envoyez pas à Hawaii. Je la reverrai aux États-Unis. Je fais mon maximum, Karl, mais j'avoue que je commence à me sentir un peu usé. *Biet ?*

Et je signai : Paul Brenner, adjudant-chef en retraite.

— Passez-moi ça tout de suite, dis-je à M. Tin en lui glissant deux dollars.

— Désolé, monsieur, mais le télécopieur…

— Il est six heures du matin, mec. Le télécopieur n'est pas saturé.

Je contournai le comptoir et précédai M. Tin dans le bureau où se trouvait le télécopieur. Je l'aidai aussi à composer le numéro de Karl et, en quelques secondes, le fax fut expédié. J'empruntai des allumettes à M. Tin, vidai sur la moquette le contenu d'une corbeille métallique et brûlai le texte original dans la poubelle sous l'œil ahuri de mon nouvel ami.

— Monsieur Tin, dis-je en le regardant dans le blanc des yeux, je vous téléphonerai un peu plus tard dans la journée. Pour savoir si mon livre est arrivé. *Biet ?*

Il hocha la tête.

Je lui administrai sur l'épaule une tape un peu appuyée qui le fit chanceler.

— Tâchez d'y être, ajoutai-je.

Je ressortis de l'arrière-salle, contournai le comptoir et revins vers Susan, qui s'était assise sur un canapé. Elle avait ouvert son enveloppe, et des photos étaient étalées sur la table basse devant ses genoux. Je m'assis à côté d'elle.

— Ça y est, dis-je, j'ai envoyé mon fax, et j'ai prévenu M. Tin que je le rappellerai dans la journée pour…

Mon regard s'arrêta sur les photos. J'en ramassai une. Elle représentait une plage vue d'en haut. Il me fallut une bonne seconde pour identifier la plage de Pyramide et comprendre que le cliché avait été pris de la montagne en forme de cône que des casse-cou s'amusaient à escalader pour récolter des nids d'hirondelle. Une silhouette un peu floue, visiblement prise au téléobjectif, était en train de sortir des vagues. Susan, nue, de face. On me devinait à l'arrière-plan, toujours dans l'eau.

Je passai les autres photos en revue – Susan et moi en plein baiser aquatique, Susan parlant au couple suédois, Susan à califourchon sur mes reins dans le sable. Je les reposai et me tournai vers elle. Son regard était lointain, presque vague.

— Le fils de pute, dis-je. Je lui ferai la peau.

Elle ne réagit pas.

— Susan ? Regarde-moi.

Elle respira profondément, à deux reprises.

— Ça va, dit-elle. Je vais bien.

Je rassemblai les photos, les rangeai dans l'enveloppe, me levai.

— On y va ?

Elle hocha la tête, mais resta assise.

— Le salaud, souffla-t-elle.

— C'est un enfoiré. Un pervers et un sadique.

Elle ne répondit pas.

— Allons-y, insistai-je.

Je la pris par le bras. Elle resta un instant immobile, puis répéta :

— Le salaud… Pourquoi a-t-il fait ça ?

— Ce n'est pas grave.

Elle se tourna vers moi.

— Il serait capable de les envoyer à Bill.

Ces photos étaient à coup sûr déjà en route, et à mon avis pas seulement vers la boîte aux lettres de Bill.

— Et aussi à mon bureau… souffla-t-elle.

— Allons-y, Susan.

Elle ne bougea pas.

— Et… À mes amis d'ici… À ma famille… La police a peut-être mon adresse à Lenox… Au siège à New York…

— On réglera ça un peu plus tard.

— Ils n'ont que ton adresse personnelle, dit-elle en me faisant face. Sur moi, ils ont un dossier complet…

— Tu as toujours envoyé ton courrier par le service d'expédition de ta société. N'est-ce pas ?

— Il m'est arrivé d'envoyer des cartes de vœux de la poste centrale… (Elle se força à sourire.) Je tenais à ce qu'il y ait un timbre vietnamien dessus… Je *savais* que je ne devais pas… Tu crois qu'il serait capable d'envoyer ces photos à des gens que je connais aux États-Unis ?

— Écoute, Susan, loin de moi l'idée de minimiser l'affaire, mais bon, tu as fait un peu de nudisme. Et alors ? Ce n'est pas comme si tu avais été photographiée en plein acte sexuel.

Elle me décocha un regard noir.

— Paul, il n'est pas question que ma famille, mes amis ou mes collègues me voient nue en photo…

— On s'en occupera plus tard. Il faut d'abord qu'on parte. Et qu'on réussisse à quitter le Vietnam. Vivants. Ensuite, il sera temps de se préoccuper de ces photos.

— Oui, tu as raison, fit-elle, hochant la tête. Allons-y.

Nous ramassâmes nos bagages.

— Il nous faut un taxi pour l'aéroport de Hué-Phu Bai, annonçai-je au portier.

Il m'indiqua le ciel noir.

— Avion pas voler, répondit-il en souriant. Rien voir Hué-Phu Bai. Soleil arrive, avion voler. Vous petit déjeuner d'abord.

— Je n'ai pas faim, l'ami. Je veux un taxi. *Bay gio*. Tout de suite.

Susan ajouta quelques mots en vietnamien. Il écarquilla les yeux, hocha la tête, sortit rapidement.

— Je lui ai dit que tu étais un angoissé compulsif et que tu avais de gros problèmes de sphincters, m'expliqua-t-elle en souriant.

Je souris à mon tour. Apparemment, elle avait repris le dessus.

Le portier revint et nous aida à transporter nos bagages sur le perron. Un taxi stoppa dans l'allée circulaire, nous montâmes à bord et il redémarra.

La pluie s'était transformée en légère bruine, la chaussée luisait. Le taxi s'engagea dans la rue Hung Vuong pour rattraper la route 1.

— On dirait que personne ne nous suit, me dit Susan après avoir regardé par la lunette arrière.

— Bien. Où allons-nous ?

— Je croyais que *tu* le savais.

Je l'embrassai sur la joue.

— Je t'aime.

— Comme tant d'autres, fit-elle en souriant.

— Le courrier d'ici ne circule pas vite.

— Tu n'as pas cette impression de viol ? demanda-t-elle en me pressant la main.

— C'est ce que voudrait Mang. Pas question de jouer son jeu.

— Tu es un homme. C'est différent.

Mieux valait changer de sujet.

— Où m'emmènes-tu ?

— Pas loin.

Roulant toujours vers le sud, nous traversâmes la ville nouvelle. Susan dit quelque chose au chauffeur, qui freina et fit demi-tour en pleine chaussée. Tandis que nous revenions en sens inverse, je ne repérai aucun autre véhicule en train d'effectuer le même genre de manœuvre.

Nous remontâmes la rue Hung Vuong, qui un peu plus au nord enjambait la rivière des Parfums par le pont Trang Tien, tout près du bateau-restaurant. Sur la berge opposée, je reconnus la masse sombre du marché Dong Ba, où M. Anh et moi avions discuté en grignotant des cacahuètes.

Le taxi s'immobilisa devant une station de bus qui portait elle aussi le nom de Dong Ba. Susan et moi descendîmes et récupérâmes nos bagages. Je réglai la course.

— On part en bus ? demandai-je à Susan.

— Non. Mais la station est ouverte, et c'est ce que croira le chauffeur. Nous allons entrer à pied dans le marché. Il est déjà ouvert.

Chacun remit son sac à dos. Susan prit en plus mon sac de voyage et je me chargeai de tirer ma valise à roulettes sur le bitume.

— Je ne joue le jeu que parce que tu as fait un stage à Langley et que tu connais bien ce pays, dis-je. Je suppose que tu sais ce que tu fais.

— C'est exact.

Il ne nous fallut pas plus de cinq minutes de marche pour atteindre le marché Dong Ba, qui fonctionnait déjà malgré la pénombre ; des clients, sans doute en majorité des restaurateurs, marchandaient bruyamment le prix de poissons et de quartiers de viande à l'aspect bizarre.

Immobile sous l'ampoule nue de son auvent, un homme me héla :

— Vous venir chez moi voir fruits première qualité !

Je l'ignorai, mais Susan le suivit alors qu'il contournait par l'arrière un gros étal fruitier. Il ne me resta plus qu'à leur emboîter le pas.

L'homme s'arrêta, ouvrit une porte branlante donnant sur un petit entrepôt fermé. Susan entra. Toujours à la porte, il me lança :

— Vous venir. Vite !

Dès que j'eus franchi le seuil, il referma la porte. Nous nous trouvions dans une pièce longue et étroite, mal éclairée par quelques ampoules, sentant le fruit et la terre humide. Susan et l'homme échangèrent quelques phrases en vietnamien.

— Paul, me dit-elle, tu te souviens sûrement de M. Uyen, que nous avons rencontré lors du réveillon chez les Pham.

Effectivement. Et pour lui prouver que je me souvenais de lui, je lui lançai en vietnamien :

— *Sat Cong*.

Souriant jusqu'aux oreilles, il hocha la tête avec ferveur.

— Oui, dit-il. *Sat Cong. Sat Cong.*

— Les kiwis ont l'air pas mal, dis-je à Susan.

— M. Uyen a proposé de nous aider.

— Êtes-vous bien conscient que nous sommes surveillés par le ministère de la Sécurité publique ? dis-je en me tournant vers lui. Qu'il est possible qu'on nous ait vus en train de discuter après la messe de minuit, et qu'on nous ait suivis jusque chez vous ? Êtes-vous conscient de tout ça ?

Son anglais n'était pas extraordinaire, mais il semblait avoir compris l'essentiel.

— Tant pis si moi mourir, fit-il, hochant gravement la tête.

— Pas d'accord, monsieur Uyen. Moi, je ne veux pas mourir.

— Moi tant pis.

— Si la police nous arrête sur votre moto, ils vous retrouveront. À cause de la plaque d'immatriculation. *Biet ?*

Il parla à Susan.

— La plaque appartenait à une moto qui a été détruite dans un accident, traduisit-elle.

— Soit, dis-je. Mais au cas où ils réussiraient quand même à remonter jusqu'à lui, dis-lui que nous raconterons aux flics que nous lui avons volé sa moto. D'accord ? Et dis-lui aussi qu'on la jettera dans un étang ou quelque chose de ce genre dès qu'on n'en aura plus besoin.

Elle transmit le message. M. Uyen répondit en vietnamien.

— Il dit qu'il hait les communistes et qu'il aspire à devenir un de ceux qui souffrent… un martyr… au nom de sa foi.

— Et votre famille ? demandai-je directement à M. Uyen.

— Tous pareil, dit-il.

Il n'est jamais facile de dialoguer avec les candidats au martyre, mais au moins j'aurais essayé. L'idée me traversa l'esprit que M. Uyen était motivé non seulement par sa foi, mais aussi par la haine de tout ce qui était arrivé en 1968 et ensuite. M. Anh non plus n'agissait pas seulement en fonction de nobles idéaux, telles la liberté et la démocratie ; il était animé par la même haine que M. Uyen : tous deux avaient eu des proches assassinés. On peut à la rigueur accepter les morts au champ d'honneur, mais pas les meurtres de sang-froid.

Malgré l'obscurité, j'aperçus une grande bâche jetée sur ce qui ne pouvait être que notre moto. M. Uyen surprit mon regard, s'approcha de la bâche et la retira, dévoilant une grosse moto noire dont je n'identifiai pas la marque.

Je m'approchai à mon tour, caressai d'une main l'épaisse selle de cuir. Sur la fibre de verre du carénage, je reconnus le sigle BMW et, en dessous, l'inscription *Paris-Dakar*.

— Je n'ai jamais vu ce modèle, dis-je à M. Uyen.

— Bonne moto, dit-il. Vous aller montagne, vous passer…

Il finit sa phrase en vietnamien en regardant Susan.

— C'est une BMW, traduisit-elle. Modèle Paris-Dakar. 980 centimètres cubes, un réservoir de quarante-cinq litres avec réserve de deux litres, une autonomie de cinq cents à cinq cent cinquante kilomètres. D'après M. Uyen, c'est une excellente moto pour le cross, le raid et la route.

— J'imagine, fis-je.

J'examinai l'énorme réservoir, installé haut sur le cadre. Avec une telle autonomie, nous n'aurions besoin de nous ravitailler qu'une seule fois pendant notre trajet de neuf cents kilomètres vers Dien Bien Phu. Je m'accroupis pour inspecter les pneus, sans doute du dix-huit pouces ; les sculptures étaient bonnes.

Susan parla à M. Uyen puis se tourna vers moi.

— Il dit qu'elle est rapide et… je crois qu'il a voulu dire maniable… Mon vocabulaire de motard est assez mince en vietnamien.

Je me tournai vers M. Uyen.

— Combien ?

Il secoua la tête.

— Gratuit.

N'ayant pas entendu ce mot une seule fois depuis mon arrivée sur le tarmac de Tan Son Nhat, je faillis tourner de l'œil.

— On ne pourra pas vous la rendre, dis-je à M. Uyen. Ce sera un aller simple. Adieu moto. *Di di.*

En le voyant hocher la tête, je me demandai si je m'étais bien fait comprendre.

— Je lui ai déjà expliqué, intervint Susan. Il comprend.

— Vraiment ? Où et quand lui as-tu parlé de tout ça ?

— Pendant le dîner du réveillon. J'ai mentionné que j'avais un problème à résoudre, et on m'a invitée à revenir pour le petit déjeuner dimanche matin. Toi aussi, mais tu avais rendez-vous ailleurs.

Si ma mémoire était bonne, elle m'avait dit avoir dormi jusqu'à midi.

— Donc, tout est réglé ?

— Seulement si tu es d'accord.

Je réfléchis un instant et déclarai à Susan, dans une langue aussi hermétique que possible :

— À part le problème posé par ceux qu'on risque d'avoir sur le dos – et que ce type et sa famille pourraient aussi avoir sur le dos –, il y a mille bornes à se taper pour arriver où tu sais. Ça représente un sacré paquet de gadoue et de bleus aux fesses. Tu te sens prête à signer ?

Susan dit quelque chose à M. Uyen, qui partit d'un grand éclat de rire.

— Qu'est-ce qu'il y a de si drôle ? grognai-je.

— Je viens de dire à M. Uyen que tu voulais savoir s'il n'aurait pas plutôt un éléphant à nous proposer.

Je n'étais pas amusé du tout.

— Excellente moto, me dit M. Uyen en tapotant la selle. Moi acheter à Français. Lui…

Il poursuivit en vietnamien, tourné vers Susan.

— Un rallye-raid a été organisé ici l'année dernière, me dit-elle. Le Hanoi-Hué.

— Le Français a gagné ?

Susan sourit et transmit la question à M. Uyen.

— Il a fini deuxième.

— Je préférerais qu'il nous donne la moto victorieuse.

— Paul, s'impatienta-t-elle. C'est oui, ou c'est non ?

J'enfourchai la moto.

— D'accord. Vous me mettez au parfum ?

M. Uyen nous donna, à Susan et à moi, une leçon assez brouillonne sur le pilotage de la BMW Paris-Dakar. J'eus l'impression soit qu'il ne savait pas la conduire, soit qu'il la conduisait comme les Vietnamiens conduisaient tous leurs véhicules : au pifomètre et en se plantant plus souvent qu'à leur tour, avec force coups de klaxon.

— Le réservoir est plein ? demandai-je en redescendant.

M. Uyen hocha la tête.

— Ça me va, dis-je en me tournant vers Susan. Et à toi ?

Elle acquiesça. Nous ouvrîmes le grand sac en plastique et enfilâmes chacun notre tenue de motard montagnard : blouson de cuir pour moi, blouson matelassé pour Susan, calot de cuir garni de fourrure et foulard montagnard pour l'un et l'autre. M. Uyen nous regarda faire avec un petit air amusé.

Pour finir, nous transvasâmes nos affaires dans les sacoches de selle et enfonçâmes par-dessus les deux sacs à dos vides.

— Je vous confie ma valise et mon sac de voyage, dis-je à M. Uyen. *Biet ?* Surtout, prenez soin de mes blazers bleus.

Il acquiesça, sortit une carte routière d'une poche de cuir adossée à l'intérieur du carénage et me la tendit.

— Vietnam, dit-il.

— Vous n'auriez pas le plan de Paris ?

— Où vous aller ?

— Dalat.

— Bien. Bon voyage.

— Merci.

J'ouvris mon portefeuille et en sortis deux cents dollars, ce qui n'était pas un trop mauvais prix pour une BMW. Mais il secoua la tête.

— Il tient vraiment à nous offrir sa moto, me dit Susan.

— Je vois. Merci, dis-je à M. Uyen.

Il s'inclina, promena un regard circulaire sur ses cageots de fruits, choisit un régime de bananes et le plaça dans une des sacoches de la BMW, puis attrapa deux bouteilles d'eau minérale et les cala entre les bananes. Pour finir, il me fit signe de pousser la moto vers la porte, et je m'exécutai.

Il entrouvrit la porte, jeta un coup d'œil au-dehors. Il se retourna vers nous et hocha la tête.

Je remontai la fermeture de mon blouson de cuir, nouai le foulard sombre autour de mon cou et mis mes lunettes teintées, qui étaient un peu trop serrées. Susan fit de même, et nous nous regardâmes. C'était drôle et pas drôle à la fois.

— On dirait que tu te prépares à piloter un vieux coucou, me dit-elle.

— Permets-moi de te rappeler que ceci n'est pas mon idée.

Susan et M. Uyen échangèrent des courbettes et des vœux de Nouvel An. Je me contentai de lui serrer la main.

— Merci encore, dis-je. Vous êtes un homme généreux.

— Dieu vous bénisse, Dieu bénisse Mlle Susan, et Dieu bénisse votre voyage, récita-t-il sans cesser de me regarder.

— Et vous, soyez prudent, répondis-je.

Il hocha la tête et ouvrit en grand la porte.

Je poussai la moto dans l'allée obscure, suivi de près par Susan. Je voulus jeter un dernier coup d'œil à M. Uyen, mais la porte s'était déjà refermée.

— Pousse la moto jusqu'à la route, me chuchota Susan.

Nous traversâmes lentement le marché mal éclairé. La bruine avait cessé, supplantée par une brume froide venue de la rivière. Quelques têtes se tournèrent sur notre passage, mais vu que ma propre mère ne m'aurait pas reconnu, il n'y avait pas grand-chose à craindre.

— Je crois que la meilleure solution pour quitter la ville est de prendre cette route qui longe la rivière, au-dessus de nous, me dit Susan. Tu es prêt ?

Je sautai sur la selle et démarrai. Le grondement du moteur était sublime, et je sentis toute sa puissance se propager en vibrant dans le cadre. Je tournai la poignée d'accélérateur en surveillant les cadrans, qui semblaient tous fonctionner. Puis j'allumai les phares pendant que Susan s'installait en croupe. J'enclenchai la première d'un petit coup de pied, et nous escaladâmes sans difficulté le talus herbeux pour rattraper la route de la berge.

Nous la longeâmes sur quelques centaines de mètres entre la rivière des Parfums sur notre gauche et les remparts de la citadelle sur notre droite. Même avec deux passagers, ce gros cube débordait de puissance. Nous allions peut-être enfin pouvoir nous amuser un peu. Peut-être.

Il n'y avait pas beaucoup de circulation, ce qui était un avantage certain : avec un peu de chance, je saurais maîtriser cette machine avant d'avoir tué quelqu'un.

Après avoir franchi deux ponts, nous passâmes devant la tour du Drapeau, et quelques minutes plus tard, alors que nous venions de laisser derrière nous le rempart sud de la citadelle de Hué, Susan me cria de tourner à droite.

Je m'engageai sur une route parallèle au rempart ouest, qui suivait aussi la voie ferrée en direction du nord. Au bout des deux kilomètres de rempart, nous traversâmes les larges douves qui baignaient les murs de la citadelle. La chaussée s'élargit, et je me rendis compte que nous avions rejoint la route 1.

Susan me toucha l'épaule et je jetai un bref coup d'œil en arrière pour suivre la direction indiquée par son bras tendu. Derrière nous, les murs de la cité impériale de Hué, capitale des empereurs, fleur des villes vietnamiennes, morte en 1968 et reconstruite sur les ossements de son peuple, étaient en train de disparaître dans les premières lueurs de l'aube.

Je repensai à M. Anh et à son père, le capitaine, à M. Uyen, à la famille Pham, au pavillon à seize faces où Susan et moi avions dîné sous la pluie, au soir du Têt, à la rivière des Parfums, à la cathédrale, aux lampions, aux feux d'artifice. À l'année du Renard.

Susan m'enlaça par la taille, colla sa bouche contre mon oreille.

— Je suis toujours triste de quitter un endroit où j'ai vécu quelque chose de beau.

Je hochai la tête.

Le ciel s'éclaircissait à l'est. La route 1, cette Rue-sans-Joie qui nous avait menés à Quang Tri, c'est-à-dire à l'enfer, commençait à être encombrée par le trafic matinal.

Je regardai les collines qui, dans le lointain, arrêtaient les premiers rayons du soleil dardés vers la mer de Chine. Je ne les avais pas oubliées sous la pluie froide de février 1968. Et surtout, je me souvenais des hommes, ou plutôt des garçons, grandis trop vite et morts trop jeunes, avant d'avoir pu accomplir le moindre de leurs rêves.

J'avais toujours eu l'impression de vivre à crédit depuis 1968, et que chaque jour était un privilège auquel tant d'autres n'avaient jamais eu droit ; au mieux de mes compétences, je m'étais donc efforcé de vivre pleinement en savourant ce supplément d'existence.

Lâchant le guidon de la main gauche, je caressai la cuisse de Susan.

Elle accentua son étreinte, nicha son menton au creux de mon épaule.

J'avais effectué un long et singulier parcours depuis Boston ; ma destination demeurait inconnue, mais ce voyage était un don de Dieu.

Livre VI

NORD

38

La circulation devint plus dense à mesure que le ciel rosissait. J'avais de moins en moins l'occasion de pousser la BMW au-delà de cent à l'heure et je fus obligé d'apprendre sur le tas la technique vietnamienne du slalom au klaxon.

— Avant notre virée à Cu Chi, me glissa Susan au creux de l'oreille, tu n'étais pas monté sur une moto depuis combien de temps ?

— Une vingtaine d'années, mais ça ne s'oublie pas. Pourquoi ?

— Je me posais juste la question.

En croisant la route de Quang Tri, nous revîmes le char américain abandonné et les ruines du lycée bouddhiste où tout avait commencé. Un peu plus loin, nous franchîmes le pont construit pour remplacer celui autrefois défendu par une casemate à l'intérieur de laquelle mon nom était gravé.

Un quart d'heure plus tard, je ralentis aux abords de Dong Ha et traversai au ralenti ce vilain petit bourg aux faux airs de relais routier. À l'intersection de la route 9, je repérai deux policiers tranquillement assis dans une jeep jaune garée sur le bas-côté opposé. Ils nous accordèrent à peine un regard.

— Tu vois, me dit Susan, ils nous ont pris pour des Montagnards.

— Je n'en sais rien, mais cette moto doit être un peu voyante.

— C'est toi qui le dis. Il y a aujourd'hui tellement de produits importés dans ce pays que les Vietnamiens n'y font plus attention.

Je n'étais pas convaincu.

— Je n'ai encore vu aucun Montagnard à moto, grognai-je.

— Moi, j'en ai vu deux.

— Fais-moi signe, la prochaine fois.

Nous roulions toujours vers la zone démilitarisée. Nous étions entrés dans l'ancien secteur d'opération des marines, où je ne m'étais aventuré qu'une seule fois, le jour où j'avais sauté dans un convoi pour aller rendre visite à un copain de Boston basé à Con Thien. Mais il était en mission de combat, et je l'avais manqué. Pour compenser, j'avais laissé sur sa couchette un mot qu'il n'aurait jamais l'occasion de lire.

La sortie de Dong Ha était ralentie par une interminable succession d'étals encombrant les deux côtés de la route, mais dès qu'ils eurent disparu dans mon rétroviseur, je mis les gaz.

En moins d'un quart d'heure, le paysage, déjà sinistre, devint carrément morbide.

— Je crois que nous sommes dans la zone démilitarisée, dis-je à Susan.

— Seigneur… quelle dévastation !

Je balayai du regard ce no man's land toujours inhabité, criblé de cratères, dont le sol blanchâtre était tout juste recouvert par endroits d'une végétation éparse et rachitique. Si la surface de la Lune avait pu recevoir quelques gouttes de pluie, elle aurait sans doute eu cet aspect.

J'aperçus des barbelés dans le lointain, et aussi l'épave rouillée d'une jeep au milieu d'un champ de mines où les ramasseurs de métaux eux-mêmes n'avaient pas osé s'aventurer.

Un peu plus loin, derrière un voile de brume, je discernai les contours d'un pont qui enjambait certainement la rivière Ben Hai.

— À l'époque, lançai-je à Susan en ralentissant, ce pont n'existait pas !

Je stoppai au milieu de l'ouvrage pour contempler la rivière qui, pendant vingt ans, avait divisé le Nord et le Sud-Vietnam.

— Voilà, dis-je. Retour au Nord-Vietnam.

— Et moi, je suis encore au Sud-Vietnam. Faisons une pause.

Elle descendit de la moto, ouvrit une des sacoches et en sortit l'enveloppe brune qui contenait les photos de Pyramide. Elle approcha son briquet d'un des coins de l'enveloppe, qui s'enflamma dans sa main, et attendit la dernière seconde pour la lâcher au-dessus du parapet. Les photos incandescentes descendirent en tourbillonnant jusqu'à la rivière.

Dès qu'elle fut remontée en selle, je redémarrai.

À l'autre extrémité du pont se dressait la statue d'un soldat nord-vietnamien, avec son casque et son AK-47. Son regard sans vie était celui des soldats américains sculptés dans le bronze au mémorial de Washington.

Nous poursuivîmes notre route en territoire ex-ennemi. Plus nous nous éloignions de la zone démilitarisée, plus la campagne semblait reprendre vie, même si l'on voyait toujours çà et là un nombre considérable de cratères et de bâtiments dévastés.

La chaussée, en revanche, n'était pas meilleure de ce côté-ci, d'autant que la brume et le crachin avaient tendance à la rendre glissante. Je passais mon temps à essuyer mes lunettes avec mon foulard de Montagnard, et mon blouson de cuir dégoulinait.

Nous croisâmes une moto roulant vers le sud. Ses deux occupants étaient plus ou moins habillés comme nous. Ils nous firent signe de la main au passage, et nous leur rendîmes leur salut.

— Tu vois ? me cria Susan. Même les Montagnards nous prennent pour les leurs !

Au bout d'une heure de trajet, nous atteignîmes Dong Hoi, une ville relativement importante.

Je ralentis avant d'entrer dans l'agglomération. Ce qui me frappa surtout, c'est qu'elle paraissait plus sinistre et plus délabrée que toutes celles que j'avais vues jusqu'alors dans l'ancien Sud-Vietnam. Les voitures, les camions étaient vétustes, et l'on croisait beaucoup moins de scooters ou de cyclopousses. Presque tout le monde allait à pied ou à vélo. Les vêtements des passants avaient un aspect sale et usé. L'activité commerciale était nettement plus restreinte qu'au sud de la zone démilitarisée : pas de restaurants, pas de boutiques, tout juste quelques cafés. Je repensai à mon premier passage d'Allemagne de l'Ouest en Allemagne de l'Est.

— Dong Hoi est la ville natale de M. Tram, notre guide à Khe Sanh, me dit Susan.

— Je comprends qu'il ait déménagé.

De nouveau, nous passâmes à hauteur d'une jeep jaune de la police, et, de nouveau, le flic installé au volant ne leva quasiment pas les yeux sur nous. Le stratagème de Susan semblait fonctionner.

Un peu plus loin, nous rattrapâmes un convoi militaire : des camions bâchés pleins de soldats, des jeeps, et quelques engins d'état-major. Je mis les gaz et entrepris de remonter la file de véhicules.

Un coup d'œil sur ma droite me permit de constater que tous les militaires nous fixaient – ou plutôt fixaient Susan. Son visage avait beau être soigneusement dissimulé par son foulard, son calot de cuir et ses lunettes, ces gars-là savaient reconnaître un joli cul, et les appels ne tardèrent pas à fuser. Susan détourna pudiquement la tête, comme l'aurait fait une Montagnarde.

Mon regard croisa brièvement celui du chauffeur de la jeep que j'étais en train de doubler. À son expression, je sentis qu'il cherchait à deviner à quelle tribu nous appartenions. N'étant pas vraiment convaincu de pouvoir passer pour un Montagnard, j'accélérai encore, nous dépassâmes le reste du convoi et je me rabattis devant le véhicule de tête.

Dans cette région, la route 1 longeait la côte en terrain plat, ce qui aurait dû nous permettre de faire un bon chrono, mais elle était encombrée d'une telle diversité de véhicules à moteur, sans compter les bicyclettes, les chars à bestiaux et les piétons, qu'il valait mieux garder une vitesse de croisière modérée ; j'avais l'impression de participer à une course d'obstacles requérant une vigilance de tous les instants.

À neuf heures du matin, c'est-à-dire en deux heures et demie, nous n'avions parcouru que deux cents kilomètres. Et la route 1 était censée représenter, et de loin, la partie la plus aisée de notre trajet…

Devant nous, à l'ouest, une barrière montagneuse tombait à pic dans la mer de Chine, comme les montagnes semblent avoir la fâcheuse habitude de le faire dans ce pays, ce qui allait nous obliger à franchir un col en altitude près de la côte. La montée commença.

Les cyclistes mirent pied à terre et les chars à bœufs ralentirent, m'obligeant à décaler constamment ma moto sur la voie de gauche. Il nous fallut vingt minutes pour approcher en zigzagant du sommet du col. Il faisait froid, le vent soufflait en rafales, et j'avais parfois du mal à contrôler mon gros cube.

Avant d'atteindre la crête, je distinguai des silhouettes sur la route. Ces gens étaient vêtus de haillons répugnants. Surgissant des rochers, le visage à peine visible, la main tendue, ils marchaient vers nous.

— Des mendiants, me glissa Susan à l'oreille.

On aurait plutôt dit des figurants du *Retour de la momie*.

Elle avait beau leur hurler de s'écarter pour nous laisser passer, certains d'entre eux réussirent tout de même à nous toucher, et je dus accélérer en slalomant pour atteindre le sommet du col.

Nous redescendîmes vers la plaine côtière. La moto dérapa deux ou trois fois sur le bitume mouillé, et je dus utiliser le frein moteur plus souvent qu'il est recommandé.

En contrebas, des rizières étaient noyées jusqu'au sommet des digues, les habitations paysannes se regroupaient sur quelques îlots de terre ferme. Il y avait davantage de pins que de palmiers, et j'eus l'impression que les tumulus étaient nettement plus nombreux que dans le Sud. Ce qui me rappela que le Nord-Vietnam avait perdu deux millions d'habitants pendant la guerre, soit presque dix pour cent de sa population.

Une heure et demie environ après le passage du col, nous atteignîmes les confins d'une ville importante. Je m'engageai sur un chemin de terre et ne m'arrêtai que lorsque je fus certain que notre moto était invisible de la route.

Susan et moi nous étirâmes longuement. Chacun alla se soulager dans les buissons.

J'ouvris la carte.

— Cette ville s'appelle Vinh, dis-je à Susan.

— Un haut lieu touristique. On pourrait s'y arrêter pour téléphoner à l'hôtel Century Riverside.

— Qu'est-ce qu'elle a de touristique ?

— Hô Chi Minh est né juste à côté.

— Et ça intéresse les Occidentaux ?

— Je doute que beaucoup d'Occidentaux s'intéressent au lieu de naissance de l'oncle Ho, mais tu peux être sûr que Vidotour tient à le leur montrer et que cette ville est une étape incontournable pour les circuits en bus. D'autant qu'elle est à peu près à mi-chemin entre Hué et Hanoi.

— D'accord. On va s'acheter quelques tee-shirts de l'oncle Ho.

Susan sortit deux bananes d'une des sacoches de selle et m'en tendit une.

Je la mangeai debout en étudiant la carte.

— À deux cents bornes d'ici, dis-je, il y a une ville qui s'appelle Thanh Hoa. Quand on sera là-bas, il faudra chercher une route partant vers l'ouest. Jette un coup d'œil. Il s'agit de rattraper la route 6 qui nous emmènera à… enfin, qui était censée nous emmener à Dien Bien Phu, mais je vois qu'elle s'interrompt avant… On devra ensuite prendre une route secondaire pour atteindre Dien Bien Phu.

— Je ne suis pas sûre que ce dernier tronçon mérite le nom de route, fit Susan en se penchant sur la carte.

— Retirons nos frusques de Montagnards. Mieux vaut jouer les *Lien Xo* en pèlerinage sur le lieu de naissance de l'oncle Ho.

Après avoir rangé nos foulards et nos calots de cuir, nous revînmes à moto sur la route 1.

Quelques minutes nous suffirent pour atteindre Vinh. L'entrée de l'agglomération était marquée par un gigantesque panneau de propagande, et je ralentis pour permettre à Susan de déchiffrer le texte peint en lettres énormes.

— « La ville de Vinh, entièrement détruite par l'artillerie navale et les bombardiers américains… entre 1965 et 1972… a été reconstruite par le peuple de Vinh… avec l'aide de ses frères de la République démocratique allemande. »

— Aguichant, tout ça, grommelai-je.

Nous pénétrâmes dans la ville, qui rappelait effectivement Berlin-Est à la pire époque : un interminable alignement d'immeubles de béton gris et de bâtiments indéterminés tout aussi attrayants.

Quelques têtes se tournèrent sur notre passage.

— Tu es sûre que des Occidentaux passent par ici ? demandai-je, hésitant à m'arrêter.

— Peut-être pas en cette saison.

Nous arrivâmes à un embranchement devant l'entrée d'un parc, et Susan m'indiqua la voie de gauche. J'obéis, et me rendis compte peu après que nous nous trouvions dans la rue centrale, une sorte d'ersatz de la rue Le Loi. Comment avait-elle fait pour se repérer ?

Il y avait sur le côté gauche de la rue plusieurs hôtels, dont aucun ne courait le moindre risque d'être confondu avec le Rex de Saigon. À vrai dire, je n'en avais jamais vu d'aussi sinistres, même en Allemagne de l'Est, et je me demandai si les Allemands ne s'étaient pas amusés à jouer un tour pendable à leurs « amis » vietnamiens. Je fus toutefois rassuré en apercevant plusieurs bus touristiques et des groupes d'Occidentaux dans la rue.

— Tu pourrais peut-être téléphoner d'un de ces hôtels, dis-je à Susan.

— J'aurai de meilleures chances de la poste. Si le téléphone ne donne rien, je pourrai toujours expédier un fax ou un télex. Ici, pour les appels longue distance, on ne choisit pas toujours son mode de communication.

Nous finîmes par localiser le bureau de poste. Susan sauta à bas de la moto et y entra. Plusieurs passants me dévisagèrent mais, grâce à l'oncle Ho, ma présence n'était pas trop insolite. Au bout d'une dizaine de minutes, cependant, une jeep jaune stoppa à ma hauteur, avec deux flics à bord. Celui du siège passager me regardait fixement.

Je commençai par l'ignorer, mais il aboya quelque chose à mon intention, et je n'eus pas d'autre choix que de tourner la tête. Il essayait de me dire quelque chose en faisant des signes. Je crus d'abord qu'il m'ordonnait de mettre pied à terre, puis je compris qu'il m'interrogeait sur la moto. Je me rappelai que les étrangers n'avaient pas le droit de conduire d'aussi gros engins, sans compter que cette BMW était immatriculée à Hué.

— La course Hanoi-Hué, dis-je en français. Je m'entraîne.

Le flic ne parut pas comprendre, et pour être tout à fait honnête, la plupart du temps quand je parle en français, j'ai du mal à me comprendre moi-même.

Je réitérai mon explication, qui ne rendait pas totalement compte de ma présence devant ce bureau de poste, mais le flic de droite s'adressait maintenant à celui qui tenait le volant, et je sentis que le chauffeur, lui, avait saisi un petit quelque chose. Son collègue me décocha un regard dur, un regard de flic, aboya quelque chose en vietnamien, et la jeep jaune redémarra.

J'inspirai profondément et remerciai le Seigneur, pour la première fois de ma vie, de m'avoir aidé à me faire passer pour un Français.

Je m'apprêtais à aller chercher Susan quand je la vis émerger du bureau de poste. Dès qu'elle fut en croupe, nous regagnâmes la rue principale, qui à mon avis n'était qu'une sorte de prolongement de la route 1, et, cinq minutes plus tard, Vinh était derrière nous. Peu après, un panneau planté sur le bord de la chaussée nous informa, dans une dizaine de langues, que le lieu de naissance d'Hô Chi Minh n'était plus distant que de quinze kilomètres.

— Tu as envie de voir où est né le grand homme ? demandai-je à Susan en ralentissant.

— Roule.

J'accélérai.

— Je n'ai pas réussi à joindre l'hôtel par téléphone, m'expliqua-t-elle un peu plus tard, sa bouche près de mon oreille. Du coup, j'ai envoyé un télex et un fax. Et il a fallu que j'attende la réponse…

— Évidemment…

— Le livre n'est pas arrivé. En tout cas, c'est ce que me dit M. Tin dans son télex.

Je ne répondis pas.

— Mais ce genre de bouquin se revend facilement quinze dollars à un touriste… et comme nous ne sommes pas sur place pour vérifier… il est tout à fait possible que M. Tin ait décidé de le remettre en vente. Quinze dollars, ici, c'est une somme… En revanche, poursuivit Susan, il avait un message du colonel Mang. Pour moi.

Je n'eus pas le temps de lui demander ce qu'il disait.

— Le colonel Mang me souhaite un bon voyage. Et il espère que j'ai apprécié les photos.

Je restai muet.

— Il dit aussi qu'il a vu des maillots de bain chez moi et qu'il regrette que je les aie oubliés.

Le carrefour permettant d'accéder au lieu de naissance d'Hô Chi Minh était en vue, et je vis deux minibus de touristes en train de tourner dans la direction indiquée. Je stoppai à hauteur de l'embranchement, empruntai son appareil photo à Susan et photographiai le panneau indicateur, juste au cas où la pellicule échouerait entre les mains de la police locale.

— J'ai discuté avec deux flics en jeep en t'attendant, dis-je. Je leur ai raconté que j'étais français et que je préparais une course à moto. Mon accent parisien les a impressionnés.

— Les Nord-Vietnamiens ont encore quelques sentiments positifs à l'égard des Français.

— Pourquoi ?

— Aucune idée. Mais à Hanoi, on voit des hommes d'un certain âge porter le béret. Dans cette classe d'âge, cela fait aussi très chic de parler un peu le français, d'affecter des manières françaises et de lire de la littérature française. Les gens d'Hanoi considèrent les Français comme des gens cultivés, et les Américains comme des capitalistes primaires, purement matérialistes et obsédés par la guerre.

— Pas mal, comme définition…

Elle s'efforça de sourire, mais son expression devint pensive.

— Ces photos m'inquiètent beaucoup.

— Et moi, c'est ce livre qui ne m'a pas été rendu.

— Qu'est-ce que tu comptes faire ?

Je m'accordai un temps de réflexion. Si M. Anh avait été torturé par le colonel Mang, il avait certainement fini par lui dire tout ce qu'il savait.

— Que comptes-tu faire ? insista Susan.

— Ma foi… on pourrait filer directement à Hanoi et sauter dans le premier vol international. Ou alors, on met le cap sur Dien Bien Phu. Une chose est sûre, il faut se décider. On ne va pas rester ici toute la journée.

— Dien Bien Phu, dit-elle au bout d'un moment.

— Tu m'as fait remarquer toi-même que mon stock de chance était épuisé.

— Pas le mien. Allons-y.

Je mis les gaz, et nous repartîmes sur la route 1.

Un peu plus tard, Susan se pencha en avant pour regarder la jauge d'essence.

— Il faut qu'on fasse le plein, dit-elle. On vient de passer devant une station. Fais demi-tour.

— Il y en aura d'autres. Certaines offrent un bol de riz avec le plein.

— Fais demi-tour, Paul.

J'obéis, et nous stoppâmes peu après devant une pompe à l'ancienne. Je coupai le moteur et mis pied à terre. Le pompiste, assis dans l'ombre d'une sorte de guérite ouverte, nous observait sans bouger. C'était de toute évidence une station-service d'État. Tout ici était furieusement socialiste, la bonne parole du capitalisme et du marketing n'ayant pas encore souillé le territoire natal de l'oncle Ho.

J'actionnai moi-même la pompe à main pendant que Susan enfonçait le bec du tuyau dans le réservoir.

— Pompe un peu plus vite, me dit-elle.

— Je pompe aussi vite qu'un socialiste européen.

— Au moment de payer ce type, mieux vaudra lui dire que nous sommes français.

Après avoir transféré trente-cinq litres d'essence dans le gros réservoir de la BMW, je regardai le prix affiché par la pompe.

— Pas mal, dis-je. Vingt et un mille dongs. Ça fait dans les deux dollars.

— Multiplie par dix, Paul. Tu as oublié un zéro. Deux cent dix mille dongs. Ça reste une bonne affaire.

Le pompiste s'approcha en traînant les pieds, et Susan lui adressa un bonjour en français.

— Comment ça va ? ajoutai-je pour faire bonne mesure.

Le pompiste ne répondit dans aucune langue. Il se contenta d'examiner la moto pendant que Susan comptait deux cent dix mille dongs à l'effigie de l'oncle Ho. Il nous regarda de haut en bas, puis étudia de nouveau la moto. Nous remontâmes en selle, et je démarrai avant de laisser à cet abruti le temps de faire le tri dans ses soupçons.

Nous fîmes halte un peu plus au nord pour remettre notre panoplie de Montagnards.

La route 1 était la seule véritable artère nord-sud de ce pays congestionné, et même si la circulation y était de fait allégée par les festivités du Nouvel An, on aurait dit que la moitié de la population s'était donné rendez-vous sur ces deux voies pathétiquement revêtues de mauvais goudron. Il était impossible de dépasser le soixante à l'heure, et chaque mètre de chaussée recelait un nouveau défi.

Il nous fallut près de deux heures pour parcourir les cent kilomètres qui nous séparaient de Thanh Hoa, la grande ville suivante. Il était presque quinze heures, la température baissait rapidement. Le ciel était chargé de nuages, et nous traversions de temps en temps une zone de pluie fine ou de crachin. Mon estomac grondait.

— On arrive à Thanh Hoa, dis-je à Susan. C'est notre première possibilité de bifurcation vers l'ouest puis le nord pour rattraper la route 6.

Je jetai un coup d'œil au compteur kilométrique. Nous avions parcouru cinq cent soixante kilomètres depuis Hué en un peu plus de huit heures. Il était quinze heures seize, ce qui ne nous laissait au mieux que quatre heures de jour.

Après avoir envisagé les options, je pris ma décision : puisqu'il ne pleuvait plus, mieux valait se coltiner la mauvaise route dès maintenant et se rapprocher autant que possible de la route 6 avant le crépuscule. Il se pouvait qu'il pleuve dans la journée du lendemain et que cela rende impraticable l'itinéraire alternatif permettant de rattraper la route 6 un peu plus au nord.

— On va quitter la route 1 dès Thanh Hoa, annonçai-je à Susan. Si ça ne colle pas, on rebroussera chemin et on essaiera la suivante.

Nous fîmes notre entrée dans la ville, toujours déguisés en Montagnards. Thanh Hoa n'avait apparemment pas trop souffert de la guerre et affichait même un certain charme. J'aperçus effectivement un vieux monsieur coiffé d'un béret, et les quelques hôtels et cafés de la ville n'avaient manifestement pas été construits par les Allemands de l'Est.

Quelques têtes se tournèrent sur notre passage, et les deux flics de faction devant le poste de police nous suivirent attentivement des yeux.

— Ils ne voient pas beaucoup de Montagnards sur la côte, m'expliqua Susan. Ça les étonne, mais sans les inquiéter. Un peu comme si des Indiens d'Amérique débarquaient dans une ville occidentale.

— Tu inventes, là ?

— Oui.

Quand nous eûmes traversé la ville, je vis une petite voie goudronnée qui partait sur la gauche. Le panneau disait *Dong Son*, suivi d'un autre mot en vietnamien. Je ralentis et le montrai à Susan.

— Un site archéologique, me dit Susan. La civilisation dong son date de mille ans avant notre ère. J'espère que la route est un peu plus récente.

Je m'y engageai, parcourus une centaine de mètres et m'arrêtai pour ouvrir la carte.

— C'est la bonne, dis-je. On a cinquante bornes à faire sur cette route jusqu'à ce petit bled, là, qui s'appelle Bai quelque chose, puis on tournera au nord sur la route 15 pour rattraper la 6.

— Laisse-moi voir ça.

Je lui passai la carte, qu'elle examina en silence.

— D'accord, dit-elle en la rangeant dans la poche intérieure de son blouson. On y va.

Je redémarrai. Après que la chaussée eut longé un site de fouilles archéologiques, le bitume disparut. La piste en terre était ravinée par le passage de chariots et de véhicules indéterminés, et j'étais obligé de zigzaguer entre les ornières pour limiter les cahots.

Nous roulions à peine à quarante à l'heure.

Le terrain, bien qu'à peu près plat, s'élevait progressivement. Il y avait encore quelques rizières, mais elles cédèrent bientôt la place à des plantations potagères. La BMW Paris-Dakar était une excellente bécane pour la piste, qui, là, n'était pas à la hauteur. J'avais du mal à tenir le guidon, et mon postérieur était le plus souvent décollé de la selle. Susan s'accrochait à moi comme elle pouvait.

— On aura mal au cul demain matin, dis-je.

— J'ai déjà mal.

Il nous fallut près de deux heures pour couvrir quarante kilomètres. Nous entrâmes dans le petit village de Bai quelque chose, où la piste en rejoignait une autre, la route 15, que je pris sur la droite et qui était un tout petit peu meilleure. Il y avait même parfois du gravier, la chaussée était bombée et un fossé courait de chaque côté.

D'après la carte, plus de cent kilomètres nous séparaient encore de la route 6, et à ce train-là il nous faudrait au moins quatre heures pour l'atteindre. Il était six heures moins vingt, et le soleil descendait inexorablement derrière les cimes sur notre gauche. La route s'élevait dans les collines qui se découpaient devant nous, et on en devinait d'autres au loin, encore plus hautes, et même des montagnes. Susan et moi ne parlions plus guère, tant il était difficile d'articuler quoi que ce soit avec toutes ces secousses.

Quand il fit presque nuit, je me mis en devoir de chercher un endroit où nous arrêter. Nous étions dans les collines, et peu de Vietnamiens vivaient loin des villes, villages et zones agricoles. Les pins poussaient en rangs de plus en plus serrés au bord de la route, formant un décor plutôt lugubre. À un moment donné, je fis halte pour me reposer.

— On finira peut-être par tomber sur une station de ski, dis-je à Susan.

Elle tira la carte de son blouson et l'étudia.

— À une vingtaine de bornes d'ici, m'annonça-t-elle, il y a un village qui s'appelle Lang Chanh.

Je réfléchis un moment avant de répondre :

— Je ne suis pas sûr d'avoir très envie de débarquer de nuit dans un village du Nord-Vietnam.

— Moi non plus.

— Dans ce cas… Je crois qu'on va bivouaquer ici. Trouvons un endroit pour planquer la moto.

— Paul, plus rien ne bougera sur cette route jusqu'à l'aube. On pourrait dormir en plein milieu.

— Tu as raison.

Je poussai la moto quelques mètres plus loin et l'appuyai contre le tronc d'un pin. Susan ouvrit une sacoche et en sortit nos deux dernières bananes, l'ultime bouteille d'eau et les ponchos.

Nous nous assîmes à côté de la moto, adossés à un arbre, et j'épluchai ma banane.

— J'ai une bonne nouvelle pour toi, fis-je. Il n'y a pas de sangsues dans les pinèdes.

— Juste des tiques et des aoûtats.

Nous mangeâmes les bananes et bûmes ce qui restait d'eau en regardant mourir le jour. Avec les énormes nuages qui obstruaient le ciel, la nuit nous enveloppa très vite. On entendait des cris dans la forêt de pins, et parfois des piétinements de petits animaux furtifs.

Susan alluma une cigarette et étudia de nouveau la carte à la flamme de son briquet.

— Encore quatre cents bornes pour Dien Bien Phu, lâcha-t-elle.

Nous restâmes un bon moment assis sans mot dire, écoutant les chuchotements de la nuit.

— Tu as campé, dans ta jeunesse ? demandai-je.

— Uniquement quand je ne pouvais pas faire autrement. Et toi ?

— Pas du temps où je vivais à Boston. Mais dans l'armée, oui, j'ai beaucoup campé. J'ai calculé un jour que j'avais passé quelque chose comme six cents nuits à la belle étoile. Quelquefois, c'est agréable.

Un violent coup de tonnerre résonna sur les collines, et le vent se leva soudainement. Soit il faisait froid, soit j'étais déjà habitué à la douceur du climat sud-vietnamien.

— Quelquefois beaucoup moins, ajoutai-je.

Susan alluma une autre cigarette.

— Tu en veux une ? Il paraît que ça coupe l'appétit.

— J'ai déjà mangé toute une banane.

Il se mit à pleuvoir. Nous enfilâmes nos cirés et nous blottîmes l'un contre l'autre.

— Saleté de crachin, fis-je.

— C'est de la vraie pluie.

L'averse redoubla, le vent aussi.

— Ils te paient combien pour cette mission ? s'enquit Susan.

— Ils me remboursent juste les frais.

Elle rit.

Nous étions tous deux trempés et grelottants. Le souvenir me revint de ces soirées froides et pluvieuses de l'hiver 1968, quand je pataugeais dans la boue avec rien d'autre pour me protéger qu'un ciré, tandis que le ciel au-dessus de ma tête se parait d'une beauté terrifiante dans la nuit noire.

Susan, dont les pensées semblaient s'accorder aux miennes, demanda :

— C'était comme ça ?

— Un peu… En fait, c'était pire, parce qu'on savait que ce serait la même chose toutes les nuits jusqu'à la fin des pluies d'hiver, vers le mois de mars… Et qu'on avait le problème supplémentaire de tous ces petits bonshommes planqués dans la nature et qui ne pensaient qu'à nous faire la peau. (J'ajoutai, après une pause :) Ça suffit pour la guerre, Susan. C'est fini. Vraiment.

— D'accord. Ça suffit pour la guerre. La guerre est finie.

Après avoir arrangé nos cirés, nous nous couchâmes l'un contre l'autre sous les pins ruisselants.

Au lever du jour, nous tenterions d'atteindre Dien Bien Phu, et en cas de succès, il ne nous resterait plus qu'à trouver le village de Ban Hin et un dénommé Tran Van Vinh – ou sa tombe.

Il plut toute la nuit.

39

Une aube grisâtre finit par poindre entre les branches dégoulinantes des pins.

Nous retirâmes nos cirés trempés et nous étirâmes en bâillant. Nous étions tous deux transis et mouillés jusqu'aux os. Susan n'avait pas bonne mine.

Les cirés furent secoués et roulés. Chacun de nous prit des vêtements secs dans son sac à dos – chaussettes, sous-vêtements, chemise et pantalon. Une fois habillés, nous abandonnâmes les chemises et les jeans imbibés dans un buisson.

Il restait à Susan quelques foulards montagnards, dont certains nous servirent à essuyer la moto, les autres à nous masquer de nouveau le bas du visage.

Après un rapide coup d'œil à la carte, nous remontâmes sur la BMW. Le moteur gronda au quart de tour, et nous rejoignîmes la route 15.

La piste, essentiellement argileuse, comportait de temps en temps un tronçon de schiste où je retrouvais un peu d'adhérence à condition de ne pas accélérer trop brusquement.

Au bout d'un kilomètre, je repérai une petite cascade jaillie d'une concrétion rocheuse, qui se jetait dans un torrent non loin de la route.

Je fis halte. Susan et moi nous débarbouillâmes dans l'eau vive à l'aide du pain de savon de couleur orange qu'elle avait emporté. Chacun se désaltéra en priant pour que l'eau ne soit pas souillée.

Nous repartîmes. Rien ne bougeait sur la piste, mais il m'était impossible de dépasser le soixante à l'heure sans perdre le contrôle de ma machine. Chaque muscle, chaque os de mon corps me faisait mal. Mon dernier vrai repas remontait à dimanche, dans le pavillon à seize faces. Et nous étions mercredi.

Nous atteignîmes le village de Lang Chanh. Au-delà, les collines devenaient plus imposantes et, encore un peu plus loin, on devinait des montagnes dont le sommet était masqué par un mélange de brume et de nuages bas.

Je ralentis en entrant dans le hameau misérable, constitué de huttes de bambou et de taudis en planches de pin. Il était à peine sept heures du matin, et une odeur de riz et de poisson mis à cuire flottait dans l'air.

Il y avait là beaucoup de poules et peu de gens.

— Il faut que je trouve quelque chose à me mettre sous la dent, fit Susan.

— Je croyais pourtant que tu avais mangé une banane hier…

Elle mima le geste de m'étrangler. Puis elle m'enlaça en posant la tête sur mon épaule. Sentant la faiblesse de son étreinte, je compris qu'elle avait effectivement besoin de s'alimenter.

Après avoir traversé Lang Chanh, nous continuâmes sur notre lancée. La pente était de plus en plus raide, mais la BMW était une machine fantastique : elle avalait littéralement la boue au fil de notre ascension.

— C'est agréable, me glissa Susan à l'oreille. Presque un plaisir. Cette virée me plaît.

Je n'avais aucune idée de notre altitude, mais la carte faisait état de sommets de mille cinq cents à deux mille mètres de hauteur, et nous étions à peu près à mi-pente. Il faisait froid, mais le vent était tombé et le crachin avait enfin cessé, même si l'on n'apercevait pas la moindre brèche de ciel bleu dans la couche nuageuse.

De temps en temps, nous longions une immense plantation de bambous des montagnes, cernée de hauts pins, qui me rappelait les champs de maïs de Virginie et les pinèdes qui les entourent. J'avais appris, lors de mon second séjour au Vietnam, que lorsque des choses qui n'ont rien à voir avec votre pays commencent à vous le rappeler quand même, c'est qu'il est temps de rentrer.

Le compteur kilométrique m'indiqua que nous avions parcouru quarante kilomètres depuis Lang Chanh. Le village de Thuoc devait donc être juste devant nous. Nous avions mis une heure pour effectuer ces quarante bornes, mais j'étais sûr de pouvoir rattraper une partie de notre retard quand nous aurions rejoint la route 6, qui d'après la carte semblait praticable, même s'il s'agissait là d'une qualification toute relative.

Quelques centaines de mètres après avoir négocié un virage en épingle sur la gauche, je ralentis pour entrer dans Thuoc, qui ressemblait à s'y méprendre à Lang Chanh, à ceci près que les poules y étaient moins nombreuses.

Pendant notre traversée du village, quelques regards nous accompagnèrent. J'étais à peu près certain que ces gens voyaient passer de temps en temps une moto de cross et qu'ils seraient bien en peine de nous identifier. Il s'agissait de Vietnamiens de souche, ce qui tendait à signifier que nous n'étions pas encore en territoire tribal.

Nous continuâmes à prendre de l'altitude pendant les vingt ou trente kilomètres suivants. La route longeait maintenant un torrent, et devant nous j'entrevoyais parfois le sommet d'un pic abrupt. J'ai un sens de l'orientation relativement sûr, et bien que le soleil ne fût pas visible, j'eus bientôt la conviction que nous roulions dans la mauvaise direction.

Je fis halte pour examiner la carte. Puis je scrutai le paysage en tentant de déterminer notre position. Je suis assez doué pour lire une carte, mais celle-ci était vraiment mauvaise, et aucun numéro de route n'était indiqué.

— Tu sais de quel côté des troncs pousse la mousse ? fis-je.

— Pourquoi, nous sommes perdus ?

— Non. Comme on dit dans l'armée, nous sommes « temporairement désorientés ».

— Nous sommes perdus…

— Comme tu voudras.

Nous descendîmes de la moto pour nous pencher ensemble sur la carte.

— Je crois qu'on aurait dû tourner à droite quelque part près de Thuoc pour rester sur la route 15, dis-je. Mais je n'ai vu ni embranchement ni panneau.

Susan posa un doigt sur la carte.

— Effectivement, la route 15 part vers l'ouest à la hauteur de ce virage, juste avant Thuoc. L'autre embranchement continue sous le nom de route 214, et nous sommes dessus. Il aurait fallu tourner à droite pour rester sur la 15.

— Donc, la frontière laotienne est juste devant nous, fis-je en levant les yeux.

— Avec ses postes-frontières et ses soldats.

— Exact. Ne traînons pas ici.

J'étais en train de pousser la moto en travers de la piste quand je remarquai, au-dessus d'une crête, un filet de fumée qui s'élevait en vrille, et plusieurs silhouettes de longues maisons tribales sur fond de ciel gris.

— Nous sommes en territoire montagnard, dis-je.

Susan se tourna vers les collines.

— Tu crois que le FULRO est présent dans la région ?

— Aucune idée. Quoi qu'en pense Mang, je ne connais rien à cette histoire de FULRO.

Tandis que j'achevais mon demi-tour, un bruit attira mon attention, et je regardai du côté par lequel nous venions d'arriver. Une jeep vert foncé de l'armée roulait vers nous, avec deux hommes à l'avant.

— Monte ! criai-je à Susan.

Je démarrai d'un coup de talon. La moto était perpendiculaire à la route, et j'avais donc le choix : soit je fonçais vers la jeep et j'essayais de la croiser, soit je me dirigeais vers l'ouest et la frontière laotienne – où cette jeep semblait aller aussi. Aucune de ces deux possibilités ne m'emballait vraiment.

La jeep n'était plus qu'à une centaine de mètres quand le chauffeur nous repéra. Il plaça aussitôt son véhicule au centre de la route pour nous bloquer le passage. Du coup, le nombre de possibilités venait d'être divisé par deux.

Je braquai mon guidon à droite, enclenchai la première, et la moto s'élança vers la frontière laotienne.

— Paul, s'écria Susan, il vaudrait peut-être mieux s'arrêter et essayer de parlementer ! Après tout, nous n'avons rien fait de mal !

— Nous sommes habillés en Montagnards alors que nous ne sommes pas des Montagnards ! Nous sommes américains, c'est écrit sur nos passeports, et je ne tiens pas à leur expliquer ce que nous faisons ici !

Dans mon rétroviseur, je vis que la jeep nous suivait. Je roulais à soixante-dix, et la BMW se comportait relativement bien, mais j'avais du mal à rester en selle et Susan s'accrochait éperdument à moi.

Je me dirigeais tout droit vers un poste frontalier où je serais obligé de m'arrêter, à moins que je ne tente de forcer le barrage sous les rafales d'AK-47 des douaniers vietnamiens et probablement aussi de leurs collègues laotiens, qui étaient également communistes et plus ou moins en bons termes avec les Vietnamiens selon les périodes. C'était encore une histoire d'enclume et de marteau : les soldats de la jeep étaient le marteau, les douaniers interprétaient le rôle de l'enclume, mais cette fois, le fer à battre, c'était nous.

Je constatai dans mon rétroviseur que la jeep avait perdu un peu de terrain ; les soldats se contenteraient de nous suivre jusqu'à la frontière, qui devait être proche, et là, nous aurions une petite conversation. Je cherchai désespérément du regard un endroit par où m'échapper dans les collines, que ce soit à gauche ou à droite, mais la pente était trop abrupte, et nos poursuivants devaient le savoir.

— Paul, insistait Susan, si tu ne stoppes pas, ils vont penser que nous sommes en fuite ! Je t'en supplie, arrête-toi ! Je vais tomber ! Ralentis, gare-toi sur le bas-côté, et voyons ce qu'ils veulent ! Je vais tomber, Paul ! S'il te plaît !

Que pouvais-je faire ? Je freinai mais continuai à rouler à vitesse réduite sur le côté droit de la piste. La jeep se mit à grossir dans mon rétroviseur.

— Entendu, dis-je à Susan. On va voir ce qu'ils veulent.

Nous retirâmes nos calots et nos foulards tribaux.

J'eus soudain le désagréable sentiment que j'avais atteint le bout de la route. La jeep arrivait sur nous. Le soldat de droite s'était mis debout, un AK-47 entre les mains. La jeep nous dépassa, et il nous toisa de la tête aux pieds.

— *Dung lai ! Dung lai !* hurla-t-il en me faisant signe de stopper avec son fusil-mitrailleur.

Tandis que je ralentissais encore, je vis une drôle d'expression déformer son visage et, la seconde d'après, une violente déflagration se fit entendre près de mon oreille. Le soldat à l'AK-47 effectua une sorte de roulade arrière. Son fusil-mitrailleur lui gicla des mains tandis qu'il s'écroulait à l'arrière de la jeep. Un second coup de feu déchira l'air et le crâne du chauffeur explosa comme une citrouille. La jeep fit une embardée, bascula dans le fossé et s'immobilisa, les roues arrière tournant à vide.

Je stoppai. Et m'immobilisai moi aussi, regardant droit devant moi. Sans me retourner, je dis à Susan :

— Tu vas rire : j'étais persuadé que tu m'avais juré avoir laissé ton flingue à Hué…

Au lieu de répondre, elle descendit de la moto et s'approcha de la jeep, son 45 toujours fumant à la main.

Ignorant royalement le chauffeur, dont la moitié de la boîte crânienne s'était désintégrée, elle examina d'un œil expert son camarade, vautré à l'arrière de la jeep.

— Morts tous les deux, conclut-elle en rangeant le Colt à l'intérieur de son blouson matelassé. Merci d'avoir ralenti.

Je restai muet.

Nous échangeâmes un regard interminable.

— On ne pouvait pas se laisser arrêter, plaida-t-elle.

Je restai muet.

Elle sortit une cigarette, l'alluma d'une main ferme comme le roc. Je me trouvais face à quelqu'un qui avait l'habitude des armes à feu. Et peut-être aussi de donner la mort. Après avoir tiré quelques bouffées, elle jeta sa cigarette dans le torrent et la regarda filer au gré du courant.

— À ton avis, me demanda-t-elle, qu'est-ce qu'on doit faire d'eux ?

— Rien. L'armée soupçonnera le FULRO. Mais il faut les dépouiller de leurs armes pour rendre crédible la thèse de l'attentat.

Elle acquiesça, revint vers la jeep, ramassa deux AK-47 et le pistolet Chicom du chauffeur. Je la rejoignis, trouvai quelques chargeurs de rechange, que je jetai dans un taillis. Puis je soulageai les morts de leurs portefeuilles, montres et cigarettes, que je fourrai dans mes poches.

Le spectacle de ces deux cadavres maculés de sang ne déclencha aucune réminiscence dans mon esprit ; ce qui venait de se produire ici et maintenant n'avait aucun rapport avec la guerre. En étais-je bien certain, d'ailleurs ?

En fouillant la jeep, Susan trouva aussi un sachet de fruits secs sous cellophane. Elle l'ouvrit et me le tendit.

Je secouai la tête.

Elle prit une pleine poignée de fruits secs, se la mit dans la bouche. Après en avoir avalé une seconde poignée, elle glissa le sachet au fond de sa poche. Nous revînmes vers la moto, chacun avec un AK-47 en bandoulière. Je la poussai sur la route pour faire demi-tour et nous repartîmes vers Thuoc sur la piste bourbeuse.

Avant d'arriver au village, je fis une courte halte pour dissimuler les deux AK-47, le pistolet et les effets personnels des soldats dans une plantation de bambous.

Nous traversâmes Thuoc comme si de rien n'était. Cette fois, je ne laissai pas passer l'embranchement sur ma gauche, et nous reprîmes la route 15.

Nous roulions en silence. Après avoir emprunté un pont de bois pour franchir un torrent, nous traversâmes un autre village, Quan Hoa. Vingt kilomètres plus loin, nous rejoignions la route 6, que je pris en direction de l'ouest, vers Dien Bien Phu.

C'était une route acceptable, à deux voies assez étroites, qui permettaient néanmoins à deux camions de passer de front s'ils s'y prenaient bien. Elle était revêtue d'une couche de graviers bituminés qui par endroits se transformait en asphalte. Je réussissais par moments à pousser la BMW à quatre-vingts.

Le trafic, clairsemé, se composait de camions, de quelques 4 × 4 et de rares motos. On ne croisait ni scooters, ni chars à bœufs, ni vélos, ni piétons ; nous roulions au milieu de nulle part.

Sur le côté gauche se dressaient les montagnes qui longeaient la frontière laotienne, et sur la droite, derrière une barrière de collines, on devinait les sommets de ce qu'on appelait les Alpes tonkinoises. C'était une route magnifique, même si le revêtement de la chaussée se dégradait souvent sans crier gare, m'obligeant à freiner brutalement. Plus nous progressions vers l'ouest, plus les signes de présence humaine se raréfiaient, à l'exception de la fumée des villages tribaux qui s'élevait parfois de la forêt dans l'air vaporeux des montagnes.

Je roulai encore deux heures sans adresser un mot à Susan.

— Tu vas te décider à me parler ? lâcha-t-elle enfin.

Je ne répondis pas.

— J'ai besoin de faire une pause.

Devant nous, sur le côté de la route, je repérai une zone de terrain à peu près plat, où les pins avaient été défrichés. Après avoir franchi un pont étroit sur un torrent, je stoppai à la hauteur des premières souches et coupai le moteur.

Je restai en selle une bonne minute avant de descendre. Susan descendit à son tour, mais, au lieu d'aller se soulager, elle alluma une cigarette, posa le pied sur une souche de pin et se tourna vers moi.

— Dis quelque chose, Paul.

— Je n'ai rien à dire.

— Dis-moi au moins que j'ai fait du bon travail.

— Tu as fait du bon travail.

— Merci. On ne pouvait pas se laisser arrêter.

— Tu l'as déjà dit.

— Si tu ne t'étais pas trompé de route, il ne se serait rien passé.

— Désolé. Tout le monde peut se tromper.

Elle contempla un moment la fumée de sa cigarette.

— Ce qui est vrai, c'est que je suis follement amoureuse de toi.

— C'est la bonne nouvelle, ou la mauvaise ?

— En tout cas, c'est quelque chose qui ne leur plaît pas du tout… s'ils y croient.

— Ça ne me plairait pas non plus si j'y croyais.

— Je t'en prie, ne dis pas ça…

— Tu n'avais pas besoin d'aller faire pipi ?

— Non. Il faut d'abord qu'on parle.

— Je ne crois pas.

— Si. D'accord, je travaille pour la CIA, mais je suis aussi une authentique salariée de l'AAIC. Donc, ni toi ni moi ne sommes officiellement liés à notre gouvernement, qui pourrait nous laisser dans la panade si ça l'arrangeait. On m'a chargée de te tenir à l'œil. (Elle sourit.) Je suis en quelque sorte ton ange gardien. Ce qui est également vrai, c'est que je sortais avec Bill, qui est effectivement le chef de poste de la CIA à Saigon. Soit dit en passant, ils deviendraient fous s'ils apprenaient que je te l'ai dit. En revanche, on ne m'a pas demandé de coucher avec toi ; c'est une initiative personnelle, censée faciliter mon travail. Mais je suis tombée amoureuse de toi… et maintenant, mes patrons se méfient de moi… et ça m'est complètement égal.

Elle me dévisagea longuement avant de reprendre :

— J'ignore de quelles informations dispose Tran Van Vinh, mais il est vrai que je sais tout de ta mission, sauf le nom du village, qu'on n'a jamais voulu me communiquer. Dimanche dernier, à seize heures, juste après ton rendez-vous, j'ai rencontré M. Anh. Il m'a appris tout ce que je ne savais pas – sauf, encore une fois, le nom de ce village, qu'il n'avait le droit de donner à personne d'autre que toi. Il m'a dit qu'il t'avait trouvé sympathique et qu'il te faisait confiance pour remplir efficacement ta mission. Ai-je oublié quelque chose ?

— La famille Pham.

— Ah oui. Notre rencontre devant la cathédrale après la messe de minuit était arrangée. La moto était achetée d'avance, et tu as passé avec succès l'épreuve de conduite sur la route de Cu Chi. J'avais rencontré Pham Quan Uyen lors de mon précédent passage à Hué. On peut lui faire confiance.

— Je ne pourrais pas en dire autant de toi.

Elle eut un geste agacé.

— Soit… Tu ne me fais pas confiance. Mais pose-moi n'importe quelle question, et je te jure de répondre la vérité.

— Tu m'as déjà juré de dire toute la vérité à Saigon, à Nha Trang, et à Hué. Tu m'as aussi juré que tu n'avais pas récupéré le pistolet.

— J'en avais besoin, Paul. *Nous* en avions besoin, justement au cas où il se produirait un incident de ce genre…

— Et tu en auras encore besoin pour effacer Tran Van Vinh. Je me trompe ?

Elle ne répondit pas.

— Pourquoi doit-il être tué ? demandai-je.

— Je te jure que je l'ignore. Mais nous le saurons bientôt. Je suis persuadée qu'il est vivant.

— Tu as donc accepté de tuer un homme sans savoir pourquoi.

— Toi aussi, tu as tué des hommes sans savoir pourquoi.

— Ils essayaient de *me* tuer, merde !

— Combien d'entre eux essayaient vraiment de te tuer ?

— Tous. Ne joue pas à ça avec moi, Susan. Je suis un ancien combattant, mais je n'ai jamais été un assassin.

— Jamais ?

J'avais envie de l'envoyer paître, mais je la sentais sur le point d'invoquer ce duel absurde dans la vallée d'A Shau, et je ne tenais pas à retourner sur ce terrain-là.

— Écoute, Paul… tu as le droit d'être en colère. Mais ça n'a rien à voir avec un meurtre de sang-froid, ou…

— Pardon ?

— Laisse-moi finir. On m'a expliqué que tu avais été choisi non seulement parce que tu es efficace, mais aussi parce que ton patron t'estime énormément. Il voulait relancer ta carrière, ou tout au moins lui donner une fin digne de…

— En m'envoyant crever ici comme un rat ? Qu'est-ce qu'il y a de digne là-dedans ?

— Il pensait aussi qu'un retour dans ce pays serait bénéfique, pour toi et aussi pour ta relation avec… ton amie. Ne sois pas trop cynique, Paul. Il y a des gens qui se préoccupent de toi.

— S'il te plaît… Si j'avais déjeuné, je crois que je vomirais.

Elle s'approcha d'un pas.

— Je veux croire qu'il y a une dimension humaine dans ce que nous sommes en train de faire, reprit-elle. Nous ne sommes pas un mauvais peuple, même s'il nous arrive de faire du mal. Je crois que nous le faisons en croyant que c'est pour une bonne cause. Dans un autre pays, on se contenterait d'envoyer deux porte-flingues assassiner ce type, point final. Mais chez nous, ça ne fonctionne pas de cette façon. Nous voulons être certains, avant d'éliminer cet homme, que c'est bien celui que nous recherchons, et qu'il n'y a aucun autre moyen de régler le problème posé par les informations qu'il détient. Je ne vais pas me contenter de dénicher un dénommé Tran Van Vinh et de lui faire sauter la cervelle. Il est possible qu'on doive le ramener avec nous à Hanoi.

— Tu as fini ?

— Oui.

— On peut y aller ?

— Pas tant que tu ne m'auras pas dit que tu me crois quand je te dis que je t'aime. Le reste, je m'en fiche. Si tu veux, nous pouvons faire demi-tour ici même et aller directement à Hanoi. Dis-moi ce que tu veux faire – ou ce que tu veux que je fasse.

Je m'accordai un instant de réflexion.

— Ce que je veux faire, répondis-je enfin, c'est aller au bout de ma mission, retrouver ce bonhomme et découvrir ce qui se cache derrière tout ça. Et je veux que toi, tu rentres à Saigon, ou à Hanoi, ou à Washington. Peu m'importe.

Après m'avoir fixé de longues secondes, elle plongea la main dans son blouson et en sortit le 45.

Je regardai le pistolet – il faut toujours garder un œil sur l'arme de l'adversaire –, qui dans cette main si menue semblait bien plus volumineux qu'un Colt 45 ordinaire.

Elle le prit par le canon et me le tendit. Je le pris. Elle sortit deux chargeurs pleins de sa poche et les plaça dans ma main libre. Elle retira son sac à dos de la sacoche de selle et le jeta sur ses épaules.

De grosses larmes roulaient sur ses joues. Sans un mot, elle me prit le visage à deux mains, m'embrassa à pleine bouche et s'éloigna à grands pas vers la route.

Elle s'immobilisa sur le bas-côté, sans me regarder, pour attendre le prochain véhicule allant vers Hanoi. Un 4 × 4 arriva, conduit par un Vietnamien accompagné de deux passagers de sexe masculin. Susan leur fit signe. Le véhicule ralentit et se gara sur le bas-côté.

Si je la laissais partir, je le regretterais vraisemblablement assez vite, et je serais obligé de pourchasser le 4 × 4 sur la route d'Hanoi. Soit je la rappelais en lui faisant savoir que j'avais changé d'avis, soit je la laissais partir pour de bon.

Susan, sur le bas-côté, palabrait avec les deux Vietnamiens de la banquette avant. La portière arrière s'ouvrit, et elle monta à bord du 4 × 4 sans un regard pour moi. Le 4 × 4 remonta sur la chaussée.

Je me plantai au milieu de la piste. Le chauffeur tourna la tête vers Susan, puis stoppa. Je contournai le véhicule et ouvris la portière arrière.

— Descends, lâchai-je.

Susan dit quelque chose aux Vietnamiens, qui sourirent dans un bel ensemble. Elle descendit, claqua la portière. Le 4 × 4 redémarra.

Elle et moi revînmes sur le bord de la route. Elle remit son sac à dos dans la sacoche de selle. Nous remontâmes sur la BMW. Je me retournai vers elle et nos regards se mêlèrent. Elle pleurait en silence.

— Si je découvre que tu as menti sur notre amour, grommelai-je, devant Dieu, je te jure que je te fais sauter la cervelle. On est d'accord ?

Elle hocha la tête, je démarrai.

Nous reprîmes notre route dans les montagnes vers Dien Bien Phu, où une armée avait rencontré son destin, et où le mien semblait m'avoir attendu patiemment jusqu'à ce jour.

40

Nous roulions à présent vers le nord-ouest sur la route 6. Il était presque midi, et d'après la jauge d'essence, le réservoir était vide aux deux tiers. Il ne fallait pas compter atteindre Dien Bien Phu sans un nouveau ravitaillement. J'aurais peut-être pu y arriver si je n'avais pas eu Susan en croupe. Auquel cas je serais probablement en cet instant même dans les profondeurs d'une prison militaire, sommé de répondre à des questions pour le moins indiscrètes et dans des termes laissant très certainement à désirer.

Des coulées de boue, fruit d'une déforestation abusive, recouvraient des tronçons entiers de bitume, comblant par endroits les ornières. Ma moyenne avoisinait les soixante kilomètres à l'heure, et j'allais plus vite que la plupart des 4 × 4 qui fréquentaient cette route. Deux d'entre eux avaient apparemment fini leur course au fond d'un ravin.

Pour en revenir à Mlle Weber, qui avait cessé de me tenir par la taille, préférant s'accrocher aux poignées passager, les larmes qu'elle avait versées tout à l'heure m'avaient semblé bien réelles, tout comme celles à l'Apocalypse Now de Saigon. J'avais apparemment affaire à quelqu'un qui entretenait des relations aussi conflictuelles que moi avec l'existence, le Vietnam, et la notion de couple. Et alors ? Comme tout le monde, je n'apprécie ni qu'on me manipule ni qu'on me mente – encore moins quand ma vie est en jeu. Si Susan avait reçu l'instruction de régler définitivement son compte à Tran Van Vinh, elle était peut-être aussi censée régler, le cas échéant, celui de Paul Brenner. Mais cette idée m'était tellement déplaisante que je la chassai de mon esprit. J'essayai, en tout cas.

Nous redescendîmes sur un plateau. Dans les collines, on apercevait quelques maisons tribales. Un fort vent de nord-est se leva, m'obligeant à me coucher sur ma selle. Pour couronner le tout, il se mit à pleuvoir, et je dus ralentir pour pallier le manque de visibilité.

Une nouvelle question me traversa l'esprit. Pourquoi m'avait-on choisi, moi ? Il y avait sûrement dans les rangs de la CID des têtes brûlées qui ne demandaient pas mieux que d'aller risquer leur peau au Vietnam et étaient prêtes à obéir aveuglément aux ordres.

J'offrais l'avantage évident de ne pas être officiellement au service de l'État, ce qui laissait une place confortable pour les dénégations au cas où les choses tourneraient mal. Le nom de Susan ne figurait pas davantage sur les organigrammes gouvernementaux, et elle possédait en outre le bagage nécessaire à cette mission : une connaissance du pays, de la langue et de la culture locales, que les services de renseignements américains avaient laissé perdre depuis un bon quart de siècle. Sans compter que son sexe la rendait moins suspecte aux yeux des Vietnamiens, qui ne tenaient pas les femmes en très haute estime.

Impeccable sur le papier, cette option niait toutefois un problème crucial : celui des interactions hormonales entre agents de sexe opposé. J'avais déjà vécu ce phénomène avec Cynthia. En fait, Karl avait probablement informé ses collègues que Paul Brenner était amoureux de Cynthia Sunhill et qu'il appartenait au type monogame, ce qui lui avait semblé une bonne garantie de son abstinence pendant toute la durée de sa mission. D'autant que Susan Weber avait elle-même une liaison avec Bill Stanley, le chef de poste de la CIA à Saigon.

Nous traversâmes un bourg agricole, pour une fois annoncé par un panneau indicateur : Yen Chau. Un marché se déployait sur les deux côtés de la route, dont les clients semblaient être pour la plupart des Montagnards en tenue traditionnelle. Un certain nombre de véhicules avaient trouvé refuge sous les auvents. Leurs chauffeurs bavardaient et fumaient des cigarettes en regardant tomber la pluie. Une jeep militaire vert foncé était immobile face à nous sur le bas-côté, mais la capote était relevée, et les deux soldats assis à l'intérieur fumaient sans regarder personne.

Je continuai sur ma lancée sans demander mon reste.

La route comportait parfois des virages en épingle impressionnants, et je devais maintenir une vitesse réduite pour ne pas nous envoyer dans un ravin.

Nous traversâmes un petit village montagnard à l'entrée duquel un pont de bois et d'acier enjambait une gorge noyée de pluie.

Une heure plus tard environ, alors que l'averse avait cessé, j'aperçus devant nous des signes de civilisation.

— Nous arrivons à Son La, me dit Susan. C'est la capitale de la province.

Nous entrâmes dans Son La, qui me fit penser à une ville-rue du Far West. Quelques auberges et cafés étaient implantés le long de la route 6. Beaucoup d'habitants semblaient être des Montagnards en vêtements modernes, et certains portaient le béret. Je repérai sur le bas-côté une ancienne borne kilométrique de l'époque coloniale française annonçant *Dien Bien Phu – 150 km*. Un coup d'œil à ma jauge me permit de constater qu'il nous restait de quoi rouler encore cent kilomètres, peut-être un peu moins.

— Tu veux qu'on s'arrête pour faire le plein ? fit Susan.

— Non.

Nous laissâmes Son La derrière nous. Le ministère des Travaux publics devait être à court de dongs, car la route se mua bientôt en un mélange instable de boue et de bitume. Je dérapais régulièrement, d'autant que la pente était le plus souvent abrupte.

Plus nous remontions dans les hauts plateaux, plus la chaussée se rétrécissait. Devant nous, je vis tout à coup apparaître un mur de brouillard dans lequel je m'engouffrai. Rouler à moto dans le brouillard de ces montagnes était une expérience presque surréaliste. Avec un peu d'imagination, j'aurais cru m'envoler.

— Nous arrivons au col de Pha Din, dit Susan. J'ai besoin de m'arrêter.

Je fis halte dès que le relief me le permit. Après avoir mis pied à terre, je poussai la moto vers la berge d'un ruisseau peu profond.

Susan et moi allâmes nous soulager chacun de notre côté. Nous étions tout crottés de boue, et nous profitâmes de l'eau froide qui chantait entre les rochers pour nous débarbouiller et étancher notre soif.

Susan m'offrit le sachet de fruits secs sous cellophane. Je secouai la tête. Elle mangea une poignée de fruits et alluma une cigarette.

— Si c'est pour rester muet, tu aurais mieux fait de me laisser partir.

C'était assez bien vu, mais je ne répondis pas.

— Je t'ai donné mon automatique, reprit-elle. Que pourrais-je faire d'autre pour mériter ta confiance ?

— Tu as d'autres armes ?

— Non.

Je faillis lui demander si elle avait l'ordre de me liquider en cas de problème, mais ne pus m'y résoudre. De toute façon, je n'avais aucune chance d'obtenir d'elle une réponse franche sur un sujet aussi délicat.

— Tu veux qu'on parle ? me demanda-t-elle.

— C'est déjà fait.

— Bon.

Elle jeta sa cigarette dans le ruisseau et me tendit une nouvelle fois le sachet sous cellophane.

— Je ne bougerai pas d'ici tant que tu n'auras pas mangé.

Je déteste les fruits, même séchés, mais je commençais à avoir la tête qui tournait, peut-être aussi à cause de l'altitude. Je lui pris le sachet des mains et avalai une bouchée de fruits secs.

— Voyons la carte, dis-je.

Elle me la tendit. Je la dépliai.

— Où en sommes-nous, côté essence ? s'enquit-elle.

— Le gros de la route se fera en descente à partir d'ici.

Elle s'approcha de moi, se pencha sur la carte.

— On devrait pouvoir en trouver à Tuan Giao, dit-elle au bout d'un moment. À partir de là, il faudra quitter la route 6, qui continue vers le nord, et prendre cette autre route qui mène à Dien Bien Phu, plus au sud.

— Je sais. Prête ?

— J'ai besoin d'une autre cigarette, dit-elle en sortant son paquet.

J'attendis.

— Si tu ne m'aimes pas et si tu ne me fais plus confiance, je me jette du haut de la falaise.

— Il n'y a pas de falaise, et je ne suis pas d'humeur à supporter tes simagrées.

— Tu me détestes ?

— Non, mais tu me fatigues.

— Ça te passera ?

— Allons-y, dis-je en me remettant en selle.

— Tu m'aimes ?

— Probablement.

Je démarrai.

— Tu me fais confiance ?

— À ton avis ?

— Allons-y, soupira-t-elle en jetant sa cigarette.

Nous atteignîmes le sommet du col avec une visibilité de moins de trois mètres. Un peu plus loin pendant l'interminable descente, je mis la moto au point mort pour économiser du carburant. Nous prenions sans cesse de la vitesse, ce qui m'obligeait à constamment solliciter le frein arrière.

Une paire de phares jaunes apparut devant nous et, quelques secondes plus tard, une jeep de l'armée émergea du brouillard. La nouvelle d'un attentat du FULRO contre un véhicule militaire près de la frontière laotienne avait déjà dû se répandre. Les incidents de ce type n'étaient pas signalés dans la presse, mais je suppose qu'ils se produisaient plus souvent que les Vietnamiens ne voulaient bien l'admettre.

La jeep ralentissait, et je crus un instant qu'elle allait se mettre en travers de la route. Tenant mon guidon d'une main, je posai l'autre sur la crosse du Colt glissé dans ma ceinture.

Presque à l'arrêt, la jeep nous laissa passer. Après avoir compté jusqu'à cinq, je remis le moteur en prise et accélérai. J'éteignis aussi mes phares, ce qui augmenta ma visibilité dans le brouillard. Je montai à quatre-vingts à l'heure, c'est-à-dire beaucoup trop vite pour cette route et dans de telles conditions. Je fonçais à l'aveuglette, me fiant à ma bonne étoile et à mon sens de l'anticipation légendaire. Susan eut le mérite de ne pas protester, montrant par là même l'étendue de la confiance qu'elle me portait. À moins qu'elle n'ait tout bonnement fermé les yeux.

Je regardais fréquemment dans le rétroviseur, mais la jeep ne nous avait pas suivis.

Une demi-heure plus tard, alors que nous émergions du brouillard, je vis devant nous le ruban d'asphalte serpenter à travers des collines boisées.

J'enclenchai la troisième, et nous poursuivîmes notre trajet à travers bois. D'après la jauge, nous étions presque à sec. J'avais prévu d'acheter un peu d'essence à une voiture de passage en cas de panne, sachant que tous les véhicules du Vietnam transportent des bidons de réserve, voire des siphons. Mais j'étais apparemment le seul crétin à m'aventurer sur cette route du bout du monde, à part quelques militaires, qui n'auraient sans doute pas été d'accord pour me vendre du carburant.

Le moteur toussa. Je passai sur la réserve.

— Tu es sur la réserve ? demanda Susan.

Je hochai la tête.

Elle s'abstint de tout commentaire.

À un moment où, d'après mes calculs, la réserve devait être quasiment vide, je vis apparaître une zone défrichée et des habitations paysannes devant nous. Quelques minutes plus tard, nous entrions dans le bourg de Tuan Giao, et je repérai de loin un écriteau portant les mots magiques *Et-xang*.

— N'oublie pas que nous sommes français, dis-je à Susan en ralentissant.

Tout en roulant vers l'écriteau, nous fîmes disparaître les calots et les foulards dans les profondeurs de nos blousons.

La moto tomba en panne sèche avant que j'aie atteint la station-service. Susan et moi dûmes la pousser sur les cent derniers mètres.

La station se résumait à un carré de terrain boueux au centre duquel était plantée une bâtisse de stuc délabrée. À l'intérieur, j'aperçus un empilement de bouteilles et de bidons d'*et-xang* de toutes les formes et de toutes les dimensions.

Le propriétaire était un vieux Vietnamien, emmitouflé comme s'il allait neiger, qui aurait pu être le père de M. Thuc. Il sourit en voyant deux Occidentaux pousser une BMW dans la boue.

— Bonjour, monsieur, lui dit Susan en français.

— Bonjour, mademoiselle, répondit-il.

Il n'y avait pas grand-chose à ajouter. Le vieillard entreprit de transvaser dans le réservoir de la BMW le contenu de plusieurs récipients des plus divers. Chaque fois qu'il en prenait un autre, il levait un, deux ou trois doigts avant de commencer à verser et annonçait :

— Litres.

Il eut tôt fait d'arriver à quarante litres, soit plus que la contenance du réservoir, ce que je lui fis remarquer. Ensuite, il nous réclama l'équivalent d'un dollar et demi par litre, ce qui, pour le Vietnam, était exorbitant. Je réglai en billets verts.

Ma montre indiquait dix-huit heures quinze, et le soleil commençait à plonger derrière les montagnes. Quelles que soient les distances dans cette partie du monde, le temps nécessaire pour les parcourir est toujours étonnamment long : nous venions de faire près d'un millier de kilomètres en deux fois douze heures, ce qui nous en aurait pris huit ou neuf sur une bonne autoroute.

Le lendemain, jeudi, marquerait officiellement la fin du Têt, qui dans les faits allait se prolonger jusqu'au bout du week-end. Un mauvais pressentiment me traversa l'esprit : nous ne trouverions le village de Ban Hin, et la maison familiale de Tran Van Vinh, que pour nous entendre dire : « Tran Van Vinh ? Hélas, vous l'avez manqué de peu. Il vient de repartir pour Saigon, où il vit aujourd'hui. Il est gérant à l'hôtel Rex. » Ou quelque chose d'approchant.

— Je suis contente de te revoir enfin sourire, dit Susan. À quoi penses-tu ?

— Mieux vaut que tu ne le saches pas.

— Tout ce qui te fait plaisir me réjouit.

— Arrête. Si j'avais quelque chose dans le ventre, je vomirais.

— Ne sois pas si cruel.

— Monte.

Nous repartîmes vers le sud. J'aperçus peu après une borne sur laquelle était inscrit *Dien Bien Phu – 81 km*.

Nous étions à présent deux touristes occidentaux en route vers l'équivalent français de Khe Sanh et de la vallée d'A Shau – et autres batailles dites ultimes et décisives qui, en réalité, n'avaient été que le prélude aux premiers coups de feu de la guerre suivante.

Quant à la tueuse que je transportais en croupe, il était grand temps que je découvre qui elle était : mon ange gardien ou celui de la mort ? Les armes à feu sont comme les insectes : quand on en voit une, il y en a souvent d'autres dans les parages.

La route était mauvaise. Elle noua les bras autour de ma taille. J'étais encore assez énervé, mais il n'y a rien de tel que la faim et la fatigue pour vous rendre la bile moins noire. Cette demoiselle savait piloter, elle savait tirer, elle parlait la langue qu'il fallait et, comme j'avais suffisamment d'ennemis à surveiller dans cette partie du monde, je lui tapotai la main.

— Amis ? fit-elle en me caressant la région du nombril.

— Non, répondis-je. Je t'aime.

Elle m'embrassa dans le cou. J'eus tout à coup la vision d'un énorme chat à longs crocs penché sur l'antilope qu'il vient de capturer, savourant à l'avance l'instant où il lui brisera la nuque.

41

À une quarantaine de kilomètres de Dien Bien Phu, l'état de la route, au lieu de s'améliorer à l'approche de la ville, se dégrada encore. Une brume de plus en plus opaque avalait le faisceau de mon phare, et je ne savais plus trop où j'allais.

— Paul, dit Susan, arrêtons-nous pour dormir.

— Où ça ?

— Ici. Au bord de la route.

— Je ne le vois pas.

Nous poursuivîmes notre chemin à une vitesse moyenne d'environ quinze kilomètres à l'heure. Vers dix heures du soir, une vallée apparut soudain de part et d'autre de la chaussée. Nous entamâmes une longue descente et, au bout d'un quart d'heure, débouchâmes sur une vaste plaine défrichée. Même sans y voir grand-chose, je sentais des lumières éparses autour de nous. Une brèche venait de surgir dans le plafond de nuages, et la timide clarté de la lune et des étoiles se réfléchissait à présent dans ce que je crus d'abord être un lac, mais qui était en réalité un canevas de rizières.

À la sortie d'un virage en épingle, des huttes paysannes surgirent sur les bas-côtés. Il me fallut un moment pour comprendre que je venais d'atteindre Dien Bien Phu. Je repérai une enseigne sur ma gauche qui disait *Restaurant Nga Luan*, et la silhouette d'un motel, le Dien Bien Phu, sur ma droite. On aurait dit une apparition. À croire que j'avais chuté sans m'en apercevoir du haut d'une falaise et que je venais d'arriver au paradis vietnamien.

— Le motel Dien Bien Phu m'a l'air d'être un établissement de premier choix, dis-je à Susan.

Nous mîmes pied à terre devant le bureau de réception. En m'étirant, je constatai qu'aucun de mes muscles ne semblait en état de marche. Ce fut tout juste si je réussis à me traîner jusqu'à la porte de la réception sans m'écrouler. Je ne me sentais même plus la force d'ôter mes gants de cuir.

— Ils vont nous demander nos passeports et nos visas, me glissa Susan avant d'atteindre le seuil. Et comme nous sommes dans le Nord, ils ne se satisferont ni d'un refus ni d'un billet de dix dollars.

— Nous sommes américains, et alors ? Ça ne fait pas automatiquement de nous des criminels.

— Nos noms ont certainement été transmis au ministère de la Sécurité publique à Hanoi. Il restera une trace écrite de notre passage à Dien Bien Phu.

— Je vois. Mais si tu veux mon avis, nous serons à Hanoi avant l'arrivée de ce rapport. Nous sommes dans la dernière ligne droite. Enfin, si tu préfères, nous pouvons aussi dormir à la belle étoile.

Susan réfléchit un instant, arborant le masque impassible d'une professionnelle aguerrie.

— Va pour la chambre, finit-elle par lâcher.

— Nous n'avons qu'à réserver pour quatre nuits. Ils s'imagineront que nous avons l'intention de passer quelques jours dans le secteur.

— Ils voudront garder nos passeports jusqu'à notre départ. Si nous repartons demain, ils le sauront. Nous sommes dans un État policier.

— Prenons quatre nuits quand même, c'est la durée de réservation qui sera signalée à Hanoi. Vas-y seule. Ils n'ont pas besoin de me voir.

— Si. Je crois t'avoir déjà expliqué que nous avons affaire à un État policier, non ?

Nous entrâmes donc tous les deux dans l'étroite pièce de réception. Une femme d'un certain âge assise derrière le comptoir lisait un journal.

Susan lui demanda une chambre en français. La dame parut surprise de notre arrivée tardive. Susan et elle échangèrent quelques propos en mauvais français, mâtiné d'un brin d'anglais et de quelques mots en vietnamien. Comme prévu, nous dûmes présenter nos passeports et nos visas, que la femme mit aussitôt au frais.

Pour dix dollars par nuit, nous reçûmes la clé de la chambre 7. Mon chiffre porte-bonheur.

Quand nous eûmes quitté la réception, je poussai la moto en direction de la chambre 7, située vers l'extrémité de l'aile gauche du bâtiment.

— La patronne conseille de mettre la moto dans la chambre, dit Susan en me tenant la porte ouverte. Sans quoi nous risquons de ne jamais la revoir.

Je franchis le seuil avec la BMW, que je garai au pied des lits jumeaux. Notre chambre disposait d'une petite salle de bains attenante et d'une unique table de chevet surmontée d'une lampe. La penderie, une tringle reliée au plafond par des chaînes, me fit penser à un trapèze pour couple amateur d'acrobaties sexuelles.

Nous sortîmes les sacs à dos et les déposâmes sur les lits. Susan passa dans la salle de bains, mit le ballon d'eau chaude en marche et se lava les mains et le visage à l'eau froide. Elle se dirigea ensuite vers la sortie.

— La patronne a dit qu'elle allait nous préparer quelque chose à manger, m'expliqua-t-elle en posant la main sur la poignée. Je reviens tout de suite.

Elle s'en alla.

Assis sur le lit, je retirai mes baskets, puis mes chaussettes mouillées. Après m'être débarrassé de mon blouson de cuir et de mes gants, je dissimulai le Colt 45 sous l'oreiller et promenai sur la chambre un regard circulaire. Cet hôtel était peut-être le summum du miteux, mais à cet instant il était à mes yeux aussi somptueux que le Ritz-Carlton de Washington.

Susan revint avec un plateau de bambou sur lequel étaient posés deux récipients également en bambou dont le couvercle, une fois ôté, révéla des boulettes de viande baignant dans une sorte de bouillon. Il y avait aussi deux bols de riz froid, deux paires de baguettes et une bouteille d'eau.

Accroupis au bord du lit, nous dévorâmes les boulettes et le riz avec nos mains. Il ne nous fallut que trente secondes pour engloutir le tout, et l'eau fut bue en moins de temps encore.

— Tu devais avoir faim, me fit ensuite remarquer Susan. C'était du porc-épic. Je t'assure que je ne plaisante pas.

— Je mangerais volontiers un peu de chien…

Elle sourit, déposa le plateau par terre, se leva et entreprit de retirer ses vêtements boueux.

— La dame de la réception était très surprise que nous ayons pu passer par la montagne de nuit à moto, me dit-elle.

— Moi aussi.

— Elle dit qu'elle n'a jamais vu de clients arriver aussi tard. Elle allait rentrer chez elle. Il est possible que nous ayons éveillé ses soupçons.

— Quoi qu'on fasse dans ce pays, on éveille des soupçons, non ?

— Je crois l'avoir rassurée. Il paraît qu'il y a quelques Occidentaux en ville, même si le gros des touristes arrive en général plus tard dans la saison.

— Parce qu'il y a une saison ?

Susan porta une main à l'agrafe de son soutien-gorge et m'adressa un regard appuyé, comme pour me demander si elle pouvait encore se déshabiller devant moi.

Je me levai péniblement et commençai à défaire les boutons de ma chemise. Susan dégrafa son soutien-gorge, le posa sur le guidon de la moto, fit glisser son slip le long de ses cuisses.

— Ça te dirait de tuer le temps pendant que l'eau chauffe ? me lança-t-elle.

La colère que j'éprouvais contre Susan ne m'empêcha pas de la désirer, et j'ôtais ma chemise, mon pantalon et mon slip.

Sous la lumière électrique, nos visages paraissaient encore plus noirs de crasse, sauf à l'emplacement des lunettes et des foulards montagnards. Quant à nos corps, ils étaient couverts de sueur et de Dieu sait quoi d'autre après deux jours sans toilette.

Susan écarta les draps, qui avaient une teinte rougeâtre, sans doute à cause d'un excès de rouille dans l'eau. Elle se coucha en travers du matelas, sur le dos et me fit signe de venir à elle. Je la rejoignis.

Je la couvris de mon corps. Je me sentais incapable de marcher ou de contrôler mes mouvements, ma colonne vertébrale me faisait aussi mal que si je venais de sauter en parachute avec trente-cinq kilos de barda sur le dos. Et malgré tout, j'avais envie de m'envoyer en l'air. Étonnant, non ?

Nous fîmes l'amour, puis eûmes une brève période d'inconscience. Quand je repris mes esprits, nous étions toujours enlacés. Je secouai Susan pour la réveiller et me levai.

Après l'avoir quasiment traînée dans la salle de bains, j'ouvris le robinet de la douche. Il y avait un morceau de savon sur le lavabo, que je pris avant de la faire entrer avec moi dans l'étroite cabine en fibre de verre. Nous laissâmes l'eau tiède ruisseler longuement sur nos corps, puis nous nous essuyâmes l'un l'autre avec les minuscules serviettes.

Nous rejoignîmes le lit en titubant et nous écroulâmes côte à côte.

— On a fait l'amour ? demanda Susan en bâillant.

— Je crois.

— Bon. (Nouveau bâillement.) Amis ?

— Je crois.

Elle se tut. Croyant qu'elle dormait, j'éteignis la lampe.

— Où est le flingue ? me demanda-t-elle tout à coup dans le noir.

— Sous mon oreiller. N'y touche pas.

Après un silence, elle ajouta :

— Tu sais, Paul… Tout ce que je t'ai dit sur ma vie privée était vrai.

— Bonsoir.

— Quant au reste… est-ce que j'avais vraiment le choix ?

— Je n'en sais rien. Fais de beaux rêves.

— Paul… Ils m'ont donné des photos.

L'information me réveilla sur-le-champ.

— Des photos de la victime ?

— Oui. Et du meurtrier présumé.

Je me rassis, déclenchai l'interrupteur.

— Et ?

— C'est tout. L'un et l'autre sont des hommes jeunes, en uniforme, et aucune de ces photos n'a de légende.

— Où sont-elles ?

— Dans mon sac à dos.

Je me relevai et attrapai le sac à dos de Susan, dressé au pied du lit. Je le vidai entièrement sur le drap. Il ne contenait aucune autre arme, ce qui me rassura.

Les photos étaient rangées sous plastique dans un petit album relié, une par page. J'approchai l'album de la lampe et entrepris de le feuilleter. Les dix premières images, certaines en couleurs, d'autres en noir et blanc, représentaient toutes le même homme dans des tenues militaires variées – en treillis, en uniforme vert, en uniforme bleu de cérémonie. Je vis à ses galons qu'il s'agissait d'un lieutenant et qu'il portait l'insigne à deux fusils entrecroisés de l'infanterie. Sur une des photos, qui le montrait en tenue de jungle, je reconnus l'épaulette de la 1re division de cavalerie et le sigle du MACV. Il avait environ vingt-cinq ans, peut-être un peu moins. Les cheveux courts, couleur sable, de grands yeux innocents, un sourire sympathique.

Avant même de connaître son grade, je sus que ce type n'était pas le meurtrier mais la victime. Il ressemblait à un tas de gars que j'avais croisés au Vietnam et qui avaient quelque chose, dans le sourire ou dans le regard, qui vous disait qu'ils ne feraient pas long feu. Les meilleurs mouraient jeunes, et les autres avaient une chance sur deux. Ces photos provenaient sans doute de sa famille.

La seconde série de clichés, une dizaine aussi, montrait un officier à galons de capitaine. Comme l'autre, c'était un fantassin. Sur quelques photos, il apparaissait lui aussi en tenue de jungle, avec les mêmes épaulettes que le lieutenant.

Je luttai de mon mieux pour me concentrer sur le visage de cet homme, mais ma vue avait tendance à se brouiller, et mon cerveau refusait de sortir de sa torpeur. Et pourtant, il y avait quelque chose de familier dans ses traits, même si je n'arrivais pas à déterminer quoi. J'avais l'impression de connaître ce visage, mais c'était tout ce que je pouvais en dire.

Sur une des photos, qui montrait le capitaine en uniforme de sortie, cravaté, sa physionomie me parut encore plus familière. C'était un homme dur, aux cheveux sombres coupés ras, aux yeux perçants et au sourire artificiel mais suffisamment bien imité pour paraître sincère.

Deux rangs de décorations lui barraient la poitrine. J'en reconnus la plupart, dont une croix vietnamienne de la Valeur militaire identique à la mienne, une Silver Star, et aussi une décoration militaire vietnamienne dont la présence suggérait que cette photographie avait été prise après la guerre. Ce type avait également été décoré du Purple Heart. Quoi qu'il ait fait, il était rentré au pays couvert d'honneurs et de gloire, et il y avait de bonnes chances pour qu'il soit encore vivant, s'il n'avait pas forcé le destin en retournant une seconde fois au Vietnam. Il était même forcément vivant – sans quoi je n'aurais rien eu à faire ici.

Je le fixai dans le blanc des yeux. Son regard semblait lointain, comme s'il avait l'esprit ailleurs. Certaines personnes, à la CID et aussi au FBI, le considéraient comme un meurtrier.

Je passai de nouveau les photos en revue, cette fois en concentrant mon attention sur les plaques d'identité militaires qu'on apercevait sur certaines. Aucun nom n'était lisible, et j'eus l'impression très nette que ces images avaient été retouchées de manière à ce qu'on ne puisse pas les déchiffrer. Intéressant.

— Ces photos t'inspirent quelque chose ? s'enquit Susan.

Je me tournai vers elle.

— Non. Pourquoi ? Elles devraient ?

— Je ne sais pas… il me semble que nous avions envisagé l'hypothèse d'une personnalité connue.

— Peut-être que notre témoin pourra identifier un de ces hommes, voire les deux. Mais franchement, les chances sont minces.

Je posai l'album sur la table de chevet. Il était temps de dormir, en espérant que la vérité de ces photos me viendrait pendant mon sommeil. J'avais l'impression confuse que Susan, elle, aurait pu mettre un nom sur le visage de chacun de ces deux hommes.

J'éteignis la lumière et m'affalai sur le lit.

Susan murmura quelque chose. Une phrase qui commençait par « Demain »… et le rideau tomba.

42

Je rêvai de ma ferme en Virginie ; une neige légère saupoudrait la campagne derrière mes fenêtres. À l'aube, j'ouvris les yeux sur une réalité très différente. Susan était déjà debout.

— Si nous rentrions ensemble aux États-Unis, dit-elle, je crois que nous pourrions oublier tout ça.

— Rentrons, proposai-je.

Elle me prit la main.

— Et quand on nous demandera comment nous nous sommes connus, dit-elle en souriant, nous répondrons que c'était pendant nos vacances au Vietnam.

— J'espère que ce voyage ne correspond pas à ta conception des vacances…

— Ou bien nous raconterons que nous sommes des agents secrets, que nous travaillons sur une mission dangereuse et que nous n'avons pas le droit d'en parler.

— Il faut qu'on se bouge, dis-je en m'asseyant sur le lit.

Je sentis sa main serrer la mienne.

— Au cas où il m'arriverait quelque chose et où tu réussirais à t'en sortir, pourrais-tu aller trouver mes parents pour leur expliquer ce qui s'est passé ? Leur raconter… nos dernières semaines ?

Je restai muet. J'avais fait cette même promesse à trois jeunes gars de Boston, en 1968. L'un d'eux n'était pas rentré. À mon retour, pour ne pas manquer à ma parole, j'étais allé voir ses parents, du côté de Roxbury, et j'avais passé chez eux les deux plus longues heures de ma vie. Sincèrement, j'aurais préféré me retrouver sur le front plutôt que face à la maman, au papa, aux deux cadets et à la petite sœur, âgée d'environ quatre ans, qui m'avait demandé à maintes reprises où était son grand frère…

— Paul ?

— Tu peux compter sur moi, répondis-je. J'espère que tu feras pareil avec les miens si besoin est.

Elle se rassit, m'embrassa et passa dans la salle de bains. Après m'être habillé et avoir rangé toutes nos affaires, je mis l'automatique sous ma ceinture, au creux de mon dos.

Susan ressortit de la salle de bains peu après.

— Alors, quel est le programme ? me demanda-t-elle en s'habillant.

— Nous sommes des touristes canadiens. En visite dans la région.

Laissant la moto dans la chambre, nous sortîmes à pied dans la rue, qui n'était autre que la route par laquelle nous étions arrivés de nuit.

Le temps était frais et partiellement couvert. À la lumière du jour, je constatai que la plupart des bâtiments, construits au milieu d'une végétation luxuriante, étaient de style colonial français. Des dizaines de personnes marchaient et pédalaient sur la route de terre. Certains hommes portaient un casque colonial, comme les soldats nord-vietnamiens en 1968, ce qui avait le don de faire courir des frissons le long de ma colonne vertébrale. Les femmes, elles, étaient coiffées d'un chapeau tressé conique, et parmi les Montagnards, qui semblaient majoritaires, je reconnus les vêtements traditionnels d'au moins deux tribus distinctes.

À en juger par l'éloignement des montagnes, cette vallée était plus vaste que Khe Sanh ou A Shau.

En descendant la rue, nous remarquâmes une petite butte sur notre gauche, au faîte de laquelle sommeillait un vieux char français. Nous dépassâmes ensuite un musée et un imposant cimetière militaires avant de tourner à droite à hauteur d'un panneau portant deux épées entrecroisées – le symbole international des champs de bataille.

Je repérai ensuite un blockhaus devant lequel un panneau de bois expliquait, en français, en anglais et en vietnamien : *Abri du colonel Charles Piruth, commandant de l'artillerie française. Au deuxième soir de la bataille, le colonel Piruth, ayant compris qu'il était encerclé par une artillerie vietminh de puissance supérieure, présenta ses excuses à tous ses hommes, se retira dans ce blockhaus et mit fin à ses jours en utilisant une grenade à main.*

Mon regard s'arrêta sur l'abri, dont la porte était ouverte. Le ménage avait dû être fait depuis.

— Je ne suis pas sûre de comprendre, fit Susan.

— Il fallait y être.

Je balayai du regard les montagnes qui cernaient la vallée. À la différence de Susan, je croyais comprendre. Les Français recherchaient un affrontement classique, comme les Américains à Khe Sanh, et ils étaient venus se retrancher ici, au milieu de nulle part, pour pousser les communistes à l'assaut. Ils n'avaient pas été déçus. Les choses ne se déroulent pas toujours comme on voudrait.

Susan prit une photo, et nous continuâmes notre flânerie. Nous empruntâmes un pont pour traverser le petit cours d'eau qui irriguait la vallée. Sur l'autre rive se dressait un monument aux morts vietminh, construit sur le site d'Éliane, un des centres de résistance français. Quelques groupes de touristes occidentaux tournaient autour, tous accompagnés d'un guide.

Nous suivîmes l'un d'eux, qui emprunta sur la gauche un étroit chemin de terre. On apercevait çà et là un char rouillé ou une pièce d'artillerie dans une plantation de légumes, parfois avec un panneau explicatif en français et en vietnamien.

Chemin faisant, nous atteignîmes un gros blockhaus autour duquel un autre groupe de touristes s'était déployé. Le panneau disait : *Blockhaus du général Christian de Castries, commandant en chef du camp. Sa prise a scellé la défaite française.*

Un guide vietnamien était en train de faire un discours en français pour une dizaine d'hommes d'un certain âge et quelques femmes. Se pouvait-il que certains d'entre eux soient des rescapés de cette bataille ? Je remarquai que l'un d'eux, parmi les plus vieux, avait les larmes aux yeux. Sans doute était-ce la réponse à ma question.

Un jeune Vietnamien s'approcha et me dit quelque chose en français.

— Je ne parle pas français, répondis-je.

Surpris, il nous observa de pied en cap.

— Américains ?

— Canadiens, rétorquai-je.

L'expérience m'avait appris que la nationalité canadienne fournissait une excellente couverture dans les parties du monde où les Américains ne sont pas particulièrement les bienvenus. Vive le Canada, donc.

— Vous venir voir champ de bataille ? s'enquit le jeune homme, en anglais cette fois.

— Oui. Je suis historien militaire, botaniste et biologiste. Et je collectionne aussi les papillons.

Pour une fois, plutôt que de lever les yeux au ciel, Susan sourit. À croire que le Paul Brenner d'avant lui avait manqué et qu'elle se réjouissait de son retour.

— Vous payer un dollar, et moi vous parler bataille.

Susan lui remit un dollar, et ce fut comme si elle avait inséré une pièce dans un juke-box. Notre guide se lança dans une psalmodie à peine compréhensible, passant au français chaque fois qu'il trébuchait sur un mot anglais et n'hésitant pas à recourir au vietnamien lorsque le français lui posait un problème.

Pour faire court, il nous expliqua qu'au début de l'année 1954 dix mille soldats d'une force française notamment composée de légionnaires et d'environ trois mille combattants montagnards et sud-vietnamiens avait établi un réseau de centres de résistance dans cette cuvette, tous baptisés d'un prénom de femme renvoyant, selon lui, aux maîtresses du général de Castries. Les centres de résistance étant au nombre de sept, j'éprouvai un respect immédiat pour le général français. Recourant à ce qui était vraisemblablement une plaisanterie standard, notre guide ajouta :

— Général peut-être avoir beaucoup maîtresses, mais pas assez soldats.

— Pas mal, dis-je.

Il poursuivit son récit, et j'eus l'impression qu'il me racontait la bataille de Khe Sanh, à ceci près que les Français n'avaient pas bénéficié d'une couverture aérienne suffisante pour neutraliser les forces nettement supérieures – cinquante mille soldats vietminh – commandées par le général Vo Nguyen Giap, celui-là même qui avait planifié le siège de Khe Sanh et l'offensive du Têt en 1968, et que je commençais à trouver à la fois franchement antipathique et parfaitement admirable.

— Les hommes du général Giap faire venir centaines de canons à travers montagnes pour encercler Dien Bien Phu. Tirer beaucoup, beaucoup d'obus sur camp français. Colonel français se tuer après pluie d'obus. Lui beaucoup surpris.

Je contemplai la muraille montagneuse que nous avions franchie la nuit précédente. Moi aussi, j'aurais été surpris. J'avais eu du mal à passer à moto ; conduire ici des centaines de pièces d'artillerie relevait de la gageure.

Les Vietnamiens se distinguaient par une patience et une persévérance stupéfiantes. Je repensai à la piste Hô Chi Minh, aux tunnels de Cu Chi, et à tous ces gens capables de tirer des canons sur des terrains à peine praticables à pied.

— Est-ce qu'ils ont creusé des tunnels et des tranchées ? demandai-je au guide.

— Oui, beaucoup, beaucoup kilomètres de tranchées. Vous voir ici ? Tranchées. Soldats du Vietminh creuser, s'approcher tout près, et ensuite, attaquer Éliane, Anne-Marie, Françoise, Dominique, Gabrielle, Béatrice, Claudine…

Il nous expliqua ensuite que les Français avaient largué sur Dien Bien Phu trois mille parachutistes en renfort pour sauver l'armée assiégée. Mais pour finir, après deux mois de résistance, les treize mille Français et coloniaux présents dans la cuvette avaient été tués, blessés ou capturés. Quant au Vietminh, selon notre guide, il avait perdu la moitié de ses cinquante mille hommes, mais gagné la guerre.

— Peuple français dégoûté guerre, conclut-il. Soldats français rentrer chez eux.

Cette histoire avait une tonalité familière. Elle s'était renouvelée en 1968, comme si personne à Washington n'avait su tirer les enseignements de cette bataille. En un sens, la guerre du Vietnam avait commencé à Dien Bien Phu.

— Deux mille soldats français enterrés ici, enchaîna le guide, indiquant d'un geste circulaire les plantations de légumes où allaient et venaient des femmes munies de houes. Vous voir ? Beaucoup Français venir. Américains aussi. Mais moi jamais rencontré Canadiens. Vous aimer ?

J'estimais avoir vu suffisamment de champs de bataille au cours des deux dernières semaines pour pouvoir m'en passer jusqu'à la fin de mes jours. Et pourtant, d'une certaine façon, je me sentais lié aux hommes qui s'étaient battus dans cette vallée et y avaient laissé leur vie.

— C'est intéressant, me contentai-je de répondre.

Nous étions jeudi et, le dimanche suivant, je comptais bien être à Bangkok. Je me souvins de mon sergent de peloton qui avait eu la délicatesse de me dire, quelques jours avant mon retour au pays : « Ne rêvez pas trop, Brenner. Les Viets ont encore soixante-douze heures pour vous cramer la gueule. »

Susan confia son appareil au guide, qui nous photographia ensemble à côté du blockhaus du général de Castries. Il faudrait qu'elle intitule son album *Mes pires vacances d'hiver*.

— Vous vouloir voir champ de bataille ? J'emmène vous. Un dollar.

— Demain peut-être, esquivai-je. Au fait, où peut-on s'amuser dans ce bled ?

— S'amuser ? Quoi être, « s'amuser » ?

Je me surpris à me demander comment j'allais ramener Tran Van Vinh à Hanoi sur notre moto, à supposer qu'il soit vivant aujourd'hui et qu'il le reste demain – mais cela, seule Susan le savait. L'idée m'effleura qu'elle ferait peut-être le voyage seule et que je n'aurais donc pas à me soucier de ce détail.

— Quel est le meilleur moyen pour aller à Hanoi ? demandai-je.

— Hanoi ? Vous aller Hanoi ?

— Oui. Le train ? Le bus ? L'avion ?

— Avion. Bus dangereux. Pas de train. Français prendre avion. Mais avion pas partir demain, partir samedi. Peut-être pas de place pour vous. *Biet ?*

— Une voiture avec chauffeur, alors ?

— Non. Pas chauffeur aller Hanoi pendant Têt. Lundi, oui, chauffeur aller Hanoi. Vous vouloir chauffeur ?

— On verra. Merci pour la leçon d'histoire, chef. Le peuple vietnamien est très brave.

Souriant presque, il s'enfonça l'index dans la poitrine et dit :

— *Ong* mort ici, vous comprendre ? Grand-père moi.

— Je comprends.

Après avoir pris congé de notre guide, nous repartîmes vers la ville.

— C'est tout de même plus calme et plus digne que la zone démilitarisée, observai-je.

— Le Nord est plus grave et moins commerçant que le Sud. En plus, ce site concerne les Français, pas les Américains, et les Européens sont un peu plus respectueux que certains de nos compatriotes de la zone démilitarisée ou de l'Apocalypse Now.

— Je suis canadien, rectifiai-je.

— J'ai eu beaucoup de mal à comprendre notre guide. Les gens d'ici parlent un dialecte assez différent.

Le soupçon m'effleura que Mlle Weber préparait le terrain pour une nouvelle entourloupe au cas où nous réussirions à établir le dialogue avec notre témoin vedette.

— La langue écrite est la même. Exact ?

Après une brève hésitation, Susan répondit :

— Pour l'essentiel.

— Bien. Prévois un stylo.

Nous poursuivîmes notre marche.

— Et maintenant ? s'enquit-elle. Quel est le programme ?

— Notre contact commun à Hué, M. Anh, m'a suggéré de me renseigner auprès des Montagnards du marché. Il ne t'a pas dit la même chose ?

— Si.

— Voilà notre programme.

— Tu te fais du souci pour M. Anh ?

— Oui.

— Tu crois qu'il craquerait sous la contrainte ?

— À ton avis ?

Elle ne répondit pas.

Nous avions atteint une rue à la lisière de la ville. Il y avait suffisamment d'Occidentaux dans le secteur pour que nous ne nous fassions pas remarquer, surtout des gens d'un certain âge, voire d'un âge certain. J'aperçus la gare routière sur notre gauche : un vieux hangar de stuc devant lequel étaient stationnés deux cars incroyablement vétustes.

Susan surprit mon regard.

— Pourquoi as-tu interrogé le guide sur les moyens de transport vers Hanoi ? me demanda-t-elle.

— Il se peut que je doive amener mon témoin à Hanoi. Je ne vois pas comment je pourrais le faire à moto ; à moins que tu ne consentes à lui céder ta place.

— J'ai besoin que tu me dises le nom du village, fit-elle, préférant changer de sujet.

C'était peut-être la seule information qu'elle ignorât encore. Si je la lui donnais, elle n'aurait plus besoin de moi. Mais je ne pouvais plus reculer.

— Ban Hin, lâchai-je. C'est à une trentaine de kilomètres au nord d'ici. S'il m'arrive quelque chose, ajoutai-je, tu n'auras qu'à continuer seule.

Elle resta muette.

Nous arrivâmes au marché, une place rectangulaire partiellement pavée et abritée sous une série de longs auvents. Nous commençâmes à déambuler entre les étals, et à mon grand étonnement, personne ne chercha à nous alpaguer. J'en fis part à Susan.

— Les marchands du Nord ne sont ni insistants ni agressifs, m'expliqua-t-elle. En matière commerciale, je les trouve désespérants.

— Tu peux laisser tomber ta couverture.

— Il faut bien que je continue à m'entraîner pour mon prochain client.

Je recensai sur les étals un certain nombre de dépouilles de porcs-épics, de belettes, d'écureuils rouges et autres représentants de la faune sauvage.

— Comment fait-on ? demandai-je. On leur raconte qu'on a de la famille à Ban Hin ? Un correspondant ? Ou qu'on cherche un coin tranquille pour notre retraite ?

— Je m'en occupe.

Une partie du marché était réservée aux Montagnards et à leurs produits. Nous nous y rendîmes.

— Rendez-vous dans l'allée 8, me dit Susan. Au rayon papeterie et électricité.

En me voyant regarder de tous côtés en quête d'un numéro d'allée, elle éclata de rire.

— Devant l'étal du marchand de thés, me glissa-t-elle en s'arrêtant. Je t'y retrouve dans dix minutes.

Après avoir continué de marcher pendant quelques secondes, je jetai un coup d'œil par-dessus mon épaule et vis Susan, assise en tailleur sur une couverture, en grande conversation avec des femmes montagnardes. En même temps, elle examinait des vêtements féminins et fumait une cigarette. Les vendeuses, elles, fumaient la pipe. Peut-être étaient-elles trop défoncées pour harceler la clientèle.

Je finis par localiser un étal sous l'auvent duquel des montagnes de feuilles de thé reposaient dans des paniers d'osier. Les vendeurs, des Montagnards qui semblaient tous appartenir à la même tribu, me proposèrent un thé infusé, et j'acceptai un bol fumant pour la modique somme de deux cents dongs, c'est-à-dire à peu près deux centimes. Je trouvai le goût atroce, mais ce breuvage était chaud et j'avais froid.

Dien Bien Phu était un drôle de patelin, et les Occidentaux ne venaient ici qu'en voyage organisé. Il fallait être débile pour s'y retrouver tout seul. Quatre soldats armés d'AK-47 arrivèrent devant l'étal et, après m'avoir jeté un coup d'œil oblique, ils commandèrent un bol de thé.

Ils se tenaient à moins de dix pas de moi, fumant et parlant à mi-voix. L'un d'eux persistait à me lorgner. Je n'avais vraiment pas besoin de ça.

N'eût été le Colt 45 glissé sous ma ceinture, je ne me serais pas fait trop de souci. Mais quand on est enfouraillé dans un endroit où on ne devrait pas l'être, le flingue pèse lourd sous la veste.

Les quatre troufions vidèrent leur bol avant moi et s'éloignèrent. Je restai seul, dans le silence assourdissant des battements de mon cœur.

Susan me rejoignit peu après et posa au sol un grand sac en plastique bourré de vêtements multicolores. Elle commanda un thé, sirota une gorgée et me regarda en souriant.

— Ça fait du bien, dit-elle.

— Résultat des courses ?

— Assez fructueux. Ban Hin se trouve à une trentaine de kilomètres au nord d'ici.

— Je sais. Comment fait-on pour y aller ?

— Ces Montagnards sont tous des Thaïs ou des H'mong. Ils vivent dans les montagnes du Nord et viennent le plus souvent à pied à Dien Bien Phu avec leurs marchandises, ou parfois à dos de poney. Certains prennent l'unique bus quotidien, et les plus riches ont un scooter ou une moto.

— Et nous ? Comment sommes-nous censés faire ?

— J'y viens. J'ai fait la connaissance d'une dame qui habite près de Ban Hin.

— Parfait. Elle t'a dessiné un plan d'accès ?

— Non. Mais elle m'a donné quelques indications. Le hic, c'est que les gens de sa tribu empruntent un tas de raccourcis et de chemins de traverse, et qu'elle n'a pas été très claire sur le trajet ordinaire, c'est-à-dire par la route. Sans compter que je n'ai pas compris la moitié de ce qu'elle me racontait. L'accent des Montagnards est encore pire que celui des Nord-Vietnamiens.

— Retourne la voir et demande-lui de te mettre ses explications noir sur blanc.

— Ces gens sont illettrés, Paul.

— Fais-lui dessiner un plan.

— Ils ne comprennent pas la notion de plan. C'est une abstraction. De toute façon, je pense pouvoir me débrouiller avec ses indications.

J'hésitai. M. Anh avait été catégorique : il ne fallait rien demander aux Nord-Vietnamiens, qui risquaient de courir au poste de police le plus proche s'ils nous soupçonnaient de mijoter quelque chose. Les Montagnards ne posaient pas ce genre de problème parce qu'ils restaient entre eux. Mais M. Anh avait omis de mentionner qu'ils parlaient un dialecte à peine compréhensible, qu'ils prenaient des raccourcis plutôt que la route, qu'ils étaient illettrés et qu'ils ne savaient pas ce qu'était un plan.

— Comment as-tu justifié ton désir d'aller à Ban Hin ? demandai-je.

— En racontant que j'avais entendu dire qu'on y fabriquait des bijoux magnifiques. Un truc de filles. (Je fis mine de lever les yeux au ciel, mais Susan n'y fit pas attention.) Elle m'a répondu que Ban Hin est un village vietnamien, que les Vietnamiens ne font que de mauvais bijoux, et qu'elle n'avait jamais entendu parler de bijoux fabriqués là-bas.

Après avoir fini son thé, Susan partit vers d'autres étals où elle acheta de l'eau minérale, des gâteaux de riz et des bananes.

Nous quittâmes le marché les bras chargés d'emplettes et revînmes à pied au motel, situé à une centaine de mètres sur la piste. De retour dans la chambre 7, nous rangeâmes nos bagages dans les sacoches de la BMW, que je poussai ensuite jusque devant la réception.

Je réglai la note et récupérai nos passeports et nos visas. J'espérais secrètement qu'ils n'avaient pas eu le temps d'en faxer des photocopies au ministère de la Sécurité publique, mais je m'abstins de poser la question.

— Où vous aller maintenant ? s'enquit le réceptionniste.

— Paris, répondis-je.

— Hanoi par la route, corrigea Susan.

— Ah… Beaucoup pluie. Vous aller seulement Son La. À Son La, vous attendre. Deux jours, trois jours.

— Merci pour le bulletin météo, dis-je. À l'année prochaine.

Nous sortîmes.

— Dois-je comprendre que la route 6 est inondée ou bloquée par une coulée de boue ? demandai-je à Susan.

— On dirait. D'après M. Anh, c'est assez fréquent, mais ils ont des bulldozers et réussissent en général à dégager la chaussée en une journée.

— Pourquoi faut-il que rien ne tourne jamais rond dans ce fichu pays ? Et comment fera-t-on pour aller à Hanoi si la route 6 est fermée ?

— Il y en a une autre qui longe le fleuve Rouge.

— Et au cas où on serait trois ?

— Il y a une ligne de chemin de fer. Elle touche le fleuve Rouge à Lao Cai, sur la frontière chinoise. À deux cents kilomètres au nord d'ici.

— Et comment fera-t-on pour rallier Lao Cai avec Tran Van Vinh ?

— Peut-être en bus. On verra ça quand on sera à Ban Hin et qu'on saura combien de personnes doivent être acheminées vers Lao Cai. En outre, les trains recommencent à circuler demain matin. Il y a quelque chose comme quatre cent cinquante kilomètres entre Lao Cai et Hanoi, ce qui devrait normalement représenter dix ou douze heures de trajet. Voilà. Au cas où je ne serais plus de la partie, tu connais l'itinéraire.

J'acquiesçai.

— Si rien ne marche, ajouta-t-elle, tâche de trouver un camion à destination de Hanoi. Les routiers n'ont en général que deux questions à te poser : si tu as dix dollars à leur donner, et si tu souhaites acheter de l'opium.

— C'est M. Anh qui te l'a dit ?

— Oui, mais on aurait sûrement pu le lire dans ton guide si tu ne le lui avais pas laissé. La prochaine fois, évite de donner un objet dont tu risques d'avoir besoin dans ce type de situation. Essaie plutôt un sachet de cacahuètes, ce genre de chose. Tu as manqué ce cours-là pendant ta formation ?

— Je suis à la retraite. Pourquoi n'as-tu pas récupéré mon guide quand tu as rencontré M. Anh ?

— Il ne m'a pas dit qu'il l'avait. Un amateur de plus…

— Et toi ?

— Je suis conseillère en investissements.

— J'oubliais.

Nous remontâmes sur la moto. Je mis cap au sud, au cas où quelqu'un nous observerait, et quelques minutes plus tard nous étions ressortis de Dien Bien Phu. Je stoppai au pied de la butte où se trouvait le char français. Un panneau m'apprit que les Français avaient baptisé ce camp Dominique. Je me demandai ce qu'étaient devenues les maîtresses du général. L'une d'elles avait-elle fait l'effort de venir jusqu'ici pour voir de ses yeux le site auquel elle avait donné son prénom ?

Susan descendit de la moto, ouvrit une sacoche et nous remîmes notre déguisement montagnard. Elle me tendit ensuite un des deux foulards bleu marine qu'elle venait d'acheter au marché.

— De la tribu des H'mong, dit-elle.

— Je sais.

Elle éclata de rire.

— Tu parles !

Nous nous couvrîmes le bas du visage.

— Malheureusement, me dit-elle, les populations tribales ne savent pas fixer les teintures, et tu auras bientôt du bleu sur la figure.

Elle me montra ses mains, effectivement tachées de bleu. Je secouai la tête, dépliai ma carte, l'étudiai quelques instants, levai les yeux vers Susan.

— Où est Ban Hin ?

Elle posa l'index sur la carte.

— Quelque part par ici, dans la vallée de Na. Le village n'est pas indiqué, mais je peux te le trouver.

Nous échangeâmes un regard.

— Il ne me reste plus qu'à te croire, soupirai-je.

Susan remonta en selle et nous partîmes.

J'empruntai une piste qui serpentait entre les rizières et, quelques minutes plus tard, nous retrouvâmes la route qui passait devant le blockhaus du général de Castries. Je me demandai ce qu'il était devenu, lui aussi, et s'il avait revu ses sept femmes.

Roulant à travers les plantations de légumes, nous nous éloignâmes au nord, en direction des montagnes d'où nous étions descendus la nuit précédente, mais cette fois par une autre route, située plus à l'ouest que celle que nous avions suivie pour arriver à Dien Bien Phu.

Un coup d'œil à ma montre me permit de constater qu'il n'était pas encore midi. La terre de cette piste étroite était sèche et tassée, ce qui me permettait de tenir sans problème une moyenne d'environ trente à l'heure. D'ici une heure, sauf erreur, je commencerais à interroger les gens de Ban Hin pour savoir s'ils connaissaient un certain Tran Van Vinh. Pour le reste, je n'avais pas la moindre idée de la façon dont les choses tourneraient.

Cette piste, nommée route 12 sur la carte, traversait la vallée de Na, large de guère plus de cinq cents mètres. Elle formait une sorte de digue le long d'un torrent étroit mais rapide.

Les sommets culminaient désormais au-delà de deux mille mètres, et un vent constant venu du nord s'engouffrait dans le corridor de la vallée, nous obligeant la plupart du temps, Susan et moi, à nous plier en deux sur la moto.

Personne ne travaillait dans les champs, et il n'y avait aucune circulation sur la piste. Je me rappelai que nous étions le dernier jour du Têt. Les gens restaient chez eux, Tran Van Vinh comme les autres. Les Vietnamiens revenus en pèlerinage au village de leurs ancêtres ne reprendraient pas la route avant le lendemain matin.

Dans les hauteurs, çà et là, une longue maison semblait accrochée en équilibre précaire sur un bout de crête défriché.

Au bout d'une heure de trajet, le compteur m'indiqua que nous avions parcouru trente kilomètres. Je stoppai au bord de la piste.

— Que disent tes indications ? demandai-je à Susan.

— On approche de Ban Hin.

— Tiens ? À t'entendre, tout à l'heure, l'accès semblait pourtant compliqué.

— Étant donné que tu sembles être très régulièrement repris par l'envie de te débarrasser de moi, je suis bien obligée de te donner l'impression que je suis irremplaçable.

— Tu vois cette hutte ? Va donc leur demander où est Ban Hin.

— Nous ne devons parler qu'aux Montagnards. Pas question de tout gâcher à la dernière minute.

Nous reprîmes donc notre lente progression vers le nord sur la route 12. Une dizaine de minutes plus tard, je vis venir vers nous trois jeunes Montagnards à dos de poney.

Je fis halte et coupai le moteur. Ils montaient à cru, mais des sacoches probablement pleines de marchandises battaient contre le flanc des poneys.

Nous ôtâmes nos foulards, calots et lunettes de motard. Susan mit pied à terre, marcha vers les cavaliers, les salua d'un geste. Ils tirèrent sur leurs rênes.

Elle se mit à palabrer, et ils hochèrent plusieurs fois la tête. Ils me dévisagèrent, puis reportèrent leur attention sur Susan. Presque à l'unisson, ils indiquèrent une direction derrière eux. Apparemment, tout se passait bien.

Susan les remercia. Elle s'apprêtait à faire demi-tour quand l'un d'eux plongea une main dans une de ses sacoches et en extirpa un objet qu'il lui offrit. Après l'avoir remercié d'un signe de main, elle revint vers moi.

Les trois cavaliers se remirent en marche et commencèrent à jacasser en riant après l'avoir dépassée. Manifestement, ils avaient apprécié le spectacle. Ils passèrent ensuite à ma hauteur et m'adressèrent un vague salut avant de poursuivre leur chemin vers le sud.

Susan me rejoignit.

— Des gens charmants. Ils m'ont offert cette peau, déclara-t-elle en agitant la fourrure noire d'un petit animal long d'une soixantaine de centimètres. C'est un carcajou. Dommage qu'elle ne soit pas tannée. Ça pue.

— C'est l'intention qui compte, dis-je. Tu n'as qu'à la jeter.

— Je préfère la garder encore un peu.

— Où est Ban Hin ?

— Un peu plus loin sur la route.

— À quelle distance ?

— Eh bien… apparemment, ils ne mesurent ni en temps ni en espace. Ils préfèrent se servir de points de repère visuels. Ban Hin est le grand village après les deux petits…

— D'accord. Monte. Tu as de la teinture bleue sur la figure.

Susan reprit sa place et je démarrai.

Cinq minutes plus tard, nous arrivâmes dans un petit hameau. Le village numéro un.

Encore cinq autres minutes, et le village numéro deux fut atteint puis dépassé.

Peu après, nous vîmes apparaître sur le côté droit de la piste un village manifestement plus important. Quatre bâtiments de parpaing se dressaient à quelques mètres de la route. Je crus reconnaître une petite pagode, une clinique et une école. La façade du quatrième était ornée d'un drapeau rouge à étoile jaune, et une jeep militaire vert foncé était stationnée devant. Je ralentis.

— Voici Ban Hin, déclara Susan.

— Et voici une jeep militaire.

— Je sais. Que comptes-tu faire ?

— Je ne suis pas arrivé jusqu'ici pour flancher maintenant.

— D'accord.

Je passai devant le poste militaire, traversai la cour de la pagode et contournai le bâtiment par l'arrière jusqu'à être hors de vue de la route – et, espérais-je, des militaires.

Je coupai le moteur.

— Bon, fit Susan en descendant de la moto, comment as-tu l'intention de te renseigner sur Tran Van Vinh ?

— Nous sommes des historiens militaires canadiens, et nous parlons un peu français. Nous allons commencer par rechercher des vétérans de l'offensive du Têt, et ensuite nous orienterons plus précisément nos questions sur la bataille de Quang Tri. Je te fais confiance. Tu es très douée pour le boniment.

Équipés de nos sacs à dos et de nos appareils photo, nous revînmes à pied vers le devant de la pagode.

Je suivis Susan jusqu'au seuil. La porte était ouverte. Il n'y avait personne à l'intérieur. Des bouquets de rameaux fleuris jaillissaient des urnes de céramique, et un petit autel se dressait au fond de la salle dénuée de fenêtres.

Susan s'en approcha, prit un bâton d'encens, l'alluma, jeta quelques dongs dans une coupelle. Il faut ce qu'il faut.

Elle fit demi-tour et me rejoignit à la porte d'entrée.

— C'est le dernier jour du Têt, me dit-elle. Le quatrième jour de l'année du Bœuf. Nous sommes à Ban Hin. Retrouvons Tran Van Vinh et rentrons chez nous.

Laissant derrière nous la pagode, nous entrâmes à pied dans le village de Ban Hin.

43

Ban Hin ne ressemblait guère aux villages tropicaux et subtropicaux des plaines côtières. Tout d'abord, on n'y voyait aucun palmier mais une quantité de pins et de feuillus, sans compter les bouquets de rhododendrons sauvages qui commençaient à s'épanouir en ce frais après-midi de février.

Le village était bordé à l'est par une montagne abrupte, par des rizières au nord et au sud, et à l'ouest par la piste que nous venions d'emprunter.

Les habitations paysannes étaient pour la plupart construites en planches de pin grossières et coiffées de feuilles de bambou séchées. Chacune d'elles disposait d'un potager attenant, et dans plusieurs de ces lopins cultivés je repérai l'entrée d'un abri souterrain, vestige de la guerre.

Je n'aurais pas cru qu'une vallée aussi lointaine puisse être prise pour cible, puis je me rappelai avoir lu dans la lettre de Tran Van Vinh à son frère une allusion à un cousin, Liem, qui avait évoqué dans une autre lettre une sarabande de camions emplis de soldats blessés et des colonnes de troupes fraîches en marche vers le sud. Je parvenais mieux à me représenter la scène : cette route perdue venait de la frontière de la Chine, d'où arrivait le gros du matériel de guerre nord-vietnamien, pour serpenter ensuite jusqu'à la frontière laotienne, où commençait la piste Hô Chi Minh. Les habitants de plus de trente ans de ce village devaient avoir gardé un souvenir assez précis de l'US Air Force.

La rue principale foisonnait d'enfants et d'adultes de tous âges, et j'eus l'impression que la plupart des gens de Ban Hin étaient chez eux en ce dernier jour du Têt.

Tout le monde nous fixait, à peu près comme les habitants d'un petit bled du fin fond de l'Amérique auraient fixé deux Asiatiques débarquant en pyjama de soie noir et chapeau conique.

Nous gagnâmes le centre du village, qui consistait en une place en terre rouge guère plus grande qu'un court de tennis, bordée de maisonnettes et d'un pavillon couvert qui hébergeait un petit marché. Je remarquai plusieurs tables de style pique-nique autour desquelles des personnes étaient assises, parlant, buvant et mangeant. Tout le monde s'interrompit pour observer notre arrivée.

Le centre de la place était occupé par une stèle de béton verticale longue d'environ trois mètres et haute de deux, qui reposait sur une dalle horizontale elle aussi en béton. Peinte en blanc, la stèle était couverte d'inscriptions en lettres rouges. Sa base disparaissait derrière un alignement de gerbes de rameaux fleuris et de bâtons d'encens mis à brûler dans des vases de terre cuite. Susan et moi nous immobilisâmes devant.

Les inscriptions composaient une liste de noms répartis en colonnes verticales. Susan me traduisit à haute voix le texte en gros caractères qui surmontait la liste :

— « À la mémoire des hommes et des femmes qui ont combattu pour la réunification de la patrie pendant la guerre américaine, de 1954 à 1975. » Ce sont les noms de toutes les personnes portées disparues, m'expliqua-t-elle. Il y en a beaucoup, et Tran Quan Lee en fait partie.

Elle me montra son nom du doigt.

Plusieurs membres de sa famille se trouvaient également sur la liste. Nous la parcourûmes du regard sans y trouver Tran Van Vinh.

— Les morts certifiés doivent être inscrits de l'autre côté, dit Susan.

Nous contournâmes le monument, dont toute la surface était couverte de noms en lettres rouges qui semblaient avoir été repeintes de frais.

Une foule d'une centaine de personnes s'était formée sur la place, et son cercle se refermait imperceptiblement sur nous. Je remarquai qu'un grand nombre d'hommes et de femmes d'un certain âge étaient amputés d'un, voire de plusieurs membres.

Je m'attaquai à la liste des morts, organisée en ordre chronologique comme celle du mémorial de Washington. Je commençai au mois de février 1968 pendant que Susan remontait à partir de la fin, c'est-à-dire avril 1975.

À chaque nom, je retenais mon souffle.

— Toujours rien, murmura Susan.

— Pareil.

Cela étant, j'avais tellement peu envie de le voir là qu'il se pouvait que je l'aie inconsciemment sauté, même si, chaque fois que je tombais sur un « Tran », mon cœur faisait un bond.

La multitude était à présent juste derrière nous. C'était quasiment surréaliste de me retrouver là, à examiner la longue énumération des morts et disparus de ce village, la plupart tués par mes compatriotes, certains peut-être même par moi. Mais après tout, nous avions nous aussi une liste de ce genre à Washington. Et j'étais citoyen canadien.

— Il y a beaucoup de noms de femmes et d'enfants, me glissa Susan. L'inscription précise s'ils sont morts au front ou au foyer, ce qui, je suppose, signifie sous les bombes.

Je ne répondis pas. Nous terminâmes notre inspection, nos regards se croisèrent.

— Il n'y est pas, finis-je par lâcher.

— Non. Mais est-il toujours vivant ?

— Je parie que tous ceux qui sont dans notre dos sauraient répondre à cette question.

Face à cette rude stèle de béton aux noms peints à la main, je ne pus m'empêcher de penser au mur de granit poli de Washington. En dernière analyse, il n'y avait aucune différence entre les deux monuments.

— Nous sommes canadiens, murmurai-je à Susan. Prête ?

— Oui, répondit-elle en français.

Nous nous retournâmes pour faire face à la foule. Dans les campagnes du Sud-Vietnam, nous avions déclenché une curiosité passagère ; ici, nous étions l'objet d'un intérêt avide, et si ces gens découvraient notre nationalité, ils risquaient même de devenir franchement hostiles. Les visages ne montraient encore rien, mais le comité d'accueil n'était pas franchement enthousiaste.

— Bonjour, risquai-je en français.

Il y eut quelques murmures, mais aucun sourire. Je me rendis compte que, si près de Dien Bien Phu, il pouvait subsister aussi des restes d'animosité envers les Français.

— Nous sommes canadiens, m'empressai-je d'ajouter.

Je crus sentir la foule se détendre légèrement – ou peut-être prenais-je mes désirs pour des réalités. Susan y alla également de son bonjour, puis expliqua que nous arrivions de Dien Bien Phu et demanda l'autorisation de prendre la stèle en photo.

Personne n'ayant émis d'objection, elle recula de trois pas et immortalisa le monument.

Finalement, quelqu'un s'avança, un monsieur d'un certain âge vêtu d'un pantalon de laine noire et d'un pull orange. Il m'adressa une phrase en français à laquelle je ne compris pas un traître mot. Susan lui répondit dans un français hésitant, et une forme de conversation s'engagea entre eux. Le français de l'homme était à peine meilleur que celui de Susan. Elle introduisit dans sa phrase suivante des bribes de vietnamien, ce qui eut pour effet de surprendre la foule et de resserrer le cercle autour de nous.

Des soldats allaient sûrement venir, exiger nos papiers et découvrir que nous n'étions pas canadiens.

Susan était en train de servir à notre interlocuteur un petit laïus sur l'histoire de la guerre américaine qui parut le convaincre à moitié. Elle termina par une phrase en vietnamien, où je ne saisis que le nom de Tran Van Vinh.

Un long silence s'ensuivit. L'homme nous dévisagea l'un après l'autre, et je retins mon souffle.

— Oui, finit-il par répondre. Lui rescapé.

J'avais enfin confirmation de ce que je pressentais depuis le début : Tran Van Vinh était vivant.

Susan chercha mon regard, hocha la tête et sourit. Puis elle se retourna vers l'homme et poursuivit en vietnamien émaillé d'un peu de français, et il répondit en vietnamien, avec là encore un certain nombre de mots français. À la réflexion, leur système ne fonctionnait pas trop mal.

Il finit par prononcer la formule magique :

— Venir.

Et nous le suivîmes à travers la foule, qui s'entrouvrit devant nous.

Nous longeâmes le marché couvert, et l'homme s'arrêta devant un panneau d'affichage public protégé par une feuille de plastique transparent. Il nous montra deux photos en noir et blanc passablement défraîchies d'Américains en combinaison de vol, les mains sur la tête, encerclés par des paysans en pyjama brandissant de vieilles pétoires. Il y avait encore la place sur ce panneau pour un portrait de Susan et moi dans une pose du même genre.

— Pilotes américains, expliqua l'homme.

Susan et moi échangeâmes un regard.

Nous empruntâmes un chemin étroit, bordé d'arbres, qui se faufilait entre les maisons et menait vers le bout du village, marqué par la pente abrupte d'un contrefort. Non loin du pied de la montagne, je repérai une série de tumulus, derrière lesquels se dressait un groupe de maisonnettes en bois.

Nous gravîmes dans le sillage de l'homme au pull orange un sentier sinueux qui permettait d'accéder à une bicoque de planches mal dégrossies recouverte de feuilles de bambou.

Arrivé sur le seuil, l'homme nous fit signe d'attendre et entra seul. Quelques secondes plus tard, il refit son apparition et nous invita à entrer. Au passage, il nous adressa quelques mots en français, parmi lesquels je crus reconnaître l'expression « chez Tran », puis s'en alla.

Nous nous retrouvâmes dans une pièce unique à sol de terre battue. Les carreaux laissaient passer un peu de lumière grisâtre, et une odeur de charbon flottait dans l'air humide.

À mesure que mes yeux s'accoutumaient à la pénombre, je distinguai plusieurs hamacs roulés le long des murs avec des couvertures et, sur le sol, des paniers et des coffres en bambou tressé. Une table basse dépourvue de chaise trônait au centre de la pièce sur un tapis noir.

Dans le coin opposé, je repérai un four de potier à l'intérieur duquel rougeoyaient des braises. À sa droite, un autel rudimentaire était adossé au mur, décoré de vasques d'encens et de plusieurs photographies encadrées. Un grand portrait d'Hô Chi Minh était accroché au mur à la droite de l'autel, à côté d'un drapeau vietnamien et de quelques diplômes également encadrés.

Je promenai un regard circulaire sur la pièce afin de m'assurer qu'il n'y avait personne d'autre que nous deux. Au bout d'un certain temps, Susan se tourna vers moi :

— Nous sommes chez Tran Van Vinh. Il faut l'attendre ici. C'est ce qu'il a dit.

Je n'aime guère être coincé entre quatre murs, mais il était trop tard pour s'en plaindre. Dans tous les cas de figure, nous arrivions à la fin du voyage.

— Il t'a dit où était le placard à alcools ? demandai-je.

— Non. Il m'a juste autorisée à fumer.

Susan s'approcha du four, posa son sac à dos, s'assit sur le tapis noir et alluma une cigarette aux braises.

Je me délestai à mon tour et laissai mon sac à dos à côté du sien. Le toit n'était qu'à un mètre quatre-vingts du sol, à l'endroit où il rejoignait le mur. Je m'en approchai, sortis le pistolet de Susan de ma ceinture et, à la manière des Vietcongs, qui m'avaient appris deux ou trois choses, je le cachai avec ses deux chargeurs de réserve entre deux touffes de chaume.

— Bonne idée, approuva Susan. Si les soldats se pointent, à mon avis, c'est la seule chose qui pourrait poser un problème. Pour le reste, on devrait arriver à s'en tirer avec un peu de bagout.

Plutôt que de relever cette affirmation nettement optimiste, je demandai :

— Qu'as-tu raconté à ce type ?

— M. Khiem est l'instituteur du village. Comme tu me l'as suggéré, j'ai dit que nous étions des historiens militaires canadiens, que nous arrivions de Dien Bien Phu, mais que nous nous intéressions aussi à la guerre contre les Américains. J'ai ajouté que quelqu'un de Dien Bien Phu nous avait recommandé de venir voir le monument aux morts de Ban Hin. Une petite invention personnelle.

— Tu es très douée à ce jeu-là.

— J'ai expliqué que nous avions entendu dire que les vétérans de la guerre américaine étaient nombreux dans la vallée de Na, et que nous étions tout particulièrement intéressés par le témoignage des rescapés de l'offensive du Têt de 1968, et encore plus par ceux de la bataille de Quang Tri. (Elle tira sur sa cigarette.) Mais ce M. Khiem ne m'a donné aucun nom, sauf le sien. Il a participé à la bataille de Hué. En désespoir de cause, j'ai fini par lâcher que quelqu'un à Dien Bien Phu m'avait cité le nom d'un certain Tran Van Vinh. En disant que c'était un valeureux soldat et qu'il avait été blessé à Quang Tri. (Elle ajouta, en me regardant droit dans les yeux :) Je ne tenais pas à m'éterniser sur cette place, et j'ai tenté le tout pour le tout.

— Et M. Khiem a gobé ?

— Peut-être. Il oscillait entre l'incrédulité et la fierté d'apprendre qu'on parlait de Ban Hin en termes aussi flatteurs à Dien Bien Phu. M. Khiem est un Tran, il fait donc partie de la famille de Vinh.

— Il y a pas mal de Tran sur ce monument. Heureusement que nous sommes canadiens.

— J'espère pour nous qu'il l'a cru, dit-elle en s'efforçant de sourire.

— Étant donné qu'il n'a pas montré d'hostilité, j'ai tendance à le penser. Pour notre prochaine mission au Vietnam, nous serons suisses.

— Tu m'enverras une carte postale, dit Susan en allumant une nouvelle cigarette.

— Tu as fait un excellent travail. Je suis fier de toi, et si M. Khiem est allé prévenir les soldats, ce ne sera pas ta faute.

— Merci.

— Tran Van Vinh habite-t-il ici, ou bien est-il de passage pour le Têt ?

— Si j'en crois M. Khiem, Tran Van Vinh a toujours vécu à Ban Hin.

— Où est-il en ce moment ?

— Il serait en train de raccompagner des parents.

— Voilà qui devrait le mettre de bonne humeur. Quand est-il censé revenir ?

— Quand le bus de Dien Bien Phu arrivera.

Je cherchai du regard le portrait de l'oncle Ho.

— Tu crois que c'est un guet-apens ? demandai-je.

— Et toi ?

— Je crois que vous autres, les Canadiens, avez la fâcheuse manie de répondre aux questions par d'autres questions.

Avec un sourire forcé, Susan tira sur sa cigarette.

Je m'approchai de l'autel familial et étudiai les portraits encadrés dans la pénombre. Tous les personnages paraissaient avoir moins de trente ans.

— On ne fait pas de vieux os dans le coin, soupirai-je.

Susan jeta un coup d'œil aux clichés.

— Quel que soit l'âge de leur décès, les morts sont représentés dans leur jeunesse.

— Vraiment ? Donc, si je mourais aujourd'hui et si j'étais bouddhiste comme eux, ils pourraient choisir une des photos que tu as prises de moi ces derniers jours...

Elle sourit.

— Je crois plutôt qu'ils contacteraient ta mère pour obtenir une photo légèrement moins récente. L'autel familial relève davantage du culte des ancêtres que du bouddhisme. C'est assez confus. Les Vietnamiens qui ne sont pas catholiques se disent bouddhistes, mais ils tiennent aussi au culte des ancêtres. Sans compter qu'ils pratiquent le confucianisme et le taoïsme. Ils appellent cela le *Tam Giao*, la triple religion.

— Si je compte bien, ça fait quatre.

— Je te l'ai dit, c'est confus. Mais tu es catholique. Ne te soucie pas de tout ça.

Je reportai mon regard sur les portraits et remarquai que la plupart des jeunes gens portaient l'uniforme. L'un d'eux était à coup sûr Tran Quan Lee. Bien qu'officiellement disparu, il pouvait raisonnablement être présumé mort après trente ans consécutifs d'absence pour les cérémonies du Têt.

— En faisant vite, dis-je à Susan, nous pourrions être remontés sur la BMW dans moins de cinq minutes.

— J'ignore qui sera la prochaine personne à franchir ce seuil, répondit-elle sans la moindre hésitation, mais nous savons l'un comme l'autre que nous n'irons nulle part avant que quelqu'un l'ait franchi.

Je ne pus qu'acquiescer.

— Comment comptes-tu mener notre entretien avec Tran Van Vinh ? me demanda Susan.

— Pour commencer, c'est *mon* entretien, pas le tien, et j'ai l'intention de jouer cartes sur table. Comme je le ferais avec un témoin aux États-Unis. On embobine les suspects, mais on joue franc-jeu avec les témoins.

— Tu iras jusqu'à lui dire que nous sommes américains et que nous sommes envoyés par notre gouvernement ?

— Tout de même pas. Je dirai que nous sommes américains, mais que nous sommes envoyés par la famille de la victime afin que justice soit faite.

— Nous ne connaissons même pas son nom.

— Tran Van Vinh le connaît : il a récupéré son portefeuille. Laisse-moi parler, Susan, et tant qu'à faire, laisse-moi aussi penser. Occupe-toi simplement de la traduction. *Biet ?*

Au terme d'un court duel de regards, elle hocha la tête.

Nous attendions toujours. J'observais Susan à la dérobée. Nous avions parcouru un long chemin ensemble pour atteindre ce moment de vérité. Tran Van Vinh était vivant, et ce qu'il allait nous dire, si toutefois c'était le cas, allait vraisemblablement soulever une série de nouveaux problèmes.

Susan se leva, vint vers moi, m'enlaça.

— Je t'ai trompé, dit-elle, et il se peut que j'aie encore à faire certaines choses qui te déplairont, mais quoi qu'il arrive, je veux que tu saches que je t'aime.

Avant que j'aie pu répliquer, un bruit se fit entendre dans mon dos. Nous regardâmes tous deux vers la porte. Sur le seuil se découpait la silhouette en contre-jour d'un homme qui, je l'espérais, était celui que nous cherchions.

44

Susan se dirigea vers l'homme arrêté à la porte, s'inclina, lui dit quelque chose en vietnamien.

Il s'inclina à son tour, répondit et se tourna vers moi. Sûr d'avoir affaire à Tran Van Vinh, je soutins son regard.

Je lui aurais donné une soixantaine d'années, mais il devait être plus jeune. Il était maigre, et plus grand que la moyenne des Vietnamiens. Ses cheveux d'un noir d'ébène étaient coupés court. Il portait un pantalon bouffant, une veste brodée de couleur noire, des sandales avec chaussettes.

— Paul, me dit Susan, je te présente M. Vinh.

Je m'approchai à mon tour en lui tendant la main, qu'il prit après une brève hésitation.

— Je m'appelle Paul Brenner. Je suis citoyen américain, et je suis venu au Vietnam pour vous parler.

Son regard resta vrillé sur moi pendant la traduction de Susan.

— Si nous avons dit à vos compatriotes que nous étions canadiens, repris-je quand elle eut fini, c'est parce que nous redoutions qu'il y ait encore dans votre village des sentiments négatifs à l'égard des Américains.

Vinh et moi nous regardions toujours. Le dernier Américain auquel il avait fait face ne pensait probablement qu'à le tuer, et vice versa, mais je ne vis aucune hostilité sur ses traits ; à vrai dire, ils n'exprimaient rien.

Je retirai mon passeport de ma poche et le lui présentai, ouvert à la première page.

Il le prit, l'examina un instant, le referma et me le rendit en posant une question.

— Que voulez-vous ? traduisit Susan.

— Pour commencer, j'ai le pénible devoir de vous informer que votre frère, Lee, a été tué au combat dans la vallée d'A Shau en mai 1968. Son corps a été découvert par un soldat américain, qui a retrouvé sur lui un certain nombre d'effets personnels ayant permis de l'identifier sous le nom de Tran Quan Lee.

M. Vinh reconnut le nom « A Shau » et celui de son frère. Sans doute saisit-il d'emblée que la nouvelle n'était pas bonne.

Il écouta la traduction sans émotion apparente en continuant de me fixer. Puis il se dirigea vers l'autel familial, prit un des portraits, le contempla longuement. Après l'avoir reposé, il revint vers moi et me dit quelque chose.

Susan lui répondit directement puis se tourna vers moi.

— Il voulait savoir si c'est toi qui as tué son frère. J'ai répondu que non.

— Dis-lui que j'étais de la First Cav, que j'ai combattu dans la vallée d'A Shau en mai 1968, qu'il est donc possible que j'aie tué son frère, mais qu'une chose est sûre, ce n'est pas moi qui ai retrouvé son corps.

Susan hésita.

— Tu es sûr de… ?

— Dis-le-lui.

Elle transmit mon message. M. Vinh se tourna vers moi, hocha la tête au bout d'un certain temps.

— Dis-lui aussi que j'étais à la périphérie de Quang Tri à l'époque où il se remettait de sa blessure dans le lycée bouddhiste, et que j'avais reçu l'ordre de tuer tous les soldats nord-vietnamiens qui chercheraient à fuir la ville.

Susan traduisit, et M. Vinh parut surpris de constater que j'étais au fait de son expérience personnelle de la guerre. Nous échangeâmes un nouveau regard. Là encore, je ne perçus aucune hostilité dans ses prunelles, et je sus, à cet instant, que je n'en verrais pas.

— Je suis heureux de ne pas vous avoir tué, monsieur Vinh, ajoutai-je. Et de ne pas avoir été tué par vous.

À la fin de la traduction de Susan, je vis frémir une ombre de sourire sur ses lèvres, mais il resta muet.

— Pour être honnête, monsieur Vinh, je suis très étonné que vous ayez survécu à sept autres années de guerre.

Susan traduisit de nouveau. M. Vinh regarda dans le vide, dodelinant du chef, comme si cette vérité l'étonnait lui-même. Je crus détecter un léger tremblement de sa lèvre supérieure, mais peut-être était-ce un simple tour de mon imagination. J'avais affaire à un homme stoïque.

— Comment se passe la traduction ? demandai-je à Susan.

— Il a été longtemps stationné dans le Sud pendant la guerre, et mon accent ne lui pose pas de problème. Quant à moi, j'arrive à saisir l'essentiel de ce qu'il dit.

— Bien. J'aime les traductions exactes et précises.

Susan ne répondit pas.

Je n'ajoutai rien, laissant à M. Vinh le soin de décider s'il avait quelque chose à me dire. Effectivement, il finit par reprendre la parole. Après l'avoir écouté en silence, Susan se tourna vers moi.

— M. Vinh dit qu'il faisait partie de la 304ᵉ division d'infanterie de l'armée du Peuple du Vietnam. Il a été envoyé dans le Sud en août 1965, traduisit Susan, et il s'est battu dans la province de Quang Tri. Il dit que tu devrais savoir où se trouvait sa division pendant l'offensive du Têt durant l'hiver 1968.

Je le savais, en effet : la 304ᵉ avait été notre principal adversaire lorsque j'avais été expédié à Quang Tri en janvier 1968. Ce type se battait déjà sur place depuis deux ans et demi sans en voir le bout, et probablement sans la moindre permission.

— En juin 1968, enchaîna Susan après que M. Vinh eut de nouveau parlé, sa division est remontée dans le Nord… il ne restait plus beaucoup d'hommes… elle a été reconstituée avec des soldats frais, renvoyée à Quang Tri en mars 1971, et elle a participé à l'offensive du printemps 1972… l'offensive de Pâques… Elle a pris la province et la ville de Quang Tri et a de nouveau subi de lourdes pertes à la suite des bombardements américains… Elle s'est ensuite retirée encore une fois au nord pour être reconstituée. Il demande si tu étais sur place pendant l'offensive de printemps.

— Moi aussi, je suis rentré au pays en 1968. En novembre. Je suis revenu au Vietnam en janvier 1972, et j'étais cantonné à Bien Hoa pendant l'offensive de printemps.

Susan traduisit. M. Vinh hocha la tête et me regarda. Il était peu probable qu'il ait déjà eu l'occasion de dialoguer avec un vétéran américain, et sa curiosité sautait aux yeux, mais vu la façon dont je venais de surgir de nulle part, il devait avoir besoin d'un peu de temps pour rassembler ses idées ; il n'avait pas eu comme moi l'occasion de se préparer à cette rencontre pendant deux semaines.

Il reprit finalement la parole.

— Il dit qu'il est retourné au front en 1973, et qu'il a ensuite participé à l'offensive finale du printemps 1975. Après avoir pris Hué, la 304e division est descendue le long de la côte par la route 1 sur des chars pris à l'ennemi. Il est entré dans Saigon le 29 avril et a assisté à la reddition du palais présidentiel le lendemain.

Cet homme avait tout vu de A à Z : dix ans de carnage. Si mes douze mois de front m'avaient paru durer dix ans, ses dix ans avaient dû lui sembler un siècle. Et pourtant, il était là, dans son village natal, et il paraissait avoir tranquillement repris le cours de son existence après s'être vu confisquer les plus belles années de sa jeunesse.

— Vous devez être bardé de médailles et de citations, fis-je.

À la fin de la traduction de Susan, comme je l'espérais, il marcha sans hésiter vers une malle en osier. Il en retira une étoffe de soie noire, s'agenouilla devant la table basse et déplia son morceau de tissu, révélant douze médailles de formes, de couleurs et de tailles variées, toutes ornées d'un ruban multicolore : la trace symbolique de dix années d'enfer.

M. Vinh me nomma chacune d'elles, Susan traduisant.

— Merci de me les avoir montrées, me contentai-je de dire au final.

M. Vinh opina, rangea le tout, referma son coffre, se leva.

Tout le monde resta silencieux pendant une poignée de secondes. M. Vinh savait évidemment que je n'avais pas parcouru vingt mille kilomètres à seule fin d'admirer ses décorations. Le moment était venu.

— Je suis ici pour vous parler de ce que vous avez vu le jour où vous avez été blessé dans la citadelle de Quang Tri, déclarai-je.

Ayant reconnu le nom de la ville, et peut-être aussi le mot « citadelle », il consulta Susan du regard, qui traduisit ma phrase. Ses yeux revinrent sur moi, mais il resta muet. Je repris la parole :

— Le soldat américain qui a trouvé le corps de votre frère dans la vallée d'A Shau a récupéré sur lui une lettre écrite par vous à l'époque où vous vous remettiez de vos blessures dans la cave du lycée bouddhiste. Vous souvenez-vous de cette lettre ?

Dès que Susan eut traduit, il hocha la tête pour montrer qu'il comprenait à présent comment je savais tant de choses. À ce stade, je fus obligé de faire un premier mensonge :

— Je suis ici pour aider la famille du lieutenant tué par le capitaine, déclarai-je (ce qui d'ailleurs n'était peut-être qu'un demi-mensonge). On m'a demandé de faire la lumière sur cette affaire afin que justice lui soit rendue.

J'adressai un regard appuyé à Susan, une manière de lui dire : « Tu as intérêt à me traduire ça comme il faut. » Elle s'exécuta.

M. Vinh resta muet.

Je m'efforçai de me mettre à sa place : ce type qui avait vu l'essentiel de sa génération passer à la trappe n'avait aucune raison d'être impressionné ou ému par le désir d'une famille américaine d'obtenir justice et de connaître la vérité sur les circonstances de la mort d'un des siens. Le gouvernement de Hanoi voyait toujours d'un œil perplexe son homologue américain dépenser des millions de dollars pour retrouver la trace de ses deux mille disparus. Je ne savais pas au juste s'il s'agissait d'une différence culturelle ou d'une simple question pratique : le Vietnam n'avait ni le temps ni l'argent pour rechercher quelque trois cent mille soldats manquant à l'appel. De notre côté, nous avions fait de cette quête une véritable obsession.

M. Vinh resta silencieux, et moi aussi. Il ne faut jamais bousculer ces gens-là, d'autant que les silences qui s'éternisent ne les rendent pas aussi nerveux que les Américains. Il finit par parler.

— Il dit qu'il ne veut pas participer à une enquête sans en avoir reçu l'ordre de son gouvernement.

J'inspirai profondément. Il n'était pas question pour moi d'insulter ce vieux guerrier en lui offrant de l'argent, mais je lui rappelai tout de même un détail :

— Cette famille a découvert comment était mort votre frère, et je vous en ai informé gracieusement. Auriez-vous la bonté de m'apprendre comment est mort le fils de ces gens, afin que je puisse les en informer ? (Et j'ajoutai après une pause :) Il s'agit d'une affaire privée, qui ne regarde en rien le gouvernement.

Après la traduction de Susan, le silence retomba sur la pièce, à peine rompu par le crépitement des braises dans l'âtre et le chant d'un oiseau à l'extérieur. M. Vinh se dirigea vers la porte. Susan et moi échangeâmes un regard.

Il sortit. Je l'entendis parler à quelqu'un. Il revint, expliqua quelque chose à Susan.

Elle s'inclina, et je crus qu'il nous priait soit de prendre congé, soit au contraire d'attendre ici l'arrivée des soldats.

— M. Vinh vient de charger son petit-fils d'aller demander à une femme de sa famille de nous préparer le thé.

Notre hôte nous fit signe d'approcher de la table basse, et nous le suivîmes. Il s'assit en tailleur, dos au four, invita Susan à s'installer à sa gauche et moi en face de lui.

Susan sortit ses cigarettes et en proposa une à M. Vinh, qui accepta. Elle m'en offrit également une en m'invitant à la prendre d'un bref hochement de tête. Je m'exécutai. Après avoir allumé les trois cigarettes, elle laissa son briquet de plastique sur la table. Le cendrier, un morceau de métal tordu, me fit penser à un éclat de bombe.

Je tirai une bouffée, puis posai ma cigarette au bord du cendrier. M. Vinh parut savourer la sienne.

— Voulez-vous que je vous raconte comment cette lettre à votre frère est arrivée jusqu'à moi ? demandai-je.

Susan traduisit, et il opina.

J'entrepris donc de lui relater la façon dont Victor Ort avait contacté la VVA, en lui exposant les grandes lignes du programme humanitaire créé par cette association pour aider le gouvernement de Hanoi à découvrir le sort de ses disparus. L'histoire fut légèrement modifiée de façon à ce que M. Ort et moi-même puissions devenir tous les deux membres de la VVA. Par le plus grand des hasards, je connaissais des gens dont le fils, un lieutenant de la First Cav, avait été tué à Quang Tri. J'expliquai que ces gens s'étaient mis en tête que le lieutenant évoqué dans la lettre de M. Vinh était peut-être leur fils. Je ne mentionnai ni la CID, ni le nom des parents du lieutenant défunt, que j'ignorais – à la différence de M. Vinh.

Il prêta une oreille attentive à la traduction de Susan. Une femme d'un certain âge entra et, sans un mot, se dirigea vers le four, où une bouilloire était suspendue au-dessus des braises. Elle déposa trois bols sur le tapis, prit une pincée de feuilles de thé dans un pot de céramique, la jeta dans un des bols et répéta l'opération avec les deux autres. Puis, à l'aide d'une petite louche, elle emplit chaque bol d'eau brûlante, les plaça tous les trois sur un plateau tressé et, à genoux, s'approcha de la table, devant laquelle elle fit une révérence.

Ce pays avait du bon. Je décochai un clin d'œil à Susan, qui me tira la langue.

Une fois achevée la cérémonie du thé, la femme disparut.

Nous bûmes une gorgée.

— Infect, dis-je en souriant.

Susan fit un compliment à M. Vinh, qui sourit. Ils bavardèrent quelques instants en fumant et en sirotant leur thé.

— M. Vinh demande si nous sommes amants, finit par me dire Susan. Je viens de lui répondre que tu m'as embauchée à Saigon comme interprète et que nous sommes devenus amants en cours de route.

Je regardai M. Vinh, dont le vague sourire signifiait sans doute quelque chose comme « Bien joué, vieux pote ».

— M. Vinh est surpris par le nombre de vétérans américains qui reviennent en pèlerinage dans le Sud, enchaîna Susan. Il en entend souvent parler dans les journaux et quand il a l'occasion de regarder les informations sur le téléviseur de l'école.

Je hochai la tête. Ban Hin n'était donc pas totalement coupé du monde. Ce détail risquait d'avoir son importance si mes soupçons concernant le meurtrier se révélaient exacts.

Susan et M. Vinh allumèrent une nouvelle cigarette. Ces préambules étaient nécessaires, je le savais, avant d'entrer dans le vif du sujet, mais je commençais à m'impatienter, et aussi à me demander qui serait la prochaine personne à franchir cette porte.

— Puis-je vous demander si la dame qui vient de sortir est votre épouse ? lançai-je directement à M. Vinh.

Susan ayant traduit, il acquiesça.

— Est-ce la Mai dont il est question dans votre lettre ?

Après une hésitation, Susan traduisit.

M. Vinh posa son bol sur la table et, regardant droit devant lui, proféra une réponse qui semblait ne s'adresser à personne en particulier.

— Mai a été tuée pendant un bombardement à Hanoi en 1972, traduisit Susan. Ils s'étaient mariés à son retour du front en 1971 et n'avaient pas d'enfant.

— Je suis navré.

M. Vinh comprit, hocha la tête. Susan et lui échangèrent quelques phrases.

— Il s'est remarié. Il a sept enfants, qui lui ont donné de nombreux petits-enfants. Il aimerait savoir si tu as toi aussi des enfants.

— Pas que je sache.

Susan répondit d'un seul mot, qui signifiait probablement « non ». M. Vinh me posa une question.

— Il demande si tu as la lettre qu'il a écrite à son frère.

— J'en avais une photocopie, que j'ai malheureusement perdue en cours de route. Je lui enverrai l'original s'il le désire.

Il écouta la traduction de Susan, puis répondit.

— Il a un cousin à Dien Bien Phu. Tu pourras l'envoyer chez lui.

J'opinai.

J'aurais préféré avoir le texte sous les yeux, bien entendu, histoire de vérifier si Tran Van Vinh avait bien écrit ce qui avait été traduit et qu'on m'avait donné à lire. Mais avec un peu de chance et d'habileté, je n'allais pas tarder à le découvrir.

— Vos blessures vous font-elles encore souffrir ? demandai-je à M. Vinh.

Il répondit.

— Quelquefois, traduisit Susan. Il en a eu d'autres après Quang Tri, mais aucune aussi grave que celle-là, qui l'a tenu éloigné de son devoir pendant plus d'un mois.

Il pointa l'index dans ma direction.

— Moi ? Aucune blessure, fis-je.

Susan traduisit. Il hocha la tête.

— Comment êtes-vous sorti de Quang Tri ? demandai-je.

Il répondit.

— Il était capable de marcher, dit Susan, et tous les blessés valides avaient pour consigne de tenter une sortie de nuit. Il est parti avant l'aurore et il a marché seul, en plein orage, par une nuit sans lune. Il est passé à moins de dix mètres d'une position américaine et s'est réfugié dans les collines à l'ouest.

En emportant avec lui les effets personnels du lieutenant. Du moins l'espérais-je.

Il ajouta encore une phrase.

— M. Vinh dit que si ça se trouve, vous êtes passés à deux pas l'un de l'autre.

— C'est même sûr.

Susan traduisit. Tout le monde sourit.

— Puis-je vous montrer quelques photographies, proposai-je, afin de vérifier si le lieutenant dont la famille m'a envoyé ici est bien celui que vous avez vu dans ce bâtiment en ruine de Quang Tri ?

Il acquiesça.

Susan se leva, ouvrit son sac à dos et en retira le petit album, qu'elle déposa sur la table basse.

M. Vinh contempla la photo de la première page, se leva à son tour et marcha vers une malle en rotin. Il en sortit un objet enveloppé dans un tissu qu'il déplia pour révéler un portefeuille militaire en toile. Il l'ouvrit et en retira une photo plastifiée, qu'il plaça à côté de l'album.

Susan considéra un instant le cliché, puis le poussa vers moi en même temps que l'album.

La photo du portefeuille représentait un jeune couple. La fille était mignonne et l'homme était celui de l'album.

Il ne me manquait plus que le nom de la victime, même si, bien sûr, la CID le connaissait déjà.

— Puis-je voir ce portefeuille ? demandai-je à M. Vinh.

Susan transmit ma requête. M. Vinh poussa l'objet vers moi sur la table.

Je l'ouvris. Il contenait des certificats militaires de paiement – qui dans l'armée remplaçaient l'argent liquide – et plusieurs autres photos de famille : le père et la mère, deux adolescentes, probablement des sœurs, un bébé, qui pouvait être le fils du jeune couple.

Je trouvai trois autres documents plastifiés : le texte de la Convention de Genève, la liste des règles de la guerre terrestre et une autre comportant celles du combat rapproché. Cela faisait beaucoup de règles pour faire la guerre, et elles ne valaient pas grand-chose, sauf la règle d'or, qui disait quelque chose comme : « Tue-le avant qu'il ne t'ait tué. »

Le lieutenant avait néanmoins ces documents sur lui au moment de sa mort, ce qui me donna l'impression d'avoir affaire à un jeune homme droit dans ses bottes. Cette idée fut renforcée par la carte d'achat d'alcool, à laquelle seuls les officiers avaient droit. Elle ne portait que deux coups de tampon, ce qui indiquait l'achat de deux bouteilles. Si j'en avais eu une au Vietnam, croyez-moi, elle n'aurait pas tardé à ressembler à un morceau de gruyère sans gruyère.

Le dernier document sous plastique était la carte d'identité militaire. J'appris que le défunt s'appelait William Hines et qu'il était lieutenant d'infanterie.

— Puis-je rendre ce portefeuille à la famille du lieutenant Hines ? demandai-je en levant les yeux vers M. Vinh.

M. Vinh n'eut pas besoin d'interprète pour comprendre ; il approuva sans hésitation.

Je mis le portefeuille de côté. À défaut d'autre chose, la famille Hines recevrait cet objet avec une trentaine d'années de retard – à supposer, bien entendu, qu'un certain Paul Brenner rentre vivant du Vietnam.

— Dans votre lettre, continuai-je, vous écriviez à votre frère que cet homme avait été tué par un capitaine de l'armée américaine.

Susan traduisit. M. Vinh hocha la tête.

— Nous avons ici plusieurs photographies d'un homme qui selon nous pourrait être ce capitaine, dis-je. Peut-être réussirez-vous à le reconnaître ?

Susan fit la traduction tout en ouvrant son album au début de la seconde série de clichés. Sous mon regard attentif, elle les montra, un par un, à M. Vinh.

En étudiant la dernière photo, M. Vinh dit quelque chose, puis regarda les images en sens inverse avant de s'exprimer à nouveau. Je sentis une incertitude, ou peut-être une hésitation à s'engager dans la voie d'une identification formelle. Comment aurais-je pu l'en blâmer ?

— Il dit qu'on n'y voyait pas bien, traduisit Susan. Le capitaine avait le visage maculé de terre, et il portait un casque. De l'endroit où se trouvait M. Vinh, à l'étage supérieur du bâtiment, il n'a pas pu voir distinctement son visage, et même si cela avait été le cas, il ne s'en souviendrait pas après tant d'années.

Je hochai la tête.

— Pouvez-vous me dire à quoi vous avez assisté ce jour-là ? insistai-je.

Il répondit.

— À ce qu'il a raconté dans la lettre, traduisit Susan.

Je ne tenais pas à lui expliquer que sa lettre et la mienne n'étaient peut-être pas identiques.

— Dans votre récit, repris-je, vous dites à votre frère que vous êtes incapable d'attribuer un sens au meurtre du lieutenant par le capitaine. Et pourtant, selon vous, il y a eu querelle. Est-il possible que le lieutenant ait menacé le capitaine ? Ou qu'il ait fait preuve d'insubordination ? Qu'un officier sorte son arme pour abattre un de ses subalternes est plutôt inhabituel. Auriez-vous l'amabilité de repenser à ce que vous avez vu ce jour-là ? Il se pourrait qu'un détail oublié vous revienne en mémoire.

Susan traduisit. M. Vinh me fixa longuement, sans que je puisse deviner pourquoi. Il finit par répondre.

— M. Vinh dit qu'il ne trouve toujours aucun sens à ce geste.

Je n'étais pas disposé à lâcher prise aussi facilement.

— Peut-être le souvenir que j'ai gardé de votre lettre n'est-il pas tout à fait exact, dis-je à M. Vinh. Ou alors, peut-être la traduction n'était-elle pas tout à fait précise. Pourriez-vous, s'il vous plaît, me raconter l'histoire telle que vous vous la rappelez ?

Susan traduisit.

M. Vinh inspira profondément et s'abstint de répondre.

— Monsieur Vinh, insistai-je, je comprends que vous ne teniez pas à vous remémorer ces instants douloureux, mais depuis mon retour ici, j'ai visité les sites de plusieurs de mes anciennes batailles, notamment à Quang Tri et dans la vallée d'A Shau. J'ai revécu en moi-même certains épisodes de cette époque, j'ai raconté des souvenirs de guerre à cette demoiselle, et voyez-vous, je crois que ça m'a fait du bien. Si je vous demande à présent de revenir à ce moment-là, c'est uniquement pour la bonne cause.

M. Vinh répondit.

— Il ne veut pas en parler, traduisit Susan.

Quelque chose ne tournait pas rond.

— Tu es sûre d'avoir traduit correctement ? fis-je.

Elle ne répondit pas.

— Susan, nom de Dieu, qu'est-ce qui se passe ?

Elle me regarda et dit :

— Mieux vaut pour toi que tu ne le saches pas, Paul.

Je sentis un frisson glacé ramper sur mon échine.

— Si. Je veux savoir.

— Paul… La route a été longue, et nous avons retrouvé M. Vinh. Il s'agit maintenant pour nous de savoir s'il a ici d'autres souvenirs de cet incident, puis de rejoindre Hanoi pour rendre compte de notre mission à notre hiérarchie.

Un bref coup d'œil à M. Vinh me permit de voir qu'il sentait bien que l'entente entre ses hôtes n'était pas parfaite.

— Des souvenirs ? fis-je en agitant le portefeuille du lieutenant. Vous avez d'autres souvenirs de ce jour-là ? *Dai-uy ?* Du capitaine ? *Trung-uy ?* Du lieutenant ? (Je montrai du doigt la malle en rotin.) D'autres souvenirs, monsieur Vinh ? *Biet ?*

Avec un hochement de tête, il se releva et marcha vers son trésor de guerre.

— Tu sais ce qui est en jeu ? demandai-je à Susan.

— Oui.

— Tu as lu la vraie traduction de la lettre ?

— Oui.

— Tu es une foutue menteuse.

— Oui.

M. Vinh revint avec plusieurs objets qu'il déposa sur la table.

Je les passai en revue. Il y avait là une montre militaire américaine dont la trotteuse avait cessé de tourner depuis des lustres, une gourde en plastique qui aurait encore été utilisable sans l'éclat d'obus fiché dedans, une alliance en or, une plaque d'identification militaire, et quelques papiers rassemblés dans une pochette de toile.

J'examinai d'abord la plaque d'identification, sur laquelle était gravé le nom *Hines, William H.*, suivi de son numéro de matricule, de son groupe sanguin et de la mention de sa religion – méthodiste. Je pris ensuite l'alliance, à l'intérieur de laquelle on pouvait lire l'inscription *Bill & Fran, 15/01/67*, c'est-à-dire environ un an avant sa mort.

J'ouvris la pochette de toile, qui contenait une liasse de lettres notamment signées *Fran, papa* ou *maman*. Je les mis de côté et m'intéressai à une lettre inachevée du 3 février 1968. Elle disait :

Fran chérie,

J'ignore quand je terminerai cette lettre – et même si je la terminerai un jour. Comme tu dois déjà le savoir, les Vietcongs et l'armée nord-vietnamienne sont passés à l'offensive partout dans le pays. Ils ont même attaqué la citadelle de Quang Tri, où je me trouve en ce moment. Le quartier général du MACV est sous le feu des mortiers ennemis, et nous avons beaucoup de blessés privés de soins médicaux. L'armée sud-vietnamienne a rompu les rangs, et les hommes du MACV se battent pour survivre. Ceux qui voyaient le poste de conseiller comme une sinécure ont vite déchanté. Je sais que le ton de cette lettre est pessimiste. Peut-être que tu ne la recevras pas, mais peut-être que si, et je tiens à ce que tu saches...

Le texte s'interrompait brutalement. Je mis la feuille de côté.

Il y avait aussi dans la pochette un petit carnet de notes, que j'ouvris. C'était un journal d'officier typique, avec des listes de fréquences radio et de signaux d'appel, des codes, des noms de correspondants au sein de l'armée sud-vietnamienne, ce genre de choses. Et aussi quelques observations personnelles du lieutenant Hines, essentiellement des réflexions sur le climat, les réunions d'état-major, la guerre en général.

Un bref paragraphe, daté du 15 janvier, attira mon regard : *Capt. B. très apprécié des off. sup., mais pas de moi ni des autres sub. Trop occupé à fricoter au marché noir et à passer ses soirées au bordel.*

Je refermai le carnet. Apparemment, le capitaine B. n'avait pas perdu son temps pendant la guerre, du moins jusqu'à l'offensive du Têt.

Je regardai M. Vinh, lui montrai les divers objets posés sur la table basse puis m'enfonçai l'index dans la poitrine.

Il opina.

— Les parents Hines seront heureux de récupérer ceci, dis-je à Susan. Ils aimeraient aussi savoir comment leur fils est mort.

— Tu le sais déjà. Il est mort pendant la bataille de Quang Tri.

— Tu te rappelles plus ? C'était un meurtre.

— Ils n'ont pas besoin de le savoir.

— Je ne suis peut-être pas habilité à m'exprimer au nom de la famille Hines, mais j'ai été envoyé ici pour découvrir qui a tué le lieutenant Hines.

— Non, ce n'est pas pour ça que tu as été envoyé ici. Tu as été envoyé ici pour vérifier si le témoin de ce meurtre était toujours en vie. Il l'est. A-t-il conservé des souvenirs de cet épisode ? Il en a. Pouvons-nous remporter ces souvenirs ? Il vient de nous en donner la permission. Les gens de Washington connaissent déjà le nom du meurtrier, mais ni toi ni moi n'avons besoin de cette information.

— Faux.

Mon regard tomba sur une feuille de papier jauni pliée et posée sur la table, le dernier souvenir de la malle aux trésors de M. Vinh. Reconnaissant un tableau d'effectifs, je la fis glisser vers moi. La liste avait été tapée sur papier paraffiné, ce qui rendait les noms difficiles à déchiffrer, mais pas illisibles. Elle portait l'en-tête du MACV de Quang Tri et était datée du 3 janvier 1968.

En parcourant les noms, je constatai que le groupe de conseillers comportait seize Américains, tous officiers ou sous-officiers. Le poste de conseiller n'était pas particulièrement exposé, sauf quand quelque chose tournait mal, ce qui avait été le cas pendant l'offensive du Têt.

Le responsable du groupe était le lieutenant-colonel Walter Jenkins, et son second le major Stuart Billings. Le commandant en troisième était un capitaine – le seul et unique capitaine au-dessus d'une flopée de lieutenants, parmi lesquels William H. Hines. Ce capitaine s'appelait Edward F. Blake.

Après avoir longuement considéré ce nom, j'attirai à moi l'album photographique et examinai une des images, celle où le capitaine apparaissait cravaté. Je levai les yeux vers Susan.

— Edward Blake, articulai-je. Le vice-président des États-Unis.

Elle alluma une cigarette, sans broncher.

J'inspirai profondément. Si j'avais eu un whisky-soda sous la main, je l'aurais sifflé cul sec. Edward F. Blake était le capitaine B.

Le vice-président Blake, qui n'était plus qu'à une marche du fauteuil de Président. À un détail près : il avait commis un meurtre.

À la dérobée, je jetai un coup d'œil à Tran Van Vinh, qui attendait patiemment, même s'il commençait sans doute à capter de mauvaises vibrations. Je m'efforçai de paraître calme et décontracté pour ne pas trop l'affoler.

— Quelles sont les chances pour que notre hôte ici présent soit capable de reconnaître le vice-président Blake ? demandai-je à Susan d'un ton neutre.

— C'est toute la question, fit-elle en tirant sur sa cigarette.

— On capte plutôt mal la télévision dans le coin…

— Nous en avons discuté à Washington. On m'a demandé mon opinion.

— Et quelle est-elle ?

— Si tu veux le savoir, c'est que la quasi-totalité des Vietnamiens seraient capables de reconnaître le président et peut-être même le vice-président des États-Unis d'après les photos qui paraissent régulièrement dans la presse écrite. Comme dans la plupart des pays communistes, les journaux sont omniprésents, bon marché et accessibles aux masses, qui soit dit en passant sont quasiment alphabétisées à cent pour cent. Voilà ce que j'ai dit à Washington.

Elle reprit son souffle avant d'ajouter :

— Les articles de presse ont une forte charge politique et s'intéressent souvent à Washington. Les Vietnamiens sont plutôt bien informés, même à Ban Hin, d'autant qu'il y a la télévision à l'école. Comme tu le sais sans doute, le vice-président Blake, du temps où il était sénateur, a participé au Comité des relations étrangères et au Comité des disparus. Il a fait de nombreux voyages au Vietnam. Tu te rappelles peut-être aussi que c'est un ami très proche de notre actuel ambassadeur à Hanoi, Patrick Quinn.

(Elle jeta un coup d'œil à M. Vinh.) Cette affaire pourrait poser un problème, surtout si Edward Blake devient Président. (Son regard revint sur moi.) Et toi, qu'en penses-tu ?

Je m'imaginai Tran Van Vinh sur la place du marché, en train de lire la *Pravda* locale. Tout à coup, une photo d'Edward Blake lui saute aux yeux, et une petite sonnette se met à tinter sous son crâne. Et après ? Aurait-il le réflexe de signaler cette curieuse coïncidence aux autorités locales ? Et si oui, quelles en seraient les conséquences ? C'était plutôt de ce côté-là, à mon avis, que se situait la question.

— Qu'en penses-tu, Paul ? répéta Susan.

— Je comprends que certaines personnes à Washington se sentent nerveuses et qu'Edward Blake ait des difficultés à trouver le sommeil – à supposer qu'il soit informé de cette affaire, et plus précisément de l'envoi au Vietnam d'un certain Paul Brenner. Mais je dirais qu'il y a de très faibles chances pour que notre hôte l'identifie et le signale.

— Mieux vaut prévenir que guérir. Cela dit, je me sens déjà mieux maintenant que nous avons récupéré ces souvenirs de guerre.

— Et si tu effaces ce monsieur, tu te sentiras encore mieux.

Elle ne releva pas ma remarque.

— En un sens, fit-elle, l'identification est faite. Je veux dire, il n'est peut-être pas en mesure de mettre tout de suite un nom sur les photos qu'on lui a montrées, mais ça arrivera un jour ou l'autre. Par exemple lorsqu'il lira le compte rendu d'une visite de Blake dans le journal. Et il se trouve que le vice-président Blake se trouve en ce moment même à Hanoi dans le cadre d'une visite officielle.

— Quelle coïncidence, lâchai-je. Blake sait-il qu'il a un problème ? C'est peut-être même la raison de sa présence au Vietnam, non ?

— Franchement, je l'ignore... Mais je crois que s'il ne le sait pas encore, il l'apprendra vite de ses conseillers, à partir du moment où nous aurons rejoint Hanoi. C'est mon hypothèse.

— En fin de compte, nous ne savons pas si les gens qui nous ont confié cette mission cherchent à couvrir Blake ou à le faire chanter...

— La presse rurale est hebdomadaire, et le prochain numéro évoquera sûrement la visite de Blake, avec photos à l'appui. Quand ils parlent de quelqu'un, les journaux vietnamiens ont l'habitude de mentionner ses états de service pendant la guerre, souvent en publiant une photo d'époque à côté de l'actuelle. Ils ne manqueront donc pas de dire qu'Edward Blake a combattu à Quang Tri en 1968, ajoutant qu'entre-temps, cela va de soi, il est devenu l'ami du Vietnam. Ils adorent ce genre de boniment. Alors, qu'en penses-tu ? Ne crois-tu pas que notre ami assemblerait obligatoirement les morceaux du puzzle s'il voyait côte à côte une photo du capitaine Blake et celle du vice-président Blake ?

— J'ai l'impression d'être en train de plaider pour sauver la tête de cet homme.

Susan resta muette.

— Il n'a pas enduré dix ans d'enfer pour être abattu par toi sous son propre toit au seul motif qu'il risquerait de se souvenir un jour de quelque chose, déclarai-je.

M. Vinh fumait toujours, attendant que ses hôtes aient fini leur aparté en anglais. Il nous trouvait sans doute grossiers, mais lui était suffisamment poli pour ne rien en montrer.

— Est-ce qu'il peut comprendre le nom de Blake quand nous le prononçons devant lui ? demandai-je à Susan.

— Non. Les noms anglo-saxons se disent et se lisent de façon très différente en vietnamien. Sans accent tonique, ils sont méconnaissables. Mais il faudra tout de même récupérer ce tableau d'effectifs pour qu'il ne puisse pas rapprocher le nom de Blake de celui qui paraîtra bientôt dans la presse…

Je regardai fixement Susan, l'esprit encombré de pensées. Il était grand temps de faire le point sur nos relations. L'aimais-je encore ? Oui, mais ça me passerait sûrement. Pouvais-je lui faire confiance ? Moins que jamais. Étais-je en colère contre elle ? Oui, mais j'étais surtout impressionné. Elle avait un talent fou. Et, enfin, était-elle sur le point de commettre un geste brutal et inconsidéré ? Un crime, à tout le moins ? En tout cas, elle y réfléchissait sérieusement.

— Il est vraiment dommage que tu sois si curieux, marmonna-t-elle après avoir tiré d'un air pensif sur sa cigarette.

— Je suis payé pour !

Elle sourit, parut se rendre compte que nous avions trop longtemps ignoré notre hôte et se mit à lui parler de Dieu sait quoi. Elle lui offrit une autre cigarette, sortit de sa poche la note de notre motel de Dien Bien Phu et griffonna quelque chose au verso sans cesser de discuter avec M. Vinh. Peut-être échangeaient-ils des recettes de soupe *pho*.

— Je viens de noter l'adresse du cousin de M. Vinh à Dien Bien Phu, m'annonça-t-elle enfin. Pour qu'on lui renvoie sa lettre.

— À quoi bon ? Il sera bientôt exécuté, par toi ou par quelqu'un d'autre.

Elle ne répondit pas.

M. Vinh la regardait toujours en souriant.

— On ferait mieux de filer, suggérai-je à Susan. Avant que la maréchaussée rapplique.

— Aucun risque. Tu ne vas pas le croire, mais M. Vinh est le chef local du Parti, dit-elle en m'indiquant du menton le portrait de l'oncle Ho. Les soldats ne viendront que si M. Vinh le leur ordonne.

Je me tournai vers M. Vinh, légèrement abasourdi.

— Parlez-vous français ? lui demandai-je.

Il secoua la tête.

— Même pas un tout petit peu ?

Il ne réagit pas.

— Tu as raison, intervint Susan, nous ferions peut-être mieux d'y aller. Avant que M. Vinh ne se doute de quelque chose.

— Je n'ai pas fini.

— Tu n'apprendras rien de plus ici…

— Explique-moi, Susan, pourquoi il est si important de couvrir Edward Blake.

— Tu devrais lire plus souvent le journal. Je te l'ai déjà dit, Edward Blake a beaucoup de relations dans la région. Il s'est fait de nombreux amis au sein du gouvernement de Hanoi – chez les nouveaux venus, ceux qui cherchent à se rapprocher de nous. Il est notamment sur le point de signer un contrat concernant la baie de Cam Ranh, ainsi qu'une série d'accords commerciaux et pétroliers qui renforceront beaucoup notre position par rapport à la Chine.

— Ce brave gars, il semblerait bien qu'il ait commis un meurtre…

— Et alors ? Edward Blake sera notre prochain Président. Le peuple l'apprécie, les militaires l'apprécient, le milieu du renseignement l'apprécie, et le monde des affaires aussi. Je suis sûre que toi-même, tu le trouvais sympathique il y a dix minutes à peine.

Elle avait raison. Le héros de guerre et tout le tralala... Même ma mère le trouvait bien. Ce type avait de l'allure.

— Soit, dis-je, je veux bien lui accorder le bénéfice du doute et supposer qu'il a abattu le lieutenant Hines pour une bonne cause d'un point de vue militaire. Et maintenant, je te prie de demander à M. Vinh ce qu'il a vu ce jour-là. Sans entourloupe.

— Nous ne connaîtrons jamais le vrai motif, rétorqua Susan. De toute façon, ça n'a aucune importance, et M. Vinh l'ignore également. (Elle se leva.) Allons-nous-en.

— *Toi*, tu le connais. Je t'écoute.

Elle s'approcha du mur opposé, et je m'aperçus tout à coup qu'elle était nettement plus près du Colt que moi.

— Pas question, fit-elle. Tu en sais déjà trop.

M. Vinh cherchait à comprendre. Son regard faisait la navette entre nous deux. Je me levai sans quitter un instant Susan des yeux. Elle savait à présent que je devinais ce qu'elle avait l'intention de faire.

— Paul... je t'aime. Vraiment. C'est pour cela je ne veux pas que tu en apprennes davantage. Je ne mentionnerai même pas à ma hiérarchie que tu as découvert l'identité du capitaine.

— Moi si. Et maintenant, soit tu lui demandes ce que je veux savoir, soit tu me le dis toi-même.

— Rien du tout. (Elle eut une courte hésitation.) Donne-moi les clés de la moto.

Je sortis le porte-clés de ma poche et le lui lançai. Elle l'attrapa au vol, sans cesser de me fixer, et dit quelque chose à M. Vinh, qui se tourna vers moi et commença à me parler.

Derrière lui, je vis Susan plonger une main dans le chaume et récupérer son pistolet, qu'elle cacha derrière son dos. Le coup de feu serait-il entendu du village ? Ou *les* coups de feu ?

— Il m'est arrivé de tuer des gens pour mon pays, lui dis-je, ignorant M. Vinh. J'ai même fait toutes sortes de vilaines choses pour mon pays. Tu connais l'adage « Plutôt trahir son pays que son ami » ? Il fut un temps où je le trouvais absurde. Aujourd'hui, je n'en suis plus si sûr. Quand tu auras mon âge, Susan, et que tu regarderas en arrière, tu comprendras peut-être.

Nous nous regardions toujours. Je sentis qu'elle était au bord des larmes, ce qui n'était de bon augure ni pour moi ni pour M. Vinh.

Celui-ci avait fini par se lever à son tour. Il nous dévisageait alternativement l'un et l'autre. Susan lui dit quelque chose, et il entreprit de rassembler les souvenirs de guerre étalés sur la table basse.

J'aurais voulu l'arrêter, mais ce n'était pas une bonne idée, pour un certain nombre de raisons, dont le Colt n'était pas la moindre. M. Vinh remit l'album de photos à Susan, qui le glissa dans une poche latérale de son blouson. Il lui donna ensuite la pochette de toile contenant les lettres et le tableau d'effectifs, puis la plaque d'identification, le portefeuille, l'alliance, et enfin la montre. Elle empocha le tout.

M. Vinh avait bien compris que Susan et moi étions en désaccord mais, courtois comme il l'était, il ne voulait pas se mêler d'une querelle entre deux Occidentaux de sexe opposé.

Pendant ce temps, Mlle Weber réfléchissait à son prochain coup. Elle avait le choix entre une sortie discrète et le chaos. Dans ce dernier cas, elle serait obligée d'étouffer le son de la détonation, et peut-être était-elle justement en train d'y penser. Je n'avais pas oublié qu'elle avait abattu deux soldats sans sourciller. Elle tendit le bras vers son sac à dos et en sortit la fourrure offerte quelques heures auparavant par les cavaliers montagnards. Si j'avais dû atténuer une détonation, j'aurais eu la même idée. Je la suivis des yeux alors qu'elle s'approchait de M. Vinh, mais elle fuyait soigneusement mon regard.

Là, contre toute attente, elle glissa le pistolet sous sa ceinture, au creux de ses reins, sans que M. Vinh se doute un instant que pour la énième fois la mort l'avait frôlé. Elle lui offrit la peau avec une courbette. Enfin, elle se tourna vers moi.

— Tu viens ?

— Pour que je vienne, il faudrait que tu me remettes l'arme et les pièces à conviction. Tu le sais très bien.

Elle inspira profondément.

— Désolée.

Et elle s'éclipsa.

Je me retrouvais donc seul au milieu de nulle part, sous le toit d'un ponte communiste local qui ne parlait pas un mot de français, et encore moins d'anglais, planté là par ma petite amie qui au passage avait embarqué le flingue et les clés de la moto.

— *Co-dep dien cai dau*, dis-je à M. Vinh en me tapotant la tempe de l'index. Cette fille est cinglée.

Il hocha la tête en souriant.

— Bon, soupirai-je. À quelle heure part le prochain bus ?

— Euh… ?

Je consultai ma montre. Presque quinze heures. Dien Bien Phu était à une trentaine de bornes. En marchant bien, je pouvais parcourir six ou sept kilomètres par heure sur terrain plat, ce qui me ferait arriver à Dien Bien Phu autour de huit heures du soir. À moins que quelqu'un ne me prenne en stop.

— *Cam un*… dis-je à M. Vinh. Merci beaucoup. Le thé était délicieux.

Nous nous serrâmes la main en nous regardant dans le blanc des yeux. Ce guerrier avait survécu à l'enfer puissance dix avant de devenir un vieux paysan, un communiste rural de la vieille école, totalement incorruptible – et parfaitement incongru. Si Washington ne le supprimait pas, peut-être les nouveaux détenteurs du pouvoir à Hanoi s'en chargeraient-ils. Tout bien pesé, M. Vinh et moi avions quelques points communs.

Je défis ma montre, un joli modèle de l'armée suisse, et la lui offris. Il l'accepta presque à contrecœur, en s'inclinant.

Après avoir récupéré mon sac à dos, je quittai la maison. Je descendis le sentier, passai entre les tumulus, retraversai le village.

Je ne suscitai pas autant d'intérêt que la première fois – ou alors, j'avais l'esprit ailleurs.

En dépit de mes rodomontades et de mes sarcasmes, j'étais encore amoureux de Susan. Mon estomac était noué et mon cœur avait mal. Je me remémorai Saigon, la terrasse du Rex, le train de Nha Trang, le Grand Hôtel, Pyramide, la route 1 jusqu'à Hué, le soir du Têt, la vallée d'A Shau, Khe Sanh, Quang Tri… Si ça avait été à refaire, j'aurais tout refait. Avec elle, évidemment.

Mais il y avait l'affaire Edward Blake. Je n'y voyais pas encore clair et je ne me sentais pas prêt à tout analyser. Ce que je savais avec certitude, c'était qu'un certain cercle de pouvoir avait eu vent de l'existence de cette lettre et s'était mêlé de mon enquête, à moins que ce ne fût le contraire : la lettre était d'abord parvenue entre les mains de la CIA, ou du FBI, et la CID n'était qu'un paravent.

Une chose était évidente : certaines personnes de Washington étaient en pleine crise de paranoïa aiguë. Selon les sondages, Edward Blake était une valeur sûre : une belle petite gueule de héros de guerre, une femme et des enfants superbes, du fric plein les poches, des amis haut placés… Bref, toute personne susceptible de menacer sa future présidence pouvait d'ores et déjà être considérée comme de la viande froide.

En retraversant la place du village, je jetai un dernier coup d'œil au monument aux morts. Cette sale guerre, la guerre du Vietnam, la guerre américaine, n'avait pas fini de tuer.

De retour sur la route 12, je cherchai du regard un moyen de locomotion, mais c'était le dernier jour férié et, apparemment, tout le monde avait décidé de faire le pont. Il n'y avait pas un chat.

Je me mis donc à marcher sur le bas-côté vers Dien Bien Phu. En passant devant le poste militaire, je remarquai que la jeep n'y était plus.

Cinq cents mètres plus loin environ, j'entendis enfler derrière moi le feulement d'un gros cube, mais je ne m'arrêtai pas.

Elle stoppa à ma hauteur. Nos regards s'affrontèrent.

— Qu'est-ce que tu vas faire à Dien Bien Phu ? me lança-t-elle. Je t'ai pourtant expliqué comment tu devais procéder pour aller à Hanoi. Tu ne m'écoutes jamais. Tu devrais être en train de faire du stop sur la route de Lao Cai. C'est justement par là que je vais. Monte.

— Merci, mais je préfère aller là où je le désire, répondis-je sans m'arrêter. Même si c'est en rampant.

— Ne compte pas sur moi pour te suivre ! cria-t-elle dans mon dos. Ne compte pas sur moi pour te supplier ! C'est mon dernier mot, Paul ! Soit tu viens avec moi, soit tu ne me revois plus !

Nous avions déjà joué ce petit numéro sur la route 6, et cette fois j'étais bien décidé à ne pas céder. Je lui fis comprendre d'un signe de la main que cela m'était bien égal et je poursuivis ma marche.

Le moteur de la BMW gronda, le bruit diminuant progressivement à mesure que la moto s'éloignait.

Une dizaine de minutes plus tard, le rugissement se fit de nouveau entendre dans mon dos. Susan me rattrapa.

— C'est ta dernière chance, Paul.

Je marchais toujours. Elle s'efforçait de rester à ma hauteur en accélérant et en rétrogradant par à-coups.

— Si tu veux, proposa-t-elle, je te laisse conduire.

Je ne répondis pas.

— Il faut absolument que tu aies quitté le pays dimanche. Si je ne te ramène pas à Hanoi, j'aurai des ennuis.

— Je croyais que tu étais censée me tuer.

— C'est grotesque. Allez, monte ! Le moment est venu de rentrer en Amérique.

— Je suis capable de trouver le chemin tout seul, merci bien. Je l'ai déjà fait deux fois.

— S'il te plaît…

— Susan, va au diable.

— Ne dis pas ça. Je t'en prie, monte avec moi.

Nous stoppâmes tous les deux sur la piste.

— Je ne veux pas de toi, lâchai-je.

— Si.

— C'est fini.

— Voilà comment tu me remercies de vous avoir épargnés, M. Vinh et toi ?

— Quel grand cœur !

— Ça te dérange si je fume ?

— Tu pourrais même brûler tout entière que ça ne me gênerait pas.

Elle alluma une cigarette.

— D'accord, dit-elle en exhalant une première bouffée, tu veux la vérité ? La voici : dans sa lettre, Tran Van Vinh racontait à son frère qu'il gisait au premier étage du bâtiment de la trésorerie de Quang Tri, blessé, et qu'une brèche dans le plancher lui permettait de voir tout ce qui se passait au rez-de-chaussée. Tout à coup, il a vu entrer trois Vietnamiens, deux hommes et une femme, qui ont ouvert un coffre-fort encastré dans le mur et se sont mis à le vider. Ils étaient tous en civil, et M. Vinh, qui à l'époque était sergent, s'est dit qu'ils étaient en train soit de voler l'argent public, soit de le transférer en lieu sûr. Tran Van Vinh précisait dans sa lettre que ces personnes ont ouvert certains sacs et qu'il a entrevu des pièces d'or, des billets de banque américains, et aussi des bijoux. (Elle tira une bouffée de sa cigarette.) Tu veux que je continue ?

— C'est pour ça que je suis ici. Tu ne m'écoutes jamais.

Elle sourit.

— Le récit de Tran Van Vinh recoupe la vérité historique, dit-elle. La trésorerie de Quang Tri a bel et bien été pillée pendant la bataille. Cet incident est mentionné dans certains livres d'histoire. J'ai vérifié.

— Continue.

— Dans sa lettre, le sergent Vinh explique qu'étant à court de munitions il s'est contenté d'observer la scène. Quelques minutes plus tard, le lieutenant – Hines – entre dans l'immeuble et parle aux trois civils, comme s'il était en mission avec eux pour mettre le contenu du coffre en lieu sûr. Tout à coup, il lève son fusil et tue les deux hommes. La femme le supplie de lui laisser la vie sauve, mais il l'abat d'une balle dans la tête. Le capitaine Blake entre à son tour, voit ce qui vient de se passer, le ton monte entre le lieutenant Hines et lui, Hines fait le geste de lever son fusil, mais le capitaine Blake dégaine son arme et le tue. Le capitaine Blake remet ensuite les valeurs en lieu sûr dans le coffre, brouille la combinaison et s'en va. Le pillage s'est produit ultérieurement.

Elle jeta sa cigarette avant de conclure :

— Voilà ce qui s'est passé. Voilà ce que Tran Van Vinh a vu et écrit à son frère dans sa lettre.

Je la dévisageai quelques secondes.

— Mon petit doigt me dit que tu as interverti les rôles.

Elle ébaucha un vague sourire.

— Tu as peut-être raison. Mais je trouve que l'histoire sonne mieux de cette façon.

— Donc, Edward Blake a tué quatre personnes de sang-froid pour voler de l'argent public. Et c'est ce type que tu voudrais voir à la présidence ?

— Tout le monde commet des erreurs, Paul. Surtout en temps de guerre. Pour être tout à fait franche, je ne voterai pas pour Edward Blake, mais je crois qu'il sera bon pour notre pays.

— Pas pour le mien, dis-je en reprenant ma marche. À plus tard.

Elle accéléra pour revenir à ma hauteur.

— J'aime les hommes qui se battent pour des causes justes.

Je ne répondis pas.

— Voilà, reprit-elle, tu connais le secret. Seras-tu capable de le garder ?

— Non.

— Tu n'as aucune preuve.

— Je ferai le maximum pour en trouver.

— C'est une très mauvaise idée.

Je fis halte, jetai un regard circulaire autour de moi. Il n'y avait pas âme qui vive.

— Dis donc, lâchai-je, c'est l'endroit idéal pour me tuer.

— Exact.

Elle retira l'automatique de sa ceinture et me le tendit, la crosse en avant.

— Tu pourrais aussi te débarrasser de moi, dit-elle.

Je saisis le pistolet et le lançai aussi loin que possible dans une rizière inondée.

— J'en ai un autre, déclara-t-elle. Et même deux.

— Susan… Tu ne tournes pas rond.

— Je te l'ai dit, j'ai grandi dans une famille de cinglés.

— Je parierais qu'ils ne t'arrivent pas à la cheville…

— Et alors ? C'est ce qui me rend intéressante. Tu te crois peut-être parfaitement normal ?

— Écoute, je ne tiens pas à discuter avec toi de…

— Tu m'aimes ?

— Bien sûr.

— Tu veux que je t'aide à faire tomber Blake ?

— Il sera bon pour le pays, lui rappelai-je.

— Pas pour le mien. Monte. Je suis en train de gaspiller de l'essence, et tu es trop vieux pour marcher.

— J'ai été fantassin.

— Quand ça ? Pendant la guerre de Sécession ? Monte. Tu me puniras à Hanoi. J'ai besoin d'une bonne fessée.

Je souris.

Après avoir effectué un demi-tour juste devant moi, elle me tendit la main. Je la pris. Elle m'attira à elle. Je montai en croupe.

Nous partîmes vers le nord, pour rejoindre Lao Cai et la route de Hanoi.

Un joli dénouement… si j'avais cru ne fût-ce que la moitié de ce qu'elle venait de me raconter.

45

Nous progressions péniblement vers le nord sur la route 12, une piste à une seule voie qui suivait approximativement le cours de la rivière Na.

Le ciel était envahi de nuages bas et noirs qui semblaient bien décidés à occuper le terrain jusqu'au printemps. Je n'avais pas revu le soleil depuis le col des Nuages, sur la route de Hué.

J'avais l'impression que deux Vietnam spectaculairement différents coexistaient : l'un ensoleillé, tapageur et souriant, dans le Sud ; l'autre gris, morne et taciturne, où je me trouvais à présent. À votre avis, lequel avait gagné la guerre ?

Susan et moi parlions peu, ce qui m'allait fort bien, car j'avais besoin de réfléchir à la situation. J'avais l'impression d'en comprendre l'essentiel, du moins en ce qui concernait les enjeux, aussi bien politiques ou économiques que stratégiques.

Les motivations de ces messieurs de Washington étaient sans doute le fruit d'un mélange d'inquiétudes légitimes vis-à-vis de la Chine, d'une obsession malsaine pour tout ce qui concernait le Vietnam et de la conviction profonde que le pouvoir avait été donné par Dieu aux Américains pour s'amuser avec le reste du monde.

Ces profondes pensées mises à part, il fallait considérer l'élément humain. Pour commencer, Edward Blake méritait d'aller en prison pour meurtre. Il n'était pas le seul à pouvoir devenir Président. Ensuite, il y avait Karl. Le colonel Hellmann rêvait probablement de décrocher une étoile de général avant de prendre sa retraite, et un colonel en quête d'étoile est comme une lycéenne qui n'a toujours pas de cavalier la veille du bal de promotion : l'option compromission est à l'étude. Chacun sa méthode, mais il n'aurait pas dû m'attirer dans cette galère.

Il y avait aussi les seconds rôles, comme Bill Stanley, Doug Conway, et Dieu sait qui d'autre, qui disaient leur texte d'après un scénario intitulé « Dieu Bénisse l'Amérique », dont la trame montrait le président Blake à l'œuvre pour bouter les Russes hors de la baie de Cam Ranh et transformer le Vietnam en compagnie pétrolière américaine (une belle revanche sur le passé), avec un final grandiose montrant la septième flotte quittant Cam Ranh pour cingler vers les rivages de la Chine et aller semer la terreur chez les communistes.

Il y avait aussi Cynthia, manipulée par Karl Hellmann pour suggérer à Paul Brenner qu'il avait besoin de reprendre du service et que c'était même le meilleur moyen de sauver leur couple. Ses motivations étaient peut-être honnêtes, mais que pouvait-on augurer de bon d'une relation ainsi contrôlée de l'extérieur par des tierces personnes ?

Et que dire de Susan, menteuse pathologique et tueuse implacable, dont la fourrure était aussi douce que les crocs étaient longs ? Le plus étonnant dans cette affaire était qu'elle semblait sincèrement amoureuse de moi. À croire que j'attirais les femmes affligées de sérieux problèmes mentaux. Ou alors, pour voir les choses autrement, peut-être était-ce moi qui avais quelques problèmes à régler. Si, le plus souvent, mon sexe était responsable de la plupart de mes difficultés avec les femmes, cette fois, j'avais l'impression que c'était mon palpitant qui se trouvait en première ligne.

Une ville était en vue. D'après la carte, ce devait être Lai Chau.

Peu après, nous stoppions dans une station-service au centre du patelin, qui ressemblait à Dien Bien Phu en moins prospère.

Susan alla aux toilettes pendant que je me mettais à pomper. Elle revint peu après, le visage et les mains débarrassés de leur teinture bleue.

— Je vais pomper. Va te débarbouiller.

— J'aime pomper.

— Tu veux que je te tienne le tuyau ? fit-elle avec un sourire malicieux.

Totalement givrée. Mais quelle femme !

— Tu m'en veux ? demanda-t-elle.

— Je devrais ?

— Tu me fais confiance ?

— Il me semble qu'on a déjà joué cette scène-là.

— Tu me crois quand je te dis que je suis dans ton camp ? Que je pense comme toi qu'Edward Blake doit rendre des comptes en ce qui concerne la mort de William Hines ?

— Absolument, dis-je en finissant de pomper. Il te reste des dongs ?

Susan régla le préposé, qui attendait en tournant autour de la BMW et en nous étudiant des pieds à la tête.

L'envie me démangeait de mettre les bouts au plus vite, et je montai sur la selle quelques secondes avant que Susan m'ait rejoint.

— Regarde-moi, Paul.

J'obtempérai.

— Je n'aurais pas pu tuer cet homme. Tu dois me croire.

— Je te crois, dis-je en la fixant dans le blanc des yeux.

Elle sourit.

— Espèce de… tu te fiches de moi !

— Monte.

Elle s'installa en croupe et noua les bras autour de ma taille.

Je démarrai, et nous retrouvâmes la route 12.

Susan ne tarda pas à avoir faim, comme d'habitude, et nous stoppâmes pour pique-niquer au bord d'une rizière fétide. Des bananes, du gâteau de riz, un litre d'eau. Je n'avais plus ingurgité de vraies protéines depuis le porc-épic de la veille au soir.

À la fin du repas, elle alluma une cigarette.

— Au cas où tu te demanderais pourquoi ils t'ont choisi, déclara-t-elle, la première raison est qu'ils avaient besoin d'un vétéran du Vietnam. Les anciens combattants sont unis par des liens invisibles, même s'ils ont fait la guerre dans des camps opposés. Je l'ai senti immédiatement, entre M. Vinh et toi.

— Il n'y a aucun lien entre le colonel Mang et moi.

— Tu te trompes.

— Donc, j'ai été sélectionné par un programme informatique ? Beau mec, maîtrise parfaite du français et du vietnamien, connaissance approfondie du pays, appréciant la cuisine locale, titulaire d'un permis moto, excellentes qualités humaines ?

— Et bon coup.

— Laisse-moi te dire une chose : ils ont fait un mauvais calcul.

— Peut-être. Mais peut-être pas.

Deux heures et une soixantaine de kilomètres après Lai Chau, la route se scindait en deux, et pour une fois il y avait un panneau indicateur. À gauche la frontière laotienne, distante de dix kilomètres, et à droite Lao Cai, à soixante-sept kilomètres. Je pris sans hésiter la route de droite. Il n'était pas question de retomber sur une patrouille frontalière.

Et pourtant, un nuage de poussière ne tarda pas à grossir dans mon rétroviseur. Peu après, je reconnus la silhouette familière d'une jeep militaire.

— Des soldats, annonçai-je à Susan. Derrière nous.

Plutôt que de se retourner, elle se pencha en avant pour scruter le rétroviseur.

— Tu n'auras aucun mal à les semer sur cette piste pleine d'ornières.

Effectivement, les deux côtés de la route, creusés par les traces de pneus, étaient extrêmement irréguliers, alors que la partie centrale était à peu près plane. J'actionnai la manette des gaz et montai à soixante. Le nuage ne tarda pas à diminuer derrière nous.

Je gardai une vitesse aussi élevée que possible pendant la demi-heure suivante. D'après mes calculs, si la jeep roulait deux fois moins vite que nous, elle avait désormais une bonne quinzaine de kilomètres de retard.

— Tu vois ? Je t'avais bien dit qu'il valait mieux prendre une moto ! me cria Susan au creux de l'oreille.

Notre voyage avait été soigneusement planifié, y compris dans les aspects qui sur le coup m'avaient paru improvisés. J'avais sans doute commis l'erreur de sous-estimer mes amis de Washington.

Nous roulions à présent sur une piste totalement déserte, qui selon ma carte portait le numéro 4D. La température et la lumière commençaient à décliner. Je pris le poignet de Susan pour jeter un coup d'œil à sa montre. Presque dix-neuf heures. Le soleil plongeait vite sous ces latitudes, comme j'avais eu l'occasion de le découvrir en 1968. On se retrouvait facilement piégé par la nuit noire.

La 4D tutoyait à présent la haute montagne, et je voyais parfois apparaître devant nous un à-pic vertigineux. Pour ne rien arranger, un épais brouillard était en train de se former. Nous n'avions aucune chance d'atteindre Lao Cai dans ces conditions.

Une fois de plus, nous allions devoir chercher un endroit tranquille pour bivouaquer. À voir la buée que je produisais en respirant, la température devait friser le zéro.

Alors que je m'apprêtais à faire halte sur un petit replat au bord d'un torrent, j'aperçus un panneau indicateur portant le nom *Sapa*, suivi d'une mention en anglais proprement ahurissante, où il était question d'une ville touristique et de bons hôtels.

— C'est une blague ? demandai-je à Susan, éberlué.

— Il y a effectivement par ici une station de montagne qui s'appelle Sapa. Très prisée des Français, dans le temps. Un de mes collègues de Hanoi m'en a parlé. Jetons un coup d'œil à la carte.

Je dépliai la carte, que nous étudiâmes tous deux dans la lumière déclinante. Pas de doute, un point minuscule indiquait bien l'existence de Sapa, que j'avais dû prendre pour un énième village perdu. L'altitude était de mille huit cents mètres, d'où la buée.

— Il nous restera une trentaine de kilomètres à parcourir pour atteindre Lao Cai, dis-je. Je suggère que nous fassions étape à Sapa.

Nous reprîmes notre ascension. Le brouillard était épais. Je roulais tous feux éteints en m'efforçant de rester au milieu de la piste.

Au bout d'un quart d'heure nous vîmes apparaître les premières lumières de la ville. Quelques minutes plus tard, nous faisions notre entrée dans Sapa.

C'était un village réellement charmant. Dans l'obscurité, j'aurais pu me croire au beau milieu des Alpes françaises. Nous fîmes rapidement le tour de l'agglomération. Les petits hôtels et les pensions de famille ne manquaient pas, mais ils s'empresseraient tous de signaler notre passage à la police de l'immigration.

Quelques personnes déambulaient dans les rues, surtout des Montagnards. Ayant repéré devant nous un Vietnamien à scooter, je glissai à Susan :

— Demande à ce type quel est le meilleur hôtel de la ville.

Un petit coup d'accélérateur me suffit à rattraper le scooter. Susan interrogea le Vietnamien, qui lui donna toute une série d'indications.

— Fais demi-tour, me dit-elle après l'avoir remercié.

Je manœuvrai dans la rue silencieuse. Susan me guida ensuite jusqu'à une route qui s'élevait en serpentant au-dessus du village.

Au bout de celle-ci je vis surgir, tel un mirage, la masse énorme d'un hôtel de conception résolument moderne, le Victoria Sapa.

Après avoir récupéré nos sacs à dos et confié la moto au portier, nous pénétrâmes dans le hall luxueux.

— Rien n'est trop beau pour mon héros, dit Susan. Sors ta carte de crédit. Je doute que mes chefs soient encore d'accord pour continuer à me défrayer…

— Prenons d'abord un verre.

Le bar communiquait avec le hall. Je pris Susan par le bras et l'y conduisis. La salle jouissait d'une vue panoramique sur les montagnes baignées de brume. Nous posâmes nos sacs et choisîmes une table bien placée. Une serveuse enregistra notre commande. Autour de moi, je repérai une dizaine d'Occidentaux éparpillés dans la grande salle. Leur présence nous permettrait de passer inaperçus.

— Je sens que nous n'allons pas passer la nuit ici, lâcha Susan.

— Exact. Le colonel Mang doit déjà savoir que nous avons dormi dans un motel à Dien Bien Phu. Il sait donc que nous sommes dans le Nord-Ouest. Je ne tiens pas à le voir débarquer, ni lui ni un crétin de la police locale, pour partager notre apéritif. Nous allons reprendre la route.

— Je comprends qu'il faille éviter de s'enregistrer dans un hôtel, mais nous devrions peut-être trouver un endroit pour dormir en ville, à l'église par exemple, ou dans ce parc que nous avons longé tout à l'heure. Lao Cai est à deux heures de route, et avec le brouillard c'est beaucoup trop dangereux. Cette fois, nous n'aurions aucune chance de semer une jeep militaire. Et tu as jeté mon arme dans une rizière.

— Je croyais que tu en avais deux autres…

Elle se contenta de sourire.

— Ne t'en fais pas, dis-je, j'ai une solution de fantassin à ce problème. On va marcher.

Elle resta muette.

Nos bières arrivèrent. Susan leva son verre.

— Aux trois plus mauvaises journées que j'aie jamais passées au Vietnam, dit-elle. Avec le plus chic type que j'aie jamais connu.

Nous trinquâmes.

— Tu voulais un peu d'aventure, observai-je.

— J'espérais aussi une douche chaude et un lit douillet pour cette nuit. Et un bon dîner.

— Tu n'aurais droit à rien de tout ça, en prison. Nous sommes allés trop loin pour nous permettre la moindre erreur…

— Je sais. Il ne te reste plus qu'à trouver le moyen de sortir de ce guêpier à temps pour prendre ton avion.

— Je l'ai déjà fait deux fois.

Susan rappela la serveuse et lui fit comprendre en français qu'elle voulait quelque chose à manger.

— On reviendra peut-être ici un été, me dit-elle en souriant.

— Tu m'enverras une carte postale.

Elle sirota pensivement sa bière, puis suggéra :

— Ils doivent avoir la télécopie. (Son regard erra sur les clients du bar.) On pourrait demander à un de ces touristes d'envoyer un fax pour nous. Histoire de faire savoir que tout se passe bien jusqu'ici.

— Ça changerait quoi ? La seule chose qui compte pour eux, c'est que nous arrivions à Hanoi et que nous leur fassions notre rapport.

— On pourrait au moins leur dire qu'on a retrouvé Tran Van Vinh et qu'il nous a restitué ses souvenirs de Quang Tri.

— Susan… Moins ils en sauront à Saigon, à Washington et à l'ambassade américaine, mieux ça vaudra pour nous. Après tous les boniments dont ils m'ont gavé – sans parler de ceux que tu m'as servis – depuis deux semaines, j'estime ne rien leur devoir.

La serveuse apporta deux assiettes de brochettes satay arrosées d'une sauce qui ressemblait à du beurre de cacahuètes.

— Qu'est-ce que c'est que cette viande ? demandai-je.

— Ne sois donc pas obsédé par la viande. Mange, une longue marche t'attend. (Elle se leva.) J'ai repéré un présentoir de brochures touristiques dans le hall. Je reviens tout de suite.

Je restai assis seul face à ma bière et à cette viande mystérieuse. Les hommes jaloux n'aiment pas beaucoup que leur femme sorte de leur champ de vision. Je n'étais pas jaloux, mais j'avais appris à mes dépens qu'il valait mieux ne pas laisser Susan rester trop longtemps hors de ma vue.

Revenue quelques minutes plus tard avec une liasse de dépliants entre les mains, elle s'assit face à moi et ouvrit l'un d'eux.

— Tiens, dit-elle, voici une carte de la région de Sapa, avec la route de Lao Cai. Tu veux des informations sur cet endroit ?

— Bien sûr.

— D'accord. Nous sommes au cœur des monts Hoang Lien, que les Français appelaient autrefois les Alpes tonkinoises… La région abrite une faune sauvage abondante, avec notamment des bouquetins et des singes…

— Je hais les singes.

— Il y fait très froid en hiver. Si nous envisageons une randonnée, et j'ai bien peur que ce ne soit le cas, il faut savoir qu'il n'existe ni refuge ni abri dans la région, et que nous aurons besoin d'un réchaud et d'un équipement approprié contre la pluie…

— Il n'y a que trente-cinq kilomètres d'ici à Lao Cai. En ce qui me concerne, je pourrais les faire en slip. Y a-t-il des villages à traverser ?

— Je ne crois pas… Non, il n'y a rien de marqué… Cela dit, la tribu des Zao est très présente dans ces montagnes, et d'après mon dépliant il s'agit d'un peuple assez farouche, qui n'aime pas les visiteurs.

— Super.

— À douze kilomètres de Sapa, nous devrons franchir le col de Dinh Deo, le plus élevé du Vietnam, à deux mille cinq cents mètres. Sur ce versant-ci, le climat est froid, humide et brumeux. De l'autre côté, nous devrions retrouver le soleil.

— Même de nuit ?

— Paul, s'il te plaît… Les vents sont souvent violents au niveau du col, mais de l'autre côté, à peine quelques centaines de mètres en contrebas, le climat se réchauffe. Sapa est la ville la plus froide du Vietnam, et Lao Cai la plus chaude. Tant mieux. Le col de Dinh Deo constitue une ligne de démarcation entre deux grands systèmes climatiques…

— Je peux parler ?

— Non. Dix kilomètres après la sortie de Sapa, nous arriverons à la cascade d'Argent, où nous pourrons jeter la moto.

— C'est écrit dans ta brochure ?

Elle me jeta un regard noir.

— On m'avait prévenue à Saigon que Paul Brenner avait la réputation d'être une grande gueule. C'était un euphémisme.

— Tu n'as pas tort. Partons d'ici avant d'avoir de la compagnie, suggérai-je.

Nous sortîmes de l'hôtel et récupérâmes la moto après avoir glissé un pourboire au portier.

— Il fait froid, se plaignit Susan.

— Le soleil brille de l'autre côté du col.

De nouveau équipés de nos gants, calots et foulards montagnards, nous remontâmes en selle. Quand nous eûmes retraversé Sapa, Susan me guida jusqu'à la route qui filait au nord vers Lao Cai.

Dans l'obscurité brumeuse, nous prîmes progressivement de l'altitude. La route était pavée, mais le manque de visibilité m'obligeait à maintenir une vitesse oscillant entre dix et quinze kilomètres à l'heure.

Trois quarts d'heure après la sortie de Sapa, j'entendis un grondement devant nous et, une minute plus tard, je vis les flots d'une cascade dévaler de la paroi d'une montagne sur notre gauche. J'arrêtai la moto au bord du précipice et mis pied à terre. Dans le brouillard, on n'en voyait pas le fond. Je ramassai une grosse pierre et la jetai dans le vide. Quelques secondes plus tard, je l'entendis heurter un rocher, puis un autre, et ainsi de suite, jusqu'au silence complet.

— Au boulot, dis-je à Susan. Comme disait ta brochure, c'est ici qu'on balance la moto.

Sans couper le moteur, nous poussâmes ensemble la BMW dans le vide. Au bout de deux ou trois secondes, l'écho d'un choc sourd monta des profondeurs de l'abîme, de plus en plus atténué.

— Bonne bécane, marmonnai-je. Je vais m'acheter la même.

Nous continuâmes à pied sur la route abrupte. Il faisait un froid glacial, et le vent venu du nord nous fouettait le visage.

Il nous fallut près d'une heure pour couvrir les deux ou trois kilomètres qui nous séparaient du col de Dinh Deo. À l'approche du sommet, confrontés à des rafales hurlantes, nous fûmes obligés de nous pencher en avant et de lutter en silence pour conquérir chaque mètre.

Nous fîmes une pause à l'abri d'un énorme rocher. Susan passa un temps considérable à tenter d'allumer sa cigarette.

— Il faudrait que j'arrête de fumer, haleta-t-elle. Je suis vannée.

— La descente devrait mieux se passer. Ça va aller ?

— Oui. J'avais juste besoin de souffler.

— Tu veux mon blouson ?

— Non. C'est un pays tropical.

Je la dévisageai dans la pénombre.

— Je t'aime bien, dis-je.

Elle sourit.

— Moi aussi. On aurait sûrement pu vivre ensemble.

— Sûrement.

Elle écrasa sa cigarette. Alors que nous nous apprêtions à nous lever, elle s'écria :

— Couche-toi !

Nous nous jetâmes à plat ventre.

Ce ne fut qu'alors que je perçus le ronronnement d'un moteur entre deux bourrasques. Deux flaques de lumière jaune transpercèrent le brouillard. Nous restâmes sans bouger. Les lumières devinrent plus brillantes à mesure que le véhicule s'approchait. Il venait de Sapa. J'eus tout juste le temps d'entrevoir la silhouette massive d'un camion militaire à la seconde où il passait devant nous.

Nous attendîmes une bonne minute avant de nous redresser.

— Tu crois qu'ils sont après nous ? chuchota Susan.

— Aucune idée, mais si la réponse est oui, ils cherchent un couple à moto.

Après avoir laissé passer une minute supplémentaire, nous nous levâmes, quittâmes l'abri de notre rocher et reprîmes notre marche face au vent. J'avais ôté mon foulard et relevé les oreillettes de mon calot pour mieux entendre. De temps à autre, je jetais un coup d'œil par-dessus mon épaule pour scruter la route. Même si le risque que nous soyons repérés par un véhicule avant que nous ayons eu le temps de nous dissimuler à sa vue était faible, mieux valait rester sur le qui-vive.

Nous franchîmes le col. Le vent soufflait toujours aussi fort, mais nous étions maintenant en descente et marchions beaucoup plus vite. Environ cinq cents mètres après le sommet, les rafales se muèrent en brise, et je sentis effectivement que l'air se réchauffait.

Cinq minutes plus tard, je vis une paire de phares jaunes monter vers nous. Le bruit d'un moteur me parvint, porté par le vent.

Un ravin s'ouvrait sur notre gauche, et sur notre droite un torrent étroit gargouillait entre la route et la paroi montagneuse. Après une seconde d'hésitation, nous nous précipitâmes dans l'eau glacée.

Le véhicule approchait lentement. Ses phares étaient de plus en plus brillants, le ronronnement du moteur de plus en plus net. Nous attendîmes en retenant notre souffle.

Il arriva à notre hauteur, nous dépassa. Je comptai trente secondes, me redressai sur un genou et regardai côté sud. Je vis ses feux arrière s'éloigner vers le sommet.

— C'est bon, dis-je. On y va.

Susan se leva. Nous reprîmes notre marche. Nous étions trempés et grelottants, mais tant que nous serions en mouvement, nous ne risquions pas de mourir gelés.

Il n'y avait pas le moindre signe d'habitation le long de la route. Sans doute les Vietnamiens et les gens des tribus trouvaient-ils la région trop froide.

Deux heures après le passage du col, le brouillard se leva. L'air commençait à se réchauffer de façon perceptible. Nos vêtements étaient presque secs. J'ôtai mes gants, mon foulard et mon calot de cuir. Susan garda les siens.

Une demi-heure plus tard, nous devinâmes les lumières d'une agglomération au fond de ce qui paraissait être une vallée encaissée. Probablement celle du fleuve Rouge, même si aucun cours d'eau n'était encore visible.

Nous nous assîmes sur un rocher pour souffler. Susan sortit un dépliant touristique trempé et parcourut le texte à la flamme de son briquet.

— Ce doit être Lao Cai, dit-elle. Et sur la rive nord, c'est la Chine. D'après mon dépliant, Lao Cai a été détruit pendant l'invasion chinoise du Vietnam en 1979, mais la frontière est aujourd'hui rouverte, au cas où tu voudrais faire un tour en république populaire de Chine.

— La prochaine fois. Tu as quelque chose sur les modes de transport vers Hanoi ?

Elle ralluma son briquet.

— Il y a deux trains par jour. Le premier est à sept heures quarante. Il arrive à Hanoi à dix-huit heures trente.

Je levai mon poignet, mais ma montre n'y était plus.

— Quelle heure est-il ? demandai-je.

Elle regarda la sienne.

— Presque une heure du matin. Où est ta montre ?

— Je l'ai donnée à M. Vinh.

— C'est gentil de ta part.

— Je lui enverrai une pile neuve l'année prochaine.

— Que comptes-tu faire des six heures à venir ?

— On va descendre le plus possible, histoire de gagner quelques degrés, et on tâchera de trouver un endroit tranquille près de Lao Cai pour nous y reposer jusqu'à l'aube, dis-je en sautant à bas du rocher. Tu es prête ?

Susan se leva, et nous reprîmes notre marche.

Peu à peu, les montagnes devinrent des collines. Nous croisions à présent des habitations isolées, parfois même des hameaux, mais aucune lumière ne brillait aux fenêtres. La route dévalait vers la vallée, et je voyais à présent le fleuve Rouge et les lumières de deux agglomérations, chacune sur une rive ; Lao Cai de ce côté-ci, et en face, à environ un kilomètre en amont, une ville qui devait être chinoise.

Je ne me souvenais que très vaguement de la guerre frontalière qui avait opposé la Chine et le Vietnam en 1979, mais une chose était sûre, les Viets avaient mis la pâtée aux Chinois. Ce peuple était teigneux et, comme je l'avais dit à M. Loc alors que nous roulions vers la vallée d'A Shau, je préférais l'avoir dans notre camp pour la prochaine guerre. Et en un sens, c'était un des objectifs de cette mission.

Je n'avais certainement aucune envie qu'on vienne me reprocher de perturber l'équilibre global des pouvoirs ; les génies politiques et militaires de Washington travaillaient manifestement d'arrache-pied à forger une alliance américano-vietnamienne contre la Chine rouge. Le vice-président Blake était une pièce importante de cette alliance, il fallait donc qu'il devienne Président. Il me suffisait d'oublier ce que j'avais vu et entendu à Ban Hin. Et avec un peu de chance, nous récupérerions la baie de Cam Ranh, et les marins de la 7e flotte s'enverraient de nouveau en l'air comme des fous au Vietnam, sans compter que nous disposerions de nouvelles ressources pétrolières et d'une puissante armée vietnamienne le long de la frontière qui s'étirait en ce moment sous mes yeux. Et tous ensemble, nous pourrions mettre la pâtée aux Chinetoques – ou du moins menacer de le faire s'ils ne s'arrêtaient pas de déconner. Joli programme.

Je pouvais aussi décider de faire chanter le futur président Blake de manière à ce qu'il me nomme secrétaire d'État aux Armées, ce qui me permettrait de virer le colonel Karl Hellmann – ou, mieux, de le rétrograder et de l'affecter à la corvée de chiottes perpétuelle.

Bref, beaucoup de bonnes choses étaient susceptibles de se produire si je me contentais de fermer ma gueule – à moins que quelqu'un ne se charge de me la fermer.

Je ne savais pas – et peut-être ne le saurais-je jamais – si Susan Weber avait eu originellement pour consigne de mettre un point final à ma carrière en transformant ma retraite en allocation-décès pour mes parents. Assurément, les enjeux étaient suffisamment importants pour qu'elle ait été incitée à commettre ce genre de geste.

Pendant la guerre, le programme Phoenix avait organisé les assassinats de plus de vingt-cinq mille Vietnamiens suspectés de collaboration avec le Vietcong, chiffre auquel il fallait ajouter quelques Américains du Vietnam ayant des sympathies communistes, quelques Français, plus un certain nombre d'Européens vivant au Vietnam et ayant le cœur un peu trop à gauche. Un tableau de chasse hallucinant – vingt-cinq mille hommes et femmes ! –, le plus important programme d'élimination jamais concocté par les États-Unis d'Amérique. Et force m'était de supposer que certains de ceux qui avaient participé au programme – des gens de ma génération – n'auraient pas le moindre état d'âme au moment de prendre la décision d'éliminer une poignée de mécontents ou d'empêcheurs de tourner en rond tels que moi.

Dans un registre un peu plus joyeux, j'avais rencontré la fille de mes rêves. Ici, au Vietnam. Un sacré coup de veine.

— Tu te rends sûrement compte que je vais tirer la sonnette d'alarme en ce qui concerne Blake, dis-je à Susan pendant notre marche vers Lao Cai.

Elle garda un moment le silence, puis répondit :

— Réfléchis bien, Paul. Il arrive que la vérité et la justice ne soient pas ce dont les gens ont le plus besoin.

— Ensuite, je m'exilerai dans une ville comme Saigon ou Hanoi. Là au moins, personne ne prétend que la vérité et la justice passent avant tout.

Elle alluma une cigarette.

— Dans le fond, tu es un boy-scout.

Je ne relevai pas.

— Quoi que tu décides de faire, ajouta-t-elle, je serai à ton côté.

Là encore, je restai silencieux.

Nous finîmes par trouver un bosquet de bambous. Après nous être faufilés à l'intérieur, nous étalâmes nos cirés et nous couchâmes à même le sol. Je n'aime pas beaucoup les vipères, et il ne me restait qu'à espérer qu'il faisait encore suffisamment froid pour les tenir endormies jusqu'à la caresse des premiers rayons de soleil. C'était ce que disait mon manuel de survie et d'évasion, à l'époque.

Susan s'assoupit, mais je n'y parvins pas. Le ciel se dégageait peu à peu, et on voyait des étoiles entre les lambeaux de nuages. Quelques heures plus tard, l'aube arriva, et j'entendis des chants d'oiseaux, probablement des aras. Je reconnus aussi le stupide caquetage d'une troupe de singes dans le lointain.

Il fallait lever le camp avant le réveil des vipères. Je secouai Susan. Elle s'assit, bâilla, s'étira.

Nous reprîmes notre marche.

Nous longions à présent une rivière, descendue à gros bouillons de la montagne pour se jeter dans le fleuve Rouge. Des groupes de huttes bordaient la route, mais il était encore trop tôt pour que des gens ou des véhicules soient de sortie.

Le terrain s'aplanit enfin. Nous avions atteint le fond de la vallée. Une demi-heure plus tard, nous faisions notre entrée dans Lao Cai, ville d'une incroyable laideur.

Tous les immeubles étaient relativement récents, ce qui tendait à confirmer le fait que Lao Cai avait bel et bien été détruit pendant la guerre de 1979. J'aurais vu au moins une agglomération vietnamienne dont personne ne pouvait reprocher l'anéantissement aux États-Unis.

Quelques passants marchaient déjà dans les rues, mais personne ne faisait attention à nous. J'aperçus un groupe d'une quinzaine de jeunes routards occidentaux assis ou couchés dans un angle de la place du marché, comme s'ils venaient d'y passer la nuit.

— Avec nos sacs à dos, dis-je à Susan, nous pourrions presque passer pour des étudiants.

— Moi, peut-être.

Sur ces entrefaites, elle intercepta une passante.

— *Ga xe lua ?*

La femme lui indiqua une direction, mima quelque chose, lâcha une volée de phrases. Après que Susan l'eut remerciée en français, et moi en espagnol, nous repartîmes.

— Il faut traverser le fleuve, m'expliqua Susan.

Nous traversâmes donc le fleuve Rouge sur un pont récent, et je remarquai les piles de son prédécesseur, un peu plus loin en amont. Toujours en amont, à l'endroit où l'eau se divisait en deux bras, j'aperçus des immeubles sur les façades desquels étaient peints de gros caractères chinois.

— La Chine, fit Susan, suivant mon regard.

À l'extrémité du pont, je vis du côté vietnamien plusieurs bâtiments en ruine qui n'avaient pas été reconstruits. Ça avait été une guerre bizarre, et je ne me rappelais même pas ce qui avait poussé les Chinois et les Vietnamiens à s'étriper si peu de temps après que les premiers eurent apporté aux seconds une aide massive pendant le conflit avec les Américains. Fondamentalement, les deux peuples ne s'aimaient pas, et cela durait depuis un bon millier d'années. Il ne faudrait probablement pas grand-chose pour qu'ils recommencent à s'étriper.

Nous nous engageâmes dans une rue parallèle à la voie ferrée, et je repérai la gare droit devant. Là encore, il s'agissait d'une structure récente, en béton brut, l'ancien bâtiment ayant sans doute été une des premières victimes de la guerre.

Nous pénétrâmes dans le hall et vîmes des centaines de personnes agglutinées devant les deux billetteries. Des centaines d'autres encombraient le quai direction Hanoi. Il y avait à peine quelques voyageurs sur le quai opposé, à destination de la Chine pourtant toute proche.

L'horloge annonçait six heures quarante, et nous risquions fort de nous taper une heure de queue sans pouvoir monter dans le train. Le suivant, d'après l'horaire affiché, partait à dix-huit heures trente et arrivait à Hanoi à cinq heures et demie le samedi matin.

Rien ne m'obligeait à être à Hanoi avant le samedi, mais je ne me voyais pas glander douze heures à Lao Cai. Sans compter qu'il est parfois agréable d'arriver en avance et de faire la surprise à ses amis.

— Tu pourrais peut-être user de tes charmes et de tes billets verts pour griller la queue, suggérai-je à Susan.

— J'allais le faire.

Elle remonta une des queues et harponna un jeune homme. Des dollars changèrent de main et, dix minutes plus tard, elle revint vers moi avec deux billets pour Hanoi.

— J'ai pris deux places assises en première pour dix dollars, avec un petit pourboire de cinq en prime. J'espère que tu gardes la trace de nos dépenses respectives ?

— Je ferai passer ça sur ma prime de combat, comme pendant la guerre. Et comme tu es avec moi, je pourrai aussi réclamer une prime de risque.

— Très drôle.

Je ne plaisantais pas vraiment.

Nous sortîmes sur le quai, où une foule compacte attendait, debout, assise ou allongée sur le béton froid. Le train était à l'arrêt sur une voie de garage. Le ciel était lumineux mais chargé, et la température ne dépassait pas les douze degrés. Il y avait là un certain nombre de jeunes routards et de touristes occidentaux d'âge mûr, dont beaucoup avaient récemment fait l'acquisition de vêtements montagnards d'ethnies diverses et variées qu'ils portaient sans aucune distinction de tribu ni de sexe. Les vrais Montagnards du quai se moquaient d'eux en ricanant.

— Quel était le montant de cette prime de combat ? me demanda Susan en allumant une cigarette.

— Cinquante-cinq dollars par mois. Six cent soixante par an. Pas de quoi se rouler par terre. Et pendant ce temps, des mecs comme Edward Blake, au lieu de se faire tirer comme des lapins dans la jungle, s'adonnaient à des petits jeux comme le marché noir, le trafic de devises, le pillage pur et simple. Certains sont devenus riches pendant la guerre, mais la plupart ont fini morts, blessés ou fous, avec, évidemment, cinquante-cinq dollars par mois de dédommagement.

— Je comprends que tu prennes cette affaire à cœur, lâcha Susan après un temps de réflexion.

Je ne répondis pas.

— Je me demande si Blake a rapporté son butin au pays.

— On ne le saura peut-être jamais, fis-je, mais ça n'a pas dû être trop difficile. Avant de rentrer, on se faisait contrôler pour éviter le rapatriement de drogue ou de matériel militaire. À part ça, ils se fichaient pas mal de ce qu'on rapportait dans notre barda. À l'arrivée, les douaniers se contentaient de nous faire signe de passer : ils savaient qu'on avait subi la fouille de ce côté-ci de l'océan. Sans compter que les officiers comme le capitaine Blake bénéficiaient du système de la déclaration sur l'honneur.

— Derrière chaque fortune se cache un crime, récita Susan avec un hochement de tête.

Lao Cai étant une ville frontalière, il y avait une inflation d'uniformes dans cette gare, des douaniers, surtout, mais aussi un nombre considérable de soldats lourdement armés, comme s'ils s'attendaient à ce que la guerre éclate d'une seconde à l'autre. Cette ville avait un petit côté sinistre, mais heureusement il y avait ici assez d'Européens, d'Australiens et d'Américains en quête d'aventure pour que nous ne nous fassions pas trop remarquer.

Des policiers quadrillaient le quai, demandant aux gens leurs papiers et sollicitant leur contribution au fonds des veuves et des orphelins. Je ne tardai pas à remarquer qu'ils s'en prenaient tout particulièrement aux Chinois d'origine, et aussi aux Occidentaux seuls ou voyageant sans guide et par petits groupes.

Susan avait manifestement fait la même observation que moi.

— Tu vois ce groupe, là-bas ? me chuchota-t-elle. Je pense qu'ils sont américains. Mêlons-nous à eux.

Je repérai deux types en bermuda malgré le froid, et plusieurs femmes qui arboraient suffisamment de bijoux montagnards pour faire office d'antennes radar : des Américains.

Nous nous rapprochâmes en catimini de ce groupe d'une vingtaine de personnes, accompagnées par un guide vietnamien. Susan, nettement plus sociable que moi, eut tôt fait d'établir le contact avec deux femmes, avec qui elle se mit à parler de chiffons et de bijoux.

Les flics nous laissèrent tranquilles.

Vers sept heures, le convoi de huit voitures s'ébranla sur sa voie de garage pour stopper peu après le long du quai. Susan fit ses adieux à ses nouvelles amies, et nous nous dirigeâmes vers notre voiture. La cabine était étroite, avec seulement deux sièges sur la gauche et un corridor qui courait le long des fenêtres du côté droit. J'installai les sacs à dos dans le filet porte-bagages.

— Tu n'as qu'à te mettre côté couloir pour étendre tes jambes, proposa Susan. C'est vraiment serré.

Une fois assis, nous restâmes silencieux. Je crois que nous nous rendions compte l'un et l'autre que nous avions eu plus que notre part de chance. Bien sûr, le talent, l'intelligence, l'expérience avaient aussi joué leur rôle. Susan Weber avait été pour moi une excellente compagne de route. Je me demandai si j'aurais réussi tout seul, et sentis que je resterais confronté à cette question jusqu'à la fin de mes jours.

À sept heures quarante, le train quitta la gare. Nous roulions à présent vers Hanoi.

La voie ferrée longeait tout d'abord la rive nord du fleuve Rouge, dont la vallée était emprisonnée dans l'écrin des Alpes tonkinoises. Avec un brin d'imagination, j'aurais pu me croire en Europe, en route vers quelque charmante villégiature.

Le wagon était bourré de Vietnamiens et d'Occidentaux, et il y avait aussi des passagers debout, mais fort heureusement personne n'était accroupi dans le couloir à notre hauteur.

Toujours repliés dans le silence, nous regardions défiler le paysage. Le train cliquetait sur ses rails, et je me rendis compte peu après notre départ qu'il n'y avait pas de chauffage. Et probablement pas non plus de wagon-bar.

Susan finit par se détourner de la fenêtre.

— Jusqu'à présent, me dit-elle, tout va bien.

— Ho, oui.

— Alors ? Ai-je été une bonne coéquipière ?

— Ça y est, je suis chez moi ? En un seul morceau ?

Elle alluma une cigarette et se réfugia de nouveau dans la contemplation du paysage avant de me demander :

— Quelles sont tes instructions pour Hanoi ?

— Et les tiennes ?

Elle hésita un instant avant de répondre :

— Je suis censée me présenter à l'ambassade pour rendre compte de ma mission.

— Il y a des policiers vietnamiens autour de l'ambassade ?

— Je n'y suis allée qu'une fois, mais… oui, il y a un poste de police vietnamien. Et on m'a dit qu'il y avait aussi des observateurs en civil chargés de surveiller les personnes qui entrent et qui sortent, et même de les prendre en photo. Il arrive qu'ils stoppent quelqu'un pour l'interroger.

— Que faisais-tu à l'ambassade ?

— C'était une simple visite.

— Bien sûr.

— Quelles sont tes consignes ? insista-t-elle.

— On m'a juste dit de descendre au Métropole et d'attendre d'éventuelles instructions. Il se peut que je sois contacté, mais aussi que je ne le sois pas, que l'on veuille me voir à l'ambassade ou pas. Une chose est sûre, je suis censé m'envoler dimanche vers une autre capitale…

— Bangkok. J'ai vu ton billet. Le colonel Mang aussi.

— Exact. Le Métropole est hors de question, l'aéroport de Hanoi aussi. Et l'ambassade est surveillée.

— Donc ? Qu'allons-nous faire ?

— Le Hilton de Hanoi est toujours ouvert ?

— Ce n'est pas drôle, Paul.

— J'ai tendance à blaguer quand je suis nerveux. Si j'ai bien compris, le vice-président Blake est en visite à Hanoi ?

— Il est venu voir un vieil ami, l'ambassadeur Patrick Quinn, et participer à une conférence sur les disparus de guerre. Et sûrement aussi à deux ou trois autres réunions un peu plus discrètes avec des représentants du gouvernement vietnamien.

— Il va devoir ajouter un entretien à son agenda officieux, dis-je. Avec nous.

Susan réfléchit un instant.

— Ça pourrait être une très bonne idée. Ou une très mauvaise.

— S'il est au courant du problème, il tiendra sûrement à être présent pour avoir un maximum de prise sur la situation au moment et à l'endroit où notre mission s'achèvera, c'est-à-dire demain à Hanoi. Nous pouvons lui offrir cette occasion.

— Honnêtement, j'ignore s'il est au courant. Mais d'autres le sont, et je crois que M. Blake sera vite informé de ce qui vient de se passer. « J'ai une mauvaise nouvelle, monsieur le vice-président. Il est prouvé que vous avez commis un quadruple meurtre au Vietnam – et notamment sur la personne d'un officier américain. Mais la bonne nouvelle, monsieur, c'est que la situation est à présent sous contrôle. »

— Ce qui est faux.

— Mais ça devrait être vrai.

Le train roulait toujours vers l'est – et Hanoi. Susan et moi étudiâmes plusieurs possibilités afin de mettre au point un plan d'action. Je lui fis croire que je lui vouais une totale confiance. Elle fit de même.

Je continuais à penser que je n'aurais pas dû faire partie de l'équation à ce stade, et que Susan devrait se livrer à de nécessaires ajustements pour régler le problème que posait ma présence. Mais il se pouvait aussi que je sois en train de céder à la paranoïa. J'étais peut-être censé arriver vivant à Bangkok, où quelqu'un m'entendrait pour évaluer l'état de mes connaissances et, comme l'avait dit Doug Conway, décider de la façon dont je serais traité. Peut-être Susan devrait-elle témoigner pour ou contre moi. Et peut-être mon ami Karl, qui tenait tant à moi, serait-il parmi mes juges.

— Toi aussi, tu vas à Bangkok ? demandai-je.

Elle ignora ma question.

— Susan ?

— Oui.

— S'il existe la moindre possibilité pour que mes supérieurs en viennent à… disons, à m'organiser des funérailles militaires sans que j'y sois préparé, l'idée t'a-t-elle effleurée que toi aussi, tu pourrais avoir à affronter le même type de perspective ?

— Elle m'a effleurée.

— Bien.

Je n'insistai pas.

Nous roulions toujours vers le soleil levant, vers Hanoi, vers le dénouement de notre mission, et vers la fin de mon troisième – et très certainement dernier – séjour au Vietnam.

Le train se faufila lentement à travers la banlieue nord de Hanoi et, à dix-huit heures trente-quatre, stoppa le long d'un quai de la gare Long Bien.

Mon périple m'avait mené de Saigon-la-Pécheresse aux champs de bataille du Sud-Vietnam et aux profondeurs de mes ténèbres intimes, puis je m'étais enfoncé dans le Nord pour un voyage dont le retour s'annonçait pour le moins problématique.

J'avais enfin fait la paix avec ce pays, comme tant de soldats avant moi.

Et pourtant, à certains moments imprévisibles, la guerre avait conservé le redoutable pouvoir de hanter nos rêves et de faire irruption dans notre conscience. Pour Edward Blake, un de ces moments était venu.

Livre VII

HANOI

46

Hanoi. Un nom évocateur pour ceux de ma génération, comme Berlin ou Tokyo pour la génération de mon père. Pas une semaine ne passait, pendant la guerre, sans qu'on nous annonce un nouveau raid aérien sur Hanoi. « Nos bombardiers ont frappé aujourd'hui à trois kilomètres du centre de Hanoi, détruisant un pont ferroviaire sur le fleuve Rouge, une centrale électrique et plusieurs sites suspectés d'abriter des missiles sol-air ennemis… » Au bout de cinq ou six ans, les nouvelles de ce type ne faisaient plus frémir personne, sauf évidemment les pilotes et les malheureux qui, au sol, recevaient les bombes.

Autour de nous, les passagers du wagon récupéraient leurs bagages et se dirigeaient à la queue leu leu vers la portière.

Susan et moi restâmes assis, fascinés par le spectacle du quai, qui fourmillait d'agents en uniforme de la police des frontières, sans compter un bon nombre de flics en civil aisément repérables.

— On dirait que certains d'entre eux tiennent des photos à la main, murmurai-je à Susan.

— Ce n'est pas quelque chose d'inhabituel dans une gare, répondit-elle sans détourner les yeux de la vitre.

Il ne faudrait pas en déduire automatiquement que c'est à nous qu'ils en veulent… même s'il paraît assez évident qu'ils recherchent des Occidentaux.

— En effet.

Peut-être Mang leur avait-il donné des doubles des photos prises à Pyramide, auquel cas il nous restait une petite chance de ne pas être reconnus… Une chose était sûre : plusieurs de ces flics semblaient plus intéressés par leurs photos que par le défilé des passagers sur le quai.

— Rejoignons le groupe d'Américains de tout à l'heure, suggérai-je.

Nous quittâmes notre banquette, reprîmes nos sacs à dos et nous frayâmes un chemin jusqu'à la voiture 6, où les Américains étaient en train de se réunir autour de leur guide vietnamien.

Susan échangea quelques paroles avec une Vietnamienne au moment où nous passions à sa hauteur, puis me traduisit ce qu'elle venait d'apprendre : la gare Long Bien était située dans un quartier périphérique, sur la rive est du fleuve Rouge, et tous les passagers dont la destination était le centre de Hanoi allaient devoir embarquer à bord d'un autre train. Ils avaient également la possibilité de prendre un bus ou un taxi. Ou un panier à salade ?

Les longs cheveux de Susan étant un de ses signes distinctifs les plus reconnaissables, elle me pria de l'aider à les camoufler sous le col de son blouson matelassé.

Quant à moi, j'ai de nombreux signes particuliers, mais comme je n'avais aucune chance de pouvoir les faire tenir tous sous mon col, je me contentai de dissimuler la partie inférieure de mon visage sous un foulard montagnard bleu. Susan fit de même.

— On se sépare à la sortie du wagon, lâchai-je.

Nous descendîmes sur le quai séparés et nous réfugiâmes au cœur du groupe d'une vingtaine d'Américains. Susan se mit aussitôt à bavarder avec les personnes qui l'entouraient, et j'entamai la conversation avec deux messieurs sans cesser de surveiller le manège des flics du coin de l'œil. Quelques-uns regardaient de notre côté, mais sans témoigner de réel intérêt.

Quand le groupe fut au complet, nous nous dirigeâmes vers la sortie du quai.

La gare était un assortiment hétéroclite de neuf et d'ancien, et je repérai des traces de bombardement maquillées à grand renfort de béton. Un pays qui a connu la guerre ne sera plus jamais tout à fait le même, du moins aux yeux de ceux qui se rappellent son aspect originel.

Le ciel était bas, la température plus amène que dans les montagnes. Il manquait tout de même à ce pays une bonne journée de soleil. À moi aussi.

Je repérai une station de taxis sur ma gauche. Deux uniformes de la police des frontières et un flic en civil dévisageaient les Occidentaux en train de faire la queue.

Notre guide nous entraîna vers un car spécialement affrété.

Le groupe commença de s'embarquer dans le car. Susan, qui marchait devant moi, discuta quelques secondes avec le guide, lui donna de l'argent, ce qui déclencha un sourire, et monta à bord. À mon tour, je lui fourrai un billet de cinq dollars au creux de la main. Le guide hocha la tête en souriant.

Je grimpai dans le car. Le chauffeur, qui n'avait jamais eu affaire à ce groupe, ne prêta aucune attention à ma présence. Dans le cas contraire, lui aussi aurait eu droit à sa poignée de dollars.

Ce car comportait une quarantaine de places assises et les sièges libres ne manquaient pas, mais Susan avait choisi de s'installer côté couloir près d'une dame d'un certain âge qui portait d'énormes pendants d'oreilles montagnards. Je m'assis à sa hauteur, de l'autre côté du couloir, et plaçai mon sac à dos dans le compartiment supérieur. Sous mes pieds, le choc des bagages qu'on rangeait dans la soute faisait vibrer le plancher.

Le groupe mit un temps infini à s'installer. Par la fenêtre, je scrutais les agents de la police des frontières qui arpentaient le trottoir, photos en main, toujours avec ce petit air de chercher quelqu'un.

Le guide monta enfin à bord.

— Bon, tout le monde ici ?

— Oui, répondirent à l'unisson plusieurs voix.

En l'espace d'une seconde, un policier en uniforme apparut à l'entrée du bus et monta à bord.

J'éprouvai aussitôt le besoin impératif de renouer les lacets de mes chaussures, et Susan piqua du nez à peu près au même instant, ce qui n'empêcha pas sa voisine de continuer à jacasser sans ralentir son débit. Le policier dut avoir l'impression qu'elle parlait toute seule.

En entendant notre guide échanger quelques phrases avec le nouveau venu, je crus presque sentir une main se poser sur mon épaule. Je jetai un coup d'œil inquiet à Susan. Elle me regardait fixement.

Après une éternité, un soupir hydraulique m'indiqua que la portière avant venait de se refermer. Trois secondes plus tard, le chauffeur enclencha la première et le car s'ébranla. Un rapide coup d'œil me permit de constater que le policier avait disparu. Susan et moi persistâmes néanmoins à arranger les lacets de nos chaussures jusqu'à ce que notre bus ait quitté la gare.

Je finis par me redresser. Elle aussi.

— Bonsoir, lui dis-je, je m'appelle Paul. C'est votre premier séjour au Vietnam ?

Fermant les yeux, elle laissa aller sa nuque contre l'appuie-tête et exhala un bruyant soupir. La dame assise à côté d'elle caquetait toujours.

Notre car roulait vers le sud, et les rayons du soleil couchant s'engouffraient par les vitres de droite. Nous retirâmes nos foulards montagnards.

— Vous êtes d'où ? insistai-je.

— Lâche-moi.

Sa voisine s'interrompit en pleine phrase et se détourna vers la fenêtre.

— Excusez-moi, s'empressa de dire Susan. Je m'adressais à ce raseur.

La dame me décocha un regard noir. Je jetai un coup d'œil au guide, qui se tenait debout à côté du chauffeur, dos au pare-brise. Lui aussi me regardait. Au bout d'une demi-seconde, il se détourna.

Je n'avais aucune idée de ce qui l'avait poussé à se taire, mais c'était probablement la peur ; non pas de Susan ou de moi, mais du policier. Laisser monter des passagers non autorisés moyennant quelques dollars était un délit mineur ; cacher des fugitifs, même involontairement, pouvait lui valoir une amende, un licenciement et même une arrestation. Ce pays vivait la peur au ventre, et j'en avais visité plusieurs autres de ce type. Ce sentiment, dans ce genre de situation, peut soit servir, soit desservir les autorités. En l'occurrence, elle venait de les desservir. Nous n'aurions peut-être pas autant de chance la fois suivante.

Le car roulait à présent sur une large avenue.

— Nous arriver pont Chuong Duong, annonça le guide, lui passe sur Song Hong – fleuve Rouge. Magnifique. Vous prendre photos.

Tout le monde mitrailla consciencieusement le pont et le fleuve Rouge lors de la traversée.

— Nous arriver Hanoi. Quartier Hoan Kiem – vieux Hanoi. Très magnifique. Vous prendre photos.

Une fois le pont franchi, nous entrâmes effectivement dans le vieux Hanoi. Les rues et les trottoirs étaient peuplés, mais nettement moins qu'à Saigon. À la place du chaos humain frénétique, klaxonnant et quasi suicidaire de Saigon, on lisait ici une calme détermination sur tous les visages. Le mouvement collectif des passants et des véhicules avait quelque chose de lent et de précis. On aurait dit un défilé de fourmis-soldats dans un terrarium.

Les édifices étaient pour l'essentiel de style colonial français – surannés, esquintés, mais pleins de charme. De nombreux arbres étaient plantés le long des rues et, sans les panneaux en vietnamien, j'aurais presque pu me croire dans une ville de province française.

À l'horizon, cependant, on apercevait les vitres éclairées de quelques gratte-ciel récents.

— C'est moins lugubre que je ne m'y attendais, confiai-je à Susan.

— Les apparences sont trompeuses, répondit-elle, cessant d'écouter le monologue de sa voisine.

— Ne sois pas négative. Visualise le succès.

N'étant pas d'humeur à plaisanter, elle préféra reporter son attention sur le moulin à paroles posé à côté d'elle.

Je me tournai de nouveau vers la fenêtre. D'après mes souvenirs, nous n'avions jamais vraiment bombardé le centre de Hanoi – uniquement les cibles militaires de la périphérie de la ville, d'où cette ambiance française plutôt qu'allemande de l'Est. Je ne me rappelais pas, en revanche, que les Américains aient reçu dans la presse beaucoup de louanges pour leur souci d'épargner le cœur de l'agglomération. Il est vrai qu'il est difficile de trouver un aspect positif aux bombardements, même quand ils sont effectués avec le plus grand soin.

Le bus s'engagea dans un dédale de rues étroites et sinueuses. Dans ses commentaires menés tambour battant, notre guide ne félicita pas non plus les Américains de leur délicatesse. Les Américains sont mal vus partout.

— Demain, déclara-t-il, nous visiter mausolée d'Hô Chi Minh, maison d'Hô Chi Minh, statue de Lénine, musée de l'Armée, musée de la Défense anti-aérienne, et lac du B-52, où bombardier américain s'écraser et être toujours.

— Dire qu'on va manquer tout ça, murmurai-je à Susan.

Elle s'abstint de répondre.

— Tu sais où nous sommes ? demandai-je après un nouveau regard par la fenêtre.

— J'en ai une vague idée. Et toi, tu en as une de l'endroit où nous allons ?

À vrai dire, je n'avais guère eu le temps de réfléchir à autre chose qu'à nos problèmes immédiats au fur et à mesure qu'ils se présentaient. Il était effectivement grand temps de décider où nous passerions la nuit.

— Si c'est nous qu'on recherche, dis-je, il ne faut surtout pas que nous nous rendions à l'ambassade ou au Métropole. Si on essayait votre filiale de Hanoi ?

— Elle est fermée. Je n'ai pas la clé, et les bureaux sont peut-être surveillés.

— Tu pourrais peut-être appeler un de tes collègues à son domicile ?

— Je ne veux mêler personne à cette histoire.

— Tu veux dire que tu es la seule de l'AAIC à rouler pour la CIA ?

Elle ne dit mot.

— Bon, soupirai-je. En ce qui me concerne, j'ai un contact à l'ambassade. Il s'appelle John Eagan, c'est le correspondant local du FBI. Je lui passerai un coup de fil demain, d'une cabine publique, pour organiser un rendez-vous quelque part.

— Tu sais bien que les lignes de l'ambassade sont sur écoute. Rien n'a été organisé par avance ?

— Je devrais pouvoir me débrouiller. Et toi, qui dois-tu contacter à l'ambassade ?

— Le même que toi, répondit-elle après une seconde d'hésitation. Eagan.

— Admettons… Pour ce soir, nous pourrions essayer de trouver un Américain prêt à nous faire partager sa chambre d'hôtel. Mais pas dans ce groupe.

— Je n'aurai aucun problème à trouver quelqu'un qui accepte de m'inviter dans sa chambre. Mais toi…

— Tant pis, j'irai au bordel.

— Pas à Hanoi, Paul.

Et elle ajouta, après un instant de réflexion :

— À vrai dire, je connais un endroit où nous pourrions aller ce soir…

À en juger par son expression, je crus qu'elle pensait à relancer un ancien amant, ce qui ne m'emballait pas. Mais je me trompais.

— Il se trouve que je suis justement invitée à une réception. À la résidence de l'ambassadeur américain.

— Tiens ? Je croyais que tu m'avais tout dit…

— Ma présence n'a aucune importance, répondit-elle en fuyant mon regard.

— Je vois. Laisse-moi deviner. Voyons… Vu que le vice-président est en ville, je ne risque sûrement pas grand-chose à parier qu'il sera l'invité d'honneur de cette soirée.

Elle hocha la tête.

— Et tu es censée lui rendre compte d'une affaire susceptible de l'intéresser, c'est bien ça ?

— Pas à lui directement.

— Tu crois qu'on me laissera entrer dans cette tenue ? m'enquis-je.

— Un type aussi sexy que toi peut se permettre d'arriver là-bas en jean, baskets et blouson de cuir couverts de boue…

— Excellent. Et à quelle heure commence ce pince-fesses ?

— À huit heures.

J'eus le réflexe de consulter ma montre, qui était toujours chez M. Vinh.

— Quelle heure est-il ? demandai-je.

— Sept heures un quart.

— Tu crois que je pourrai trouver une montre dans cette ville ?

— Je t'en offrirai une.

Le car s'immobilisa dans une rue étroite.

— Nous arrivés hôtel, annonça le guide. Très bon hôtel.

Par la fenêtre, je devinai une vieille façade de stuc. Cet établissement n'avait aucune chance de figurer dans le guide Michelin.

— Vous prendre chambre, et après, rendez-vous dans le hall pour dîner tous ensemble restaurant italien.

Cela déclencha une salve d'applaudissements au sein du groupe, qui s'était probablement nourri de riz et de belette grillée toute la semaine.

Tandis que tout le monde se mettait en file indienne pour descendre du car, je me retrouvai derrière la voisine de Susan. Jetant un coup d'œil par-dessus son épaule, elle me lorgna avec mépris.

— Vous êtes du groupe ? me lança-t-elle.

— Non, madame. Je suis canadien.

Nous descendîmes du car. En passant à la hauteur de notre guide, qui détourna les yeux, je lui fourrai un billet de vingt dollars au creux de la paume.

Nous étions donc à Hanoi, dans une rue étroite encombrée de piétons et de cyclopousses, où circulaient aussi de rares véhicules à moteur. Il faisait nuit. Les réverbères fonctionnaient, mais les arbres occultaient l'essentiel de la lumière, et le trottoir était baigné d'ombre.

— Tu sais où nous sommes ? demandai-je à Susan pendant que nous nous éloignions de l'hôtel.

— Pas très loin de la résidence de l'ambassadeur. Trouvons d'abord un endroit où boire un verre. On se débarbouillera aux toilettes. J'en profiterai pour passer un appel à la permanence de l'ambassade.

— Excellente idée.

Alors que je cherchais des yeux un café ou un bar, une soudaine impulsion me fit pivoter sur mes talons et regarder vers l'hôtel, distant d'une cinquantaine de mètres. Une voiture vert olive était garée juste devant le car, une grosse berline comme on n'en voyait guère dans ce pays et qui me donna d'emblée l'impression d'être un véhicule officiel. Un homme en uniforme se tenait sur le trottoir, le dos tourné, et dans le halo lumineux de l'enseigne je vis qu'il s'adressait à notre guide et au chauffeur du car. Cette vision me déplut. Elle me déplut bien davantage encore lorsque le chauffeur nous montra du doigt, Susan et moi. L'homme en uniforme fit volte-face. Je reconnus le colonel Mang.

47

— Monsieur Brenner ! cria le colonel Mang en s'approchant à grands pas sur le trottoir. Mademoiselle Weber !

— J'ai comme qui dirait l'impression qu'on nous appelle, murmurai-je à Susan.

— Bon sang, Paul, qu'est-ce qu'on fait ? On décampe ?

Sans me laisser le temps de répondre, la berline redémarra et vint s'arrêter à notre hauteur. Assis à l'avant, côté passager, un homme en uniforme dégaina un pistolet et le braqua sur moi par la vitre baissée.

Le colonel Mang nous rejoignit à pied. Aucune arme n'était visible à la ceinture de son uniforme vert foncé. Il fit signe à son gorille de rempocher son pistolet et s'immobilisa à quelques pas de nous.

— Je craignais de vous avoir manqués à la gare Long Bien, déclara-t-il.

— C'est ce qui est arrivé, observai-je.

— Heureusement, j'ai fini par vous retrouver. Puis-je vous déposer quelque part ?

— Ça ira, répondis-je. Un peu d'exercice ne nous fera pas de mal.

— Où allez-vous ?

— Au Métropole.

— Le Métropole est de l'autre côté. Que faisiez-vous dans ce car de touristes ?

— J'ai cru que c'était un bus urbain.

— Vous savez bien que non. Vous vous comportez comme un fugitif, monsieur Brenner.

— Pas du tout. Nous allons au Métropole. C'est par là, si je comprends bien ?

Le colonel Mang se tourna vers Susan.

— J'espère que vous avez bien reçu le message que je vous ai adressé à l'hôtel Century Riverside.

Elle resta muette.

— M. Tin m'a assuré vous l'avoir fait suivre par télex au bureau de poste de Vinh. Puis-je savoir ce que vous faisiez à Vinh ?

— Nous visitions le lieu de naissance d'Hô Chi Minh.

— Ah, oui… Il est vrai que vous êtes l'un et l'autre des historiens de nationalité canadienne, ainsi que je l'ai récemment appris.

Nous ne répondîmes pas. Il n'y avait pas de quoi se réjouir. Le colonel Mang alluma tranquillement une cigarette.

Par-dessus son épaule, je vis que quelques Américains du groupe de touristes nous observaient. Deux hommes en uniforme postés devant l'hôtel leur firent signe d'entrer. Je remarquai aussi que le chauffeur du car et le guide avaient disparu ; ils devaient être déjà en route vers une destination qui n'était sans doute pas celle qu'ils auraient spontanément choisie.

Je constatai pour finir que les piétons avaient tendance à passer sur le trottoir opposé pour éviter l'intervention policière en train de se dérouler de ce côté-ci.

— Vous avez quitté de très bonne heure l'hôtel Century Riverside de Hué, me dit le colonel Mang.

— Et alors ?

Il se tourna vers Susan.

— Malheureusement pour vous, il n'existe aucune plage nudiste sur le fleuve Rouge.

— Allez au diable, lâcha-t-elle.

Mang ébaucha un sourire inattendu.

— Les hommes de mon service qui ont étudié les photographies prises sur Pyramide vous apprécient beaucoup, déclara-t-il en la regardant.

— Crevez.

Le colonel Mang réussit à conserver son masque imperturbable. Il ne tenait pas à se laisser aller à une crise d'hystérie devant ses hommes, qui ne comprenaient vraisemblablement pas un traître mot de la conversation.

— On dirait que vous avez passé un certain temps sur les routes, dit-il en nous détaillant des pieds à la tête.

Nous gardâmes le silence.

— Où sont vos bagages ?

— Volés.

— Oui ? Et où vous êtes-vous procuré ces blousons ? Ils n'étaient pas en votre possession jusqu'à une date récente.

— Achetés.

— Pourquoi ?

— Pourquoi pas ?

— Je vois que vous avez de la teinture bleue sur le visage et sur les mains. C'est celle qu'utilisent les Montagnards pour teindre leurs foulards. J'ai l'impression que vous avez tous les deux essayé de vous déguiser…

— En quoi ?

— Je n'aime pas beaucoup vos réponses, monsieur Brenner.

— Moi, je n'aime pas du tout vos questions.

— Elles ne vous plaisent jamais. Votre réservation au Métropole, monsieur Brenner, est prévue pour demain soir. Comment se fait-il que vous soyez arrivé avec un jour d'avance ?

— Colonel, intervint Susan, il se trouve que nous avons une invitation…

— Plus tard, interrompis-je.

La réception à la résidence de l'ambassadeur était un joker que nous ne pourrions jouer qu'une fois – et ce n'était sans doute pas le moment idéal. Susan comprit sur-le-champ.

— Il se trouve que j'ai rendez-vous demain matin de très bonne heure à l'ambassade, reprit-elle.

— Avec qui ?

— L'attaché commercial.

— Pour parler de quoi ?

— De commerce, évidemment.

Mang décocha un regard féroce à Susan.

— J'ai mené une petite enquête, dit-il. Elle m'a permis de découvrir que vous aviez vous aussi réservé une chambre au Métropole, mais pour ce soir.

Le colonel Mang était mieux informé que moi en ce qui concernait l'itinéraire de Mlle Weber. Pour être tout à fait honnête, elle m'avait parlé à Nha Trang d'un prochain rendez-vous d'affaires à Hanoi, mais je doutais que ce fût avec l'attaché commercial.

— Puisque M. Brenner n'a pas de chambre pour ce soir, poursuivit Mang, je serais tenté de vous suggérer de partager la vôtre avec lui, mais cela risquerait de donner une impression peu convenable…

— Colonel, intervins-je, je vous remercie de vous être donné la peine de venir nous accueillir. Si vous n'avez rien d'autre à nous dire, nous allons donc vous quitter.

Il ne répondit pas.

— Vous faites peur aux touristes, ajoutai-je.

— Pourtant, je n'ai pas l'impression de vous faire peur.

— Pas le moins du monde.

— La soirée commence à peine. Êtes-vous déjà venu à Hanoi, monsieur Brenner ?

— Non, mais plusieurs de mes amis ont survolé la ville pendant la guerre.

— Certains d'entre eux y ont même séjourné un certain temps, dit-il en souriant. Ils étaient logés au Hilton.

— J'aurais bien aimé visiter le musée de la Défense anti-aérienne, mais quelqu'un m'a dit qu'il n'y avait rien à y voir.

— Vous préféreriez peut-être visiter le ministère de la Sécurité publique ?

— C'est très aimable à vous, mais j'ai déjà vu celui de Saigon.

— Hô Chi Minh-Ville.

— Peu importe. Mlle Weber et moi avons contacté l'officier de permanence de l'ambassade pour lui signaler notre présence à Hanoi. Nous pourrions peut-être reparler de tout ça demain. Autour d'un apéritif, disons à six heures au bar du Métropole. Je vous invite. Ça marche ?

— Vous n'avez pas contacté votre ambassade, lâcha Mang en me scrutant dans la pénombre. Vous espérez que je me laisserai influencer par des considérations diplomatiques, ce que je peux comprendre.

Mais laissez-moi vous dire ceci, monsieur Brenner : il me suffirait d'un petit quart d'heure en tête à tête avec Mlle Weber et vous pour prouver que vous êtes tous les deux ici au service de votre gouvernement et que vous exercez des activités contraires aux intérêts de mon pays.

— Pourriez-vous être plus explicite ?

— Je serai très explicite quand nous serons face à face dans une salle d'interrogatoire.

Nous approchions apparemment du fond de l'impasse. J'étais en quête d'un hôtel cinq étoiles, et le colonel Mang cherchait à me mettre en prison. Mais comme il tenait à être certain de ne pas prendre une décision risquant de nuire à sa carrière, il préférait attendre que l'un de nous fasse ou dise quelque chose susceptible de justifier notre interpellation. Même si j'avais déjà connu ce type de situation dans l'exercice de mon métier, son dilemme ne m'inspirait aucune compassion.

— Je souhaite que vous m'accompagniez tous les deux, de votre plein gré, au ministère de la Sécurité publique, afin que nous ayons un petit entretien.

J'avais récité mille fois ce genre de phrase à des suspects. La plupart n'étaient pas rentrés dormir chez eux le soir.

— Vous plaisantez, bien sûr, fis-je.

— Non. Ce n'est pas une plaisanterie.

— On le dirait, pourtant.

— Si vous me suivez de votre plein gré, je promets que vous ressortirez libres au bout d'une heure.

— Vous venez de dire que vous n'aviez besoin que d'un quart d'heure, remarqua Susan.

J'en étais venu à connaître suffisamment le colonel Mang pour décrypter certaines de ses émotions, et je sentais qu'il bouillait intérieurement. Je voyais aussi que ma jeune compagne l'exaspérait encore plus que moi. Non que nous eussions des atomes crochus, lui et moi, mais il détestait Susan de tout son être. Pour cette raison, entre autres, il ne fallait pas qu'elle tombe entre ses griffes.

— Colonel, déclarai-je, j'ai une suggestion. Emmenez-nous à l'ambassade et déposez-y Mlle Weber. Ensuite, je vous suivrai de mon plein gré au ministère.

— Non, répondit-il sans hésiter.

— Non, renchérit Susan. Quoi qu'il arrive, je tiens à ce qu'on reste ensemble.

Le moins qu'on puisse dire, c'est que mon idée ne suscitait pas l'enthousiasme général.

— Alors, dis-je à Mang, laissez-nous passer un coup de fil à l'officier de permanence de l'ambassade pour l'informer de notre arrivée à Hanoi et du désir que manifeste le colonel Nguyen Qui Mang de nous poser quelques questions, raison pour laquelle nous devons l'accompagner au ministère de la Sécurité publique. De notre plein gré, ça va de soi. Vous pourrez écouter l'appel.

Mang secoua la tête.

Soit il n'était pas doué pour le marchandage, soit il s'estimait en position de pouvoir refuser toute négociation.

— Colonel, je suis à court de suggestions, annonçai-je en prenant le bras de Susan. Je vous souhaite le bonsoir.

— *Dung lai !* aboya Mang, perdant d'un seul coup et son sang-froid et son anglais.

Je me retournai vers lui.

Le souffle court, il lança un ordre au passager en uniforme de la berline. L'homme en descendit et alla ouvrir la portière arrière. Une fraction de seconde, je me pris à espérer que Mang s'en irait, mais il se contenta de jeter un coup d'œil par-dessus son épaule pour s'assurer que tous les touristes américains étaient rentrés dans l'hôtel.

— En voiture, nous ordonna-t-il.

Susan ne bougea pas, moi non plus. Un sourire ourla les lèvres du colonel Mang.

— Vous avez peur ?

— Non. Et vous ?

— De quoi aurais-je peur ? Montez !

— Il faudra nous mettre une arme sur la tempe, rétorquai-je.

Il hocha la tête et lança un ordre au gorille debout à côté de la portière. Celui-ci, tout heureux de pouvoir aider son chef, dégaina de nouveau son flingue et le pointa sur nous. Je pris le bras de Susan et l'aidai à monter à l'arrière de la berline avant de prendre place à côté d'elle. Mang s'installa à l'avant, le gorille au flingue resta sur le trottoir.

Après avoir roulé quelques minutes dans un silence pesant à travers les rues du vieux Hanoi, nous ralentîmes devant l'hôtel Métropole, un majestueux immeuble ancien de style français qui n'aurait pas déparé à Paris.

— Merci, dis-je. Vous n'avez qu'à nous laisser là.

Le colonel Mang se retourna lentement sur son siège.

— Je tenais à vous montrer l'endroit où vous ne passerez pas la nuit.

Connard.

La berline reprit sa route vers l'ouest dans le vieux Hanoi. Histoire de vérifier que ces types n'étaient pas des abrutis complets, je testai la portière arrière. Verrouillée, évidemment.

La situation se dégradait. Je recensai les solutions qui s'offraient à moi et constatai qu'il ne me restait plus guère que la violence. Je me sentais prêt à en passer par là. Mang n'avait pas d'arme visible, mais son chauffeur, lui, était armé. Il devrait donc être éliminé en priorité. Un coup d'œil par la lunette arrière me permit de constater qu'une voiture nous suivait. Il s'agissait de décider, comme je l'avais appris pendant mon stage militaire de survie et d'évasion, si une résistance physique était possible et, si oui, d'évaluer les conséquences d'une tentative avortée. Si on s'attire parfois des ennuis supplémentaires en brisant la nuque de quelqu'un, il arrive aussi que cela soit la bonne option. Tout dépendait de ce qui nous attendait au bout de cette petite virée en voiture.

Je devais également tenir compte de la seconde voiture, et surtout du fait que Susan et moi n'avions aucun moyen de préparer une tentative d'évasion coordonnée.

Je profitai d'un virage pour me pencher vers elle :

— Armée ? murmurai-je.

Elle secoua la tête.

— C'était pour rire, souffla-t-elle.

— Taisez-vous ! intervint Mang.

Nous nous engageâmes dans une rue étroite et mal éclairée, dont j'eus tout juste le temps de voir le nom sur la plaque : Yet Kieu. Quelques secondes plus tard, la voiture fit halte devant un gros immeuble colonial de quatre étages. Le second véhicule stoppa derrière nous.

Le colonel Mang attrapa un attaché-case sur la banquette et sortit sans dire un mot.

Susan me gratifia d'un léger coup de coude.

— La réception chez l'ambassadeur, Paul.

— On n'abat son joker que quand on en a vraiment besoin.

— Je crois qu'on en a *vraiment* besoin, murmura-t-elle.

Deux types en uniforme émergèrent de la voiture suiveuse, s'approchèrent de la berline et nous ouvrirent les portières. Susan et moi descendîmes et fûmes escortés, sans excès de douceur, jusqu'au seuil du ministère de la Sécurité publique, où nous attendait le colonel Mang.

Un garde ouvrit la porte, Mang entra, suivi de Susan, de moi et des deux gorilles.

Le grand hall, terriblement délabré, me rappela son homologue de Saigon. Les quelques hommes en uniforme ou en civil qui étaient en train de le traverser nous lorgnèrent comme s'ils regrettaient de ne pas voir suffisamment d'Occidentaux dans cet endroit. Le colonel Mang nous précéda vers un vieil ascenseur à cage grillagée et parla au liftier pendant que nous entrions à cinq dans la cabine.

La montée se déroula en silence. Nous sortîmes au troisième étage, lui aussi mal éclairé et décrépit. Toute une batterie de portes courait le long du corridor et, derrière l'une d'elles, j'entendis un cri de douleur, le claquement d'une gifle, et encore un cri de douleur. Une autre porte était légèrement entrebâillée ; je crus distinguer des sanglots de femme.

Le colonel Mang et ses gorilles restèrent parfaitement indifférents à ce vacarme, comme si c'était l'ambiance sonore habituelle de l'étage.

Mang ouvrit une porte. Au moment où il franchissait le seuil, j'entraperçus un homme nu et prostré sur le sol, couvert de sang et râlant à mi-voix. Un homme en uniforme, assis derrière un bureau de métal, fumait en lisant un journal.

Le colonel Mang échangea quelques mots avec lui, puis referma la porte.

— Cette salle est occupée, nous dit-il.

J'échangeai un regard avec Susan et compris qu'elle avait vu la même chose que moi. La plupart des gens n'ont aucun point de référence dans ce genre de situation. Je me souvins de ma première expérience du feu, des morts et des mourants qui gisaient autour de moi. Mon cerveau n'avait pas enregistré la scène comme une réalité, et c'était ce qui m'avait permis d'y faire face.

Le colonel Mang trouva enfin une salle vide, et nous y entrâmes en file indienne.

C'était une pièce aveugle et étouffante, éclairée par une ampoule nue qui pendait du plafond. Un bureau et une chaise trônaient en son centre. Le reste du mobilier se réduisait à deux tabourets de bois.

Mang posa son képi et son attaché-case sur le bureau, puis alluma une cigarette.

— Asseyez-vous, dit-il en nous indiquant les tabourets.

Nous restâmes debout.

Le parquet vétuste était maculé de taches brunâtres. Un cri étouffé nous parvint de la salle voisine, suivi d'un choc sourd contre le mur.

Le colonel Mang resta de marbre, comme si les passages à tabac n'étaient pas plus exceptionnels ici que la prise d'empreintes ou l'établissement d'un procès-verbal.

— Les gens qui refusent de parler lors d'un interrogatoire sont conduits au sous-sol, où nous obtenons toujours d'eux une coopération totale. Au sous-sol, ils ne sont pas invités à s'asseoir. (Sa main exécuta un geste sec.) Asseyez-vous.

Ses deux gorilles approchèrent les tabourets derrière nos genoux et nous forcèrent à nous asseoir dessus.

Le colonel Mang nous dévisagea interminablement, l'un après l'autre.

— Vous m'avez causé beaucoup de tracas, finit-il par dire. Vous avez gâché mes vacances.

— On ne peut pas dire que vous ayez facilité les nôtres, observai-je.

— Taisez-vous.

Sans demander la permission, Susan sortit son paquet de cigarettes et en alluma une. Mang ne réagit pas, comme si fumer était un droit inaliénable des pensionnaires des geôles vietnamiennes.

Mon instinct me soufflait que Susan et moi étions dans la panade. Nous avions deux soucis principaux : l'accident mortel des deux flics sur la route 1, et les deux soldats tués sur la route 214. Notre présence dans chacun des deux secteurs au moment des faits pouvait certes passer pour une coïncidence, mais je ne croyais pas que Mang l'interpréterait ainsi. Il y avait aussi M. Cam, notre chauffeur de Nha Trang à Hué, que j'aurais dû exécuter. Susan et moi étions tout bonnement passibles de la peine de mort pour ces quatre meurtres, sans pouvoir espérer que le gouvernement des États-Unis intercéderait en notre faveur.

Mang nous dévisagea l'un après l'autre, et nous soutînmes son regard dans la clarté blafarde de l'ampoule.

— Commençons par le commencement, déclara-t-il en tirant sur sa cigarette. J'ai fini par découvrir le moyen de locomotion que vous avez utilisé pour aller de Nha Trang à Hué. M. Thuc s'est montré extrêmement coopératif quand je lui ai rendu visite à son agence.

Pour la première fois, un vrai signal d'alarme se mit à tinter sous mon crâne.

— Donc, monsieur Brenner, vous avez loué une voiture à une agence privée, ce que je vous avais expressément ordonné de ne pas…

— Mlle Weber est libre de voyager comme bon lui semble. J'étais un simple passager.

— Taisez-vous. Cette voiture était conduite par Duong Xuan Cam, qui m'a raconté votre voyage avec une abondance de détails. Peut-être aurez-vous l'amabilité de me le raconter à votre tour, afin d'éviter tout malentendu ?

— Je ne pourrai rien vous dire de plus que le chauffeur. Mlle Weber et moi avons dormi pendant toute la durée du trajet.

— Ce n'est pas ce qu'a dit votre chauffeur.

— Et qu'a-t-il dit ?

— Si vous me posez encore une seule question, monsieur Brenner, et cela vaut aussi pour vous, mademoiselle Weber, cet entretien se poursuivra au sous-sol. Me suis-je bien fait comprendre ?

— Colonel, répondis-je, je me permets de vous rappeler que ni Mlle Weber ni moi ne sommes des prisonniers de guerre. Nous ne sommes pas au Hilton, où vos compatriotes ont torturé des centaines d'Américains. La guerre est finie, colonel, et vous serez tenu pour responsable de vos actes.

Il me fixa intensément avant de dire :

— Si, à mon modeste niveau, je pouvais contribuer à faire en sorte que votre pays redevienne l'ennemi du mien, cela me rendrait très heureux, et je ne serais certainement pas le seul ici, croyez-moi. (Il esquissa un sourire déplaisant.) Je crois avoir trouvé un moyen de l'obtenir. Je parle, bien sûr, du procès puis de l'exécution d'un soi-disant touriste américain et d'une soi-disant femme d'affaires américaine, soit pour meurtre, soit pour activités antigouvernementales, soit pour les deux à la fois.

— Vous serez tenu pour responsable, répétai-je. Et pas seulement par mon gouvernement, mais aussi par le vôtre.

— Ce n'est pas votre affaire, monsieur Brenner. Vous avez des problèmes plus urgents à résoudre. (Il fit une légère pause.) La dernière fois que nous nous sommes vus, à Quang Tri, nous avons parlé de votre visite à Hué, d'un trou dans votre itinéraire entre Nha Trang et Hué, de votre insolence à l'égard d'un officier de police de Hué, et aussi des choix discutables de Mlle Weber en matière de compagnie masculine. Nous avons aussi évoqué votre passage dans la vallée d'A Shau, puis à Khe Sanh, et vos contacts avec les tribus montagnardes. Je crois avoir suffisamment d'éléments en ma possession pour vous maintenir en garde à vue.

— Et moi, je crois que vous harcelez un vétéran de l'armée américaine et une femme d'affaires américaine respectée à des fins strictement politiques et personnelles.

— Vraiment ? Dans ce cas, nous allons devoir poursuivre cette discussion jusqu'à ce que l'un de nous ait changé d'avis. Comment avez-vous quitté Hué ?

— À moto. Comme vous le savez, nous sommes arrivés à Dien Bien Phu par le même moyen.

— Et entre-temps, vous êtes devenus canadiens.

Je m'abstins de répondre.

— Où vous êtes-vous procuré cette moto ?

— Je l'ai achetée.

— À qui ?

— À quelqu'un dans la rue.

— Son nom ?

— Nguyen.

— Je commence à perdre patience.

— On ne peut pas perdre ce qu'on ne possède pas.

Ma réplique parut lui plaire.

— Je crois savoir où vous vous êtes procuré cet engin, fit-il en souriant.

— Dans ce cas, vous n'avez pas besoin de me le demander.

— Pour être franc, dit-il en dardant sur moi un regard de serpent, je ne le sais pas encore. Mais je suis sûr d'une chose : avant de sortir d'ici, l'un de vous se sentira extrêmement soulagé de me l'avoir avoué.

Jusqu'ici, M. Uyen semblait à l'abri. Quant à M. Anh, je n'avais plus qu'à espérer qu'il était en train de savourer sa réunion de famille à Los Angeles.

— Où avez-vous fait étape pendant votre voyage vers Dien Bien Phu ? interrogea Mang.

— Nous avons dormi à la belle étoile.

— Il serait plus plausible que vous ayez dormi dans un village montagnard, non ?

— Je crois que je m'en serais souvenu.

— Deux soldats ont été tués près de la frontière laotienne, me dit-il en plissant les yeux. Sur la route 214. On a extrait du thorax de l'un d'eux une balle de calibre 45 provenant d'un automatique Colt, une arme utilisée dans l'armée américaine. Il semble que vous vous soyez trouvé dans les parages vers ce moment-là.

— J'ignore par où passe la route 214, répondis-je sans sourciller. Ce que je sais, c'est que j'ai pris la route 1, puis la 6 pour monter à Dien Bien Phu. Et d'un seul coup, voilà que vous m'accusez du meurtre de deux soldats. Comment voulez-vous que je réponde à une accusation aussi absurde ?

Mang me fixait toujours.

— Nous vous avons suivi de notre plein gré pour répondre à vos questions, enchaînai-je. D'ici très peu de temps, nous en viendrons à considérer que nous sommes détenus contre notre volonté. Et vous, colonel, dont le nom est connu de notre ambassade, vous serez tenu pour responsable de notre absence.

Il sourit.

— Vous ne m'écoutez pas, monsieur Brenner. Je n'ai que faire de votre ambassade ou de votre gouvernement. En vérité, je suis même favorable à une confrontation.

— Vous serez servi, colonel.

— Vous me faites perdre mon temps. (Il s'adressa à Susan :) Oh, mais je m'aperçois que je vous ai ignorée jusqu'à présent.

— C'est réciproque.

Il partit d'un rire sec.

— J'ai l'impression que vous ne m'aimez pas beaucoup.

— Vous êtes très observateur.

— Pourquoi ? À cause des photographies ? Ou parce que vous avez décidé d'adopter cette attitude de supériorité raciale envers les Vietnamiens qu'affichent tant de vos compatriotes ?

— Un instant, fis-je. On était en train de parler de…

— Ce n'est pas à vous que je m'adresse, monsieur Brenner. Mais si c'était le cas, je vous demanderais combien de fois dans votre vie vous avez employé des termes comme « chinetoque », « niakoué », « bridé », ou « bille de safran ». Combien de fois ?

— Probablement trop souvent. Mais pas dans les vingt-cinq dernières années. Laissez tomber ce sujet.

— Il se trouve qu'il m'intéresse. (Il reporta son attention sur Susan.) Pourquoi êtes-vous dans mon pays ?

— Parce que je m'y plais.

— Je ne vous crois pas.

— Croyez bien que je m'en moque. J'aime les gens de ce pays, j'aime sa culture et ses traditions.

— Vous avez oublié de mentionner ses richesses.

— En revanche, je n'aime pas votre gouvernement. Le peuple et le gouvernement ne sont pas la même chose. J'ajoute que si vous étiez américain, je vous trouverais tout aussi répugnant et détestable.

Je crus un instant que nous allions être jetés dans l'ascenseur à destination du sous-sol, mais le colonel Mang se contenta de regarder dans le vague.

— Les étrangers, finit-il par lâcher, n'apportent que des problèmes. Il y a trop de touristes et trop d'affairistes dans notre pays. Il y en aura bientôt deux de moins.

— Vous devriez plutôt chercher chez vous la source de vos problèmes, rétorqua Susan. En commençant par cet immeuble.

— Nous n'avons pas besoin que des étrangers nous disent comment administrer notre pays. Ces temps sont révolus, mademoiselle Weber. Ma génération et celle de mon père ont payé le prix du sang pour libérer ce pays du joug occidental. S'il faut livrer une nouvelle guerre pour nous débarrasser définitivement des capitalistes et des Occidentaux, nous sommes prêts à faire ce sacrifice une fois encore.

— Vous savez bien que ce discours sonne creux. Ces temps aussi sont révolus.

Exaspéré, le colonel Mang se tourna vers moi.

— Vous avez quitté Hué à moto mardi matin de bonne heure, et vous êtes arrivés à Dien Bien Phu très tard dans la soirée de mercredi. Vous vous êtes inscrits au motel Dien Bien Phu.

— Exact.

— Jeudi matin, vous avez visité le champ de bataille en vous présentant à votre guide comme deux historiens canadiens.

— Historiens du Connecticut, voilà ce que j'ai dit.

— Le Connecticut ? Qu'est-ce que c'est ?

— Un État américain. L'État de la noix de muscade.

— Plus tard dans la journée, reprit-il, vaguement désemparé, vous êtes tous les deux arrivés sur votre moto au village de Ban Hin, en vous faisant de nouveau passer pour des historiens.

Je ne répondis pas.

— Mlle Weber a très explicitement déclaré à un homme sur la place du marché que vous étiez canadiens. Pourquoi vous êtes-vous fait passer pour des Canadiens ?

— Certaines personnes n'aiment pas les Américains. Tout le monde apprécie les Canadiens.

— Pas moi.

— Vous en connaissez combien ?

Il sentit que je l'attirais hors de son sujet et que je cherchais à gagner du temps. Si nous avions encore une chance de sortir vivants de cet immeuble, elle était liée à son idée de la durée pendant laquelle il pouvait se permettre de nous garder ici sans que notre absence soit officiellement remarquée. Mais, à ce stade, il se pouvait que personne à Washington, à Saigon ou à l'ambassade ne s'inquiète de notre sort. Demain, peut-être, mais ce soir probablement pas. Personne ne comptait particulièrement sur nous à la réception de l'ambassadeur. J'envisageai un instant d'abattre mon joker, mais mon instinct me souffla que le colonel Mang n'était pas encore à point.

— Pourquoi êtes-vous allé à Ban Hin ? me demanda-t-il.

— Vous le savez.

— Oui. Mais pour être honnête, je ne saisis pas le sens de votre entretien avec Tran Van Vinh. Vous allez donc me l'expliquer.

Des cinq noms – Thuc, Cam, Anh, Uyen et Tran Van Vinh – que je ne voulais surtout pas entendre ce soir dans la bouche du colonel Mang, trois avaient déjà été prononcés. Tran Van Vinh, en camarade loyal jusqu'au bout des ongles qu'il était, avait certainement répété à la police tout ce qu'il savait, mais il ne savait pas tout. Je m'inquiétais davantage pour MM. Anh et Uyen, qui comme à peu près vingt millions d'autres Sud-Vietnamiens pendant la guerre avaient commis l'erreur de prendre le parti des Américains. Peut-être auraient-ils mieux fait de retenir la leçon. En tout cas, leur nom n'avait pas encore émergé, mais mieux valait rester méfiant : je commençais à me familiariser avec les techniques d'investigation du colonel Mang et je savais qu'il adorait tourner autour du pot en gardant le meilleur pour la fin.

Il commençait à être agacé par mon silence.

— J'aimerais que vous m'expliquiez l'objet de votre visite à M. Vinh, insista-t-il.

— Je suis certain que M. Vinh l'a déjà fait.

— Il m'a parlé de votre visite par téléphone, mais je n'ai pas encore eu la chance de le rencontrer. (Il regarda sa montre.) Il ne devrait pas tarder à prendre l'avion, et je pourrai bientôt approfondir le sujet avec lui. Entre-temps, j'aimerais que vous me disiez pourquoi vous lui avez rendu visite.

— D'accord. Je vais vous le dire.

En restant toujours au plus près de la vérité, je répétai au colonel Mang l'histoire que j'avais déjà racontée à Tran Van Vinh sur la lettre, la VVA, mes liens avec la famille du lieutenant Hines, le possible meurtre de ce lieutenant par un capitaine inconnu – dont il me parut évidemment inutile de mentionner qu'il n'était autre que l'actuel vice-président des États-Unis – et la promesse que j'avais faite à la famille Hines de profiter de mon pèlerinage d'ancien combattant au Vietnam pour me renseigner sur cette affaire.

À la fin de mon récit, je sentis que le colonel Mang était profondément absorbé dans ses pensées. Il avait déjà entendu la même histoire dans la bouche de Tran Van Vinh, et elle ne cadrait pas avec ses soupçons. Cette nouvelle version soulevait pour lui plus de questions qu'elle n'apportait de réponses, d'où sa perplexité. Il n'allait pas tarder à exiger de voir les souvenirs de guerre récupérés chez Tran Van Vinh, qui se trouvaient présentement dans le sac à dos de Susan. Nous n'étions pas sortis de l'auberge. Peut-être même y resterions-nous pour l'éternité.

Le colonel Mang se tourna vers Susan.

— Vous confirmez cette histoire ?

— Oh, moi, vous savez, je ne suis que la pouffiasse qu'on emmène faire un tour.

— Qu'est-ce qu'une pouffiasse ? s'enquit Mang, intrigué.

Elle répondit en vietnamien. À la façon dont il hocha la tête, on aurait dit que pour la première fois il croyait à la sincérité d'une de nos réponses.

— Et pourtant, remarqua-t-il, vos relations avec M. Stanley ne peuvent qu'éveiller mes soupçons.

— J'ai couché avec la moitié des Occidentaux de Saigon, colonel. Vous ne devriez pas attacher une signification excessive à ma liaison avec Bill Stanley.

Comme on dit dans le métier, la nudité est parfois le meilleur déguisement. Le colonel Mang paraissait sincèrement ravi de voir son opinion de Susan corroborée par la pouffiasse en personne, même si sa liaison avec Bill Stanley en perdait du même coup un peu de sa force en tant que pièce à conviction.

Cette découverte remettait également en question la profondeur de mes sentiments envers Susan Weber – et les chances qu'estimait avoir Mang de m'atteindre en s'en prenant à elle. Je décochai un regard écœuré à Susan et augmentai sensiblement la distance qui nous séparait en me penchant du côté opposé. Mon expression n'échappa pas au colonel Mang.

— Vous ne valez pas mieux que les prostituées qui battent le pavé de Saigon, dit-il à Susan.

— Sauf que je ne demande pas d'argent.

— Ce serait plus honnête si vous en demandiez.

Estimant avoir remis Susan à sa place, il reporta son attention sur moi.

— Tran Van Vinh m'a parlé d'une querelle entre Mlle Weber et vous. Il paraît qu'elle a quitté sa maison sans vous, et que vous n'êtes parti que quelques minutes plus tard. C'est la vérité ?

— C'est la vérité.

— Pourquoi ?

— Nous étions tombés en désaccord sur un certain nombre de sujets pendant le voyage. Notre désaccord final portait sur le meilleur mode de locomotion pour rejoindre Hanoi.

Mang réfléchit un instant.

— Et pourtant, vous avez tous les deux décidé de prendre le train à Lao Cai.

— Il faut croire, puisque nous sommes arrivés ensemble à la gare Long Bien.

— Je savais d'où vous partiez, et je savais aussi que vous vouliez aller à Hanoi. Comme vous n'étiez inscrits sur aucune liste de compagnie aérienne, j'ai placé sous surveillance la gare Long Bien, la gare routière, et bien sûr l'hôtel Métropole et l'ambassade américaine au cas où vous arriveriez à moto ou en voiture.

— Comment avez-vous su que nous étions dans ce car de touristes ?

— Ah ! Le policier qui est monté à bord du car a remarqué la nervosité du guide, mais comme il ne voulait pas créer d'incident devant vos compatriotes, nous avons attendu le moment propice. Il se peut d'ailleurs que vous croisiez ce guide quelque part dans cet immeuble. (Il sourit.) Je vous avais bien dit que nous nous retrouverions à Hanoi, monsieur Brenner.

— Et si j'avais choisi de repartir à Hô Chi Minh-Ville ?

— Si nous n'étions pas assis ici, répondit-il à brûle-pourpoint, visiblement ravi de faire étalage de ses compétences, nous serions dans la même situation à Hô Chi Minh-Ville. Rien n'échappe à notre vigilance, monsieur Brenner.

— C'est ce que vous croyez, ripostai-je, regrettant aussitôt mes propos.

— Mlle Weber et vous n'y avez pas échappé, dit-il, souriant de plus belle. La preuve, vous êtes ici.

— Je vous le concède. La police de l'immigration de ce pays est très active, colonel. Nous aurions bien besoin d'avoir la même aux États-Unis.

— Les violations d'itinéraire, l'utilisation de moyens de transport illégaux et les irrégularités de visa sont des affaires sérieuses, monsieur Brenner.

— Apparemment, puisque cela mérite qu'on organise une traque à l'échelle nationale contre Mlle Weber et moi. Au fait, vous êtes de la section A ou de la B ?

— Section A. L'équivalent de votre CIA.

— La prochaine fois que je viendrai au Vietnam, je tâcherai de demander mon visa plus en avance.

Il sourit.

— Il n'y aura pas de prochaine fois.

— Cet interrogatoire est-il terminé ?

— Non. Et ne me posez plus de question.

Tout le monde fumait dans cette pièce sauf moi, réduit à la peu enviable condition de fumeur passif, et il n'y avait pas la moindre fenêtre à ouvrir. Et comme si ce lieu n'était pas assez malsain, le parquet était aspergé de taches de sang, et l'interrogateur de la salle voisine semblait prendre beaucoup de plaisir à balancer son hôte contre le mur, ce qui faisait régulièrement osciller l'ampoule du plafond.

Le colonel Mang finit par s'adresser à Susan :

— Pourquoi avez-vous envoyé un télex à M. Tin, de l'hôtel Century Riverside de Hué ?

— M. Brenner avait prêté son guide de voyage à une personne qui devait le lui rapporter le mardi matin. Il n'était toujours pas là au moment de notre départ, et j'ai envoyé un télex un peu plus tard dans la journée pour savoir s'il était arrivé. Je suis sûre que vous l'avez lu.

Le colonel Mang ne laissa rien transparaître.

— Et qu'auriez-vous fait si ce guide avait été rapporté à l'hôtel ? Vous seriez retournés le chercher à Hué ?

— Bien sûr que non. Nous aurions demandé à M. Tin de l'envoyer au Métropole.

Mang se tourna vers moi.

— Qui est cette personne à qui vous avez remis votre livre ?

— Je crois me souvenir qu'il s'appelait M. Han, répondis-je. Un étudiant.

— Pourquoi lui avoir donné ce guide ?

— Il m'a demandé de le lui prêter. J'ai enfreint une loi ?

Le colonel Mang sourit. Ce qui, pour ce que j'en savais, n'était pas bon signe.

— J'ai un aveu à vous faire, dit-il.

— Ça tombe bien. Parce que moi, je n'en ai aucun à vous faire.

— Je vous ai fait suivre à Hué.

Je ne répondis pas. Tout le monde se tut, et on entendit les cris de quelqu'un qu'on traînait dans le corridor. Peut-être était-ce le guide du groupe d'Américains.

— Mes collègues ont fini par vous perdre de vue, reprit Mang, mais ils m'ont signalé que votre comportement était celui d'un homme qui se croit suivi.

— Que vouliez-vous qu'ils vous disent ? Qu'ils m'avaient perdu alors que j'étais tranquillement assis sur un banc public ?

Irrité, il se tourna vers Susan.

— Même chose pour vous, mademoiselle Weber. Vous aviez un comportement suspect.

— Je faisais des achats.

— Oui. Pour votre déguisement.

— Pour une tenue adaptée à un voyage à moto vers Dien Bien Phu. Je peux vous décrire mes achats en détail, si ça vous intéresse.

Le colonel Mang n'était apparemment pas plus chaud que moi pour écouter Susan parler de chiffons.

— Où est la moto que vous avez achetée à Hué ? me demanda-t-il.

— Je l'ai revendue à Lao Cai.

— Le nom de cet homme ?

— De cette femme. Une Australienne. Sheila quelque chose. Blonde, les yeux bleus, un joli sourire.

Le colonel Mang me soupçonna tout de suite de le faire marcher, mais il décida de jouer le jeu :

— Quel prix l'avez-vous payée à Hué ? Et quel prix l'avez-vous revendue ?

— Je l'ai payée trois mille dollars américains, mais je n'ai pu en obtenir que cinq cents de l'Australienne de Lao Cai. Elle savait qu'on avait un train à prendre et elle a marchandé ferme.

— Je vois. Et avez-vous remis une facture à cette personne ? En avez-vous reçu une à Hué ?

— Colonel, depuis que j'ai posé les pieds dans votre pays, je n'ai pas vu le début de l'ombre d'une facture.

Il n'insista pas, préférant se tourner vers Susan.

— J'ai trouvé des clés de moto à votre domicile, mais aucune trace de l'engin en question. Pouvez-vous nous aider à le localiser ?

— On me l'a volé.

— Je crois plutôt qu'il est caché quelque part.

— La section A n'a rien de mieux à faire que de chercher des motos ?

— Bien sûr que si, mademoiselle Weber. C'est d'ailleurs la raison de votre présence.

— Je n'ai aucune idée de la raison de ma présence.

— Bien sûr que si.

— Et à vrai dire, je ne crois pas que vous la connaissiez vous-même, colonel.

— Ce que je ne connais pas, le suspect finit toujours par me l'apprendre. Ceci n'est qu'un interrogatoire préliminaire. La suite ressemblera à ce que vous avez pu voir et entendre dans les pièces voisines. L'interrogatoire final aura lieu au sous-sol. Nous reviendrons alors sur plusieurs sujets : les deux policiers morts sur la route et les soldats tués par balles près de la frontière, entre autres. La question de la moto mérite elle aussi de plus amples explications.

— La torture est l'ultime recours des policiers stupides et feignants, observai-je. Et les aveux sont inexploitables.

À en juger par le regard qu'il m'adressa, il n'avait jamais entendu ce genre de discours.

— Que savez-vous des interrogatoires ? me demanda-t-il.

— Je regarde beaucoup de séries policières à la télévision.

— Il se trouve que j'ai essayé d'en apprendre un peu plus à votre sujet par le biais de mon ambassade à Washington.

— Je ne connais personne là-bas.

— Je n'aime pas vos sarcasmes.

— Je m'en doute. Personne ne les aime.

— Nous avons découvert que vous avez pris votre retraite de l'armée des États-Unis en septembre dernier. Vous aviez alors le grade d'adjudant-chef.

— Je vous l'ai dit à Tan Son Nhat.

— Mais vous n'avez pas été clair sur vos fonctions.

— Personne dans notre armée n'est clair sur ses fonctions.

— Au vu de vos performances ici dans le passé, cela doit être vrai.

— Nous avons fait du bon travail au Vietnam, colonel, et vous le savez très bien. Demandez à n'importe lequel de vos ex-camarades de classe. Si vous ne les avez pas déjà tous torturés…

Le colonel Mang disjoncta. Il se mit à vociférer en vietnamien, abattit son poing sur la table et se dressa comme un ressort. En voyant luire un peu de bave aux coins de ses lèvres, j'eus l'impression très nette que j'étais allé un peu trop loin.

Il contourna le bureau et fondit sur moi. Je me levai, mais ses deux gorilles me ceinturèrent. Le colonel Mang me gifla au visage. Je réussis à me dégager de l'étreinte des gorilles, qui n'étaient pas bien costauds. L'un d'eux partit à la renverse. L'autre revint à la charge. Susan se leva à son tour et d'un coup de pied lui balança son tabouret dans les tibias. Il s'écroula face contre terre. Mang et moi nous retrouvâmes face à face.

Avant que j'aie pu lui arranger le portrait à ma convenance, les deux gorilles se relevèrent en s'appuyant au mur, dégainèrent leur arme et se mirent à nous crier dessus. Le colonel Mang leur donna un ordre et, de manière tout à fait inattendue, quitta la pièce. Une soudaine envie de pisser, peut-être.

— Paul, chuchota Susan, la ré-cep-tion !

Un des gorilles aboya quelque chose en vietnamien.

— Il veut qu'on se rasseye et qu'on la ferme, traduisit-elle. Un seul mot, un seul geste, et ils nous descendent.

Nous nous rassîmes donc, le dos tourné aux gorilles, dont les pistolets restaient braqués sur nous. S'ils avaient été plus proches d'un mètre, j'aurais récupéré ces deux flingues en cinq secondes, mais ces enflures gardaient leurs distances.

L'échauffourée n'avait pas suscité d'attention particulière dans les salles voisines. Le colonel Mang n'avait pas refermé la porte en partant, et des bruits d'impacts variés nous parvenaient du couloir.

Il revint cinq minutes plus tard, suivi de deux autres individus armés, qui se postèrent eux aussi debout derrière nous. Lorsque Mang passa devant nous, je sentis un discret effluve d'alcool.

Il se rassit derrière le bureau et alluma une cigarette.

— Permettez-moi de revenir aux deux doubles meurtres, déclara-t-il comme s'il ne s'était rien passé. Que vous avouiez ou non, nous avons des témoins qui sont prêts à vous désigner comme les meurtriers. En conséquence, vous pouvez d'ores et déjà considérer que vous êtes inculpés de meurtre.

J'envisageai un instant d'abattre mon joker, mais il commençait à ressembler à un deux de trèfle. Le colonel Mang nous laissa méditer quelques secondes sur la nouvelle de notre inculpation.

— Je suis disposé à oublier ces inculpations en échange d'une déclaration écrite, signée de vous deux, par laquelle vous reconnaissez être des agents du gouvernement américain et expliquez en détail la nature de votre mission.

— Et ensuite, fis-je, on ira tous ensemble prendre un verre au bar du Métropole ?

— Non. Vous resterez en prison jusqu'à votre expulsion.

— Et notre gouvernement vous présentera ses excuses, assorties d'un gros chèque.

— J'espère bien qu'il ne présentera pas d'excuses. Et vous pouvez garder votre argent.

— Que voudriez-vous nous voir avouer ?

— Rien d'autre que ce que vous avez fait – prise de contact avec des rebelles armés, soutien au FULRO, espionnage, intelligence avec des ennemis de l'État.

— Je ne suis au Vietnam que depuis deux semaines, colonel.

Ignorant mon sarcasme, il hocha la tête.

— Vous voyez certainement l'avantage qu'il y a à avouer des crimes politiques par rapport à une inculpation de meurtre par la justice ordinaire. Les crimes politiques sont susceptibles d'être négociés entre gouvernements. Un meurtre est un meurtre. J'ai des témoins pour les deux doubles meurtres. J'en ai aussi pour les crimes politiques. À vous de choisir.

Leur système judiciaire était un peu différent du nôtre. Il me semble d'ailleurs que j'avais mentionné ce détail à Karl.

— J'attends votre décision, monsieur Brenner.

— Vous m'ignorez encore, remarqua Susan.

Mang se tourna vers elle.

— Je n'attends rien de vous, sauf que vous vous taisiez.

Je jugeai bon d'intervenir avant que Susan ait eu le temps de l'envoyer de nouveau au diable :

— Je vous laisse choisir vous-même, colonel. Vous n'obtiendrez plus rien de moi.

Le colonel Mang dit quelque chose à ses gorilles, et je crus que nous allions être entraînés séance tenante vers les souterrains qui nous étaient promis, mais l'un d'eux ramassa nos sacs à dos et les posa sur le bureau. Un autre nous fit signe de retirer nos blousons. Quand nous nous fûmes exécutés, il les jeta en travers de la table.

Le colonel Mang commença par vider mon sac à dos sur le bureau. Sans mentionner explicitement l'absence de sous-vêtements, il demanda :

— Où sont toutes vos affaires ?

— Dans les bagages qui m'ont été volés, cela va de soi.

Ignorant ma réponse, il examina mon appareil photo, mes pellicules, mon bracelet montagnard, ma dernière chemise propre. Il mit ma trousse de toilette sens dessus dessous, vida mon tube de dentifrice, répandit de la crème à raser sur la table.

— Quelles étaient vos fonctions dans l'armée ?

— Je vous l'ai déjà dit.

— Vous m'avez dit que vous étiez cuisinier. Plus tard, vous avez admis que vous aviez combattu.

— C'est vrai. Je suis devenu cuisinier par la suite.

— Je crois que vous êtes un agent de renseignement.

Il laissa de côté mes maigres possessions et s'en prit au sac à dos de Susan. Un peu gêné par les soutiens-gorge et autres petites culottes, il inspecta consciencieusement le reste de ses affaires, dont le foulard montagnard offert par le chef John, quelques bijoux de cuivre et autres babioles.

Il déposa son appareil photo à côté du mien, avec les pellicules exposées. Pour finir, il se concentra sur les objets que nous avait remis Tran Van Vinh. Il regarda la montre, les plaques d'identification, l'alliance, le carnet, le portefeuille et son contenu, et finalement la pochette de toile contenant les lettres et le tableau d'effectifs du MACV. Ce dernier retint son attention quelques secondes, et il s'intéressa ensuite aux lettres.

— C'est tout ce que vous a donné Tran Van Vinh ? demanda-t-il à Susan.

Elle opina.

— Comment se fait-il que ces objets soient dans votre sac et non dans celui de M. Brenner ?

— Qu'est-ce que ça peut vous faire ?

— Vous cachez quelque chose sur vous ?

— Non.

— C'est ce que nous allons voir.

— Si vous me touchez, gronda-t-elle, je vous tue. Si ce n'est pas aujourd'hui, ce sera un autre jour.

— Pourquoi une pouffiasse serait-elle choquée qu'un homme la touche ?

— C'est moi qui choisis mes hommes. Allez vous faire foutre.

— Du calme, dis-je à Susan. (Je me tournai vers Mang :) Si vous la touchez, colonel, et si elle ne vous tue pas, c'est moi qui m'en chargerai. Si ce n'est pas aujourd'hui, ce sera effectivement un autre jour. Vous savez que je le ferai.

— Donc, cette demoiselle a de l'importance pour vous. Vous seriez prêt à tuer pour elle.

— Je vous tuerais pour le plaisir.

— Moi de même. À vrai dire, vous n'avez plus le choix d'avouer vos crimes politiques. Je ne tiens certainement pas à ce que des personnes aussi dangereuses que Mlle Weber et vous soient relâchées un jour. Vous pourriez essayer de me tuer.

— Ne vous en faites pas, dis-je. Si ce n'est pas moi, ce sera quelqu'un d'autre.

À son coup d'œil oblique, je vis qu'il avait compris que j'étais en train de suggérer que je n'étais pas seul. C'était ce qu'il soupçonnait, et il était heureux d'en avoir confirmation, même si la possibilité que son nom soit inscrit sur une liste noire gâchait un peu sa joie.

Plutôt que de répondre, il s'intéressa à nos blousons, qui ne contenaient rien de palpitant.

— Où sont les photographies que je vous ai envoyées ? demanda-t-il à Susan.

Elle répondit en vietnamien, ce qui n'était pas bon signe. Il répliqua sèchement dans la même langue.

— En anglais, intervins-je.

— Fermez votre putain de gueule ! me lança le colonel Mang en excellent argot.

Il ouvrit son attaché-case et en sortit une liasse de clichés. Il en regarda quelques-uns, puis les jeta vers nous. Six ou sept atterrirent côté recto. Je n'eus aucune peine à reconnaître les photos de Pyramide.

— Peut-être ai-je quelque peine à saisir la notion de pudeur en Occident, dit-il à Susan. Vous me mettez dans une situation difficile pour ce qui est de la fouille.

— Ne me touchez pas.

Mang se tourna vers moi.

— Monsieur Brenner ? Pouvez-vous m'aider ?

— Faites venir une femme. Elle devra procéder à la fouille dans une autre pièce.

— Pourquoi ne pas faire comme si nous étions à la plage ?

— Cessez de jouer au con, dis-je.

Je fis mine de me lever – et sentis aussitôt un objet métallique et froid à la base de ma nuque.

— Assis, ordonna Mang.

J'aurais pu m'emparer sans peine du flingue dont le canon touchait ma nuque, mais je craignais que les trois autres ne soient pointés sur moi.

Je me rassis. Il était temps de jouer mon joker.

— Colonel, déclarai-je, l'ambassadeur américain, Patrick Quinn, nous a invités, Mlle Weber et moi, à une réception à sa résidence ce soir à vingt heures. La réception est organisée en l'honneur du vice-président des États-Unis, Edward Blake, qui, comme vous le savez, se trouve en ce moment à Hanoi. Nous sommes attendus à cette réception, qui a déjà commencé.

Le regard du colonel Mang fit l'aller-retour entre Susan et moi.

— Et que comptez-vous mettre pour la réception de l'ambassadeur ? Je ne vois aucune tenue de soirée dans ces sacs à dos.

— M. Quinn a tout ce qu'il faut, dit Susan. Mais c'est gentil à vous de vous soucier de ce détail.

— Pourquoi seriez-vous invités à une soirée de ce genre ?

— Je suis une amie de M. Quinn, répondit Susan.

— Vraiment ? Et vous, monsieur Brenner ?

— Pat Quinn et moi étions à l'école ensemble.

— Ah… Que de gens célèbres dans la même classe ! Donc, je vous empêche en ce moment d'aller dîner avec vos illustres compatriotes…

— Il y aura aussi votre ministre des Affaires étrangères, M. Thuang, intervint Susan. Ainsi que le ministre de l'Intérieur, M. Huong, qui, arrêtez-moi si je me trompe, est votre supérieur hiérarchique. Libre à moi de leur parler ou non de cet incident.

J'étais impressionné – même si, en un sens, le colonel Mang avait désormais une bonne raison de ne pas nous laisser sortir vivants d'ici. Je l'observai, mais son expression était insondable, et j'aurais été bien en peine de deviner de quel côté la balance allait pencher.

— J'ai envoyé de Lao Cai un télex à l'ambassade pour informer que nous arriverions par train, que nous prendrions nos chambres au Métropole et que nous serions à la réception à huit heures, affirmai-je afin d'enfoncer le clou.

— La poste de Lao Cai n'était pas ouverte à l'heure où votre train est parti pour Hanoi.

Aïe.

— J'ai remis ce message à l'Australienne, qui m'a promis de l'envoyer. Celle de la moto.

Une chance que je sois né avec du sang irlandais.

Le colonel Mang alluma une cigarette pour se donner le temps de réfléchir.

— Cet homme, Edward Blake, sera-t-il votre prochain président ? finit-il par demander.

— Probablement, répondis-je. Mais vous savez, nous avons des élections.

— Je ne l'aime pas, lâcha-t-il après un nouveau silence.

Voilà qui nous faisait enfin un point en commun.

— Il a été soldat ici pendant la guerre, ajouta Mang.

— Je sais.

— Il vient trop souvent au Vietnam.

— C'est un ami de votre pays.

— C'est ce qu'il dit. Selon certaines rumeurs, il aimerait réimplanter des bases de l'armée américaine en territoire vietnamien.

Personne ne répondit. Susan et moi laissâmes le silence se prolonger.

— Aucune de vos réponses ne m'a encore satisfait, déclara le colonel Mang. Mon devoir consiste à protéger mon pays.

Il ne paraissait plus aussi sûr de lui – et il en était conscient. Il jeta un coup d'œil à sa montre, ce qui était bon signe. Il ne réussissait pas à prendre une décision.

— Je vais vous poser quelques questions, monsieur Brenner, et si vous y répondez sincèrement, il se peut que j'envisage de vous relâcher, Mlle Weber et vous.

J'attendis la suite.

— Êtes-vous au Vietnam pour élucider le meurtre de ce lieutenant Hines par un capitaine américain à Quang Tri en février 1968 ?

— Je vous l'ai déjà dit. Oui.

— Mais vous avez indiqué que vous meniez cette enquête au nom de la famille.

— Exact.

— Menez-vous aussi cette enquête au nom de votre gouvernement ?

— Oui.

Il parut surpris de ma sincérité. Il n'était pas le seul : Susan l'était aussi. Mais je commençais tout juste à entrevoir un chemin capable de nous mener vers la sortie de cet immeuble, et ce chemin passait par Edward Blake, qui en fin de compte était responsable de ma présence ici.

— Mlle Weber est-elle une collègue de travail ?

— Elle s'est portée volontaire pour me servir d'interprète et de guide.

Le colonel Mang se tourna vers Susan.

— Quels sont vos liens avec le gouvernement des États-Unis ?

— J'ai couché avec Bill Stanley.

— Et quoi d'autre ?

— Je suis inscrite sur les listes électorales et je paie mes impôts.

Le courant ne passait décidément pas avec Susan. Il préféra se retourner vers moi.

— Et vous ? Quels sont vos liens avec votre gouvernement ?

Il m'était arrivé de coucher avec un agent féminin du FBI pendant une enquête, mais je doutais que cela puisse l'intéresser beaucoup.

— Je suis un ex-enquêteur criminel de l'armée des États-Unis. À la retraite.

J'aurais pu lui donner aussi mon numéro de matricule, mais je ne m'en souvenais jamais de tête.

Il resta un moment silencieux, se demandant sans doute ce que recouvrait le titre que je venais de lui donner.

— Quels sont vos liens actuels avec votre gouvernement ?

— Je suis un civil en mission temporaire.

— Travaillez-vous pour la CIA ?

C'était probable, mais je préférai garder cette opinion pour moi :

— Non. Il s'agit d'une affaire criminelle. Je suis payé pour enquêter sur un meurtre, pas pour en commettre.

Mon humour banlieusard échappa totalement à Mang.

— Quand vous avez rencontré Tran Van Vinh, insista-t-il, avez-vous découvert l'identité du meurtrier ?

— Peut-être.

— Pourquoi est-ce si important après tant d'années ?

— La justice est importante.

— Pour qui ? La famille ? Les autorités ?

— Pour tout le monde.

Il tira pensivement sur sa cigarette. Le bonhomme n'était pas stupide, et moi non plus. Je restai silencieux. À lui d'aller au bout du raisonnement tout seul.

— Donc, dit-il, vous êtes revenu au Vietnam presque trente ans plus tard pour faire la vérité sur ce meurtre.

— C'est exact.

— Au nom de la justice.

— Au nom de la justice.

— La famille de ce lieutenant Hines doit être riche et puissante pour que votre gouvernement se donne autant de mal.

— Peu importe qu'elle soit riche ou pauvre. Un meurtre est un meurtre, comme vous dites. La justice est la justice.

Mang se tourna vers Susan.

— Où sont les photographies que vous avez montrées à M. Vinh ?

— Je m'en suis débarrassée.

— Pourquoi ?

— Je n'en avais plus besoin.

— M. Vinh m'a parlé de deux séries de clichés. Une du lieutenant Hines, et l'autre du capitaine que vous soupçonnez d'être le meurtrier.

Susan hocha la tête.

— M. Vinh vous a fourni cette photographie du lieutenant Hines, retrouvée dans son portefeuille. Elle l'identifie formellement comme étant la victime du meurtre.

— C'est exact, répondit-elle.

— En revanche, M. Vinh n'a pas pu associer directement les portraits du capitaine à l'homme qu'il a vu abattre le lieutenant dans les ruines de la trésorerie de Quang Tri. Exact ?

— Exact.

— Quel est le nom de ce capitaine ?

— Je l'ignore.

— Comment est-ce possible ? Vous aviez des photographies de lui.

— Elles étaient à moi, colonel, intervins-je. Mlle Weber n'était que mon interprète.

— Ah, c'est vrai. Donc, je vous pose la question : comment s'appelait ce capitaine ?

— Je n'en ai aucune idée.

— On ne vous a pas donné le nom de la personne que vous étiez censé rechercher ?

— Non, on ne me l'a pas donné. Qu'est-ce que ça change pour vous ? Vous pensez le connaître ?

— Ma foi, fit Mang en me regardant intensément, M. Vinh a beaucoup réfléchi à votre visite après votre départ, et…

Je sentis que le colonel Mang était en train de brûler un tas de neurones. Comme moi quelques jours plus tôt, il avait la solution à portée de main mais elle s'obstinait à lui filer entre les doigts.

— Je vous ai répondu sincèrement, fis-je remarquer. Vous connaissez à présent l'objet de ma présence ici. Nous n'avons enfreint aucune loi. Il faut que nous partions.

Il hésita, totalement absorbé dans sa réflexion, certain qu'il tenait enfin quelque chose.

— S'il s'agit d'enquêter sur le meurtre d'un Américain par un autre Américain, demanda-t-il, pourquoi votre gouvernement n'a-t-il pas sollicité l'aide du mien ? Vous dépensez pourtant des millions de dollars pour récolter des informations sur vos soldats disparus !

C'était une excellente question, et je me rappelai l'avoir posée à peu près dans les mêmes termes à Karl, mais en réalité elle contenait sa propre réponse. Il m'avait fallu environ deux minutes de réflexion devant le mur du mémorial de Washington pour y répondre moi-même. Le colonel Mang semblait un peu plus long à la détente.

— Comme vous l'avez appris grâce à M. Vinh, répondis-je, ce capitaine a aussi tué trois civils vietnamiens et volé un pactole considérable à la trésorerie de Quang Tri. Mon gouvernement a dû penser qu'il valait mieux éviter que le vôtre exige de traduire ce capitaine en justice.

— Cette réponse n'est pas satisfaisante.

— Trouvez-en une meilleure.

Avec un hochement de tête, il se prépara à relever le défi en allumant une cigarette. Puis il passa en revue les effets personnels du lieutenant Hines, prit entre ses doigts le tableau d'effectifs du MACV et commença à le parcourir du regard. Au bout de quelques instants, il releva la tête, me regarda, puis se tourna vers Susan. Il lâcha une phrase en vietnamien, dans laquelle je reconnus le mot *dai-uy*, capitaine, et aussi presque certainement le nom « Blake » prononcé avec l'accent vietnamien.

Susan acquiesça.

Le colonel Mang avait la mine soulagée d'un homme qui vient enfin d'accéder à la vérité. Il était satisfait de lui, mais aussi un peu agité, et peut-être même inquiet. Comme Karl, il courait probablement après son étoile de général, mais s'il faisait un mauvais usage de sa découverte en la communiquant aux personnes erronées, il risquait de se retrouver à tamponner des visas à la frontière laotienne pour le restant de ses jours. Dans le meilleur des cas.

Il se tourna vers moi.

— Avez-vous l'intention de protéger cet homme, ou bien de le dénoncer ?

— J'ai été envoyé ici pour découvrir la vérité et en rendre compte à mes supérieurs. Je n'ai aucune prise sur l'avenir de cet homme.

— Vous auriez mieux fait de répondre que vous étiez ici pour le dénoncer. Je vous ai dit que je ne l'aimais pas.

— Je sais ce que j'aurais mieux fait de répondre. Mais vous m'avez demandé la vérité, et je vous l'ai donnée. Vous préférez que je recommence à mentir ?

— Remettez-moi vos visas, ordonna-t-il.

C'était la meilleure nouvelle que j'aie entendue depuis un bout de temps, et je lui tendis mon visa sans hésiter. Susan fit de même. Il ne se donna pas la peine d'exiger nos passeports, sachant pertinemment que l'ambassade américaine nous en fournirait un neuf dans les dix minutes. Alors que sans le visa délivré par les autorités vietnamiennes, nous n'avions aucune chance de quitter le pays. Une chose semblait sûre : nous allions sortir de cet immeuble.

Le colonel Mang lança un ordre à un de ses sbires, qui quitta la pièce.

— Vous allez pouvoir aller tous les deux à votre réception, m'annonça-t-il quand la porte se fut refermée.

— Quand pourrons-nous récupérer nos visas ?

Il ne répondit pas. Nous attendîmes en silence.

La porte s'ouvrit enfin, et le gorille revint, accompagné d'une policière en uniforme. Elle adressa quelques mots à Susan en vietnamien, et Susan se laissa palper d'une manière qui parut satisfaire les deux parties.

Ce fut ensuite mon tour. Un des flics me palpa de haut en bas.

Nous n'avions sur nous que nos portefeuilles, dont Mang examina attentivement le contenu avant de les laisser tomber sur le bureau.

— Reprenez vos portefeuilles et partez, lança-t-il.

Après avoir récupéré chacun notre portefeuille, nous entreprîmes de remettre nos affaires dans les sacs à dos.

— Vos bagages restent ici ! aboya Mang. Vous le savez très bien.

— Nous avons besoin des effets personnels du lieutenant Hines, protestai-je.

— Moi aussi. Partez !

— Il me faut mon billet d'avion.

— Vous n'en aurez pas l'usage.

— Laissez-nous au moins prendre nos blousons...

— Partez ! Immédiatement !

— Je veux récupérer mon appareil photo et mes pellicules, intervint Susan.

Mang nous regarda l'un après l'autre.

— Votre arrogance est absolument stupéfiante ! s'écria-t-il. Je vous accorde la vie sauve, et vous osez discuter avec moi de ce que j'ai pris en échange !

Il n'avait pas tort. Je pris le bras de Susan et l'entraînai vers la sortie.

— Attendez ! s'écria Mang. Il y a quelque chose que vous pouvez emporter à la réception de l'ambassadeur. Ramassez ces photographies qui sont par terre !

Croyant déjà entendre Susan lui conseiller d'aller se faire voir, je m'empressai de répondre :

— Mlle Weber a déjà envoyé ses tirages à l'attaché commercial de l'ambassade. Merci quand même.

Il sourit.

— De mon côté, dit-il, je ferai parvenir ceux-ci à l'ambassadeur et à Mme Quinn. Il faut qu'ils sachent qu'ils accueillent une pouffiasse sous leur toit.

— Je transmettrai vos salutations au ministre de l'Intérieur, rétorqua Susan avec un sourire fielleux.

— Merci. Et n'oubliez surtout pas de lui dire que son ami Edward Blake est un meurtrier et un voleur.

Je n'aurais sans doute pas dû répondre, mais je ne résistai pas à la tentation :

— Vous devriez le lui dire vous-même, colonel. C'est vous qui avez les pièces à conviction et le témoignage de Tran Van Vinh. Mais faites bien attention. Il ne faut jamais tenir un tigre par la queue.

Nous nous affrontâmes une dernière fois du regard, et, l'espace d'une fraction de seconde, je crois que chacun se vit dans le miroir que lui tendait l'autre : lui et moi, un Vietnamien et un Américain, deux hommes encore en guerre, pour des raisons qui les dépassaient et qui étaient tout sauf valables.

48

Les deux gorilles nous ramenèrent à la porte d'entrée. Susan prononça une phrase qui n'eut pas l'heur de leur plaire et, en guise d'adieu, nous n'eûmes droit qu'à une bourrade.

Après une seconde d'hésitation sur le trottoir noyé d'ombre, Susan me prit par la main et m'entraîna vers l'avenue éclairée qu'on devinait au bout de la rue.

— Pourquoi ne pas avoir parlé plus tôt de la réception chez l'ambassadeur ? me demanda-t-elle.

— J'ai des trous de mémoire.

Ses doigts se resserrèrent sur les miens. Pour faire mal.

— Ce n'est pas drôle, Paul.

— Si tu veux mon avis, ce n'est pas le raout de l'ambassadeur qui nous a sortis de ce guêpier. C'est plutôt Edward Blake.

Elle ne réagit pas.

Nous débouchâmes sur une large avenue baptisée Pho Tran Hung Pao.

Susan se repéra, et nous tournâmes vers la droite. Nous aperçûmes bientôt un immeuble massif et hideux – le palais culturel, d'après Susan –, devant lequel était stationnée une horde de taxis et de cyclopousses.

— On pourrait prendre un tacot, suggérai-je.

— J'ai besoin de marcher. Ce n'est pas loin.

Nous poursuivîmes donc notre chemin sur l'avenue fourmillante. Susan sortit son paquet de cigarettes de son jean et gratta une allumette.

— Au moins, fit-elle, ce salaud m'a laissé mes clopes.

— Un bon point pour lui.

La température était fraîche. Les hommes étaient soit en chandail, soit en blouson, et la plupart portaient un béret ou un casque colonial. Personne ne souriait. Cette ville avait tendance à vous ôter l'envie de sourire, surtout quand on venait de la rue Yet Kieu.

— Il a toutes nos preuves, grommela Susan. Qu'est-ce qu'il compte en faire, à ton avis ?

— Toute la question est là.

— Nous sommes allés au bout de l'enfer pour les retrouver, tout ça pour nous les faire confisquer par Mang. Et en plus, il a découvert que… Tu peux être sûr qu'à Washington ils vont se taper la tête contre les murs !

Je ne jugeai pas utile de répondre.

— Et maintenant, Paul ? Quel est le programme ?

— J'ai besoin de boire un verre.

— J'irai t'en chercher un au bar dès que nous serons arrivés chez l'ambassadeur.

— Tu connais vraiment sa femme ?

— Oui. Je l'ai rencontrée deux fois ici, à Hanoi. Je l'ai aussi emmenée faire les boutiques de Saigon avec ses amies, et nous avons dîné ensemble.

— Et l'ambassadeur ?

— Je l'ai vu une fois à l'ambassade, et une autre fois à son domicile.

— Il se souviendrait de toi ?

— Je pense. Il m'a draguée.

— Comment s'est-il débrouillé ?

— Très bien jusqu'à l'arrivée de Bill, dit-elle en glissant son bras sous le mien.

Nous croisâmes une seconde avenue, que Susan reconnut, et nous l'empruntâmes sur la gauche. Elle nous mena à un lac entouré d'arbres, aux rives encombrées de colporteurs et de joueurs d'échecs. Toutes sortes de petites embarcations évoluaient à sa surface, autour d'un îlot sur lequel je remarquai une pagode surmontée d'une étoile rouge.

— C'est le lac du B-52 ? demandai-je.

— Non. Les lacs sont nombreux à Hanoi. Celui-ci s'appelle le lac de l'Épée-Restituée.

— Amène-moi plutôt au lac de la Preuve-Restituée.

— Très spirituel.

Nous entreprîmes de longer le lac.

— Alors, Paul, quel est le programme ?

— Le programme ? Quel programme ?

— Tu n'as toujours pas confiance en moi, soupira-t-elle après un lourd silence.

Je ne répondis pas.

— Après tout ce que nous avons enduré ensemble…

— Justement.

Elle stoppa net. Je fis de même et me tournai vers elle. Son regard était brouillé.

— J'aurais risqué ma vie pour toi, souffla-t-elle. Je l'*ai* risquée, d'ailleurs.

— Tu as effectivement risqué ta vie.

— Est-ce que tu m'aimes ? Vraiment ?

— Oui, mais je ne suis pas obligé de te faire confiance pour autant.

— Il n'y a pas d'amour sans confiance.

— C'est du pipeau, ça, un truc de bonne femme. Bien sûr que si. Allons-y.

Je tentai de lui reprendre le bras, mais elle se dégagea.

— Je vais à l'hôtel, dit-elle. Tu n'as qu'à aller seul à la réception.

— J'ai besoin de toi.

— Essaie autre chose.

— C'est toi l'invitée. Tu connais le chemin. Tu connais l'ambassadeur et sa femme.

— Continue.

— Il faut que tu viennes.

— Pourquoi ?

— Je l'ignore. Mais toi tu le sais. Explique-moi ce qui devait normalement se passer là-bas ce soir.

Susan hésita quelques secondes.

— J'étais censée aller à cette réception, rendre compte à quelqu'un de ma mission, et le cas échéant lui remettre les pièces en ma possession.

— Et moi ? J'étais attendu à la fête ?

— Plusieurs cas de figure avaient été envisagés. Hypothèse A : nous ne retrouvions pas Tran Van Vinh. Dans ce cas, nous ne possédions aucune pièce à remettre à qui que ce soit. Tu partais pour Bangkok, je rentrais à Saigon. Dans l'hypothèse B, nous trouvions ce qu'on nous avait demandé de chercher, mais tu n'en comprenais pas la signification. Là encore, tu allais à Bangkok et je retournais à Saigon. Dans l'hypothèse C, tu comprenais le sens et la portée de notre découverte, mais tu acceptais d'en prendre ton parti. Tu t'envolais pour Bangkok pour faire un rapport à ton chef, et moi je revenais à Saigon. Enfin, dans l'hypothèse D, tu décidais de jouer les héros – ou les boy-scouts –, et j'étais obligée de t'accompagner à Bangkok. C'est la bonne.

Je promenai un regard rêveur sur les bateaux qui sillonnaient le lac.

— Paul ?

Je me tournai vers Susan.

— Bien entendu, ajouta-t-elle, la situation s'est compliquée quand je suis tombée amoureuse de toi.

— Un grand classique. C'est la situation E.

— Si tu veux.

— Revenons plutôt à la D, proposai-je. Comment étais-tu censée réagir si je t'annonçais mon intention de révéler tout ce que je savais à mon supérieur, au FBI, au ministère de la Justice, à la presse si nécessaire ?

Elle ne répondit pas.

— Sachant que mes révélations allaient déclencher l'ouverture d'une enquête officielle, et peut-être la mise en examen pour meurtre d'Edward Blake, ce qui risquerait de perturber sa carrière politique ? poursuivis-je. Comment devais-tu réagir, dans ce cas de figure ?

— Je devais te ramener à la raison.

— Je suis fondamentalement déraisonnable. Alors ?

— Tu me mets dans une position difficile.

— Bienvenue au club. Réponds.

— Que veux-tu que je te dise ? Qu'on m'a demandé de t'éliminer ? Je te l'ai dit, ma mission consistait simplement à te tenir à l'œil jusqu'à Bangkok. Ensuite, ajouta-t-elle après une courte pause, je n'avais pas la moindre idée de ce qu'ils comptaient faire de toi.

— Une vraie pro !

— Lors de la réunion préparatoire, cela m'a paru cohérent. Je suis sûre qu'il t'est arrivé de participer à des réunions préparatoires au cours desquelles on envisage très rationnellement, et sur un ton détaché, des mesures radicales. Sauf qu'ensuite, on se retrouve sur le terrain face aux personnes à qui elles sont destinées et là, c'est une toute autre histoire.

Je m'abstins de répondre que la quasi-totalité de ma carrière professionnelle avait suivi le modèle qu'elle venait de résumer en deux phrases.

— Je comprends, me contentai-je de dire. Mais il s'agit ici de couvrir un acte criminel et immoral.

— Je sais.

— Quelles étaient tes motivations ?

Elle haussa les épaules.

— Rien de très brillant. La recherche de l'excitation, de l'aventure, et aussi le sentiment fort agréable que des gens importants me font confiance et comptent sur moi. (Elle me dévisagea un instant avant d'ajouter :) Je vois bien que tu ne me crois pas.

— Non.

— Tu n'es pas aussi stupide que tu en as l'air.

— J'espère. Où as-tu appris à manier un flingue ?

— Dans plusieurs endroits.

— Pour qui travailles-tu, Susan ?

— Je ne peux pas te le dire, et d'ailleurs, ça n'a pas d'importance. Inutile de me reposer la question.

Je n'insistai pas.

— Écoute, Paul, tu avais pour consigne de me mentir dès la première minute, et moi aussi. Tu n'as pas le droit de me reprocher mes mensonges en estimant que les tiens sont davantage justifiés.

— Un point pour toi. C'est justement pour éviter ça que j'ai fait une croix sur ce métier.

— Tu devrais envisager de reprendre du service. Je t'ai trouvé brillantissime avec Tran Van Vinh, puis face au colonel Mang. Et tu n'as pas été long à faire les déductions qui s'imposaient.

— Le truc vraiment brillant, c'est de raccrocher tant qu'on est en vie.

— Dans la vallée de Na, quand je t'ai remis mon pistolet, je me suis aussi engagée à t'aider à démasquer Edward Blake, même si ce n'est pas du tout ce que je suis censée faire. J'étais sincère. Je le ferai parce que c'est juste, et aussi parce que… je ferais n'importe quoi du moment que tu me le demandes. Même si nous ne devions plus jamais nous revoir, je tiens à ce que tu gardes une bonne image de moi…

Je vis deux larmes rouler sur ses joues. Elle les essuya d'un revers de main.

— Marchons, dis-je.

Nous nous éloignâmes du lac. Susan savait manifestement où elle allait. Après avoir rejoint la rue Pho Ngo Quyen, nous arrivâmes en vue du Métropole.

— Je vais m'inscrire à la réception, dit Susan. Je meurs d'envie de prendre une bonne douche. Si tu veux, on pourrait faire l'amour…

— Pourquoi gâcher une aussi belle journée ?

— C'est de l'humour, ou de la cruauté ?

— De l'humour. Allons plutôt chez l'ambassadeur et réglons le problème une bonne fois pour toutes.

— Je me sens immonde. Nous puons à plein nez.

— Comme cette mission. C'est loin ?

— Une centaine de mètres à peine.

De fait, juste après avoir dépassé l'entrée du Métropole, nous croisâmes une petite rue bordée d'arbres. Droit devant nous se dressait une villa brillamment éclairée qui ne pouvait être que la résidence de l'ambassadeur.

Susan s'arrêta pour me regarder.

— Je me sens mal, fit-elle. Je ne peux pas me présenter à la réception dans cet état.

— Tu as l'air en pleine forme.

— Je ne suis pas maquillée, je ne suis pas habillée, je viens de pleurer, et par ta faute je suis au trente-sixième dessous.

— Tu n'auras qu'à emprunter le rouge à lèvres de quelqu'un.

— Regarde-moi.

— Non.

— Paul, regarde-moi.

Je la regardai.

— Trois choses, murmura-t-elle. Je suis de ton côté, tu peux me faire confiance, et je t'aime.

— Entendu.

— Embrasse-moi.

Je l'embrassai. Nous nous enlaçâmes, et notre baiser se prolongea de longues secondes. Enfin, elle s'écarta et leva les yeux sur moi.

— Encore trois choses, me dit-elle. Nous n'avons plus aucune preuve entre les mains. Tran Van Vinh dira ce que le colonel Mang lui ordonnera de dire. Et quand tu seras arrivé à Bangkok, ne relâche surtout pas ta vigilance.

Nous longions à cet instant un haut mur d'enceinte menant à un portail de fer forgé. Un Vietnamien en civil surgit devant nous.

— Passeports, lâcha-t-il en anglais.

Nous lui remîmes nos passeports, qu'il examina à la lueur d'une lampe de poche. À sa manière de nous dévisager, j'eus l'impression qu'il savait qui nous étions, à croire que le colonel Mang l'avait mis au parfum.

Si Mang avait changé d'avis, ce type allait nous délivrer un billet de retour immédiat pour le ministère de la Peur. Devant nous, à moins de vingt pas de distance, se dressaient les grilles de la résidence de l'ambassadeur, gardées par deux marines en uniforme de cérémonie.

Quelques mètres derrière l'homme penché sur nos papiers, deux policiers vietnamiens en uniforme armés jusqu'aux dents attendaient, le regard rivé sur nous.

— Où vous aller ? finit par interroger le civil.

— À la réception de l'ambassadeur des États-Unis.

Il nous observa de la tête aux pieds, mais s'abstint de tout commentaire.

— Nos passeports, ajoutai-je en tendant la main.

Il me les fourra au creux de la paume, tourna les talons et s'éloigna. Nous reprîmes notre marche vers les grilles.

— La sortie ne sera peut-être pas aussi tranquille, glissai-je à Susan.

— C'est exactement ce que je viens de me dire.

Les grilles du portail étaient ouvertes, et les deux marines en uniforme bleu plantés devant constituaient un spectacle agréable, même si, en général, je n'aime pas beaucoup les marines.

Les mains derrière le dos, ils nous jaugèrent du regard. Et nous laissèrent passer, sans doute grâce à la couleur de notre peau.

Quelques mètres plus loin, sur la droite, d'autres marines étaient de faction devant un poste de garde, ceux-là en uniforme vert olive et armés de fusils M-16. Un sergent s'approcha de nous.

— Désolé, nous lança-t-il, mais c'est une propriété privée !

— Nous sommes ici pour la réception de l'ambassadeur, rétorqua Susan.

— Euh... fit-il en observant notre tenue d'un air perplexe.

— Weber, ajouta Susan. Susan Weber. Et voici mon ami Paul Brenner. L'adjudant-chef Paul Brenner.

— Bien... Euh...

Le sergent pointa sa lampe-stylo sur la liste des invités.

— Oui, madame. Pas de doute, vous y êtes. (Son regard fit l'aller-retour entre elle et moi.) Vous pourriez me montrer une pièce d'identité ?

Je lui tendis mon passeport, qu'il examina avec sa lampe-stylo. Il me le restitua avec un remerciement et vérifia celui de Susan.

— Euh... la cravate est de rigueur, dit-il.

— Nous arrivons tout juste d'un voyage dans l'intérieur, intervint Susan. Des vêtements propres nous attendent chez l'ambassadeur. Merci, sergent.

— Entendu, madame. (Il se tourna vers moi.) Vous êtes déjà venu, monsieur ?

— Pas ici, non.

Il indiqua la villa.

— Vous n'avez qu'à suivre l'allée en arc de cercle jusqu'à l'entrée principale. La réception de ce soir a lieu dans le jardin. Je vous souhaite une bonne soirée.

En regardant ce jeune sergent, je me souvins de Ted Buckley, à Khe Sanh. Beaucoup d'eau avait coulé sous les ponts depuis l'hiver 1968, mais il fallait être passé par ici pour s'en rendre compte.

— Au fait, monsieur... lâcha le sergent au moment où je me détournais. Vous avez servi dans ce pays ?

— Oui. Il y a longtemps.

Il claqua des talons et adressa un salut militaire à l'ex-adjudant-chef Brenner.

Je pris le bras de Susan, et nous remontâmes côte à côte l'allée impeccablement pavée. L'ambassadeur résidait dans une villa coloniale sur trois niveaux, à toiture mansardée. Le stuc de couleur crème avait été sculpté de manière à imiter la pierre de taille, et la façade se distinguait par un certain nombre de détails ornementaux à la française, notamment des balcons de fer forgé et des persiennes. Un drapeau américain éclairé par un projecteur flottait dans la brise au sommet d'un mât près de l'entrée principale. Je sentis un léger picotement courir le long de mon échine.

Un Vietnamien en costume noir nous accueillit sur le seuil.

— Bonsoir, dit-il en souriant.

— Bonsoir, répondit Susan.

Nous gravîmes un escalier de marbre, au sommet duquel était postée une Vietnamienne vêtue d'un *ao dai* de soie bleue. Elle aussi nous salua en s'inclinant.

— Si vous voulez bien me suivre. La soirée a lieu dans le jardin.

— J'aimerais d'abord passer aux toilettes, dit Susan.

La Vietnamienne jugea probablement en son for intérieur que c'était une bonne idée. D'une courbette, elle nous indiqua un salon qui s'ouvrait sur la droite, à l'entrée duquel un second escalier montait dans les étages. Susan le dépassa sans s'arrêter. Tandis que nous traversions le salon richement meublé, elle me montra du doigt une double porte close.

— Le bureau de l'ambassadeur, expliqua-t-elle.

Elle poussa une autre porte, qui ouvrait sur une immense salle de bains.

— Tu peux entrer. Je n'ai aucune pudeur.

Lorsque nous fûmes tous les deux dans la place, je fis coulisser le loquet.

Susan se dirigea tout droit vers les toilettes. Deux lavabos de marbre étaient alignés contre le mur, et je m'installai devant l'un d'eux pour tenter d'ôter crasse et teinture bleue de mon visage et de mes mains. Un homme mal rasé et très fatigué me contemplait dans le miroir. Je ne venais pas de vivre les deux semaines les plus cauchemardesques de ma vie – celles que j'avais passées dans la vallée d'A Shau tenaient toujours la corde –, mais peut-être bien les plus épuisantes sur le plan nerveux. Et ce n'était pas fini. Ça n'en finirait peut-être pas de sitôt.

Susan me rejoignit, étudia son reflet.

— Je ne suis pas si mal sans maquillage… tu ne trouves pas ?

— On verra bien si l'ambassadeur essaie encore de te draguer.

En l'absence de dentifrice, je décidai de faire comme les soldats : je me mis un petit morceau de savon et un peu d'eau chaude dans la bouche et entrepris de me gargariser. En me voyant écumer, Susan partit d'un grand rire.

— Qu'est-ce que tu fais ?

— Des gargarismes.

Après s'être débarbouillée, elle essaya à son tour le coup du savon dans la bouche.

— Beurk !

Je m'approchai d'une fenêtre qui donnait sur l'avant de la propriété. Je vis les marines de la grille, ceux du poste de garde, le drapeau américain qui claquait derrière la vitre. Au-delà du mur, c'était Hanoi, le territoire de Mang.

— Il faut absolument qu'on dorme ici ce soir, lâchai-je sans me retourner. Ou bien à l'ambassade.

Susan s'approcha par-derrière et m'appliqua une serviette imbibée d'eau chaude sur la nuque.

— Qu'est-ce que ça te fait ?

— C'est divin.

— Tu sais, Paul, me dit-elle en regardant à son tour par la fenêtre, rien ne t'oblige à provoquer une confrontation ce soir. Tu tiens absolument à être classé persona non grata à l'ambassade ?

— Je le suis déjà dans le reste du pays, fis-je avec un haussement d'épaules. Suis-je aussi persona non grata dans cette salle de bains ?

Elle sourit.

— J'ai besoin d'un verre, repris-je. On y va ?

Nous ressortîmes de la salle de bains et revînmes vers la Vietnamienne en *ao dai*, qui nous précéda dans un couloir, puis dans un vaste salon au-delà duquel j'aperçus une salle à manger encore plus vaste. L'ameublement ultra-chic, mi-français mi-asiatique, était juste gâché par deux ou trois croûtes contemporaines accrochées aux murs.

Quand nous eûmes atteint la longue galerie qui bordait l'arrière de la maison, la dame nous indiqua une double porte-fenêtre qui laissait filtrer de la musique et des voix.

— Bill devrait être par ici, me dit Susan tandis que nous approchions de la porte-fenêtre.

— Je m'en serais plus ou moins douté.

— Ça te dérange ?

— Non. Nous avons étudié ensemble à Princeton, rappelle-toi.

Nous nous retrouvâmes, une fois la porte-fenêtre franchie, sur un perron de marbre flanqué de balustres de granite rose.

— Cette bicoque doit valoir plus cher qu'un B-52, marmonnai-je.

Susan me prit par la main, ce qui était plutôt gentil, et nous descendîmes les premières marches. Une grande tente avait été dressée dans le jardin, illuminée de lanternes chinoises. Le jardin était cerné de murs et de massifs eux aussi illuminés. À gauche, je remarquai une grande piscine éclairée. En abattant les bonnes cartes au bon moment, je pouvais peut-être encore devenir le prochain ambassadeur américain au Viet-nam.

Susan balaya la foule du regard. Sur les deux cents et quelques invités, aucun n'était en jean.

— Voilà l'ambassadeur, m'indiqua-t-elle. Et sa femme, Anne Quinn… Je ne vois toujours pas le vice-président… mais si tu remarques un attroupement d'où s'échappent des bruits de baisemain, tu peux être sûr qu'il sera au centre.

— Je crois l'avoir repéré.

— Vu que nous sommes un peu en retard pour les présentations officielles, je suggère que nous commencions par annoncer notre présence à Mme Quinn.

— On ne pourrait pas passer d'abord au bar ?

— Pas question ! Le protocole avant l'alcool.

Nous achevâmes notre descente d'escalier sous le regard surpris d'un nombre croissant de spectateurs. Je crus même sentir une légère accalmie dans le brouhaha ambiant. Susan piqua droit vers l'épouse de l'ambassadeur, qui discutait sous la tente, entourée d'un groupe compact.

— Anne ! lança-t-elle en tendant la main. Comment allez-vous ? Vous êtes resplendissante !

Anne Quinn était une femme avenante d'une cinquantaine d'années, au visage expressif. Lequel commença par exprimer quelque chose d'assez proche de l'état de choc. Elle se reprit avec élégance et s'écria :

— Susan ! Quel bonheur de vous revoir !

Au moment où leurs joues se frôlaient en un simulacre de baiser, je vis frémir les narines de Mme Quinn. Les autres membres du groupe reculèrent d'un pas.

— Vous n'imaginerez jamais la semaine que je viens de passer ! dit Susan. Oh, permettez-moi de vous présenter Paul Brenner, mon ami. Paul, je te présente Anne Quinn.

Je lui tendis la main tout en m'efforçant de rester face au vent.

— Ravi de vous rencontrer, madame, dis-je. *Chuc Mung Nam Moi.*

Avec un sourire forcé, elle me rendit mes vœux de Nouvel An.

— Je vous prie d'excuser notre arrivée tardive, enchaîna Susan. Paul et moi venons de passer une dure semaine à voyager dans l'intérieur. Le train de Lao Cai est arrivé en retard, et pour couronner le tout, on nous a volé nos bagages !

— Quelle horreur !

Je supposai que c'était pour Susan une manière d'expliquer notre tenue sans avoir à en parler explicitement. Elle semblait tout à fait à son aise dans ce milieu. Sa voix même avait perdu ses accents sensuels pour devenir un tantinet guindée. J'avais de plus en plus besoin d'un verre.

Mme Quinn, toujours face à Susan, me décocha un coup d'œil oblique. De toute évidence, son cerveau s'était enfin remis en branle.

— Vous… Jusqu'où êtes-vous allés ? demanda-t-elle.

— À Dien Bien Phu et à Sapa, répondit Susan. Il faut absolument que vous y alliez un jour.

— Ma foi… bien sûr…

— Paul et moi avons passé trois jours exquis à Nha Trang. Vous connaissez ?

— Non, mais…

— Allez-y. Ne manquez surtout pas Pyramide. C'est une île paradisiaque. Ensuite, nous avons visité Hué, où nous sommes descendus au Century Riverside. Où vous avez séjourné l'année dernière, vous vous en souvenez ?

— Ah oui… (Mme Quinn me jeta un nouveau coup d'œil, puis, s'adressant toujours à Susan, poursuivit :) Bill Stanley est ici, et…

Cette dame ne finissait jamais une phrase. Et sans doute jamais une pensée. Susan promena un regard nonchalant sur la foule des invités.

— Oh, vraiment ? Il faudra que je lui dise bonsoir.

— Oui… En fait, il me demandait tout à l'heure…

— Paul a combattu au Vietnam pendant la guerre, coupa Susan, s'adressant autant à Mme Quinn qu'aux autres personnes du cercle, qui s'élargissait encore. Nous avons visité quelques-uns de ses anciens champs de bataille.

— Comme c'est intéressant, fit Mme Quinn en se tournant enfin vers moi. Et avez-vous… trouvé difficile… de…

— Pas cette fois, répondis-je.

— Paul rêve de prendre un verre depuis Lao Cai, intervint Susan. Et j'avoue que j'en boirais bien un moi-même. Ce voyage en train a été atroce. Si vous voulez bien nous excuser…

— Bien sûr.

Susan me prit par le bras et m'entraîna vers un des bars.

— Une femme adorable, me glissa-t-elle.

— Ne t'attends plus à trouver une seule invitation d'elle dans ta boîte aux lettres, fis-je.

Nous fendîmes la foule en attirant tous les regards sur notre passage. Nous atteignîmes enfin le bar, tenu par deux Vietnamiens souriants en veste blanche. Susan commanda un gin tonic, et moi un double whisky avec glaçons.

La foule était majoritairement composée de Blancs, mais il y avait aussi un certain nombre de Vietnamiens, dont quelques-uns en uniforme, qui me firent penser au colonel Mang. J'aurais peut-être dû lui proposer de venir.

La plupart des invités, qu'ils soient occidentaux ou asiatiques, semblaient issus du monde des affaires, mais je repérai aussi un certain nombre de personnes susceptibles d'appartenir à d'autres ambassades. Il faudrait que je pense à rechercher parmi elles John Eagan, mon contact du FBI, même s'il y avait de fortes chances pour qu'il me trouve le premier.

Un groupe de quatre musiciens vietnamiens jouait *Moonlight in Vermont* sur une estrade montée au centre de la pelouse. Je remarquai çà et là plusieurs solides gaillards repérables par leur oreillette et un renflement sous la veste – sûrement des agents secrets affectés à la protection du vice-président.

Au moment où je me retournais après avoir reçu mon verre d'un des barmen, je me retrouvai d'ailleurs nez à nez avec l'un d'eux, qui avait pris soin de retirer son oreillette juste avant de m'accoster. On aurait dit un adolescent.

— Bonsoir, fit-il, tout sourire, en me tendant la main. Je m'appelle Scott Romney.

— Je suis un citoyen américain, ripostai-je, ignorant sa main tendue.

Il réussit à garder son sourire en contre-plaqué.

— Pourrais-je vous dire un mot à l'intérieur, monsieur ?

— Ça m'étonnerait, fiston.

— Allez vérifier auprès de Mme Quinn, intervint Susan. Elle nous connaît personnellement.

L'agent secret se tourna vers Susan, toujours souriant :

— Bien, madame. J'y vais.

Et il y alla.

Je bus une gorgée de whisky, que je fis tourner dans mon palais avant de l'avaler. Susan me demanda de tenir son verre pendant qu'elle allumait une cigarette.

— Je suis presque à court de clopes, me dit-elle en reprenant son verre. Tu vois, tu as l'air louche. Ce genre de problème ne m'arrive jamais, à moi.

Je me contentai de sourire.

— Tu te sens prêt à rencontrer l'ambassadeur ? reprit-elle en exhalant une bouffée.

— Je veux d'abord finir mon verre.

— Trop tard. Il vient vers nous.

Je me tournai vers la droite, côté piscine, et vis approcher un homme qui devait être Patrick Quinn, seul mais suivi à quelques mètres de distance par plusieurs autres. Il avait environ mon âge et ma taille, et ne manquait pas de prestance. Il portait un costume de ville bleu nuit, comme presque tout le monde ici, et regardait Susan en souriant à belles dents.

— Susan ! s'écria-t-il, en la prenant par les épaules et en lui plantant un solide baiser sur la joue. Vous êtes superbe ! Comment allez-vous ?

À la différence de sa femme, il était capable de terminer ses phrases, mais toujours en haussant le ton dans les dernières syllabes.

— Je suis en pleine forme, répondit Susan. Et vous ? Je vous trouve bien bronzé pour un mois de février…

— C'est grâce à ma lampe à ultra-violets, dans la salle de musculation que j'ai fait installer au sous-sol. Vous aussi, vous avez bonne mine. Où étiez-vous, ces temps-ci ?

— À Nha Trang. Avec ce monsieur. Puis-je vous présenter mon ami Paul Brenner ?

Il se tourna vers moi et me tendit la main sans hésiter.

— Paul ! Heureux de vous connaître !

Ce type avait une poigne de fer. Quelques gouttes de whisky giclèrent de mon verre.

— Soyez le bienvenu à notre petite soirée, me dit-il. Ravi que vous ayez pu venir, Paul !

— Merci, monsieur.

— Appelez-moi Pat. Donc, Susan et vous arrivez de Nha Trang ?

— Nous y étions il y a quelques jours.

— Il faut absolument que j'y aille. Si vous savez ce que je regrette de ne pas pouvoir voyager un peu plus à travers ce beau pays !

— C'est assez folklorique, dis-je.

— J'en suis sûr. J'en suis sûr !

J'aurais été bien en peine de deviner s'il connaissait mon identité ou la raison de ma présence au Vietnam. Mon apparition en ce lieu était-elle pour lui une agréable surprise, un choc, ou un événement totalement dépourvu de signification ? C'était impossible à dire. L'ambassadeur est souvent maintenu dans l'ignorance des tripatouillages des hommes de l'ombre, afin qu'il puisse les nier en conservant un air crédible. Il me paraissait cependant étrange qu'au milieu de ses deux cents invités il ait décidé de foncer droit sur Susan. Certes, il était possible qu'il ait tout bonnement envie de la sauter, ce qui pouvait suffire à expliquer son enthousiasme.

Elle était en train de lui parler du train de Lao Cai et de nos bagages volés, et il buvait ses paroles en hochant la tête d'un air compatissant. Pas de doute, il avait envie de la sauter, mais pour l'heure, c'était le cadet de mes soucis.

— Je suis sûr qu'Anne pourra vous prêter quelque chose à vous mettre, finit-il par dire.

— Pour être franche, rétorqua Susan, j'adore mon vieux jean.

Il rit et se tourna vers moi.

— Puis-je vous prêter une veste, Paul ?

— Pas si la demoiselle reste en jean.

— Paul a combattu ici, au Vietnam, expliqua Susan. Nous avons visité quelques-uns de ses champs de bataille.

— Ah. Et c'est la première fois que vous revenez ?

— Oui.

— J'ai fait la guerre dans la marine. Au large des côtes. Je n'ai pas vraiment connu le feu.

— Vous n'avez pas manqué grand-chose.

Il me gratifia en riant d'une tape sur l'épaule.

— Comme vous le savez, dit-il, le vice-président Blake s'est lui aussi battu ici. Faites-moi penser à vous le présenter, tout à l'heure. Je suis bien content que vous soyez venus tous les deux, malgré vos mésaventures. Tâchez de trouver quelque chose de bon à manger. Le buffet vient du Métropole.

Il se tourna encore une fois vers Susan et ajouta, baissant le ton :

— Au fait, Bill Stanley m'a demandé de vos nouvelles tout à l'heure. Vous devriez lui faire savoir que vous êtes ici.

— Je le ferai.

Patrick Quinn s'en alla rejoindre son groupe d'amis sur la pelouse. Je vidai mon verre d'un trait.

— Ce type est réel ? demandai-je.

— Je le trouve charmant, fit Susan.

— En matière d'hommes, tu as des goûts qui m'inquiètent.

— Le buffet est là-bas, répondit-elle en souriant. Tu veux manger quelque chose ?

— Non. La nourriture altère mes facultés mentales.

Je tendis mon verre vide au barman, qui le remplit aussitôt.

— Ça te dérange que j'essaie de trouver Bill ? s'enquit Susan.

— Bill est parfaitement capable de te trouver lui-même, chérie.

— Suis-je en état d'arrestation ?

— Non. Mais je me sens plus en sécurité quand tu es près de moi.

Elle haussa les épaules.

Nous errâmes quelque temps parmi la foule. Susan salua plusieurs personnes, essentiellement des hommes et des femmes d'affaires américains vivant dans la capitale. Elle bavarda quelques minutes avec le représentant de l'AAIC à Hanoi.

Pendant ce temps, du coin de l'œil, j'observais Edward Blake au milieu de sa cour d'admirateurs.

Le pouvoir…

Blake était en passe de devenir l'homme le plus puissant du pays le plus puissant que le monde ait jamais connu, et je le tenais. Mais quand on a l'ambition de coincer le roi, mieux vaut être prêt à affronter sa cour.

Susan était toujours en train de bavarder avec son collègue. À cet instant, un inconnu s'approcha et me tendit la main.

— Bonsoir, me dit-il. Je m'appelle John Eagan. Vous devez être Paul Brenner.

Je lui serrai la main.

— Je peux vous dire un mot en particulier ? me demanda-t-il en jetant un coup d'œil dans la direction de Susan.

— Je reviens tout de suite, dis-je à Susan, qui venait seulement de s'apercevoir de la présence du nouveau venu.

John Eagan m'entraîna vers l'autre extrémité de la pelouse, derrière le groupe de musiciens. Il finit par s'arrêter, leva son verre, le fit tinter contre le mien.

— Bienvenue à Hanoi, Paul.

— Mon petit doigt me dit que vous ne vous attendiez pas à me souhaiter la bienvenue ce soir.

Il ne répondit pas. Il avait une quarantaine d'années, était trop jeune pour avoir fait la guerre, mais il se pouvait qu'il ait été militaire avant d'entrer au FBI. Je me souvins d'une phrase de Susan, qui m'avait dit que John Eagan était aussi son contact à l'ambassade. Si c'était vrai, peut-être avais-je affaire à un agent de la

CIA. Dans le cadre de cette mission un peu particulière, rien de ce qu'on me racontait ne pouvait être pris pour argent comptant.

— Que puis-je faire pour vous ? demandai-je.

— Comment se fait-il que vous soyez ici ce soir ?

— Où aurais-je dû être ?

— Au Métropole. Demain.

— Qu'est-ce que ça change ?

— Probablement rien. Alors, ça s'est bien passé ?

— Quoi donc ?

— Votre voyage.

— Très bien.

— Vous pourriez être plus précis ?

— Écoutez, j'ignore ce que vous savez, ce que vous êtes censé savoir, et même qui vous êtes. On m'a dit de vous contacter uniquement dans le cas où je me retrouverais dans une merde noire. La police m'a confisqué mon visa, et je veux que vous me fassiez sortir de ce putain de Vietnam dès demain. Je dois faire mon rapport de mission dans un autre pays. Il me faut un visa, un passeport diplomatique, un billet d'avion et une escorte jusqu'à l'aéroport. Vous pouvez me souhaiter un bon voyage.

Il laissa filer quelques secondes.

— Dans quelles circonstances la police vous a-t-elle confisqué votre visa ?

— Vous ne m'aidez pas beaucoup avec vos questions, John.

— D'accord. J'ai une information pour vous. Vous allez faire votre rapport de mission ici même. Dès ce soir.

— Il s'agit d'une enquête criminelle de la CID. Je n'en rendrai compte qu'à mon supérieur. Ce sont mes seules et uniques instructions.

— Doug Conway et votre supérieur vous ont sûrement informé que cette enquête est menée conjointement avec le FBI. Ce que nous aimerions, Paul, c'est vous retrouver dans le bureau de l'ambassadeur à minuit.

— Vous ne m'écoutez pas, on dirait.

— Soyez à l'heure. Le problème de votre exfiltration sera étudié à ce moment-là.

— Qui veut me voir ?

— Moi, pour commencer. Et aussi le colonel Goodman, notre attaché militaire, et un monsieur de Saigon que vous avez brièvement rencontré à la cathédrale, et peut-être encore une ou deux autres personnes. Nous avons juste besoin que vous nous accordiez un peu de votre temps, à la suite de quoi vous serez envoyé vers votre destination.

— Je suppose que le vice-président dort ici ce soir.

— Je ne puis vous répondre pour des raisons évidentes de sécurité, mais ce pourrait être une bonne supposition. Pourquoi cette question ?

— Je voudrais le rencontrer.

— J'essaierai de vous arranger ça.

— J'ai aussi besoin d'une chambre ici.

— Pourquoi ?

— Parce que si je franchis ce portail, je risque d'être arrêté.

— Pourquoi ?

— Je prends des œufs brouillés au petit déjeuner.

Il me dévisagea.

— Auriez-vous un problème, Paul ?

— Oui. Ma compagne de voyage, Susan Weber, aura également besoin d'une chambre. Elle se trouve dans la même situation que moi.

— Voilà une histoire qui promet d'être intéressante.

— Contentez-vous de me faire sortir de ce pays.

Je le plantai là et repartis vers le bar. Autour de minuit, j'y verrais peut-être un peu plus clair.

Après avoir demandé un autre whisky, je me mis en quête de ma cavalière. Alors que je traversais la foule, une jolie femme m'intercepta, en robe du soir, grande et mince.

— Vous cherchez quelqu'un ? demanda-t-elle.

— Je vous ai cherchée toute ma vie.

Elle me tendit la main en souriant.

— Permettez-moi de me présenter. Je suis Jane Blake.

Reconnaissant soudain son visage, je m'éclaircis la gorge.

— Oh, je suis vraiment désolé…

Elle sourit de plus belle.

— Aucune importance. Je suis totalement ignorée dès qu'Ed est dans une pièce. Ou dans un jardin. Bref, quel que soit le lieu.

— Je me demande comment c'est possible.

— Permettez-moi d'être extrêmement directe. Tout le monde ici se demande qui vous êtes.

— À cause de mon jean crasseux et de ma barbe de trois jours ?

Elle éclata de rire.

— Oui, exactement.

— Eh bien, madame, je pourrais être le comte de Monte Cristo à sa sortie de prison, mais je m'appelle Paul Brenner, et j'arrive d'un lointain village du nom de Ban Hin, où j'avais besoin de retrouver un homme. Un certain Tran Van Vinh.

Son visage ne trahit aucune émotion.

— Et pourquoi aviez-vous besoin de retrouver cet homme ?

— Pour une raison qui remonte à la guerre, et dont je crains de ne pas avoir la liberté de discuter avec vous.

— Vous m'intriguez !

— C'est en effet une histoire très curieuse.

— Et qui est cette jeune femme qui vous accompagne ?

— Susan Weber. Mon guide interprète. Elle vit à Saigon et parle couramment le vietnamien.

— De plus en plus mystérieux ! s'exclama-t-elle en souriant. Et si romantique…

— Nous ne sommes que des amis.

— Et moi, j'ai l'impression que vous cherchez justement votre amie. Elle est de ce côté-ci, au bord de la piscine. Absolument personne n'a réussi à deviner qui vous êtes. Nous avons même lancé des paris. Ed pensait que vous deviez être un acteur célèbre. Ils s'habillent tellement mal de nos jours ! Mais pour la plupart, nous pensions plutôt que vous aviez vous-même perdu un pari, ou bien que vous étiez venu dans cette tenue pour relever un défi.

— En quelque sorte, il s'agit bien d'un défi. Bonne chance à votre mari pour les primaires.

Elle acquiesça en souriant, puis s'éloigna pour annoncer la nouvelle à ses amis. Il ne me restait plus qu'à espérer pour elle qu'elle n'avait pas encore mesuré la hauteur des rideaux pour la Maison-Blanche.

Je me dirigeai vers la piscine et finis par retrouver celle que j'avais vraiment cherchée toute ma vie. Elle bavardait avec son ex, Bill Stanley, qui m'en voulait sûrement de lui avoir soufflé sa petite amie, alors qu'il aurait dû me remercier.

Tous deux interrompirent leur conversation en me voyant approcher et m'attendirent en silence, le verre à la main. Je raffole de ce genre de situation.

— Je dérange ? demandai-je, parvenu à portée de voix.

— Non, fit Susan. Paul, tu te souviens sûrement de Bill Stanley…

Je tendis la main droite. Il la prit.

— Les affaires marchent bien à la banque ? m'enquis-je.

Il ne desserra pas les mâchoires.

Bill arborait un superbe costume de lin bleu marine visiblement taillé sur mesure à Saigon pour mettre sa plastique en valeur.

— J'étais en train de raconter à Bill notre dernière rencontre avec le colonel Mang, m'expliqua Susan.

— Je me suis renseigné sur cet homme, intervint Bill, ouvrant la bouche pour la première fois. Vous avez de la chance d'être encore en vie.

— Si vous vous étiez renseigné sur moi, ripostai-je, vous sauriez que c'est le colonel Mang qui a de la chance d'être encore en vie.

Bill ne parut guère impressionné par ma réplique.

— Mang a l'air de vous connaître aussi, enchaînai-je. Il m'a dit que vous étiez le chef de poste de la CIA à Saigon. Incroyable, non ?

Là encore, Bill ne trouva rien à répondre, mais au moins il n'aurait plus de raison de soupçonner Susan de m'avoir révélé ses véritables fonctions.

Nous restâmes un bon moment baignés dans un silence étrange. Susan se sentait probablement mal à l'aise entre deux hommes avec lesquels elle avait récemment fait l'amour, mais elle n'en montrait rien.

— Paul, finit-elle par me dire, Bill vient de m'apprendre que tu étais convié à une réunion ici même, tout à l'heure. Il m'a priée de t'accompagner. Je pense que c'est une bonne idée.

Je me tournai vers Bill.

— Comme je viens de le dire à John Eagan, et comme il vous le confirmera sûrement lui-même, je n'ai pas la liberté de parler de quelque sujet que ce soit avec vous, la CIA, les services de renseignement militaires, le FBI, ou n'importe qui d'autre. Ceci est une enquête criminelle de la CID, et on ne change ni les règles du jeu ni les joueurs en cours de partie.

— Vous devrez pourtant le faire si vous en recevez l'ordre soit de votre supérieur direct, soit d'une autorité compétente, objecta Bill.

— Si mes ordres changent, j'obéirai. Mais en ma qualité de citoyen ordinaire, j'ai le droit de choisir le moment et le lieu où je rendrai compte de ma mission. Et ce ne sera certainement pas ici.

— Vous auriez pourtant tout intérêt à assister à cette réunion, insista Bill Stanley en me dévisageant, vu que nous y aborderons le sujet de votre exfiltration. Rien ne vous oblige à en dire plus que ce que vous souhaitez.

— Qu'aviez-vous en tête ? demandai-je.

— Je vous demande pardon ?

— Qu'aviez-vous en tête quand vous avez associé votre petite amie à quelqu'un dans mon genre pour une mission aussi dangereuse ?

Il s'éclaircit la gorge.

— Parfois, monsieur Brenner, les questions de sécurité nationale prennent le pas sur les considérations personnelles…

— Parfois, oui. Et si tel est le cas, vous n'avez rien à redire sur ce qui s'est passé.

— Pour être tout à fait honnête avec vous, lâcha Bill, l'idée n'était pas de moi.

— Vous auriez pu dire non.

Il bouillait intérieurement, mais resta coi.

— Il est vrai que ça n'aurait sûrement pas été bon pour votre avancement, ajoutai-je.

Bill garda un silence poli qui me rappela celui qu'affichent certaines personnes face à un malade en phase terminale. Susan estima qu'il était temps de changer de sujet.

— Paul, j'ai dit à Bill que nous avions établi l'identité du lieutenant tué, mais que nous sommes incapables de déterminer celle du meurtrier.

— Et Bill l'a cru ?

— Non, Bill ne l'a pas cru, répondit Bill.

— Bill n'y croit pas, répétai-je à Susan.

— Et pourtant, se défendit Susan, c'est la pure vérité. J'ai expliqué à Bill que nous avions retrouvé Tran Van Vinh, mais que nous avions décidé qu'il serait trop risqué de rapporter les pièces à conviction. Et que nous les avions cachées.

Nos regards se croisèrent une demi-seconde, puis je me tournai vers Bill pour jauger sa réaction, mais ce brave Bill était tout à coup aussi insondable que le colonel Mang.

Je ne savais pas si Susan lui avait bel et bien tenu ces propos, car elle disait beaucoup de choses. Elle connaissait l'identité du meurtrier présumé, et cela, Bill le savait. Donc, elle cherchait à me protéger, ce qui était gentil de sa part, mais totalement inefficace.

— Ce qui serait vraiment intéressant, déclarai-je à Bill, c'est que le vice-président assiste à cette réunion de minuit.

Bill me regarda droit dans les yeux.

— Une enquête criminelle de ce type n'a aucun intérêt pour le vice-président.

— Celle-ci pourrait l'intéresser. Dites à son équipe qu'il vaudrait mieux qu'il y soit.

— Vous vous êtes engagé par écrit à préserver la sécurité nationale et les secrets officiels. Quel que soit votre statut actuel, cet engagement vous lie toujours.

— Vous allez rire : j'ai aussi juré de défendre la Constitution.

Il me foudroya du regard.

— Je suis sûr qu'on vous a averti à Washington que votre vie pourrait être menacée si vous acceptiez cette mission.

C'est le genre de déclaration qu'on fait avant une mission, pas pendant ni après. Il pouvait donc s'agir d'une menace.

— Je peux vous dire un mot seul à seul ? demandai-je à Bill.

— Non, répondit Susan avant que Bill ait eu le temps d'articuler une syllabe.

— C'est strictement personnel, dis-je à Susan. Rien à voir avec l'affaire.

— Pas question de vous laisser parler de moi en mon absence.

— Nous sommes suffisamment matures pour régler le problème tous ensemble, renchérit Bill.

— Pas moi, déclarai-je en m'éloignant de Susan et en faisant signe à Bill de me suivre. Venez, il faut qu'on ait une conversation entre mecs.

Bien que visiblement exaspérée, Susan resta sur place et alluma une cigarette.

Bill et moi stoppâmes à distance respectable.

— Avant de parler de Susan, dis-je, juste une petite précision en ce qui concerne notre affaire. Si jamais je découvre – ce que je subodore déjà – qu'il était prévu que je sois sacrifié au cours de cette opération, que vous le saviez et que vous l'avez approuvé, pour ne pas dire organisé, je vous tuerai, Bill. Et maintenant, parlons de Susan.

Bill me fixa sans rien dire.

— Sur un plan personnel, repris-je, je suis sincèrement désolé de ce qui s'est passé. J'admets avoir été informé de votre relation avec Susan, et il n'est pas dans mes habitudes de draguer la femme d'un autre. D'autant que, comme vous le savez certainement, je suis durablement engagé avec quelqu'un aux États-Unis. Loin de chercher à m'excuser, je tiens à ce que vous sachiez que Susan a résisté à mes avances. Ma mission est finie, je rentre chez moi. Je m'excuse encore pour le trouble que j'ai pu semer entre vous deux, et j'espère que vous réussirez à surmonter cette mauvais passe.

J'attendis sa réaction après cette tirade, mais Bill n'avait apparemment rien à dire.

— Susan a fait tout ce qu'elle pouvait pour que nos relations restent platoniques et purement professionnelles jusqu'à ce que nous soyons obligés de partager une chambre à Dien Bien Phu.

— Je suis au Métropole, me dit Bill.

— Excellent choix.

— Quand j'ai pris ma chambre hier, une enveloppe scellée m'attendait à la réception. Sans nom d'expéditeur.

— Vraiment ? Vous ne devriez jamais ouvrir le courrier quand il n'y a pas d'adresse d'expéditeur.

— Je sais. Mais je l'ai ouvert quand même. À l'intérieur de l'enveloppe, j'ai trouvé vingt photos de Susan et de vous sur une plage de Pyramide, à quelques encablures de Nha Trang. Vous étiez tous les deux dans le plus simple appareil.

Ho ho…

— Ma foi, je me rappelle être allé à la plage sur cette île, mais il me semble que nous portions un maillot de bain. Ces photos ont dû être retouchées par ordinateur…

— Je ne crois pas. Qu'est-ce qui vous a pris, bon Dieu, de vous exhiber à poil alors que vous vous saviez suivis ? C'est ce qu'on vous a appris pendant votre formation ?

— Je reconnais avoir manqué de jugement.

— Et vous prétendez n'avoir eu avec elle que des relations platoniques jusqu'à ces jours derniers ?

— Nous nous sommes baignés tout nus, mais ça n'est pas allé plus loin. C'était mon idée.

— J'en suis sûr. Les téléobjectifs, vous connaissez ?

— Je n'ai aucune envie de me laisser sermonner par un type dans votre genre.

— Ces photographies pourraient servir pour un chantage.

— J'ai l'impression que la police les a envoyées à tout le monde, vous compris, pour embarrasser Susan. Voilà qui élimine l'hypothèse du chantage.

— Seigneur… Vous les avez vues, vous aussi ?

— Oui. Le colonel Mang a eu l'amabilité de nous les envoyer en avant-première.

Bill secoua la tête.

— Ça n'a peut-être aucune importance pour vous, mais Susan vient d'une famille bourgeoise, très en vue socialement, et…

— Je vais perdre mon sang-froid, Bill. Susan est aussi importante pour moi que pour vous. Point.

— Soit. Susan vient de me dire qu'elle vous aime. Elle vous l'a sûrement dit aussi.

— Oui, elle me l'a dit, mais nous étions dans une situation extraordinairement artificielle. Je pense qu'elle devrait réfléchir à cela.

— Quels sont vos sentiments pour elle ?

— Conflictuels.

— C'est-à-dire ?

— Je passe mon temps à découvrir de nouvelles facettes de sa personnalité. Susan est une femme remarquable. Je pourrais facilement tomber amoureux d'elle.

Bill ressassa mes propos sans rien dire. Le couplet sentimental avait assez duré.

— De toute façon, dis-je, c'est à elle que revient la décision. Pas à vous.

— Susan m'a laissé entendre que vous… que vos sentiments étaient réciproques.

L'intéressée nous rejoignit avant que j'aie pu répliquer.

— Je crois que ça suffit, décréta-t-elle.

— Je tiens à être clair sur un point, fis-je, m'adressant à tous les deux. Je ne veux plus que vous discutiez de cette affaire sans que j'en sois informé.

— Ce n'est pas à vous d'en décider, fit Bill. Susan ne travaille pas pour vous, et moi non plus.

— Pour qui travaille Susan ?

— Pas pour vous.

— S'il vous plaît, intervint Susan, pourriez-vous tous les deux…

— Écoutez, Bill, coupai-je, il est temps pour vous de revenir à la réalité. Le destin, le hasard et le boulot ont fait en sorte que je me retrouve avec le destin d'Edward Blake entre mes mains. Je ne demandais rien de tel, mais c'est un fait. Je sais parfaitement que je détiens une information dangereuse, et je dois faire extrêmement attention à la façon dont elle sera transmise. Je suis sûr que tout le monde me remerciera bientôt d'avoir pris des précautions. Vous compris, Bill. On se verra plus tard.

— Je vais prendre un verre avec Paul, déclara Susan en s'adressant à Bill. On se retrouve tout à l'heure.

Quand nous quittâmes Bill Stanley, il était blême de rage.

— Alors, demanda Susan pendant que nous marchions vers le bar, j'appartiens auquel de vous deux ?

— Tu seras tirée à pile ou face tout à l'heure. En ce qui concerne cette réunion, je ne veux surtout pas que tu me soutiennes. Tâche de rester neutre, ou mieux, de faire comme si tu comptais voter Edward Blake aux prochaines élections.

— Si c'est ce que tu veux…

Nous commandâmes chacun un verre.

— Je crois que ma carrière de prestataire de services est terminée, soupira Susan.

— C'est ce que tu es ? Une prestataire de services ?

— Je te l'ai dit, je ne suis pas fonctionnaire. Aucun lien direct avec le gouvernement. (Elle marqua une pause.) Je vais sans doute aussi être virée de mon boulot à plein temps.

— Écoute, ma belle, il y a peut-être dix personnes sur terre qui savent ce dont il retourne, et nous en faisons partie. Les huit autres sont persuadées que nous détenons des pièces à conviction décisives et rêvent de mettre la main dessus. Si nous les avions, nous pourrions négocier avec eux. Si nous leur avions raconté que nous n'avions rien trouvé, ils nous auraient peut-être crus. Mais tu as dit à Bill que nous avions obtenu des preuves et que nous les avions cachées. Ce qui nous met dans la pire situation possible. Non seulement nous en savons trop, mais nous n'avons rien à négocier.

— C'est effectivement une façon de voir les choses.

— Explique-moi l'autre. J'aimerais savoir si cela vaut la peine que j'honore la prochaine échéance de mon emprunt auto.

— Dis-leur la vérité. Que le colonel Mang contrôle à la fois les pièces à conviction et le témoin, et qu'il est assez intelligent pour savoir que deux et deux font quatre. Ils s'arracheront les cheveux, mais cela nous débarrassera de la pression qui pèse sur nous. Il leur faudra traiter avec Mang. Dans le meilleur scénario, Mang tirera le signal d'alarme, la carrière de Blake sera ruinée, la CIA fera tuer Mang, et nous vivrons heureux jusqu'à la fin de nos jours…

— Ça ne marche pas comme ça. S'ils ont fait appel à des civils comme nous, c'est pour deux raisons : un, ça leur permet de nier toute implication dans l'affaire en cas de pépin, et deux, ils liquident rarement un des leurs. Mais nous, s'ils le jugent nécessaire, ils nous effaceront en un clin d'œil.

— Ils ne sont pas aussi impitoyables que tu le dis.

— Pendant la guerre, la CIA et nos services de renseignement militaire ont assassiné plus de vingt-cinq mille personnes dans ce pays.

— Non, c'est impossible.

— D'accord. Tu danses ?

— Bien sûr.

Ayant posé nos verres, nous nous avançâmes sur la petite piste de danse aménagée devant l'estrade des musiciens, qui jouaient à présent *Georgia on My Mind*, une chanson de Ray Charles. Tout le monde nous regarda danser. Quand le photographe officiel de la soirée nous immortalisa dans un éclair de magnésium, je ne pus m'empêcher d'imaginer la photo paraissant dans le *Washington Post* du lendemain accompagnée de la légende : *Paul Brenner et Susan Weber, quelques heures avant leur disparition.*

J'aperçus Edward Blake en train de nous regarder, mais il ne semblait pas particulièrement perturbé. À croire qu'il n'était pas informé de l'existence du problème.

Les musiciens attaquèrent ensuite *Moon Over Miami*. Je vis Bill discuter avec John Eagan. Ils passaient leur temps à nous lorgner de biais, Susan et moi, comme s'ils tâchaient de se mettre d'accord sur le modèle de cercueil qui nous irait le mieux.

— J'aimerais tant qu'on soit encore à Saigon en train de danser sur la terrasse du Rex, soupira Susan. J'aurais dû te dire tout ce que je savais dès ce moment-là.

— Il aurait fallu une très longue danse.

— Tu sais très bien ce que ça signifie.

Je ne répondis pas.

— Tu as dit à Bill que tu m'aimes ? insista-t-elle.

— Je n'ai pas l'habitude de confier mes sentiments à un autre mec.

— Alors, confie-les-moi.

Sans que je sache trop pourquoi, une vieille expression militaire me traversa l'esprit à cet instant :

« Ignorez une diversion ennemie, elle se transformera en attaque principale. »

Mais peut-être avais-je tendance à redevenir cynique et paranoïaque.

— Je t'aime, dis-je. Et tu sais, même si tu me trompes de nouveau, même si tu me trahis, je t'aimerai encore.

Elle se blottit plus fort contre moi tandis que nous dansions, et je sentis qu'elle pleurait. Il ne me restait plus qu'à espérer qu'il s'agissait de larmes de joie – et non de remords anticipé.

49

À minuit moins dix, en même temps que les derniers invités refluaient vers les grilles, les musiciens entreprirent de ranger leurs instruments et les barmen leurs bouteilles.

Susan et moi entrâmes dans la villa de l'ambassadeur et parcourûmes une enfilade de pièces silencieuses pour rejoindre le petit salon.

Plusieurs agents secrets avaient pris position autour de la salle. Je reconnus notamment mon jeune ami, Scott Romney, au pied de l'escalier. Il se raidit en me voyant approcher.

— Vous trouverez du lait et des corn-flakes dans la cuisine, lui glissai-je en passant à sa hauteur.

Nous fîmes notre entrée dans le petit salon, où Bill Stanley et John Eagan se trouvaient déjà. Ils étaient accompagnés d'un colonel en uniforme de l'armée de terre, que sa plaque d'identification désignait sous le nom de Goodman et qui devait être l'attaché militaire. En temps normal, ce genre de personnage n'aurait pas dû s'intéresser à une enquête criminelle. Sans doute était-ce plutôt l'avenir de la baie de Cam Ranh qui justifiait sa présence.

C'était un homme de haute taille, longiligne, un peu plus âgé que moi. Je l'avais aperçu dans la soirée sur la pelouse. Il reconnut Susan, qu'il était récemment allée voir à Saigon. Après lui avoir serré la main, elle nous présenta.

Les doubles portes du bureau contigu étaient closes.

— L'ambassadeur reçoit quelqu'un, expliqua John Eagan, surprenant mon regard. Il n'en a plus pour longtemps.

— J'ai cru comprendre, me dit le colonel Goodman, que Mlle Weber et vous aviez rencontré quelques difficultés…

— Rien d'insurmontable, mon colonel.

Goodman avait suffisamment de rubans sur la poitrine pour s'en faire un dessus-de-lit. Je repérai notamment la médaille du Fantassin combattant, que je possédais aussi, une Silver Star, une Bronze Star et pas moins de deux Purple Heart. Mon instinct me souffla que j'avais affaire à un homme réglo, mais j'étais en droit d'être méfiant, ledit instinct m'ayant dit la même chose concernant Edward Blake.

Comme ni Bill ni John Eagan ne semblaient d'humeur à faire la conversation, il se dévoua :

— Il paraît que vous étiez de la First Cav en 1968, me dit-il.

— Exact, mon colonel.

J'étais un ex-militaire en mission pour l'armée, et Goodman, dans ces circonstances un peu particulières, était en quelque sorte mon supérieur. Mais d'ici deux jours, si je le revoyais, je l'appellerais sans doute Marc.

— Où avez-vous combattu ?

Je répondis, et il hocha la tête. Nous échangeâmes ensuite quelques menues informations sur nos carrières militaires respectives.

— Est-ce que la CID vous manque ? me demanda-t-il.

— Pas ces derniers temps.

— Vous comptez poursuivre votre carrière dans le civil ?

— J'y ai pensé.

— Je suis sûr que vous n'aurez aucune peine à trouver un poste dans une agence fédérale au terme de cette mission.

J'aurais pu croire à une plaisanterie, mais Goodman ne souriait pas. Peut-être s'agissait-il plutôt d'une incitation à faire preuve de coopération. Confronté à mon silence, il se tourna vers Susan.

— Avez-vous été remerciée comme il se doit de vous être portée volontaire pour lui servir d'interprète et de guide ?

— Je suis heureuse d'avoir pu me rendre utile.

— Il n'a pas dû être aisé pour vous de délaisser vos obligations professionnelles.

La conversation avait ce petit côté irréel qu'on retrouve dans la plupart des réunions gouvernementales, surtout quand le sujet est sensible. Insinuations, phrases évasives, formules codées, double langage sont omniprésents. Un témoin non initié penserait qu'on vous invite à prendre un café sur une terrasse de bistrot, alors qu'en fait on est en train de vous donner l'ordre d'aller assassiner le Président de la Colombie.

Bill, resté jusqu'alors silencieux, se décida à ouvrir la bouche. Il se tourna vers Susan.

— J'ai prévenu le colonel Goodman, et l'ambassadeur, qu'il se pourrait que tu quittes ce pays plus tôt que prévu.

— J'aimerais rester, répondit-elle. Mais comme vous le savez tous, mon visa de travail vient de m'être confisqué par la police. Du coup, mon statut légal dans ce pays devient problématique.

— Nous avons été arrêtés pas plus tard que tout à l'heure, renchéris-je. Et ce n'est probablement qu'un début.

— J'ai averti l'ambassadeur que vous resteriez peut-être dormir ici tous les deux cette nuit, intervint Eagan.

— Tant mieux, dis-je. Sinon, je crois qu'on aurait dormi rue Yet Kieu.

L'adresse était connue de tous, et je n'eus pas besoin de développer.

— Où est votre chef ? demandai-je à Bill.

Je faisais allusion au chef de poste de la CIA à Hanoi, notre espion numéro un au Vietnam.

— En déplacement.

J'avais du mal à concevoir que le plus haut responsable de la CIA au Vietnam puisse être absent de Hanoi au moment du dénouement d'une mission aussi importante. Peut-être se méfiait-on de lui parce qu'il ne faisait pas partie des réseaux de Blake, mais j'avais une autre hypothèse. Je me tournai vers Eagan.

— Depuis combien de temps travaillez-vous au FBI, John ?

— Pas longtemps.

— Deux semaines ?

— Paul, éluda-t-il, je sais que vous avez quelques comptes à régler avec le milieu du renseignement, et aussi que pour un flic comme vous cette affaire est un peu trop enrobée de mystère. Sachez seulement que, pour toutes sortes de bonnes raisons, les choses ne sont pas toujours ce qu'elles paraissent être. Cette vérité s'applique à tout le monde ici.

— Pas à moi, John.

— Si, Paul. À vous aussi.

Je m'approchai de la cafetière électrique posée sur le buffet et me servis une tasse de café. Susan s'éclipsa dans la salle de bains pour fumer une cigarette. Bill sauta sur l'occasion pour me prier de le suivre dans le couloir, ce que je fis.

— Vous quitterez le pays demain ou après-demain, me confia-t-il dès que nous nous fûmes éloignés. Susan devra rester quelques jours de plus.

— Tiens donc. Et pourquoi ?

— Elle aura besoin d'un peu de temps pour mettre de l'ordre dans ses affaires professionnelles et personnelles à Saigon. Ensuite seulement, nous organiserons son départ.

— En d'autres termes, vous la gardez en otage.

— Je ne vous suis pas, Paul.

— Elle part avec moi.

— Impossible.

— Débrouillez-vous pour que ça devienne possible.

— Vous marchez sur un fil. Je vous conseille de faire très attention.

— Vous avez peur pour moi ?

Il me tourna le dos et regagna le salon.

Je finis mon café dans le couloir et rejoignis les autres au moment où Susan ressortait de la salle de bains. Apparemment, elle avait déniché un tube de rouge à lèvres et s'était refait une beauté.

Une des doubles portes du bureau de l'ambassadeur s'ouvrit. Patrick Quinn apparut sur le seuil, le visage grave. Il jeta un regard circulaire sur le salon, et son sourire revint.

— Je sais que vous avez une affaire urgente à étudier, dit-il à la cantonade. Je vous en prie, entrez dans mon bureau et mettez-vous à l'aise.

Tout le monde y alla de son petit remerciement. Je m'approchai de l'ambassadeur.

— J'étais censé vous rappeler de me présenter au vice-président, dis-je.

— Effectivement. Je vais tâcher d'arranger ça, répondit Quinn en consultant sa montre. (Puis il se tourna vers le colonel Goodman :) Marc, si vous avez besoin de quoi que ce soit, prévenez le poste de garde. Merci à tous d'avoir répondu à notre invitation ce soir.

Et il se retira.

Son visiteur était toujours dans son bureau, à moins qu'il n'ait filé par la fenêtre.

Nous nous dirigeâmes tous vers les doubles portes, Susan ouvrant la marche, suivie de nos nouveaux amis, Bill, Marc et John. Je fus le dernier à entrer, et mon regard fut d'emblée attiré par un homme confortablement carré dans un fauteuil de cuir à oreillettes, au fond de la pièce. Cet homme ressemblait à s'y méprendre à Karl Hellmann.

Le sosie de Karl se leva, vint vers moi en souriant.

— Bonsoir, Paul, me dit-il en tendant la main.

La même voix que Karl, accent compris. Je lui serrai la main.

— Bonsoir, Karl.

Nous étions si émus de nous revoir que les mots nous manquaient.

— Vous êtes vraiment un enfoiré, dis-je enfin, ayant retrouvé l'usage de la parole. Un menteur, un arnaqueur, un vicieux…

— Vous avez l'air en forme. J'avoue m'être fait un peu de souci pour vous. Ayez l'amabilité de me présenter à Mlle Weber.

— Démerdez-vous tout seul.

Il se tourna aussitôt vers Susan.

— Je suis K, dit-il. Karl Hellmann. Nous avons récemment communiqué par fax et par courrier électronique.

— Je suis contente de vous rencontrer, déclara Susan. Paul m'a dit tellement de bien de vous !

— Nous nous tenons réciproquement en très haute estime. (Puis il se tourna vers les autres et ajouta :) Merci, messieurs, de m'avoir convié à cette petite réunion.

Karl serra la main de Bill, de Marc et de John. Aux bribes de phrases que je saisis au vol, il m'apparut évident qu'ils ne s'étaient jamais rencontrés – ou qu'ils se moquaient du monde.

— Mon avion s'est posé il y a une heure à peine, expliqua Karl, et je ne suis pas encore passé à mon hôtel. Je vous prierai donc d'être indulgents avec moi.

Tout le monde hocha la tête.

— Puis-je vous dire un mot en privé ? demandai-je à Karl.

— Bien entendu.

Nous passâmes dans le salon, et je refermai la porte du bureau derrière moi.

— Vous avez failli me faire tuer, lâchai-je en le fixant dans le blanc des yeux.

— Comment serait-ce possible ? Je n'ai pas bougé de Falls Church pendant ces quinze jours.

— Je viens de vivre deux semaines infernales, et vous êtes parfaitement au courant !

— Comment avez-vous trouvé Nha Trang ? Vous ai-je dit que j'avais passé là-bas une très agréable permission pendant la guerre ?

— Qu'est-ce que vous fichez à Hanoi ?

— Ils m'ont demandé de venir.

— Pourquoi ?

— Pour entendre votre rapport de mission ici plutôt qu'à Bangkok.

— Pourquoi ?

— Ils semblent beaucoup y tenir.

— Ils auraient pu se contenter de celui de Susan. Elle roule vraisemblablement pour la CIA.

— Ma foi… il semblerait qu'en raison de… l'amitié qui vous lie l'un à l'autre, ils aient ressenti le besoin d'entendre vos conclusions ici et maintenant.

— Dites plutôt qu'ils cherchent à savoir dans quel camp je suis.

Karl haussa les épaules, alla se servir une tasse de café.

— Vous croyez que je peux fumer ici ?

Il alluma une cigarette sans attendre ma réponse.

— Karl… Savez-vous ce qui est en jeu ?

Il exhala un filet de fumée.

— J'ai même été le premier à le savoir. Quand la lettre de Tran Van Vinh a atterri sur mon bureau, je me suis demandé à qui j'allais assigner cette mission. Mais plus je la relisais, plus j'étais intrigué. J'ai donc fini par me l'assigner à moi-même. J'ai réussi à déterminer l'identité de la victime grâce à une petite recherche dans les archives militaires, les registres de combat et l'histoire officielle des unités. Comme vous me l'avez fait remarquer à Washington, établir la liste des officiers en poste à Quang Tri en février 1968 était un travail relativement simple. J'ai ainsi découvert que le lieutenant Hines, conseiller du MACV, avait été tué pendant la bataille dans la citadelle aux environs du 7 février 1968, ainsi qu'il est indiqué sur le Mur. Puis mon attention s'est portée sur le capitaine Edward Blake, et j'ai aussitôt compris, naturellement, que je venais peut-être de découvrir un élément d'une infinie importance. Le capitaine Blake était non seulement le supérieur du lieutenant Hines, mais plus que probablement aussi le seul capitaine de la First Cav avec lequel Hines avait pu se trouver en contact direct. Mais je n'avais aucune certitude, et à vrai dire, je n'en ai toujours pas.

— Moi, si.

— Ne soyez pas trop affirmatif. On ne condamne pas un homme pour meurtre sur la base de simples présomptions.

— Qu'est-ce qu'on fait ? On le laisse devenir Président des États-Unis, et on le fait chanter ensuite ?

Il chercha un cendrier du regard.

— C'est une très belle femme, lâcha-t-il, changeant de sujet.

— Vous ne l'avez pas vue à sept heures du matin avec la gueule de bois…

— Je suis sûr qu'elle resterait belle. M. Stanley vous en veut, je suppose ?

— Il se peut qu'il se sente soulagé.

— Ah.

Avec une ombre de sourire, Karl fit tomber sa cendre dans la terre d'une plante en pot.

— Mlle Weber me donne l'impression d'être une jeune personne fougueuse et difficilement maîtrisable. Même pour un homme comme vous.

— Dois-je le prendre comme un compliment ?

— Je l'entends comme tel. J'arrive à peine, Paul, et je ne sais quasiment rien d'autre que ce que vient de me dire l'ambassadeur.

— Et que vous a-t-il dit ?

— Que vous enquêtiez sur un meurtre commis pendant la guerre, et que vos recherches avaient été fructueuses. Vrai ?

— Tout dépend de votre définition du terme « fructueux ».

— Avez-vous retrouvé Tran Van Vinh ?

— Oui. À Ban Hin.

— Et il avait conservé des souvenirs de l'incident de Quang Tri ?

— Oui.

— Que vous avez récupérés ?

— Comment va Cynthia ?

Ma diversion ne parut pas troubler Karl.

— Elle va bien et me charge de vous faire part de son affection. Elle a été très déçue que vous renonciez à l'idée de ces retrouvailles hawaïennes. Cela dit, je comprends vos motifs.

— Ne portez jamais de jugement sur la base de simples présomptions.

— Ce n'est pas mon genre. (Il but une dernière gorgée de café et jeta son mégot dans la tasse.) M. Stanley a déclaré à l'ambassadeur que vous aviez enfreint certaines règles au cours de votre voyage et que la police vous avait interrogé.

— Exact.

— S'agit-il d'infractions graves ?

— Elles ont provoqué la mort de deux policiers, puis de deux soldats.

Karl ne parut ni choqué ni surpris.

— Je suppose que la police n'en a pas encore la certitude.

— Ça n'a aucune importance à ce stade.

— C'est exact. L'ambassadeur est nerveux à l'idée de vous garder sous son toit, mais la présence de Mlle Weber ne paraît pas lui déplaire.

— On se demande bien pourquoi.

— Nous devons vous faire quitter le pays avant que le gouvernement ait découvert que vous êtes ici.

— Quel gouvernement ?

— Celui de Hanoi, naturellement. Seriez-vous sujet à des bouffées paranoïaques ?

— Non. Mais je suis tout à fait sûr que certaines personnes à Washington veulent ma peau.

— À supposer que des personnes veuillent vous tuer, elles sont probablement toutes ici. En commençant par M. Stanley, mais pas pour les raisons que vous croyez.

— Karl, j'ai d'autant plus de mal à apprécier votre humour que je suis furieux contre vous.

— Vous me remercierez un jour. On dirait que vous avez perdu un peu de poids. Vous n'avez pas mangé à votre faim ?

— Écoutez, je veux avoir quitté ce pays demain soir au plus tard. *Biet ?* Et je veux que Susan parte avec moi.

— Cela ne me concerne pas.

— À partir de maintenant, si.

— Je verrai ce que je peux faire. Ce colonel Mang est-il la source de vos problèmes ?

— Je dirais que mes problèmes ont plusieurs origines, mais que Mang est la plus évidente, et peut-être aussi la plus honnête.

— Où se trouve-t-il actuellement ? demanda Karl, préférant ignorer mon sous-entendu.

— À dix minutes de voiture d'ici. Susan et moi avons passé avec lui un moment extrêmement pénible au quartier général de la Gestapo tout à l'heure.

— Dans la mesure où il vous a relâchés, vous ne devriez pas être trop inquiet.

— C'est une histoire complexe. Mais je crois que nous ne devrions pas laisser trop longtemps nos amis seuls dans ce bureau.

— Pourquoi ?

— Karl… Regardez-moi attentivement. J'ai vraiment l'air d'un imbécile ?

Il joua le jeu :

— Vous me semblez plutôt intelligent. Peut-être même trop.

— Pourquoi m'avez-vous confié cette mission ?

— Parce que vous êtes mon meilleur homme.

— Admettons. Mais pas le meilleur candidat pour ce genre de travail.

— Sans doute. Mais quand ils ont essayé de me retirer l'affaire, j'ai été obligé de les impressionner en mettant mon meilleur agent sur le coup.

— De qui parlez-vous ?

— Peu importe.

— Qu'est-ce que vous avez à gagner dans cette histoire ?

— Rien d'autre que la satisfaction d'avoir mené à bien un travail délicat.

— Je serai invité quand vous fêterez votre promotion ?

— Cela va de soi.

— Vous rendez-vous compte, dis-je en le fixant dans le blanc des yeux, que le probable prochain Président des États-Unis est peut-être un meurtrier et un voleur ?

— Un meurtrier et un voleur *présumés*.

— Pendant que vous et moi on se faisait canarder dans la jungle, ce type, peinard dans son bureau du MACV à Quang Tri, magouillait au marché noir et baisait les filles. Ensuite, en pleine débandade, pendant que les soldats et les marines tombaient comme des mouches autour de lui, il a encore trouvé le temps de commettre un quadruple meurtre suivi d'un vol qualifié. Vous avez eu l'original de la lettre entre les mains. Ça ne vous choque pas ?

Karl prit un air pensif.

— On dirait que Mlle Weber vous a traduit cette histoire telle qu'elle est sortie de la bouche de Tran Van Vinh.

— Répondez à ma question, Karl.

— Le passé est le passé. On ne peut rien changer à ce que nous avons vécu là-bas… excusez-moi, ici. Certains, comme nous, ont fait leur devoir, d'autres non. À quoi bon s'obstiner dans la colère comme vous semblez le faire ?

— Vous avez fichtrement raison de dire que je suis en colère ! Devant le monument aux morts, à Washington, vous m'avez demandé si j'en voulais à ceux qui ne sont pas allés au Vietnam, et je vous ai répondu que non, mais qu'en revanche j'en voulais à tous ceux qui s'étaient déshonorés pendant leur service. Vous vous en souvenez ?

— Oui. Cette phrase a même été pour moi le premier indice de ce que j'avais peut-être commis une erreur en vous désignant pour cette mission.

— Vous auriez dû le savoir, depuis dix ans.

— Peut-être le savais-je. J'éprouve moi-même des sentiments ambivalents par rapport à cette affaire.

— Vous ne devriez pas rester dans l'ambivalence.

— Ne laissez pas votre colère affecter votre jugement. Nous ne savons pas – et rien ne nous permettra jamais de savoir avec certitude – si Edward Blake est coupable de quoi que ce soit.

— Laissez à un jury le soin d'en décider.

— Non. Considérez plutôt cette affaire comme une occasion, pour moi, et pour vous, de tirer de la guerre un bénéfice tardif.

— Je n'arrive pas à croire que ces mots viennent de sortir de votre bouche ! Vous inculperiez votre mère si vous la pinciez en train de voler à l'étalage d'un surplus militaire !

— Ma mère n'a aucune chance de devenir Président des États-Unis. Elle n'est pas entourée de personnages puissants et impitoyables.

Je le dévisageai avec stupéfaction.

— Il ne faut pas juger un homme sur un moment isolé de son existence, poursuivit-il. Si nous étions jugés de cette façon, vous ou moi, nous aurions sans doute à répondre de bien des actes répréhensibles. La seule chose à retenir, Paul, c'est qu'Edward Blake a mené une vie exemplaire depuis la guerre, et qu'il incarne ce dont notre pays a besoin à ce point précis de son histoire. Quelle différence cela pourrait-il bien faire pour vous s'il devenait le prochain Président ?

Je fis mine de m'éloigner, mais Karl me retint par le bras.

— Ne me compliquez pas la vie, lâcha-t-il. Ni la vôtre, qui est déjà bien assez embrouillée comme ça. Tous les deux, nous avons eu la chance de passer entre les balles, et nous allons bientôt profiter d'une promotion bien méritée et d'une retraite confortable. Nos funérailles viendront toujours bien assez tôt, avec les honneurs militaires. Il n'y a aucune raison de précipiter leur arrivée.

Je me dégageai d'un geste sec et poussai la porte du bureau.

Susan était assise dans un fauteuil club, John Eagan et Bill Stanley sur un canapé de cuir, et Marc Goodman sur le siège de l'ambassadeur, qu'il avait déplacé pour se rapprocher des autres. Quant à moi, je calai une fesse sur le coin du bureau. Entré sur mes talons, Karl reprit sa position dans l'épais fauteuil à oreillettes dans lequel nous l'avions trouvé.

La pièce était seulement éclairée par deux lampes à abat-jour vert, et derrière les vitres on entendait un cliquetis de chaises repliées dans le jardin.

— Il a été décidé que je mènerais le débat, annonça le colonel Goodman en nous regardant, Karl et moi.

Je ne répondis pas.

— Pendant votre aparté, reprit l'attaché militaire, Susan nous a fait un bref résumé de vos déplacements de Saigon à Nha Trang, puis à Hué, puis à Dien Bien Phu, et aussi de vos ennuis avec les autorités locales – et notamment de vos diverses confrontations avec le colonel Mang. Nous en sommes restés à votre arrivée à Ban Hin. (Il se tourna vers Susan et ajouta :) J'en profite pour vous féliciter tous les deux de ce remarquable travail.

Là encore, je restai muet.

— Si le colonel Hellmann n'y voit pas d'inconvénient, ajouta le colonel Goodman en se tournant vers moi, peut-être pourriez-vous nous raconter vous-même ce qui s'est passé à Ban Hin.

— Paul est bien sûr libre de parler, répondit Karl. Mais je dois néanmoins vous prévenir que M. Brenner nourrit de sérieux doutes quant aux objectifs de sa mission et de cette réunion.

Tous les regards convergèrent sur moi, et j'observai brièvement Susan. Si ma vie personnelle avait toujours été chaotique, ma carrière professionnelle, elle, avait été marquée par des triomphes éblouissants que j'avais toujours réussi à faire oublier aussi sec grâce à des bouffées d'un entêtement aussi stupide que totalement vain dans mes relations – essentiellement conflictuelles – avec l'autorité. Il n'y avait aucune raison pour que les choses se passent différemment cette fois-ci.

— Comme Bill vous l'a sûrement expliqué, déclarai-je, je marche sur un fil, et je n'ai malheureusement qu'une seule chose à laquelle me raccrocher : la réputation de notre vice-président.

Des raclements de gorge et des petites quintes de toux se firent entendre. Susan porta une main devant sa bouche, de sorte que je ne pus deviner si elle était furieuse ou si elle souriait.

— Je précise d'emblée que Susan Weber a rempli son devoir d'un bout à l'autre de cette mission, ajoutai-je après avoir savouré mon petit effet rhétorique. Je suis resté dans le noir complet sur l'objet réel de ma mission jusqu'à la fin. Jusqu'au moment où j'ai découvert, parmi les souvenirs de guerre de M. Vinh, un tableau d'effectifs où étaient mentionnés le lieutenant Hines et le capitaine Edward Blake. J'ai alors déclaré à Susan que je comprenais les enjeux de ma mission – et aussi la nécessité de garder le secret. Mes déclarations l'ont induite à croire que j'allais jouer le jeu, alors que ce n'est pas du tout mon…

— Paul, m'interrompit Susan, je crois que ta mémoire est défaillante. Tu es tombé des nues en découvrant qu'Edward Blake était le suspect. Tu voulais absolument tirer le signal d'alarme, et je t'ai dit que tu serais fou de le faire. Nous avons eu une prise de bec, et tu m'as convaincue. Je suis d'accord avec toi. Nous devons faire appliquer la loi. C'est aussi simple que ça.

Un pesant silence s'abattit sur la pièce, et je sentis que personne ne se réjouissait de ce qui venait d'être dit – Bill encore moins que les autres, lui qui avait certainement recommandé Susan pour cette mission. Karl aussi devait avoir en ce moment des pensées peu agréables concernant son « meilleur agent », à moins qu'il ne soit, comme le colonel Goodman, occupé à faire mentalement ses adieux à son étoile de général. Seul John Eagan paraissait à peu près calme, ce qui me conforta dans ma conviction, déjà bien établie, qu'il n'avait pas grand-chose à voir avec l'agent du FBI envoyé pour former les policiers des stups vietnamiens que m'avait décrit Doug Conway.

Mon regard chercha celui de Susan, qui venait de se mettre dans une très, très mauvaise situation. Elle me décocha un clin d'œil.

— Je suis flic, enchaînai-je. Je vais donc faire comme s'il s'agissait d'une réunion de travail de la CID, et comme si vous attendiez simplement de moi que je vous présente mes conclusions au terme de mon enquête sur une affaire de meurtre. En écartant toute considération personnelle ou politique et en m'en tenant au strict cadre de la loi…

— Vous pouvez présenter vos conclusions de la manière qui vous chante, lâcha Eagan. Ça ne changera rien à la réalité.

— Vous allez voir au contraire que c'est *votre* réalité qui risque de s'en trouver changée.

Personne n'ayant émis d'objection, je repris la parole :

— J'ai été contacté il y a deux semaines par le colonel Hellmann ici présent. Il m'a demandé d'enquêter sur un possible meurtre commis pendant la guerre du Vietnam. Dans le courant de notre entretien, je suis arrivé à la conclusion que cette affaire allait au-delà d'un banal meurtre survenu il y a trente ans. J'ai tout de même accepté la mission, ce qui a sans doute été ma première erreur.

Je poursuivis mon récit en gardant le langage et le ton d'un enquêteur criminel. Je passai sur les diverses péripéties de notre voyage dans les profondeurs du Vietnam, mais je mentionnai tout de même le colonel Mang, l'incident de la route 1, puis celui de la route 214. Je laissai de côté les aspects sexuels de mes relations avec Susan parce que je suis un gentleman, parce que cela n'avait rien à voir avec l'affaire pour laquelle nous nous trouvions réunis et parce que Bill était dans la pièce. Goodman et Eagan avaient très probablement compris que Susan et moi étions plus que de simples partenaires de travail, et ils tiendraient compte de ce facteur au moment de tirer leurs conclusions.

Je relatai par le menu notre dernier interrogatoire par le colonel Mang, en insistant sur le fait que la police vietnamienne semblait continuer à nous soupçonner d'avoir des contacts avec le FULRO.

Puis je revins sur Dien Bien Phu, sur Ban Hin, et sur notre entretien avec Tran Van Vinh, que je narrai avec suffisamment de détails pour que ces messieurs comprennent tous que je saurais me montrer convaincant face à une commission d'enquête parlementaire ou à une brochette de jurés.

— À mon sens, conclus-je, Tran Van Vinh est un témoin fiable et crédible. La traduction de sa lettre qui m'a été remise par le colonel Hellmann, bien que réécrite à mon intention, est un document précieux. Si précieux que je me suis permis d'en envoyer une copie par fax, de l'aéroport de Washington, à un ami proche, en le priant de bien vouloir la conserver pour moi.

Ce bobard ne déclencha rien d'autre qu'un grand silence.

— Quant aux indices matériels, continuai-je, ils se résument aux effets personnels du lieutenant Hines. Un portefeuille, une alliance, une pochette de toile contenant plusieurs lettres, que ni Susan ni moi n'avons lues, un carnet de bord dans lequel le lieutenant Hines décrit le capitaine Blake en termes peu flatteurs – il l'accuse notamment de s'adonner au marché noir et de beaucoup trop fréquenter les prostituées locales…

Je sentis un vague frémissement du côté de John et de Bill. Marc paraissait mal à l'aise.

— Notez qu'à la différence du lieutenant Hines, ajoutai-je, je ne porte aucun jugement. Je reconnais avoir moi-même un peu fréquenté les bordels pendant mes deux séjours au Vietnam, et j'ai aussi tiré sur quelques joints pour évacuer la pression. En revanche, le marché noir…

— Ça n'a aucune importance, intervint Eagan.

— Dans une affaire de meurtre, quand on cherche à découvrir pourquoi un homme en a tué un autre, presque tout a de l'importance.

Mon ami Karl acquiesça.

— Effectivement, confirma-t-il. Les détails les plus insignifiants, mis bout à bout, permettent de dresser un tableau d'ensemble et d'établir les personnalités et les motivations de la victime et du suspect.

— C'est cela même, Karl, dis-je. Si j'en juge par les pièces que j'ai eues entre les mains, William Hines était du genre boy-scout, et Edward Blake un mauvais garçon assez convaincant. Bien sûr, ça ne fait pas de lui un meurtrier. Mais certains faits le désignent comme le suspect numéro un. Nous avons le tableau d'effectifs du MACV, qui prouve que les deux hommes ont fait partie du même groupe de conseillers à la même période et qu'il n'y avait qu'un seul capitaine au sein de ce groupe. Les archives militaires permettront de le confirmer – si elles n'ont pas été détruites dans ce célèbre et si commode incendie. Nous avons la parole du témoin, qui confirme avoir vu un capitaine américain tuer par balle un lieutenant américain, désormais formellement identifié comme étant William Hines, et dont ce témoin a ramassé les effets personnels…

Je faisais mon possible pour tirer le maximum d'une série d'éléments plutôt minces, mais si le groupe que j'avais en face de moi avait été un jury, j'aurais probablement eu du souci à me faire. Et souvent, quand on se sent en position de faiblesse, on se met à inventer :

— Comme Susan a dû vous le dire, poursuivis-je, Tran Van Vinh a reconnu Edward Blake sur les photos.

Je me tournai vers Susan, qui hocha la tête.

— Formellement, dit-elle.

Bill, John et Marc accusèrent le coup ; fidèle à lui-même, Karl resta de marbre.

— Il y a aussi la question du butin, enchaînai-je. Quelqu'un devra enquêter sur le passé financier d'Edward Blake, et surtout sur la période qui a suivi son retour du Vietnam. Il y avait des bijoux dans le coffre de la trésorerie. On pourrait peut-être retrouver leur trace, à moins qu'ils ne soient toujours en possession de M. Blake, de proches de sa première épouse, ou de sa femme actuelle. Voilà, je crois vous avoir tout dit.

— J'ai l'impression, finit par lâcher Bill Stanley après un interminable silence, que vous ne disposez que de présomptions assez peu consistantes, d'autant qu'elles remontent à trois décennies. Je ne me risquerais pas à lancer une accusation sur la base de ce que je viens d'entendre.

— Une accusation aussi lourde ne tiendrait pas devant un tribunal, renchérit Eagan. En revanche, les ennemis politiques d'Edward Blake et les médias en feraient leurs choux gras.

— Et dans votre opinion, me demanda Goodman d'un air perplexe, ce témoin est fiable ?

— Je le crois. Mais je comprendrais qu'un jury américain ne se fie pas à lui.

— Où est-il ? demanda Eagan d'un ton détaché.

— Probablement en train de dormir. C'est un paysan.

— En train de dormir *où* ? insista Bill, exaspéré. Dans son village ?

— Je suppose. Il n'aurait pas été facile de vous l'amener à Hanoi. Pas plus qu'il n'aurait été facile pour Mlle Weber, ajoutai-je en fixant Bill Stanley puis John Eagan, de l'effacer.

Personne ne se donna la peine de feindre la surprise. Goodman se tourna vers Susan.

— Paul et vous avez caché ces preuves quelque part ?

— Oui.

— Où ?

— Si je vous le disais, elles ne seraient plus cachées.

— Elles n'ont plus besoin de l'être, répondit le colonel avec un sourire bienveillant.

Susan resta muette.

— Elles sont près d'ici ? insista-t-il.

— Non. Nous nous attendions à ce que la police nous pose un problème à notre descente du train de Lao Cai.

— Donc, ces pièces sont cachées soit à Lao Cai, soit dans la région de Ban Hin ?

— Quelque chose comme ça.

Bill était fort embarrassé du manque de coopération de son ex. Si Eagan était son patron, comme c'était vraisemblable, sa prochaine mission consisterait sans doute à surveiller le passage des navires russes au large des côtes de l'Islande.

— Susan, lança-t-il d'un ton sec, dis-nous où tu as caché les preuves.

Elle lui décocha un regard que Bill lui avait sûrement déjà vu.

— Je n'aime pas ce ton, Bill.

— Susan, reprit-il, gêné, pourrais-tu nous indiquer l'endroit où sont cachés les effets personnels du lieutenant Hines ?

— Plus tard.

— Susan…

— Vous avez l'intention de conserver les pièces à conviction d'un dossier criminel ? me demanda Eagan.

— Non. Je me suis contenté de les cacher.

— Pourquoi ?

— Nous sommes dans un pays hostile, John. Il fallait les mettre en lieu sûr.

— Un lieu que vous allez maintenant nous révéler, donc.

— Pourquoi ? Qui êtes-vous, au fait ?

Eagan se tourna vers Karl, qui prit le relais :

— Je vous donne l'ordre de parler, Paul.

— Je vous dirai où elles sont plus tard. En privé.

— Parfait. Nous verrons donc ça plus tard, opina Karl, sans doute ravi d'être à la fois le seul à pouvoir me donner des ordres et l'unique destinataire d'une information aussi cruciale.

— Colonel, dit Goodman en se tournant vers lui, vous êtes un enquêteur criminel expérimenté. Que recommandez-vous dans une telle situation ? La poursuite des investigations ? Une mise en examen ? Ou le classement du dossier ?

— Il faut tenir compte du temps écoulé, répondit Karl après s'être un moment trituré la lèvre inférieure. Et aussi de la nature du témoignage. Il a beau sembler crédible et fiable, je ne le retiendrai pas, à moins naturellement que d'autres éléments ne viennent le corroborer… Et à l'heure actuelle, nous n'avons qu'un seul indice matériel – un tableau d'effectifs –, ce qui n'est pas suffisant. À ce stade, je laisserais tomber.

— Ce n'est pas vrai, Karl, intervins-je, et vous le savez bien. À ce stade, il n'y a qu'une seule chose à faire : questionner le suspect.

— Pas question, intervint Eagan en nous regardant les uns après les autres. Ni ici, ni ailleurs. Nous sommes en train de perdre de vue l'essentiel. Ce… cette histoire pourrait ruiner la vie et la carrière politique d'un homme honorable, d'un vétéran plusieurs fois décoré, d'un mari, d'un père de famille, et d'un serviteur dévoué de la cause publique. Le peuple américain n'a que faire d'un énième scandale, il ne veut plus de chasse aux sorcières. Et je ne parle pas des considérations internationales. Cette affaire ne mérite pas d'être déterrée.

— J'aimerais avoir l'avis de chacun de vous, dit Goodman. John ?

— Il faut tirer un trait. Cette réunion n'a jamais eu lieu.

— Bill ?

— Laissons tomber.

— Colonel Hellmann ? Après tout, cette enquête est de votre ressort, non ?

— Le dossier n'a pas été ouvert officiellement et ne le sera jamais. Il n'existe pas.

Je crus percevoir un soupir collectif de soulagement.

Le colonel Goodman se tourna vers moi.

— Paul ?

— Je demande à parler au suspect.

Goodman faillit objecter, se ravisa, consulta Susan.

— Mademoiselle Weber ?

— Je n'ai aucune expérience en matière criminelle, et je suis incapable d'évaluer la différence entre une preuve solide et une simple présomption, ou entre un témoignage fiable et un autre qui ne le serait pas. Mais je sais qu'un quadruple meurtre a été commis par un capitaine de l'armée américaine, et que le seul capitaine susceptible d'en être l'auteur se trouve en ce moment à l'étage supérieur de cette maison, dans une chambre d'amis. Le bon sens recommande de l'interroger. Il pourra peut-être nous expliquer ce qu'il faisait au moment des faits. Si ça se trouve, il était en permission, à l'hôpital, ou avec dix hommes autour de lui. Certaines questions méritent d'être posées, et peut-être serons-nous tous soulagés par les réponses qu'il nous fournira.

S'ensuivit un long silence, que je me décidai à rompre en déclarant :

— Vous savez, je ne suis pas convaincu que Blake soit le meurtrier. Je ne demande pas mieux que d'être persuadé du contraire. Susan a raison. Lui poser quelques questions n'engage à rien.

— Vous souhaiteriez que je monte à l'étage et que je tire le vice-président des États-Unis de son lit ? grogna John Eagan en me fixant. Pour qu'il vienne répondre à vos questions sur sa possible implication dans un quadruple meurtre ?

— Ça semble vous poser un problème, en tout cas.

— Si j'étais lui, je vous dirais d'aller vous faire foutre.

— Un tas de suspects me l'ont dit, John. À ce moment-là, en général, je leur envoie une convocation.

— Vous êtes cinglé, non ?

— Demandez à Karl.

— Puisque vous invoquez des arguments juridiques, riposta Eagan sans se donner la peine de consulter mon honorable chef, sachez que vous n'avez ni autorité ni compétence pour questionner qui que ce soit dans ce lieu, et encore moins le vice-président !

— Il arrive tous les jours que des gens nous parlent de leur plein gré, John. On commence par demander à la personne si elle accepte volontairement de répondre à quelques questions. Si elle refuse, nos soupçons se trouvent légèrement éveillés, et on lui envoie alors une petite convo…

— Mon cul !

— Veuillez surveiller votre langage, s'il vous plaît, intervint le colonel Goodman.

John Eagan était manifestement celui qui, après Edward Blake lui-même, avait le plus à perdre dans cette affaire. S'il était bel et bien, comme je le soupçonnais, le patron de la CIA au Vietnam, la responsabilité de l'organisation de ma mission lui revenait. Si tout se finissait bien, Bill et lui seraient invités à la réception d'intronisation présidentielle d'Edward Blake, qu'ils pourraient peut-être même se permettre d'appeler « Eddie » en privé.

Le système de récompenses et de punitions en vigueur dans certains cercles de Washington est assez particulier et fonctionne à peu près comme suit : si je sais que tu as fait quelque chose de mal et que je ne te balance pas, tu me dois une récompense. Je me tournai vers Karl.

— Vous et moi, lui dis-je, nous avons juré de défendre la loi. Nous sommes ici sur le territoire des États-Unis. Et le crime présumé a été commis alors que le suspect portait l'uniforme de l'armée américaine. Avons-nous le droit de demander à Edward Blake de répondre volontairement à quelques questions ?

Karl avait envie de secouer la tête négativement, alors que son honnêteté intellectuelle exigeait un acquiescement. Ce dilemme se traduisit par un curieux spasme du cou.

— Ça pose peut-être un problème de juridiction, réussit-il à dire.

— Vous êtes du FBI ? demandai-je à Eagan.

— Non.

— Qui est le représentant du FBI à l'ambassade ?

— Qu'est-ce que ça peut foutre ? Vous commencez à faire chier, Brenner.

— C'est pour épater Susan que vous faites tout ce cirque ? me lança Bill.

— Non, intervint Susan avant que j'aie pu lui dire d'aller se faire voir. Il est comme ça depuis qu'il a découvert la vérité. Je crois que cette affaire lui tient à cœur.

— Je vais chercher M. Blake, annonçai-je en me levant.

Eagan se dressa comme un ressort.

— Montez une seule marche de cet escalier, et vous êtes un homme mort !

— John… Je doute que vous fassiez le poids.

Tout le monde s'était mis debout. L'animateur du débat, Goodman, jugea opportun de reprendre la parole :

— Ça suffit, vous deux. (Son regard s'arrêta sur moi.) Paul, si je réussis à obtenir que le vice-président nous rejoigne, me donnez-vous votre parole que vous accepterez de considérer que cette enquête a atteint sa conclusion ?

— Bien sûr.

— Et ai-je votre parole que vous admettrez que tout ce qui a été dit ce soir relève jusqu'à nouvel ordre du secret-défense ?

— Absolument.

— Et que vous êtes venu au Vietnam en touriste ?

— Oui.

Bill et John échangèrent un regard. Ils ne protestaient pas, ce qui était le signe de ma victoire. Et de ma condamnation à mort ?

Goodman se dirigea vers la porte.

— Je vais demander à un agent du service secret de prévenir le vice-président, annonça-t-il.

Il sortit.

— Paul, me dit Karl, vous pouvez encore changer d'avis.

— Je veux seulement le rencontrer. Et lui faire signer un autographe. C'est pour mon neveu.

Susan m'entraîna dans un coin de la pièce.

— Pendant la guerre, te serais-tu porté volontaire pour une mission dangereuse la veille de ton retour au pays ? murmura-t-elle.

— Non. Mais j'aurais suivi les ordres. Et on m'a ordonné de retrouver un meurtrier.

— Je crois comprendre que Karl aimerait que tu cesses de le chercher.

— Qu'il aille se faire foutre. Et toi ?

— Je suis dans ton camp. Fais ce que tu crois devoir faire.

Goodman revint.

— Le vice-président ne tardera pas à nous rejoindre, déclara-t-il en s'adressant à moi. Je vous donne dix minutes. Soyez poli et respectueux.

— Oui, mon colonel.

— Ne formulez aucune accusation. Contentez-vous d'exposer les faits, et si le vice-président accepte de faire une déclaration, il le fera. Sinon, il a le droit de garder le silence.

— Je sais, mon colonel. J'ai l'habitude.

— Bien.

La porte s'ouvrit. Tout le monde se leva, mais ce n'était que mon jeune ami Scott Romney. Il inspecta la pièce des yeux, me décocha ce qui se voulait un regard de tueur et disparut.

Quelques secondes plus tard, le vice-président Edward Blake fit son entrée dans le bureau de l'ambassadeur. Il était à peu près aussi grand et aussi lourd que moi – mais certainement pas aussi beau. Il portait un pantalon de ville, une chemise blanche sans cravate et un ridicule kimono de soie.

Edward Blake ne semblait ni agacé, ni impatient, ni déconcerté. Tout au plus son visage trahissait-il une vague préoccupation officielle, comme si une crise politique couvait.

— Bonsoir à tous, dit-il. Un problème ?

Le colonel Goodman s'éclaircit la gorge.

— Non, monsieur le vice-président, rassurez-vous… Puis-je faire les présentations ?

Il présenta Susan comme une amie des Quinn résidant à Saigon, puis désigna Bill Stanley et Karl Hellmann.

— Bill vient lui aussi de Saigon, c'est un ami de Susan et un collaborateur de John, que vous connaissez déjà. Le colonel Hellmann, de l'armée de terre, arrive tout juste de Washington. (Il avait gardé le meilleur pour la fin :) Voici Paul Brenner, ami de Mlle Weber et collaborateur du colonel Hellmann.

Je serrai la main du futur Président.

— Je sais qui vous êtes, me dit-il. Ma femme vous a parlé tout à l'heure.

— Oui, monsieur.

— À cause de vous, j'ai parié et perdu dix dollars.

Peut-être bien davantage, Ed.

— Je suis au courant, monsieur. Elle m'a raconté.

Le vice-président paraissant de belle humeur, tout le monde s'esclaffa poliment.

— Et vous, dit-il en se tournant vers Susan, vous l'avez accompagné dans son voyage.

— Oui, monsieur.

— Les amis de Pat et d'Anne sont mes amis.

Ce type était rusé et charismatique – l'ami idéal, l'amant de rêve, et peut-être le cauchemar d'une nation.

— Bien, fit Edward Blake en regardant successivement chacun d'entre nous, j'ai été ravi de faire votre connaissance.

Pas si vite, Ed.

— Monsieur le vice-président, intervint le colonel Goodman, il ne s'agit pas seulement d'une présentation… Auriez-vous l'amabilité de nous accorder quelques minutes ? Nous sommes confrontés à un problème délicat, et nous aurions besoin de le soumettre à votre attention.

Mon regard ne quittait pas l'expression d'Edward Blake. Une question me poursuivait depuis Washington :

« Est-ce qu'il sait ? » Mon intuition me disait qu'on ne l'avait pas encore prévenu.

Goodman invita le vice-président à prendre le fauteuil laissé libre par Karl. Il s'assit, croisa les jambes et nous encouragea à faire de même. Tout le monde s'exécuta, à part moi, qui repris ma position antérieure sur le coin du bureau.

— Monsieur le vice-président, commença Goodman, ceci concerne la raison pour laquelle M. Brenner et le colonel Hellmann se trouvent actuellement au Vietnam…

Blake nous observa l'un et l'autre sans broncher.

— Je puis vous assurer, monsieur le vice-président, que tout ce qui a été évoqué dans cette pièce, de même que tout ce qui y sera évoqué dans les minutes à venir, restera connu d'un nombre extrêmement restreint de personnes, dont la majorité sont ici… Et que tout ce dont nous allons parler à présent sera considéré comme strictement confidentiel…

— Vous soulevez ma curiosité, avec vos précautions oratoires, coupa Blake. Venez-en au fait.

— Oui, monsieur le vice-président. Peut-être M. Brenner souhaite-t-il prendre la parole. C'est sur son initiative que nous vous avons prié de nous rejoindre.

— Je vous écoute, Paul, me lança Blake.

— Certainement, monsieur. Il est de mon devoir de vous informer que le colonel Hellmann et moi-même appartenons à la CID.

Cette information ne suscita aucune réaction. Peut-être ne l'avait-il pas vraiment enregistrée.

Les interrogatoires de suspect commencent presque toujours par les deux mêmes questions.

— Le nom de William Hines vous dit-il quelque chose ?

Ma question le prit totalement au dépourvu. Son visage fut l'objet d'un changement remarquable, et je jure que toute couleur en disparut d'un seul coup. Tout le monde s'en rendit compte et en tira inéluctablement la même conclusion.

— Monsieur ?

— Euh… est-ce que… comment dites-vous ?

— William Hines. Le lieutenant William Hines.

— Oh… Oui… J'ai combattu avec lui. Ici, au Vietnam.

— Bien, monsieur. (Le moment était venu d'envoyer la deuxième question.) Et quand l'avez-vous vu en vie pour la dernière fois ?

— Euh… en vie ? Ah oui, il a été tué au combat. En effet.

— Quand l'avez-vous vu en vie pour la dernière fois, monsieur ?

— Euh… voyons… l'offensive du Têt a commencé à la fin janvier… Je crois l'avoir revu quelques jours plus tard… puis il a disparu… Notre quartier général a été pris par l'ennemi… donc… je n'en suis pas vraiment sûr, mais je dirais vers le 4 ou 5 février… 1968.

Et il ajouta, comme ils le font tous :

— Pourquoi cette question ?

En général, je les calme avec mon fameux « C'est moi qui pose les questions, contentez-vous d'y répondre ». Ce coup-ci, malgré le cran légendaire qui a beaucoup fait pour ma réputation, je me tins à carreau.

— Monsieur, me contentai-je de dire, la CID a récemment été informée que le lieutenant William Hines avait été victime d'un meurtre dans la trésorerie de la citadelle de Quang Tri, le 7 février 1968 ou autour de cette date. Nous avons de bonnes raisons de croire que son agresseur était un capitaine de l'armée des États-Unis. Nous disposons d'indices matériels et d'un témoin oculaire. Nous nous efforçons maintenant d'établir l'identité de cet agresseur.

Blake, qui commençait tout juste à reprendre le contrôle de ses muscles faciaux, afficha une mine choquée.

— Seigneur… Vous êtes sûr que… ?

— Oui, monsieur. Nous sommes sûrs que le lieutenant Hines a été tué par un capitaine de l'armée de terre.

— Mon Dieu… lâcha-t-il, sans regarder personne en particulier. C'était une situation terrible… je faisais partie d'un groupe de conseillers du MACV, nous étions encerclés dans la citadelle, et nous nous battions pour sauver notre peau. Il me semble que nous étions à peine une vingtaine d'officiers et de sous-officiers…

— Huit officiers et neuf sous-officiers, précisai-je. Selon le tableau d'effectifs de votre unité.

Il me dévisagea longuement.

— Vraiment ? Je suis presque sûr que nous ne sommes que sept à avoir survécu… Pat Quinn m'a dit tout à l'heure que vous aviez vous-même combattu au Vietnam ?

— Oui, monsieur. 1re division de cavalerie, en 1968, comme vous. J'étais fantassin. Compagnie Delta, 1er bataillon, 8e régiment de cavalerie. Nous étions déployés autour de Quang Tri.

— Ah oui ? fit Blake avec un sourire forcé. Qu'est-ce que vous fichiez hors de la ville, les gars ? C'est à l'intérieur qu'on avait besoin de vous !

— C'était un peu trop chaud pour nous, répondis-je en lui rendant son sourire.

Il partit d'un rire bref.

— Eh bien, si je me souviens de quoi que ce soit qui puisse vous être utile, Paul… et vous aussi, Karl… je vous contacterai.

Il se leva et tout le monde l'imita.

— Monsieur, m'empressai-je de dire, accepteriez-vous de me parler en particulier ?

— De quoi ?

— De l'incident en question.

— Je ne sais rien de plus, répondit-il en se dirigeant vers la porte. Mais je vais y réfléchir.

À ce stade, il m'arrive d'informer mon témoin qu'il vient d'acquérir le statut de suspect, mais la loi m'oblige alors à lui lire ses droits, et neuf fois sur dix je n'arrive pas à retrouver la petite carte glissée dans mon portefeuille.

— Comme je l'ai dit, monsieur, insistai-je, un témoin a assisté à ce meurtre. Je l'ai interrogé. (Je jugeai inutile de préciser que ce témoin était un soldat ennemi.) Il était étendu, blessé, au premier étage de la trésorerie, et à travers une brèche dans le plafond, il a vu ce capitaine abattre non seulement le lieutenant Hines, mais aussi trois citoyens vietnamiens, deux hommes et une femme. Le meurtrier a ensuite dévalisé le coffre.

Je le vis de nouveau blêmir. Jamais il n'aurait cru entendre un jour le récit d'un témoin oculaire de son crime. Je vis ses genoux flageoler. Quand il posa une main sur la poignée de la porte, le métal de celle-ci trembla de façon audible.

— La plupart des témoins qui surgissent de nulle part pour dénoncer un crime commis des années plus tôt souffrent de troubles mentaux ou sont des affabulateurs purs et simples, me lança-t-il, la main toujours sur la poignée. Je suis sûr que vous en avez déjà croisé.

— Certainement, monsieur. C'est pourquoi nous avons besoin de votre aide.

— Désolé, mais je ne peux rien pour vous. Je vous souhaite bonne chance pour la suite de votre enquête. (Il ouvrit la porte, parut se souvenir des règles élémentaires du savoir-vivre, adressa un sourire à Susan :) Bonsoir, mademoiselle Weber. Messieurs, je vous souhaite une bonne nuit.

Après avoir mis un pied dehors, il eut un geste étrange : il revint jusqu'à moi et me serra la main. Puis il tourna les talons et s'en alla pour de bon.

Karl et Susan eurent en même temps le réflexe d'allumer une cigarette.

Je m'approchai du bar et me servis un whisky auquel j'ajoutai quelques glaçons.

Un silence embarrassé régnait dans le bureau. Je sentis que tout le monde en était désormais convaincu : Edward Blake avait bel et bien tué de sang-froid, à des fins crapuleuses, trois hommes et une femme, dont un frère d'armes, ce qui ne pouvait plaire ni au colonel Goodman, ni à Karl, ni à moi.

Ils n'étaient pas choqués, semblait-il, plutôt inquiets. Inquiets pour leur carrière, pour leur vie, peut-être même pour leur pays. S'ils avaient aussi été inquiets pour mon avenir, je n'aurais su le leur reprocher.

Le colonel Goodman fut le premier à réagir. Il se tourna vers moi.

— Saurez-vous trouver dans votre cœur la force de pardonner ses agissements au capitaine Blake ?

Je ne répondis pas.

— J'étais moi-même un jeune lieutenant d'infanterie à cette époque, poursuivit-il. Je n'attends d'aucun civil qu'il comprenne ce que nous avons fait au Vietnam, Paul, mais vous et moi nous le pouvons, de même que le colonel Hellmann. Aucun d'entre nous n'aimerait être appelé à répondre des actes commis dans la folie de ces temps-là.

Je restai muet.

— Ce n'est pas une question d'innocence ou de culpabilité, Paul, intervint Karl. Ni même de justice ou de moralité. Il s'agit ici du passé. J'ai déjà eu l'occasion de vous le dire, les ombres du Vietnam portent jusque chez nous. En tant que soldats, nous avons été collectivement rejetés et conspués à notre retour, et nous ne devons d'explication à personne quant à nos actes. Si nous sommes coupables de quelque chose, c'est une culpabilité partagée, et si nous nous sommes conduits honorablement, cela ne regarde que nous. Nous sommes tous liés à jamais par le sang et nos cauchemars communs. Laissez-moi vous dire une chose, mon ami : en fin de compte, cette affaire n'a pas grand-chose à voir avec Edward Blake ; à un degré plus ou moins grand, nous sommes tous des Edward Blake.

J'inspirai profondément.

— Paul, renchérit Bill Stanley, Edward Blake sera sans doute le premier vétéran du Vietnam à devenir président des États-Unis. N'est-ce pas important pour vous ?

— Faites-moi plaisir, gardez vos foutaises pour vous, Bill.

J'attendis que le silence soit retombé sur l'assistance pour poursuivre :

— Même si j'étais d'accord avec ce que vous venez de dire, et peut-être que je le suis, je sens qu'il y a autre chose en jeu : c'est vous-mêmes que vous cherchez à sauver, vous et vos ambitions, vos mensonges et vos magouilles. Edward Blake a peut-être eu un moment d'égarement ; en ce qui vous concerne, c'est toute votre carrière qui n'est qu'un long égarement.

Je laissai mon verre sur l'étagère et marchai vers la porte.

— Je vous avais dit de choisir quelqu'un d'autre ! lançai-je à Karl.

Et, j'ajoutai, en me tournant vers Susan :

— Barrons-nous.

50

À midi, le lendemain, une voiture de l'ambassade nous emmena, Susan et moi, à l'aéroport Noi Bai, dans la banlieue nord de Hanoi. Nous ne parlâmes guère pendant les vingt minutes du trajet.

Deux types de la sécurité de l'ambassade nous escortèrent à travers le hall, ce qui nous permit d'éviter l'enregistrement et les contrôles de sécurité. Nous fûmes directement introduits dans le salon diplomatique.

Le gros de mes bagages étant resté aux mains de M. Uyen et du colonel Mang, je voyageais léger, avec rien d'autre que les vêtements que j'avais sur le corps, mon portefeuille, mon passeport, mon billet d'avion et un visa diplomatique.

Susan portait une jolie robe vert jade, prêtée par Anne Quinn, et moi mon jean crasseux, un caleçon propre et un horrible polo de golf rose – deux cadeaux de Mme Quinn, qui m'avait fait comprendre qu'elle ne ferait pas de scandale si elle ne revoyait jamais ni le caleçon, ni le polo. Je n'aurais qu'à les garder en souvenir du Vietnam.

Le salon diplomatique était un tantinet sordide malgré son nom, mais comme aucun diplomate n'avait prévu de voyager en ce samedi, nous en disposions rien que pour nous, du moins si on faisait abstraction des deux agents de sécurité de l'ambassade qui nous y accompagnèrent, ce qui après tout n'était pas une mauvaise idée.

La veille au soir, Susan et moi avions dormi sur le canapé-lit du petit salon de l'ambassadeur. Toutes les chambres d'amis étaient occupées par le couple Blake et les hommes du service secret, qui ne voulaient pas de nous à l'étage pour une raison inexpliquée. Malgré notre épuisement, nous y avions fait l'amour, avec le sentiment que ce serait peut-être la dernière fois.

J'avais pris mes œufs brouillés au petit déjeuner dans la salle à manger en tête à tête avec elle. Seule Anne Quinn était brièvement venue nous saluer, en nous expliquant que les Blake et l'ambassadeur étaient partis de bonne heure pour l'ambassade et qu'elle s'apprêtait à les y rejoindre. Susan et moi lui fîmes part de notre regret de les avoir manqués, et Anne promit de leur transmettre nos adieux. Nous la remerciâmes de son hospitalité et de la merveilleuse réception de la veille, et elle nous quitta sans nous proposer de carton d'invitation pour la soirée suivante. Elle devait sentir qu'il y avait un lézard quelque part.

Susan et moi attendions donc, debout dans le salon diplomatique, face à une immense baie vitrée qui donnait sur les pistes et le ciel gris et lourd. Les décollages semblaient plus nombreux que les atterrissages, comme dans les stations balnéaires en fin de saison. La diaspora vietnamienne, revenue pour le Têt, s'en repartait vers ses terres d'exil.

J'avais réservé une place sur un vol d'Air France à destination de Paris, où quelqu'un devait me remettre un billet pour Washington. Ce n'était sûrement pas le trajet le plus court, mais c'était le premier vol possible au départ de Hanoi, où j'étais indésirable.

De l'aéroport de Washington, où ce périple avait commencé, à ma maison de Falls Church, je n'aurais plus qu'une brève course en taxi à effectuer, à moins, ce qui était plus vraisemblable, que je ne sois accueilli à l'arrivée par des gens très impatients de s'occuper de mon cas. Quoi qu'il en soit, le voyage de retour avait commencé et, comme lors de mes deux premiers séjours, je n'étais pas sûr de mes sentiments en cet instant si particulier.

J'avais insisté pour que Susan reparte avec moi, mais elle avait tenu à rester à Hanoi ; elle était au Vietnam depuis longtemps et avait encore un certain nombre de détails à régler sur le plan de sa vie privée, de son travail et, je suppose, de sa mission. Quant à moi, comme les deux premières fois, il n'avait pas fallu déployer beaucoup d'efforts pour me persuader de quitter le Vietnam dare-dare.

D'après Susan, la porte blanche du salon diplomatique donnait directement sur le tarmac, où un véhicule attendait le moment de me conduire à l'avion. Le vol décollait dans vingt minutes.

Nous ne voulions pas nous asseoir, pas plus que nous n'eûmes envie de prendre un verre ou un café. Nous attendions debout, face à la porte blanche qui donnait sur Falls Church, État de Virginie.

— Il nous reste une dizaine de minutes, me dit Susan. On va t'appeler.

Je hochai la tête.

— Je ne pleurerai pas, ajouta-t-elle.

Je hochai de nouveau la tête. Nous échangeâmes un regard. Nous ne savions que dire, et le temps était compté.

Elle réussit à sourire.

— Nous avons passé deux sacrées semaines, n'est-ce pas ?

Je lui rendis son sourire.

— On devrait remettre ça un de ces jours, reprit-elle.

— Ce n'est jamais aussi bien la deuxième fois.

— Peut-être. Dire que nous n'avons pas une seule photo. Même de Pyramide.

Je restai muet.

Une musique d'ascenseur dégoulinait des haut-parleurs. Je reconnus *Let It Be*, au piano.

— Merci pour ce magnifique dimanche à Saigon, dis-je.

— Hé, tu me dois une visite guidée de Washington.

— Quand tu veux.

— Je pense quitter le Vietnam d'ici environ une semaine.

— Où iras-tu ?

Elle haussa les épaules.

— À Lenox, je pense. Puis j'irai faire un saut à New York, histoire de voir si j'ai toujours une place à l'AAIC. Ensuite… je crois que j'aimerais retrouver un poste à l'étranger. Je crois que je suis une expatriée dans le sang.

— La prochaine fois, choisis un pays plus tranquille.

— J'ai gardé mon guide des pires endroits du monde, tu t'en souviens ?

— Ce pays te manquera ? demandai-je en souriant.

— Terriblement. Mais il est temps que je passe à autre chose.

— Oui.

— Tu sais, Paul… À l'Apocalypse Now… quand je me suis mise à pleurer… tu te rappelles ?

— Oui.

— Je me sentais terriblement mal, sur tous les plans… D'un seul coup, j'ai eu le mal du pays, et je crois que c'est toi qui l'as déclenché, d'une certaine façon… J'anticipais aussi ce que… ce que j'aurais à faire… J'ai eu du mal à te mentir à la seconde où je t'ai rencontré…

— Je sais. Je l'ai senti.

— Vraiment ? Ça me fait plaisir.

— Oublions cet aspect du voyage. Aussi intéressant qu'il ait pu être.

Elle éclata de rire et, presque aussitôt, un voile s'abattit sur son regard.

— Je ne pleurerai pas, dit-elle. Tu n'aimes pas ça.

Ne sachant trop que dire, je changeai de sujet :

— Tes amis de Langley auront peut-être envie d'exploiter ta connaissance du vietnamien, fis-je.

Langley n'était pas loin de Falls Church.

Susan secoua la tête.

— Je crois que j'ai aussi perdu ce boulot-là.

— Tu as fait du bon travail. Tu es douée.

— Et toi ? Que vas-tu faire ?

— Eh bien… comme je te l'ai dit… j'ai besoin de faire le point sur le plan personnel… de voir où j'en suis…

Elle hocha la tête.

— Ça s'impose, dit-elle.

Je restai silencieux.

— Et après ?

— Je crois que tout dépendra de mon rapport de mission.

— Qu'est-ce que tu comptes faire ?

— Je ne sais pas encore. Peut-être que je n'aurai rien à faire. Peut-être que je ne pourrai rien faire.

— Sois prudent, Paul. Sois très prudent.

— Je sais.

— Tu dis « je sais », mais d'après ce que j'ai vu de toi, tu as plus de cran que de cervelle.

Je souris.

— C'est parfois suffisant, dis-je.

— Ici, peut-être, mais pas à Washington. Je suis toujours dans ton camp, Paul. Et disponible.

— Je te ferai signe.

— Je parlerai à Karl, déclara-t-elle. Il faut qu'il revienne sur les rails.

— Karl m'a déçu. Mais je suppose que quand le rêve de toute une vie est à portée de main, on ferait presque n'importe quoi pour l'atteindre…

Elle me fixa dans le blanc des yeux.

— Encore faut-il pouvoir se supporter après, fit-elle. Parfois, il vaut mieux attendre de voir si tes espoirs et tes rêves se réalisent… comme la géante de Hon Chong.

— Ça ne s'est pas trop bien terminé pour elle.

— Si. Elle a attendu son amant, il est revenu dès qu'il a pu… et ils sont ensemble pour l'éternité.

— Oui… Écoute… Susan…

Un jeune Vietnamien apparut au seuil de la porte blanche, avec un panneau de carton sur lequel était inscrit *Brenner Paul*.

— Monsieur Paul, me dit Susan, je crois qu'on t'appelle.

— Oui. (Je me forçai à sourire.) Mademoiselle Susan…

— Je ne pleurerai pas. (Elle inspira profondément.) Prends soin de toi. Je te souhaite un bon vol, et…

Je vis gonfler des larmes dans ses yeux. Je l'enlaçai, et nous échangeâmes un baiser.

— Susan… murmurai-je. Certaines choses doivent être faites proprement.

— Je sais. C'était trop intense. Nous avons besoin de quelques mois pour savoir…

Le jeune type brandissait son carton au-dessus de sa tête en me regardant avec anxiété. Un des agents de l'ambassade me fit signe d'abréger les adieux.

Susan dit quelque chose au type de la porte blanche, puis se tourna vers moi.

— Tu ne dois pas manquer le vol vers la liberté, soldat.

Nous nous enlaçâmes de plus belle.

— Appelle-moi… quand tu voudras, souffla-t-elle.

— Je t'appellerai. Peut-être dans quelques semaines.

— Quand tu voudras. Il faut que tu partes.

— D'accord…

Je me dirigeai vers la porte blanche. Susan resta immobile. Je me retournai.

— À Lenox ?

— Oui. J'attendrai ton coup de fil.

— Attends-toi plutôt à ce que je frappe à ta porte.

Elle sourit. Je pivotai sur moi-même et passai de l'autre côté de la porte blanche à la suite du jeune Vietnamien. Nous descendîmes une volée de marches et montâmes à bord d'un chariot électrique qui se mit aussitôt en route vers l'avion.

Une jeep jaune de la police était garée au pied de l'appareil. À notre approche, un type en uniforme en descendit. Le colonel Mang.

Il leva un bras. Le conducteur du chariot stoppa net.

Je ne descendis pas, préférant attendre assis Nguyen Qui Mang, colonel de la section A du ministère de la

Sécurité publique. Il avait son arme de service, ce qui ne m'ennuyait pas outre mesure. Mais il avait aussi son attaché-case, ce qui aurait eu tendance à me rendre plutôt nerveux.

Derrière le colonel Mang, qui s'avançait vers moi, le 747 d'Air France était en train de recevoir ses derniers passagers. Une hôtesse regarda sa montre au pied de la passerelle.

Le colonel Mang stoppa face au chariot.

— Où allez-vous, monsieur Brenner ? me demanda-t-il.

— Je rentre chez moi, colonel. Vous devriez en faire autant.

— Oui ? Comment s'est passée la réception ? Vous avez rencontré le vice-président ?

— Oui.

— Et a-t-il été ravi de faire votre connaissance ?

— Oui. Nous avons échangé quelques souvenirs du temps de la guerre.

Du coin de l'œil, je vis que l'équipage s'apprêtait à retirer la passerelle.

— Je serais ravi de bavarder plus longtemps avec vous, dis-je, mais je vais manquer mon vol. Alors, si vous voulez bien m'excuser…

— Je leur ai donné l'instruction de vous attendre.

— On ne dirait pas.

— Où est Mlle Weber ?

— Elle va rester encore un peu. Elle se plaît ici.

— Oui ? Et vous ?

— J'ai des sentiments mitigés.

— Ah. Et vous séparer de Mlle Weber a-t-il été pénible ?

— Pas autant que de me séparer de vous. Au fait, elle aimerait récupérer ses négatifs.

— Peut-être. Il faudra d'abord que je jette un coup d'œil aux photographies que vous avez prises.

— Ah oui, encore une chose : envoyez ces photos de Pyramide à une seule personne supplémentaire et vous le regretterez.

— C'est une menace ?

— C'est un fait.

— M. Stanley ne les a pas appréciées ?

— Merci de m'avoir accompagné jusqu'ici, dis-je. Il faut que j'y aille.

— Dans un instant. Donc, vous pensez que ce M. Blake sera votre prochain président ?

— Et vous, qu'en pensez-vous ?

— J'ai eu hier soir une conversation tout à fait instructive avec Tran Van Vinh. Il faudra que j'y réfléchisse.

— Voilà, faites donc ça.

L'équipage regardait vers moi.

— Vous avez un visa diplomatique, déclara Mang, et vous ne l'avez même pas dit.

— Je n'ai besoin que d'un billet pour monter à bord de cet avion.

Nous nous regardâmes, et pour la première fois depuis que j'avais eu l'infortune de faire sa connaissance, je ne vis aucune malignité dans ses yeux.

— J'ai quelque chose pour vous, dit-il.

Il plongea une main dans son attaché-case et me tendit la boule à neige. Je la pris, regardai la fausse neige tomber sur le monument aux morts.

— Le reste de vos effets personnels vous sera restitué par le biais de votre ambassade, ajouta-t-il. Je n'ai pas l'habitude de m'approprier ce qui ne m'appartient pas.

Je ne trouvai rien à répondre.

— Vous et moi, monsieur Brenner, nous ne serons jamais amis, mais je tiens à vous dire que je respecte votre courage. C'est pour cette raison, et pour cette raison seulement, que je vous souhaite un bon voyage de retour.

Je lui rendis la boule à neige.

— Pour que vous vous souveniez de moi à l'occasion, dis-je.

— C'est très aimable à vous. Je vous reverrai ?

— Vous devriez espérer que non.

— Même chose pour vous.

— Ménagez votre pays, colonel. Le peuple a suffisamment souffert.

Il ne répondit pas et dit quelque chose à mon conducteur, qui remit son chariot en route vers l'appareil. Au pied de la passerelle, je jetai un coup d'œil par-dessus mon épaule, mais le colonel Mang avait disparu.

Mon regard fila au loin, vers la porte blanche du salon diplomatique, et je vis Susan dans sa robe vert jade, en train de m'observer. Elle agita la main et je lui rendis son salut.

Le Vietnam, acte trois, touchait à sa fin, et une fois de plus je m'apprêtais à rentrer au pays sur mes deux jambes.

J'escaladai les marches de la passerelle. Au sommet, une hôtesse prit ma carte d'embarquement et me dit, avec un délicieux accent français :

— Ah, monsieur Brenner, nous n'attendions plus que vous.

— Me voilà.

Je me retournai et, exactement comme je l'avais fait tant d'années plus tôt, pris quelques secondes pour contempler le paysage de rizières et de villages qui, aujourd'hui comme alors, tendait à se brouiller devant mes yeux.

Je regardai la porte blanche. Susan y était encore.

Nous échangeâmes un ultime signe de la main et j'entrai dans l'appareil.

Un trajet de retour n'est jamais direct ; en dernière analyse, il emprunte toujours des voies détournées et, quelque part au fil du parcours, on s'aperçoit que le voyage en soi compte plus que la destination, et que les gens rencontrés en cours de route resteront à jamais les compagnons de nos souvenirs.

Remerciements

Quand je suis retourné au Vietnam en janvier 1997, j'ai fait le voyage avec deux excellents compagnons : l'un d'eux était mon ami d'enfance Dan Barbiero, ancien lieutenant marine de la 3e division. Dan s'est battu au Vietnam presque au même moment et au même endroit que moi – de novembre 1967 à décembre 1968 dans la province de Quang Tri. À l'époque, nous avions tenté de nous voir sur place, mais la guerre occupait notre agenda à temps plein.

L'autre ami à m'avoir accompagné en 1997 est Cal Kleinmann. Cal a servi au Vietnam en tant qu'infirmier de la 11e division de cavalerie blindée, lui aussi pendant cette mémorable année 1968. Il est comme moi de Long Island, et nous avons grandi dans des villes voisines, dont les équipes de football étaient rivales – mais aujourd'hui, nous supportons la même.

Cal et Dan, sachant que j'avais en tête un roman situé dans le Vietnam contemporain, m'ont prêté leurs yeux et leurs oreilles ; ils ont également pris des notes et des photographies fort intéressantes. Plus important, ils m'ont offert la possibilité de remettre sur la table et de digérer tout ce que nous avions vu et ressenti chaque soir autour d'un verre, au terme de journées parfois épuisantes sur le plan émotionnel dans des lieux que nous pensions ne jamais revoir. Merci à vous, les gars, et bienvenue au pays.

Je tiens tout particulièrement à remercier un autre Long-Islandais, Al DeMatteis, directeur des opérations de DeMatteis Vietnam et président du DeMatteis International Group. Al, qui vit et travaille au Vietnam depuis de nombreuses années, a eu la bienveillance de me montrer le vrai Hanoi, ce dont je lui suis profondément redevable. Il a été un hôte parfait, doublé d'un merveilleux ambassadeur officieux de l'entente américano-vietnamienne. Ce sont des Américains comme Al DeMatteis, implantés au Vietnam, qui réussiront à rapprocher nos deux pays mieux que les politiciens ne sauraient le faire.

Toujours à Hanoi, Dan, Cal et moi avons eu la chance de faire la connaissance d'une résidente américaine, Mattie Genovese, que je remercie pour toutes les informations qu'elle m'a fournies sur la vie d'une femme d'affaires occidentale au Vietnam. Le personnage de Susan Weber n'aurait certainement pas été possible sans la vraie Mattie Genovese.

Je voudrais aussi remercier le lieutenant John Kennedy, commissaire de police adjoint du comté de Nassau, pour sa lecture minutieuse et ses suggestions, notamment en ce qui concerne la division des enquêtes criminelles. John, qui a côtoyé des hommes et des femmes de la CID, m'a fait partager toutes sortes d'anecdotes et d'observations judicieuses. Sa connaissance encyclopédique de la justice criminelle m'a été d'un soutien précieux pour *L'Île des fléaux* et *La Vengeance du lion.*

C'est ici le lieu et le moment de remercier une vieille amie, Patricia Burke, qui exerce un métier rare. Patricia est vice-présidente des affaires littéraires de Paramount Pictures et a joué un rôle décisif pour attirer l'attention de la firme sur mon roman *Le Déshonneur d'Ann Campbell*, d'où a été tiré le film *La Fille du général*. Patricia est une des meilleures lectrices de l'univers. Quand j'ai envisagé cette suite à *La Fille du Général*, j'ai donc pris l'initiative peu orthodoxe de l'associer au processus de création. Je n'ai jamais su au juste si elle en a été flattée ou agacée, mais elle m'a fourni un fil conducteur cohérent qui m'a servi de guide pour mon histoire. Patricia a en outre recommandé ce roman à Paramount, et l'adaptation cinématographique est actuellement en cours.

Un auteur devrait toujours remercier les gens qui l'éditent, et j'ai eu la chance de rencontrer sur mon chemin un certain nombre d'excellents spécialistes. En premier lieu mon éditeur, Jamie Raab, de Warner Books, et aussi Larry Kirschbaum, mon ami et le président de la branche livres du groupe AOL Time Warner, sans oublier ma femme et complice de longue date, Ginny DeMille, qui s'efforce toujours de m'enseigner les parties du discours. Enfin, je remercie mes assistantes, Dianne Francis et Patricia Chichester, qui sont les premières à lire, taper, corriger et commenter mon manuscrit. Toutes deux se battent en première ligne, et s'il est vrai que nul gentilhomme n'est un héros pour son valet, nul écrivain n'est un génie pour ses dactylos.

Plutôt que de faire une nouvelle fois l'éloge de mon agent, Nick Ellison, qu'il me soit permis de remercier son excellente équipe. Tout d'abord son assistante, Megan Rickman, une Californienne aux attitudes de New-Yorkaise. Et aussi Alicka Pistek, la responsable des droits étrangers, une polyglotte pleine de talent qui a abattu un formidable travail pour présenter mes romans au reste du monde.

J'aimerais remercier, une fois de plus, Martin Bowe et Laura Flanagan, de la bibliothèque publique de Garden City, et Dan Starer de Research for Writers, à New York. De plus en plus, les recherches sont la réalité autour de laquelle se construisent toutes les bonnes fictions.

Enfin, je souhaite remercier les premiers lecteurs du manuscrit. Quelqu'un a comparé un jour un auteur montrant ses premiers jets à quelqu'un qui ferait circuler ses prélèvements de salive. C'est assez juste, mais il faut bien que quelqu'un se dévoue pour regarder le crachat. Hormis ma femme et mes deux assistantes, j'ai montré mes premiers jets à Tom Block, ami d'enfance, romancier, pilote d'US Airways à la retraite, et co-auteur avec moi de *Mayday, Mayday !*, et à sa femme, Sharon Block, hôtesse de l'air d'US Airways à la retraite, par ailleurs excellente lectrice.

Enfin, j'ai présenté le manuscrit à Rolf Zettersten, vice-président de Warner Books, qui a la réputation d'être dur, honnête, et exhaustif – le rêve, ou le cauchemar, d'un auteur. Je remercie Rolf pour sa lecture attentive et ses suggestions appropriées.

Le germe de l'idée de ce roman m'est venu d'un contact avec la Vietnam Veterans of America. La VVA a mis sur pied un programme baptisé Initiative des vétérans, dont le but est d'aider le gouvernement vietnamien à retrouver ses combattants disparus. La VVA m'a été extrêmement précieuse en attirant mon attention sur ce programme, et je tiens tout spécialement à remercier Marc Leepson, chroniqueur et rédacteur artistique de *The VVA Veteran*, pour m'avoir fourni à ce sujet des informations détaillées.

À ce propos, toute personne lisant ces lignes et possédant le moindre objet susceptible d'apporter une indication sur le destin d'un ancien soldat ennemi au Vietnam – lettre, plaque d'identification, carte militaire, ou tout document de même type portant un nom – est invitée à l'envoyer à la Vietnam Veterans of America, Inc., Suite 400, 8605 Cameron Street, Silver Spring, MD 20910. Veuillez inclure une brève description de l'endroit, de la date, et de la façon dont cet objet a été trouvé, ainsi que de l'état de la personne à qui il appartenait – par exemple prisonnier de guerre, disparu au combat, tué au combat… La VVA transmettra l'information à Hanoi afin d'assister les Vietnamiens dans leurs efforts pour localiser leurs trois cent mille hommes et femmes disparus pendant la guerre ; cela, en retour, encouragera le Vietnam à continuer de nous aider à retrouver la trace de nos deux mille disparus.

J'ai moi-même ramassé une lettre sur le corps d'un soldat nord-vietnamien dans la vallée d'A Shau en 1968, et je l'ai remise à la VVA quelque temps plus tard pour qu'elle puisse être réexpédiée à Hanoi. Grâce à elle, je l'espère, une famille vietnamienne aura appris le sort d'un fils, d'un mari ou d'un frère disparu.

Plusieurs personnes ayant fait de généreuses contributions à des organismes de charité ont vu, en contrepartie, leur nom être donné à certains personnages de ce roman. Il s'agit de : Rita Chang (donatrice pour le Boys and Girls Club of East Norwich-Oyster Bay), John Eagan Jr. (Great South Bay YMCA), Earl E. Ellis (Tilles Center for Performing Arts), Marc Goodman (Diabetes Research Institute Foundation), Lisa Klose (C.W. Post/Long Island Community), Victor Ort (Boys and Girls Club of East Norwich-Oyster Bay), et Janice Stanton (Muscular Distrophy Association). J'espère que ces hommes et ces femmes apprécieront leur alter ego romanesque et poursuivront leur action en faveur de ces nobles causes.

Œil pour oeil...

(Pocket n° 11512)

15 avril 1986 : les États-Unis lancent un raid contre une base militaire libyenne. Parmi les rares survivants, Asad Khalil, protégé du colonel Khadafi... Dès lors, ce « lion » devenu terroriste, a l'instinct d'un animal sauvage, la soif de sang d'un carnivore et la rapidité d'un félin. Il va mettre les États-Unis à feu et à sang, pour atteindre son objectif : éliminer tous ceux qui ont pris part à ce terrible bombardement.

Il y a toujours un Pocket à découvrir

Double enquête

(Pocket n° 12318)

Alex Cross, détective docteur en psychologie, doit mener une enquête particulièrement macabre : deux cadavres ont été retrouvés dans un parc, pendus par les pieds à un arbre, couverts de morsures et vidés de leur sang... Malgré les similitudes de ces meurtres avec d'autres commis auparavant, les policiers ont peu de pistes. Tandis que l'enquête se dirige vers les milieux des amateurs de vampirisme et qu'Alex Cross est de nouveau confronté au « Cerveau », les assassinats se multiplient, toujours plus sauvages et rapprochés...

Il y a toujours un Pocket à découvrir

Composé par Nord Compo
à Villeneuve-d'Ascq

Impression réalisée sur Presse Offset par

CPI
Brodard & Taupin

42955 – La Flèche (Sarthe), le 31-08-2007
Dépôt légal : novembre 2006
Suite du premier tirage : octobre 2006

POCKET – 12, avenue d'Italie - 75627 Paris cedex 13

Imprimé en France